DU MÊME AUTEUR

Aux Éditions Gallimard

LA MEILLEURE PART DES HOMMES, roman, « Folio » n° 5002, 2008.
MÉMOIRES DE LA JUNGLE, roman, « Folio » n° 5306, 2010.
EN L'ABSENCE DE CLASSEMENT FINAL, nouvelles, 2012.
LE SAUT DE MALMÖ ET AUTRES NOUVELLES, « Folio 2 € » n° 5722, 2014.
FABER, roman, « Folio » n° 5913, 2013.

Aux Éditions Denoël

LES CORDELETTES DE BROWSER, roman, « Folio » n° 5693, 2012.

Chez d'autres éditeurs

L'IMAGE, essai, Atlande, 2007.
NOUS, ANIMAUX ET HUMAINS, essai, Bourin Éditeur, 2011.
FORME ET OBJET. UN TRAITÉ DES CHOSES, essai, Presses Universitaires de France, coll. « Métaphysiques », 2011.
SIX FEET UNDER. NOS VIES SANS DESTIN, essai, Presses Universitaires de France, 2012.
CRITIQUE ET RÉMISSION, essai, Éditions Léo Scheer, 2014.

7

TRISTAN GARCIA

7

romans

GALLIMARD

© Éditions Gallimard, 2015.

Ce volume contient :

Hélicéenne   11
Les Rouleaux de bois   71
Sanguine   115
La Révolution permanente   171
L'Existence des extraterrestres   221
Hémisphères   277
La Septième   315

HÉLICÉENNE

« Je suis nombreux »

I

C'était un dimanche après-midi de printemps, et je venais à peine de me lever. Après avoir fait la fête toute la nuit et raté le matin, je déambulais le long de la coursive du parc de la Villette où j'avais l'habitude de vendre ma camelote. Mais, une bouteille d'eau minérale à la main parce que j'avais la gorge sèche, les lunettes aviateur par-dessus mes yeux fatigués, je me contentais d'aller et venir en bâillant pour prendre le soleil et observer la jeunesse; enfin, après avoir déniché une place convenable sur la pelouse molle et fraîche au bord du canal vert glauque, je roulai de l'herbe d'excellente qualité qui me restait au fond des poches et je m'allongeai dans l'espoir de profiter du spectacle.

La crise économique n'épargnait personne, ça avait été une semaine difficile, pourtant j'avais la joie à portée de la main; je ne saurais pas dire pourquoi, j'avais envie d'être heureux. À peine quelques mètres devant moi des enfants étaient groupés par dizaines, assis, accroupis ou sur les genoux de leurs parents, ils riaient à gorge déployée.

C'était joli à voir.

Avant de regarder les gens, je voyais leur type. Mon métier m'y avait habitué. Il y avait des familles d'origine africaine, des femmes voilées, parfois en bazin, et des hommes en robe, beaucoup de Blancs en bras de chemise et de Blanches les épaules nues qui habitaient dans les immeubles réhabilités du XIXe arrondissement, quelques couples asiatiques en habits du dimanche descendus du quartier Crimée, tous venus profiter du beau temps et de quelques minutes de théâtre gratuit. Le peuple aime les histoires. J'en fais partie aussi.

Sans cesser de fumer, je me levai prudemment en fouettant d'un geste délicat de la main la terre qui crottait mon pantalon de cuir et, comme une bête attirée par la lumière, je m'approchai de ce qui se passait. Juste devant l'allée qui longe le canal de l'Ourcq, une scène de fortune avait été dressée par une bande de comédiens amateurs. Chaque week-end, les joueurs de djembé, les athlètes de capoeira, les mimes, les clowns, les funambules et les joueurs de quilles investissaient les berges populeuses des jardins, entre les deux passerelles du parc, et je n'étais pas très étonné que des acteurs du Cours Florent ou des étudiants en école de cirque s'installent à cet endroit stratégique pour profiter de l'afflux de curieux. À première vue, leur dispositif ressemblait à la scène bancale d'une kermesse de fin d'année. Sur quelques palettes de supermarché discount, ils avaient élevé un vieux tableau d'école primaire où un enfant maladroit avait dessiné au stylo-feutre un paysage vaguement familier : un village, le clocher d'une église, une mairie Troisième République et un château de province ; devant cette image de la France éternelle, deux hampes de drapeau supportaient une tringle de douche à laquelle était suspendue une couverture pelucheuse aux motifs kabyles qui leur tenait lieu de rideau de scène. Deux acteurs (un homme et une femme) firent leur apparition, applaudis par les enfants dissipés. Ils se tenaient l'un et l'autre appuyés sur une canne. Difficile de leur donner un âge : j'avais le sentiment bizarre d'avoir affaire à un couple de jeunes gens en pleine santé grimés en vieillards de commedia dell'arte à l'aide d'un faux nez de farces et attrapes, d'une perruque d'occasion et d'une épaisse couche de fond de teint gris. Adoptant une voix chevrotante, la fille, apparemment très belle mais vêtue comme une sorcière du Moyen Âge et ployant sous le poids d'un fagot de bois mort, commença à se plaindre :

« Hélas, le temps passe ! Tout était mieux avant. De mon temps... » Déjà, les gamins se marraient et désignaient du doigt l'autre personnage, qui faisait mine de s'arracher les poils sortant de ses oreilles comme la mauvaise herbe qui pousse entre les pavés. Le type répétait :

« Quoi ? Qu'est-ce que vous dites ? Je n'entends rien ! »

Il sortit un cornet digne du professeur Tournesol.

La fille se tourna vers le public : « Ah, ça vous amuse ? Gredins ! Chenapans ! Bons à rien ! Espèces de jeunes, va ! » Et elle menaça le premier rang de sa canne en bambou, tandis qu'elle grimaçait de douleur sous la charge des années ou de son fardeau, on ne savait plus très bien.

« Je suis coincée ! glapit-elle. Je ne peux plus bouger ! » Alors elle adopta une position comique particulièrement inconfortable, figée les deux jambes écartées, comme si elle s'apprêtait à se soulager. Les enfants jubilaient. De quoi riaient-ils ? Placé derrière le public, je contemplais le profil des fillettes ravies et des petits garçons au teint frais, les dents blanches et les yeux mi-clos en plein soleil, qui suçaient leur pouce, rongeaient leurs ongles, tenaient tout contre eux leur ours en peluche, à moitié effrayés, à moitié ravis par le vieux barbon et la bougresse en haillons qui vitupéraient de plus belle.

« Je suis vieille ! Que quelqu'un m'aide, par pitié ! »

Une gamine noire aux tresses perlées de rose hésita puis esquissa un pas en direction des planches et s'approcha avec prudence de la sorcière.

« Enfin une âme charitable... » soupira l'actrice. Et l'enfant, en s'assurant au préalable de l'autorisation de son père, souleva le tas de branchages qui écrasait le dos de la vieillarde ; soudain, celle-ci poussa un hurlement, bondit, grimaça comme un beau diable et poursuivit la pauvre gosse, qui courut se réfugier en pleurant entre les bras de son père hilare. L'actrice cabotina encore quelques instants, fit mine de boiter et de reprendre son souffle, sans cesser d'agiter une cage à rats au-dessus de sa tête dans l'intention comique d'y enfermer l'enfant.

« Vengeance ! hurla la sorcière, un beau jour tu seras comme moi. » Et les enfants riaient, riaient.

« Jadis, on nous respectait. Tout se perd !

— Jadis, murmura le vieux tellement voûté qu'il rampait presque, tu étais jeune... Maintenant tu marches sur tes seins si tu ne fais pas attention !...

— Quoi ? »

Et à l'aide de la cage à rats, elle tapa sur le crâne de son comparse en glapissant : « Tu ne vois plus tes genoux depuis des années, mon salaud, parce que ton ventre est trop gros ! »

Je ne sais pas si c'était drôle, mais les gosses se bidonnaient. C'était plaisant.

« Ah, soupira l'acteur, qui était grand, noble d'allure sous le maquillage grossier, tu étais belle et j'étais plein de force ! »

Parmi les rangs serrés du public, je remarquai soudain la silhouette discrète d'un rouquin en sweat-shirt à capuche ;

il traversait en diagonale la foule qui ne lui prêtait pas la moindre attention, mais moi je n'étais pas innocent, je savais reconnaître un pickpocket. À l'affût de signes anodins, je saisis au vol un regard inquiet de l'actrice, dont les magnifiques cheveux châtains cascadaient par mèches sous la perruque blanc et gris : les deux saltimbanques et le rouquin étaient complices.

Ah ah, me dis-je. Voilà la vraie morale de l'histoire. Les enfants s'amusent, les yeux écarquillés, et les parents se délassent au spectacle, mais pendant que la pièce les distrait, quelqu'un est en train de les détrousser. Le pauvre gars qui leur faisait les poches n'avait pas beaucoup de métier. Il s'aperçut pourtant que je l'avais repéré ; un instant il se crut pris sur le fait et ouvrit grand la bouche comme pour me demander pardon : il lui manquait deux dents sur le devant. Bah... Je haussai les épaules, et de la pointe de mes bottines en cuir de veau j'écrasai mon mégot dans l'herbe verte. Ce n'étaient pas mes affaires. Par précaution, je portai tout de même la main à la poche intérieure de mon blouson, histoire de vérifier que mon portefeuille (qui bombait un peu trop visiblement le vêtement) se trouvait toujours à sa place. Rassuré, je détournai les yeux du spectacle qui occupait les naïfs : pour moi, il était temps de repartir au travail.

II

Au hasard des rencontres et des commandes, j'en vins ce soir-là à officier pour une fête de la jeunesse argentée du VIIIe arrondissement. Changement de décor : au dernier étage d'un immeuble haussmannien de l'avenue Montaigne, dans un appartement vide de plus de deux cents mètres carrés qui était la propriété d'un avocat fiscaliste intervenant régulièrement à la télévision et parti en voyage d'affaires pour un émirat du Golfe, un fils de bonne famille blanc comme un linge avait convié toute sa classe de première année de prépa aux écoles de commerce à sa « grosse soirée interdite aux enculés » ; j'étais chargé de les approvisionner.

Il était minuit, le hip-hop qui passait ne sonnait plus comme le rap de mon époque (avant d'être zonard des Halles, j'avais traîné avec les pionniers d'Aktuel Force à la salle Paco-Rabanne de Saint-Denis et j'avais connu le smurf du dimanche après-midi au Bataclan), ça essayait d'être méchant, mais si vous voulez mon avis, le résultat ressemblait à une version Disneyland du 9-3. C'était toujours pareil : les petits jouaient aux grands. Les Blanche-Neige étaient maquillées comme des reines du bal de promo de la série américaine pour ados de l'an dernier, et multipliaient les moues méprisantes et sexy dans l'espoir de se donner des airs de bombasses R'n'B ; les potes de Blanc-comme-un-linge se la jouaient dernier cri du ghetto, avant de se trahir en hurlant « les bogosses, en force ! » comme des blaireaux (ils ne maîtrisaient pas vraiment les codes), l'alcool coulait à flots (whisky-vodka, dégoûtant), il y avait déjà de la poudre sur une table en verre, et je n'y aurais certainement pas mis le nez. Mais après tout, me dis-je, les riches ont le droit de s'amuser aussi. En sortant de la chambre à coucher où je venais tout juste de refiler cinquante grammes coupés et qui s'effritaient à un gamin qui les avait payés trois fois le prix de la weed à Paris, je décidai de laisser à leur célébration les futurs dirigeants de l'économie française. Le col de chemise ouvert, ils beuglaient « putain ! putain ! putain ! » et se tenaient comme des cousins par les épaules pour encourager une pauvre fille sortie du lycée, le feu aux joues, qui avait déjà enlevé le bas. D'ici quelques minutes, à mesure qu'elle se trémousserait sur « *Tik-Tok* » de Ke$ha, la fille se laisserait convaincre de dégrafer son soutien-gorge sous le bustier, avant de faire une fellation au salaud en train de se marrer (je détestais ce genre de type), dont la gamine était amoureuse (on le devinait à la manière dont ses grands yeux implorants recherchaient son approbation) mais qui tenait par la taille une blonde plus mûre (c'est-à-dire qui l'avait déjà fait), et puis les images filmées en gros plan finiraient en ligne sur TeenGFFucking dès le lendemain, la gamine aurait honte à en mourir, elle pleurerait l'innocence qui l'avait fuie.

Ainsi va l'adolescence.

Je connais les raisons de ce monde de bourrins, de bite, de beuh, de boisson, de mauvais goût et de liasses de billets, par quoi les riches se font éternellement envier des pauvres, dans toutes les cultures et à toutes les époques, mais il ne me révolte plus depuis longtemps. Je le déteste froidement, sans haut-le-cœur ni colère, j'y prends ma part, je les méprise tous et je m'en vais.

Dans le vestibule, alors que je m'apprêtais à partir, j'entendis fuser des éclats de voix : une discussion en train de dégénérer. Blanc-comme-un-linge avait engagé deux videurs pour la soirée, qui filtraient le passage à l'entrée ; autour des deux Blacks s'étaient attroupés six ou sept mecs déjà bien chauffés à l'alcool, le visage irrité par le rasage, l'eau de toilette et la sueur, blêmes sous le laser rouge et vert. Je n'ai guère distingué que quatre lettres épelées : « L-I-C-N. »

Du langage sms. Peut-être que les gosses parlaient de lycéennes. Est-ce qu'ils voulaient se faire des mineures ? Ridicule : ils étaient à peine plus vieux qu'elles.

Entre les dos des garçons qui s'excitaient, dans l'embrasure de la porte moulée et ornée de dorures de l'appartement bourgeois, j'aperçus un visage familier : c'était celui de la jeune actrice de l'après-midi. Encadrée de cheveux

châtain clair, sa face pure et fière m'a soudain rappelé mon premier amour de lycée. Petite, fine et nerveuse, le corps à demi écrasé entre les doubles portes battantes, la fille tenait tête à la meute de tous les autres, qu'elle insultait :
« Sale race ! criait-elle. Tu me lâches ! » Et elle essaya de se dégager de l'emprise de l'un des videurs embarrassés, qui demanda à ses clients de reculer.
« Qui les a laissés monter ? »
Derrière les portes, sur le palier de marbre blanc, on entrevoyait aussi le jeune homme d'allure noble qui interprétait le vieillard dans la pièce improvisée au parc de la Villette. Zazou belle gueule, il ressemblait à Elvis Presley avec un nœud papillon ; poliment, il proposa aux gosses de riches un prix pour « les lycéennes ».
« Ta gueule ! » répondirent-ils.
« Sauf toi chérie, tu peux rester si tu veux... » lança un môme à l'adresse de la fille, en lui glissant la main au creux de la nuque pour l'attirer vers la fête.
Pour toute réponse, elle lui cracha à la face.
« Connasse ! »
C'est alors que le troisième comparse, le rouquin pickpocket en sweat-shirt à capuche, jaillit du palier, bouscula les deux videurs et commença à rouer de coups de poing le petit con qui venait de manquer de respect à sa copine. En quelques secondes, tout dégénéra. Mais personne ne savait se battre, et c'était une parodie de ce genre de baston qu'on se raconte par la suite comme si elle avait vraiment eu lieu. On frappait essentiellement dans le vide. Dans la mêlée, le rouquin rossa tout de même un malheureux qui avait perdu ses lunettes. Déjà, les videurs étaient intervenus et Blanc-comme-un-linge, dépassé par les événements, appelait les flics à la rescousse sur son portable. Les trois intrus n'avaient pas la moindre chance ; à cet instant précis, je pris la décision qui fut à l'origine de toute cette aventure.

Je ne saurai expliquer ma réaction autrement que par une certaine attention à la beauté humiliée dans un monde où la laideur l'avait emporté. Par l'arrière, j'ai boxé et asséné une manchette au plus petit des videurs, qui venait de sortir sa lacrymo. « Courez ! » J'avais vite retrouvé le tempo de mes années à foutre la raya près de la fontaine des Innocents ; le temps d'en dérouiller deux de plus, je filais dans les pas de la jolie fille, occupée à descendre avec difficulté les marches de l'escalier, la main sur la rampe de fer forgé. Alertés par le bruit, les voisins du premier étage avaient glissé le nez dehors.

« Bande de pédés ! » leur hurla-t-elle. Et ils refermèrent la porte, effrayés.

Parvenue au rez-de-chaussée, la fille me refourgua son sac à dos de routarde : « Tiens-moi ça », puis elle baissa son jean moulant (ses jambes étaient si fines et si frêles, je ne me suis aperçu qu'à cet instant qu'elle boitait), tira sur sa culotte d'enfant et s'accroupit afin de faire ses besoins sur le tapis rouge de l'entrée. Les deux autres nous attendaient dans la rue, en nous adressant de grands signes parce qu'ils croyaient entendre approcher la sirène de police.

Je me tenais devant elle, sans trop savoir si je devais rire, la relever ou m'enfuir ; mais la gamine avait une manière innocente de faire la chose, comme s'il s'était agi de ma petite sœur de trois ans trônant sur son pot, du temps où je devais m'occuper d'elle le soir, en attendant maman. Son sourire était d'un rose vif, un léger filet de sang lui coula du nez, passa près de ses lèvres humides et je crois bien que je ressentis à son égard un élan d'affection et de sympathie dont j'avais oublié jusqu'à la possibilité, depuis des années que je n'aimais plus personne. Qu'est-ce qu'elle avait pris, pour pisser comme ça sur le tapis ? Elle renifla, essuya le sang d'un revers de la main et me regarda les yeux brillants.

« Faut pas stresser, on a le temps. »

Est-ce qu'elle était en train de chier? Je n'en sais rien. Par pudeur, je ne soutins pas son regard et je prétendis guetter nos éventuels poursuivants dans la cage d'escalier majestueuse, où résonnaient lointainement les basses de la fête des riches qui continuait, au dernier étage.

Et puis, fière de son coup, la fille siffla pour m'indiquer qu'elle avait terminé, remonta sa culotte, se dandina en reboutonnant le jean serré sur ses hanches osseuses et repartit, à peine ralentie par sa patte folle. Le temps que le véhicule de police se gare, nous avions déjà tourné au coin de l'avenue. Il ferait bientôt froid, la nuit planait au-dessus des beaux quartiers, les rues jusqu'à l'avenue Hoche étaient devant nous vides, blanches et silencieuses. Nous marchâmes tous les quatre, sans un mot, et je serrai le col de ma veste de dandy contre ma gorge que parcouraient des frissons agréables. Afin de nous réchauffer, je leur offris une cigarette, et on fuma. Quand la clope fut finie, nous étions arrivés à la station de métro des Ternes, à l'abri.

« Merci camarade », dit le rouquin, qui avait l'air jovial des gens qui aiment devoir quelque chose à quelqu'un, en me serrant la main.

« De rien.

— Pardonnez la question, mais vous êtes dans le *business*? » me demanda avec une certaine affectation Elvis Presley papillon.

Qu'est-ce que c'était que ce rigolo? pensai-je.

« Monsieur (je détestais qu'on m'appelle ainsi), vous pourriez être intéressé. » Il sortit de sa poche un stylo et la fille inscrivit quelques mots sur mon paquet.

Par curiosité, je répétai la série de lettres que j'avais entendues : « L-I-C-N?

— Vous verrez. Passez quand vous voulez. »

Je retirai mes lunettes noires pour lire ce que la fille avait noté (avec la maladresse de quelqu'un qui venait tout juste d'apprendre à écrire) et je déchiffrai péniblement leur adresse : « le château, rue Haute à Saint-Erme-Outre-et-Ramecourt, en Picardie ».

Relevant la tête, j'eus à peine le temps de les regarder sauter par-dessus les tourniquets automatiques du métro et courir à pleine vitesse pour attraper la rame encore à quai.

III

Cela faisait trop d'années que je ne m'étais pas autant amusé. Certainement que j'étais rouillé aux entournures par la routine du métier, et un peu trop blasé de la vie.

Une semaine plus tard, sans trop réfléchir, je me rendis donc à la gare du Nord. Dans le premier train pour Laon, je m'effondrai sur une banquette en tissu gris du vieux wagon Corail; dans mes écouteurs défilait une liste personnelle de titres des années quatre-vingt. Après avoir débouclé ma ceinture en crocodile, parce que j'avais pris un peu de poids, je m'assoupis quelques minutes. À mon réveil, comme il arrive à l'occasion de certains départs qui vous paraissent d'abord dénués d'importance et qui sans qu'on s'y attende coupent votre vie en deux, j'eus le sentiment étrange d'abandonner derrière moi la première moitié de l'existence; de l'autre côté de la vitre poussiéreuse du wagon presque vide, à la sortie de Paris, les rails entaillaient un réseau de veines de béton et de verre, dans la banlieue nord de mon enfance. Fils d'un modeste manutentionnaire algérien, qui avait fait venir son épouse parlant à peine le français dans un quartier sinistre de la Muette à Garges-lès-Gonesse, j'avais grandi avec ma sœur cadette au fond d'un paysage de rouille morose. C'était ce qu'on appelait à l'époque les « grands ensembles ». Je m'étais ennuyé à en vouloir au monde entier et j'avais juré de m'en sortir.

Enfant, je traînais sur le parking au pied des barres. À mesure que défilaient les gares entre Saint-Denis et Sarcelles, je revoyais maintenant passer comme des images fantômes sur l'écran de la vitre du train les fêtes de quartier, les soirées désœuvrées, les bandes, les bagarres, ceux des Dragons et des Requins dont je n'avais plus de nouvelles depuis des années, les éducateurs, les militants de quartier, les vieux cocos, les frontistes, les racistes, les skins, le virage Auteuil, les embrouilles, la came, le chômage, ma mère désespérée, ma sœur si discrète qui avait épousé un VRP, le père mort du cancer... J'en avais fait des conneries.

Bah, peut-être que la jeunesse reste; c'est moi qui m'en vais.

La forme des tags avait changé, pas les murs; sous les poutrelles rouillées des ponts coulaient les mêmes voies, roulaient les mêmes trains, sous le ciel gris lourd, l'éternel ciel du lundi qui pesait sur les épaules des gamins de Seine-Saint-Denis, dès que le week-end à Paris était fini. La playlist de mon lecteur mp3? Clash, Stray Cats, les Ruts, Oberkampf, La Souris Déglinguée, les Meteors, les premières instrus de rap new-yorkais. Ce temps-là était loin désormais et je ne savais même plus à quoi je ressemblais à l'âge du rouquin, d'Elvis et de la miss à la jambe boiteuse : un punk? un jeune con? un bon petit gars? un peu de tout ça? Impossible même de me souvenir de ma tronche de l'époque. Je cherchai dans la poche à rabat du portefeuille mon permis de conduire, afin de jeter un œil à la photographie d'identité qui datait de mes vingt ans, mais j'avais oublié qu'il m'avait été retiré il y avait bientôt six mois pour cause de conduite en état d'ivresse.

La tête me tournait; souvent, je fumais de la beuh afin de calmer ma mélancolie. Je savais que j'avais raté ma vie, mais ce n'était pas une certitude malheureuse. J'aurais pu faire mieux, mais pas beaucoup plus, sachant où, quand et de qui j'étais né. J'avais tout de même eu du bon temps. Au fil des rencontres dans la haute société, je m'étais cultivé, j'avais lu, j'étais devenu conscient et j'aimais croire que j'étais un peu artiste à ma manière; penses-tu! Un simple intermédiaire : je revendais la merde des quartiers populaires aux bourgeois, voilà tout. Et de temps en temps, je m'incrustais dans les vernissages et les cocktails branchés. J'étais plus ou moins le contraire de Robin des Bois : je prenais le truc des pauvres, je le donnais aux riches. Il faut dire que je présentais bien et que je savais à peu près parler. Avec la jeunesse et la rue, j'avais gardé le contact. Contrairement aux gens de ma génération qui avaient des mioches et qui avaient viré darons, j'avais le passe-partout, je connaissais les mots, les signes, et je ne jugeais pas. Jamais on ne m'avait traité de vieux con, j'y mettais un point d'honneur.

C'est pour cette raison que ça m'agaçait de ne pas connaître LICN. D'habitude, j'étais au courant de ce qui circulait.

Hélice? Hélène? C'était le prénom de la fille que j'aimais, au lycée : le regret de ma vie. Mais LICN, c'était quoi? Une nouvelle substance comme le Carfentanyl ou le Méthylfentanyl? Un dérivé bolivien de crack ou de base cocaïne? Un euphorisant qui se vendait sur le web? Ou une NSP pour les darknets? Pas pour moi. Comme dit Drake, « je ne joue jamais mais je suis dans le coup, lady », et vous pouviez demander : il n'y avait pas plus réglo que moi sur le marché. Code d'honneur, j'étais dandy (c'était comme ça que m'appelaient les gosses d'Aubervilliers). Jamais de coup fourré, ponctuel garanti, pas un pli. C'est toujours ce que je disais : « Je ne vends pas de saloperie aux petits. Les grands, eux, sont assez intelligents pour distinguer ce qui leur donne du plaisir de ce qui les tue. » Dieu merci, j'avais suffisamment de morale pour savoir que ce que je fabriquais n'était pas bien. Mais ce n'était pas pire que ce que faisaient les instituteurs ou les médecins, quand ils promettaient de l'avenir à des gens qui n'en avaient pas les moyens. Moi, je vendais du présent et ça, tout le monde pouvait se l'offrir. Libre à vous de l'appeler de la drogue, à l'époque je préférais dire : de la chimie. La vie, c'est quoi ? Normalement c'est simple : protéines, ADN, double hélice et molécules... Mais c'est dur de se sentir vivant dans notre monde de merde. On a l'impression d'être des pierres qui souffrent. Alors je proposais un petit supplément de chimie à la chimie humaine, dans l'espoir de rendre l'existence supportable.

IV

À Laon, le soleil de mai brillait généreusement sur la ville basse, grise, industrieuse, dominée par la Montagne couronnée. Hélant le premier taxi disponible sur le parking désert de la gare (c'était un jour férié), je lui indiquai l'adresse écrite sur le paquet de Marlboro.

« Vous allez chez eux ?

— Qui ?

— Les jeunes. » Il baissa la radio d'information continue, qui évoquait les commémorations de la Seconde Guerre mondiale. « Les jeunes sont bizarres, mais sympathiques.

— Vous connaissez LICN ?

— Élyséenne ? Comme les Champs-Élysées ? Jamais entendu parler. »

La calvitie avait lancé ses premiers assauts ; à l'approche de la cinquantaine, il résistait plutôt bien. C'était le genre de gars qui faisait profil bas. Mais il était bavard. Ainsi que tous les vrais volubiles, il commença par se taire une minute, à la façon du pianiste qui médite son attaque sur le clavier. En

sortant du parc d'activités industrielles et commerciales, la route départementale se déroulait comme le fil d'une bobine entre les bois et les champs, absolument plats, où affleurait parfois la craie. Çà et là, quelques bosquets gardaient accrochée à leurs épines la brume du matin. Le chauffeur hocha la tête et commença à me débiter sa petite conférence personnelle sur la vie, l'Univers et la région de Picardie.
« Parce que beaucoup d'hommes sont morts ici...
— Pardon ? » Merde, j'avais oublié d'écouter le début de son bouzin.
« Je dis que le Chemin des Dames n'est pas très loin. Il y a eu la guerre tout autour de nous. L'enfer. » D'un mouvement circulaire de la main, il embrassa l'horizon vide de la plaine. « Mon grand-père a combattu. » Dans le rétroviseur, il me dévisagea : je n'avais pas le faciès français. « Mon grand-père était dans l'Algérois », me sentis-je obligé d'expliquer.
« Ah, il y a des Maghrébins aussi qui sont venus mourir ici. Vous imaginez. Quand on a l'habitude de la mer, du sable, du soleil et des femmes de là-bas, rendre l'âme ici... Tenez, mon petit dernier va se mettre minable avec ses copains dans les bunkers, près de la forêt. J'essaie de lui expliquer la guerre, mais vous savez, c'est trop loin maintenant. Les gamins se fichent du passé, de nos jours. Nous sommes de l'ancienne génération.
— Vous connaissez les jeunes de Saint-Erme ? Un grand roux qui n'a plus toutes ses dents...
— Il s'appelle Milan, très sympathique. Je retiens les noms et les visages, rapport à mon métier. La première fois que je les ai vus, ils faisaient du stop sous la pluie, ils m'ont fait de la peine.
— Et celui avec une tête de rocker... ?
— Émilien. Un scientifique. Mais je n'ai aucune idée de ses recherches.

— Et la fille qui boite, cheveux longs...

— Ça c'est Laurianne ! Mignonne, hein. Quand ils sont arrivés, le château était à l'abandon. On vous a raconté l'histoire ?

— C'est la première fois que je viens.

— Vous travaillez dans quelle branche ?

— La chimie.

— Ah, eux aussi ! C'est pour ça. Je dis souvent qu'il faut créer des entreprises innovantes. Les jeunes, c'est l'avenir. Les usines ont fermé, le boulot est parti à l'étranger. Mon fils aîné a tenté le coup en Asie, vous vous rendez compte ? Alors que dans la région on est français depuis des siècles. D'ailleurs, Jules César parle d'une bataille contre Bibrax pas très loin d'ici. L'Histoire de France, c'est ma passion. Tant qu'on est jeune, on préfère la fiesta. Moi aussi, j'adorais faire le con. Après, on vieillit et on se pose des questions : d'où ça vient, où on va... On lit des livres.

— Les jeunes vivent en communauté là-bas ?

— D'abord c'était un internat. (Il n'écoutait absolument pas mes questions.) Pendant l'Occupation, les nazis ont pris possession du bâtiment pour le transformer en hôpital de campagne. Les soldats se sont entassés sous les toits. Vous verrez leurs dessins au mur. Maman disait que la nuit, on entendait leurs fantômes.

— Et qu'est-ce qu'on dit, maintenant ?

— Au début, j'ai pensé que les jeunes, c'était une sorte de secte. On a déjà connu ça. À l'époque, quand l'internat pour filles a fermé, ça s'est transformé en communauté... Le prêtre belge était plus ou moins hippie, je ne sais pas ce qu'il avait dans la tête, le type a fondé la Famille de Nazareth pour prêcher la fin des temps et le règne de Satan, ce genre de choses. Mais ça a mal tourné, comme souvent. »

Le taxi ralentit aux abords du village.

« Une femme est morte. Je crois qu'on l'a retrouvée

nue dans les souterrains : sans doute qu'ils organisaient des cérémonies bizarres. Du coup, le bâtiment est resté à l'abandon pendant dix ans. Et puis les jeunes sont arrivés. »

À cet instant, la voiture fit crisser des graviers, s'arrêta sous le porche d'un corps de ferme et quelqu'un frappa contre la vitre du véhicule. Je sursautai. C'était Milan, le rouquin.

« Bonjour ! » Il était heureux de me voir, mais pas surpris : il m'attendait.

Décontenancé, je réglai la course et je sortis.

« Venez. » En réalité, le bâtiment n'était pas un château, mais il était tout de même immense. Après avoir traversé le hall d'entrée encombré de brocanteries (dont le tableau d'écolier et les palettes du spectacle de la Villette), Milan ouvrit la porte d'une baie vitrée qui donnait sur un jardin verdoyant comme l'Éden où allaient en liberté plusieurs paons ; sur des chaises longues, peut-être au lendemain d'une fête, une poignée de jeunes gens faisaient la sieste, un journal jauni contre la figure pour se protéger du soleil, les pieds nus, en slip ou la robe relevée. Le tableau était superbe et, pour je ne sais quelle raison, poignant.

V

En rajustant sa robe d'été aux couleurs passées, Laurianne boita jusqu'à moi, me fit la bise et me demanda si j'étais prêt à *voir*. Elle était impatiente de me *montrer*. Que de mystères, jeune fille. Hilare et béate comme une gamine qui a fumé son premier pétard, elle parlait de m'emmener dans les chambres du haut et de s'allonger sous les « lits céhennes ». Je n'avais pas l'habitude de mélanger les affaires et les sentiments, mais Laurianne me fascinait comme un collégien et j'étais excité, donc j'acceptai de la suivre sans discuter.

Malheureusement, Émilien et Milan vinrent avec nous : je faillis prévenir que je n'étais pas partant pour un plan à plusieurs.

Il faisait un temps radieux; l'ancien couvent, en ruine par endroits, évoquait la forteresse d'un royaume magique des belles années hippies. Nous montâmes les escaliers le long de murs nus, puis ils me conduisirent dans la pénombre jusqu'à un beau couloir aux murs défraîchis dont le plancher grinçait; un courant d'air frais agita la poussière sous les rayons du soleil qui dardaient à travers les volets des chambres à l'abandon. Derrière une porte au bout du couloir, il y avait un ancien dortoir.

Je compris qu'il n'était pas question d'une coucherie, mais d'un deal. Mes hôtes n'avaient aucune habitude du commerce et tous les trois chuchotaient dans leur coin pendant que je faisais le tour de la salle éclatante et déserte. Drôle d'endroit pour une démonstration. Je repensai à leur spectacle pour enfants, sur les pelouses du parc de la Villette. Maintenant j'avais l'impression d'être monté sur la scène. Le plancher vitrifié brillait à la lueur du grand ciel bleu, par les très hautes fenêtres qui obligeaient à lever les yeux si on avait envie d'apercevoir le clocher de l'église voisine. D'abord, Laurianne protesta : elle ne voulait pas se livrer à ce que les deux garçons appelaient la « cérémonie ».

Mais ils insistèrent pour mettre les formes et étendirent sur le parquet la vieille couverture aux motifs berbères qui avait servi lors du spectacle. Puis ils sortirent d'un sac à dos une boîte à biscuits secs. Qu'est-ce que c'était que ce cirque? Je ne comprenais plus leurs gestes, qui semblaient relever d'un rituel très ancien et très lent. Ils m'invitèrent à m'asseoir en tailleur, cependant que Laurianne ôtait sa robe trouvée dans une friperie, et que sa belle chevelure en désordre s'accrochait dans l'encolure; dessous, elle portait une brassière noire de gymnaste, dont elle avait le corps mince et palpitant. Tel le prêtre d'un culte qui m'était inconnu, Émilien ouvrit la boîte à biscuits et découvrit, enveloppées dans du coton, de fines tuiles translucides. Puis il m'invita à me rapprocher. Dans le détail, la chose ressemblait à une hostie : c'étaient des plaques grossièrement rectangulaires de pain très fin mais irrégulier, qui laissaient passer la lumière comme du verre ou de l'eau claire.

« Alors c'est ça, LICN ?

— *Hélicéenne.* » Il épela le mot archaïque et m'expliqua que ça venait du grec ancien *hēlikíes* (en grec : ἡλικίες), qui signifie les âges de la vie. Tout le monde se tut. Émilien, Milan et moi entourions la jeune fille presque nue, allongée, les mains croisées contre la poitrine. Le moment aurait pu durer jusqu'à la nuit. Il régnait un silence musical, qui faisait croire à la vérité de ce qui allait arriver, quoi que ce fût. Enfin Émilien releva la nuque de Laurianne et, avec la délicatesse et l'agilité d'un prestidigitateur, il glissa le tiers environ d'une tuile sous la langue de la jeune fille, courte, rose et arrondie comme celle d'un chat.

« Maintenant. »

Au clocher de l'église voisine, le coup qui indiquait la demi-heure me fit sursauter. Puis j'entendis Laurianne cligner des yeux, déglutir et soupirer. Un mince filet de sang lui coula de la narine droite. Moins d'une minute après, sa tête tressauta, et il me parut qu'elle chutait au fond d'elle-même : elle était défoncée. Les garçons ne disaient rien et, pour la première fois depuis longtemps, je pris peur.

« Est-ce qu'elle va bien ? »

Ça ne ressemblait plus à la démonstration commerciale de nouvelles amphètes pour le marché parisien. Tout avait pris l'apparence d'une pantomime bizarre. La fille s'était réveillée, et m'observait. Me désignant du doigt, elle demanda : « C'est qui ? »

Milan et Émilien semblaient embarrassés. Peu à peu,

l'atmosphère mystique qui m'avait saisi laissa place au pressentiment d'une supercherie. Ils étaient en train de se jouer de moi.

« Ton âge, s'il te plaît... » réclama Milan à Laurianne.

Agacée, elle ne répondit pas, se redressa et noua ses longs cheveux en tenant un élastique rose entre ses lèvres, puis s'étira et nous contempla d'un air boudeur.

« Elle a de nouveau dix-sept ans, déclara solennellement Émilien. C'est l'effet de l'hélicéenne.

— Vous vous foutez de ma gueule ? »

Relevant mes lunettes de soleil, je scrutai le visage de Laurianne : au coin des yeux, les mêmes pattes d'oie, un cheveu blanc comme un fil d'or à sa tempe, et les rides du sourire. La fille de trente ans n'avait pas changé.

« Laurianne, montre-lui... »

Avec ennui, avec mépris aussi, elle jeta à Milan un regard furibard, comme s'il s'était agi de son père.

« Vous avez inventé le voyage dans le temps ? Avec une galette de sucre. Ha ha. Bande de comiques. » Je me levai et je redressai le menton de la fille d'une pichenette : « La prochaine fois, faites au moins un effort sur le maquillage et les effets spéciaux. » Fâché d'avoir fait le voyage pour une sorte de mauvais happening d'art contemporain, je pris le chemin de la sortie.

« Vieux con. »

Elle avait lâché ça si naturellement que je tressaillis.

« Qu'est-ce que tu as dit ?

— Il faut l'excuser, monsieur : elle a vraiment dix-sept ans, mais *dedans*. »

Je m'arrêtai. Debout, j'observai Laurianne de haut en bas et son visage m'évoqua une étendue d'eau stagnante sous la surface de laquelle j'aurais eu pour la première fois l'opportunité de voir le fond. Je ne saurais pas l'exprimer autrement : sa peau comme un lac clair et limpide donnait l'impression étrange de distinguer l'adolescente *à l'intérieur de la femme de trente ans*. Elle avait l'air ravie et moi j'étais d'autant plus embarrassé. Je suppose que j'avais peur de passer à côté d'une nouvelle manière bizarre de s'envoyer en l'air. C'est toujours comme ça qu'on finit par perdre le contact avec le mode de vie des jeunes, et dans mon métier je ne pouvais pas me le permettre. Leur discours tenait de l'art conceptuel à la mords-moi-le-nœud, mais peut-être que la drogue fonctionnait.

« Filez-moi une dose », grognai-je.

VI

Lorsque je m'allongeai sur la vieille couverture kabyle qui me rappelait avec douceur le lit de ma mère, après avoir dénoué les lacets de mes godasses et rangé mes lunettes dans leur étui, ébloui par le soleil, je me sentis comme la victime consentante d'un sacrifice humain aztèque. Je m'attendais presque à ce que la fille m'arrachât le cœur. Pourquoi essayer? Parfois, il n'y a pas d'autre moyen de savoir ce qui se passe que d'arrêter d'être spectateur. Une fois que Laurianne eut brisé la tuile de sucre en deux, Émilien en soupesa avec soin une portion dans une balance de cuisine, puis il me demanda :

« Combien d'années? »

C'était absurde. « Peu importe. »

Il rogna la dose, la confia à Laurianne qui m'ouvrit grand la bouche. Une mèche de ses longs cheveux me caressa le front et je me souvins qu'enfant, dès que j'étais malade, ma mère se tenait ainsi à mon chevet. Sous ma langue, Laurianne glissa l'hélicéenne : je refermai les yeux le temps que la substance se dissolve dans ma salive. Je déglutis en

espérant ne pas prendre de risque inconsidéré. La chose n'avait ni goût ni consistance.
Il me sembla qu'un peu de sang coulait de mon nez puis, comme je voulais l'essuyer, la tête me tourna.
(...)
Quand je m'éveillai, j'avais mal aux intestins.
« Où suis-je ? »
Dans la grande cuisine du rez-de-chaussée, attablé avec tous les jeunes de la communauté. Ils m'avaient servi une tasse de café tiède.
« Qu'est-ce que c'est que cette blague ? Il faut que j'aille aux chiottes.
— C'est normal, ça donne la nausée. Vous êtes resté inconscient vingt minutes. »
Une fois revenu des toilettes, je m'assis et j'attendis leurs éclaircissements sur ce qu'ils fabriquaient.
« Une drogue qui permet d'avoir la chiasse à volonté ? Félicitations, vous allez faire fortune.
— Regardez plutôt ça », dit Milan en me tendant son téléphone portable démodé. Sur le petit écran, une image de mauvaise qualité me montrait allongé, en train de rouvrir les yeux. Le son déjà confus était peu à peu couvert par le souffle lourd de Milan, qui filmait. Il fallut que je tende l'oreille pour m'entendre demander :
« Mais qu'est-ce que je fous là ? »
Comme sur un moniteur vidéo qui m'aurait fait accéder aux archives d'un temps ancien où même le cinéma n'existait pas, je scrutais le film, hésitant, et je me vis jeter un regard hagard tout autour de moi, avant de me frotter l'occiput avec nervosité, comme je ne le faisais plus depuis que je m'étais laissé pousser les cheveux. J'avais le vague sentiment de contempler une image lointaine de ma jeunesse, dans les années quatre-vingt. Pourtant, c'était moi *maintenant*. À l'écran, j'ai juré en cherchant

à l'auriculaire la bague de mon père que j'avais perdue il y a trois ans.

« Qui me l'a volée ? »

Je faisais l'acteur, je m'imitais moi-même avec vingt piges de moins. Et je le faisais bien. Je reconnaissais cette sorte d'insolence machiste et méditerranéenne que j'avais perdue. Roulant des mécaniques, je m'étais levé pour errer au milieu de l'ancien dortoir désert. Au mur, je venais de découvrir un grand miroir ovale dans lequel, comme un animal incrédule qui s'observe pour la première fois dans le reflet d'un étang, je me suis vu (et je me suis à peine reconnu) :

« Merde, qu'est-ce que je fais vieux... »

Puis j'ai porté les mains à ma peau grêlée, mes bajoues, mes orbites creusées. Je me touchais et je me contemplais, moi qui avais quarante ans, avec les mains et les yeux de quelqu'un qui en avait la moitié.

Alors seulement, il m'apparut à moi, devant la vidéo, que celui que j'observais ne jouait pas du tout un rôle. C'était bel et bien l'esprit du jeune homme que j'avais été, mais plongé dans mon corps actuel. Revenue d'entre les morts, ma jeunesse découvrait ce qui l'attendait quelques années plus tard : barbu, cheveux longs, bruni, ridé et abîmé par la vie comme jamais je ne l'aurais imaginé. C'était ça, l'hélicéenne.

À l'image, j'étais en train de pleurer.

« Oh putain... »

Et à mon tour je fondis en larmes devant l'écran.

« Maintenant, murmurai-je quand les sanglots cessèrent, il faut m'expliquer. »

VII

« Je vais tout vous dire. »

Émilien tripota nerveusement son nœud papillon, s'avança vers le tableau au bout de la grande table de la cuisine, et choisit un stylo-feutre dans le tiroir du buffet.

« Je suis chercheur indépendant. Je m'intéresse au lien entre identité et hallucination. Très tôt, j'ai eu l'idée d'une substance qui altère l'ordre des âges dans le cerveau et qui transforme le sens de soi. Quand j'ai commencé mes recherches, je savais que le principe de l'hélicéenne devrait être un alcaloïde, donc une molécule organique hétérocyclique, c'est-à-dire un cycle d'atomes de carbone, associés chacun à un atome d'hydrogène, mais azoté. J'ai tout de suite admis que ce serait un indole, un composé organique aromatique qui comprend un cycle benzénique et un cycle pyrrhole accolés. Le cycle benzénique, c'est C_6H_6, et le cycle pyrrholique, c'est C_4H_5N. À faible concentration, l'indole possède un parfum de fleur, mais à plus forte concentration, il exhale une odeur puissante de matière fécale. En ajoutant une éthylamine, qui se note $CH_3\text{-}CH_2\text{-}NH_2$, en queue de l'indole, on obtient du 2-méthyl rattaché à la tryptamine (autrement dit : indole plus pyrrole). Et ça, la diméthyltryptamine, plus connue sous le nom de DMT, c'est une substance psychotrope très puissante, naturelle ou synthétique. Vous la connaissez. Inhalée, elle produit un effet presque immédiat, très souvent une expérience de mort imminente. C'est une structure chimique proche de la psilocine ou de la sérotonine. »

Émilien parlait comme un professeur. J'ai levé la main : « Arrêtez. Je ne comprends pas.

— Je parle de l'ayahuasca des chamanes. Vous, vous ne comprenez pas, mais je vous assure que c'est du niveau petit chimiste. Première année de licence, et encore. Attention, je voulais inventer autre chose. Je cherchais une variation inconnue qui transformerait radicalement le mobilier ontologique de notre perception et affecterait le facteur temps de l'identité. D'abord, j'ai associé au cycle benzénique un cycle quinoléique, en travaillant sur du $C_{15}H_{26}N_3$, ou du $C_{12}H_{18}N_2$.

« Durant ma thèse, on m'a traité comme un imposteur, mais j'ai trouvé tout seul : un cycle de benzène avec un cycle de quinine couplé avec du 2-methyl, et enfin une chaîne éthylamine couplée elle aussi avec du 2-methyl, que j'ai transformée petit à petit en une forme de N,N,N-trimethyl-(2-methyl-1,2,3,4-tetrahydro-1-isoquinolinyl)-methanamium. Vous pouvez chercher sur ChemSpider, aucune référence, et voici à quoi ça ressemble. »

Il dessina la molécule sur le tableau et je pris une photo de piètre qualité de son dessin à l'aide de mon smartphone :

« Ajoutez un dernier ingrédient secret, et je vous présente "hélicéenne".

— Qu'est-ce que ça provoque ? Une hallucination qui te fait croire que tu es revenu en arrière dans le temps ? »

Il eut l'air vexé. « C'est bien plus précis que ça. Vous connaissez ces systèmes de sauvegarde, sur les ordinateurs d'aujourd'hui...

— J'ai un Mac. Je ne suis pas complètement à la ramasse ! »

Les autres jeunes ont ri.

« ... qui s'appellent Time Machine ou Time Capsule. Vous entrez dans le logiciel et vous pouvez retrouver n'importe quel état antérieur de votre système, de vos applications et de vos documents. Si entre-temps vous avez perdu ou altéré un fichier, il réapparaît intact. Heure par heure, semaine par semaine, mois par mois, année après année, chaque version de la machine est conservée à l'intérieur. Et, dès que vous le souhaitez, vous avez la possibilité de rendre de nouveau présente une sorte d'instantané du passé. L'hélicéenne fonctionne de manière analogue mais avec votre cerveau. Mettons que l'ensemble de vos connexions synaptiques soit préservé à mesure que le temps passe et que vous vieillissez, de telle sorte qu'à l'instant t tous les états antérieurs de votre personne, en tout cas de votre cerveau, se trouvent enregistrés et ordonnés quelque part dans le cerveau lui-même. Simplement, ils faiblissent en intensité, ils sont sans cesse recouverts par le moment présent, comme une image au fond de votre rétine est éclipsée par la nouvelle lumière qui lui parvient en permanence du dehors. Le résultat, ce sont des cercles concentriques de versions de vous-même... »

PERSONNE NORMALE

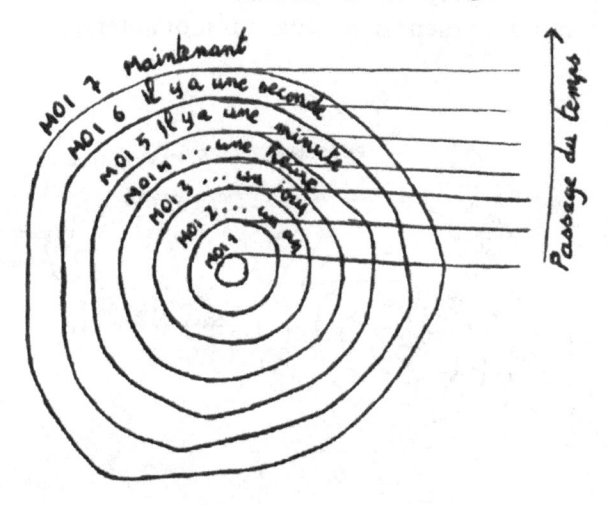

MOI 7 maintenant
MOI 6 il y a une seconde
MOI 5 il y a une minute
MOI 4 ... une heure
MOI 3 ... un jour
MOI 2 ... un an
MOI 1

Passage du temps →

« Imaginez qu'on découvre dans votre système cérébral où et comment sont stockées toutes ces versions mémorisées par le système. Il suffit de trouver le bon accès et d'émuler une version donnée pour lui rendre l'apparence de la version actuelle et la faire remonter du moi profond (au centre du cercle que j'ai dessiné) jusqu'à la surface (le périmètre du dernier cercle).

« Il ne s'agit pas de voyager dans le temps, seulement de court-circuiter la mémoire. Ce n'est pas de la science-fiction. En réalité, tous les états d'un système connecté tel que l'ordinateur ou le cerveau persistent, pourtant ils sont ordonnés de manière que toutes nos versions aient le sentiment de n'en faire qu'une : la dernière. C'est ce qu'on appelle le sentiment de l'identité personnelle.

« C'est une contrainte cognitive très forte. Et c'est elle que l'hélicéenne fait sauter : sous hélicéenne, n'importe quelle version précédente de notre personne peut être restaurée. Bien sûr, votre corps reste votre corps de maintenant, mais il est temporairement habité par un moi antérieur. »

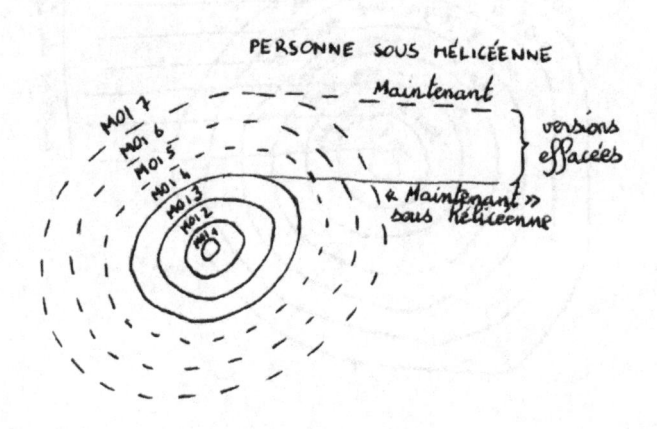

PERSONNE SOUS HÉLICÉENNE
Maintenant
MOI 7, MOI 6, MOI 5, MOI 4, MOI 3, MOI 2, MOI 1
versions effacées
« Maintenant » sous Hélicéenne

« Grâce à l'effet du psychotrope, la personne se contracte et redevient n'importe lequel de ses anciens moi. Du coup, chacun de nous est dix, cent, mille "je" possibles. Et la drogue en sélectionne un seul.
— Lequel ?
— Tout dépend de la dose. Avec Laurianne, nous travaillons depuis un an et nous sommes parvenus à synthétiser l'hélicéenne sous la forme de l'hostie que vous avez avalée. Une dose de dix grammes correspond à un an. Donc un douzième de dose à un mois. Nous espérons affiner les proportions, pour parvenir à viser une personnalité à la minute près.
— Il y a une limite ?
— On appelle ça "le Mur". Pour une raison inconnue, on ne peut pas descendre au-dessous de l'âge de sept ans.

— Des effets secondaires ?
— Un léger saignement, rien de grave. Et des douleurs aux intestins.
— Accoutumance ?
— On n'en sait trop rien. Peut-être à fortes doses, mais c'est comme tout. Ce qui est certain, c'est que vous ne vous souvenez même pas de l'effet que ça a eu sur vous. Votre corps a été occupé pendant vingt minutes par une version différente de vous-même ; c'est elle qui a fait l'expérience, pas vous. Du coup, vous ne ressentez ni désir ni besoin. Si vous voulez faire revenir celui que vous avez été à tel ou tel âge, tant mieux, mais vous n'avez rien à y gagner personnellement : c'est un autre moi qui en profitera.
— Comment réagit la... je ne sais pas comment dire... la "version", c'est ça ? Moi, tout à l'heure, à vingt ans, comment est-ce que j'ai interprété ce qui se passait tout autour de moi ? Je me retrouvais quand même dans un corps qui avait vingt ans de plus, au milieu d'une pièce vide, devant des gens que je n'avais jamais rencontrés de ma vie...
— Milan sait comment leur parler. »
C'est lui qui expliqua : « Les versions qui arrivent sont déboussolées. La plupart du temps, elles croient qu'elles sont en train de rêver, d'avoir une hallucination et de se représenter leur avenir. Il faut les rassurer. Mais plus vous prenez de l'hélicéenne, mieux la version comprend. Si vous redevenez régulièrement le même homme, il va se souvenir des expériences précédentes. Les versions développent leur propre mémoire parallèle. Laurianne est très forte pour ça... Elle incarne cinq ou six Laurianne différentes dans la même journée. Pas vrai ? »
À cheval sur un tabouret, Laurianne mâchait son chewing-gum : « Quoi ?
— Quel âge tu as, là ?

— Tu fais chier. Treize.
— Tu sais où tu es ?
— Je suis pas conne, merci. Je viens d'écouter.
— Très bien, interrompis-je. Mais à quoi ça sert ? »
Fiévreux, Émilien s'adressa à tous ses camarades.
« Vous me demandez à quoi ça sert ? » Il avait l'éloquence ampoulée des grands timides. Je remarquai qu'en l'écoutant la jeune Laurianne gardait les sourcils froncés et avait les yeux brillants.
« La jeunesse s'enfuit. Je ne vous apprends rien. On passe la seconde moitié de son existence à défendre la première. Jeune, on voudrait empêcher le monde d'être vieux. Vieux, on n'a plus qu'à lui interdire d'être jeune. On est jaloux. L'espérance de vie augmente, la mélancolie aussi. Les gosses n'ont qu'une hâte, c'est de grandir. Et les adultes, vous les avez vus ? Ils regardent des séries pour ados, ils se badigeonnent de crème pour garder la peau douce et ferme, ils font de la chirurgie esthétique, ils veulent rester dans le coup. C'est pathétique. »
Il reprit son souffle.
« Qu'est-ce que c'est que le capitalisme ? C'est l'industrie de la tristesse. Quand on est gamin, on nous promet que ce sera le pied d'être indépendant et d'avoir de l'argent : on lit des livres, on chantonne des chansons qui nous font miroiter la vie des plus grands. Mais quand on a grandi on nous explique qu'en fait, rien ne valait la jeunesse. C'est fini. Et on se met à regarder des films, à écouter de la musique qui nous rappellent le passé. La culture, c'est du commerce pour que les jeunes s'achètent un peu d'expérience et les vieux un brin d'innocence.
« Il est pourri ce monde-là, monsieur. Mais au contraire, imaginez que la jeunesse dure et que rien ne soit perdu. Alors la tristesse est finie. »
Émilien souriait et sa voix flageola dans les aigus.

« Chacun de nous est un peuple, un parlement, une petite démocratie. L'enfant, l'adolescent, l'adulte discutent dans notre tête. On habite à plusieurs sous notre peau, et on peut redevenir celui qu'on veut. Je crois que c'est à ça que sert l'hélicéenne. »

Il se rassit en tremblant. Laurianne l'embrassa sur le front.

« Alors, reprit Émilien comme un général qui vient d'exposer son plan de bataille, est-ce que vous êtes prêt à nous aider ? »

J'attendis, puis je répondis : « On peut améliorer les arguments de vente, et il faudra discuter du pourcentage, mais pourquoi pas. »

J'entendis tout autour de moi des soupirs de soulagement. Bientôt, tout le monde parla en ouvrant des canettes de bière d'étudiant bon marché et le brouhaha l'emporta. Milan vint me voir et me proposa d'aller fumer dehors, dans la cour des paons.

« Qu'est-ce que vous en pensez ?

— Je n'ai plus trop l'âge de croire à ce genre de grandes idées délirantes. Mais je n'ai rien contre.

— Vous avez eu la version exaltée. Émilien est un petit génie. Je peux vous assurer que ce qu'il dit est vrai. On s'est moqué de ses idées à Paris et on l'a humilié. Je l'aime beaucoup, je me suis occupé de lui. Mais je vais vous dire franchement : on a besoin de fric tout de suite. La H, ça coûte cher à fabriquer. Comment est-ce qu'on peut la refourguer ? Internet ? Il faut s'y connaître pour masquer son adresse IP. Moi, je me sens déjà largué. On a tout essayé pour gagner de l'argent, mais eux ce sont des scientifiques, moi un artiste : je crois qu'on ne sait pas se vendre.

— Vous savez voler... (Je repensais à l'arnaque du spectacle pour enfants.)

— Pardon ?

— Rien.
— La mairie voudrait nous expulser du château. Il nous faut cinquante mille dans le mois.
— Un gros client. Plusieurs.
— Je te fais confiance, camarade. »

Le soir tombait et je restai seul à méditer sur ce que je venais d'entendre, qui me paraissait à la fois ridicule et exaltant, jusqu'à ce que Laurianne traverse la cour :

« Vous avez vu mon amoureux ?
— Milan ? Il vient de repartir vers la cuisine. »

Elle éclata de rire : « Pas lui : c'est mon ex. Je te parle d'Émilien.
— Je croyais...
— C'est la vieille qui est avec Milan. Moi (elle se présenta et me serra la main), je suis celle de vingt ans. Maintenant je couche avec l'autre. T'as une clope ?
— Tenez.
— Tu veux de la H en échange ? » Et elle me tendit une petite tuile translucide.

La fille me plaisait beaucoup mais je me sentais trop vieux pour l'entreprendre, alors j'avalai...

VIII

J'étais rentré à Paris par le premier train dans l'espoir de convaincre l'un de mes clients les plus fidèles de tenter l'aventure. Bien entendu, en bon baratineur, je prétendis avoir trouvé *la drogue qu'il lui fallait*. J'étais son dealer, c'était mon docteur et je connaissais ses besoins.

Une semaine plus tard, nous partîmes – le Docteur, son épouse Barbara et moi – pour le château de Saint-Erme. Par discrétion professionnelle, je ne donnerai pas son nom mais vous le connaissez peut-être : c'était un drôle de personnage un peu désuet. Amateur d'Amérique, lecteur de Baudrillard, le Docteur possédait une vieille Dodge Charger de 1968 en forme de bouteille de Coca-Cola, comme dans le film *Bullit*, avec une calandre au contour chromé qui avait été ajoutée au début des années soixante-dix. Au volant, cet original mâchonnait un cigarillo et me parlait de leur traversée des États-Unis en écoutant *People Are Strange* des Doors et en lisant Ferlinghetti, à l'âge de trente ans, à cette époque heureuse où il était un maître-assistant prometteur en Sorbonne et où Barbara, linguiste de formation, publiait ses premiers articles novateurs à propos des principaux aspects, grammatical, sémantique et lexical, qui visaient à une redéfinition structurale des temps verbaux comme signes « à récurrence obstinée » (je les cite sans rien comprendre). Surtout, elle voulait devenir écrivain. Ah, la jeunesse. Ils étaient partis pour l'université de Stanford. Après avoir fait la connaissance d'une petite troupe qui avait quitté Los Angeles et Topanga pour la vallée de Santa Clara, au sud de San Francisco, ils avaient vécu deux ans à la baba cool et ça avait été les plus belles années de leur vie commune ; maintenant, à l'endroit de l'hacienda, au creux de la « vallée des délices du cœur », qui avait abrité le plus grand verger de Californie, des champs d'arbres fruitiers à perte de vue, il y avait la Silicon Valley.

Le Docteur avait connu la contre-culture, il regrettait le bon vieux temps. Jadis, Barbara avait été une femme brillante, mais aujourd'hui elle semblait dépressive et fatiguée : à chaque phrase, elle cherchait ses mots. Elle avait fini par se spécialiser dans la grammaire descriptive de l'imparfait d'un parler slave du Bas-Vardar. Puis elle n'avait plus rien publié. Lui gagnait très bien sa vie comme analyste dans le VIIe arrondissement ; depuis plus de dix ans pourtant, il ne croyait plus à Freud, il était défroqué. Il avait vu dans les milieux universitaires l'alliance des cognitivistes et des comportementalistes l'emporter et signer l'acte de décès de tout ce à quoi il avait cru ; il avait bien essayé de lire de la psychologie évolutionnaire et des sciences du cerveau, mais il était trop tard pour rattraper le temps perdu.

Aussi, Barbara avait commencé à perdre la mémoire ; aux premiers signes d'Alzheimer, le Docteur avait paniqué. Par l'intermédiaire de quelques mauvaises fréquentations de jeunesse, il avait fait appel à moi pour acheter du cannabis de qualité (comme en Californie). Il cherchait un moyen de s'apaiser. Parfois, elle ne le reconnaissait même plus (elle ne le disait pas, mais on lisait dans ses yeux l'angoisse d'avoir perdu quelque chose et de ne pas savoir quoi), et le Docteur était malheureux. À la maladie d'Alzheimer, il n'y avait pour l'instant aucun remède.

À mes yeux, ils seraient tous les deux les consommateurs d'hélicéenne parfaits : des ex-soixante-huitards, c'est-à-dire les jeunes les plus jeunes du siècle, mais qui avaient bien vieilli depuis.

À notre arrivée à Saint-Erme, Milan, Laurianne et Émilien nous attendaient en compagnie d'autres camarades sous le préau ; ils semblaient impatients de recevoir ce premier client. Peut-être pour masquer son appréhension, Laurianne était raide défoncée. À vue d'œil, je lui donnais dans les quatorze ans. Pour le Docteur, elle n'était sans doute qu'une petite conne de plus. Il se livra à une longue visite méfiante des lieux, il remarqua que, de son temps, même les communautés de junkies étaient mieux tenues et, lorsqu'il les interrogea sur leurs goûts, il s'étonna de l'inculture et de la passivité de cette trentenaire, qui avait tout juste le niveau d'une collégienne. Quant aux autres, il les trouva conformistes et trop gentils : « Les jeunes d'aujourd'hui sont moins jeunes qu'à notre époque. »

Le Docteur était un peu réactionnaire. À vrai dire, le Docteur avait peur.

« Je crois qu'il est temps de procéder à la démonstration, déclarai-je, il fait déjà noir. »

Éclairés par les lampes-tempête à pétrole disposées avec soin aux étages par leurs amis, Émilien et Milan ouvrirent la voie jusqu'à l'ancien dortoir. Enjouée, Laurianne prit le bras de Barbara afin de l'aider à monter les marches de bois irrégulières. Les mains dans le dos, le Docteur râlait : « Quelle fumisterie... » Il regrettait déjà d'avoir accepté.

Sur le parquet, Émilien et Milan avaient étalé des draps blancs qui sentaient le frais, et disposé des coussins pour les invités, qui souffraient peut-être des reins.

« Combien d'années ? » demanda Émilien, accroupi près de la boîte à biscuits.

Le Docteur se montra impatient, et je murmurai à Émilien de forcer la dose jusqu'à leurs trente ans, au moment du voyage à Santa Clara. Tournant et retournant la tuile translucide devant lui, le Docteur trouva que la chose évoquait les apéritifs à la crevette servis dans les restaurants asiatiques bon marché. Puis il en glissa une portion sous sa langue et donna l'autre à Barbara.

D'abord, il ne se passa rien.

Par la vitre, j'apercevais derrière une couche de poussière le proche clocher de l'église, et la demi-heure sonna. Nous attendîmes. Le Docteur et Barbara se regardaient, à un mètre l'un de l'autre, telles deux statues de sel, et le regard du mari n'était que douleur, de trouver celui de sa femme vide et sans éclat. Un léger filet de sang coula de son nez. Leur tête bascula à la façon de celle des pantins, avant de se redresser d'une saccade.

Ils se réveillèrent.

Il y avait si peu de différence entre leur visage actuel et celui du passé remonté à la surface qu'on ne pouvait plus tracer de limite entre ce qui était et ce qui semblait être : les traits lourds du Docteur s'animèrent avec la vigueur d'un jeune premier, et les joues éteintes de Barbara rosirent de nouveau de l'incarnat d'une demoiselle.

« Qu'est-ce qui s'est passé ? » dit-elle en portant sa main sarclée de rides au visage de son mari. « Tu es vieux.

— Toi aussi. » Il lui prit la main et la lui montra. « Oh mon Dieu ! On dirait une momie. »

Puis il rit : « Je crois que c'est un rêve !

— Non, le reprit-elle. Je le fais aussi. C'est le peyotl.

— Ce gars, à Santa Clara, quel escroc ! »

Ils se marraient tous les deux.

« On a l'air malins, maintenant !

— Qui sont ces gens ? » Ils nous contemplèrent ébahis. Et Milan expliqua que nous étions des *amis*.

« Merde, on est raides... Vous pouvez nous expliquer pourquoi on a l'air tellement *vieux*, tous les deux ? »

Le Docteur prit sa femme dans les bras à la manière d'un petit fiancé possessif, maladroit mais passionné : « Bah, la mèche blanche dans les cheveux te va bien. » Et il rigolait de plus belle : « Tu ne veux pas voir si tu en as une sur la chatte aussi... ?

— Arrête ! Arrête ! »

Agitée, heureuse, inquiète, elle nous regardait et lui tapa sur la main pour l'empêcher de la glisser sous sa culotte. « Il y a du monde. » Malicieuse, elle me demanda : « Vous êtes du futur, puisque nous sommes âgés ?

— Oui, madame.

— Comment c'est ?

— Le futur ? »

Le Docteur avait enlacé Barbara, dont le corps de vieille

dame prenait ses aises de jeune femme. Bizarrement, il n'y avait rien d'indécent à cela.
« Je crois que vous vous aimez toujours. »
Ravie, elle ferma les yeux.
« Et moi, qu'est-ce que j'ai fait ?
— C'est difficile à dire, madame. Je ne suis pas spécialiste dans votre domaine...
— La linguistique.
— Vous avez écrit des choses intéressantes... » J'étais embarrassé de ne pas m'en souvenir.
Milan me souffla : « Il faut toujours leur dire la vérité. »
« ... mais ça n'a pas marché. Vous n'avez pas publié.
— Ah... Et lui ?
— Il gagne de l'argent. Rien de plus. »
Le Docteur fronça les sourcils : « Qu'est-ce que raconte ce mec ? Tu ne vas pas le croire ? C'est une hallucination. Il n'existe pas. On a pris de l'ayahuasca ou je ne sais plus quoi. Il doit être deux heures du mat', à la frontière de Juárez. Regarde-nous... Tu le crois ? » Il tourna la tête de sa femme pour lui montrer le grand miroir ovale toujours suspendu à un clou sur le mur du studio. Ils se virent l'un et l'autre.

Ils rirent, rirent, rirent à en perdre haleine, puis le Docteur attrapa le hoquet, et il dit, interrompu par la secousse de son diaphragme : « Je t'aimerai toute la vie, ma chérie. »

Bientôt ils s'embrassèrent et Milan nous demanda de les laisser : seul son téléphone portable posé par terre resterait témoin de la scène. Lorsque j'ai osé un dernier regard, avant de fermer derrière moi la porte de la grande salle, le tableau des deux vieillards qui se déshabillaient fébrilement, et dont l'esprit palpitait sous la chair grise, lâche et usée m'émut et je sus que nous avions réussi notre coup.

Quand ils nous rejoignirent hagards dans la cuisine et qu'ils se virent sur l'écran, le Docteur fut bouleversé. Il sanglota. Une heure plus tard, il nous signa un gros chèque et me promit que tout Paris serait ici dans moins d'un mois; il tint parole.

IX

Une nouvelle drogue attire toujours du monde. Mon téléphone ne cessait de sonner et les réservations des amis du Docteur affluaient : des gens de l'art contemporain ou des médias, de grands chirurgiens, des courtiers blindés de thune.

C'est au cours de ces semaines frénétiques que j'appris à mieux connaître le brave Milan. Depuis le lycée, il était amoureux de Laurianne. Pas simplement d'elle : de toutes ses versions au cours du temps. Ils avaient vécu ensemble, mais elle ne voulait plus de lui. Il avait essayé de se dédoubler, puis de se détripler, afin d'augmenter ses chances; hélas, à mesure qu'il se multipliait, il divisait d'autant le peu d'amour de Laurianne.

Milan m'expliqua qu'à l'âge de vingt-sept ans, quand il avait compris qu'il ne serait jamais théâtreux professionnel comme il l'avait cru, il avait connu une sale période. Il avait battu Laurianne, il s'était excusé et l'avait battue de nouveau, parce qu'elle le provoquait, m'expliqua-t-il en précisant qu'il ne cherchait pas d'excuses. Elle était invivable, il ne voulait plus vivre. Ivre au volant d'une voiture empruntée à un ami, il avait essayé d'en finir en pleine nuit, en fonçant contre le mur de la maison qu'ils louaient à l'époque près d'Amiens, mais il s'était raté et était sorti miraculeusement indemne de cet accident pathétique. Pas Laurianne, qui avait hérité d'une jambe boiteuse. Elle aurait pu y rester. Depuis, il avait perdu son amour et il ne cesserait plus de le perdre. Sous hélicéenne, comme pour le punir, toutes les versions de Laurianne le quittaient l'une après l'autre et tombaient amoureuses d'Émilien.

Ils avaient rencontré le garçon peu après l'accident, à la sortie de l'hôpital à Paris, lorsque Émilien était presque à la rue, et Laurianne l'avait tout de suite adoré. Avec sa gueule d'Elvis et son nœud papillon, c'était un original. Depuis son accident, Laurianne souffrait, traversait des phases dépressives, alors elle avait voulu croire à cette idée folle de faire revivre le passé. Elle avalait les hosties sans réfléchir. Plus prudent, Milan l'accompagnait parfois. Pour une raison inconnue, Émilien refusait, lui, de prendre de la H qu'il produisait : il prétextait les exigences de l'objectivité scientifique, mais son abstinence m'inquiétait. Il savait peut-être les dangers de la chose. En ce cas, pourquoi tester la H sur Laurianne, qui était défoncée jour et nuit ? Il ne lui voulait pas de mal : il les aimait toutes également.

Quel couple étrange : lui, toujours le même, et elle, toujours une autre. Tous les deux travaillaient dans l'ancienne salle de bal du sous-sol, reconvertie en laboratoire. Au rez-de-chaussée, Milan et moi tenions les comptes. Il fallait acheter au supermarché de quoi nourrir la trentaine de permanents et faire de l'hôtellerie : laver les draps, étendre les torchons, réserver les taxis en gare de Laon, accompagner les usagers dans les dortoirs… Les premiers camarades n'y suffisaient pas, d'autant que la plupart consommaient et qu'il était impossible de tenir un calendrier de travail avec des individus qui n'étaient pas fiables. C'était un bordel sans nom : untel d'aujourd'hui partait finir le ménage à l'étage, mais le même avec cinq ans de moins revenait picoler de la binouze en compagnie de ses vieux potes ; unetelle, qui s'en allait faire les courses à vingt-cinq ans, était de retour à douze, et elle avait dépensé l'argent dans une boutique de friandises ; un troisième baisait avec unetelle à vingt ans, mais la trompait à dix-huit, avant de l'avoir rencontrée, et ça faisait tout un scandale.

Heureusement, la boutique tournait tout de même.

Le premier client de prestige fut un ancien ministre. Personne n'avait la moindre estime pour ce genre de girouette. Jeune militant révolutionnaire, il avait participé aux manifestations lycéennes de 1986 contre la loi Devaquet. Il était devenu député, puis membre du gouvernement. Il avait perdu des cheveux, pris du poids et prétendait avoir conservé sa rage de jeunesse, qu'il avait placée au service de « l'exercice ingrat du pouvoir ». Il avait voulu venir, avaler de l'hélicéenne et faire se rencontrer le ministre qu'il était devenu et le militant de jadis. Nous l'avons laissé faire. Il avait décidé de présenter à une version très jeune de lui-même sa carrière, ses principales réalisations et il avait même écrit un texte à son intention, cette sorte d'étrange panégyrique de soi que l'hélicéenne incitait à rédiger, afin de se justifier aux yeux du passé. Au bout d'une minute, nous entendîmes de grands cris. On appela Milan à l'étage : le garde du corps désarçonné ne savait pas comment séparer l'agresseur de la victime, puisque c'était la même personne. Il fallut finalement immobiliser notre client une bonne dizaine de minutes, pour l'empêcher de se faire du mal. Enragé comme un adolescent immature, il beuglait des insultes et se moquait de lui-même. Est-ce qu'il avait compris ? Peut-être persuadé de faire un mauvais rêve, il avait en tout cas envie de régler son compte à l'espèce de vieux connard qui avait pris possession de son corps. Il crachait en l'air, il riait et puis, parce que nous le relâchâmes un peu trop tôt, persuadés qu'il s'était calmé, il prit un malin plaisir à s'expédier un direct du droit en pleine face. L'ancien ministre, après encore quelques minutes agitées, s'en tira avec le nez cassé.

Contrairement à ce que nous aurions pu craindre, l'homme se montra enchanté de l'expérience. Il s'amusa beaucoup de la vigueur du potache qui vivait toujours au fond de lui ; il n'en revenait pas et ne cessait de répéter à qui voulait bien l'entendre : « Hé hé ! J'étais un petit con, dans le temps ! » Et il semblait ravi.

Si le client est satisfait, je le suis aussi : il nous paya grassement.

Sur ses conseils, d'autres suivirent, leurs avatars se multipliaient et, à vrai dire, ça devenait difficile à suivre.

Bientôt, Milan décida de glisser au revers de notre chemise une fiche de papier bristol. Les diverses versions de la personne s'y trouvaient répertoriées. Il proposa un système de classement provisoire : chaque moi était accompagné d'un *indice* qui signalait son année. Quand Lauriane avait vingt-deux ans, elle s'appelait « Lauriane 22 ». Suivait entre parenthèses le numéro de série de la version : celle de vingt-deux ans était, dans l'ordre d'apparition, la septième version ressuscitée de Lauriane. On disait donc : « Lauriane 22 (v7) ». Par convention, la version de base (sans hélicéenne), c'était la v1.

La plupart de nos clients se contentaient de deux versions, la v1 et celle du moment préféré de leur existence. Ils venaient pour se juger. Rien ne m'a plus étonné au cours de cette aventure que de découvrir ceci : les hommes n'ont pas de désir plus profond que de soumettre celui qu'ils sont au jugement de celui qu'ils ont été. Peut-être est-ce la preuve qu'aucun d'entre eux ne croit vraiment à un dieu. Pour se sauver ou se condamner, ils ne font confiance qu'à leur passé. J'ai observé des dizaines d'hommes tout tremblants de pouvoir présenter le résultat de leur vie à l'appréciation souvent désinvolte de l'adolescent enfoui au fond d'eux et, presque immanquablement, le lycéen n'avait pour celui qu'il deviendrait que le mépris et le dégoût que partagent

les jeunes personnes pour l'expérience, les compromissions et les échecs des adultes.
Il n'y a pas d'autre tribunal que celui de sa jeunesse. À la fin, beaucoup se pardonnaient et jamais, dans ma vie, je n'ai vu les hommes heureux comme sous hélicéenne.
Mais après un mois, il y eut une telle foule au château qu'il était devenu impossible pour Laurianne et Émilien de continuer à travailler tranquillement au sous-sol. Les étudiants, les militants, les alternatifs, les *freaks* et les curieux se mêlaient aux clients, en échange de services rendus en cuisine. Les nouveaux arrivants s'entassaient à quatre ou cinq dans les chambres non aménagées ; comme ils étaient chacun deux ou trois de plus sous H, la cohérence de l'ensemble menaçait de voler en éclats.
Le château était halluciné et la joie débordante. C'était le chaos, mais aussi le Paradis.
(Du moins, jusqu'à ce que le stock de H baisse et qu'on commence à manquer.)

X

La première fois que je fus réveillé par le manque, il devait être deux heures du matin, j'étais couvert de sueur et je ne cessais de cauchemarder. Dans mon sommeil, celui que j'avais été à l'âge de vingt ans me reprochait avec amertume de « ne pas lui faire assez de place ». Cette version de moi se plaignait de vivre à l'étroit sous ma peau, elle poussait, poussait, poussait pour atteindre bientôt ma taille sous le masque de mon visage. Elle voulait, il voulait, je voulais (je ne sais pas comment dire) remonter à la surface, afin de respirer l'air frais du présent.
Peut-être que j'avais pris trop de H.
En moi-même, une concurrence sauvage commençait à

régner. Je ne parvenais plus à dormir, hanté par la guerre civile qui couvait à l'intérieur de mon crâne.

Je sortis de la chambre. Dans les ténèbres du couloir, deux petites cousines défoncées se demandaient l'une à l'autre leur âge du moment pour se raconter des ragots de *lovers* et de *tcheklala* sur d'autres versions d'elles-mêmes.

« Tu sais qu'elle a couché avec...

— Est-ce qu'il vous en reste? coupai-je les gamines du nord de Paris.

— Y en a plus. »

Contrarié, je descendis l'escalier en me grattant la peau du cou, quand j'aperçus une Laurianne qui cherchait son Émilien.

« Si je le vois, je lui dis de te retrouver. T'es en 21.2, c'est ça? » (Désormais, on se donnait rendez-vous en âge.)

Trop tard : elle venait de lécher des miettes de H qui lui restaient dans la paume de la main. Du sang coulait sur les croûtes de sang séché à la base de son nez.

« Putain, t'as encore changé, maintenant t'es Laurianne combien? »

En moins de cinq secondes elle basculait, et c'est à peine si on remarquait le léger tressautement de sa tête, les yeux fermés, les yeux rouverts.

« Qu'est-ce que je fous là? »

Agacé, je tirai de la poche avant de sa blouse le bristol sur lequel étaient enregistrées toutes ses versions. La liste s'arrêtait au numéro soixante-quinze.

« T'as quel âge?

— Dix-neuf ans. »

Elle se démultipliait tellement qu'il fallait préciser le mois après un point. Entre deux lignes, je griffonnai donc : « Laurianne 19.4 (v76) ». Mais elle me retint par le poignet, avec ce regard de sorcière qui tenait peut-être à la coupe au carré qu'elle avait arborée durant des années, et que ses cheveux longs d'aujourd'hui striaient étrangement. Laurianne simulait souvent et on ne savait jamais tout à fait qui ni quand elle était. Pour me narguer, elle sortit de sa poche une tuile *entière*.

« File-moi ça ! » Et j'avalai la

(...)

aucune idée de ce que je fis dans l'intervalle en v je-ne-sais-trop-combien. À l'étage, je tombai sur des couvertures étalées par terre et des marginaux venus d'autres pays d'Europe, ramassant à quatre pattes des miettes de tuiles brisées d'hélicéenne, qui traînaient avec le sol mal lavé. Le rez-de-chaussée avait été loué par des particuliers. De petits studios avaient été aménagés : tentures, organdi, fauteuils, bougies et, derrière les rideaux mal tirés, de riches vieillards nus, des femmes rondes et mûres comme sur un tableau de maître flamand, qui se filmaient avec leur iPhone. Ils se faisaient des *selfies* à travers les âges : moi à vingt-deux ans dans mon corps de soixante-dix. Est-ce qu'ils organisaient des orgies ? Est-ce qu'ils baisaient entre les générations ?

« Accès interdit » : un homme petit, chauve, fatigué et v1 referma la porte et me raccompagna jusqu'à la cage d'escalier. C'était un gars des Renseignements généraux. Il m'offrit une cigarette : « Là-dedans, il y a des personnalités.

— Qui ?

— Vous ne les connaissez pas. Des gens vraiment importants. Pour l'instant, ils s'amusent, mais ça ne va pas durer. Imaginez qu'une personne en bute une autre sous l'influence de votre drogue. Ou la viole. Vous ne pouvez pas la condamner sans mettre en prison toutes les versions suivantes et toutes les versions précédentes, alors qu'elles n'ont rien fait. (Je compris que le malheureux se faisait sincèrement du souci pour la loi.) Un juriste assez malin pourrait faire annuler toutes les décisions de justice. *Toutes*. Est-ce que vous... »

Il fallait que je prévienne Milan de la présence des flics. Mais je n'entendais déjà plus le mec sentencieux des RG, emporté malgré moi par une bande bruyante de fêtards de la jeunesse dorée qui déboulait du premier étage, en chantant et en me poussant devant eux dans le fumoir. Je reconnus l'un des richards en Armani, hilare et blanc comme un linge, qui me sourit : « On a des réserves pour tenir toute la nuit. C'est soirée VIP! T'en veux?

— Non, merci. » Je me retins. « À quoi ça te sert? » Il ne portait pas de bristol au revers de sa chemise bleue. « T'as quoi, dix-sept ans? T'as pas besoin de ce truc.

— Trois ans de moins! Je suis au collège. Je t'ai bien eu! »

C'était vraiment un divertissement de privilégiés : voilà une bande de puceaux qui se payaient tout de même un rab de jeunesse, alors que des vieux sans le sou en auraient eu cent fois plus besoin qu'eux.

« Salut. »

Une beauté de terminale trop maquillée, qui portait un décolleté à paillettes et gardait les mains sur ses seins comme pour les écraser : elle n'avait pas l'habitude de sa propre poitrine.

« T'as quel âge?

— Onze ans, m'sieur. »

Un crevard l'intercepta et entreprit de la chauffer. La gamine rougit. Je la pris par la main : « Toi, tu vas venir avec moi. » D'abord, il fallait mettre les enfants à l'abri. Je n'avais pas envie d'assister à une initiation sexuelle collective de gosses de l'école primaire qu'on aurait munis de l'appareil biologique d'adolescents en rut. J'avais la gorge sèche, je toussais en me frayant un chemin parmi les jeunes de je ne sais trop quel âge, et Blanc-comme-un-linge qui avait tellement envie de devenir mon pote de collège me tendit un verre d'alcool, les yeux brillants : « Tu peux y aller, les parents ne sont pas là ! » Je bus un coup. Dégueulasse : merde, de la H en poudre ! C'était aussi pâteux et plâtreux qu'un absorbant intestinal qu'on avale contre la nausée. Ses camarades en v1 qui avaient encore l'âge d'être cons s'éclataient à gaspiller tout ce qui restait dans des sortes de space-cocktails H-vodka, qu'ils distribuaient en ricanant comme des fouines. Debout sur le canapé, deux filles avaient commencé un strip-tease, un verre à la main, et enlevaient un vêtement par an.

« Non, non, non, attendez ! » protestai-je, en sachant que j'allais

(...)

mal au ventre, je titubai jusqu'à la buanderie. Au pied des machines à laver, enveloppés dans des draps blancs et sous des couvertures usées, des dizaines d'enfants dormaient. Bien sûr, ils avaient des corps et des visages d'adultes, mais certains suçaient leur pouce, d'autres respiraient difficilement, la bouche grande ouverte, et c'était Milan qui les recueillait afin de les mettre à l'abri du bruit et de la fête des grands.

Voilà à quoi ils ressemblaient : des adolescents dégingandés, des hommes et des femmes en habits de soirée, portant des bijoux, tatoués, et pourtant plongés dans le sommeil avec des poses et des airs d'écoliers innocents traînés par leurs parents à un dîner chez des amis qui se serait éternisé ; alors ils s'étaient assoupis, une peluche ou un jouet imaginaire dans le poing, un filet de bave au coin des lèvres. À quoi rêvaient-ils ?

Recroquevillée comme un petit chat sur les étagères en bois, par-dessus les tas de torchons propres, Laurianne était là. Je vérifiai sa fiche. Sept ans et trois mois. Elle se rapprochait dangereusement du Mur. Son corps paraissait démesuré, ses jambes faisaient penser à des échasses repliées, et ses bras dépassaient d'elle comme les manches trop larges d'un vêtement emprunté à quelque grand frère. Avec délicatesse, Milan la veillait et lui tenait la main : « Elle a besoin de se reposer, à son âge. »

Dans cette étrange nursery j'étouffai, je cherchai un courant d'air frais et je sortis du bâtiment, mais je butai contre un cercle de types d'une quarantaine d'années occupés à boire des bières, à roter et à se passer un téléphone portable de main en main.

« Qu'est-ce que vous faites ? »

Il s'amusaient à « taxiphone » : avant de prendre de la H, chacun laissait à l'intention de lui-même un canular téléphonique destiné à lui faire croire que vingt ans plus tard il était devenu riche et célèbre, qu'il avait gagné au Loto, qu'il travaillait dans le showbiz et qu'il avait couché avec Isabelle Adjani ou Vanessa Paradis ; la bande d'amis en v1 témoignait ensuite en faveur de cet avenir fabuleux auprès du pauvre gars sous hélicéenne, désormais persuadé que s'ouvrait devant lui une vie de triomphe et de plaisir facile. Un mec entre deux âges était mort de rire à l'idée de se faire à lui-même une aussi mauvaise blague de gosse. Je le reconnus : c'était le chauffeur de taxi bavard qui m'avait conduit depuis Laon jusqu'ici. Il avait beaucoup bu, mais il se souvint de moi et m'invita à

(...)

fallu que je prenne le temps de chier. Je souffrais de plus en plus du ventre. À cause de la H, mes intestins vibraient comme la carlingue d'un avion au décollage ; peut-être que les entrailles qui restaient au sol protestaient contre le cerveau qui s'envolait.

Par dizaines, les gens venaient se soulager dans les fossés, au bas du joli verger légèrement en pente, et on entendait toute la compagnie geindre comme des damnés, rugir, péter et chier avant de s'essuyer dans l'herbe, le cul par terre.

« Bon Dieu ! »

Les tas de bouses s'amoncelaient devant le château ; c'était une solide barrière de merde aux portes du Paradis. Ne supportant plus l'odeur, je
(...)
dans la chapelle, tous se turent. Ils toussaient. Derrière l'autel, trois hauts vitraux nous contemplaient. Est-ce que tout le monde se sentit soudain coupable ? Certains, allongés sur les bancs en bois, contemplaient un Christ en croix qui promettait la vie éternelle, à la lueur de la lune ronde. Le Docteur était assis, tenant contre ses genoux la tête de Barbara à demi assoupie et qui ne se souvenait de rien ; il me demanda s'il me restait un peu de H pour elle. Sans lui répondre, je poussai les lourds battants en bois de chêne et j'errai jusqu'au verger sous le ciel étoilé. Au pied d'un pommier, Laurianne attendait.

« T'es en vl ?
— Oui, et toi ?
— Idem.
— Je ne t'avais pas vue depuis longtemps. Tu vas finir par exploser.
— M'en fous, je ne veux pas être quelqu'un.
— Tu dis ça parce que t'es jeune.
— Tu dis ça parce que t'es vieux. Tiens, prends ça, on discutera après...
— Non. Arrête.
— Tu pensais pas ça il y a dix ans.
— Tu m'as connu ?
— Plutôt bien, oui.
— J'étais comment ?
— Je te raconte si t'avales
(...)
sur l'écran de la salle audiovisuelle, au premier étage. Affalé sur le canapé en compagnie d'autres jeunes cons

à demi endormis, Blanc-comme-un-linge me poussa du coude : « Eh, c'est toi ! »

Nous étions occupés à regarder d'un œil distrait la projection d'une série de vidéos mp4 chargées sur l'ordinateur derrière nous, relié à un projecteur. Sur l'image, je me découvris en train de danser le disco, le col de la chemise ouvert et l'index levé, beuglant comme un connard. Puis celui qui m'avait filmé sur son téléphone s'autorisa un travelling grivois de haut en bas, et je vis la petite meuf trop maquillée, à genoux, occupée à me préparer une fellation. Dehors, elle faisait dix-sept ans ; à l'intérieur, elle en avait onze. Et moi, je la traitais de salope en riant. Je l'encourageais et je les faisais chanter en chœur : « Amandine, Amandine, Amandine, viens me sucer la pine ! » Dans la salle, presque tout le monde avait sombré dans un sommeil comateux et j'étais le seul, avec Blanc-comme-un-linge qui gloussait, à me contempler tel que j'étais vraiment à l'âge de vingt ans : une sorte de beauf qui n'était ni pire ni meilleur qu'eux.

Sans doute avais-je voulu oublier depuis des années que j'avais été semblable à ceux que je méprisais le plus aujourd'hui. Un petit connard de fêtard, grande gueule, machiste et pas très futé. C'est pour cette raison que je les détestais : je me haïssais d'avoir été l'un d'entre eux. Et j'avais beau me prendre pour un gars à la cool, qui prétendait connaître ce bas monde, qui avait lu, qui s'était cultivé, qui respectait les femmes et qui posait sur les choses un regard de sage, quelqu'un en moi n'avait jamais cessé d'être ce petit con-là. Il vivait toujours au fond de ma boîte crânienne de primate. Voilà ce que m'avait appris l'hélicéenne.

D'abord je cherchai à éteindre le projecteur, en vain, puis je voulus débrancher l'ordinateur : pas moyen de trouver la prise, derrière un vieux meuble trop lourd. Le film continua. Je recouvris la source de toute ma honte d'un tee-shirt noir qui traînait sur le divan; à travers un filtre sombre et endeuillé, sur le mur du fond, on me devinait encore occupé à rire de la fille défoncée, à boire et à jouer au débile.

Je ne voulais pas voir ça. Je montai au dernier étage, cassé en deux par la nausée; au grenier, la toiture était ajourée, l'air de la nuit passait. Je tremblais de fièvre et de froid.

J'avais envie de mourir. Il me semblait qu'à l'extrémité du grenier, le mur à moitié effondré donnait sur le vide. Enjambant les gamines de tous âges, j'avançai sur le plancher vermoulu et mon visage se prit dans les toiles d'araignée. Il y avait sur les murs défraîchis, là où le plâtre tenait toujours, des phrases gravées en allemand, quelques lignes d'un poème que je ne comprenais pas, et le dessin à la mine de plomb du profil pur et doux d'un jeune homme, comme dans un médaillon. J'imaginais celui qui, malade et blessé, peut-être à l'agonie, avait dessiné ce visage à la fin de la guerre, loin de chez lui, oublié en terre ennemie, allongé sous les toits de cet internat de jeunes filles reconverti en hôpital de fortune. D'un seul coup, il me sembla que l'univers entier se souvenait, que tous les hommes qui avaient existé un jour existaient encore, comme des flammes très faibles dans le feu plus puissant du présent, que les disparus, les morts, ceux dont personne ne s'était jamais remémoré les actes ne cesseraient jamais d'avoir été, même quand ils ne seraient plus rien. Le pauvre petit lieutenant allemand était toujours là, de moins en moins, mais encore un peu; et moi, parce que j'étais vivant, je prétendais exister plus que lui. Je me multipliais, je gaspillais l'existence.

Je n'étais qu'un médiocre.

Oh, je ne méritais pas le néant, mais je ne méritais pas l'infini non plus.

« Est-ce que tu tiens le coup, mon ami ? » me demanda le

brave Milan, plein de sollicitude, en se penchant vers moi. « Je t'ai cherché partout. Tiens, il me reste une dose... »

Non : je lui arrachai la chose et je la réduisis en miettes, puis je le bousculai d'un violent coup de coude, je trébuchai et je descendis les escaliers à quatre pattes. Dans le hall, le conducteur de taxi reposait vautré par terre, bienheureux, au milieu des gosses et des vieux dans le désordre le plus complet, il dormait et j'en profitai pour lui faucher les clefs de sa caisse. Hagard, je retrouvai le véhicule dans la rue Haute, je démarrai et je tentai de rejoindre au beau milieu de la campagne picarde le chemin de la gare de Laon. À l'aube, je grimpai dans le premier train pour Paris.

Réveillé par le contrôleur, sans billet, sans argent ni pièce d'identité, je terminai le voyage au poste de police de la gare du Nord. Mais, bien sûr, je n'avais pas un gramme de substance illicite dans le sang et ils me relâchèrent.

XI

Combien de jours et combien de nuits passai-je dans mon studio du XVIIIe arrondissement, prostré sur une couche, sans boire et sans manger, à racler du bout des ongles l'épiderme de ma nuque, de mes tempes et de mon occiput, comme pour trouver avec les mains le chemin direct de la cervelle, où ça me tourmentait tellement?

Un soir, enfin, il me parut que la sueur, la salive et la pisse avaient évacué de mon corps, comme les canaux d'un cloaque, la sale substance de la H ; je me sentis vide, libre et guéri. Soulagé, j'ouvris la fenêtre ; Paris était paisible.

Grâce à d'anciens clients, des bruits me parvinrent tout de même de là-bas, mais rien de précis. On disait que le château avait été fermé. De temps en temps, on trouvait un peu de H sur le marché, mais chaque fois que j'en ouvrais un sachet, je découvrais qu'il s'agissait d'un mauvais ersatz : ça tournait sans doute un peu la tête, on avait l'impression de régresser un moment et de se comporter comme un adolescent, mais ça aurait tout aussi bien pu être du MDMA bon marché. Il n'y avait plus d'hélicéenne authentique en circulation. Certainement que l'État en avait confisqué les derniers stocks et que des laboratoires pharmaceutiques travaillaient d'ores et déjà à leur analyse. Peut-être même qu'Émilien et Laurianne avaient été embauchés, comme les hackers le sont par les grandes entreprises qu'ils ont d'abord piratées.

En tout cas, c'est ce que je me racontais. Et je repris le fil de ma petite vie.

En septembre seulement, comme je repassais devant le bel immeuble bourgeois où le Docteur avait son cabinet, je me sentis la force de sonner et d'entrer.

Il se leva pour me serrer la main, derrière son bureau d'acajou encombré de fétiches africains, de curiosités d'Inde et d'Arabie, d'étuis péniens, d'élixirs, d'aphrodisiaques et de vénus en terre cuite.

Le pauvre avait pris un sacré coup de vieux. Sa femme Barbara avait été hospitalisée. Sur sa peau tavelée, le bleu des veines était devenu visible.

Enfin, j'osai lui demander : « Alors, comment ça s'est fini ? »

À son expression morose, je compris que les choses avaient mal tourné.

Le Docteur retira ses lunettes et essaya de me décrire le plus honnêtement possible ce qu'il avait vu. Le château était sens dessus dessous. Le jour qui avait suivi mon départ précipité, le bruit avait couru qu'il restait de l'hélicéenne que les trois lascars s'étaient gardée pour leur compte, le temps d'en refabriquer. Les hommes et les femmes se comportaient comme des bêtes. Quelques malotrus avaient

même houspillé et maltraité Laurianne. Le Docteur l'avait soignée dans une chambre à l'étage, avant de prévenir Milan et Émilien que la fille était sur le point de craquer. Il fallait à tout prix la sevrer.
Soudain, j'eus un mauvais pressentiment : « Elle est morte ?
— Non. » Embarrassé, le Docteur hésita : « Pas exactement.
— Comment ça ? » Je me suis redressé sur mon siège.
« Elle ne m'a pas écouté et, en se trompant sur les doses, elle a ressuscité Laurianne 17.7. Dix-sept ans et sept mois : c'était la version interdite.
— Pourquoi ?
— D'après ce qu'ils m'ont dit, c'était la Laurianne que Milan avait rencontrée au lycée, et pour laquelle il s'était pris d'une folle passion. Par un de ces grands serments d'amoureux, ils s'étaient juré de ne jamais faire revivre cette incarnation. Je suppose qu'ils préféraient qu'elle n'existe plus que dans leur mémoire. Mais maintenant cette Laurianne-là errait dans les couloirs. La 17.7. »
Je commençais à comprendre : « Elle a croisé Émilien.
— Émilien se planquait au sous-sol, et il l'a recueillie. Elle s'est tout de suite entichée de lui. »
Malheureusement, le Docteur ne connaissait pas le déroulement exact des événements. Beaucoup de clients et de *freaks* avaient déjà quitté le château, évanouis dans les champs alentour à l'aube. Surtout, une personnalité importante avait paraît-il succombé à une crise cardiaque : la rumeur s'était répandue que la police s'apprêtait à faire une descente dans les bâtiments du château. Tout ce que savait le Docteur, c'était que Milan, désespéré et jaloux comme jamais à force de courir après la 17.7, avait absorbé plus de H que de raison et qu'il avait fini par redevenir le mec violent du temps où il la battait. Dans la foule d'êtres

bons, cordiaux et généreux qu'il avait été tout au long de sa vie, il avait fallu que ça tombe sur le seul mauvais gars qu'il avait jamais été : le 27.3. C'est ce 27.3 qui était revenu et qui avait coincé Émilien.

« Coincé ?

— C'est un peu confus dans mon esprit. Tout est de la faute du 27.3.

— Qu'est-ce qu'il a fait à Émilien ?

— C'était un sale type.

— Est-ce qu'il l'a tué ? » J'étais blême.

« Peut-être qu'il n'en avait pas vraiment l'intention. En tout cas, il lui a fait avaler de la H de force. Le 27.3 venait d'arriver, il ne savait pas qu'Émilien n'en prenait jamais, peut-être même que le 27.3 n'avait aucune idée de ce que c'était que cette drôle de poudre. Il a vu un homme embrasser sa fiancée, il n'a rien compris, il l'a frappé et lui a enfourné une sacrée poignée de H dans la bouche.

— Émilien était allergique ?

— Non. » Le Docteur me regarda avec étonnement. « Ce n'est pas ça. » Il prit un air désolé : « Émilien s'est pendu, une dizaine de minutes plus tard.

« C'est moi qui l'ai retrouvé. Vous savez, le garçon était d'un tempérament fragile, lorsqu'il avait vingt ans. Sans doute que la rencontre des deux autres l'avait sauvé. Pendant toutes ces années, il savait qu'il ne devait pas retourner en arrière. Il fabriquait de l'hélicéenne pour les autres mais n'en prenait jamais, tout simplement parce qu'il avait peur de redevenir le petit jeune homme suicidaire de jadis. C'était son secret. Seul, sous hélicéenne, perdu dans les couloirs du château, qui sait ce qu'il a imaginé ? Après avoir fui la bagarre avec Milan, il a sans doute marché dans les travées de l'ancien internat. Il s'est vu plus vieux dans le reflet d'une glace. Il a compris qu'il n'était pas devenu le grand génie qu'il avait toujours rêvé d'être. Je n'en sais rien. Qu'est-ce qui lui a traversé l'esprit ? A-t-il conçu son suicide pour s'échapper de ce qu'il a considéré comme une sorte d'hallucination ? Il avait trouvé la force de ne pas se tuer à vingt ans une fois, mais pas deux. On est idiot à cet âge. Il s'est pendu à la grande poutre de la chapelle.

— Quel horrible gâchis. » Je ne savais pas quoi dire d'autre.

« Quelques minutes plus tard, Milan a décuvé de son 27.3. Vous imaginez bien la réaction de ce brave garçon quand il a compris la situation.

— Et Laurianne ? » osai-je demander, la gorge serrée.

« Laurianne… » Le Docteur a croisé les mains devant lui. « Je n'ai jamais rien vu d'aussi triste. Elle a pleuré la mort du garçon qu'elle aimait une première fois, quand elle l'a trouvé allongé sur les dalles de la chapelle, à nos pieds. Nous venions de descendre son cadavre à grand-peine. Milan a voulu la retenir, mais elle n'a pas supporté de découvrir le visage sans vie d'Émilien. Alors elle s'est enfuie en courant et on l'a retrouvée dans le verger, toute guillerette, avec quelques années de moins : elle avait pris de la H pour faire partir la douleur. Je ne sais pas qui lui a dit qu'Émilien était mort… Elle n'a pas voulu le croire, pourtant elle a découvert le cadavre une deuxième fois, caché sous une couverture, sur le sol de la chapelle. Et elle a hurlé de rage et de haine. Bien sûr, j'ai essayé de la maîtriser, de lui tenir de force les poignets, mais rien n'allait plus, il y avait du désordre partout et elle m'a échappé. Alors… » Il fit un geste d'impuissance. « Quatre, cinq, peut-être six fois, elle a repris de l'hélicéenne, et il a fallu lui dire et lui redire qu'il était mort. Je n'en pouvais plus. Elle était comme folle. J'ai vu Milan essayer de les consoler les unes après les autres, et les unes après les autres, elles ont crié, elles l'ont traité d'assassin, elles ont pleuré, elles sont tombées à genoux, pour rien. La souffrance était trop intense, il fallait qu'elle se défonce, mais plus elle se défonçait, plus elle se condamnait à oublier, et plus il fallait qu'elle découvre la vérité *comme si c'était la première fois.* »

Il s'épongea le front.

« Mon Dieu, c'était affreux. Vous avez de la chance de ne pas avoir vu ça. »

Mais au fond de moi, je regrettais d'être parti trop tôt.

« Dans le chaos qui régnait, les forces de l'ordre sont intervenues. Le château a été bouclé, la plupart des jeunes gens de la communauté arrêtés, les curieux dispersés. Par contre, plus aucune trace de Laurianne. Les menottes aux poignets, Milan a supplié qu'on le laisse partir à la recherche de la jeune fille. Après une battue d'environ une heure, les chiens ont trouvé son corps sans vie dans la clairière aux biches, sur l'ancien emplacement du camp des Gaulois vaincus par César. On m'avait raconté l'histoire quand j'étais arrivé en taxi. Vous aussi ? Eh bien elle se trouvait là, au milieu des fougères.

— Elle est morte aussi.

— Non, je vous l'ai dit. Elle avait fini par franchir le Mur. Elle avait avalé toute l'hélicéenne qui restait, puis avait régressé bien en deçà de l'âge de sept ans. Les doses étaient si fortes que son cerveau avait fini par retrouver la forme primordiale qu'il possédait avant la naissance, avant même qu'elle ait été conçue dans le sexe de sa mère : rien du tout. Ils n'ont trouvé qu'un corps vide. Moi-même, je l'ai aperçue qui était couchée sur le flanc, la bouche ouverte. On aurait dit une coquille. Et à l'intérieur de la coquille, le néant.

— Qu'est-ce qu'ils ont fait de son corps ?

— Pas la moindre idée. L'organisme était encore vivant, pourtant il n'y avait personne dedans. Je ne sais pas quel est le statut légal de ce genre de chose. La justice n'a même pas ouvert d'enquête. Et puis les autorités n'avaient aucun intérêt à mettre l'affaire sur la place publique : les noms des personnalités impliquées seraient sortis.

— Milan n'a pas été inculpé...

— Il est reparti sur la route, sans doute.

— Drôle d'histoire. Peut-être que le projet était condamné d'avance.

— Il n'y a pas d'ordre des choses. Ils ont joué, ils ont perdu, rien de plus. Ils auraient pu gagner. Ne mettez pas de nécessité où il n'y a que de la force.

« Mais il y a une autre possibilité », ajouta le Docteur, théâtral, en éteignant la lampe de son bureau avant de me raccompagner vers la sortie. Il était l'heure pour lui de partir pour l'hôpital rendre visite à Barbara.

« Quelle possibilité ? »

Il me serra la main en me congédiant : « Qu'ils aient ri de nous depuis le début, parce que tout était faux, et que nous ayons été heureux de nous laisser prendre au jeu, au moins pour un moment. »

Je voulais lui demander ce qu'il entendait par là. Mais il avait déjà refermé la porte.

XII

Dix années ont passé, je me suis rangé.

En inclinant doucement vers la vieillesse, il m'est arrivé tard, mais pas trop tard, de trouver l'amour : j'ai épousé une femme pour laquelle j'ai beaucoup d'affection, et qui en manifeste autant pour moi. Je ne fais plus trop de conneries depuis que je travaille honnêtement dans le milieu de la musique. Parfois, le souvenir avivé de l'aventure qui avait tourné court picote sous ma peau et quelques-unes de mes versions resurgissent dans des rêves ou des cauchemars plus lucides, plus durs et plus vrais qu'à l'accoutumée. Alors je me demande ce que je serais sous hélicéenne, lequel de mes moi-même l'aurait emporté, de quelle façon l'enfant, l'adolescent, l'adulte et bientôt le vieillard auraient continué de vivre sous le même toit, si tout se serait mélangé, s'il en serait sorti un homme nouveau.

Hier soir, l'orage grondait et je remontais la rue de Ménilmontant afin d'aller assister avec ma femme au concert d'un artiste que j'adorais lorsque j'étais adolescent. Soudain, au coin de la rue et à l'écart de la foule qui se pressait sous les trombes d'eau jusqu'à l'auvent protégeant l'accès aux caisses, j'ai deviné une silhouette encapuchonnée qui tenait par la main une grande fille boiteuse.

Ils se sont approchés de moi qui tendais au-dessus de ma tête un journal gratuit, dans l'espoir de protéger mon vieux blouson de cuir de l'averse. L'eau dégoulinait de caniveau en caniveau, les gens ne disaient pas un mot. C'était le soir, à l'heure où tout le monde se presse de rentrer chez soi, de se blottir seul au chaud, ou au contraire de sortir rencontrer des amis. Mais eux n'étaient pas pressés, ni dans un sens ni dans l'autre. Ils marchaient doucement. À la lueur des phares de voitures qui roulaient en nous éclaboussant, j'ai reconnu les cheveux roux, et le sourire auquel il manquait maintenant toutes les dents.

J'ai murmuré : « Milan... »

Ensuite seulement j'ai aperçu au bout de la main du demi-clochard qu'il était devenu cette femme qui se tenait sur une seule jambe, comme une grue, avant de sauter à cloche-pied dans une flaque. C'était Laurianne : elle vivait encore ! Son visage, un peu fripé à la façon d'une feuille de papier par la main négligente des années, était toujours aussi innocent à quarante qu'à trente ans.

« Est-ce que tu te souviens de moi, mon vieux ? » Bien sûr que je me souvenais. Milan m'a pris dans ses bras, ému, et m'a serré fort contre lui. Et puis il s'est penché vers

Laurianne, pour lui expliquer : « C'était un bon ami de ta mère, à l'époque. »

Sa mère ? Mais de qui est-ce qu'il parlait ?

Nous nous sommes réfugiés sous un porche, où Milan m'a expliqué qu'il s'occupait de l'éducation de Laurianne depuis le jour où elle était née de nouveau, il y a maintenant dix ans. Il s'exprimait comme un bouddhiste ou un illuminé new age et j'ai fini par réaliser ce qui était arrivé : l'organisme de Laurianne avait vieilli, mais son cerveau avait recommencé toute une vie à zéro. Du néant où la jeune femme avait sombré, après avoir franchi le Mur, son esprit était naturellement revenu au monde. Dans son corps de trente ans, Laurianne s'était révélée être un bébé encombrant et bizarre. Milan l'avait tout de même nourrie, bercée, bordée et torchée ; il lui avait appris lui-même à écrire, à lire, à compter. Aujourd'hui, son niveau était celui d'une élève de CM2 correcte. Elle avait dix ans.

J'ai regardé cette belle femme mûre dans l'espoir de la percer à jour, comme si elle jouait un rôle, mais elle avait vraiment les manières de l'enfant qui s'ennuie ferme tandis que deux adultes discutent du passé.

« Et dans quelques années, a conclu Milan avec ferveur, elle sera en âge de retrouver la formule. »

Il parlait de l'hélicéenne.

« Je croyais que c'était *lui seul* (je n'osais pas prononcer le nom d'Émilien) qui la connaissait.

— Elle aussi. Elle en fabriquera de nouveau. Et tout recommencera. »

Comme je hochais la tête, il a compris que je n'y croyais guère.

« Si ça ne marche pas, on trouvera autre chose. »

« Comme papa et maman ! » s'est exclamée la petite fille, dont le sourire était incrusté de dents déjà cariées qui rendaient le tableau à la fois odieux et touchant. J'ai réalisé que dans son esprit dérangé « papa » désignait Émilien et que « maman », eh bien, c'était elle-même dix ans plus tôt. Soudain affectueuse, Laurianne s'est blottie contre moi pour me prodiguer un câlin de gamine qui minaude.

« Après tout, pourquoi pas ? » ai-je conclu en guise d'adieu, frottant doucement le crâne de cette grande fille dont les seins fermes se pressaient contre ma poitrine. Je leur ai souhaité bonne chance pour la suite. Ils sont repartis clopin-clopant sous la pluie et je les ai regardés s'éloigner avec insouciance sur la chaussée, sous les rideaux tremblotants de l'averse automnale, au bout de la rue et au-delà.

En prenant ma place dans la queue pour le concert du soir, à l'abri sous l'auvent de la billetterie, j'ai embrassé mon épouse et j'ai glissé la main dans la poche intérieure de mon blouson à la recherche du portefeuille, mais la poche était vide, et j'ai juré.

Ah, les escrocs ! Ils m'avaient bien eu.

Puis j'ai ri.

LES ROULEAUX
DE BOIS

« Moderne, c'est déjà vieux »
LA FÉLINE

I

J'ai fait semblant de me souvenir et j'ai souri : il était temps de raconter l'anecdote, une fois de plus.
Quelques heures avant le concert, dans les loges de la Maroquinerie, au nord du XXe arrondissement de Paris, je fumais les jambes croisées, assis sur un tabouret, devant deux pigistes de magazines de guitaristes et trois journalistes amateurs pour des sites français d'*indie rock*. Mon chanteur ne voulait plus parler à la presse, comme si la presse existait encore. Le tourneur nous avait vendus avec un plateau de vieilles gloires californiennes des *eighties* : avant nous jouait un toxico rescapé de la scène Paisley Underground ; après nous, un groupe que nous méprisions à l'époque, une sorte de sous-Camper Van Beethoven foutraque, qui avait décroché une publicité pour les jeans Levi's au moment du grunge, in extremis. Eux comme nous avions écrit un

tube, et nous avions eu nos fans. Devant l'entrée de la salle, sous le porche, traînaient déjà quelques amateurs, lorsque j'étais sorti prendre l'air, en fin d'après-midi. Des gens de mon âge, évidemment. Mais il y aurait ici, aussi bien que lors des précédentes dates en Europe, de jeunes personnes, parce que nous avions été des seconds couteaux de la grande Histoire, et qu'il existait à chaque génération des adolescents pour préférer ceux *qui auraient pu* à ceux *qui l'ont fait*. Ils ont tort, mais j'ai de l'affection pour eux.

Alors, l'anecdote. En 1984, avant d'entrer en studio pour enregistrer le deuxième album de Wave Packet, je suis retourné dormir chez mes parents, à Redwood City, avec ma copine de l'époque. Le premier album, très mauvais, n'avait pas marché, et j'avais la peur au ventre de rater : la première fois, j'étais inconscient, mais maintenant je savais. Les compositions étaient faibles. Mon père, qui a du sang indien, nous a raconté des histoires de tribus locales, tout autour de la baie, et j'ai beaucoup bu. Je me suis endormi sur mon lit d'enfance, ma fiancée entre les bras. J'étais jeune. Au pied de ma table de chevet, j'avais déposé un petit enregistreur Philips, parce que ma chambre se trouvait dans un appentis, à quelque distance de la maison de mes parents, et que chaque fois que l'envie m'en prenait je pouvais jouer de la guitare – à l'époque il s'agissait d'une Rickenbacker achetée grâce à mes premiers cachets de concert. Lorsque je me suis réveillé avec la gueule de bois, au matin, j'ai voulu réécouter ce que j'avais composé au cours des derniers jours. En tendant l'oreille, j'ai été surpris de découvrir que je m'étais levé au beau milieu de la nuit : ma copine n'avait rien entendu, mais j'avais enregistré dans un état second quelques minutes d'une mélodie lancinante, que j'ai proposée le jour même aux autres gars du groupe.

J'ai écrasé mon mégot sous le talon, en plaisantant avec les journalistes. Bien plus tard, j'ai appris que Keith avait composé la structure de « *Satisfaction* » comme ça, dans son appartement de Carlton Hill, à St. John's Wood.

Ma chanson s'appelait « *Walking Backwards* » (et le titre était de moi). Longtemps, c'est un morceau qui ne m'a pas semblé très original, et qui ne me donnait pas l'impression de m'appartenir ; mais il a marché. Et puis, au fil des concerts, des interviews, des rééditions Deluxe de notre album, mon attention a été attirée par un quelque chose dans cette chanson bien troussée qui, sans que je sache comment, lui avait permis de passer les années. Je l'ai aimée pour ça, puis je l'ai haïe, pour avoir été contraint de la rejouer devant des foules qui ne connaissaient rien d'autre de moi, puis je l'ai aimée de nouveau, comme un souvenir de notre minuscule gloire passée, de ce que nous avions connu de mieux dans notre vie, puis elle m'a lassé, et enfin je suis parvenu, aujourd'hui, à un état d'indifférence absolue à son égard. Ce n'est pas ce que je dirai aux types qui m'interrogent en ce moment, mais c'est la vérité : je l'entends, froidement, et je sais que c'est tout ce qui restera de moi, jusqu'au jour où les gens ne se souviendront même plus de ce qu'on appelait des chansons.

Aux journalistes, je raconte la petite histoire qu'ils connaissent déjà. Nous étions un groupe post-punk, et comme tous les « post- » de l'histoire, nous étions jaloux de ce que nous n'avions pas connu. Je n'ai jamais été au bon moment au bon endroit. J'ai raté les Pistols au Winterland, en 1978 ; mais aussi les Dead Kennedys aux Bay Area Music Awards, et les X, parce qu'ils étaient à L.A. J'ai eu dix-huit ans en 1980, et je n'étais pas conscient de l'état de l'histoire de la musique à cette date comme je le suis aujourd'hui ; gamin, j'avais grandi près de l'aéroport de Millbrae et, même à quelques kilomètres de San Francisco, j'étais un provincial-né. Certainement que je le suis resté. Ma mère, infirmière, avait fait de moi un garçon poli, ordonné, qui pliait ses chemises et rendait ses devoirs en temps et en heure. Puis je suis devenu adolescent et nous avons déménagé plus au sud, à Redwood, où j'ai rencontré mon chanteur, qui avait déjà perdu son pucelage. Si vous lisez un article sur nous, vous apprendrez qu'on écoutait le Velvet, Patti Smith ou Television, comme tout le monde. En réalité, je connaissais surtout la musique qu'aimait ma mère, de la variété, du Bing Crosby, du Dean Martin, un peu de jazz, Timi Yuro, et les musiques de film d'Henry Mancini. Et puis le bassiste avait une formation classique, et jouait le dimanche du Ravel au piano. Mais on s'est raccrochés au wagon de l'époque, grâce à « *Walking Backwards* ».

Après 1984 et la sortie du titre en 45 tours, deux de nos albums ont connu le succès. Nous avons tourné à l'étranger, en continuant à produire régulièrement une sorte d'*indie pop* carillonnante, des Byrds joués par des garçons des années quatre-vingt, en chemise trop large, avec les cheveux ébouriffés. Aux yeux du *NME*, on passait pour la réponse US aux Smiths, ou à Echo & the Bunnymen. Les groupes des labels Sarah ou Postcard, en Écosse, ceux de Flying Nun, en Nouvelle-Zélande, nous citaient comme des « grands frères ». Rétrospectivement, notre meilleur album, produit par Steve Lillywhite, sonne mal, surtout la batterie. C'est dommage ; mais nous n'étions pas plus puissants que l'esprit du moment, qui plane comme un spectre sur toutes les compositions. L'album que les fans préfèrent est celui d'après, sorti en 1988, dépouillé, harmonies à trois voix avec le nouveau bassiste, mélodies déchirantes – notre chanteur venait de divorcer, j'écoutais de la country, dans le *tour bus* passaient Merle Haggard et Charlie Rich en boucle. Mais pas un single à en extraire, et rien pour faire oublier « *Walking Backwards* ».

Les années quatre-vingt-dix furent une débâcle pour Wave Packet, et nous nous sommes séparés à la fin de la décennie, à l'agonie. Le hip-hop, l'électro... C'était trop tard pour nous. Et nous étions arrivés trop tôt pour la réaction : l'alt-country, les Jayhawks ou Wilco. J'ai connu Green On Red, j'ai produit les Fleshtones – je n'avais pas leur conviction. On n'a pas défendu notre cause : on n'en avait pas; on a voulu suivre le mouvement. Se sont enchaînés un mauvais album stonien, avec du boogie, les chœurs gospel, à la *Give Out But Don't Give Up* de Primal Scream, puis un disque psychédélique abscons, du genre de ce que sortait Kula Shaker à ce moment-là, et enfin une tentative de fusion avec des bidouillages électro ridicules, pour faire croire qu'on était encore dans le coup. On avait trop tourné en Angleterre, loin de chez nous, et on a raté notre histoire. Pour cette raison au moins, on a obtenu l'affection de quelques-uns. Je crois qu'on est tenus, par ceux qui nous connaissent, pour le meilleur groupe moyen de notre époque. Et « *Walking Backwards* » passe encore à la radio. Vous la reconnaîtrez sans doute.

*

Le concert de ce soir était médiocre. Je sais pertinemment de quoi nous avons l'air. Aucune attitude, pas de charisme. Le chanteur a grossi, et ça ne lui va pas. Nous avons été généreux, heureux de jouer, mais nous ne sommes pas désirables. Qu'est-ce qui peut encore faire envie en nous? Je m'entretiens : cheveux blanc-gris, bouclés en afro épaisse; une veste crème comme Gram Parsons, mais sans les motifs cannabiques ni les femmes nues. Sobre, retenu. Sur scène je ressemble probablement à Lindsey Buckingham, dans mes bons jours. Je cite et je compare. Je ne peux pas m'empêcher d'avoir tous ces noms, toutes ces chansons en tête. Je suis trop conscient. Il y a ce que j'aime, et ce que je connais. Je connais à peu près tout du rock, aujourd'hui. Je n'aime plus grand-chose.

En bâillant, je regagne seul les loges, et je passe aux toilettes.

Jouer « *Walking Backwards* » m'a fait repenser à 1984, à cette nuit, à mon père mort il y a dix ans, à cette fille, qui est décédée aussi, je crois. Et moi qui croyais m'être débarrassé de ce démon, je suis de nouveau assailli par la question : comment est-ce que j'ai troussé cette foutue chanson ?

II

Dans le couloir, un homme m'interpelle, m'explique dans une sorte d'anglais du bas Moyen Âge qu'il tient un blog, dont je ne comprends pas le nom, et qu'il a fait partie de notre fan-club, il y a des années de cela. Il mange ses mots, s'exprime avec précipitation et fébrilité, avec des tournures alambiquées qu'il a peut-être apprises en lisant Chaucer seul dans son lit. C'est aussi un collectionneur, et il affirme que nous avons déjà échangé par mail.

Ce n'est pas impossible. Devenu ingénieur du son, mixeur puis producteur, j'ai ouvert un petit studio, juste en bas de chez moi, sur Potrero Hill. De jeunes groupes de la baie, mais aussi de San Diego et de L.A., viennent me voir. Je connais toute la scène, et je passe pour une encyclopédie vivante. Passez-moi un sample, je me fais fort de l'identifier dès la première écoute. Le vendredi soir, j'ai longtemps animé une émission de radio, où je diffusais de tout, ou presque (je déteste les quatuors à cordes) : du garage, de la *blue-eyed soul*, de la *deep soul*, du jazz West Coast, du krautrock, de l'italo-disco. Je sais d'emblée si un jeune groupe en a pillé un ancien, où, comment et dans quelles proportions. Et je corresponds avec des collectionneurs du monde entier, depuis mon site, afin de récupérer des raretés.

Ainsi, j'ai déjà acheté à ce monsieur du psyché français, quelque chose d'érotique de Philippe Nicaud, un 45 tours de Gérard Manset en latin, ou « *Le jour se lève* » d'Esther Galil.

Il n'y a plus que lui dans les loges, et je décide d'être patient. Je lui propose de respirer, de s'asseoir, de m'attendre le temps que j'aille pisser un coup, puis de me poser tranquillement ses questions. Son nom, c'est Jean-Luc Massenet. Comme le compositeur de la « *Méditation de Thaïs* », lui fais-je remarquer. Mais il m'entend à peine. C'est seulement en m'asseyant devant lui, et en voyant les miroirs me renvoyer par dizaines d'exemplaires son reflet *bizarre* que je réalise qu'il ressemble à un gars distribuant à l'entrée d'un centre commercial des tracts sur l'existence des extraterrestres, l'implication des Reptiliens dans la guerre en Irak et le rôle de Hitler dans l'acte de fondation d'Israël, avec un anorak orange vif et la moustache de Lester Bangs.

Merde, c'est un taré.

Il affirme être professeur de collège – d'une matière que je ne parviens pas à identifier, mais qui est peut-être l'anglais pour les Français. Il est essoufflé, porte un pull camionneur sous son anorak. Derrière ses montures de lunettes en écaille de tortue, il a le regard du bœuf devant les portes de l'abattoir, ou plus probablement du gamin qui a toujours su que sa présence pesait aux autres. Mais je suis poli ; je crois avoir fait du rock pour côtoyer les *freaks*, et il serait à présent malhonnête de ma part de ne plus vouloir fréquenter que les *freaks* qui sont beaux, qui sentent bon et qui ont le cerveau rangé comme le tiroir à chaussettes de ma mère.

Il y a des gens qui ne savent pas être admirés – ce n'est pas mon cas ; je sais ce que je dois aux personnes les plus bizarres qui m'aiment. Je lui offre du whisky, il ne boit pas d'alcool, je nous sers de l'eau du robinet, qu'il a l'air d'apprécier, et je bavarde en sa compagnie.

Il prétend qu'il essaie de me contacter depuis deux mois – et je prie pour ne pas finir saigné à coups de couteau à huîtres par ce dérangé, qui est peut-être amoureux de moi, ou je ne sais quoi, et Dieu sait qu'on a tous le Mark Chapman qu'on mérite. Mais s'il me regarde avec de grands yeux, comme un Héros de la grande épopée du rock 'n' roll descendu sur terre pour boire avec lui un verre d'eau à peine potable de la Ville de Paris, il ne parle déjà plus que de lui, et pas de Wave Packet. Il voudrait me faire écouter une K7, qu'il tient de son oncle – et à cet instant, je dois avouer que je ne suis plus guère attentif aux menus détails de son histoire familiale. J'en retiens que son oncle était un petit escroc et un amateur de bonne musique ; que Jean-Luc habitait loin, en compagnie de ses parents, sur l'île de La Réunion, et que son oncle lui envoyait, lorsqu'il était enfant, des cassettes faites maison, sur lesquelles il s'enregistrait, plaisantait, lui racontait des histoires, lui jouait parfois un peu de musique.

Je n'en ai rien à battre, de son histoire d'oncle, pourtant je sais écouter d'une oreille, sans faire non plus semblant d'être attentif outre mesure, mais sans paraître impoli pour autant. Il existe un son, parmi le vaste répertoire des grattements de gorge que peut émettre un être humain, qui indique très exactement cet état que je voudrais signifier : ce que tu dis ne m'intéresse pas plus que le bulletin météo des îles Galápagos, et tu le sais, mais je fais l'effort de t'écouter. Un « hmm hmm » que je sais manier à la perfection, au téléphone la plupart du temps, avec les hommes aussi bien que les femmes.

De son très gros sac banane, où j'ai craint un instant qu'il ne cache son arme, Jean-Luc sort un vieux radiocassette, de marque coréenne. Sa sudation est toujours plus abondante, il a les mains moites et son anglais archaïque est de moins en moins compréhensible. Puis il appuie sur la touche *play* et on entend résonner dans les loges vides la voix lointaine d'un gars qui baragouine en français. Soudain, en arrière-fond monte un son affreux, et je reconnais une mélodie embryonnaire. Ah, je comprends, c'est marrant : c'est « *Walking Backwards* ». Je cligne de l'œil en direction de Jean-Luc. On dirait bien une version artisanale de ma chanson, interprétée par son oncle ; je dis : « Il avait bon goût. » Mais Jean-Luc se tord les mains. Très bien, la reprise ne dure qu'une poignée de secondes, après quoi la bande s'arrête. Le pauvre gars me semble avoir été un poivrot qui chantait faux, et jouait de la guitare aussi bien qu'un homme des cavernes, mais c'est tout de même sympathique. C'est « rafraîchissant ». Le tonton avait donc envoyé une reprise personnelle de mon tube à son neveu, qui a encore l'air bouleversé par ce petit cadeau.

« C'est pour ça que vous êtes devenu fan ? demandé-je afin de le mettre à l'aise.

— Vous n'avez pas compris. » Il déglutit. « J'ai récupéré la cassette il y a trois mois, lorsque ma mère est morte. Tout était resté dans ses affaires, au grenier.

— Ah.

— Mon oncle est mort en 1981. La cassette date de 1980. Quatre ans avant que vous n'écriviez la chanson. » Silence. « Et il la chante exactement comme vous. C'est lui qui l'a composée ! Vous saisissez ? C'est lui, ce n'est pas vous ! »

Allons bon. J'ai été assez patient. La voix haut perchée, il commence à glapir que je devrais l'écouter, venir chez lui... Qu'il faut...! Bref, le complot. Il va me demander des droits pour le compte de son zombie d'oncle, injustement oublié, qui a peut-être aussi composé « *Hey Jude* », « *Billie Jean* » et « *Seven Nation Army* ».

Donc je le vire à coups de pied au cul : « Va chier, connard. »

Énervé de m'être fait berner par ce tocard, je laisse la loge en l'état, j'enfile un duffle-coat et je pars rejoindre les autres au restaurant le plus proche.

*

Je mange des fruits de mer et je bois avec des personnes de mon âge, et nous discutons de ce qui se fait. Mon chanteur n'en sait rien et n'en tire aucune honte : chez lui, il n'écoute plus que Paul Quinn, Scott Walker, Roy Orbison, les Kinks des *seventies*, Johnny Rivers ou Billie Holiday. Il juge que ce qui se produit depuis environ deux décennies ne vaut rien, et qu'il n'a pas de temps à perdre à écouter les pâles copies des artistes qui ont tout inventé. Le rock est fini, tout ce qu'il y avait à faire a été fait, il suffit de s'en souvenir; et puis aujourd'hui les *kids* ont accès à tout sur le net, comment voulez-vous qu'ils créent quoi que ce soit? Il n'y a plus de trous, tout est rempli, et il se ressert du vin de Chinon rouge.

Le programmateur, chauve et qui a ôté sa casquette, est au contraire un enthousiaste : il nous parle comme de « petits groupes prometteurs » de jeunes gens signés sur de gros labels depuis longtemps, que j'ai vus passer sur la scène californienne, et dont je connais le plan de carrière par cœur, des petits frères clonés de Foxygen et de Jacco Gardner. « Il y a un retour au psyché, c'est super vivifiant », juge-t-il. Puis il évoque des groupes français, qui ressemblent à ça ou ça, mais en différent, et on acquiesce poliment. Après la troisième bouteille, je m'échauffe et j'essaie de demander aux autres si c'est nous qui avons vieilli, qui savons tout ce qui existe, ou si c'est l'époque qui ne permet plus rien d'*important*? Mais je m'embrouille, je m'exprime en philosophe, et les mots, trop généraux, m'échappent. À leur tour, ils m'écoutent poliment.

Au bout de la table, une fille me sourit.

*

À l'hôtel, je n'ai pas dormi.

Après avoir échangé quelques textos avec le manager, déjà parti pour l'Allemagne, j'ai appris que nous disposerions d'une journée de libre, mais que je la passerais en solo. Affalé sur le couvre-lit, j'ai contemplé par terre, sur la moquette rose fuchsia, une tache de vin qui me rappelait étrangement le front de Mikhaïl Gorbatchev. Et j'ai éteint le poste de télévision. J'avais été marié, j'avais divorcé, j'avais une fille, et j'étais en couple avec une femme qui ne vivait pas avec moi. Cela faisait bientôt dix ans que j'avais arrêté les aventures avec les plus jeunes, depuis que ma propre gamine était devenue adolescente. Mon chanteur avait raccompagné la fille du restaurant. Le bassiste et le batteur étaient des professionnels, qui ne faisaient pas partie du groupe original, et je n'avais rien d'autre à partager avec eux que du boulot.

Alors j'ai sorti ma guitare de son étui, une Gibson Southern Jumbo de 1956, que je conserve toujours près de moi, et le vieux radiocassette fabriqué en Corée est tombé de la poche avant. Oh merde, les techniciens de la salle, qui ont fait le ménage, l'avaient probablement trouvé à côté des instruments et ont pensé que ce machin m'appartenait. L'image qui m'est revenue de Jean-Luc Massenet en sueur n'a pas aidé ma digestion déjà difficile ; j'ai grimacé.

Encore énervé par cette baltringue, j'ai balancé la cassette à la poubelle. Je me suis assis, et j'ai entrepris de composer. Des airs me venaient, des reprises, des variations, rien de mieux. Et puis, agacé, j'ai reposé la guitare, je me suis accroupi pour repêcher la cassette au fond de la poubelle et je l'ai réécoutée. À vrai dire, seules quatre ou cinq minutes de bande contenaient l'enregistrement de l'oncle : tout le reste avait été repiqué, et consistait en différentes sessions à la radio nationale française de groupes anglais oubliés du début des années quatre-vingt-dix du genre de Moose, The Auteurs ou Ride, que j'ai tout de suite reconnus. Mais rien ne m'intéressait que l'intervention de l'oncle Massenet. Qu'est-ce qu'il disait en français ? Aucune idée. Des plaisanteries à l'intention de son neveu, comme Lou Reed dans *Take No Prisoners*, mais en français et pour un gosse de dix ans. Puis il passait des disques. « *The House of the Rising Sun* » – oui, mais quelle version ? Plutôt Frijid Pink que les Animals, Dylan ou Lead Belly. Ensuite un extrait chaotique d'« *I Can't Explain* » des Who. Ensuite « *Walking Backwards* », ma chanson.

Merde, ai-je pensé, c'est vraiment elle. Pas de doute.

Parce que l'oncle bavardait par-dessus la musique, et parce que la qualité de l'enregistrement était très faible, j'avais du mal à identifier la source même de ce qu'il écoutait : cassette ? Platine vinyle ? Un quatre-pistes ? Au bout de la quatrième écoute, j'étais persuadé que les versions de ces trois chansons, dont la mienne, n'existaient sur aucun enregistrement de ma connaissance ; non qu'elles ne soient pas professionnelles, puisque à la réécoute elles paraissaient plus maîtrisées que je ne l'avais d'abord cru, mais on devinait un quelque chose d'indéfinissable dans le son même des instruments, ou dans le mixage, qui faisait que ça ne ressemblait à rien d'existant. J'avais l'impression d'entendre la démo originale de Pete Townshend, ou bien le tout premier enregistrement de « *Rising Sun Blues* », avant même que Lomax ne passe par là. Et, plus que tout, j'avais le sentiment d'écouter ma propre cassette, enregistrée je ne sais trop comment une nuit d'été, en 1984, dans l'appentis de mes parents.

Mais aucun des trois morceaux, dont le mien, ne me semblait interprété sur des instruments conventionnels.

Pire : je n'étais même pas certain que le « *I Can't Explain* » de l'oncle de Massenet ait été joué sur une guitare ; le grésillement évoquait plutôt une variété inconnue de luth, ou de cithare du XVIIe siècle, mais amplifiée, et ce d'une façon déconcertante, comme en l'absence d'électricité. Qu'est-ce que c'était que ça ?

Plus j'écoutais cette séquence de cinq minutes, plus je me sentais obsédé par ces bribes de chansons, qui ne duraient que quelques secondes. Et dix fois, douze, quinze fois, j'ai appuyé sur *reverse*, afin d'entendre, dans l'arrière-fond de ce qui paraissait être la cuisine de l'oncle de Jean-Luc, ma propre chanson, un peu plus lente que l'originale, passant un instant à travers le spectre sonore comme un fantôme, insaisissable mais reconnaissable.

À présent, j'en étais certain : il s'agissait du tout premier brouillon de ma chanson, imitant le son étouffé de ma Rickenbacker dans l'appentis de mon père, et j'avais presque l'impression d'entendre ma fiancée dormir à côté, dans la nuit, lorsque j'avais vingt-deux ans.

C'étaient à peine cinq secondes resurgies de mon passé.

III

Le lendemain matin, je téléphone à Jean-Luc Massenet, dont j'ai trouvé le numéro sur internet. Je m'excuse de l'avoir un peu secoué, parce que je ne veux pas passer pour le rocker merdique qui se croit tout permis, et surtout parce que je n'ai pas dormi de la nuit à force de réécouter la cassette, et que je dois en savoir plus sur son oncle de mes deux.

Il écoute à peine mes excuses et me propose de passer à la maison. Même si je sens et même si je sais qu'il est fou, je ne peux pas m'imaginer partir de Paris sans apprendre avec quoi son oncle – ou lui-même, ou je ne sais qui – a réenregistré « *Walking Backwards* » dans sa pureté originelle, au printemps 1984, et telle que personne ne l'a entendue, je crois, excepté mon chanteur, puisque j'avais perdu mon enregistreur Philips et la cassette qui allait avec quelques mois plus tard, lorsque ma copine m'avait plaqué et que le groupe était parti pour Seattle.

Il m'indique l'adresse exacte de la maison de sa mère, qui a été celle de son oncle et qui est à présent la sienne, au Plessis-Robinson, en banlieue sud de la capitale. Je m'y rends en taxi : c'est un joli jour d'été, mais le ciel est gris comme les pierres des baraques, au-dessus des rues du Plessis. À flanc de coteau, à l'est de la ville, le taxi s'arrête devant une vieille demeure en pierre de taille, à l'orée des bois. L'air est frais, et il me semble remonter le temps, dominant tout Paris depuis une route en pente, sous les platanes, comme à l'époque où la région était recouverte par la forêt. Bavard, le taxi m'a expliqué que Le Plessis-Robinson était une ville nouvelle, qui datait d'à peine un siècle et qui s'était d'abord appelée Le Plessis-Liberté, au temps de la Révolution. La demeure, à l'écart, devait déjà exister en ce temps-là. Je tâtonne à la recherche d'une sonnette à la droite du portail, mais je ne trouve qu'une clochette. Une minute plus tard, Jean-Luc Massenet, en chemise et gilet à motifs en losange, accourt à travers le jardin mal entretenu, et m'ouvre la grille.

« Salut. »

Il me fait entrer, m'accueille chez lui avec empressement et me propose un verre de lait. Il parle toujours un anglais désuet, ridicule. Il a attrapé froid et se mouche sans cesse dans un quadrilatère de tissu qu'il remet ensuite en place dans la manche de sa chemise – ce détail en particulier me fait regretter d'être venu. La demeure tout entière est lugubre, mal éclairée. Au sol, des tomettes déchaussées dans un hall désert, à peine meublé. Dans les pièces, de part et d'autre de l'entrée, plusieurs miroirs trop hauts, qui ne reflètent que le crâne déplumé de mon hôte, et des cheminées, toutes condamnées. Je m'éclaircis la voix, et je constate, étonné, que l'acoustique du lieu est splendide, en dépit du froid. Avec le plat de la main, je touche les murs, humides, et je fais l'éloge de la bâtisse à Jean-Luc, qui m'apporte mon lait sur un plateau en plastique à l'effigie de Sly and the Family Stone. Levant les yeux vers la salle du fond, je découvre son mausolée : autant les précédents salons étaient vides, et ne recelaient qu'une ou deux chaises bonnes à rempailler, autant celui-ci est plein jusqu'à la gueule d'étagères elles-mêmes surchargées de disques vinyles, les murs couverts d'affiches, de posters encadrés sous verre, le sol encombré par des caisses de fanzines. Dans l'axe de la porte, une immense photographie de moi, en 1984, hilare, en compagnie du chanteur. Jean-Luc rougit, s'excuse.

« Il n'y a pas de mal. » Je fais le tour, en habitué des intérieurs de collectionneurs névropathes. Mais il m'interrompt, alors que je vérifie l'ordre de son empilement de bootlegs des sessions « Cosmic Christmas » pour *Their Satanic Majesties Request*, à côté de la VHS de *Return to Waterloo*, et d'une reproduction de la peinture style Années folles qui orne la pochette de *« Walking in the Park with Eloise »*, des Country Hams.

« Attendez, je crois que c'est ça qui vous intéressera. »

Je suis venu pour la cassette, mais je regarde tout de même ce qu'il veut me montrer. À l'excitation dans le ton de sa voix, je devine que, dès le début, il a tout combiné – plus ou moins habilement – pour me faire voir *ça*.

« Qu'est-ce que c'est ? »

De sous la pochette de *Journey Through the Past*, tout en bas de l'étagère, il tire une petite malle, d'environ soixante centimètres de long, et d'une trentaine de haut, qu'il manipule avec précaution.

« Ma mère avait gardé les cassettes que m'envoyait l'oncle Jacques. Elle est morte cet hiver. Au grenier, j'ai trouvé cette malle, qui a réchappé à l'incendie.

— L'incendie ?

— L'oncle Jacques est mort dans l'incendie de cette maison, en 1980. Je vous l'ai dit, non ? » Il s'est relevé, a ouvert une porte en bois au fond de la pièce, et m'a invité à passer la tête par l'embrasure. Tout le dos de la baraque était détruit : les murs en ruine, noircis, envahis par les herbes, le toit enfoncé, et ce qui avait dû être l'essentiel de cette grande et belle maison, à l'air libre, donnant sur les bois de frênes et d'érables. Il vivait là.

« Regardez donc. »

Revenu auprès de la malle, il l'avait ouverte. Je m'attendais à y trouver d'autres cassettes, ou bien des instruments artisanaux, inventés par les Massenet. J'ai été déçu. Il n'y avait rien, ou presque, au fond du bagage : des piles de revues musicales, de *Record Mirror* et du *Melody Maker*, quelques disques sans grand intérêt, des papiers personnels, et deux rouleaux de bois. Jean-Luc Massenet les a soulevés avec délicatesse et me les a tendus : « Alors, qu'est-ce que vous dites de ça ?

— Ma foi, on dirait des cylindres de cire pour phonogramme, mais en bois de chêne. Des sortes de sculptures, non ? »

Du bout de son index, il m'a indiqué la face ronde supérieure du rouleau, sur laquelle était gravé un nom : « Constantin Sélène ». Puis j'ai examiné la chose d'un peu plus près : l'invention du cylindre en cire date de 1887 – ou peut-être de quelques années auparavant – par Edison. Ici, nous avions affaire à une pièce assez lourde, en bois, laquée à l'aide d'une substance étrange, un vernis qui ne m'était pas connu, très résistant, solide, presque rêche. J'ai caressé l'objet. Des spires parcouraient toute la surface externe du rouleau, d'environ vingt centimètres de diamètre, sur quarante de long. Trois spires par millimètre, à vue d'œil. Je n'avais jamais vu ça.

L'excitation de Jean-Luc était à son comble. « Vous voyez ? Vous voyez ? »

On dirait un enregistrement sonore, sur du bois. « Qui est Constantin Sélène ? » Il ne le savait pas.

« Très bien. » J'ai reposé l'un des deux rouleaux. « Quel est le rapport avec votre cassette, et ma chanson ? »

Il a froncé les sourcils : « Vous n'avez pas encore compris ?

— Non.

— Mon oncle, sur l'enregistrement, me dit qu'il va me faire écouter un peu de bonne vieille musique. Là, il passe *The House of the Rising Sun* ». Puis les Who. Puis votre chanson. Et pendant tout ce temps, il décrit le disque qu'il est en train de me passer. C'est un rouleau de bois. » Il désigne le cylindre. « Votre chanson a été enregistrée là-dessus. Par Constantin Sélène. »

*

D'abord, j'ai demandé à prendre l'air : la sueur, l'humidité, l'odeur de renfermé de son mausolée du rock 'n' roll, j'ai cru étouffer. Parcourant les ruines au dos de la maison, en fumant une Marlboro, j'ai repris mes esprits. Il y avait chez ce personnage, et dans cet endroit, une force lysergique et envoûtante, malsaine, qui mettait petit à petit mon esprit à la merci des délires du sien. Mais à l'air libre, devant les rideaux d'arbres balayés par le vent du printemps, la clope au bec, je parvenais à faire la part des choses.

Je me suis frotté les deux joues, mal rasées, et j'ai raclé les cailloux gris du bout de mes bottines.
« Je vous l'achète.
— Quoi?
— La malle, les rouleaux, l'ensemble. »
Il a souri : « J'en étais sûr.
— Qu'est-ce que vous voulez dire?
— Vous savez, a-t-il dit doucement, ça ne vous retire rien. Que mon oncle ait composé *"Walking Backwards"* avant vous. Et que Constantin Sélène l'ait composé avant lui, et enregistrée sur des cylindres en bois. Peut-être que c'est passé par moi. Je n'étais qu'un enfant, mais j'ai entendu cette chanson sur la cassette qu'il m'a envoyée, à La Réunion, quatre ans avant que vous ne l'écriviez. C'est pour cette raison que j'ai toujours aimé votre groupe : c'est un peu grâce à moi que le *hit* existe. J'ai servi d'intermédiaire cosmique. »
Je n'ai rien dit, j'ai soupiré.
J'aurais aimé lui expliquer que je me souvenais quand et comment j'avais créé « *Walking Backwards* », trouvé les accords, inventé le titre, et puis ce pont, qui fait la particularité de la chanson. Mais il savait aussi bien que moi que c'était faux. Il connaissait l'anecdote.
« Vous allez trouver un moyen de lire les rouleaux de bois, dites-moi?
— Combien? »
Et j'ai écrasé le mégot avec le talon.
« D'argent? Rien. » Il a eu l'air effrayé, ou choqué. « Je n'ai pas l'intention de vous faire chanter. » Il ne désirait rien de plus qu'une signature sur son poster original de Wave Packet, *circa* 1984.
Puis j'ai appelé un taxi. On a bu un dernier verre de lait. J'ai fait charger la malle dans le coffre de la voiture. À dix-

huit heures, je me trouvais à Roissy, avec le chanteur, et la fille de la veille, qui pleurait.
Je n'y ai plus pensé. Quarante-sept fois d'affilée, j'ai joué « *Walking Backwards* », de Brême à Athènes. Nous avons gagné un peu d'argent. Parce que depuis une dizaine d'années, en raison du téléchargement, la rente qu'était pour nous cette chanson s'était épuisée ; il nous avait fallu reprendre la route, à la cinquantaine.
Le business n'est plus ce qu'il était.

IV

De retour à San Francisco, j'ai trouvé la malle qui m'attendait dans mon studio, depuis déjà dix jours. Pour le mois à venir, je n'avais pas de groupe à produire. J'étais fatigué, désœuvré, comme on se sent invariablement à la fin d'une tournée. Ma fille partait en Asie, pour un MBA à la con, en m'affirmant que l'avenir s'écrirait là-bas.
Depuis la baie vitrée du troisième étage de ma propriété, au sommet de Potrero Hill, près du square où des clochards zonaient parfois le soir, j'apercevais les collines de Twin Peaks, et le grand Reservoir ; je vivais seul, mais je travaillais avec Joey, mon assistant, au sous-sol et au premier. Après avoir bu un porto blanc, les pieds nus sur le divan, en regardant la ville s'allumer en mille bouts incandescents de cigarette dans la nuit, avec sur le dos la même veste qu'Arthur Lee au verso de *Da Capo*, je suis descendu rejoindre Joey et j'ai ouvert la malle sous ses yeux.
« Qu'est-ce que tu en dis ?
— À première vue, a-t-il commenté, c'est un coffre en bois de chêne et en cuir, renforcé par des croisillons en fer. » Joey a cherché des coffres semblables sur Google images :

on aurait dit que ça datait du XVIIIe siècle, avant l'invention par Louis Vuitton de la malle à couvercle plat. Nous avons plaisanté sur Jay-Z, Kanye West et les malles Louis V. J'aimais beaucoup Joey, un jeune homme prometteur, discret, au menton fuyant, avec un catogan démodé, qui s'obstinait à n'aimer rien de la musique de son temps, ni des mœurs des jeunes adultes de sa génération, qu'il méprisait. Il se gâchait en ayant trop tôt mes goûts et ma vision du rock ; il était dix fois plus conscient que je ne l'étais à son âge, et je lui rappelais fréquemment que si nous nous étions rencontrés en 1984, lorsque j'avais l'âge qu'il avait à présent, il m'aurait jugé infréquentable et crétinoïde. Mais j'avais cinquante-trois ans, et on s'entendait bien ; alors je le laissais écouter comme moi des rééditions de Margo Guryan, de Billy Nicholls, de Del Shannon, se bricoler sur de vieux CD-R des compilations personnelles des « meilleures interprétations de tous les temps » des chansons signées Mann et Weill, Leiber et Stoller, Barry et Greenwich – et ne pas se trouver de copine.

Avec Joey, on a passé la première nuit à fumer en réfléchissant à l'art et la manière de construire de quoi *écouter* le cylindre en bois. Un peu lâche, je ne lui ai pas parlé de la présence de « *Walking Backwards* » sur la cassette de Massenet, parce que j'avais bêtement honte à l'idée de pouvoir évoquer cette imposture imaginaire, et l'idée imbécile que j'aurais plagié un Français du Plessis-Robinson. Donc j'ai simplement expliqué qu'il s'agissait *peut-être* d'une forme d'enregistrement sonore concurrente aux rouleaux de cire de la fin du XIXe siècle et dont une famille avait, mystérieusement, entretenu la tradition jusqu'aux années quatre-vingt du siècle dernier. Ce qui, en soi, aurait été une découverte suffisamment importante pour des ingénieurs du son comme lui et moi. C'est Joey qui a remarqué que l'une des extrémités des rouleaux était abîmée, et ne portait nulle trace des spires, ou des sillons, qui parcouraient le restant de la surface des cylindres. Un peu *stoned*, peut-être, j'ai pris la décision de scier une mince portion, d'un quart de centimètre de large, des deux objets, afin de la faire analyser. Et le lendemain, à jeun, je suis allé rendre visite à l'un de mes neveux, qui termine ses études au Centre d'archéologie de Stanford. Lorsque je lui ai montré le disque en bois verni, il a réfléchi et m'a recommandé de m'adresser aux spécialistes d'un laboratoire de dendrochronologie, à Cornell, qui sauraient analyser du bois européen.

La *dendrochronologie*, je l'ai appris, est une méthode de datation des objets en bois qui repose sur le décompte des années, ou des cernes, des arbres, dont la croissance est régulière. Sous nos latitudes, les arbres poussent du printemps à la fin de l'été, et accumulent chaque année un anneau de croissance, séparé par la couleur plus claire du cerne à chaque printemps, lors de l'afflux de sève. À partir de calendriers complexes, établis par recoupements, sur une zone géographique donnée, en suivant les variations climatiques, mon neveu m'a expliqué qu'on était capable de dater, à l'année près, la fin de vie de l'arbre.

« Mais si l'arbre a été coupé il y a longtemps, et qu'on ne l'a sculpté que récemment ?

— Le bois a été verni. Je ne sais pas avec quoi, mais des bulles d'air ont probablement été emprisonnées dedans ; si on procède en plus à une datation au carbone 14, on pourra être certain de l'époque de fabrication de l'artefact. »

Cependant il faudrait attendre trois mois.

Le premier mois, nous avons passé tout notre temps à bricoler, avec Joey. Nous nous sentions comme Thomas Edison, mais *à l'envers* : nous étions en possession d'un enregistrement, il nous fallait la machine non pas pour le produire mais pour le lire. Joey n'était pas persuadé, après avoir longuement observé les sillons, qu'il y avait de la musique enregistrée là-dedans, pourtant il m'a suivi, poussé par la curiosité. Un diaphragme de mica classique s'est avéré trop petit pour amplifier les vibrations d'une aiguille circulant entre les spires du bois : nous en avons conçu un nouveau, anormalement large. Ensuite il a fallu tester les ressorts : hélas, en assemblant moyeu, crochet extérieur et oscillet, nous ne parvenions pas à épouser la dureté du bois. Nous avions besoin de quelque chose de plus sensible et de plus robuste à la fois.

Et puis les aiguilles traditionnelles n'ont pas fonctionné. Soit elles abîmaient le vernis, soit elles se cassaient. Joey a vraiment tout essayé ; de mon côté, j'avais reconstruit petit à petit un phonogramme adapté au cylindre plein. Avec soin, j'avais sélectionné la membrane raccordée au ressort et au stylet, donc à l'aiguille qui, en passant par les creux et les bosses des sillons du rouleau défilant à vitesse régulière, entraînerait le bras. J'espérais qu'allant et venant de la sorte, la membrane émettrait dans l'air ambiant des ondes qui reproduiraient celles que les Français avaient gravées dans le bois. J'avais aussi bricolé un mandrin tronconique pour recevoir la tige que nous avions vissée à l'extrémité du cylindre, et conçu un système de vitesses ajustables à l'aide d'une manette, puisque je n'étais pas certain de la fréquence de déroulement adaptée au rouleau.

En dépit de tous ces efforts, impossible de lire ce rouleau de bois verni : nous ne trouvions pas d'aiguille adaptée.

Au bout d'un mois, il a fallu reprendre le travail, du fait des nombreuses réservations qui nous arrivaient de groupes locaux, et Joey a donc laissé tomber. J'ai installé notre drôle de phonogramme artisanal au troisième étage, sur la table basse de mon salon, avec vue sur la ville endormie, et j'ai rangé les deux rouleaux de bois derrière la vitre de ma bibliothèque.

*

Deux mois plus tard, j'ai reçu un mail de mon neveu, qui me proposait de prendre un verre dans Valencia Street. Il m'a rapporté que ses collègues de Cornell, intrigués par la pièce circulaire que je leur avais envoyée, avaient pu dater le bois avec précision.

« Alors ? »

Il s'agissait d'un échantillon de 1813.

Je suis resté bouche bée. Soixante ans avant l'invention du phonographe et des rouleaux de cire ; avant même la première dynamo électrique.

« Vraiment, 1813 ? Tu en es certain ?

— Et le carbone 14 confirme que le vernis a au moins deux siècles. Les collègues se demandent où tu as pu dénicher ça : on ne dirait pas une portion de meuble, en dépit de la laque d'époque.

— Quelle laque ? »

Il m'a patiemment expliqué qu'au XVIIIe siècle la mode des laques extrême-orientales s'était emparée de la noblesse d'Europe et que les compagnies des Indes rapportaient par navires entiers du mobilier de luxe chinois ; mais pour cette pièce de 1813, le bois provenait directement d'Europe, et la laque d'Asie, alors que les Européens n'en connaissaient pas encore la formule. C'est ce qui étonnait les archéologues : le vernis avait été déposé sur la tranche du disque que je leur avais fourni par des Européens, et d'une manière inhabituelle.

« Pourquoi ?

— Il semble que la laque ait été appliquée une première fois, puis que la couche ait été frottée un grand nombre de fois, à plusieurs années de distance, par *un autre objet recouvert du même vernis*, peut-être pour en lisser la surface. »

*

À compter de cet instant, je n'ai plus parlé de l'affaire à quiconque. J'ai inventé un mensonge à destination de mon neveu, et à Joey j'ai expliqué que la pièce était un faux, qui datait d'environ une vingtaine d'années.

Puis je me suis mis avec fébrilité en quête du liquide extrait du Tsi-Chéou, en Chine, mélange d'acide uruchique, de gomme et d'albuminoïdes, que j'ai commandé au noir à un revendeur de Chinatown. Ce vernis correspondait à la couche superficielle du vernis apposé sur le bois de mon cylindre.

Seul dans mon salon, la nuit, j'ai plongé une très longue aiguille médium dans de la paraffine bouillante, puis je lui ai appliqué la laque chinoise, et je l'ai laissée durcir. La solution était simple, mais nous avait échappé, à Joey et à moi : il s'agissait de recouvrir l'aiguille d'un vernis identique à celui qui protégeait les spires. Après quoi j'ai relié l'aiguille vernie au corps du stylet et, à trois heures du matin, nerveux, les cheveux ébouriffés, en slip et en marcel de coton blanc, tout en buvant des rasades de rhum, j'ai disposé avec minutie la petite tige du cylindre sur le mandrin. J'ai attendu un instant, déplacé l'aiguille, ajusté la vitesse de déroulement avec la manette, et laissé filer en tremblant l'extrémité de l'aiguille vernie au creux du sillon qui tournait en spirale, à partir du bord du rouleau.

Puis j'ai mis le son à fond.

Et, fasciné, j'ai écouté la musique de l'année 1813.

V

Dès la première écoute, j'ai réalisé ce qui n'allait pas.

J'étais en sueur et mon malaise n'a fait qu'empirer, tout au long des quatre minutes que durait la lecture du premier rouleau. Je ne suis pas parvenu à identifier d'emblée les parties, car on ne percevait qu'une seule et vague traînée sonore, où chaque thème se fondait dans le suivant comme l'écume dans l'eau; mais je connaissais déjà tous les morceaux qui paraissaient composer cet océan de deux cent cinquante secondes. Et à l'évidence, il ne s'agissait pas de musique classique, ni de chansons traditionnelles du répertoire du XVIIIe siècle.

Putain, il s'agissait de funk. Il s'agissait de glam rock. De reggae! De doo-wop! Et de techno. En 1813.

Par je ne sais quel miracle, des instruments mécaniques produisaient par avance une série de sons en tout point semblables à ceux d'une TR-808, d'un synthé Yamaha, d'une guitare Fender Stratocaster et de différents moyens d'amplification électrique modernes.

Mon sang s'est glacé.

Puis j'ai repassé la chose, en tenant à la main un petit carnet à spirale et un crayon à papier. À la deuxième écoute, j'avais reconnu six morceaux qui dataient tous du XXe siècle. À la troisième, sept de plus. À la cinquième écoute, la liste était complète.

Voici comment j'étais contraint de me récapituler les événements : un ou plusieurs hommes du tout début du XIXe siècle, dont sans doute le dénommé Constantin Sélène, avaient gravé une sorte de *mixtape* visionnaire, anticipant note pour note, son pour son, avec des moyens purement mécaniques et non électroniques ou même électriques, au moins dix-neuf des morceaux les plus novateurs – et pas nécessairement les plus connus – de la musique populaire enregistrée du XXe siècle.

Dans l'ordre, et avec des durées et des intensités variables d'un échantillon à l'autre, j'entendais, interprété par un Français d'il y a deux siècles : « *When the Saints Go Marching In* », dans sa version années trente par Louis Armstrong; « *Livery Stable Blues* »; « *Body and Soul* », avec Coleman

Hawkins; « *The Preacher* »; le thème principal de « *Birth of the Cool* », par l'ensemble à neuf musiciens de Miles; le début de la face B du « *Free Jazz* » d'Ornette Coleman; « *New Rose* », des Damned; « *Rocket 88* »; « *When You Dance* », chanté par les Turbans, où apparaissent pour la première fois les syllabes « *doo-wop* »; « *Out of Sight* », signé James Brown; le premier morceau de ska de Prince Buster; le refrain de « *Ride a White Swan* »; Eno : « *Big Ship* »; « *I Can't Explain* » des Who, déjà entendu sur la cassette de Jean-Luc Massenet; « *Five Miles High* » des Byrds; Kraftwerk sur « *The Robots* »; « *On & On* », premier single de *house* de Chicago; « *Bug in the Bassbin* » de Carl Craig et « *You Made Me Realise* », donc du *shoegaze*.

Déconcerté, j'ai relu ce que je venais d'écrire sur mon carnet. Il s'agissait chaque fois d'un morceau célébré pour avoir été à l'origine d'un genre ou d'un mouvement, d'une pièce musicale considérée comme radicalement nouvelle ou en avance sur son temps. Mais interprétée entre cent et deux cents ans auparavant, et *gravée sur bois*.

Qu'est-ce que c'était que ce bordel?

*

En respirant avec difficulté, j'ai remplacé le premier cylindre par le second, et ce que je craignais s'est produit.

Durant les dix premières secondes de la lecture du rouleau, j'ai entendu clairement et distinctement, dans la bonne tonalité, le riff de « *Walking Backwards* ». Mon œuvre, créée en 1813, à peine deux ans avant Waterloo, et restituée dans son innocence du premier jour, telle que je l'avais conçue par une belle nuit d'été, à Redwood City.

*

La possibilité que je sois devenu fou m'est évidemment apparue. Je ne pouvais pas penser qu'un Français, sous Napoléon, ait non seulement créé le rock 'n' roll, et tout ce qui précède, et tout ce qui s'ensuit, seul, sans électricité, mais aussi interprété ces morceaux à l'aide de luths, de guiternes, de quelques instruments à cordes pincées, d'un piano trafiqué, de tambours et de trompettes, et enfin qu'il ait trouvé le moyen d'enregistrer de la *house* acoustique sur un morceau de chêne. Au petit matin, j'ai gravé un fichier .wav à partir du premier cylindre et j'ai commencé à faire le tour de mes amis du milieu de la musique et de la radio, à San Francisco, pour leur proposer un petit *blind test*, comme on en fait parfois entre nous. Tous n'avaient pas ma connaissance encyclopédique de tous les genres, de tous les styles, et aucun ne reconnut donc l'intégralité des dix-neuf morceaux, mais chacun en identifia spontanément un tiers au moins, suivant que ses goûts le portaient plutôt vers le jazz, vers le rock ou vers les musiques électroniques. En croisant les expériences, je parvins à obtenir près de cinq ou six confirmations nettes pour chacun des morceaux. Ce n'était donc pas moi qui projetais de manière délirante mon trop-plein de savoir sur ce malheureux bout de bois. Tout au plus mes amis trouvaient-ils les versions samplées et extrêmement courtes que je leur soumettais « exotiques », sans parvenir à déterminer s'il s'agissait de relectures savantes par un artiste avant-gardiste new-yorkais, ou de versions très primitives d'amateurs de rock paumés sur une île des Tonga.

VI

Je me suis enfermé, j'ai viré Joey et j'ai annulé toutes les commandes de mon studio.
Mon chanteur et le manager de Wave Packet ont tenté

de me recontacter, dans l'idée d'enregistrer un album, puisque les concerts avaient bien marché en Europe, mais j'ai repoussé l'échéance et je me suis consacré exclusivement à mes recherches sur Constantin Sélène.

Observant avec attention la malle, j'ai fini par trouver, en palpant le cuir, une poche recousue sous le couvercle, qui contenait une simple feuille de papier jauni : les états de service de Constantin Sélène, soldat de l'Empire.

Mangeant mal et buvant trop, ne m'habillant plus qu'à midi, avant de faire quelques courses en bas de la rue, je passais mes nuits à parcourir des bouquins et des documents en ligne sur la période. M'adressant par mail à un spécialiste qui enseignait à Santa Barbara, j'ai fini par apprendre qu'il était fait mention de Constantin Sélène dans les *Souvenirs d'un soldat de l'Empire*, d'un certain Maupetit. Sur les pages scannées par mon correspondant, j'ai découvert qu'il avait servi sous les ordres du général Junot, entre 1807 et 1808, et participé à l'invasion du Portugal. Entrant dans Castela Branco, puis à Abrantes, il avait subi avec ses camarades des pluies torrentielles sur le terrain accidenté des montagnes de la Beira où la troupe l'avait, lui comme d'autres, abandonné. Tandis que certains, livrés à eux-mêmes, pillaient les villages voisins sous l'orage, lui avait été recueilli par un vieux moine, un certain Fernando Paiva, en faveur duquel il avait témoigné lors du retour des troupes régulières auxquelles appartenait Maupetit ; il semble que Sélène ait sauvé l'homme d'Église d'une exécution sommaire. En vain, d'ailleurs, puisque le vieil homme est décédé de mort naturelle dans les semaines qui ont suivi. Le soldat Sélène est revenu en France transformé, le visage halluciné, blessé à la tête et transportant avec lui un vieux bahut qu'il ne quittait des yeux ni le jour ni la nuit.

Puis Sélène aurait quitté l'armée et se serait installé au Plessis-Liberté, loin de l'agitation des Cent-Jours à Paris.

J'imagine sans peine à quoi il s'était occupé durant les dix dernières années de sa vie, puisqu'il était décédé en 1823, sous la Restauration – son acte de décès, que j'avais réclamé par courrier à la mairie française, existait encore dans les archives municipales. Il était mort dans l'incendie de sa maison.

*

Faute d'exercice, j'ai pris un peu de poids. Je menais une existence misérable de rat de l'internet. Courbé sur mon écran d'iBook, j'ai repris contact avec Jean-Luc Massenet, qui avait des nouvelles de son autre oncle maternel. D'après celui-ci, Jacques Massenet aurait acheté la malle de Sélène à Londres, dans les années soixante, où il « faisait des affaires », juste avant le *British blues boom*, puis la *British Invasion*. L'autre oncle Massenet aurait jeté un œil dans la malle, il y a fort longtemps : il paraît qu'il s'y trouvait des dizaines et des dizaines de rouleaux en bois, qu'il aurait pris à l'époque pour des statuettes d'art abstrait, persuadé que son frère faisait du trafic – ce qui n'était peut-être pas faux.

Sur la face circulaire inférieure de mon rouleau était gravé le nombre « 117 ». Et j'avais à présent la confirmation qu'au moins une centaine d'autres cylindres avaient été enregistrés par Sélène. Mais je me suis bien gardé d'expliquer à Massenet ma découverte et de lui faire part du contenu des rouleaux. Mail après mail, j'ai prétendu que les rouleaux en question contenaient une musique simple et commune, proche d'une comptine pour enfants issue du folklore traditionnel français de l'époque. Lorsque Massenet m'a supplié de lui communiquer une copie de l'enregistrement, j'ai interprété moi-même une chansonnette du début du XIXe siècle, « Pauvre Jacques », dont j'ai déniché la partition en ligne, et je la lui ai envoyée en .mp3, non sans avoir soigneusement retraité et vieilli le son de mon interprétation, comme je savais le faire. J'ai ricané à l'idée de le tromper aussi aisément. J'étais devenu particulièrement possessif et inquiet à l'idée que d'autres puissent partager *le secret*.

Aussi, lorsque, au détour d'une longue dérive ennuyée de site musical en blog spécialisé, je suis tombé sur cette photographie d'Alexis Korner, le mentor de tous les apprentis bluesmen blancs du Londres du début des années soixante, des Stones à Clapton, d'Eric Burdon à Long John Baldry, une angoisse frénétique s'est emparée de moi : sur la table basse, derrière Alexis Korner, à côté de la guitare, c'était bien *ça*.

Un cylindre en bois.

Trois jours plus tard, j'en découvrais un second, sur une étagère de Ramblin' Jack Elliott, l'homme qui prétendait avoir mis le pied de Bob Dylan à l'étrier. Et un troisième sur une photographie promotionnelle des Pretty Things, peu de temps avant la sortie de *S.F. Sorrow*.

Alors l'imposture m'est apparue : ils savaient, *tous*. Ceux qui avaient fait notre histoire, celle du jazz, du folk, du rock, du hip-hop ; ils avaient trouvé chacun un rouleau de Constantin Sélène, et s'étaient arrangés pour en déchiffrer, sinon la totalité, du moins une courte séquence ; sur cette infime portion de musique, de quelques secondes à peine, ils avaient bâti une carrière, une œuvre, et indiqué une nouvelle direction, décennie après décennie. Duke Ellington, Hendrix, Marley Marl... Ils avaient réinterprété Constantin Sélène.

Ils n'étaient pas plus doués que vous ou moi, ils avaient eu la chance de tomber sur *la chose*.

Après avoir repéré un cylindre sous le coude de James Gurley, l'ancien guitariste de Big Brother, mort il y a cinq ans, et que je connaissais quelque peu, j'ai appelé sa femme Margaret, qui habitait toujours à Palm Desert. Une fois que je le lui ai décrit, elle a tout de suite reconnu l'objet.

James l'avait conservé comme un totem des expériences qui dataient de ses premiers trips hippies. Lorsque je lui ai demandé si James en « extrayait » de la musique, elle m'a parue sincèrement étonnée. « Des vibrations, peut-être. » Mais il n'avait jamais fait que le regarder, le toucher : « Bon Dieu, m'a-t-elle dit, ce n'était qu'un bout de bois sculpté, une sorte d'œuvre indienne. — Où est-elle, à présent ? » Elle n'en savait fichtre rien. Selon elle, James la tenait de Chet Helms, le grand promoteur du *San Francisco sound*, qui avait rencontré Janis Joplin à l'université du Texas, avant de venir ici, en Californie. Chet était devenu, dans ses vieilles années, un galeriste, un important vendeur d'art. Un ancien de sa communauté, la Dog Family, avec qui j'avais participé à un album d'hommage aux vétérans de Haight-Ashbury, m'a renseigné : il connaissait l'histoire de la statuette. Donnée à Chet par un beatnik, qui la tenait lui-même d'un Noir, avant guerre, un exilé de La Nouvelle-Orléans.

Plus j'apprenais que de nombreux figurants de la grande histoire du rock connaissaient l'existence des cylindres, plus je me sentais cocufié, moi qui avais cru à la légende, aux héros, aux inventeurs ; mais plus je réalisais que j'étais le seul, peut-être le premier, excepté l'oncle Massenet, à *entendre* les rouleaux pour ce qu'ils étaient, plus je me sentais surpuissant et propriétaire de la vérité.

Je me suis senti presque transpercé par la joie lorsque j'ai retrouvé par hasard la trace d'un certain Louis Sélène dans un journal de Louisiane de 1860, *L'Abeille de La Nouvelle-Orléans*. Après vérification, il s'agissait bien du petit-neveu de Constantin. C'était un aventurier français venu tenter sa chance dans l'ancienne colonie française, après la cession du territoire aux États-Unis. Proche des réfugiés français de Saint-Domingue et des Créoles, Louis Sélène semblait avoir été influent sur les esclaves noirs qui participaient aux

bamboulas, bientôt émancipés, et auxquels il avait appris à jouer des cuivres dans une fanfare locale.
Tout venait bel et bien de Sélène.
Son petit-neveu avait hérité de ce qui restait des cylindres, après l'incendie qui avait causé la mort de Constantin, et avait emporté la malle aux États-Unis, en 1860, aux origines de la musique noire américaine. Malle qui avait réapparu un siècle plus tard à Londres, à l'époque des Beatles et des Stones, avant que l'oncle de Massenet ne la récupère, sans doute parce qu'il trafiquait des objets d'art.
L'histoire commençait à prendre forme. Mais j'avais de plus en plus mal aux yeux : il me fallait des lunettes. Je m'étais négligé, je m'en rendais bien compte. En m'observant dans le miroir de la salle de bains, j'ai eu le sentiment fugitif assez pénible de ressembler de plus en plus à Jean-Luc Massenet. Et l'idée m'a effleuré que, depuis le début, il savait. Qu'il avait écouté le cylindre, lui aussi. Et qu'il s'en était débarrassé. Pour que je devienne fou à sa place. Depuis quelques jours, je n'obtenais plus de réponse de lui, ni par messagerie instantanée, ni par mail, ni par téléphone.
Il avait disparu.

*

Je m'étais accordé une pause dans ma recherche de la vérité.
Frais rasé, j'avais arpenté les rues de San Francisco, et rendu visite à Joey, pour m'excuser de mon comportement erratique des derniers mois; il venait de se trouver une petite amie, s'était calmé sur les pétards, s'était coupé les cheveux et la musique des *sixties* avait cessé de l'obséder. Puis j'étais allé payer un coup à mon vieux chanteur, pour parler de l'album à venir. Et le son que j'entendais au

supermarché, sur les docks, chez mes amis, partout, était devenu irréel et me parlait avec la voix que j'imaginais être celle de Constantin Sélène, le soldat français, qui reproduisait elle-même celle du vieux moine portugais.

Comme si je connaissais à présent l'Origine de toutes choses, je souriais avec indulgence pour la *pop culture* d'aujourd'hui et d'hier : pardonne-leur, ils ne savent pas ce qu'ils font, Elvis pas plus que Taylor Swift ou Rihanna. Ils chantent le vieux moine portugais. À tous, bons ou mauvais, génies et imposteurs, sans distinction, je leur pardonnais.

En sortant de chez mon chanteur, j'ai reçu un appel de Margareth, la veuve de James Gurley, qui m'a prévenu que son mari avait fait don de la « statuette » à des Indiens du Mexique, lors d'un voyage, peu avant son décès. Mais les communautés indiennes étaient en pleine décomposition. Et j'ai retrouvé sur internet la « statuette » en circulation dans le circuit des revendeurs d'objets d'art, sur le marché noir de Basse-Californie – pour presque rien. Bradée à moins de dix dollars : une vingtaine de chefs-d'œuvre originaux de la culture musicale humaine, pour le prix d'un repas au fast-food tex-mex. C'était la loi du marché. En zoomant sur l'image du vendeur, il m'a semblé apercevoir le numéro « 25 », gravé au-dessous du rouleau, apparemment en mauvais état.

*

À mon retour, de la part des archives fédérales de La Nouvelle-Orléans, j'ai trouvé dans ma boîte aux lettres une copie de plusieurs numéros rares de *L'Abeille de La Nouvelle-Orléans*, où figuraient deux extraits d'un long « poème d'imagination » signé Jules Sélène. Dans une langue heurtée, le petit-neveu du soldat Constantin paraissait avoir voulu raconter, sous couvert de fiction, l'histoire de son aïeul. Aidé pour la traduction de quelques phrases par un musicien de zydeco que j'avais rencontré dix ans plus tôt sur l'enregistrement de *N'Awlinz : Dis Dat or d'Udda*, j'ai retiré du poème l'histoire qui suit : un soldat français rencontre un moine franciscain, qui lui sauve la vie, et lui livre son secret ; il a retranscrit sur des centaines et des centaines de partitions, à l'aide d'un nouveau système de notation musicale, « la musique de la Nature des origines », qu'il avait reçue lors d'une révélation. Proche de la mort, Paiva avait confié au jeune Français son trésor : non seulement des milliers de mélodies, dont la transcription n'était pas achevée, mais aussi les plans de diverses machines à reproduire les sons de « la Nature originelle des choses » et à les rendre plus intenses.

Le poème en prose devient alors une étrange *Ève future* en créole.

Revenu en France, le Français s'est consacré à la mise en ordre et à la gravure, dans le bois, de la grande musique des origines. Mais il est devenu fou, a mis le feu aux partitions, aux machines, aux gravures, et seule une malle a réchappé à l'incendie.

La question de savoir pourquoi le Français aurait été pris d'une crise de démence est délicate à résoudre, car le texte de Louis Massenet est particulièrement allusif à cet endroit ; mais je crois comprendre que, en entendant un jour dans un concert parisien la première interprétation de la dernière grande œuvre du « plus grand compositeur de son temps » (on peut imaginer qu'il s'agit de Beethoven, et donc de la grande sonate pour *Hammerklavier*, opus 106), il aurait reconnu note pour note un fragment de l'une des partitions du moine.

Et j'en déduis qu'il aurait compris que « la musique des

origines » était en fait « la musique à venir »; qu'il n'était pas en train de retranscrire le premier chant de Dieu, mais la longue et pénible histoire des siècles humains à venir; et je pense que le Français n'a pas supporté d'entendre le futur, et qu'il a préféré réduire en cendres les papiers et les machines qui en portaient le témoignage.

*

Le surlendemain, j'ai reçu le rouleau numéroté « 25 », en provenance de Tijuana.

Moins fébrile et moins excité que les deux premières fois, j'ai lancé la lecture du rouleau, préalablement nettoyé et restauré, sur mon phonogramme. Et j'ai reconnu un peu de MPB, du jazz éthiopien, « *Erè Mèla Mèla* » de Mahmoud Ahmed, du bluegrass, de la *trance*, du *dubstep* et beaucoup de psychédélisme californien. Tout m'était familier, comme je m'en doutais. À l'exception d'un passage. Oh, pas grand-chose, mais un ensemble de neuf mesures, tout au plus, qui ne me revenait pas. Je l'ai repassé. Toujours rien. Peut-être de la musique asiatique ? J'ai recherché dans les rayonnages de ma collection de vinyles, mais sur le moment je n'ai rien trouvé.

*

D'ici une semaine à peine, nous étions censés entrer en studio pour les sessions du nouvel album de Wave Packet. J'ai demandé à Joey de m'assister à la production. Le chanteur me harcelait, me réclamait des maquettes. Mais je n'avais rien d'autre en tête que la petite séquence de neuf mesures inconnue du vingt-cinquième rouleau.

Afin de m'en défaire, je me suis renseigné sur le moine Fernando Paiva, sans grandes illusions. Aux archives de l'université de Stanford, ils possédaient à ma grande surprise quelques traces de biographie du personnage. Accompagnant le conquistador et gouverneur de Haute-Californie Gaspar de Portolà, à la fin du XVIIIe siècle, Paiva était resté dix années en contact avec une petite tribu d'Indiens de la baie, bientôt décimée par les maladies, et dont il ne restait déjà plus de survivants lors de son départ pour l'Europe.

C'était une tribu sans nom, qui habitait dans les hauteurs de ce qui est aujourd'hui Palo Alto – et Redwood City.

Mon Dieu... Ma ville. Tout provenait de là.

Pris de vertige, dans les couloirs doucement éclairés par les néons de la bibliothèque de Stanford, au milieu de milliers et de milliers de livres, presque exactement à l'emplacement où Fernando Paiva avait, deux siècles et demi plus tôt, rencontré les aïeux des aïeux de mon père, il m'a semblé entrevoir, avec l'effroi de l'homme qui, parvenu au sommet du ciel, découvre qu'il est sous la terre, aux Enfers, des Indiens souriants ou grimaçants, je n'en sais rien, des rides naissantes au coin des yeux, en train de façonner des cylindres avec de l'argile, les pieds nus et la peau tannée par le soleil, occupés à tracer du bout des ongles longs des sillons dans l'argile, sans cesser de psalmodier l'œuvre complète de Beethoven, de Schoenberg, de John Coltrane, des Beatles, et – surtout – ma propre chanson.

J'ai arrêté de chercher, et de m'abîmer de siècle en siècle vers l'origine de toutes choses.

VII

À l'approche du printemps, je suis presque parvenu à oublier Sélène, Paiva et les Indiens dont je cauchemardais encore à l'occasion, mais je suis resté obsédé par les neuf mesures que je n'avais jamais entendues jusqu'alors. Devenu très méfiant, je me refusais à laisser écouter la petite séquence entêtante à Joey, ou aux autres de mes amis mélomanes. Au retour des journées de studio, dans mon salon du troisième étage, j'éclusais des bouteilles de vin australien sans valeur, des ersatz de cépages français de la province de Victoria, en réécoutant de manière ordonnée à peu près tout ce que je connaissais d'approchant. Et, parfois, un court break de tel ou tel disque obscur *approchait* en effet le rythme et la mélodie de mon extrait mystérieux, et j'essayais de me convaincre que j'avais trouvé pour de bon. Mais une heure après, mon esprit aux aguets me rappelait que les autres morceaux gravés sur le cylindre n'étaient jamais des approximations *a priori* d'une chanson; c'était au contraire leur essence, de sorte que la musique inscrite sur les rouleaux de Constantin Sélène était toujours plus fidèle aux morceaux exécutés au XXe siècle que les morceaux eux-mêmes. Là, ce n'était pas le cas. En conséquence de quoi, je me relevais du futon, et je poursuivais ma quête dans le salon.

Ma compagne m'avait quitté, et Joey disait que j'étais devenu invivable. Il était très amoureux, sa copine l'avait civilisé et j'étais devenu le célibataire absolu à sa place; je n'aimais rien ni personne, j'étais critique de tout, de rien, et habité par l'esprit de contradiction. Surtout, les séances avec Wave Packet approchaient, et je n'avais pas le moindre début de mélodie à leur proposer. J'étais devenu amer, hanté par l'image de mon père, descendant d'Indiens, me cachant qu'il portait dans son ADN l'intégralité de la musique occidentale du siècle passé et des siècles à venir. Je me sentais de moins en moins illuminé, et de plus en plus aigre.

Alors j'ai fait un soir ce qui m'est apparu, en désespoir de cause, comme la dernière solution pour ne pas devenir complètement vieux : à la fin d'un concert au Great American Music Hall, sous les dorures du premier étage, j'ai invité à boire un verre une gamine jeune et jolie, qui avait l'âge de ma fille, et celle de ma fiancée de 1984 : elle ressemblait à l'une comme à l'autre, malheureusement. L'année qui venait de passer m'avait marqué, j'avais le visage anguleux, les yeux trop lourds pour leurs orbites, et la gueule du vampire ; mais avec une belle veste en daim, les chaussures et le col qu'il faut, tout passe aux yeux d'une fille qui cherche une figure paternelle dans le noir.

Nous avons fait l'amour chez ses parents, absents, et comme sa mère possédait une Martin d'occasion, je lui ai joué quelque chose, pour qu'elle s'endorme. D'abord j'ai résisté, puis les neuf mesures m'ont démangé les doigts et en sont sortis comme Ève de la côte d'Adam. « C'est beau, j'aime bien, joue-le-moi encore », m'a-t-elle dit, avant de murmurer : « C'est tout toi. »

Et lorsqu'elle a fermé les yeux, je me suis rendu à l'évidence : ce morceau n'avait *jamais* été composé. Il datait du futur, et si je ne le reconnaissais pas, c'est parce que je ne pouvais pas encore l'avoir connu.

J'ai ri, sans la réveiller. Je suis allé sur le palier fumer une clope, et j'avais le sentiment d'avoir de nouveau vingt ans sous les étoiles. Enfin, j'avais compris l'agencement complexe de la destinée : « *Walking Backwards* » ne m'était pas destiné, ne l'avait jamais été, et c'était devenu ma chanson par erreur, à la suite de quelque mauvaise manipulation du hasard, court-circuité par mon père et ses histoires d'Indiens ; celle qui m'était réservée, et qui n'existait pas encore, c'était celle-là. Elle était pour moi, m'attendait, et je n'avais qu'à la prendre, la créer, la faire grandir !... Enfin.

★

Pourtant le lendemain, dans le studio, le doute est progressivement revenu. J'étais dégrisé. La fille était belle, mais je ne la reverrais probablement jamais. Peut-être les neuf mesures dataient-elles d'un futur très lointain, peut-être qu'elles n'étaient pas à moi. Après tout, gravé sur les rouleaux en bois de Sélène, il y avait la musique du monde jusqu'à la fin des temps : qu'est-ce qui m'assurait que ce morceau était la musique de demain, plutôt que du siècle prochain ? Assis sur le tabouret, la Gibson en main, je ne parvenais pas à l'exprimer comme je le souhaitais. J'étais contrarié, et tout sonnait forcé. Certes, je pouvais imiter les notes, rejouer la séquence, mais la faire être pleinement, je n'étais plus certain d'en être capable, comme je l'avais cru la nuit passée. Sur un Korg, je me suis efforcé de reproduire, puis de laisser éclore la chanson, en laissant varier les gammes et les sons ; la chose était presque là, mais pas tout à fait, telle une feuille roulée en boule que je n'arrivais pas à défroisser, qui se rétractait à mesure de mes efforts pour l'ouvrir, ou comme une porte que j'avais crue grande ouverte en l'apercevant au loin mais par l'embrasure de laquelle, peut-être parce que j'avais sous-estimé ma propre taille et mon propre poids, je ne parvenais pas à passer. Avec des pédales d'effets, j'ai tout essayé. Puis j'ai demandé à Joey de m'aider à démonter les amplis, défaire les branchements, remonter les circuits. C'était le son de demain que je poursuivais, en espérant qu'il serait bien le mien.
En vain.
Je me suis agacé, j'ai accusé Joey – qui a claqué la porte.
Enfin, impuissant à simplement *jouer* ces neuf mesures, qui ne sonnaient jamais comme elles l'auraient dû, entrant dans une colère noire, j'ai détruit la moitié des meubles de mon salon, seul un soir, et je crois bien que j'ai foutu le feu à l'appartement.
Bien entendu, je ne m'en souviens pas avec précision,

puisque j'ai terminé la nuit au San Francisco General Hospital, où Joey, mon chanteur et le manager de Wave Packet sont venus me chercher dès le lendemain. Je n'avais que des blessures superficielles, mais je l'avais échappé belle : « Tu es un survivant ! » a chialé entre mes bras mon vieux copain de chanteur. Et j'ai compris que j'étais un ami indigne. Très ému, me traitant moi-même de connard, je leur ai promis qu'on allait enregistrer ce foutu disque tous ensemble.

*

Dans l'incendie, la malle, les trois rouleaux, le phonogramme et mes documents étaient partis en fumée.

VIII

Je voulais désormais trouver en moi-même la vérité des nouveaux morceaux, et pas dans la répétition du passé ; il était temps d'exprimer ce qui n'appartenait qu'à moi.

Durant les premières sessions d'enregistrement, j'ai senti s'effacer en moi le souvenir de l'année qui venait de s'écouler, de Jean-Luc Massenet, de son oncle, de Constantin Sélène, soldat de l'Empire, du moine Fernando Paiva, et des Indiens de la baie, je les ai tous entendus se taire entre mes deux oreilles, et il m'est revenu, par-delà les derniers échos de ma folie, la simple sensation de cette fille, de la nuit chez elle, et de ce qui, dans ma vie, ne parlait qu'à moi seul. Pour la première fois depuis des années, il m'a semblé renouer avec l'inspiration. Joey travaillait dans d'autres studios, où je suis venu poser les guitares pour la chanson ; je n'en avais qu'une, mais d'elle découlait tout l'album.

Seulement lorsqu'elle a été terminée, et que tous les deux derrière la vitre, en buvant des bières, nous l'avons écoutée dans les studios déserts, Joey a attiré mon attention sur ce qui lui manquait encore : « C'est du beau boulot, mais on dirait que c'est un corps endormi, et que tu n'as pas osé lui donner une putain d'âme. Est-ce que tu vois ce que je veux dire ? Écoute le refrain... » Je n'étais pas le moins du monde vexé, et j'ai encouragé Joey à m'aider. « Inverse la progression d'accords du refrain, et fais aller et venir cette petite phrase, tu l'entends ? Là ! » Et il a chanté, doucement, « un, deux, trois... sept, huit, neuf mesures... Pas plus ! » Et j'ai souri. À travers lui, j'avais trouvé la nécessité qui manquait, j'étais parvenu à perdre et à retrouver les conditions pour la faire apparaître.

« Tu as raison. » En une seule prise, j'ai enregistré la phrase qui transfigurait l'ensemble.

« Waow... Je crois que tu tiens quelque chose de géant, de jamais entendu... » Même si Joey avait bu, j'étais heureux de le croire ne serait-ce qu'un peu. « Ce sera mieux que *"Walking Backwards"*, bordel ! » Il en avait les larmes aux yeux. « Et on se souviendra de toi pour ça, mec. » La chanson s'appelait « *Les Rouleaux de bois* », en français dans le texte – et Joey serait crédité.

Pour la première fois depuis des années, je me suis endormi heureux, sans penser à rien.

*

Au petit matin, ma fille a sonné, à peine rentrée de Corée ; je l'avais oubliée.

Elle m'a présenté son petit copain, je leur ai offert un café. Jin était étudiant, amateur de musique, et ma fille lui avait parlé de moi. Il connaissait bien évidemment « *Wal-*

king Backwards ». Puisqu'il me demandait comment je l'avais écrite, j'ai fait semblant de me souvenir et j'ai souri ; il était temps de lui raconter la vieille anecdote.

Ma fille connaissait par cœur son vieux radoteur de père, elle a feuilleté un magazine people et nous a laissés bavarder dans la cuisine. Jin était jovial, curieux comme un gamin de la scène *indie* américaine des années quatre-vingt, et tout en lisant dans ses yeux que j'étais le représentant d'un temps qui lui paraissait aussi lointain que la Seconde Guerre mondiale, je savais que j'avais aussi l'avenir avec moi : « *Les Rouleaux de bois* ». L'idée m'a effleuré de lui faire écouter la démo de la veille, mais j'ai sagement résisté à cette tentation orgueilleuse, et je lui ai posé quelques questions sur l'émergence d'une scène musicale en Asie.

« Je crois que c'est là que ça se passe, monsieur », m'a-t-il répondu.

C'est alors qu'il a sorti de la poche de son sweat-shirt un iPod ; il a laissé glisser la pulpe de son pouce sur le menu défilant et m'a tendu les écouteurs.

« Qu'est-ce que c'est ? »

Un drôle de malaise a envahi mon être, et j'ai senti naître sur mon front une forte suée. Ce n'était peut-être qu'un pressentiment. Il m'a annoncé le nom du groupe. Depuis six mois, obsédé comme je l'avais été par les rouleaux de bois, je n'avais rien suivi de l'actualité. Il paraît que tous les jeunes gens voulaient sonner comme ce groupe.

« Comment vous dites ? »

Lentement, il a souri et trois fines rides sont apparues à la commissure de ses paupières, lorsqu'il m'a dit : « Je pensais que vous connaîtriez déjà : on ne parle plus que de ça. Ce morceau est incroyable. C'est *la musique de demain.* »

Livide et tremblant, j'ai glissé les écouteurs au creux de mes oreilles et, d'une pichenette, il a frôlé l'écran pour lancer la lecture de la chanson, en coréen.

Dès la première mesure, je l'ai reconnue.

SANGUINE

> « Masquée sous le visage de l'enfant, une monstruosité aux yeux du monde »
>
> JEAN-BAPTISTE DEL AMO

« Vous le connaissez par cœur.

« En couverture du numéro de ce mois-ci, peut-être le plus beau visage du monde. Mais cette fois, vous ne le verrez pas en entier. Mystère… Pour nous, mademoiselle a accepté de poser seins nus, la face couverte par un voile noir. Provocation ? Et pourtant c'est presque moins impudique que de redécouvrir ses portraits les plus célèbres dans notre portfolio rétrospectif, en pages intérieures. Parce que cela fait bientôt quinze ans que le visage de cette fille nous rend fous (de désir ou de jalousie, au choix !). Si elle vous regarde, vous êtes mort : Issey Miyake ne l'avait-il pas surnommée "la Gorgone des podiums" ?

« Vous l'avez reconnue ? Sanguine ! Bien sûr.

« Sanguine a encore le vent en poupe et elle enchaîne les projets. Récemment pressentie pour incarner le nouveau parfum Chanel, on l'a remarquée au début des années deux mille dans les défilés Lagerfeld, puis le visage "à la fois lune et soleil" polarisé en noir et blanc par Hedi Slimane, au son de la nouvelle scène rock des Strokes et des Libertines. Mais attention, pas question de se laisser enfermer dans la cage dorée des Linda, Christy, Kate et Naomi. Après l'ère de la *it-girl* et des *übermodels*, elle a représenté la quête d'authenticité de la femme du XXIe siècle. N'allez pas lui parler de chirurgie, chez elle tout est naturel. Elle est comme ça. Alors, c'est vrai, Sanguine a longtemps multiplié les conquêtes sans lendemain : rockers, sportifs, hommes d'affaires. Aujourd'hui, on évoque une rupture douloureuse avec le célèbre qui-vous-savez.

« Un coup de vieux ? Sanguine n'est pas vraiment du genre à se laisser aller. Son visage continue de défier le temps et fait les beaux jours du nec plus ultra des marques de cosmétiques, du sérum peau neuve d'Estée Lauder au dernier soin antirides de SkinCeuticals.

« Souvenez-vous. Encore mineure, la lauréate des Venus Awards 99 étonnait par sa précocité. Aujourd'hui elle fascine par sa longévité. Inoxydable Sanguine. Rendez-vous compte : Myrte, sa meilleure amie depuis la fashion week de Milan, a dix ans de moins que celle qu'on surnomme "Visage", et votre mec serait bien en peine de dire qui est la plus jeune. Demandez-lui… Au Grand Prix de Bahreïn ou en tribunes VIP à la Coupe du monde cet été, les deux inséparables étaient sur toutes les lèvres et dans tous les tweets : #visageforever. Sur les selfies des *wannabe models* qui posent avec elle et qui voudraient lui ravir sa couronne de princesse, une seule vérité : c'est toujours elle la plus belle.

« Tout est remplaçable et personne n'est éternel ; mais, aux oiseaux de mauvais augure qui annoncent la venue inexorable de l'âge, Sanguine n'a qu'à montrer son visage.

« Entretien exclusif pour faire le point sur la carrière de la femme de vos rêves. »

NOUS – Pour la première fois, vous osez le nu intégral. C'est une envie ou une contrainte ?

SANGUINE – Je ne me sens pas de tabou de ce côté-là. C'est plutôt instinctif. On parle toujours de mon visage, je trouvais ça amusant de ne pas le montrer mais d'afficher tout le reste. Je n'aime pas les interdits, même si je ne cherche pas la transgression à n'importe quel prix... Je me sens libre. J'ai toujours apprécié les vêtements, en même temps rien ne remplace la nudité... Là, tu ne triches pas. Et c'est une force que tu cherches en toi-même, quand tu acceptes ça.

NOUS – Justement, pour vous découvrir un peu plus (*rires*), vous portez vos attentes plutôt du côté de la mode ou plutôt du côté du cinéma ?

S. – Au départ je viens de la mode et je suis mannequin. Aujourd'hui, je me sens bien où je suis. Mais j'ai des envies d'ailleurs. Peut-être que le fait de jouer un personnage me révélera un peu mieux à moi-même.

NOUS – L'amour, c'est une façon de se trouver ?

S. – Non, de se perdre. (*Elle rit.*) Sincèrement, je ne sais pas.

NOUS – Qu'est-ce que vous trouvez beau chez un homme ?

S. – Sentir que je lui plais. Comment je lui plais. Ça peut paraître narcissique, mais c'est vrai. Toutes les femmes vous diront ça.

NOUS – Plaire, c'est une motivation ? C'est ça, le moteur ?

S. – Malheureusement on ne peut pas plaire à tout le monde : dès que quelqu'un vous aime, vous trouverez quelqu'un d'autre pour mal vous juger. C'est comme ça. Mais ce que je veux dire et qui peut paraître bête c'est que, plus jeune, j'aurais aimé pouvoir réconcilier tout le monde avec un peu de beauté. Quelque part, c'est resté mon souhait : rien d'égoïste, juste faire la paix un instant.

NOUS – OK, on se calme (*rires*). Pause philosophie. Est-ce qu'il n'y a pas toujours une ambiguïté dans la séduction, quand même ?

S. – Si, si, bien sûr. Mais je ne sais pas si c'est vraiment moi. (*Elle hésite.*) Je ne me rends pas compte. Il y a un tel décalage... Des fois... Comment dire ? La beauté rend tellement violent. Tout : le désir, la jalousie, la frustration... Et je sens cette violence autour de moi.

NOUS – On sent presque une fêlure intime, là. Rassurez-nous tout de même : la plus belle femme de France est une femme heureuse ?

S. – (*Elle éclate de rire.*) Absolument. J'aime la vie, j'aime mon pays !

I

Après avoir vérifié en détail les retouches photoshop sur l'image de son propre corps, Sanguine leva la tête, jeta un œil sur la route interminable, scruta l'horizon des champs de céréales, puis retourna vers l'écran, ferma l'édition numérique du magazine féminin et ouvrit ses notes. Elle préparait toujours ses interviews avec soin, et rédigeait à l'avance sur sa tablette des bribes de phrases qui lui plaisaient.

« Tu réfléchis trop. C'est mauvais pour la communication. L'interview est ratée, ça ne fait pas envie. »

Dans la voiture, la climatisation était défaillante : Claude transpirait et pesta contre la France, où rien ne fonctionnait plus (on ne travaillait pas le dimanche, il y avait des grèves et le petit personnel était désagréable). Arrivés à midi de Los Angeles, ils avaient évité toute publicité, n'avaient prévenu ni les agents ni les amis, avaient loué un véhicule dans la première agence de Roissy et Claude roulait depuis maintenant une heure en direction de Mornay. Affalée sur la banquette arrière, Sanguine se grattait, obsédée par la maladie de peau qui dévorait en triangle la portion de sa peau comprise entre la ligne de la mâchoire, le muscle du cou et le cartilage de la thyroïde. Pour se protéger, elle portait toujours un foulard. Claude la surveillait d'un œil : « On dirait une musulmane. Tu prends le hijab ? » Il éclata d'un rire sonore, toussa et s'étouffa.

« Allez, tu peux faire entrer un peu d'air », concéda-t-elle à regret.

Lorsque la vitre descendit, la fraîcheur de la campagne de l'Hombre, cet air mol et rond à l'image des terres sarclées, inonda l'habitacle, et Claude respira enfin.

L'un des cinq smartphones de Sanguine sonna, siffla un gimmick des années quatre-vingt et s'éteignit dès qu'elle jeta l'appareil sous un coussin brodé. Elle soupira : « C'est Myrte, je ne réponds pas. » Ils entraient dans la plaine du blé hombrin. Elle erra à la surface de sa page facebook officielle (qui n'était plus fréquentée que par des *fakes* de pays asiatiques), avant de la fermer définitivement.

« Tu as annoncé ta retraite ? »

Elle marmonna un « oui » qui sonnait maigre. Depuis des années, Claude couvrait ses arrières, répandant la rumeur de séjours de méditation, de cures ou de retraites spirituelles. Surtout, il payait grassement les magazines, ajoutait un supplément pour les paparazzis les plus coriaces (les Anglais), et assurait la tranquillité de sa protégée pour au moins une semaine. En particulier depuis la rupture avec qui-vous-savez, elle réclamait du calme. Il possédait en réserve suffisamment de sessions photographiques pour entretenir l'illusion de sa présence sur la scène du monde durant un an ; les images de Sanguine pouvaient très bien faire le boulot à sa place le temps qu'elle se remette.

Elle lui demanda une cigarette.
« Tu n'as pas le droit, princesse.
— Un chewing-gum ? »
Sanguine n'avait jamais rien sur elle. Il lui servait de poche, et lui donna de quoi mâcher pour la calmer.
« Merci. »
Connaissant ses migraines, il renonça à allumer la radio (elle n'aimait pas la France et ne désirait pas entendre de ses nouvelles, depuis qu'elle l'avait quittée), ne passa pas de musique (lorsqu'elle n'était pas gaie, les chansons la rendaient encore plus maussade). Tout de même, elle se gratta.
« N'y touche pas.
— Je ne peux pas m'en empêcher », gémit-elle comme une enfant.
Depuis les débuts de sa carrière, tous les trois ou quatre mois, parfois plus mais rarement moins, elle était en proie à une crise aiguë de rougeurs et de démangeaisons. À vrai dire, le mal était difficile à décrire. La maladie apparaissait et disparaissait au hasard de l'ovale de son visage, ou sur le cylindre parfait de sa nuque, comme une sorte de déformation temporaire de ses chairs. Personne n'était jamais parvenu à la soigner. Les traitements traditionnels, la chirurgie esthétique, une légère greffe de peau dans le cou et enfin les remèdes magiques n'y avaient rien fait ; elle s'était enduite de consoude et de mixtures aux ingrédients secrets, avait pratiqué l'acupuncture et le tajiquan, consulté le meilleur spécialiste de Wei Qi, et en désespoir de cause un magnétiseur énergéticien, elle avait même été exorcisée sous ayahuasca par un charlatan de Redwood City, puis elle était retournée à la clinique des stars et elle avait payé cent mille dollars au Cedars-Sinai Medical Center de L.A., en vain. Les médecins n'y comprenaient rien.
À la connaissance de Claude, il n'existait pas d'autre

solution que d'imposer pendant quelques jours à Sanguine un séjour près de Mornay, dans la masure où elle avait grandi; en moins d'une semaine, les symptômes disparaissaient comme par magie, l'épiderme de la jeune femme était de nouveau intact, éclatant et sain. Et elle reprenait la place qui était la sienne dans le business.
Quel était le principe actif de la guérison? Nul ne le savait. En tout cas, plus la retraite était austère et solitaire, mieux la cicatrice se refermait. Alors Sanguine, par superstition et sans plus attendre d'explication, renonçait aux Fashion ou aux Grammy Awards, aux soirées avec Alexa Chung, Poppy et Cara Delevingne, aux nouveaux contrats avec Madewell ou Longchamp et aux amours du moment, elle s'affalait derrière Claude, sur le siège arrière d'une voiture de location française à la climatisation défectueuse, pour retourner seule dans son village d'enfance et attendre le miracle qui ne manquait jamais d'arriver. En robe Dior impressionniste, elle s'étala, laissa retomber ses escarpins à boucle, étira en éventail ses doigts de pied aux ongles qu'elle venait de dé-pimper, soupira, rota et poussa, l'un après l'autre, par jeu, ses téléphones de luxe Jardin Secret sous le siège du conducteur; entre le pouce et l'index, elle joua avec le nœud du foulard à pois qui dissimulait son eczéma rubicond, et demanda à Claude *pourquoi*.
« Quoi? La maladie? La guérison?
— Non. Pourquoi *moi*?
— Princesse, tu me gonfles à vouloir savoir pourquoi tu es la plus belle. Tu l'es, c'est déjà bien. » Il actionna le clignotant et quitta l'autoroute. « Il n'y a pas de mystère. Le secret est dans la culotte, tu découvres ça à treize ans, tu baises et tu comprends. Tu le sais très bien : tout le monde veut te baiser, ne va pas chercher plus loin. Hommes, femmes. Quoi, tu fais la moue, t'es devenue féministe? »
Sanguine colla son front contre la fenêtre, en espérant

que la fraîcheur de la vitre retiendrait la douleur qui irradiait sur sa face, depuis le cœur de la zone meurtrie. En banlieue de Mornay, la terre retournée offrait au ciel et au soleil ses tripes sèches, que quelques bosquets d'arbres piquaient comme d'une mousse mordorée. Après avoir vécu aux États-Unis, la France, son pays natal, lui paraissait chaque fois plus brun, plus gris, enchâssé de paysages minuscules de miniatures médiévales parcourues par de petites voitures sales. Elle vit passer l'un de ces panneaux indicateurs blanc et bleu, puis aperçut le liseré rouge autour du nom de la commune de Lèrves où sa grand-mère habitait et où Sanguine, délaissée par sa mère, de père inconnu, avait passé le meilleur de son enfance.

« De toute manière, ce sont des conneries. Tu connais les contes pour les gosses où la plus jolie devient la plus laide, à cause d'un mauvais sort? Et *La Belle et la Bête*? À la fin la Bête est un beau prince, la vertu est récompensée. On t'apprend que tout est relatif, que ça dépend des cultures. Que tu es grosse, mais que dans un pays loin d'ici tu serais un canon de beauté... On dit ça pour rassurer les mochetés, c'est-à-dire les gens comme moi. Il faut savoir ce qu'on est. La beauté dans le regard, mon cul. Moi, je sais que je suis laid, et je sais pourquoi. Mon nez est gros, éclaté. J'ai les pores ouverts, une peau luisante, un double menton, et je perds mes cheveux. Tu as vu mes dents? » Il sourit largement. « Il n'y a pas de monde gouverné par les bonnes fées où le gentil Claude ressemble à une gravure de mode pour calendrier. » Il rit. « Pas vrai? Ou alors ça m'étonnerait. Et je m'en contrefous. Je sais ce que je suis : moche, mais j'ai mes qualités, princesse. Je ne veux pas qu'on se raconte d'histoires. Ne te raconte pas d'histoires. »

Puisqu'elle ne répondait pas, il baissa d'un ton. Il s'était emporté. « Je suis à ton service. Tu es exceptionnellement belle, je ne vais pas faire semblant que non. Je crois que

dans tous les royaumes du monde, tu serais la princesse et moi je serais le crapaud. Il faut respecter ça. Plus jeune, j'aurais eu du mal à l'accepter. » Il avait même essayé de se suicider à vingt ans (il n'en parlait pas souvent). « Mais maintenant j'ai gagné de l'argent, je peux me payer de jolies femmes, un peu moins belles que toi, en tout cas plus que moi. Qui dit mieux ? Je suis heureux.
— Tant mieux.
— Exactement. »
La pluie tomba sans prévenir et Claude grogna en tentant de deviner l'horizon devant lui, sous les balais essuie-glaces : « C'est naturel. Il y a des scientifiques qui expliquent la chose, j'ai lu un article sur la sélection sexuelle... C'est fondé sur le calcul du rapport entre les hanches et la taille dans toutes les cultures humaines, et un principe de symétrie ou d'harmonie. Je peux retrouver la référence. Grosso modo, ça explique les proportions du cul.
— Claude, je te parle du *visage*. Et puis la beauté, ça change suivant les époques.
— Oh, putain, arrête avec les peintures de Rubens dont t'a parlé l'autre con de philosophe, c'est n'importe quoi. Il était laid comme un pou, il voulait te choper, il t'a baratinée. Alors il y a longtemps, on bandait pour les grosses dondons avec des poils, du bide et de la cellulite ? Je n'y crois pas trente secondes. Je ne dis pas que c'est complètement faux, mais c'est cette façon de toujours faire attention aux petites différences, à ce qui change un peu avec le temps, alors que l'essentiel ne bouge pas, et que ce n'est même pas la peine d'en discuter. Mais dans ce cas, je suppose que les intellectuels seraient au chômage. »
À présent, ils longeaient la rivière de l'Hombre, qui reflétait entre les rangées d'ifs la voiture filant vers la sortie du village. Puis, derrière le stade de football, à l'orée de la forêt, se dessina le chemin qui menait à la masure – elle

interrompit Claude en posant sa longue main douce et blanche contre son épaule.

« Arrête-toi là. »

L'averse avait été de courte durée. Déjà, Sanguine avait ouvert la portière et regardait la sente humide qui conduisait par les Grands Champs jusqu'à l'aqueduc. De l'autre côté, en contrebas, nichaient le village, les fermes et l'étang. Durant toute la durée de ses retraites forcées, elle ne parlait à personne, il y avait des réserves de nourriture pour des mois : ici les gens étaient discrets et on ne posait jamais de questions.

Comme ils avaient toujours fait, elle l'embrassa sur la bouche pour lui dire au revoir, empoigna sa valise de marque par l'anse de métal, la traîna derrière elle dans l'allée, se retourna, le salua et s'en alla.

Au volant, le coude passé par la vitre ouverte, Claude demeura un moment inerte ; il renifla, la regarda monter seule l'allée d'arbres d'un vert très vif et la vit disparaître parmi la végétation touffue. Il alluma une clope, vérifia quelques messages sur son BlackBerry, l'agenda de Sanguine, releva une demande de *Vanity Fair,* nota un rappel pour le gala, et remarqua qu'il n'avait rien reçu de la part du producteur de cinéma. De qui-vous-savez, déjà treize messages – qu'il mit à la corbeille.

Il laissa ronronner le moteur de la bagnole en pleine campagne, il aimait dépenser du carburant dans le vide, le temps de retrouver la paix de l'âme. Il se souvint que, lorsque la maladie s'était déclarée, après un mois de consultations à la clinique de Cedars-Sinai et quelques voyages secrets en Suisse, il avait vu grandir comme un parasite depuis le menton et jusqu'aux joues quelque chose d'étranger qui la rongeait et qu'elle ne supportait pas ; il avait fallu la gaver d'anxiolytiques pour lui éviter de s'arracher centimètre par centimètre son propre visage. Elle pleurait, elle hurlait, elle devenait folle. Il lui avait coupé les ongles ainsi qu'on fait aux chats, en immobilisant de force sa jolie petite main, tandis qu'elle le mordait à l'épaule jusqu'au sang. Puis, ne sachant que faire, il l'avait emmenée ici à Mornay et l'avait transportée, presque inconsciente et enroulée dans une vieille couverture, jusqu'à cette sorte de masure de mère-grand, comme dans les contes pour enfants. Du jour où Sanguine, encore chancelante, était sortie se promener autour de l'étang, la chose s'en était allée. Plus tard, elle était revenue – et repartie. La princesse était très superstitieuse comme sont toutes les jolies personnes, qui ont conscience de la fragilité et de la contingence de leurs attributs. Il aimait très profondément Sanguine. Depuis six mois, elle traversait un moment délicat de sa carrière. Elle n'avait pas d'enfant. Il savait, aussi, qu'elle n'aimait pas les hommes – ce qui compliquait l'affaire. Les femmes – il n'en savait rien. Elle vieillissait. Elle aurait voulu se sublimer en artiste, comme l'eau en vapeur de fumée. Mais seul l'échec sanctionnait ses tentatives, pour l'instant. Et le temps passait ; il avait le sentiment d'être, aux portes de la vie de cette fille, comme un Titan occupé à repousser du mieux qu'il le pouvait le temps qui passe, à le ralentir en espérant qu'elle trouverait le moyen de se transformer avant que lui ne soit contraint de céder, et que la force qui emporte tout à la fin n'accroche entre ses griffes le plus beau visage qu'il ait jamais vu, ne le brûle, ne le ravage et ne le réduise, comme toutes choses, à de la cendre.

Il jeta la cigarette dans l'ornière du chemin, et redémarra.

II

Quelques grillons stridulaient parmi les buissons, tout autour de la masure, et des mouches grises voletaient autour de Sanguine, qui l'accompagnèrent jusqu'au seuil de la maison lourde, bâtie d'un seul tenant et lovée au fond du jardin. Dans l'après-midi qui peinait à passer, chaleur et fraîcheur négociaient sans fin. Elle sortit de la poche zippée du sac de voyage siglé Louis Vuitton les clefs suspendues à une boucle d'or et, dès qu'elle ouvrit, elle sentit le vermoulu du bois, la pulvérulence de la poussière qui l'attendait depuis des mois, suspendue dans un rai de lumière, devenir sensible, odorante et caresser les ailes de son nez ; ils lui communiquèrent l'envie d'éternuer. Comme des animaux longtemps délaissés et fous de joie au retour de leur vieux maître, les odeurs s'élevèrent du garage, de la cuisine, au rythme où elle ouvrait les battants des portes fermières, les volets vernis des fenêtres, les gonds grinçants des placards, les tiroirs mal ajustés des commodes, à mesure qu'elle enclenchait de nouveau le disjoncteur, rouvrait le robinet, tout chanta. Elle se rendit à l'étage, par l'échelle et à travers la trappe, puis repoussa des deux pieds son sac en désordre, dont elle déversa le contenu sur le plancher. La petite pièce lui servait de chambre depuis l'âge de six ans. Sans tarder, elle se déshabilla, passa dans la salle d'eau au carrelage ébréché et se gratta avec frénésie. Elle frotta les écailles de peau morte sans retenir son sentiment de dégoût accablé, racla d'abord l'épiderme avec les doigts, puis une lime à ongles et finalement un peigne, une brosse à cheveux, jusqu'au sang : « Merde merde merde », jura-t-elle, en découvrant l'étrange zone de guerre au sud de son visage, qui suintait d'un lait rosâtre, et elle se rinça, se couvrit d'eau glacée afin de refroidir la plaie ; elle pleurait.

Dans la chambre, elle ouvrit en séchant ses larmes la grosse valise, avant d'en extraire des vêtements en vrac. Assise les jambes écartées sur la chaise d'osier tressé, en culotte blanche et tee-shirt noir, elle se dévisagea :

« Alors, ma vieille ? »

Sur la moitié supérieure du miroir pendait un long voile

noir ; dans la partie laissée libre au reflet, Sanguine inspecta son outil de travail. Le corps lui sembla parfait. Elle fit glisser la culotte au fil de ses cuisses musclées, éternua et chercha au fond de sa minaudière Chanel une plaquette d'antihistaminiques : on n'avait pas fait le ménage depuis des mois. Puis, approchant la chaise du miroir, elle écarta à deux doigts son sexe, se pencha et regarda la petite chose la plus désirée du monde. Au creux des jambes, l'œil fermé de son con dormait : elle l'ouvrit et ne vit rien. La chair assombrie près de la vulve rasée bâilla ; elle referma la fente, passa l'index sur la peau impeccablement épilée, flatta le clair de ses cuisses et parcourut le galbe sans accroc des mollets. Elle s'étendit comme une danseuse, la main en crochet autour de la cheville. Ensuite, elle fit passer le tee-shirt au-dessus de sa tête, dégrafa le soutien-gorge : sa poitrine de statue de marbre palpita, elle la massa et se surveilla sans désir dans l'image que lui renvoyait la glace.

Pieds nus sur le couvre-lit molletonné à fleurs étalé sur le parquet, elle enfila un débardeur et un corsaire en coton, s'accorda une demi-heure de yoga, éternua de nouveau et passa le balai. Après avoir appliqué de la gaze sur la vérole qui débordait de son cou, elle s'accouda contre le dossier de la chaise et colla sa face sur le miroir ovale fixé au vieux bureau de chêne, pour faire mine de s'ôter les points noirs.

En Amérique, il y avait encore des journalistes pour l'appeler « *Visage* », à la façon dont on surnommait, paraît-il, la jeune Jamie Lee Curtis « *The Body* ».

« Miroir, mon beau miroir... » soupira Sanguine.

« Tu es notre visage, le visage de la société, le visage d'aujourd'hui », lui avait écrit la *fashion critic* Robin Givhan sur le site *The Daily Beast*. Mais elle ne savait pas vraiment si elle devait en être fière.

Fous d'effets de lumière, ses cheveux blond vénitien, dressés sur une implantation d'une absolue régularité, très légèrement en cœur au-dessus du front, donnaient l'impression d'un champ de maïs en feu – cette fille était un incendie. Son front étale : un lac. Les sourcils levés, de la couleur exacte de ses cheveux, transformaient son regard en interrogation, que le nez fin et fort à la fois ne résolvait qu'à moitié ; alors s'ouvrait la bouche, qui mangeait toute chose. La bouche inquiétait, rassurait, aspirait l'attention. De très près, il semblait que ses lèvres ourlées, mais striées de haut en bas, fendues au centre comme pour s'ouvrir une seconde fois, n'avaient ni fin ni début : une ligne de crête rosissante variait entre le rouge et le blanc, pour dessiner le sourire.

Sanguine cessa de traquer le détail, et se livra dans l'ensemble. À l'exception notable de sa part malade, Sanguine était Sanguine était Sanguine était Sanguine ; rien d'autre à dire : un océan de soi qui déferle sans fin. Il n'était pas rare, hélas, que son visage détournât les hommes amoureux de ses seins généreux, de son ventre plat et plein, de ses bras, de ses cuisses ou de son sexe. Tout son corps était splendide ; pourtant les quelques hommes heureux qui l'avaient déshabillée pour lui faire l'amour revenaient sans cesse, comme de petits garçons perdus, vers son visage, qui leur semblait ce qu'il y avait au monde de plus impudique. Étrangement, son con et son cul les excitaient moins. Fébriles, ils préféraient partir explorer sa face.

Mais plus on l'approchait, plus la chose se dissolvait : la peau précieuse des joues s'abîmait dans un dégradé d'incarnat, une orgie abstraite de rose ; les lèvres, les yeux, la langue, les dents et les cavités nasales devenaient les vallées, les déserts au sol craquelé, les montagnes, les lacs d'un paysage désolé. La peau était parcourue de canaux, comme toute autre peau ; de trop près, Sanguine disparaissait : elle était de nouveau n'importe quel visage de mortel.

Elle cligna des yeux, recula, s'éloigna du miroir – comme par miracle, à bonne distance, elle resurgit et sa propre beauté la frappa.

III

Mains dans les poches de son pantalon de jogging vert d'eau, elle sortit de la masure en sifflant l'air du nouveau groupe coréen à la mode, qui jouait dans les écouteurs de son téléphone à coque Chanel en cuir teinté or. Pour ne pas risquer d'être reconnue par un promeneur, elle sortait le visage protégé par un fichu paysan blanc cassé, que sa grand-mère nouait par les deux pans, recouvrant sa belle chevelure brune avant d'aller aux champs. La bruine molle et fine à la fois se faisait rare, à la tombée de la nuit. Elle courut vers l'étang de Lèrves et respira avec régularité, ainsi qu'elle le faisait en salle de sport, mais seule et en silence. Au-dessus de Mornay, il semblait que l'orage s'était éparpillé ; un instant, elle craignit que les débris de la fraîcheur alentour ne l'enrhument : elle était partie sans pull ni sweater. Enfin elle descendit le chemin de terre humide qui sinuait jusqu'à l'eau, sous un rang de cyprès frémissant dans la campagne de l'Indre-en-l'Hombre.

Parvenue sur la rive de l'étang, encore ridé par le vent, Sanguine s'étira, expira et ramassa au passage un petit caillou bleu ovale, qu'elle lança dans l'eau pour la troubler, sans attendre le moindre ricochet. Le miroir vert, tavelé de brun, engloutit et digéra la petite pierre avec un hoquet. Un labrador aboya dans sa direction, en remuant la queue, quelques mètres plus loin derrière les ajoncs.

Le chien était harnaché et Sanguine en déduisit qu'il s'agissait d'un chien d'aveugle. Elle se redressa, observa les abords de l'étang, à la recherche du maître. Quand ses yeux retombèrent sur le chien placide, la gueule à demi ouverte, qui s'était assis contre sa jambe pour réclamer une caresse, elle s'aperçut que ce n'était pas un labrador, comme elle l'avait d'abord cru, et qu'en dépit du harnais en nylon qu'il portait il ne présentait ni le pedigree ni la capacité de concentration et d'obéissance qui sont les caractéristiques des chiens d'aveugle. C'était un simple bâtard roussâtre et un peu indiscipliné, qui gémit sous la main câline de Sanguine.

Près du grand saule, une silhouette noire, fugitive, passa, peut-être un paysan, puis s'éloigna en boitant le long de la promenade autour de l'étang.

Au-dessus des collines du Persant, le tissu du ciel varia lentement du bleu sombre au noir très clair, et Sanguine consulta son téléphone, dont l'écran émit dans la nuit un signal blanc, comme une minuscule fenêtre éclatante vers l'autre monde, le temps pour elle de taper un texto à Claude : « je fs le break pour 1 smaine;) bizz ». Les mains dans les poches du jogging vert d'eau, Sanguine abandonna ce qui faisait d'elle une créature de la *hype*, observa les papillons de nuit et entendit le premier oiseau d'après le crépuscule. Le chien l'accompagna dans l'ornière du chemin, puis lui tourna le dos et s'en alla vers la baie boueuse où, enfant, elle chassait les grenouilles vertes. L'eau était lisse et lourde. Là où la grève de l'étang semblait instable, la silhouette de l'homme qui boitait, appuyé sur une béquille, s'avança : il fit signe au chien, en silence, avant de lui lancer un bâton. Le chien hésita, plongea, troubla l'eau. Il ne restait plus rien du soleil ; dans le noir on ne devinait que certaines masses plus noires encore. Pourtant, Sanguine n'avait pas remonté le chemin jusqu'à la masure, elle s'était assise sur la terre fraîche, les pieds dans l'eau. Elle profita du moment tranquille, tandis que plus haut, sur la route départementale, les lampadaires s'allumaient enfin. Retardés sans raison, ils bourdonnèrent. Tout contre le transformateur électrique construit près du plan d'eau, il y avait un nouvel éclairage public. Peut-être surprit-il l'homme au chien en s'illuminant soudain juste au-dessus de lui : la silhouette vacilla, l'homme se prit le pied gauche dans les racines du grand saule, se baissa, s'accrocha et tomba lamentablement dans l'étang.

Sans attendre, Sanguine se releva en se frottant la paume des mains, qu'elle avait couvertes de terre, et courut jusqu'à la rive où, déjà, le chien s'employait à traîner son maître hors de l'eau; mais il semblait s'être blessé. L'une de ses jambes était prise dans la racine torsadée du saule et il se débattait, paniqué, comme quelqu'un qui se noie, alors que le plan d'eau n'était guère profond. Pieds nus dans la bruyère, Sanguine contourna le grand bosquet et se laissa glisser le long de la grève. À la lueur du réverbère qui l'avait surpris, on eût dit que l'homme était plus âgé que sa silhouette ne le laissait deviner de loin : si ses cheveux étaient bien noirs, ils étaient aussi rares. Comme un vieillard, il portait une chemise à carreaux, un gilet démodé et un lourd pantalon de velours vert forêt.

Pataugeant dans la boue, Sanguine le saisit par la taille et, en ahanant, les yeux à demi clos par l'effort, porta le bonhomme, qui était assez lourd, jusqu'au rebord herbeux. D'un mouvement souple du pied, elle fit remonter à la surface de l'eau glauque la béquille du malheureux; il toussa et cracha.

« Est-ce que ça va aller, monsieur? »

Curieuse, presque méfiante, elle se pencha et passa la tête au-dessus de l'épaule de l'inconnu pour le dévisager enfin.

En hurlant, Sanguine recula et, empêtrée parmi les racines puissantes du saule, elle chuta à son tour dans l'étang.

Au-dessus du cou, il n'y avait presque plus rien : l'homme était défiguré.

IV

À la lueur du réverbère, elle n'avait fait qu'entrapercevoir une absence complète de nez, de la peau luisante dont la teinte marron évoquait du gros scotch de déménagement, qui masquait à peine les os douloureusement saillants, peut-être quelques plaques métalliques, un vide affreux autour des gencives, quelques dents déchaussées, une sorte de viande grise et bouillie en guise de joues, des protubérances noires et quelques poignées de cheveux comme des herbes sèches sur de la terre craquelée. Il ressemblait à une gueule cassée du siècle dernier.

Et il respirait fort.

« Excusez-moi. Surtout ne me regardez pas. Je vais m'en aller. »

Il lui tendit tout de même la main pour l'extraire de l'eau trouble où elle se débattait. Mais Sanguine crut qu'il la menaçait et elle brailla comme une petite fille, le frappa durement du pied, grimpa jusqu'à un fourré, rampa, les jambes dans le roncier, le pantalon déchiré, sans cesser de crier. En revenant vers le monstre, furieuse et affolée, elle le cogna. Sans lui offrir la moindre résistance, il avait chu lamentablement sur le flanc, et gémissait de douleur. Le chien aboya, se blottit contre son maître et le lécha.

Alors Sanguine ferma les yeux et retrouva le sens des convenances.

« Oh mon Dieu, pardonnez-moi. » Confuse, elle retomba sur les fesses ; il faisait nuit et l'instant de folie était fini.

On ne pouvait pas la voir, mais elle était rouge de honte. Elle venait de battre ce malheureux alors qu'il lui avait tendu la main pour l'aider. « Est-ce que je vous ai fait mal ? » L'homme semblait très faible, et sa condition physique était celle d'un moribond.

« Je vais appeler les urgences. » Sanguine chercha son téléphone portable griffé Chanel à tâtons dans les herbes folles. Mais l'objet était tombé à l'eau, au beau milieu de la vase. Elle y plongea la main sans succès.

« Où est-ce que vous habitez ? »

Il désigna une ombre dans l'ombre, un vague créneau d'obscurité sur la ligne d'horizon : une ferme isolée. Une vieille maison refaite, abritée par les ormes, où Sanguine n'était jamais allée, car la demeure appartenait à l'autre village, au-delà de l'étang.

Le chien n'en finissait pas d'aboyer ; l'homme demanda à Sanguine de le laisser seul, mais elle se montra plus têtue que lui. Les yeux mi-clos, elle lui servit de béquille. En le tenant par la taille dans la nuit, elle le conduisit à travers le grand champ de colza. Les brindilles fouettaient ses mollets bombés et tendus. Elle avait relevé le bas de son jogging en lambeaux. À bout de souffle, Sanguine s'était d'abord confondue en excuses, puis elle avait réalisé que ce n'était sans doute pas la première fois qu'on hurlait à la vue de cet homme, ou de cette chose. Un instant, elle imagina ce que pouvait signifier de passer une vie à voir naître, à chaque nouvelle rencontre, la même terreur dans le regard d'un autre. Elle plaignit le monstre en le transbahutant jusqu'aux grilles de la ferme. Au creux des poches du pantalon trempé qu'il portait, elle chercha ses clefs, ouvrit le portail qui grinçait et le traîna à travers la cour de terre battue. Le bâtiment possédait deux fenêtres grillagées, derrière lesquelles perçait une lumière jaune, comme des yeux glauques derrière la prison des paupières. Sanguine passa par la grange où des outils rouillés, un sarcloir, une brouette et des sacs de ciment attendaient ; le dos de la propriété avait été noirci, calciné, probablement ravagé par un incendie dont on n'avait pas jugé bon d'effacer les traces. Avec le temps, quelques parties étayées de la maison s'étaient enfoncées à demi dans le sol, et la baraque penchait. La porte de service était fermée. Aucune des dix ou douze clefs du trousseau n'en délivrait la serrure. Du poing Sanguine brisa la vitre en jurant (elle s'était légèrement blessée au poignet), et tira la chevillette de l'intérieur. Sans oser jeter un regard au monstre étourdi, elle le redressa contre son épaule et suivit le chien dans la maisonnée silencieuse, à travers la zone détruite par le feu, sans doute bien des années plus tôt, jusqu'à une porte moderne, toute d'aluminium brossé, qui donnait sur la partie intacte de la propriété. Là, enfin, elle déposa l'homme sur un canapé de cuir noir et alluma le lustre : des ampoules disposées tout autour d'une roue de charrette suspendue au plafond. C'était un salon de campagne somme toute assez coquet. Le sol était décoré de tomettes irrégulièrement enfoncées dans le canevas de ciment. Une lourde table de bois massif trônait au centre de la pièce, devant un écran plat de télévision. Quelques sièges, protégés par de la broderie au crochet, invitaient à imaginer le cercle d'une assemblée idéale d'amis réunis autour de la cheminée, ornée d'une sentence latine que Sanguine ne comprenait pas. Partout, des vases et des fleurs évoquaient une impossible présence féminine. Des rideaux de velours bruns et épais masquaient les fenêtres. C'était donc ça, la tanière du monstre. Lui reposait de guingois sur le canapé de cuir noir, la tête sous des couvertures à motif oriental. Il avait repris ses esprits et se cachait.

« Je vais vous chercher à boire et appeler un médecin. »

Sans l'écouter protester faiblement, elle avisa la vitre fumée d'une porte de bois sombre, entre le buffet et la bibliothèque, l'ouvrit et chercha à tâtons un interrupteur ; il lui sembla d'abord qu'il s'agissait du débarras. Le sol était de béton brut. À la lumière des deux néons qui clignotaient, elle découvrit un immense atelier, peut-être une ancienne forge désaffectée, où des machines-outils recouvertes de bâches sommeillaient au milieu de tableaux noirs ou blancs, de panneaux de liège, d'affiches et de posters. L'ensemble avait été recouvert de photographies collées, scotchées ou punaisées, accompagnées parfois de post-it multicolores, de feuilles de brouillon d'écolier arrachées à des carnets à spirale pour légender ces centaines ou ces milliers d'images ; partout, il n'y avait que des visages.

Où qu'elle regardât, elle vit des portraits, soigneusement classés, peut-être par taille, par âge ou par personne.

Soudain, elle comprit. Il y avait peut-être trois mille visages, mais d'une seule et même femme.

Et cette femme, c'était elle.

Le monstre la collectionnait depuis des années. Des sessions oubliées lui revinrent en mémoire en s'approchant des séries réalisées pour *Vogue*, pour *Elle*, *i-D* ou le calendrier Pirelli, d'instants volés au bras d'un designer de la *Scuderia*, de la soirée des VH1 Fashion Awards, de son premier défilé Christian Dior, du dernier Dries Van Noten, le jour où elle avait salué au bras de Yohji Yamamoto, le sourcil levé chez Emanuel Ungaro, la moue Valentino, l'éclat de rire Marc Jacobs, endormie à Doha, avec Gisele Bündchen et Isabeli Fontana, trinquant à la vodka pure à la table d'Azzedine Alaïa dans le Marais, en compagnie de Myrte et Guinevere Van Seenus, sur la capture d'écran d'une chaîne du câble pour son premier petit rôle, durant les scènes d'orgie sur le yacht au large de la Barbade, et de la Sardaigne, ici le rhum, là le champagne, une œillade de plage, maquillée, démaquillée, cheveux courts, longs, brune, blonde, rouge, bleue, habillée, nue, son visage très Saint Laurent sous l'œil de Juergen Teller, et elle, encore elle, toujours elle, sur des mètres carrés, sans début ni fin, à toute heure, en toute saison et d'année en année; peut-être que tout ce qu'elle avait jamais montré d'elle se trouvait ici.

« Mademoiselle ! »

Il s'était couvert la tête d'un linge sec, et se tenait dans l'embrasure de la porte. Sanguine chercha une issue derrière son dos : il n'y en avait pas. De l'eau sale de l'étang perlait encore sur sa peau, elle rejeta ses cheveux poisseux en arrière, grogna comme un animal, agitée par la fureur et par la peur. D'une main tremblante, elle attrapa une pelle, la brandit par le manche en murmurant : « Restez où vous êtes.

— Je ne vous veux aucun mal. Ce n'est pas moi qui vous ai attirée ici.

— Pourquoi est-ce que vous gardez tout ça ? » Elle enfonça le tranchant de la pelle dans les photogrammes du clip de David Sitek et Scarlett Johansson, tapa du plat contre sa pose en sous-vêtements Victoria's Secret les plus chers du monde, incrustés de saphirs et d'un diamant de quatre-vingt-dix carats, envoya en l'air le portfolio de la campagne contre le cancer du sein (que Claude avait fait censurer) et la célèbre séance nature au Pérou avec Helena Christensen pour le magazine *Nylon*. Maniant la pelle avec maladresse, elle arracha malgré elle ce qui restait de Lagerfeld, Versace et Sonia Rykiel cloués au mur.

« Vous êtes quoi ? Un taré qui veut ma peau ? »

Le monstre s'assit sur un tabouret et, sans préambule, il lui raconta sa vie. L'homme était né la même année qu'elle, à quelques kilomètres de distance. Fils d'un riche fermier de Lèrves abandonné par sa femme, il était entré à l'école de Foudre-Tonnerre, à Mornay, en même temps que Sanguine. Est-ce qu'elle se souvenait de lui ? Mais il refusa de lui donner son nom. C'était un petit garçon modeste, blond, bien peigné. Elle était désolée : elle ne se souvenait de rien. Il rappela à Sanguine que jusqu'à la classe de CM2 elle ressemblait à une fille timide, mal fagotée et sans amis. Elle était partie au collège à Paris, lorsque sa mère avait épousé cet homme élégant et charmeur qui travaillait dans une agence de publicité. À dix-sept ans, elle avait arrêté le lycée, sans même passer le baccalauréat. Depuis trois ou quatre ans déjà, les hormones avaient plié son corps au désir des hommes, et elle était devenue belle.

Pour lui, les choses avaient pris un tout autre tour. À treize ans, il avait frôlé la mort au cours de l'incendie qui avait ravagé la ferme, lorsque son père s'était suicidé en se barricadant dans le bâtiment. Sauvé de peu mais défiguré, il avait entamé un long chemin de croix aux CHU de Lyon et d'Amiens ; toute son adolescence avait été un calvaire solitaire, de salle d'opération en salle d'opération.

Pendant ce temps, grâce à l'agence Viva, Sanguine venait tout juste de commencer les castings.

Quant à lui… À dix-sept ans, on lui proposa une opération révolutionnaire qui consistait en une greffe nez-bouche-menton-joues conjointement à la greffe des paupières et du système lacrymal. Elle échoua. Mal préparée par une équipe de chirurgiens en concurrence directe avec une clinique de Cleveland pour le titre honorifique de première greffe intégrale du visage, l'opération le laissa en vie, mais il ne lui restait plus rien de reconnaissable au-dessus du cou. Miraculeusement, il parvint à un état stationnaire après six mois d'angoisse où le corps médical avait abandonné tout espoir, et il apprit à vivre sous morphine. Le jour de ses dix-huit ans, il sortit pour la première fois avec un masque ; bientôt il put revenir habiter à la ferme et profita d'une pension d'invalidité correcte pour la reconstruire.

Cette année-là, Sanguine signait son premier contrat.

Il se contenta de dire : « Je ne t'en veux pas.

— Pardon?
— Maintenant tu sais pourquoi tu es belle.
— Qu'est-ce que vous voulez dire?
— Tu es belle parce que je suis laid. On t'appelle Visage, parce que je n'en ai plus. Tu m'as volé le mien, *tu as pris ma part.* » Sa voix, déformée, respirait le soulagement. Il sortit de l'ombre et laissa choir le linge blanc. Comme devant un soleil hurlant qui lacérait l'écran de sa rétine, Sanguine détourna la tête et protégea ses yeux au creux de l'avant-bras. Elle ne pouvait pas voir ça.

« Les dates correspondent.
— Laissez-moi partir...
— Tu reviens ici trois fois par an. Tu reviens à Mornay, tu repars soignée. Montre-moi ton cou.
— C'est une maladie...
— Bien entendu. Je suis désolé, mais je ne peux faire autrement : à chaque visite à l'hôpital, il faut juguler l'infection et les chirurgiens m'arrangent du mieux qu'ils peuvent dans le cou et sous le menton. Au centre, ils ne peuvent plus toucher à rien. Je n'y tiens pas tant que ça, mais il faut bien que je reste en vie. Malheureusement je me porte un petit peu mieux après l'opération. C'est pour ça que toi tu te sens moins bien. Au bout de quelques jours, je te vois te promener près de l'étang, et c'est le signal : tu as besoin que je te répare. »

Sanguine demeura interdite. Le monstre croyait à ce qu'il disait. Son esprit avait été dérangé par trop d'années de souffrance inhumaine.

« Pour soigner ta maladie de peau, je prends sur moi.
— Et qu'est-ce que vous faites? » demanda-t-elle en faisant mine de s'intéresser.

Il pérorait désormais d'une voix à la fois robotique et fiévreuse, comme s'il avait attendu toute sa vie pour exposer sa thèse délirante à quelqu'un. Du coup, il ne faisait plus tant attention à elle. Sanguine en profita pour le bousculer, le projeter contre le sol de béton, et traversa à la hâte le salon, franchit la porte d'aluminium. Poursuivie par le chien, elle courut à travers la partie dévastée de la ferme, alla pieds nus sur la terre battue de la cour et referma le portail qui grinçait, en jetant contre l'animal une poignée de cailloux. Puis elle dévala les champs de colza, sous la lune ronde qui illuminait le paysage, jusqu'aux réverbères disposés en cercle autour de l'étang, elle fila les pieds en sang et grimpa, le souffle court, vers la masure de la grand-mère, où elle se barricada. Sanguine escalada l'échelle de bois, ouvrit l'armoire en chêne et chercha avec fébrilité un téléphone portable chargé, dont elle tapa le code, avec l'intention d'appeler Claude. Mais le mur était trop épais.

« Merde. »

La tablette ne captait pas non plus.

Enfin elle descendit en haillons dans le jardinet, en sanglotant : « Claude, Claude, Claude, viens tout de suite me chercher, s'il te plaît. Je n'en peux plus. »

*

Même si l'idée l'obsédait, elle ne lui avoua pas un mot de ce qu'elle avait vu, par honte ou par peur qu'il ne la croie pas. Elle devenait peut-être folle. Quoi qu'il en soit, la maladie n'était pas soignée et elle ne sortait plus sans son foulard.

V

Trois mois plus tard, à l'automne, lors d'une soirée à New York, un richissime homme d'affaires asiatique but quelques verres de chardonnay de trop et voulut expliquer aux trois mannequins qui l'entouraient le sens de la vie, ainsi que font souvent les hommes de pouvoir quand ils sont en confiance. Il prétendit savoir qu'il était riche parce qu'il existait quelqu'un, quelque part, d'une pauvreté équivalente à sa richesse *en valeur absolue*; de l'autre côté de la ligne de flottaison de la société humaine vivait une « contrepartie » exacte de sa personne. Il connaissait son négatif personnel; d'ailleurs, chaque soir, il pensait à lui. Il l'entretenait dans sa pauvreté, et l'autre le maintenait dans la fortune. Sans se rencontrer, les extrêmes communiaient dans un secret absolu. Voilà pourquoi il y avait des riches et des pauvres : le sens du monde se trouvait tout en haut et tout en bas – ni en deçà ni au-delà. Il n'y avait pas d'autre monde possible, et il n'y en avait pas de meilleur. Ceux qui trimaient tout au fond et ceux qui trônaient au sommet le savaient alors que tous les autres l'ignoraient.

Et l'homme le plus (ou le moins) heureux, l'homme le plus (ou le moins) beau, l'homme le plus (ou le moins) intelligent avaient en commun une conscience aiguë de la symétrie; le premier cercle de l'humanité et le dernier n'avaient aucun doute à ce sujet – c'étaient les « êtres du milieu » qui contestaient la vérité, attaquaient les inégalités, espéraient les révolutions. Les classes moyennes et les hommes ordinaires ignoraient le plan général que seuls devinaient ceux qui résidaient tout au-dessus ou tout en dessous, qui voyaient se dessiner la terrifiante symétrie. Tout fonctionnait ainsi.

Bien sûr, il était saoul. L'une des modèles entreprit de le racoler, mais il la chassa. Il regardait Sanguine : « Toi, tu le sais. Ne mens pas. »

Effrayée, Sanguine quitta précipitamment la soirée. En montant dans le taxi à l'angle de Hudson Street et de Desbrosses Street, elle appela Claude. Il lui apprit que Myrte venait d'obtenir le petit rôle qu'elle convoitait (Sanguine

n'avait pas pu enlever le foulard qu'elle portait pour dissimuler ses plaies et l'audition avait été un désastre). Il n'était plus possible d'attendre : il fallait opérer. Un chirurgien esthétique de renom procéderait au remplacement de toute la peau de son cou (c'était risqué).
« Tu es en train de perdre ta place. On commence déjà à t'oublier. »
Elle raccrocha, pleura de rage et de dépit ; puis elle envoya à Claude un bref mail expliquant qu'elle repartait une dernière fois pour Mornay. Elle lui promit que sa princesse reviendrait intacte, et serait de nouveau la plus belle. Avant même de remonter dans ses appartements sur la 5ᵉ Avenue, elle avait commandé un billet d'avion à destination de Paris-Charles-de-Gaulle.

VI

Le lendemain, elle était de retour à Mornay, où il pleuvait. Le voyage en train puis en bus avait été long et pénible.
À droite du portail, Sanguine chercha la sonnette, ne la trouva pas et frappa du poing contre les vantaux métalliques. Plus loin, derrière la vitre, les rideaux remuèrent et l'homme cria :
« Qu'est-ce que vous voulez ? »
Elle portait des fuseaux noirs, une ample tunique rouge aurait dû masquer ses formes et un foulard était noué sur ses cheveux blonds. Mais à cause de l'averse, le vêtement rincé par la pluie épousait son corps frissonnant.
« S'il vous plaît ! Je viens m'excuser. »
Il la laissa entrer. Lui portait un vieux chapeau d'apiculteur kaki, serti d'un voile au tamis si serré qu'il le cachait tout à fait.
Elle éternua et, agacée par son manque de courtoisie

élémentaire, lui réclama quelque chose de chaud. Il se contenta de ramasser sur le carrelage de faïence une couverture qui avait sans doute servi au chien, elle s'enroula dedans puis elle le pria de s'approcher.

« Pas à la lumière du jour, ça fait mal, expliqua-t-il. Venez dans l'atelier si vous n'avez plus peur.
— Je n'ai pas peur.
— Tant mieux. »

Et il se planta devant elle. Elle était mannequin, il était également grand : elle eut donc ses yeux au niveau des siens. Sanguine était revenue avec l'intention de l'affronter sans trembler. Elle déglutit, apaisa sa respiration et descendit doucement vers l'absence de nez. L'homme n'avait pas d'expression : il ne restait aucun trait humain qu'on puisse interpréter comme un signe de colère ou d'encouragement, un rictus méchant, un sourire ou des pleurs. Soudain, le regard de Sanguine tomba comme du haut d'une falaise au beau milieu de ce qu'elle se représenta comme un paysage lunaire, gris et froid, avec des cratères et des crevasses, pour ne pas se souvenir qu'il s'agissait d'un visage. Bientôt, elle ne fit plus de différence entre les restes de peau, les prothèses de silicone ou l'intérieur de la joue et elle ne savait plus ce qui était dehors, ce qui était dedans. Déboussolée, elle tenta de raccrocher ce qu'elle voyait à un mot ou une idée, mais dans l'informe rien ne ressemblait à rien, et elle eut la sensation de perdre jusqu'à sa propre identité devant quelque chose d'à ce point inqualifiable.

Elle s'excusa, referma les yeux.

« Pardon. Je n'arrive pas à vous regarder en face jusqu'au bout.
— Alors, pourquoi venir me déranger de nouveau ? »

Sanguine rouvrit les yeux, fixa du regard loin derrière lui les jambages de la cheminée. Puis elle avança prudemment un œil aux frontières de la chose qui l'effrayait, comme un

prisonnier qui, plongé dans les ténèbres, cherche les murs de son cachot à tâtons, jusqu'à en reconstituer la forme. Centimètre par centimètre, Sanguine approcha son champ de vision du trou maxillo-facial de l'homme ; elle tendit la main pour le frôler. C'était invivable, et pourtant il vivait. L'homme était là, il respirait ni plus ni moins qu'elle.
« Sous l'oreille... Vous vous êtes brûlé. La brûlure est récente ?
— Oui. Aujourd'hui. »
Elle soupira.
« Vous l'avez fait pour moi. »
Et d'un geste délicat du bras, elle releva les mèches blondes qui retombaient contre sa nuque, inclina la tête et désigna du pouce la zone immaculée d'où la lèpre étrange qui la rongeait avait disparu depuis quelques heures, pendant son voyage transatlantique : la découpe d'environ dix centimètres carrés, entre sa pomme d'Adam, le fil de sa mâchoire et le muscle mastoïdien, était blanche et vive, comme une fleur de printemps.
« Je ne demande pas de remerciements. J'ai commis une erreur en vous expliquant ce que je savais.
— Je préfère savoir.
— D'accord. Qu'est-ce qui s'est passé dans votre vie ce jour-là ? » Et il lui montra un calendrier. Sanguine réfléchit : au cours de l'été qu'elle avait passé avec Heidi et Seal au Mexique, elle était tombée dans la cabine du bateau et s'était écorché le front et la joue, mais aussi ouvert la lèvre. Pourtant, rapatriée en Californie, elle n'avait pas gardé la moindre séquelle de l'accident. Les médecins lui avaient même dit qu'elle guérissait aussi vite que le super-héros Wolverine, se souvint-elle en souriant.
« Moi, dit l'homme, j'ai connu l'opération de reconstruction faciale la plus réussie de toute ma vie. Mais j'ai pensé

à vous et, une fois rentré à la maison, j'ai remis les choses en ordre. »

Pendant qu'il parlait, Sanguine trouva du plaisir à écouter sa voix moins dure et moins métallique, parce qu'il s'était détendu, et elle voulut le dévisager en pleine lumière : « Maintenant, je crois que je suis prête. » D'abord il refusa, mais elle lui désobéit, alluma une lampe à abat-jour et chassa l'ombre qui l'enveloppait ; il avait tout de même une tête, pas tout à fait mais presque. Le dégoût fit place à la pitié et elle sanglota sans pouvoir s'arrêter. « Mon Dieu, chuchota-t-elle, vous n'avez plus rien à vous. » Elle aurait aimé se montrer affectueuse, mais n'avait pas la force de le toucher ni de lui sourire. Il lui semblait qu'elle ne supporterait plus jamais de voir quelqu'un de beau après ça, et que tous les gens qu'elle fréquentait lui apparaîtraient comme des sortes de barbares ou d'assassins.

« Est-ce que vous avez mal ?
— Toujours.
— Comment ?
— Je souffre depuis si longtemps que je ne me souviens plus trop de ce que ça fait de se sentir bien. Je n'ai pas de point de comparaison. Je ne peux pas vous dire.
— Approchez-vous. » Elle respira son souffle, il sentait bon : l'homme se soignait, se parfumait même discrètement, alors qu'il n'y aurait jamais personne pour le prendre dans ses bras. Sanguine se sentit triste. Bientôt elle l'observa de si près qu'elle ne le vit plus. C'était réconfortant : il ne restait que les creux et les pleins, les boursouflures abstraites de la chair. De plus près encore, il n'y aurait rien sinon les molécules des tissus organiques, et finalement la terreur se dissiperait. À cette échelle de la matière, elle n'était plus belle et il n'était plus défiguré. En molécules au moins, ils étaient égaux.

Étourdie, elle s'assit à même le sol à une certaine distance de lui et demanda si elle pouvait allumer une cigarette, mais il était très sensible à la fumée, qui agressait sa peau, et elle ouvrit une fenêtre dans la nuit.

En tailleur sur le carrelage de losanges noirs et blancs, elle se recoiffa. Une pensée bizarre, mais moins malsaine qu'elle n'aurait cru, s'insinua dans son esprit : elle avait peur de paraître aguicheuse et fut soudain gênée qu'il pût la fixer avec envie du fond de ses yeux immobiles et glauques, dont elle ne parvenait pas à lire la direction ni les intentions (contrairement aux yeux des hommes auxquels elle était habituée). Sanguine remonta la bretelle de son soutien-gorge qui venait de lui glisser sur l'épaule.

« Excusez-moi. » Elle hésita. « Est-ce que je peux vous poser une question ?
— Oui.
— Vous avez déjà connu une femme ?
— Non.
— Qui sait que vous existez ?
— Certains, au village. Je ne sors qu'à la nuit tombée. Chaque fois que vous revenez, au bord de l'étang, je sais que vous avez besoin de moi. Je reviens ici corriger les choses. En attendant, on me livre de la nourriture. Internet m'a beaucoup aidé. Je discute, je parviens à entrer en contact avec des gens sans ça (il désigna l'absence de visage). J'aime la musique. J'écoute un peu de tout. Je suis cultivé mais, au bout d'un certain temps, les livres et les films me font mal à cause du visage des personnages qui me rappellent mon apparence.
— Comment gagnez-vous votre vie ?
— Une pension pour mon handicap. Je suis aussi correcteur pour des maisons d'édition. Des manuels techniques ou des livres d'histoire. » Il indiqua du doigt une bibliothèque débordant de dictionnaires, d'encyclopédies et de vieux volumes reliés.

« Vous n'avez pas d'amis ?
— Pas dans la vraie vie.
— Vous êtes tout le temps seul ?
— Et vous ? »
Cette fois-ci, elle fut certaine qu'il la regardait. Rien sur sa tête ne l'indiquait, mais elle devinait où ses yeux luisants s'étaient portés. Sanguine n'avait pas envie d'être cruelle : « Je peux me couvrir », dit-elle, en frémissant, parce qu'elle portait encore la tunique rouge mouillée, mais il renifla : « J'ai l'habitude de voir votre corps. » Après avoir décroché avec difficulté sa canne au pommeau d'ivoire d'un reposoir métallique, il la pointa vers plusieurs photographies au mur. « J'avoue qu'en vrai, c'est plus impressionnant.
— Je ne cherche pas à vous provoquer. Je ne suis pas comme ça.
— Je sais me contrôler. Posez toutes les questions que vous voudrez. »
Elle attendit, mais il comprit ce qui la tracassait.
« Je regarde des vidéos pornographiques, bien sûr. Tout homme a ses besoins ; c'est comme manger. Je choisis les films avec des actrices sans visage. Je ne sais pas si vous y allez aussi, pour vous ce n'est pas la peine, mais il existe des catégories sur les sites. Juste les corps, on ne filme pas la face. C'est bien pour moi, ça m'enlève des angoisses. »
Elle termina sa cigarette.
« Expliquez-moi. C'est... une sorte de lien mystique entre nous ?...
— Non, pas du tout, c'est matériel.
— Ce n'est pas clair.
— Vous vous souvenez de ce qu'on appelle une fonction inverse, en mathématiques ? » Il s'appuya sur la canne. « Plus vous êtes belle, moins je le suis. Moins j'ai ça, en tout cas », et il traça un cercle en l'air autour de sa tête. « Si je suis presque à zéro, vous êtes au maximum, et dès que

je gagne un point, vous en perdez un. Comme je vous l'ai dit, je dois faire en sorte de survivre, donc je dois passer sur le billard de temps en temps, histoire de me maintenir, mais ensuite je défais du mieux que je peux le travail des chirurgiens, pour soigner votre maladie. La maladie, c'est une petite partie de moi que vous gardez sur vous.

— Vous vous sacrifiez pour moi ?

— C'est exact.

— Vous pensez que ça marche comme ça pour toutes les plus belles femmes du monde ? Je ne suis pas la seule. Est-ce que Beyoncé a quelqu'un comme vous, quelque part ? Est-ce que Claudia Schiffer en avait un aussi ? Est-ce qu'elles le savent ? Elles les payent ?

— Je ne peux pas me prononcer pour les autres. Mais à mes yeux vous êtes exceptionnelle.

— Concrètement, comment est-ce que vous faites pour vous abîmer et pour me réparer ?

— C'est le même geste. Par le feu. »
Elle tressaillit.

« Vous avez raison : vous ne voudriez pas voir ça. »

Assis devant la cheminée, ils s'entretinrent de leurs existences respectives. Pour tenir le coup des émotions violentes et changeantes qui l'avaient assaillie depuis quelques heures, Sanguine but un vieux fond de whisky qui restait de la cave brûlée du père, auquel l'homme n'avait pas droit à cause des multiples antalgiques qu'il prenait. Petit à petit, elle rit et devint presque taquine avec lui.

« Maintenant, il faudrait me le prouver. » L'ivresse avait pris le dessus et elle s'était enhardie. Plus il était froid et distant, plus elle se réchauffait et s'approchait, comme un animal curieux du vide au bord de la falaise.

« Très bien », admit-il.

Dans la cuisine, il choisit un couteau de boucher parmi la batterie de lames effilées.

« Montrez-moi.
— Je ne peux pas. Je n'ai plus rien à couper. Moi je suis au point mort et vous au maximum de vos capacités.
— Qu'est-ce que je peux faire ?
— Faites-vous du mal et vous découvrirez le résultat sur moi. »

Soudain, elle retrouva ses esprits, comme si elle s'éveillait d'un charme maléfique qui lui aurait été jeté. Méfiante, elle se demanda ce qu'il y avait dans le whisky qu'elle venait d'avaler. Elle était en train de s'abandonner à un fou qui lui proposait de se poignarder pour lui rendre service.

« Est-ce que vous avez l'intention de me défigurer ?
— Non. » Il toussa. « Faites-le vous-même. »

Sanguine se leva et prévint qu'elle gardait son téléphone portable en poche, prête à prévenir son agent qui attendait à Mornay.

« Ah ah, je le savais. » Il voulut peut-être rire de dépit, mais seul un râle âpre s'échappa de ses poumons, comme de l'air d'un pneu crevé. « Vous ne me croyez pas. Vous êtes une voyeuse. Vous en avez assez des beaux mecs et ça vous plaît de venir voir un monstre, de le toucher. Non, c'est pire : vous êtes contente d'avoir pitié. » Il se planta devant elle : les deux yeux blancs exorbités brillaient dans la gueule enténébrée. Il la terrorisa.

De nouveau ensorcelée, elle se rassit, la bouche sèche.

« Le couteau est désinfecté, lui expliqua-t-il. Observez bien mon front. Si vous vous arrachez la peau au même endroit, vous verrez votre beauté quitter votre visage pour surgir sur le mien.
— Je pourrais commencer par un endroit plus discret...
— Je vous arrangerai tout de suite après. »

Maintenant qu'il avait fixé les règles du jeu, il attendit sagement la décision de Sanguine en disposant les assiettes sales de son repas de midi dans le lave-vaisselle. Prise au piège, elle inspirait et expirait avec peine, le couteau à la main, le menton penché au-dessus d'un bol à soupe destiné à recueillir son sang.

« C'est mon outil de travail. Même avec une petite cicatrice, je perds tout. » Elle pensa à Claude et au cinéma.

« Alors, allez-vous-en. »

Sanguine se sentit ridicule : « Je ne peux pas. »

Elle pleurnicha et l'homme lui tourna le dos.

Sans réfléchir, reprenant sa respiration comme avant de plonger tout au fond de la mer, elle se coupa d'un seul trait hésitant au milieu du front. Il ne la regardait pas mais l'encouragea tout de même : « Plus fort. » Avec un cri de rage, elle commença à sarcler sa peau, de la racine des cheveux jusqu'aux sourcils. « Allez, plus fort. » Sanguine s'ouvrit complètement le ventre frontal, jusqu'à découvrir l'aponévrose épicrânienne. Du sang épais lui coula dans les yeux, à la manière du rimmel sous la pluie, et goutta au fond du bol.

Il s'était enfin retourné pour la voir et elle le toisa avec fierté, comme une enfant; pourtant, sur le front du monstre, il ne se passait rien.

« Menteur ! » s'étrangla-t-elle. Elle sut qu'elle était tombée dans un traquenard, qu'elle venait de perdre son seul trésor : son visage, à cause d'un homme défiguré qui avait voulu se venger d'elle. Qu'est-ce qu'elle avait fait ? Elle porta les doigts à son front dans l'espoir de recoller la chair qui pendait désormais comme de la viande.

Mais il posa une main sur son épaule et il lui dit : « Regardez. » Entre la peau claire et la peau foncée de son lobe frontal, où quelques rares cheveux poussaient encore, des cicatrices avaient disparu.

« Il faut le faire encore plus fort. »

La tête lui tournait, à mesure qu'elle s'arrachait les couches d'épiderme, laissant à vif le muscle occipito-frontal et l'innervation au-dessus de ses orbites. Avec calme, il épongeait le sang sombre qui coulait le long des mains de Sanguine à la façon du goudron chaud sur une route en pleine canicule. D'abord la douleur l'électrisa, puis elle la laissa molle, pâteuse et engourdie ; elle eut le temps d'entrevoir le front de l'homme s'éclaircir, naître et grandir. Il était beau comme un ciel dégagé après l'orage. Et elle s'évanouit.

À son réveil, allongée sur le canapé noir le long des fenêtres grillagées du salon, elle le trouva coiffé de sa voilette à son chevet ; il lui donna à boire et à manger. Dès qu'elle en eut la force, elle leva la main vers la racine de ses cheveux, en gémissant, et retrouva la chair ferme de son front sous ses doigts. Sanguine était belle comme avant. Lui, sous le voile d'apiculteur, portait un grand pansement blanc.

« J'ai tout remis en ordre. »

VII

Excitée par la découverte, Sanguine devint vite plus audacieuse que lui. Elle écrivit à Claude qu'elle désirait rester à l'écart une semaine supplémentaire, le priant de ne la déranger sous aucun prétexte. Puis elle emménagea au premier étage de la demeure ; dans la chambre d'amis, elle se contentait d'un sac de couchage sur le vieux lit à baldaquin. Elle avait pris un tee-shirt de rechange, marchait les pieds nus et en culotte. Pour descendre au rez-de-chaussée, où il habitait, elle enfilait d'anciens vêtements de la mère, qu'elle avait trouvés au fond de l'armoire. Sanguine était dans un état second. Rien qu'à l'idée d'entamer de nouveau sa chair, comme du steak frais et nerveux, et de la retrouver intacte à la fin, elle frissonnait. Son sentiment n'était pas très clair, mais il était très fort. Jusqu'où pouvait-elle aller? Dans les premiers temps, elle s'exerça au couteau, ensuite elle lui réclama du feu. Après avoir tassé un peu de coton dans le plateau d'argent, il l'enflammait à l'aide d'une allumette; alors il y plongeait le visage et sans émotion apparente il laissait les flammes courir sur sa peau; à portée de main, il conservait par précaution du linge frais, un broc rempli d'eau et une pile d'emplâtres artisanaux. On pouvait toucher à tout, lui enseigna-t-il, excepté aux yeux. Il fallait les fermer et les couvrir d'une pommade jaune, d'un cataplasme d'herbes qui les préserverait des ravages du feu.

La journée, ils se reposaient. Lui somnolait en bas, elle s'allongeait sur le lit à l'étage, et restait parfois quelques heures avec une cicatrice au menton, ou les joues griffées, et elle repensait à la vie qu'elle avait eue jusqu'ici. Il faisait beau, et par la fenêtre le pays mornéen brillait : la pierre granitique du corps de ferme scintillait tout particulièrement. L'Amérique, les défilés, les soirées et les hommes bien faits lui semblaient si loin, si ternes, comme un poster jauni dans la chambre d'une enfant partie depuis longtemps du foyer.

Au soir seulement, ils sortaient. Dans la cour de la ferme, ils étaient protégés des regards indiscrets du voisinage par trois murs et une très haute clôture. Sous les étoiles, assise sur une pierre plate devant lui, Sanguine parvenait avec difficulté à retenir son excitation. Dès qu'elle se déformait la moitié du visage, la moitié du visage de l'homme se reformait; ce qu'elle tuait ici renaissait là-bas. C'était beau et généreux. Ils partageaient une forme mouvante, qui émergeait chez le premier à mesure qu'elle disparaissait chez le second. Un beau soir, à genoux, Sanguine se brûla pour la première fois complètement comme une allumette dans la nuit noire, et la douleur indescriptible qu'elle ressentit ne lui fut tolérable que parce qu'elle savait que rien n'était irréversible. Son audace la rendit imprudente. À la fin, il dut se jeter contre elle et l'éteindre en l'enroulant dans une vieille couverture, parce qu'il s'en était fallu de peu que l'incendie ne se répandît par ses yeux et à travers sa bouche. Maintenant qu'elle était une grande brûlée chauve à l'agonie, il était devenu superbe : un homme au visage doux et fin, exacte contrepartie de Sanguine en masculin, blond et irradiant de beauté. La chair à vif, elle demanda à le voir et à le toucher comme dans un rêve. « S'il te plaît, prends-toi en photo... » murmura-t-elle. Avec l'appareil de Sanguine il se photographia à la va-vite, car il ne tenait pas à la laisser trop longtemps dans cet état dangereux, et au bout de quelques minutes il replongea la tête dans le plateau d'argent et se laissa dévorer par les flammes. Grâce à l'habitude qu'il avait prise de se faire mal, son corps ne manifestait plus le moindre réflexe de protection et il pouvait subir l'épreuve sans un tremblement ; mais cette fois-ci, il partait de plus loin, puisque son visage était devenu beau, et il souffrit beaucoup de se redéfigurer entièrement. Une fois que Sanguine eut retrouvé sa face, elle soigna l'homme et resta jusqu'au petit matin à son chevet pour appliquer des compresses et des onguents sur la chair boursouflée de bulles et d'œdèmes. Elle était allée trop vite, et il n'était plus accoutumé à se détruire d'un seul coup. Quand il se fut remis, elle se montra plus prudente et se contenta de blessures locales. Par jeu, elle fit apparaître en plein sur lui ce qu'elle dessinait en creux sur elle ; à la fin de la nuit, il effaçait tout ça comme on passe l'éponge sur un tableau noir où des écoliers ont griffonné toutes sortes de cochonneries. Mais il fatiguait : les années de sacrifice avaient usé son cœur, et l'enthousiasme de Sanguine, qui aurait voulu qu'ils expérimentent pleinement les possibilités de leur relation, le laissait exténué.

 Au terme de trois nuits de travail, elle parvint à s'abîmer sans se défigurer tout à fait, en alternant le couteau et les brûlures, par un système compliqué de retouches et de repentirs à la manière d'un peintre sur peau. Elle réussit à leur donner à tous les deux des visages à peu près équivalents. Ils ne se ressemblaient pas mais, pourvu qu'il existe quelque chose comme des coefficients mesurables de beauté, les leurs étaient désormais équivalents. Elle n'était ni belle ni laide, et lui non plus. Ils étaient tous les deux *moyens* : des traits peu affirmés, un teint pas très éclatant et un air général somme toute assez commun.

Au matin, elle l'embrassa et l'entraîna sur le vieux lit à baldaquin. Pourtant, lorsqu'il lui caressa les joues, il trouva sous ses doigts un visage d'une médiocrité décourageante et dut avouer qu'il la désirait beaucoup plus fort lorsqu'il était défiguré et qu'elle était très belle. Quant à Sanguine, elle reconnut qu'il ne lui faisait pas d'effet maintenant qu'il était normal, mais aussi qu'elle aurait été incapable de se donner à lui quand il avait sa forme de monstre. Tous les deux se rendirent à l'évidence : ils étaient condamnés à ne pas pouvoir s'aimer *en même temps*.

Songeuse au petit matin, en fumant une cigarette à la fenêtre de la chambre qui donnait sur la cour déserte, elle regarda, jambes nues, par-dessus les toits, l'étang luisant, les champs noirs et les dernières lueurs de la ville de Mornay. Alors elle commença à lui parler du monde extérieur.

« Il faudrait à tout prix que tu voies ça. »

*

Le jour était venu. Sanguine, qui était encore en visage, avait passé la nuit sur internet. L'idée venait d'elle, mais il était également enthousiaste.

« Tu parles anglais ?

— Oui.
— Très bien. D'abord, il te faut un nom. Quelque chose de mystérieux, mais pas trop. »

Il chercha quelques prénoms évocateurs. Les premières idées étaient mauvaises : Alain, Oscar, Beau. Trop précieux, trop explicite. En lui posant des questions sur les vieux livres reliés qui se trouvaient dans sa bibliothèque vitrée, Sanguine découvrit l'histoire du barde écossais Ossian, un poète primitif du IIIe siècle à l'existence duquel toute l'Europe savante avait voulu croire vers 1760, alors qu'il s'agissait d'une supercherie : Ossian (ce qui signifiait « petit faon ») n'avait pas existé.

« C'est parfait et ça sonne bien : tu t'appelleras Ossian. »

Une heure après, Sanguine chattait avec Myrte à propos d'un garçon séduisant et talentueux qu'elle avait connu à l'école et qu'elle venait tout juste de retrouver. Elle connaissait les goûts de midinette cocaïnée de Myrte, qui adorait les séducteurs tourmentés à la française, et lui décrivit l'homme de ses rêves.

« cant wait 2 meet Osian!!! »

Après avoir posté quelques allusions à son propos sur sa page personnelle, elle lui ouvrit un compte, le tagua grâce au *selfie* de toute beauté qu'il avait pris au moment où elle-même s'était brûlé le visage et envoya un long mail à Claude pour évoquer sa rencontre avec cet Ossian, perdu de vue et retrouvé, qui cherchait justement un agent ; elle lui demanda de l'introduire dans leur cercle de *beautiful people* en Californie, le temps qu'elle les rejoigne (la maladie était en train de passer, mais elle avait encore besoin d'une bonne semaine de repos) ; enfin elle réserva des billets d'avion en *business class* à son nom.

Puis Sanguine s'assit avec Ossian sur le canapé noir et lui expliqua le monde. Quand on avait le pouvoir de charmer les gens, il y avait des lois, des règles et un art de bien faire. Le plus important était de savoir obéir et de surprendre au bon moment. Dès qu'on entrait dans une pièce, il s'agissait d'abord de faire la différence entre les personnes envers lesquelles on devait se montrer méprisant, celles qu'il fallait écouter sans rien dire (les grands créateurs, les hommes de pouvoir), celles auxquelles on devait sourire, et comment : le sourire d'enfant à sa mère, le sourire éploré d'adolescent, le sourire de pute et le sourire intelligent. Tout se joue, même le fait de montrer qu'on est en train de jouer, que l'autre le sait et nous aussi. Bien sûr, on finit par incarner toujours le même rôle, et il y a des trucs qui marchent à coup sûr avec les hommes et même avec les femmes, mais au début tout dépend de la personne qui se trouve en face. Elle lui fit des listes sans fin de noms, de fonctions et de professions importantes. Lui montra comment tenir tête sans en avoir l'air, et jusqu'où se lâcher sans faire ou dire quoi que ce soit qu'on pourrait regretter. Il faut, pour rester beau, de la discipline et de la méthode. Montrer qu'on en a conscience, mais laisser les autres vous l'apprendre. S'étonner, rougir, plaisanter, être ironique jusqu'à un certain point, et ensuite se montrer fragile. Depuis quinze ans qu'elle était belle, Sanguine savait tout ce que ça exigeait. Être un objet universel de désir supposait de pouvoir être abordée nuit et jour, en toute occasion, et de savoir obtenir ce que l'on voulait par la passivité. Doser désir, jalousie et envie dans l'autre sexe, dans le sien aussi. Prendre l'initiative sans jamais l'interdire totalement aux autres. Puis elle lui fit une démonstration de ce qu'on avait le droit de livrer de face, de trois quarts et de profil, l'art d'être photogénique sans en avoir l'air, le naturel absolu dans la pose complète. Faire attention aux dents. Très importante, la dentition. Le rire de soumission et le rire d'humiliation. Le juste rapport entre le visage et les mains. Comment se toucher soi-même, de temps en temps, comme si on s'étonnait d'être aussi intense. S'électriser. Comment s'aimer – et, surtout, ne jamais tomber amoureux de soi-même.

Sur un petit carnet, elle rédigea à son intention une longue suite de recommandations et lui confia les mots de passe de ses comptes utilisateur sur les réseaux sociaux, qui étaient le sésame des gens *fashion*. À partir de ses carnets d'adresses, il pourrait retrouver les noms, les numéros et les codes nécessaires à son intégration rapide. Aussi, elle lui légua quelques-uns de ses produits cosmétiques et lui enseigna l'essentiel des techniques de soin et de maquillage pour homme. Elle lui acheta en ligne une garde-robe, ni trop *casual* ni trop clinquante (elle avait l'œil), qu'il récupérerait dès son arrivée à L.A.

Quand tout fut prêt, Sanguine se rendit dans la courette, garnit le plateau en argent de coton, qui débordait de toutes parts; elle craqua l'allumette et fit ce qu'elle avait à faire sans hésiter une seule seconde.

Ossian resta vingt-quatre heures à son chevet; il lui fit don de tous ses médicaments, dosés avec précision au fil des années, sortit du buffet les dizaines de décoctions artisanales, les baumes et les onguents, à appliquer sur ce qui restait de visage à Sanguine. Il la gava d'analgésiques et surveilla l'infection jusqu'à ce qu'elle s'endormît.

Puis il se contempla dans le miroir. Couronné de cheveux blonds, il était magnifique au-delà de toute espérance. La tête lui tourna et il eut l'impression d'être devenu un prince de conte de fées. Tout d'abord il n'avait pas voulu partir, mais à présent la beauté parlait en lui et demandait à être vue : il était tellement beau qu'il ne pouvait pas supporter d'être seul à se regarder. Son visage appelait le monde entier.

Une valise Louis Vuitton à la main, il quitta la demeure à midi, commanda un taxi et régla la note grâce à la carte bancaire de Sanguine. Sur la table du salon, il avait griffonné un mot à la hâte : il promettait d'être de retour dix jours plus tard – pas un de plus, pas un de moins.

VIII

Près de l'étang, le coq chanta. Les poules, dans la cour, étaient réveillées. Sanguine se redressa sur le lit à baldaquin et le soleil qui rayonnait à travers les volets réchauffa le masque protecteur qu'Ossian avait noué derrière ses oreilles avant de s'en aller. Impatiente, elle ôta le masque, se griffa contre les crochets latéraux de l'accessoire et tituba jusqu'au seuil de la chambre. Pour apaiser la souffrance qui la coupait en deux au niveau de l'estomac, elle avala tous les cachets laissés à son intention sur la table du salon. Elle avait froid et s'enveloppa dans une couverture ; à peine toussa-t-elle qu'un élancement violent l'envoya par terre. Elle ne tenait plus debout. Dans un état second, elle chercha au fond de l'armoire à pharmacie de quoi la défoncer pour quelques heures. Mais la douleur ne pouvait pas cesser : peu à peu, elle eut même l'impression que ça n'avait jamais commencé, que ça avait toujours été ainsi, et que ça ne changerait plus.

Sur l'ordinateur du bureau d'Ossian, elle demanda en hâte de ses nouvelles. Est-ce qu'il était arrivé à L.A. ? Déjà, elle le voyait triompher comme un roi au milieu des petits minets qui pullulaient dans le mannequinat. Elle savait pertinemment qu'il attirerait le regard des *talent scouts* en soirée. Amusée, elle s'imagina en version masculine et ressentit le désir de toutes les femmes et de tous les gays du milieu dès qu'ils l'apercevraient. Le visage d'Ossian avait hérité de cette beauté presque tyrannique qu'elle connaissait bien et qui faisait parfois pleurer. Personne ne pourrait lui résister. Mais il était encore trop tôt, il n'y avait pas trace de lui sur les réseaux sociaux.

Dans la cheminée, elle fit du feu ; l'hiver approchait. Lorsque la flamme jaillit, Sanguine grimaça d'effroi. Elle portait sur la tête un linge blanc qu'elle lavait toutes les six heures. Jour et nuit, elle n'avait rien d'autre à faire que lire des livres de la bibliothèque d'Ossian.

Sur son compte gmail, elle reçut de moins en moins de messages. Un soir, enfin, elle vit surgir Ossian sur un mur, tagué par une amie de Myrte ; il se trouvait à Beverly Hills et ils avaient enfin fait connaissance lors d'une party pour le lancement de la nouvelle marque de Chris Brown. Sanguine se réjouit : elle connaissait Myrte mieux que personne, et elle était certaine qu'elle tomberait raide dingue de lui. L'idée lui procura une forme de satisfaction et de soulagement qu'elle ne s'expliquait pas vraiment.

En attendant les premières images du couple, elle nourrissait le vieux chien, qui la considérait désormais comme sa maîtresse, et trouva du réconfort à serrer la bête contre son ventre, anonyme et assise sur le canapé noir du salon pendant que Myrte et Ossian s'amusaient autour de la piscine et du jacuzzi du SLS Hotel. Trop fragile, elle n'avait même pas la force de descendre jusqu'à l'étang. Lorsqu'elle défit les bandages autour de sa bouche, elle eut l'impression de s'arracher ce qu'il lui restait de peau et n'avala plus que des bols de soupe tiède à la paille.

Le dimanche matin, elle découvrit la première image d'Ossian sur le compte twitter de Myrte. Bientôt, la petite brune l'inonda de photographies instagram de cet homme incroyable. Bien sûr, le voir faisait un peu mal et rendait nerveux, mais il distillait un charme qui lui était familier, puisque ça avait été le sien. D'ailleurs, Myrte avait toujours été amoureuse de Sanguine ; simplement, elle n'aimait pas les femmes. Sa version masculine lui serait irrésistible. Une impression de joie, de désir et de jalousie tordit les boyaux de Sanguine. Pour se changer les idées, elle décida de sortir enfin. Appuyée sur la canne à pommeau d'ivoire d'Ossian, enveloppée dans des vêtements larges, elle portait le chapeau d'apiculteur par-dessus sa face emmaillotée. Le chien l'accompagna fidèlement. Sous la lune pleine, elle erra aux abords de l'étang et ne vit personne venir au-devant d'elle, par le sentier de terre qui menait à l'ancienne masure de la grand-mère. Sanguine était seule.

De retour à la ferme, elle se barricada et parcourut avec avidité les sites à la recherche de son protégé; en quelques heures, il était devenu la nouvelle coqueluche de la côte ouest. Elle voulut lui écrire pour le féliciter, mais elle s'aperçut que le mot de passe de sa messagerie avait changé et qu'elle n'y avait plus accès. Paniquée, elle ouvrit une nouvelle page facebook, demanda Claude et Myrte en amitié. Hélas, les *fakes*, les sosies, les escrocs pullulaient dans le monde de la mode, et les amis ne répondirent pas; probablement les messages qu'elle leur adressa tombèrent-ils d'emblée au milieu de leurs spams ou sous l'intitulé « *others* » de leur boîte de réception.

Elle cauchemarda. L'angoisse ajoutée au mal l'affaiblit considérablement. Il lui sembla que son nom avait été effacé et que si elle se cherchait sur google, elle ne trouverait plus la moindre trace de sa propre existence. Il était en train de la faire disparaître. Au matin, elle boita pour sortir de la chambre. Elle hésita à téléphoner à Claude, puis elle porta la main à sa gueule et comprit qu'elle était prise au piège : aucune opération chirurgicale ne lui rendrait jamais son visage, ce petit salaud d'Ossian l'avait dérobé, il était parti avec et elle ne pouvait qu'attendre son retour. Bien sûr qu'il reviendrait.

Mais il était en retard.

Après deux semaines d'attente, elle perdit presque le

souvenir d'elle-même. Sur les sites de *pure players* à la rubrique people, nul ne semblait s'inquiéter outre mesure de son absence : certes, on parlait parfois d'elle, mais de nouveaux top attiraient déjà l'attention par leurs frasques et leurs déclarations fracassantes. Elle supposa qu'Ossian utilisait son adresse pour envoyer à Claude quelques messages rassurants, du genre : je me repose encore un peu, tout va bien, tu as rencontré Ossian ? Le salaud profitait bien de la vie : après une brève dans le *Hollywood Reporter*, elle tomba sur un court reportage qui lui était consacré. Dans la journée, Perez Hilton, le blogueur des stars, le surnomma « le prince mélancolique » et sa cote monta en flèche. Le surlendemain, il signa pour un premier petit rôle au cinéma.

Alors elle regarda des films. Bien vite la vue des beaux visages d'acteurs et d'actrices sur l'écran se transforma en torture insoutenable (Ossian l'avait prévenue). En recomptant avec soin les cachets, Sanguine découvrit qu'elle ne disposait plus que de dix jours de réserve ; elle rechercha sur internet comment obtenir illégalement des médicaments sans ordonnance. Mais la commande qui venait du Canada tarda, peut-être qu'elle ne passa pas la douane. Et puis il faut dire que Mornay était loin de tout.

Un soir, elle choisit de se vêtir de la petite robe d'été Givenchy restée au fond de son sac de voyage. Elle avait le désir de se sentir encore exister : elle apprêta ses cheveux d'un blond désormais terne, soigna son corps avec un fluide apaisant hydratant, en exfolia et en affina le grain grâce à un produit gommant, l'assouplit, se parfuma et découpa aux ciseaux les bandes de coton qui dissimulaient encore le trou qui lui tenait lieu de tête. Enfin, elle se contempla dans la glace, habillée en joli brin de fille un peu maladroite. Elle voulut se regarder de pied en cap. Mais ses yeux ne sup-

portèrent pas ce qu'ils aperçurent, et elle tomba inanimée sur le parquet.
Elle avait pris sa place, il avait pris la sienne.
Le lendemain, à Long Beach, Ossian commençait à tourner une publicité pour Dior homme; il était beau comme un Christ. Salaud. Elle guetta ses moindres apparitions sur les posts de l'assistante-maquilleuse ou du directeur du casting, qui live-twittaient la session, en pâmoison devant la nouvelle star. Pour un œil exercé, Ossian prenait cette expression indéfinissable qui était auparavant le propre de Sanguine.
Le monstre avait bien caché son jeu : il l'avait manipulée l'air de rien, et elle l'avait même encouragé. Elle devina qu'Ossian l'avait abandonnée, et qu'il ne reviendrait jamais. Sa moitié de vie était terminée; l'autre appartenait à cet homme qui avait fait semblant de ne pas être intéressé par le monde mais qui, une fois qu'il l'avait découvert, n'avait pas pu lui résister. Il lui avait volé sa face. Quelle idiote elle avait été de proposer de lui prêter son visage pour quelques jours. Bien sûr, elle s'estima trahie et fut folle de rage. Hélas, les analgésiques et les onguents artisanaux commençaient à lui faire défaut. Elle fatiguait. Régulièrement, son esprit amer était rongé par le désir d'appeler la police ou les urgences; mais elle apparaîtrait comme une folle aux policiers, et les médecins ne pourraient rien pour elle – à peine gâcheraient-ils la beauté d'Ossian en essayant d'arranger la tête de Sanguine.
Alors elle ne fit plus rien d'autre que suivre la carrière d'Ossian et collectionner les photographies de lui récoltées grâce à son alerte google.
Au bout d'un mois la peau de Sanguine commença à se nécroser. Elle ne savait pas s'entretenir comme Ossian l'avait fait. Assise dans le fauteuil en osier, elle attendait. Elle se demanda ce que l'autre deviendrait au moment où

elle mourrait; en l'absence de contrepartie, est-ce que le visage d'Ossian se décomposerait? Est-ce qu'il resterait le même pour toujours? Elle n'en avait pas la moindre idée. Nourrissant le foyer de bûches qu'elle poussait avec difficulté de la pointe des pieds, Sanguine caressa le chien et attendit la fin. Autour de sa tête, elle avait noué le fichu paysan de sa grand-mère. Sans les mystérieux antalgiques maison, le mal grandissait et prenait des formes multiples, lentes et colorées, qui poussaient sur ses muscles, ses tendons et ses nerfs à la place de sa chair; la jeune femme vivait désormais dans un univers de fréquences acides, au goût aigu et strident, ses os étaient du sable abrasif et ses yeux flottaient à la façon d'une méduse blessée dans un océan aveuglant, de plus en plus épais et résineux, on aurait dit que la douleur ralentissait à l'approche de son terme, et cet engourdissement agissait sur l'esprit de Sanguine comme une drogue à la fois insupportable et irrésistible.

Des voix lui parlaient sans cesse.

En proie au délire, elle entendit du bruit derrière la porte qui donnait sur la partie brûlée de la ferme; peut-être qu'on venait la chercher. Est-ce que c'était Ossian? Elle se leva avec difficulté. Mais ce n'était pas Ossian : « Sanguine, réponds-moi! » L'homme frappa à la porte, la défonça d'un violent coup d'épaule.

Paniquée à l'idée qu'on la découvre dans cet état, elle clopina jusqu'aux escaliers de bois ciré, dans l'espoir de se jeter par la fenêtre de la chambre. Mais à mi-chemin de l'étage elle tomba, rattrapée par la cheville, et s'affala de tout son long sur les marches.

« Sanguine...

— Non!

— Princesse, c'est moi. »

C'était Claude. Il dut déplier les bras de Sanguine comme les ailes d'un poulet déplumé, pour relever de force sa tête et, incapable de dénouer le foulard, il en déchira le tissu d'un coup sec. Sanguine ferma les yeux et s'évanouit en comprenant ce qu'il allait découvrir.

Pourtant, il lui caressa les joues : « Dieu soit loué, tu es saine et sauve. »

IX

Occupé à remonter les traces de cet Ossian qu'il avait tout de suite trouvé suspect, Claude était revenu depuis déjà deux semaines à Mornay et s'était installé dans la masure de Lèrves, qu'il avait trouvée vide. Sanguine, il en était persuadé, avait été enlevée. Hélas, il n'était qu'un jet-setteur hautain dont les paysans du coin se méfiaient et il lui avait fallu des jours et des nuits pour contourner enfin l'étang et entendre parler parmi les voisins de la ferme de « l'homme-qu'on-ne-voit-jamais ».

Il avait trouvé sa princesse non pas prisonnière, mais en proie à une forme de délire effrayant : elle était persuadée de ne plus avoir de visage, et que celui que tout le monde appelait Ossian (mais ce n'était pas son vrai nom) le lui avait volé.

Dans le plus grand secret, il obtint qu'elle passe dix jours au moins dans la clinique psychiatrique de Prangins, en Suisse, où elle refusa obstinément de se regarder dans les miroirs. À Claude, elle avait avoué en pleurant que toute sa face avait été brûlée au quatrième degré, que sa peau était restée carbonisée, que la structure osseuse avait été atteinte et qu'elle ne pourrait plus jamais apparaître en public. Aux questions des médecins, elle ne répondit rien et se contenta de refuser la nourriture qu'on lui donnait, recouvrant sa tête d'un linge dès que l'infirmier entrait dans la chambre. Jamais, pourtant, elle n'avait été aussi belle. Le docteur qui s'occupait d'elle demanda à Claude d'être patient, de la sortir petit à petit d'elle-même et de lui parler du monde extérieur, de leurs connaissances et de leurs amis.

Claude était peut-être maladroit. Toujours est-il qu'il ne put s'empêcher de raconter très vite la vérité à Sanguine. Le jour même où il l'avait découverte à moitié folle, recroquevillée dans les escaliers de la maison de campagne, un foulard blanc sur le visage, le propriétaire des lieux avait été le protagoniste d'un fait divers atroce sur une plage de Long Beach. Ce prétendu Ossian avait donc dépouillé Sanguine de sa carte Premium, vidé son compte personnel et piraté ses adresses électroniques, pour se payer un trip sur la côte ouest. Le beau jeune homme qui s'était fait des amis en peu de temps dans le show-business californien, sur la foi de son « amitié » avec Sanguine, avait bu, fumé et pris de la cocaïne en compagnie de la jolie Myrte, qui n'avait jamais fait montre de beaucoup de discernement en ce qui concernait les mecs. C'était une ravissante petite imbécile, comme il y en a beaucoup dans le milieu. Il lui avait parlé de la France, d'histoires qu'on lit dans les romans, de mal de vivre et de liberté, certainement. Puis il avait conduit la brunette dans un état second jusqu'à une plage déserte sur l'océan Pacifique, et lui avait tenu un long discours passionné et incohérent, dont Myrte ne se souvenait qu'à peine : il était question de la Belle et la Bête, du monstre en lui et de la beauté assassine. Tard dans la nuit, nu après avoir nagé au milieu des bancs de méduses, complètement défoncé, il était remonté chercher dans la boîte à gants de la voiture une assiette en argent, il avait emprunté du coton démaquillant au mannequin et allumé son briquet. Le coton avait pris feu. Tel un adolescent amoureux, il avait joué avec les flammes, qu'il avait nourries de papier journal et de petit bois trouvé dans les talus voisins. Finalement, Ossian avait prétendu montrer son « vrai visage » à la jeune femme, parce qu'il l'aimait et qu'il ne supportait plus de lui mentir. Il voulait qu'elle l'aime pour ce qu'il était vraiment. Et il s'était penché vers le feu. Horrifiée, la pauvre Myrte en plein trip l'avait retenu et, dans la panique, elle avait essayé d'éteindre le début d'incendie et de sauver son amant en lui plongeant la tête dans l'eau. Mais elle l'avait maintenu trop longtemps à plat ventre dans l'océan qui remontait avec la marée. Peut-être qu'il ne s'était même pas débattu. Privé d'air trop longtemps, du sable plein la bouche, il était mort noyé, ou étouffé, bêtement, quelques minutes avant le petit matin. L'ironie de ce triste accident, c'était que les flammes n'avaient même pas eu le temps d'atteindre le visage de l'homme et qu'il était décédé absolument *intact*.

Quelques heures plus tard, près de Mornay, Claude retrouvait Sanguine dans un état second, certainement victime de la manipulation psychologique de cet escroc.

Dès que Sanguine apprit tout cela de la bouche de Claude, son attitude changea. D'abord, elle sembla déstabilisée et incrédule, au point que Claude regretta de lui avoir raconté cette histoire sordide. Il était peut-être trop tôt, il aurait dû la ménager. Mais elle accepta enfin, avec beaucoup de méfiance, de se regarder et lui réclama un miroir. Les dents serrées, la mâchoire crispée, elle jeta un œil dans le reflet et remonta lentement du cou vers le menton, circula de la bouche jusqu'aux yeux en passant tout autour des joues, contourna le front, longea la chevelure et recula pour se voir d'un seul bloc.

« C'est moi ? »

Claude confirma. Son visage était parfait. Du jour où elle accepta de nouveau de se regarder, elle guérit comme par magie et redevint celle qu'elle était. Très vite, elle fut même mieux que cela. Mangeant avec bon appétit pour retrouver son poids de forme, elle se soigna, sourit agréablement aux infirmiers et sortit au bout de deux semaines à peine.

Resplendissante, elle ne manifestait plus aucun symptôme de la mystérieuse maladie de peau qui l'avait conduite à se réfugier à Mornay. Claude trouva un mensonge à raconter pour justifier son retrait du circuit international pendant quelques mois et lorsqu'elle revint dans le monde, elle fut considérée avec encore plus d'attention et de respect, et avec ce drôle de regard que beaucoup d'hommes réservent à une fille qui est devenue une femme. Aussi, on remarqua que l'air, l'expression et même les traits de Sanguine avaient changé. C'était difficilement descriptible, mais les épreuves de la vie l'avaient dotée d'une beauté différente, qui s'accordait peut-être moins avec les shootings de mode, mais mieux avec le métier d'actrice dramatique. Les négociations pénibles entre ses agents et l'industrie du cinéma se débloquèrent, et elle tourna dans un film indépendant pour lequel avait signé Ossian : pour l'occasion, le personnage principal masculin se transforma en rôle féminin. Cet Ossian, on l'avait déjà oublié. Il fut communément admis que Sanguine avait été victime d'un arnaqueur, qui avait commis un abus de faiblesse sur la jeune femme en état de détresse psychologique et physique, à cause de sa maladie de peau. L'enquête conduisit même à supposer que ce charlatan dont on ne savait pas grand-chose avait usurpé l'identité d'un pauvre homme handicapé et défiguré qui vivait depuis des années dans la ferme de Lèrves, mais on ne retrouva jamais le propriétaire et Sanguine fit rapidement comprendre qu'elle désirait passer à autre chose. La procédure était pénible, la justice française longue et inefficace. L'affaire fut classée.

Quant à Myrte, elle s'en sortirait peut-être. Cependant, sa carrière semblait sérieusement compromise (tout le monde se souvenait de l'affaire de « Cocaïne Kate ») : elle était passible de plusieurs années de prison pour possession de stupéfiants et homicide involontaire. Son amie fidèle la soutint et avança les frais d'avocat.

Deux ans après l'affaire, Sanguine recevait un Oscar ; trois ans après, elle était la femme la mieux payée de Hollywood. Elle fut désignée ambassadrice internationale de Chanel. Sanguine triompha, n'épousa personne et attendit toujours. « À trente-sept ans, titra *Elle*, Visage est maintenant éternelle. »

SEPT ANS PLUS TARD

De temps en temps elle disparaissait, et Claude couvrait ses retraites. Il feignait de croire qu'elle repartait pour la France, à Mornay, mais il savait que ce n'était pas vrai. Il ne voulait pas en savoir plus : ça ne le concernait pas. Sanguine se rendait dans des hôpitaux, des dispensaires et des orphelinats tout autour du monde.

Ce jour-là, elle se trouvait sur une île des Célèbes pour une opération de charité et s'était assise devant un gamin farouche qui gardait la tête à l'abri entre ses poings fermés. À ses risques et périls, Sanguine avait demandé à consulter sur place les registres de la léproserie, s'était fait conduire jusqu'à ce village tenu par la guérilla communiste et s'apprêtait à parrainer le garçon. Présentée par les infirmiers comme « une femme généreuse », elle demanda à demeurer seule avec l'enfant, puis lui offrit un bonbon afin qu'il ouvre les bras et qu'elle puisse l'observer de plus près. Elle fit même une photographie de lui sur son smartphone. Souriante, elle assura que ça ne prendrait que quelques minutes et que ça ne ferait pas mal. Elle portait les cheveux au carré sous un foulard traditionnel local, richement brodé, qu'elle dénoua au-dessus de la nuque. Derrière l'oreille, elle écarta quelques boucles blondes et palpa avec soin une zone délicate de sa propre peau. Bouche bée, le petit garçon la vit alors sortir un couteau à viande denté de son sac à main verni.

« Ne me regarde pas, chuchota la femme, ferme les yeux et compte jusqu'à cent. »

L'enfant obéit.

Lorsqu'il rouvrit les yeux, la femme appliquait sous son oreille un mouchoir ensanglanté. Elle venait de se mutiler. Visiblement étourdie par la douleur, elle s'était levée en chancelant et se rapprochait encore de lui, au point qu'il pouvait à présent sentir son parfum et l'odeur de son sang mêlés. Par réflexe, l'enfant voulut se cacher de nouveau le visage. Le gosse avait été abandonné par ses parents dans la forêt, et peu de temps après sa naissance, sept ans plus tôt, il avait été défiguré à l'acide sulfurique par un homme qui croyait aux démons. Avec beaucoup de délicatesse, Sanguine lui écarta les mains et surveilla dans le détail le faciès verdâtre, les cloques et les cratères sur le front, les joues et surtout le cou ravagé du gamin. Elle parut déçue : en se coupant, elle n'avait pas soigné l'enfant.

Il n'y avait aucun lien entre elle et lui.

Les dates coïncidaient, pourtant ce n'était pas le bon.

Elle aurait bien aimé que ce soit lui. Mais dans la vie personne ne choisit sa contrepartie. Sanguine caressa les cheveux crépus du petit et lui annonça qu'elle paierait tout de même ses frais d'hospitalisation et ses études. Terrorisé, le gosse demeura raide comme un morceau de bois et détourna les yeux pour ne plus avoir à la regarder.

Alors Sanguine s'en alla. Elle jeta le mouchoir ensanglanté à la poubelle, noua de nouveau son foulard de soie, prépara le pot-de-vin pour l'infirmière qui l'avait laissée seule avec l'enfant sans poser de question, consulta son smartphone et chercha qui serait le prochain sur sa liste. Depuis la mort de l'autre, il existait bien quelqu'un quelque part qui payait le prix de sa beauté – mais qui ?

LA RÉVOLUTION
PERMANENTE

« L'homme est un remplaçant pour l'homme »
DENIS SEEL

I

Partie avant la fin, Hélène revient du dernier congrès du parti dans la ville de Saint-Denis. Toute sa vie, elle a cru à une révolution; elle y a travaillé du mieux qu'elle a pu. Maintenant elle est énervée, tremble et s'en veut, elle fume une cigarette Marlboro, une cigarette américaine comme elle n'a cessé d'en fumer depuis sa jeunesse. Elle a une soixantaine d'années, et défait du bout des doigts jaunis de la main gauche les longues boucles d'oreilles orientales qui lui font mal (dès lors qu'elle a eu les oreilles percées, à l'âge où elle n'était encore qu'une petite écolière, ses lobes troués par l'or ou l'argent n'ont pas cessé de l'irriter). Puis elle remonte contre sa gorge lasse d'avoir crié un châle de soie, car il commence à faire froid. Elle ne craint pas la nuit ni la banlieue nord de Paris, et considérerait comme la dernière des défaites de ressentir de la peur parmi les rues des quartiers populaires. Ici elle se trouve en sécurité : elle a toujours vu dans la ville une réponse spontanée du peuple à la guerre qu'on lui fait.

À la sortie de Saint-Denis, tout lui semble avoir été construit contre les gens, et contre leur existence, mais dans les rues tout mérite toujours d'être vu, tant que les gens le plient à leur vie. Regarde, se dit-elle, regarde le monde ! De l'autre côté de l'avenue, dans l'ombre d'un porche entre une boucherie halal et un bar PMU, une fille qui porte une capuche en nylon ouvre grand la bouche. Hélène voit briller un instant son appareil dentaire : peut-être qu'elle fume, peut-être qu'elle vomit, peut-être qu'elle crie, de douleur ou de joie, Hélène ne le sait pas. Qu'est-ce qui sort de la bouche du peuple ? Hélène n'est plus capable d'interpréter le détail de ce monde. C'est une des raisons pour lesquelles elle quitte le parti : elle ne sait plus lire la réalité. Perdue dans ses pensées, elle a bousculé un sapeur sénégalais en complet-veston gris souris, qui marmonne et écarte les bras d'énervement. Qu'est-ce que ça signifie ? Elle s'excuse auprès de lui mais aussi du parti qu'elle va quitter, qui aura été l'affaire de sa vie.

Hélène a été communiste et révolutionnaire à l'époque où c'était courant, à l'époque où ça ne l'était plus, et à l'époque où ça l'est redevenu ; et puis, un beau matin et sans raison, elle s'est réveillée nue de toutes les idées auxquelles elle s'était consacrée.

Ce soir, elle avait eu des mots avec Pierre, son ex-mari toujours membre du bureau politique, qui avait basculé par stratégie auprès des plus jeunes du parti. On avait considéré Hélène comme une convertie fatiguée à la social-démocratie, une simple politicienne : elle avait vieilli, elle s'était amollie, peut-être avait-elle accepté les compromis de la vie. Où était passée sa colère ? Lâchement Pierre avait laissé instruire son procès par un petit excité aux cheveux rasés, qui portait un keffieh et qui ne ressemblait plus aux militants dont elle était amoureuse dans sa jeunesse. Surtout, elle s'était sentie humiliée lorsque Pierre l'avait lâchée en murmurant : « Tu dérives. » Lorsque la distance augmente entre deux corps ou deux idées, par exemple le parti et son esprit, qui sait lequel des deux s'éloigne ? Au micro, le petit excité l'avait qualifiée de *défaitiste*. Enfin les yeux d'Hélène étaient tombés sur le programme de leur plate-forme :

« Contre les délégué-e-s de la Y, nous avons défendu jusqu'au bout le projet Z, avant de voter la feuille de route susdite, nous regrettons vivement que cela n'ait pas été le cas d'une majorité (X, W ? ainsi que CCR), puisque sur la base des points communs Y-Z, avec les camarades W qui se reconnaissent dans les orientations Y ou Z, nous proposons de redéfinir la priorité afin de regrouper les partisan-e-s pour avancer vers la convergence, en combattant l'orientation des directions syndicales ralliées au gouvernement, pour constituer un authentique pôle alternatif sans négliger les luttes des militant-e-s écologistes, féministes et LGBTI. »

« Est-ce que quelqu'un peut m'expliquer ce que ce charabia veut dire ? » avait demandé Hélène en éclatant de rire ; elle avait cru que Pierre plaisanterait avec elle. Mais on l'avait regardée avec agacement, comme quelqu'un de la famille qui fait mine de ne pas comprendre, et de parler la langue de l'étranger, peut-être de l'adversaire.

Elle n'avait pas voté. Elle savait très bien ce que le texte signifiait, depuis presque quarante ans qu'elle militait ; pourtant, l'espace d'une seconde, les mots s'étaient fossilisés, et tout lui était apparu vain, réduit à des attaques et des contre-attaques sur un échiquier de papier ; les mots s'étaient éloignés de la vie et avaient fui tout au fond d'une langue morte. Elle avait essayé de défendre à la tribune, en termes clairs, une ligne unitaire qui impliquait la réouverture de discussions avec d'autres organisations, mais l'audience lui avait paru fermée à ce langage ouvert.

Pour toute réponse, l'ami à lunettes carrées du jeune excité avait condamné « le virage stratégique électoraliste de la X, qui ne faisait que reconduire les naïvetés de l'ancienne position B, qui résultait d'une lecture erronée de la période que nous traversons et d'un scepticisme réformiste vis-à-vis de la construction d'un parti ouvrier après la chute de l'URSS.

— Sans déconner, l'URSS ? »

Elle avait gloussé. Après toutes ces années, on en revenait aux mots, et finalement aux initiales. Le militantisme commençait avec des idées et se terminait avec des lettres de l'alphabet. Parfois d'autres, parfois les mêmes. Peut-être qu'elle avait bu. Elle aurait voulu rire en leur compagnie.

« Est-ce que ce sont les mots qui s'usent, ou les idées, ou les sentiments ? Je n'en sais rien. »

Aux premiers rangs, ils étaient consternés.

Au bout du compte, une jeune camarade qui portait dans ses cheveux frisés un bandeau multicolore l'avait tuée d'un regard ; d'un air parfaitement froid, ni méchant ni compatissant, elle lui avait dit la pure vérité : « Je crois que tu as besoin de repos, tu traverses une période personnelle délicate. » Son sourire avait ajouté : je pense que tu n'es plus ici chez toi. Hélène avait enfilé son manteau et elle était partie.

Qu'est-ce que j'ai fait de ma vie ?

Lorsqu'elle était jeune médecin à Rouen, à l'âge d'à peine vingt-cinq ans, elle donnait au minimum dix pour cent de son salaire à l'organisation, en respectant le barème que le Comité central fixait pour l'année. Simple médecin remplaçante, il lui en coûtait entre cent et deux cents francs qu'elle réglait sans éprouver le moindre regret. Elle envoyait au siège de Paris sa contribution commune avec son époux

Pierre, encore titulaire d'une carte d'étudiant : il donnait tout de même trente francs, depuis qu'il avait trouvé une planque en tant que pion pour un lycée des hauteurs de la ville. Au détour d'une rue de La Courneuve ce soir, dans la nuit noire, elle revoit Rouen l'ouvrière depuis les coteaux boisés, et la colline bourgeoise Sainte-Catherine, où Pierre et elle s'asseyaient pour « prendre le point de vue de l'ennemi ». À l'époque, la fille avec le bandeau dans les cheveux n'était même pas née.

Passé le canal, au-delà de La Plaine Saint-Denis, sur la longue avenue de la République, Hélène écrase son mégot, selon son très ancien rituel de mise à mort d'un moment pour passer au suivant. Elle allume une deuxième Marlboro.

Sous les platanes d'alignement plantés récemment par la mairie communiste de la ville, Hélène se souvient de la faucille et du marteau, de la mythologie ouvrière, des images d'espoir et de colère, de l'alliance des ouvriers et des paysans, des sorties d'usine à Rouen. Fut un temps où elle défendait la fierté des travailleurs. Dans l'organisation, ils étaient quelques-uns. Il y avait ce cheminot, à qui elle prodiguait des conseils de lecture et qu'ils emmenaient au cinéma voir Wim Wenders et Satyajit Ray. À sa mort, sa veuve avait écrit une très belle lettre à la section, afin de les remercier de tout le bon temps passé à leur faire découvrir un autre monde. Pourtant, à l'époque, la lecture de la lettre, qui ne parlait pas de l'avenir mais du passé, avait sonné à l'oreille d'Hélène comme une défaite et ouvert la première des blessures. Quelqu'un, en elle-même, s'était éloigné d'elle-même. Elle avait douté. Ou plutôt avait-elle pensé que le combat d'une vie ne commençait pas toujours, que ça finissait aussi. Que la lutte même ne pourrait pas éternellement promettre. Qu'à force de ne pas aboutir elle tomberait un beau jour du côté des souvenirs. Que la flamme rallumée de génération en génération s'éteindrait, puis rougeoierait vaguement sous les cendres d'époque et les commémorations d'anciens combattants.

Le jeune excité rasé avec le keffieh l'avait accusée de démobilisation et de complaisance mélancolique.

À la tribune, certains mots avaient changé, d'autres pas, et les visages, les attitudes, les gestes passaient de génération en génération : de son temps, il était question de science et d'idéologie, de Mandel, de Pablo, d'Althusser, d'aliénation, de dialectique, de matérialisme historique, de tiers-mondisme, d'impérialisme, de stratégie front contre front ou de campisme ; tout cela semblait si vrai, si important, si actuel. C'était passé. Aujourd'hui, elle entendait encore parler d'accumulation du capital ou d'émancipation des travailleurs par eux-mêmes. Et puis, avec la même empathie ou la même agressivité, le poing levé, le martèlement de la voix, les lunettes qu'on remet en place d'un seul doigt à la tribune, en remerciant les camarades pour leur attention, avant d'attirer cette même attention sur l'urgence d'une prise de conscience au sujet du sort réservé aux travailleurs de nuit, aux intermittents du spectacle, aux sans-papiers, aux réfugiés politiques du Cambodge, du Chili, de Tunisie, elle avait entendu apparaître les nouvelles formes de précariat, le sous-emploi, les subalternes, la hiérarchisation sociale et le privilège blanc, l'hégémonie, les formes de socialisation, les savoirs et les pouvoirs de Foucault. Et ça paraissait si vrai, si important, si actuel. Les références variaient, les bouches, les cheveux, les mains des syndicalistes lycéens, étudiants, revenaient d'année en année.

Le jeune excité avait les cheveux courts, mais il parlait comme Gabriel. Elle avait aimé Gabriel. Son camarade riait et levait le poing comme Pierre ; Pierre avait été son mari. Et la jeune femme aux cheveux frisés, remontés par un bandeau de couleur, le teint grave et l'air concerné, c'était elle. Hélène connaissait toutes les manières d'être révolutionnaire.

Elle n'avait rien perdu de sa volonté, pourtant elle sentait dans le réel des limites, une plasticité lente et engluante, qui n'était pas déformable autant qu'on le souhaiterait. Le cœur politique tout entier tient à un élastique sur lequel personne ne peut prétendre tirer éternellement : on ne fait ce qu'on veut et on ne fait ce qu'on croit que jusqu'à un certain degré de tension. Lorsqu'elle y croyait sans condition, le monde entier se tendait comme un arc vers la lutte finale ; mais quand la meilleure des volontés touche à son terme, tout se relâche.

Parvenue au bout de l'avenue, Hélène pense que toute sa vie elle aura essayé d'être juste et d'avoir raison.

Elle a l'impression d'avoir été juste, mais pas d'avoir eu raison.

Elle a bu, elle fume ; maintenant elle a mal au cœur. Les mots s'en vont et les images reviennent : au comptoir d'une brasserie d'Aubervilliers une poignée d'hommes sont assis devant un écran plat de télévision. Elle reconnaît le café, et aux images de cette nuit se surimposent les images d'il y a longtemps. Hélène se souvient qu'en 1972, au moment de l'élaboration du programme, une interminable discussion sur l'Avant-Garde Ouvrière Large avait entraîné Gabriel à vouloir prédire l'avenir, dans ce petit bar de la ceinture rouge. Le beau garçon fumait la bouche grande ouverte. Hélène en avait profité pour reposer la question de la place des femmes dans l'organisation (à l'époque elle lisait Kollontaï), mais Gabriel l'avait interrompue en claquant la langue. Hélas, elle ne savait pas parler comme eux trois : dans le langage elle n'était jamais chez elle, son intelligence restait à l'extérieur des mots. Les mots étaient trop grands pour elle, ou trop petits, parce qu'elle réfléchissait tout le temps mais n'avait aucune repartie : elle était en retard sur la lettre et sur l'esprit. Le langage, elle s'en rendait compte, l'avait fait souffrir toute sa vie, comme les hommes. Peut-être qu'elle ne parvenait pas à en fixer les termes. À la tribune elle avait toujours eu peur de prendre la parole ; après un rapide préambule, elle voyait bien que les autres hochaient la tête, comme s'ils étaient agacés par son incapacité à la formule, sa manière de commencer ses phrases sans les finir, déjà à bout de souffle, échouant à parvenir au premier point de l'ordre du jour, dont eux étaient déjà partis pour discuter du sens général de l'Histoire. Au bout d'une minute, Pierre se marrait en cachant sa bouche du poing. Ils se moquaient gentiment d'elle. Gabriel avait remonté contre ses lèvres le foulard qu'il portait pour se protéger dans les manifestations. En ignorant Hélène, il avait proposé ce jour-là au café d'imaginer un monde où l'Histoire leur donnerait tort :

« L'Histoire est toute-puissante. C'est une maîtresse versatile. Elle peut choisir de se retourner contre ceux qui sont à son service, comme nous. L'avenir appartiendra peut-être aux réactionnaires. Nous serons des perdants, et voilà tout. Ce serait la dernière des défaites. Nous tuerons des gens pour rien. Nous vivrons, nous mourrons pour une cause qui nous trahira à la fin. »

Simon n'était pas d'accord.

« Ce sont des conneries, préféra soupirer Pierre, il n'y a qu'ici et maintenant. Essayons déjà de nous souvenir d'aujourd'hui, ce sera pas mal. »

Vexée d'être écartée de la conversation, Hélène avait répondu : « J'arrive à me représenter ce que sera la révolution. Vous, vous en avez peur. Vous voulez la révolution juste parce que vous voulez être révolutionnaires. Moi je suis révolutionnaire parce que je veux la révolution. Vraiment. Je veux que le monde change.

— Ah ah. Allez, raconte-nous ça. À quoi ça ressemble ?

— Je peux essayer. Il n'y a plus…

— C'est trop facile : pas ce qu'il n'y a plus. Ce qu'il y a.
— Il y a... Il y a des comités... Les hommes et les femmes... Et les travailleurs immigrés ont formé dans les usines, dans les universités, des comités...
— Oh non, pas l'autogestion, c'est une connerie de libertaire.
— Nationalisation!
— Même les socialistes le feront un jour, tu verras. Nationaliser, c'est la social-démocratie.
— Je peux parler? Il y a des délégués, mais aucun passe-droit. C'est un apprentissage perpétuel. Dans la rue, les gens...
— Et après? Qui gouverne?
— Il n'y a plus de gouvernement.
— Ah ah, c'est ça. Pas de pouvoir. Et la bourgeoisie s'est laissé faire.
— On déclarera l'amnistie pour les dignitaires du pouvoir d'avant.
— Est-ce que tu tueras des gens?
— Il y aura des morts. Même si on ne le veut pas.
— Et ensuite?
— Une assemblée constituante?
— Non, pas d'assemblée. Il faut faire émerger le pouvoir de structures locales, des communes de travailleurs, paysans, ouvriers...
— Et ceux qui ne travaillent pas?
— Et la police, et l'armée? Qui a les armes?
— Dans un premier temps, ensuite...
— Il y aura toujours un rapport de force.
— Ce que vous dites, c'est ce que disent les réactionnaires : ce n'est pas possible parce que la nature humaine, le Mal, les intérêts... Vous êtes fatalistes. Moi je suis...
— Hélène... Tu parles comme une nana.
— Tu es naïve. Tu rêves.

— Tu ne peux pas y arriver. Si tu essaies de donner l'air réel à la révolution...
— On ne peut pas se représenter la révolution.
— Le réel est contre-révolutionnaire, conclut Gabriel.
— Alors pourquoi vous êtes là ?
— Pour emmerder la bourgeoisie.
— On fait l'Histoire, mais on n'a aucune idée de ce qu'on fait. Si ça se trouve, on est réactionnaires et on ne le sait même pas. Dans l'Histoire, on avance à l'aveugle.
— La vérité c'est qu'on le fait pour avoir des ennemis », ricana Gabriel.

Après une dizaine de verres, il avait promis de ramener Hélène en moto dans le nord de Paris, mais lui avait annoncé qu'il la quittait, qu'il ne l'aimait pas. Est-ce qu'au moins il l'avait aimée un jour ? Il avait refusé de répondre. Inconsolable, elle lui avait tourné le dos et elle avait piétiné sa cigarette en pleurant ; son cœur hoquetait. Elle avait marché seule dans la rue où elle déambule à présent.

Après les boucheries, la route qui mène à l'avenue de Flandre lui ouvre d'un coup la ville de Paris, jusqu'à Stalingrad – et elle se souvient du poème de Pablo Neruda, ce vieux stalinien : « Ton acier bleu d'orgueil forgé, ta tête de planètes couronnée, ton bastion de pains partagés, ta sombre frontière, Stalingrad. » Ce soir, elle ne passe pas la frontière, elle préfère errer et longe les boulevards, dans les limbes de l'ancienne banlieue rouge.

Elle avait été élevée à Pontoise, puis à Saint-Ouen. Sa mère évoquait souvent les bidonvilles du nord de Paris. C'étaient des constructions sans eau ni électricité, où lentement le confort s'était diffusé comme le sang dans un corps sous perfusion. Les pauvres gens avaient les pieds dans la boue, disait maman, et les Français vivaient parmi les réfugiés républicains espagnols, les immigrés des colonies. Son père, un petit collabo sans envergure, était un trafiquant machiste, sanguin et violent : les affaires n'avaient jamais marché. Il venait du Languedoc, avait rêvé toute sa vie du vignoble et travaillé dans la liqueur, puis comme transporteur, avant de finir conducteur de taxi. Son épouse, craintive et soumise, avait trop peu d'initiative pour vouloir commencer à être quelqu'un. Dévouée, elle faisait à manger, la lessive, les enfants. Une seule fois elle avait pris une grande décision, quand le salaire du mari n'avait plus suffi, puisqu'il buvait : ça n'avait pas été de le quitter (elle en aurait été incapable), mais de déposer dans les commerces une annonce pour servir de bonne à domicile (quelqu'un l'avait probablement recommandée) à une famille bourgeoise de l'ouest parisien. Hélène, qui avait onze ans, avait suivi sa mère à la semaine. Un couple d'intellectuels les avaient accueillies. Sympathisants actifs du Parti communiste, ils avaient connu Aragon, Elsa, Leiris et Picasso, et possédaient dans le XVe arrondissement une jolie maison blanche. Vers 1960, ils avaient pris leurs distances en tirant les leçons de Budapest, qui les avaient empêchés de dormir, répétait souvent Monsieur lorsqu'il taillait les tiges des lauriers dans le jardin : c'était un grand biologiste, professeur à l'université et désormais directeur de recherche à l'Inserm. S'il existait un homme intègre, c'était bien lui ; mais il avait les moyens de son intégrité : Monsieur avait de l'argent. Il possédait une immense bibliothèque en cerisier. Chaque après-midi Hélène lisait Las Casas, Marx, Rosa Luxemburg, les textes spartakistes, les numéros de *Socialisme ou Barbarie*; elle aimait aussi les romans, de ceux qui disent ce que c'est qu'une vie ratée ou une vie réussie : Mauriac, Maurois, Gide, puis Dostoïevski, Nietzsche, Sartre et Beauvoir. Avec sa mère elle partageait une petite chambre très coquette sous les toits, où il faisait, l'été, une chaleur insupportable à moins de se mettre nue ; elle préférait descendre dans l'ombre du jardin, près de la jolie serre où des plantes de toutes sortes, dont elle ne parvenait jamais à retenir les noms, diffusaient des odeurs qui faisaient tourner la tête. Elle s'asseyait sur un banc, entre le laurier et les thuyas, et les yeux clos elle humait le chèvrefeuille qui coulait comme du miel contre le mur de la cabane à outils. La jeune Hélène regardait Madame sur la chaise longue, qui la saluait d'un léger hochement du menton incarnant à ses yeux le comble de la classe et de l'aristocratie. Ou bien elle grimpait dans le cerisier, où Monsieur avait construit pour les autres enfants une cabane de planches encordées. Ils avaient deux filles et un garçon, mais c'était Hélène, la fille du peuple, qu'ils préféraient : le couple avait payé ses études et elle s'était inscrite en médecine. Jamais ils ne la virent prêter le serment d'Hippocrate : ils moururent l'un après l'autre d'une crise cardiaque ; elle avait pleuré, et elle n'avait voulu hériter de rien.

L'année suivante, elle avait fait la connaissance des garçons.

Pierre, Gabriel et Simon étaient inséparables ; ils avaient été exclus des Jeunesses communistes, et les vieux staliniens avaient qualifié Gabriel, qui était violent, narquois, incontrôlable, de « petit excité ». Hélène en était tombée tout de suite amoureuse. Tous trois se foutaient de la gueule des militants ringards du Parti communiste, de leurs principes, de leur morale hypocrite, à peine digne de la bourgeoisie, et de leur mode de vie : *L'Humanité* le dimanche à la criée, *Miroir du football* et le stade du Red Star, les HLM des mairies cocos, les colonies de vacances, les réunions de cellule, le couple de Maurice et Jeannette, le manuel de morale de Garaudy, les poèmes d'Aragon, les chansons de Jean Ferrat et l'oreille de Moscou. Ils ne changeraient donc jamais !

La ville change. Bientôt le tramway, qui est encore en construction, conduira jusqu'à La Chapelle. Non loin de là, entre la rue du Poteau et Clignancourt, elle avait retrouvé Gabriel, qui l'avait entraînée à la manifestation de 1971 en moto. On le surnommait « le glabre ». À l'époque, il portait les cheveux longs mais pas la barbe, ce qui le distinguait. Gabriel était beau et détestait la sentimentalité. Le plus souvent la peau de son cou sentait le bois de châtaigne, le blouson de cuir qu'il portait exhalait l'odeur de la fumée de cheminée : il y avait de la cendre sur lui. Il était grand, fin, âcre et brillant comme la première cigarette de l'adolescence. Depuis qu'elle l'avait rencontré au lycée Jacques-Decour, dans les comités d'action lycéens, elle fréquentait tous les gauchos, et il avait été le premier de ses points cardinaux, le nord sur la carte de son âme. Il l'avait emmenée manifester : ça avait été une image par avance de la révolution.

Pour célébrer le mur des Fédérés, jusqu'au Père-Lachaise, sous le drapeau rouge, ils défilaient le poing brandi (parfois quatre doigts dressés pour honorer la IVe Internationale et Trotski), en ordre, par régions ou par pays. Devant, il n'y avait pas une femme. Portant à la main le casque de moto, les hommes, en blue-jeans sous le cuir, avaient noué autour du cou un mouchoir et ils faisaient démonstration de leur force, sans douter un instant qu'ils seraient, demain, le genre humain.

Peu après, elle s'était engagée, comme on trouve le sens de sa vie ; le reste n'avait été qu'une suite de mots pour justifier le premier frisson. Aujourd'hui, si elle essaie de délivrer le monde autour d'elle des grilles de lecture qui ont peu à peu remplacé sa perception, elle ne sait pas ce qu'elle voit. Tous les hommes, tous les manifestants sont partis, elle est seule. Elle est aveugle, dans la nuit d'un monde où ses idéaux se sont éteints. Elle cherche, abstraction faite de la pensée marxiste-léniniste ou critique ou radicale, ce qui demeure de la ville ; même l'air qu'elle respire était politique, depuis la prise de conscience de la pollution industrielle et les premières notions d'écologie dans les séminaires de formation, vers 1975. Qu'est-ce qui reste de l'air, sans politique ?

Elle observe les murs à la lumière des lampadaires : « En 2013, il n'est pas question de payer pour la crise des patrons », proclame l'affiche d'un parti camarade ou concurrent, elle ne le sait plus très bien. Hélène se souvient de la phrase de Trotski : « Les prémices objectives de la révolution prolétarienne ne sont pas seulement mûres : elles ont commencé à pourrir. » Devant des barquettes de fruits et légumes à même le sol, une mère en foulard fait patienter son enfant, près d'un étal métallique où, enveloppées dans du plastique poussiéreux, on vend des serviettes en papier imitant les billets de banque de cinquante euros. Voilà le *genre humain* d'aujourd'hui.

Pourtant, du fond de sa pensée, elle imagine vaguement qu'il existe quelque chose comme un progrès possible. Est-ce qu'il faut lui donner un nom ? Les mots lui échappent, parce que chaque fois leur envers vaut leur endroit ; les idées peuvent être claires, pas les mots.

Elle veut le communisme, elle le sait, mais ça ne peut plus tout à fait s'appeler le *communisme* ; elle veut la révolution, mais ça ne peut plus s'appeler la *révolution*. Elle veut la justice, mais laquelle ? Elle veut prendre parti, mais pour qui, contre qui ? Elle sait toujours qu'il existe des salauds. Il doit bien y avoir des camps, pourtant il n'y a plus de limite dès qu'il s'agit de les désigner. Hélène n'a jamais émis qu'un souhait, celui d'être du côté le plus léger, pour ne pas s'ajouter dans la société à ce qui pèse déjà de tout son poids sur les opprimés.

Probablement n'est-elle plus communiste, quand elle y pense. Dès qu'elle n'y pense plus, par habitude elle le redevient. Allant là où ses pieds la portent, elle s'éloigne du petit appartement qui est sa propriété au bord du canal. À mesure qu'elle poursuit sa marche le long des entrepôts détruits de la ville de Paris, elle se sent à l'étroit dans sa cage thoracique et expire pour en sortir. Elle voit trouble, il y a de la fumée, elle distingue à peine l'enseigne de restauration rapide McDonald's, les lumières des phares et les prostituées. À peine a-t-elle le temps de le remarquer que son pouls régulier déraille. Elle s'assoit contre une glissière de sécurité. Son cœur bat coup après coup suivant un rythme que son esprit ne parvient plus à calculer.

« Hé, grand-mère, est-ce que tout va bien ? » lui demande une prostituée africaine, en la tenant par l'épaule. Mais il est trop tard et Hélène sourit : « Je suis médecin. » Elle sait exactement ce qui va se passer. Elle lui demande poliment d'appeler les urgences, en répétant le numéro deux fois, puis s'allonge sur le trottoir qui est humide, sale et sent la merde de chien.

Elle ne perd pas conscience : elle la rend

II

quand elle se réveilla, personne ne faisait plus attention à elle, et elle se rassit en se tenant la tête entre les mains, puis ramassa son châle et son sac à main, cracha et vomit un léger filet de sang rouge. Son cœur battait correctement. Sur la porte de Clignancourt, tout était à peu près semblable dans le détail mais différent dans l'intensité d'ensemble : il y avait moins de lumières et ça brillait plus fort. C'était redevenu clair, distinct, exact. En s'appuyant contre une barrière, Hélène se releva et cligna des yeux, sans cesser de tousser, afin de fixer du regard une partie précise de l'espace, sous un grand panneau publicitaire sur lequel ne figurait plus de publicité. Au pied des tours les gens passaient, soit plus vite soit plus lentement, en tout cas à une vitesse qui lui convenait mieux. Le monde semblait déjà plus *nombreux* que quelques minutes plus tôt : c'était peut-être une grève ? Tout le monde était sorti du métro. En arrivant sur place, elle n'avait pas remarqué les slogans sur les draps suspendus à la fenêtre d'un squat de l'autre côté du périphérique. Hélène aperçut de la fumée. Quand elle tourna la tête, un poing rouge de la taille de sa tête, au milieu de dix autres affiches, la contemplait.

Il ne lui fallut pas longtemps pour comprendre qu'elle n'existait plus.

Est-ce qu'elle était morte ?

Froidement, elle examina sa condition. Tout avait un effet sur son corps, et son corps n'était plus cause de rien. Il n'avait d'effet sur rien ni personne. Par exemple, lorsqu'un homme passait près d'elle et la bousculait, elle prenait le coup de plein fouet. Elle l'encaissait, trébuchait et tombait, mais si elle atterrissait sur un sac-poubelle qui traînait sur le trottoir, le sac ne bougeait pas et demeurait dur comme le marbre. On eût dit que le poids d'Hélène ne comptait plus pour rien. Sa chair n'entamait pas la chair des choses. La causalité n'agissait qu'en un sens, du monde vers elle, et pas dans le sens inverse. Reprenant son souffle, elle comprit le risque qu'elle courait : que se passerait-il si elle se trouvait prise en tenaille par deux masses, entre un mur et ne serait-ce qu'un chien ? Elle serait condamnée à être écrasée, incapable de résister à leurs pressions combinées. Fragile à l'extrême, il ne fallait surtout pas qu'elle s'expose à des corps proches ou sur le point de se rencontrer, sous peine de finir broyée.

Avant de comprendre pourquoi elle en était réduite à cette demi-existence, elle comprit l'attitude à adopter en ces circonstances, si elle voulait conserver la moitié de vie qui lui était impartie.

Avec précaution, Hélène marcha à l'écart de la foule. Sous ses pas le sol résonnait, et résistait à la plante de ses pieds. Mais de la pointe de ses chaussures, elle ne parvenait pas à déplacer le moindre caillou. Même l'air pesait contre elle comme de l'eau. Pourtant elle arrivait encore à l'écarter, en avançant à la façon d'un enfant qui apprend à nager. Elle respira. Sur l'atmosphère seulement elle faisait encore son petit effet : l'air entrait dans ses poumons, et ses poumons, sa gorge, son souffle, sa bouche repoussaient l'air alentour, dans cet environnement qui faisait comme si elle n'était rien. Si cet échange *a minima* entre son système respiratoire et l'atmosphère n'avait pas continué à obéir aux lois habituelles de la Nature, Hélène aurait encaissé l'air sans pouvoir lui résister, elle aurait été littéralement trouée, écrasée du dehors et enfoncée du dedans par cet air qui l'aurait réduite à néant d'un seul souffle. Contre toute logique, elle résistait. Hélène n'était pas tout à fait rien. Elle avait encore le plus petit effet possible sur la réalité : elle inspirait, elle expirait et elle parvenait, non sans difficulté, à se mouvoir dans l'atmosphère ; mais c'était comme si le reste de la matière avait refermé les yeux sur son existence.

Toute sa vie, Hélène avait été matérialiste, et avait pris l'habitude de donner raison à la matière qui, à présent, ignorait sa personne. Qu'est-ce que je suis ? Qu'est-ce que je fais ? Évitant les passants, reprenant ses esprits à la porte de la Chapelle, au pied des deux grandes tours blanches, Hélène regarda la réalité : la réalité ne la voyait pas.

Elle réfléchit. Elle était devenue ce qu'il est convenu d'appeler un *fantôme*.

Alors elle hanta le nord de Paris, vers minuit.

Dans quel monde errait-elle ? Est-ce qu'elle rêvait ? C'était le même monde, mais différent.

Les hautes tours allumées ondulèrent dans la nuit, et les entrepôts, les entreprises éteintes, dormaient ; on devinait des fumées d'usine au nord de la ville, le noir était plus profond, il y avait peu de voitures sur le boulevard de la Chapelle. Épiceries ouvertes, banques fermées : un distributeur automatique de cash enfoncé dans le mur, hors service depuis des années. Des gens pissaient le long des façades, ils allaient à une fête pleins d'envie, ou bien ils en revenaient ivres en s'invectivant, souvent excités, en français, arabe, anglais, dans un argot inventif et presque inconnu d'Hélène. Ils n'étaient peut-être pas heureux ni libres, mais ils étaient vivants. En les croisant sur la chaussée, elle essaya de voler un peu de leur vie.

Est-ce que c'est le Paradis ? se demanda-t-elle.

« Ici c'est Paris ! » Une bande de gamins la dépassa, beuglant comme s'ils se battaient ; mais ils plaisantaient et se mangeaient la parole. Elle aurait voulu leur glisser un mot gentil, malheureusement elle n'avait plus de voix. Des petits mecs sifflèrent et coururent à travers la rue : ils tournaient la tête, inquiets, comme si quelque chose d'important se préparait. Elle rasa les murs, consciente qu'elle n'aurait pas dû avancer et prendre le risque, à mesure que les hommes, les femmes et les enfants s'assemblaient en direction des grands boulevards, de finir comprimée entre eux ; ils la tueraient sans même le savoir.

Son fantôme curieux passa par Marx-Dormoy.

Jusqu'à Barbès émergeaient de lampadaire en lampadaire des figures mouvantes, sculptées par la lumière et par la nuit, qui fumaient et qui discutaient devant les restaurants, les crèches, les écoles, les antennes médicales. Soudain, sous le métro aérien, surgit le marché du soir.

Arabes, Blancs et Noirs en ordre dispersé marchaient vers la Bastille, et bientôt il n'y eut plus pour elle la place de circuler sans danger ; elle s'arrêta. On entendit des éclats de voix brisée, et lorsque Hélène demanda ce qui se passait, le vent s'engouffra dans sa gorge : elle faillit s'étouffer. Une manifestation, à cette heure de la nuit ?

Elle ne reconnaissait plus rien, pourtant tout lui paraissait familier, sous les tentes et sur les stands, dans le brouhaha de la montée vers la Bastille, emportée par une rangée de jeunes gens qui discutaient, qui la poussèrent au-devant, jusqu'à ce qu'elle presse le pas, sans trouver de faille parmi les vagues successives de passants, condamnée à se faufiler entre eux vers l'avant, Hélène rata l'entrée de l'impasse Guéménée. Mais déjà les jeunes aux cheveux longs, en rangs serrés, poussaient par-derrière et ralentissaient par-devant. Retenant sa respiration, elle essaya de filer par les côtés ; d'autres, assis au bord du canal, lui bouchèrent la sortie.

Tout le monde confluait, mais vers quoi ? Elle était curieuse. Là-bas quelque chose avait lieu qui lui échappait, elle avança encore un peu et dans la bousculade, écarquillant les yeux, elle reçut un coup de coude dans le ventre et d'épaule en pleine poitrine ; emportée, elle sentit le monde s'enfoncer comme un coin de menuiserie dans son corps.

Et la foule l'écrasa, jusqu'à ce qu'

III

au petit matin, Hélène se réveille d'une première mort.

À l'hôpital du Val-de-Grâce, l'air au-dessus du lit sent les effluves d'un bouquet de lilas envoyé par Simon. Hélène repose en pyjama sous des draps blancs. Maintenant que la tête ne lui tourne plus, guillerette, elle discute avec l'infirmière des conditions de travail dans le milieu hospitalier. Elle parle beaucoup. Elle sait bien la chance qu'elle a eue de réchapper à un arrêt cardio-respiratoire en pleine rue. Avant même de voir le médecin, elle a déjà diagnostiqué la fibrillation ventriculaire, écarté un infarctus, accepté d'être cardiaque et décidé d'un calendrier d'examens, pour reprendre le travail dès la fin de la semaine. Pourtant l'infirmière lui conseille de se reposer, de se calmer, de se taire et de dormir.

En quelques mots, surexcitée, Hélène évoque son hallucination nocturne.

Le médecin, un collègue, lui sourit.

« J'ai rêvé », admet-elle.

Son fils aîné est venu lui rendre visite. Avec lui, Hélène entretient depuis qu'il est petit enfant des relations complices. Il a réussi dans la vie : il a obtenu un poste dans la haute administration à Bercy.

« Maman, raconte-moi.

— Eh bien, j'ai eu une vision, comme les voyantes pour bonnes femmes. Je pense que j'ai vu l'avenir. Paris avait changé et j'étais devenue un fantôme.

— Tu te sens coupable.

— Tu crois ? »

Son fils pensait que rien n'était affaire de révolution : tout fonctionnait par *compensation*.

« Tu t'en veux de quitter le parti, tu avais envie de disparaître. Tu te souviens de ce qu'on dit sur les enfants qui rêvent d'assister à leur propre enterrement... Ce que tu voulais voir dans la foule, à la fin de ton rêve, je suis sûr que c'était ça.

— Non, certainement pas. C'était beau, c'était nouveau.

— C'était faux.

— Évidemment.

— C'est bien que tu le reconnaisses. Je ne veux pas que tu deviennes folle tout de suite ! »

Assis sur un tabouret, il lui offre une petite bise en se penchant, et pas un franc baiser sur le front, à la façon populaire et *camarade* dont elle rêvait plus jeune que ses enfants l'embrasseraient. Ce week-end, il se marie avec la fille de Simon, qui travaille dans la mode. Le fils d'Hélène est un vrai bourgeois, à présent, et elle sourit à cette idée incongrue.

En partant, il lui laisse un journal, dont il n'a pas besoin parce qu'il consulte la presse sur tablette électronique. Hélène lit un long portrait d'une actrice et mannequin que connaît sa belle-fille; elle ne comprend pas ce genre de personne. Jamais Hélène n'a été très belle, à cause d'un visage allongé, chevalin, déjà vieux, aux dents trop grandes et gâtées par le manque d'hygiène quand elle était enfant. Mais le visage est animé par un sourire évident, encadré dès l'adolescence par quelques rides rieuses et passionnées; pour cette raison, elle a connu beaucoup d'hommes.

Hélène a épousé Pierre, elle a aimé Gabriel, Simon a été fou amoureux d'elle. De leur petit groupe, elle est la seule femme. Longtemps, elle a cru qu'elle le resterait jusqu'à la mort.

Elle se souvient des funérailles de Fraenkel, de Mandel, de Guérin, de Vigarello après qu'il s'est suicidé en se jetant dans la Seine. Tout finit en nécrologie, et le souvenir de chaque militant prend sa place parmi les autres dans la longue litanie de l'histoire des justes, en attendant la révolution : ce jour-là, ils auront une avenue de Paris à leur nom. Bien sûr, elle aurait pu faire semblant de mourir en restant fidèle, pour attendre sa petite rue; mais elle n'y parvient pas. Depuis l'enfance, elle a ce défaut d'être *curieuse* : elle ne se contente pas de la vérité.

Hélène reprend la lecture du journal et parcourt un article consacré à la crise de la presse. Laissant son imagination divaguer, elle se figure le capitalisme en dieu Shiva qui crée et détruit, dissimule et révèle, et qui maintient notre monde sans fin.

Alors pourquoi avoir quitté le parti? Furieuse contre

elle-même, Hélène jette le journal par terre. L'infirmière ne vient pas, elle essaie tout de même de respirer, hésite à sonner, mais c'est trop tard et

IV

dès qu'elle sortit du Val-de-Grâce, elle était translucide et retrouva sa condition de fantôme avec joie. Il faisait beau, clair, et le ciel avait emprunté le bleu d'une dure matinée d'hiver. Elle quitta l'hôpital juste après son fils.

À une petite dizaine de pas de distance, elle alla derrière son grand garçon, qui prit bientôt les transports en commun. En observant les êtres humains autour d'eux, il lui sembla que ce « même monde différent » était meilleur, mais elle ne parvenait pas à savoir pourquoi. Le visage des hommes était aussi creusé par le souci, leurs mains calleuses, une femme entre deux âges regardait dans le vide par la vitre de l'autocar. Pourtant, derrière le plexiglas poussiéreux, il irradiait quelque chose qui s'accordait mieux avec le désir d'Hélène que la réalité qu'elle ne comprenait plus. Les passagers lisaient le journal. Elle remarqua l'absence de téléphones portables, de tablettes, d'écouteurs. Au bord de la Seine, d'importants chantiers creusaient la ville, cernés de panneaux publicitaires blancs, de murs de béton nus graffés ; il y avait seulement, sur les immeubles, de grands étendards tendus. Des parties entières de Paris avaient été rasées.

Son fils descendit du bus, alluma une cigarette et remonta le col de son imperméable brun. Légèrement voûté, il révéla de dos une calvitie qu'elle ne lui connaissait pas, au cœur de ses cheveux frisés. Après avoir avalé deux par deux les marches de l'esplanade, il pénétra dans la Bibliothèque nationale.

Au fil des couloirs inégalement éclairés, Hélène nota la présence d'hommes et de femmes de tous âges, de toutes conditions ; à la lueur de lampes aux grosses ampoules rondes, des gens du peuple lisaient, parmi des cartons de livres couverts avec du papier alimentaire de boucherie. Au fond de la première salle, son fils s'assit et ouvrit un grand manuel d'histoire broché. De sa poche, il sortit un calepin d'éternel étudiant.

Tel un ange gardien, Hélène s'appuya doucement sur l'épaule de son fils et lui caressa les cheveux : il ne sentait rien. Quand elle voulut remettre son col droit, le tissu lui résista plus fermement que de la pierre : elle percevait le coton sous ses doigts, et le coton ne lui répondait pas. En se penchant avec précaution, elle lut le titre du chapitre dans l'étude duquel son fils était plongé :

Causes et raisons de la Révolution française de 1973

Hélène crut à une coquille amusante : ce devait être la Révolution de *1793*. Mais non, il était question des gaullistes, de Pierre Messmer et de Raymond Marcellin.

D'après le manuel, il y avait une quarantaine d'années déjà qu'avait eu lieu la grande révolution prolétarienne du XXe siècle qu'elle avait passé sa vie à attendre.

Elle se trouvait donc dans une France communiste.

Au printemps 1973, la révolution avait éclaté à cause de l'assassinat par la police d'un militant gauchiste et avait conduit, après une courte période de convulsion terroriste et de soulèvement révolutionnaire en Allemagne et en Italie, à l'isolement de l'Hexagone. On avait compté peu de morts dans un premier temps ; le pouvoir pompidolien s'était rapidement effondré : ça avait été une période d'effervescence dans les rues, de comités spontanés, de communes autogérées et d'assemblées. L'échec de l'élection d'une assemblée constituante avait entériné la fin du centralisme français, la lente radicalisation de Paris contre la province, qui avait ouvert la période incertaine d'insurrection, de Terreur et de Restauration, auquel un point final avait été mis en 1981, lorsque l'armée de conscrits avait basculé pour de bon du côté du parti.

C'était aujourd'hui une organisation trotskiste qui dirigeait la France.

Hélène n'en croyait pas ses yeux.

Mais son fils referma vite le livre. Avant de repartir, elle remarqua qu'il glissait entre les pages un petit mot, écrit sur une feuille du calepin pliée en deux, avant de replacer le manuel sur les rayons. Il s'agissait peut-être d'une correspondance secrète.

Il neigeait. C'est avec un frisson d'exaltation qu'elle sortit derrière son fils, et redécouvrit le monde de la révolution. Le fantôme d'Hélène parvenait à peine à contenir son enthousiasme : elle voulait *voir* à quoi ressemblait la réalité remise à l'endroit. La bibliothèque portait le nom de Victor Serge. Dans les avenues où la neige commençait à s'amonceler traînaient des hommes et des femmes armés. Des proclamations écrites à la main avaient été collées sur la façade des bâtiments. À présent il faisait froid. Elle hésita à entrer dans un magasin d'État, où les prix étaient encore affichés en francs. De vieilles bâtisses occupées abritaient des écoles Freinet, des coopératives, des saunas, des bains publics, des librairies, des théâtres, des cinémas et des permanences d'organisation qui lui étaient inconnues. Aussi les visages étaient vieillis, abîmés, moins soignés, mais plus profonds. Un garçon qui portait un béret avec l'étoile rouge s'était mis à l'abri de la neige, sous un porche, il lisait le journal *L'Étincelle*. Elle leva les yeux ; la plaque qui portait le nom de la rue avait été dévissée et, à la craie, quelqu'un avait écrit : « Ici, c'est Makhno ! »

Anonyme dans son imperméable brun, le fils d'Hélène

prit le métro. Il semblait indifférent à l'agitation révolutionnaire. Après avoir passé des portiques ouverts, défoncés depuis des années, ils attendirent une dizaine de minutes la première rame.

Son fils descendit à la station Télégraphe et marcha jusqu'au cimetière. Là, au plus haut point de Paris, au pied des barres d'immeubles, il ouvrit la grille de fer en frissonnant : Hélène aperçut à l'horizon, parmi les flocons de neige, le soleil déjà bas, quelques usines encore fumantes et, à moins d'un mètre, la tombe fleurie d'un martyr. Parmi les couronnes amassées sur la sépulture, sous la neige qui recouvrait déjà la stèle, Hélène devina le nom; c'était la tombe de Gabriel.

Le malheureux Gabriel n'était pas mort pour rien, puisque la révolution avait eu lieu, pensa-t-elle.

À genoux dans la neige, qui lui entaillait la chair comme des tessons de verre, le fantôme d'Hélène contempla la tombe de son ancien amour. Des centaines de lys blancs et de roses rouges gelés par le froid, et des plaques et des gravures honoraient la mémoire du *premier à s'être levé pour que prenne la flamme qui avait illuminé le ciel de France*, et ainsi de suite.

Elle aurait aimé laisser une fleur, une petite pierre, un poème, à son tour; mais elle n'avait plus aucun pouvoir sur les choses. Lorsqu'elle voulut écrire du bout du doigt un mot dans la neige, la neige lui résista, plus dure que le marbre. Elle avait froid, et de sa bouche s'envolait un léger nuage blanc. C'est tout ce qui lui restait. Hélène sourit et souffla sur la neige : d'une bouffée d'air au moins, elle pouvait encore laisser une trace en ce monde. Exhalant à la surface de la pierre tombale, elle déblaya la surface de granit noir. Alors le nom apparut – et c'était celui de Pierre, « mort en héros en 1973 ».

Pierre? Et pas Gabriel?

Elle ne comprenait plus.

Assise sur le manteau neigeux, Hélène essaya de s'assurer de ce qu'elle voyait. Elle ne prit pas garde à son fils qui se baissait et tendit la main pour toucher la stèle qu'elle venait de découvrir ; la main de son enfant lui transperça la poitrine comme une flèche et

V

après avoir repris conscience à l'hôpital, Hélène ne parle pas de son malaise à l'infirmière, ni de sa gêne à la poitrine. Dans la journée elle rentre chez elle, dans le réel. Mais elle reste obsédée par le monde d'à côté : pourquoi diable Pierre est-il mort à la place de Gabriel ?

Depuis sa séparation avec Pierre, Hélène réside dans un immeuble rénové du XIXe arrondissement de Paris qui donne sur le canal. Encore étourdie par le rêve, elle ouvre sa boîte aux lettres débordant de publicités pour des marques de hard-discount, qu'elle jette à la poubelle avant de prendre l'ascenseur. Puis elle pousse la porte de son appartement. Une fois avalés les médicaments, elle écrase sa cigarette dans un petit pot de terre cuite.

Quelqu'un sonne.

C'est Pierre, son « vieux mari ». Il s'excuse, il lui a acheté des fleurs, probablement pas les bonnes : il n'y connaît rien. Mais il plaisante : « Pas de chrysanthèmes, en tout cas ! » En la soulevant par la taille dans la lumière du vestibule, il se moque d'Hélène, trouve qu'elle a bonne mine, et la houspille en menaçant de sévir si elle cherche de bonnes raisons pour sécher les réunions de section.

« Je ne viendrai plus, Pierre.

— Ah oui. » Il y a un peu de tristesse dans son ton, qui la peine.

Il n'aime pas le pathos. C'est un bon vivant, un dragueur également. Depuis des années, il s'énerve des airs mal nourris, christiques et livides à la Saint-Just des jeunes révolutionnaires. Il aurait voulu faire la révolution comme on se bat dans un roman de Dumas. À la quarantaine, il avait pris du poids, mais ça lui allait bien : il riait, il haïssait l'ironie, le bon ou le mauvais esprit ; c'était un être franc qui adorait tout ce qui rendait vivant.

Bien sûr, il se soucie aujourd'hui de la santé d'Hélène – un peu de la sienne aussi : il a mal au dos. Ils bavardent comme des vieux qui se sont connus à l'âge du premier flirt. Puis il grogne, s'agite sur le fauteuil en osier, se racle la gorge et reparle de la politique, qui est le véritable nom de sa vie. Tout de suite, elle le coupe :

« Pierre, c'est fini.

— Ah. Tu divorces une seconde fois. » Au début des années quatre-vingt-dix, elle l'avait quitté, aujourd'hui elle abandonnait le parti. Cette décision-là était plus difficile à comprendre et à encaisser pour lui que la première.

« Moi, je reste. » Il se sert un verre de whisky et cite Jaurès : « Il faut que quelqu'un reste garder la vieille maison ! »

D'une petite voix, elle lui avoue : « Depuis mon accident, je rêve d'un autre monde. »

Pierre ne croyait à rien d'irrationnel.

« Je vois un monde où on a eu raison, où il y a eu la révolution.

— Ah bon. » Il pose le verre et croise les mains sur la poitrine. « Tu as toujours voulu voir ça. Au café, je me souviens, tu essayais de nous décrire la prise de pouvoir... » Il tousse, il rit.

« Je l'ai vue. On n'a pas eu tort, tu sais. On a gagné. C'est simplement que ça n'a pas eu lieu *ici*. » Elle lisse du bout des doigts la nappe, sur la table du salon. « Tu crois que je suis folle ? »

Il hausse les épaules : « Je ne sais pas. Tu as un vrai talent avec les mots. Tu devrais peut-être écrire un roman.
— Je ne veux pas te blesser, mais je pense que la révolution a eu lieu là-bas parce que Gabriel n'est pas mort... C'est toi qui es mort à sa place. Voilà, ça tient à ça et... », elle dessina avec les mains deux ciseaux qui s'ouvraient, « ensuite les mondes ont évolué différemment... »
Il ne sait plus quoi répondre. Peut-être parce qu'il est conscient que la tristesse lui coupe la parole, il ne cesse jamais d'être joyeux, sauf lorsque le nom de Gabriel revient dans la conversation. À cette évocation, Pierre roule sa lèvre inférieure, et la lippe boudeuse de sa bouche qui n'a pas arrêté de prêcher depuis un demi-siècle se tarit soudain. Il n'a plus de mots et allume son briquet, pour fumer.
Il se tait.
Adolescent, Pierre avait connu Marceau Pivert et Daniel Guérin. Son père et sa mère avaient adopté cinquante noms différents et c'était un libertaire qui les avait sauvés durant la guerre. Le père avait connu le Vieux. Pierre était la mémoire vivante du mouvement : il pouvait citer les noms de tous les camarades du massacre en Argentine, rapporter les derniers mots de Chen Chao Lin, trotskiste réprimé sous Tchang Kaï-chek et sous Mao, décrire la fin tragique de Pedro Bonnet, tué à Trelew. Il aimait les noms, il adorait le combat, et il avait toujours été vaincu. Pourtant Pierre détestait la position romantique du *perdu d'avance*. Il raffolait de la geste du mouvement ouvrier et, lorsqu'il racontait des histoires, comme au coin du feu, la cause ressemblait au dictionnaire de Jean Maitron récrit par Victor Hugo. Toute sa vie il avait voulu, plus que tout, faire partie du grand récit.
Maintenant, il n'avait plus rien à raconter.
Car le malheur de l'existence de Pierre, c'était que le martyr tombé à sa place fût Gabriel. Son double, son ami et son opposé. Pierre était de chair, Gabriel d'os ; Pierre portait la

barbe, Gabriel était glabre; Pierre adorait Gab et Gab n'aimait personne. Le jeune excité qui faisait peur aux staliniens était mort en vain, au début des années soixante-dix : sa mort avait sonné le glas du gauchisme français. La disparition de Gabriel avait soudain retiré à la martyrologie joyeuse de Pierre la part de rêve et de littérature, pour l'emplir du peu de terre ou de sable qu'on avait jeté, vaguement honteux, sur le cercueil du camarade devant les drapeaux rouges, lorsque sa mère avait éclaté en sanglots. La révolution n'aurait pas lieu. Depuis lors, la bonne humeur de Pierre ressemblait à une extension forcenée de sa personne, en avant d'elle-même, marchant d'un bon pas : lui était resté derrière, à la traîne, de temps en temps il jetait par-dessus l'épaule un regard vers la tombe et le pauvre Gabriel. Hélas, Pierre ne savait pas avoir de peine. Le *négatif* lui était étranger.

Ici, au fond du fauteuil, il n'est plus qu'une toute petite chose, à la merci de ce qui lui a fait peur toute sa vie : la nostalgie. Hélène, qui a été l'amour de sa vie, vient de lui dire ce qu'il a toujours su : il aurait fallu qu'il meure, et que Gabriel vive. Le monde aurait été meilleur. Mais la réalité ne lui a pas accordé cette faveur.

À présent, Hélène est confuse; elle voudrait s'excuser d'avoir évoqué l'autre monde. Mais son vieux mari est indestructible, il retrouve vite le sourire des grandes années : « Alors comme ça, tu es passée de l'autre côté? Tu me raconteras comment c'est. » Il écrase son mégot dans le petit pot de terre cuite. Puis son portable sonne et il cligne de l'œil : « Je dois y aller, on a besoin de moi. Pour les municipales. »

Pierre brandit le poing et elle l'embrasse. Il croit à la victoire, il n'a jamais cessé d'y croire. Cette année, les fonds manquent, il n'est même pas certain qu'ils pourront se présenter. Tout au plus recueilleront-ils deux pour cent des suffrages. Le combat continue.

Dehors, il neige et Paris a blanchi. Hélène se couvre.

Longtemps, elle marche dans la ville, croise des sans-abri transis sous les porches des immeubles, qui ont déserté les bouches d'aération du métro; elle monte avec difficulté la côte du Télégraphe et pénètre dans le cimetière.

Ici repose le cadavre de l'un, là-bas le cadavre de l'autre.

Elle s'est attendue un instant à retrouver dans la réalité l'image de son rêve, et à voir le nom de Pierre gravé dans la pierre, à la place de celui de Gabriel. Ce n'est pas le cas. Cependant un détail attire son attention : la neige qui encombre la stèle semble s'effacer et découvrir de plus en plus largement l'inscription. Il n'y a pas de vent. Pourtant quelque chose souffle, qui creuse la neige. Il n'y a personne. Hélène regarde au sol : aucune trace de pas autour de la tombe.

Elle comprend.

À quelques mètres d'elle, un fantôme souffle dans la neige pour indiquer sa présence, comme elle l'a fait dans l'autre monde. C'est donc qu'il y a, à genoux devant la stèle, le spectre de quelqu'un qui vient de là-bas.

« Qui êtes-vous ? »

Elle voudrait le voir, le toucher, lui parler. Sans succès. L'étrange exhalaison s'arrête. La neige couvre encore un tiers de la pierre tombale. Rien ne bouge, le spectre est parti.

Et Hélène pense : *je suis dans le rêve de quelqu'un*.

Il faut qu'elle s'assoie. Tous les rapports se sont inversés dans son esprit : la révolution a bien eu lieu, et quelqu'un est en train de la rêver, elle, et la France d'aujourd'hui. Mais qui ? Un serrement transit la poitrine d'Hélène et

VI

la neige fondue, les rues étaient couvertes de boue.

Est-ce que c'était le deuxième monde ou le premier ? Après tout, le monde d'où elle venait n'était que le fantasme de quelqu'un qui se trouvait de l'autre côté. Hélène cligna des yeux : autour d'elle, dans la fumée de pneus brûlés, quelques femmes préparaient une manifestation. « Le for intérieur de l'homme est maintenant dehors », était-il écrit sur un mur, près d'un café.

C'était bien l'autre monde, le révolutionnaire et le vrai. À la terrasse, elle aperçut Simon, qu'elle identifia mais qu'elle ne reconnut pas. Il s'était laissé pousser un collier de barbe blanche, qui lui donnait un petit air de Blanqui. À la retraite, il était resté secrétaire fédéral d'une section du parti ; c'est ce qu'il raconta en tout cas au garçon de café, en complet-veston gris, qui s'était assis pour fumer avec lui. Professeur d'histoire, il finissait de corriger quelques copies à la terrasse du bar, lorsqu'il leva la tête et salua quelqu'un : « Gabriel ! »

Gabriel avait changé. Il était chauve, et il était devenu un opposant politique au régime. Hélène fut stupéfaite. À l'intention de Simon, qui n'était pas sorti de France depuis trente ans, ce drôle de Gab entreprit de dresser un tableau enthousiaste de la société capitaliste, de l'Asie et de la nouvelle économie. Il souhaitait la paix, l'ordre, le progrès. Il voulait arrêter de faire saigner le cœur des honnêtes gens qui ne demandaient que du travail, une maison et de quoi vivre mieux. Comme la NEP en URSS, un plan d'ouverture à l'entrepreneuriat avait été impulsé par la Commune de Paris, sous l'égide de Simon, qui était un homme pragmatique. Profitant de l'ouverture, Gabriel avait voyagé. Partout, la civilisation libérale se développait. Le commerce, les communications, les soins, l'hygiène, les techniques médicales, les greffes, l'ingénierie du vieillissement... Et même les armes. Les autres avaient des drones. Nous avions des carabines et des couteaux. Quoi d'autre ? La France révolutionnaire était une nation rabougrie. C'était un pays de poètes et d'exaltés de dix-sept ans. Mais ça ne nourrissait personne. Qui possédait un portable ? En Corée, en Chine, le moindre citoyen avait accès aux réseaux sociaux, on construisait des îles artificielles, des tours, des hôtels, les gens s'amusaient, il y avait du sport de haut niveau. À cause du communisme, nous avions raté le train de l'Histoire.

Simon n'y entendait rien : « C'est imparfait, mais ici même un homme comme toi peut s'exprimer. »

Gabriel se moucha : « Au café avec toi. Nulle part ailleurs.

— Eh bien, tu n'as qu'à aller vivre là-bas. Personne ne te retient, si c'est si bien. L'Amérique et la Chine sont des grandes puissances impérialistes, guerrières, racistes. Il y a des pauvres partout dans les rues. Tout est pollué. Les gens se plaignent de leur petite vie sur des ordinateurs. Ils ont peur de leur propre ombre.

— Tu n'y es pas allé.

— Il y a des militants de là-bas qui viennent se réfugier ici. Ils nous racontent.

— Bah... »

Au creux d'une porte cochère, Hélène les écoutait. Elle était heureuse d'entendre parler Gabriel. Mais jamais elle n'aurait imaginé qu'il devienne un sale *réactionnaire*.

« Il faut que j'y aille, expliqua Simon. On prépare le grand rassemblement de samedi. »

Après quelques hésitations, Gabriel avoua : « Depuis mon accident, je rêve d'un autre monde. » Simon eut l'air dubitatif. « Je vois ce monde, mais je suis comme un fantôme. Là-bas, personne ne me voit. On ne peut pas me toucher. Si je ne fais pas attention, n'importe quoi ou n'importe qui peut m'écraser en me bousculant, parce que je n'oppose aucune résistance aux corps. Simplement je respire.

— Tu as parlé de ça aux médecins ?

— Non. D'abord, je pensais avoir une sorte de vision de l'avenir. En réalité, j'ai accès à une France où la révolution

n'a pas eu lieu. C'est un monde qui se trouve tout entier là-dedans (il tapota du bout de l'index contre son crâne luisant).
— De quoi tu rêves ? D'une révolution qui a raté ?
— Non, il ne s'est rien passé, ni en 1973 ni après. La plupart des militants ont cessé d'y croire.
— Après l'assassinat de Pierre ?
— Là-bas, Pierre n'est pas mort. Le parti est resté minoritaire, il a vivoté. La France a connu une crise économique, elle est devenue libérale. C'est un pays qui a ses défauts, mais on y vit beaucoup mieux qu'ici. »
Simon sourit et termina son café.
« Tu t'es toujours senti coupable. Il est mort, et pas toi.
— Tu devrais voir ça...
— Je n'ai pas vraiment le temps. » Et Simon régla l'addition.
« C'est le même monde, mais différent. Les vêtements sont très beaux. Les gens prennent soin d'eux-mêmes. Il y a des entreprises privées. Tout le monde a des ordinateurs...
— Grand bien leur fasse.
— On vit plus longtemps. Les magasins sont pleins... »
Simon posa une main sur l'épaule de Gabriel : « Ne raconte pas ces conneries aux jeunes excités qui sont avec toi. » Il ajouta en soupirant : « Fais attention à toi. »
Elle s'était approchée de la table du café. Hélène aurait aimé l'interrompre et crier pour témoigner contre son monde d'origine, mais ils ne pouvaient pas l'entendre. Les deux amis se levèrent. Au moment de se prendre entre les bras, ils entourèrent Hélène, et l'écrasèrent sans en avoir conscience : sa cage thoracique fut broyée par les bustes des deux vieux camarades, qui se disaient au revoir quand

VII

elle ne sait pas si elle est réveillée ou si elle est endormie. Maintenant elle a mal au cœur et elle suppose qu'elle se trouve dans le monde où la révolution n'a pas eu lieu. *La réalité n'est rien d'autre qu'un rêve de contre-révolutionnaire.* Puisque Gabriel a vécu, et qu'il est devenu un héraut du capitalisme, Hélène est condamnée à exister dans l'esprit d'un capitaliste contrarié par la victoire du vieux rêve communiste. Hélène voudrait vomir.

Il fait encore nuit, elle laisse chauffer au micro-ondes une tasse de café, elle allume une chaîne d'information continue à la télévision. Tout s'explique à ses yeux : ce sentiment de défaite, depuis presque quarante ans... Elle touche l'écran plasma, l'éteint, vérifie sur son ordinateur sa messagerie, jette les spams et se désinscrit de listes de diffusion, puis passe sur la terrasse et hume l'air pollué de Paris : voilà où elle vit, dans le rêve de l'ennemi.

Mais alors, se demande-t-elle, pourquoi a-t-elle joué toute sa vie le rôle d'une révolutionnaire dans le cerveau d'un réactionnaire ? Peut-être est-elle une sorte de poche de résistance incorporée au rêve lui-même, afin de lui donner une consistance crédible : elle est, dans le rêve, le léger effet de symétrie qui rêve de la réalité, pour rendre l'illusion plus vraie. Gabriel a réussi à concevoir un monde où les révolutionnaires sont tristes et vaincus, où ils finissent par perdre leurs convictions et par quitter le parti, comme elle-même l'a fait. En réalité, les révolutionnaires ont gagné, mais elle est assignée à résidence dans l'esprit frustré d'un perdant de l'Histoire.

Quel cauchemar.

Tôt le matin, elle reprend les consultations en tant que médecin des pauvres au cabinet de l'avenue de Flandre.

Lorsque l'heure de la pause arrive, elle ferme la porte, se lave les mains et avale ses cachets. Elle retourne un papier d'ordonnance pour griffonner au dos un schéma rapide :

 (1) Ici : Rêve – Contre-révolution (apparence de réalité)
  Gabriel : mort en martyr
  Pierre : dirigeant fidèle
  Simon : notable et renégat
 (2) Là-bas : Réalité – Révolution (apparence de rêve)
  Pierre : mort en martyr
  Simon : dirigeant fidèle
  Gabriel : notable et renégat
 Donc : *Gabriel* 1 = *Pierre* 2
  Pierre 1 = *Simon* 2
  Simon 1 = *Gabriel* 2

 Elle sourit : c'est un jeu de chaises musicales ; tout tourne. Ainsi vont les révolutions, sans doute. Puis elle note quelques points d'interrogation. Tout n'est pas logique, dans l'agencement des révolutions : pourquoi Gabriel rêverait-il, en tant que contre-révolutionnaire, un monde où il serait lui-même mort, à la place de Pierre ? Pour laver sa culpabilité ? Par *compensation*, comme dirait le fils d'Hélène ?

 En méditant un instant, Hélène croit comprendre son propre rôle : Gabriel l'a rêvée pour qu'elle-même le rêve, et qu'elle justifie sa vie à lui.

 Depuis la classe de seconde, il travaillait à se tailler une légende de guévariste fasciné par l'Amérique du Sud, le cuir et la moto. À vrai dire, elle n'avait jamais couché avec Gabriel qu'une nuit, l'année où lui et Simon avaient mis sur pied le service d'ordre. Le parti avait bénéficié de l'expérience de Gabriel qui, juif par sa mère, avait suivi des stages auprès de l'Hachomer Hatzaïr (la jeune garde), encadrés dans la cambrousse de Belgique par des officiers israéliens du Mossad. De plus en plus, Gab se tenait au fait de la question de l'armement et des milices armées populaires, parce qu'il méprisait le « sucre candi » à la Gandhi. À l'époque, il s'intéressait à la question de la « violence légitime » en Indonésie, en Bolivie, au Chili. Au sein de l'organisation, les féministes se plaignaient qu'il était dragueur et macho. « Un poing c'est tout » : c'était son slogan. Au Palais des Sports, il avait sonné la charge casqué, avec manche de pioche et cocktail Molotov. Le drame était survenu en 1973 : il avait tué un jeune fasciste d'une balle dans la tête, s'était planqué et avait été abattu par la police au cours d'une embuscade rue des Pyrénées, non sans avoir proposé de se rendre. Son assassinat aurait dû devenir la première étincelle d'un incendie embrasant le pays, mais il avait été la dernière goutte d'eau sur les cendres du gauchisme. Le gouvernement avait interdit le parti, qui s'était reformé sous un autre nom. Pierre et Simon avaient hésité à passer à la lutte armée clandestine. Hélène revoit le visage de Pierre, lorsqu'il avait saisi que ça pourrait basculer *de l'autre côté*; il n'avait pas voulu prendre cette responsabilité.

Et, nul ne sait pourquoi, la révolution qu'on espérait tant n'avait pas eu lieu. Au cours de ces années-là, Hélène s'était mariée avec Pierre et ils avaient eu un enfant; tout le temps qu'avait duré cette vie, qui lui avait parfois paru semblable à un cauchemar tiède, une Longue Marche dans les terres de la défaite, à la fin de l'Histoire, ils n'avaient tous été que des personnages sur la scène du rêve de Gabriel resté vivant.

Gabriel vit, Gabriel veut les moindres détails de la *réalité*.

Donc Gabriel désire le stylo qui coule et qu'elle tient dans la main. Il désire le ciel gris, derrière la fenêtre, et la tristesse et le mal de tête d'Hélène. Il désire la famille pauvre qu'elle a reçue à deux heures de l'après-midi et la blennorragie qu'elle a soignée, en répétant les consignes d'hygiène à une jeune fille d'origine roumaine qui la comprend à peine. Il désire, comme les conséquences malheureuses d'un système globalement positif, le chômeur qui ne peut pas se payer de soins dentaires. Il désire comme un moindre mal la jeune femme apeurée qu'un pharmacien a engueulée, parce qu'elle demandait où, comment et pour combien avorter. Il désire ce gars de la rue édenté qui quémande le renouvellement de sa dose. Il désire que le clochard marmonne à Hélène : « Madame, qu'est-ce qu'on y peut ? Quand j'en aurai fini dans ce monde-là, je serai heureux. »

Gabriel est seul responsable de ce monde injuste qu'il désire tant.

Ah, c'est ainsi ? De rage et de dépit, Hélène s'enferme à la fin de la journée dans son cabinet aux murs blancs, s'allonge le cœur battant sur le lit de consultation et

VIII

elle marcha vite et bien, comme un avion atterrit sur le tarmac, le long du trottoir, sans la désorientation des premiers temps, sur l'ancienne place de la République. Elle vit le peuple se masser pour la commémoration de la Révolution. Il flottait des drapeaux rouges, et les chants de communards montaient par vagues. Sans oser s'approcher, au risque de disparaître entre les corps trop serrés, le fantôme d'Hélène se hissa sur la pointe des pieds et lut sur les banderoles déployées en dix langues des slogans contre le colonialisme, les États-Unis, le sionisme, la Chine, les banques et les multinationales. Elle entendit à peine, déformées par le vent léger qui soufflait, les longues prises de parole d'organisations amies. Puis vinrent les hommages à la mémoire ouvrière : il fut question de Babeuf et de Delescluze, de Louise Michel et de Frantz Fanon, d'Ernest Mandel et de Daniel Bensaïd. C'est Simon lui-même qui lut un texte à la mémoire de Pierre : « *Devant la brutalité de la force de celui qui soumet et qui humilie, Pierre a éclairé le chemin...* » sous les applaudissements. Dans les rues adjacentes frémit un mouvement : « Il paraît que des hommes armés attaquent le siège du parti ! » Pour la première fois, Hélène, réfugiée en haut des marches qui menaient à la station de métro, entrevit le service d'ordre sortant de la foule, le brassard noué au bras et le keffieh devant la bouche. Coiffés de casques de moto, les gardes mobiles de la révolution pourchassaient des autonomes qui venaient de flanquer le feu au grand tissu blanc tendu pour la retransmission de la cérémonie du soir. Dans la confusion elle crut voir son fils unique enfiler une cagoule et fuir vers la rue Béranger, rebaptisée du nom de Pierre. Elle avança avec précaution au milieu des pavés, des cris, des coups de sifflet et des jets de grenades ; assise dans la fumée, une femme s'étouffait à cause des gaz asphyxiants. Hélène lui tendit le bras, mais elle ne pouvait rien pour elle.

Soudain un frisson parcourut la foule, qui se divisa en deux. Sur la gauche, des groupuscules révolutionnaires avaient chargé et quelques vigies, postées sur les abribus, au-dessus du brouillard au ras du sol et des pétarades de bombes agricoles, hurlaient des instructions à l'intention de petits commandos armés de barres de fer, qui avaient pris possession du trottoir devant le square Grandizo-Munis et attaquaient les vitrines des fabriques et des magasins d'État. Au centre de la place, il n'y avait plus de chaussée, plus d'asphalte et tout le monde pataugeait dans la boue qui avait recouvert la terre battue du champ de bataille.

Hélène essayait d'échapper aux mouvements désordonnés de la foule : elle se faufila sur la droite, où elle aperçut son fils cagoulé mener au combat contre des militants du service d'ordre des grappes de jeunes bourgeois excités en blouson, en parka, qui hurlaient des slogans visant le parti révolutionnaire au pouvoir. Elle regarda une fille qui portait un bandeau dans ses cheveux frisés se battre au sol, à mains nues, contre un garçon au visage à moitié masqué par un keffieh. Bientôt, des tirs de grenaille dispersèrent les premiers rangs de combattants.

Hélène marcha sur un tapis de fanions rouges, de drapeaux noirs abandonnés et rejoignit les rangs de son fils, par réflexe maternel.

Parce qu'elle se sentait assaillie d'émotions contradictoires, son attention faiblit et elle trébucha contre une poubelle renversée dont un contre-manifestant s'était fait un abri. Hors d'haleine, elle courut derrière son fils qui lançait des cocktails Molotov à la garde en civil qui venait tout juste de fermer la rue du Temple. Au coin du Carreau du Temple, elle avisa une porte cochère entrouverte et se glissa dans l'interstice : quelques hommes hagards portaient un corps sans vie à travers la cour pavée, en faisant signe de se taire. Comme un cercueil lors d'un enterrement, ils tinrent à bout de bras le cadavre raidi, tandis que quelqu'un crochetait la serrure d'un hall. Là, dans l'obscurité, ils s'amassèrent au pied de l'escalier de bois ciré et attendirent. Toutes les minutes, la lumière s'éteignait et quelqu'un se levait pour l'allumer. Sur le carrelage de faïence noir et blanc, Hélène vit la dépouille, dont le visage avait été recouvert d'un blouson de cuir élimé ; elle monta quelques marches, pour s'asseoir à l'abri, sur le palier du premier étage de cet ancien immeuble bourgeois. Des enfants d'une colocation de travailleurs passèrent la tête par la porte d'un appartement, puis l'huis se referma et on entendit les parents chuchoter, et prier.

De temps à autre, les rafales d'armes automatiques éclataient au loin, comme une bordée de pétards un jour de 14 Juillet. Les jeunes gens de droite allumèrent une clope ;

il s'agissait de militants bourgeois de France-Résistance. Hélène parcourut le fragment d'un tract ou d'un autocollant tombé sur le sol : les gamins défendaient la restauration de l'ordre et de l'État de droit ; leur rhétorique idéaliste mêlait indifféremment des prises de position autoritaires sur le mariage, l'avortement, l'euthanasie, et un programme libéral de privatisation, de défense des droits constitutionnels, de liberté d'expression. À présent, c'était le noir complet et ils pleuraient.

« Il est mort », annonça la jeune fille qui portait un bandeau dans les cheveux, au chevet de l'homme allongé.

Mais on entendit un bruit de verre cassé, une cavalcade dans la cour pavée, un coup de feu et un cri.

« Qu'est-ce qui se passe ?

— Putain ! C'est qui ? C'est qui ? »

Dans la confusion, tout le monde se leva.

« C'est moi... »

La lumière se ralluma. Le fils d'Hélène était entré : il se tenait le bras droit, garrotté au moyen d'un simple mouchoir.

« Est-ce que ça va ? »

Sans attendre, il se pencha et découvrit la face du défunt. Hélène frémit : le mort, c'était Gabriel.

Abattu, le fils d'Hélène s'accroupit au bas de l'escalier.

« On ne pourra rien faire sans lui... »

Le fils d'Hélène était le chef de la petite phalange, mais il n'avait aucune *vision*. Depuis quelques années, Gabriel servait d'idéologue et de guide aux groupuscules réactionnaires ou libéraux ; il leur décrivait sans doute le monde dont il avait rêvé et qu'il visitait en tant que fantôme, puis il le leur exposait comme un idéal politique. Et maintenant qu'il était mort...

La lumière s'éteignit.

Hélène resta figée : si Gabriel était bien l'auteur du

monde contre-révolutionnaire d'où elle venait et qu'elle avait pris pour la *réalité*, alors sa mort signifiait la disparition irrémédiable de son monde. Elle palpa son propre bras, pour s'assurer de son existence ; elle était toujours là. Mais sa réalité d'origine ? Elle n'existait que dans la tête de Gabriel. Et quand la lumière se ralluma dans la petite cage d'escalier, elle contempla son crâne ensanglanté.

Le monde d'origine d'Hélène n'existait plus.

Des étages descendit une rumeur. Derrière la porte, les enfants pleuraient.

« Ils sont passés par les toits. Ils arrivent ! »

La lumière s'éteignit de nouveau.

Hélène se tenait debout, impuissante. L'escalier tremblait et elle entendit des hommes en armes entonner l'*Internationale*. En bas, les jeunes réactionnaires firent sauter la sécurité des fusils et se préparèrent à mourir en chantant la *Marseillaise*.

Hélène pensa : cette fois, je n'ai plus nulle part où retourner.

Dès que les deux groupes de combattants se rencontreraient, dans l'obscurité, elle

IX

tousse et vomit du sang, elle se trouve sur le petit lit de son cabinet médical de l'avenue de Flandre. La nuit est passée, la matinée du samedi déjà bien entamée, et le Paris capitaliste et libéral existe toujours.

Hélène se sent désarçonnée. Logiquement, il ne devrait plus y avoir de réalité.

Elle vérifie tout de même qu'elle ne se trouve plus là-bas, rouvre les stores, allume la radio, écoute France Info, qui évoque la crise économique, la fermeture d'une usine

Continental, un nouveau plan social, la révélation par la presse people d'une liaison du président de la République avec une actrice et le procès d'un humoriste accusé d'antisémitisme. Elle éteint.

Après s'être lavée de son sang et de ses larmes dans la salle d'eau du cabinet, Hélène recharge son téléphone portable et s'assoit à son bureau. Reprenant les papiers épars qu'elle a abandonnés la veille, elle raye la mention : « rêve de Gabriel » pour qualifier le monde 1, contre-révolutionnaire.

Puisque Gabriel est mort *là-bas*, le monde d'*ici* ne peut plus être son rêve. Elle mâchonne son stylo, qui coule, et note : « monde 2, révolutionnaire = rêve d'Hélène ». Disons qu'au début, dans les années soixante-dix, elle n'a fait qu'y rêver naïvement, puis que le monde s'est développé de lui-même, pour devenir aux yeux de ceux qui y vivent une sorte de réalité. Certes, la révolution ne ressemble pas exactement à ce qu'elle avait imaginé. Il y a, dans son idée même, une *résistance* intérieure incarnée par son fils, qui empêche l'ensemble d'être parfait. Mais c'est tout de même ce qu'elle a voulu depuis l'adolescence : bien sûr qu'il y a des morts, des trahisons et des bureaucrates. On pouvait s'y attendre. Consciente de ses défauts, elle désire encore cette révolution. Qui a tenu un raisonnement similaire en rêvant à un monde sans révolution ? Qui a contemplé le système néolibéral, ses morts, son cynisme et son ennui, mais l'a tout de même souhaité ? Qui, dans le monde 2 dont rêve Hélène, a *contre-rêvé* le monde 1 d'où elle provient ? Pierre est mort depuis longtemps, Gabriel depuis peu. Simon n'a pas d'imagination. Son fils ?

« Merde ! jure Hélène. Le mariage... »

À la cérémonie, elle arrive en retard, habillée et maquillée à la hâte, vêtue d'un chemisier qui lui fait penser à Madame quand elle était enfant. Les boucles d'oreilles orientales la démangent.

Simon réside à Vincennes, dans une magnifique propriété avec véranda.

Près de la tente dressée pour les invités, la famille de Simon a organisé la réception. Hélène ne s'est préoccupée de rien. Elle serre quelques mains reliées à des troncs au sommet desquels des têtes comme plantées sur des piques lui sourient, la félicitent. Sur la pelouse ondulante et douce, elle marche en tenant du bout des doigts une flûte de champagne. La femme de Simon lui adresse un bref signe de la tête, et Hélène lui répond. Un excellent traiteur a fourni pour le banquet des petits-fours sur le thème de la haute couture, qui est la passion de sa nouvelle belle-fille. Elle assiste aux défilés « en amateur », explique-t-elle à Hélène près de la véranda. Sous le grand cerisier, Pierre observe la célébration de la bourgeoisie. Il y a là quelques anciens du parti qui le saluent, des médecins, un ministre. Lorsque Simon les rejoint, au fond du jardin de printemps, chauve, élégant et fin, il ressemble à un exploitant colonial. Il dirige aujourd'hui le groupe socialiste au Sénat. Ils n'ont pas grand-chose à se dire, mais il embrasse Hélène en souvenir du bon vieux temps : « Nous voilà de la même famille ! Tu te souviens quand ils étaient enfants, à Rouen ? » Le fils d'Hélène connaissait la fille de Simon depuis la naissance :
« Nous serons bientôt grands-parents.
— Comme le temps passe. »
Hélène le revoit tout jeune homme. Le père arménien de Simon, dans le commerce, était mort au maquis. Sa mère taillait la fourrure pour les bourgeoises de la ville. Normalien brillant, idéologue, il jurait alors ses grands dieux qu'il n'appartiendrait *jamais* au camp d'en face. Dix ans plus tard, il avait quitté le parti. Devenu député du Parti socialiste, proche du courant fabiusien et parfait tacticien, il savait que son passé gauchiste lui fermerait à tout jamais les portes des principaux ministères. Excellent homme d'appa-

reil, comme il l'avait été en tant que révolutionnaire, il s'était fait à l'idée de demeurer un officier d'antichambre dans les cercles du pouvoir français.

« Le capitalisme n'est pas parfait, mais il n'y a pas mieux. Au moins, glisse-t-il à Pierre, quelqu'un comme toi peut s'exprimer librement.

— Ah ah ! Avec toi, ici, oui ! » Et c'est reparti : ils se disputent.

Simon prévient Pierre et Hélène que le nouveau président de la République va passer.

Même s'il fait grand beau temps, une brise d'hiver balaie la propriété. Quelques femmes en riant tiennent d'une main leur chapeau orné, fleuri et piqué d'une plume, et les jeunes enthousiastes des grandes écoles, la cravate desserrée et le col entrouvert, veste au bras, font cercle près du mur que le lierre enlace. Ils se racontent des histoires à propos des professeurs de Sciences-Po, de l'ENA ou du couple du jour. Déjà ils se sont attroupés, par ce beau samedi de janvier, autour des hommes en costume noir postés de part et d'autre du portail. Les invités ont sorti leur téléphone portable, en chuchotant que le président est arrivé. Détendu, il serre des mains, embrasse la mariée, prend Simon par l'épaule et badine un peu, pour se soulager de la pression médiatique de ces derniers jours. Le temps qu'on lui donne un verre, tout le monde porte un toast aux jeunes mariés, à la France, au socialisme ! Hélène voit que son fils est heureux. Rougissant, quand il se baisse pour embrasser son épouse, il expose au soleil la belle tignasse brune qu'il tient de Pierre, son père. Fatiguée, Hélène a l'impression d'avoir fait son temps et elle s'assoit sur une chaise longue, près du buffet. Sous la tente dressée au fond du jardin, ils ne sont plus que deux : Hélène et Pierre, sans compter le domestique en livrée, qui attend près du seau de champagne. Un valet noir en complet-veston gris passe derrière la tente pour reprendre de la glace et en propose aux deux invités, qui déclinent. Un verre à la main, Pierre lève le poing, murmure l'*Internationale* et ricane à l'adresse de son fils. Puis il titube vers un bosquet, pisse dans les fleurs et revient sans se laver les mains, en s'esclaffant : « Je vais aller serrer la pogne à ce salaud ! » Il n'y a rien de mieux à faire. Hélène sourit, allume une Marlboro en tremblant.

« Madame, est-ce que tout va bien ? » s'enquiert le domestique.

Après avoir caché son tremblement sous le châle de soie, elle acquiesce et se souvient des belles heures qu'ils ont eues tous les deux, c'est vrai, malgré les infidélités, elle est heureuse de l'avoir aimé. Puis elle s'enfonce dans la chaise longue, protégée par l'ombre de trois beaux arbres, la rumeur de Paris ne perce plus les murs épais de la propriété bourgeoise. Le vent est tombé. Si ce n'est le chant des oiseaux qui picorent quelques miettes du festin au pied des lauriers et des thuyas, aucun bruit ne trouble la rumeur lointaine du mariage. Elle retrouve le sentiment perdu de la Nature, qui lui a tant manqué. En dessinant des ronds de fumée dans le grand ciel bleu, elle devine derrière elle la porte de la cabane à outils, elle respire l'odeur du chèvrefeuille qui cascade comme du miel contre le mur de pierres, et exhale la fumée.

Sans mettre la main devant la bouche, elle bâille.

Il n'y a pas un souffle de vent, mais la fumée de la cigarette lui revient dans les yeux, l'irrite et lui donne envie de pleurer. Elle souffle pour repousser cette fumée alentour. Quelque chose lui renvoie les volutes légères en plein visage.

« Il y a quelqu'un ? »

Elle le sait. Elle devine que le fantôme est là. Le rêveur de sa vie se trouve debout à son chevet, dans l'air frais de ce bel après-midi d'hiver ; il est venu la veiller.

Hélène disperse encore un peu de fumée au-dessus de

son visage, et à travers la vapeur qui lui revient doucement sur la bouche, elle respire le fantôme de l'autre monde, celui qui vient du Paris révolutionnaire de là-bas et qui erre invisible ici, à Vincennes, où la bourgeoisie libérale l'a emporté.

Du bout de ses doigts hésitants, elle ôte ses longues boucles d'oreilles orientales, et achève avec nervosité la cigarette du condamné. Qui vient la chercher, à la fin?

« Tu n'es pas Pierre, forcément. Il est mort, dans ton monde. »

Elle retient l'air puis l'expulse : une fois de plus la fumée revient lui voiler le regard. Ça signifie non.

« Tu n'es pas Gabriel non plus. Il rêvait d'un troisième monde, pas de celui-ci. »

De nouveau la fumée.

« Ni Simon... »

Maintenant elle a fermé les yeux.

« Ni mon fils. »

Il ne reste plus qu'un mégot. Le visage d'Hélène s'éclaircit.

C'est fini. Elle écrase le mégot dans l'herbe et croise les mains contre la poitrine. Allongée, elle contemple le ciel, tousse et s'étouffe : elle ne fume plus, mais elle se sent pénétrée de fumée, elle ne voit plus clair, pourtant il n'y a plus de mystère et

X

son spectre qui revenait de Vincennes marcha sans presser le pas le long du boulevard de ceinture jusqu'au canal Saint-Denis. À la nuit tombée, elle profita d'un petit bout de chemin pour observer alentour le monde sans classes, arraché aux mains de la bourgeoisie affairiste et au réalisme des possédants, contre lequel elle avait lutté sans compter.

Ça restait imparfait; tout de même, c'était mieux. Ce à quoi elle avait cru était justifié – peut-être pas dans sa réalité d'origine, mais dans cette seconde maison où elle se sentait enfin chez elle. Est-ce qu'elle y résiderait pour de bon, désormais? Hélas, il ne lui restait plus de cigarettes, elle n'était qu'un petit fantôme aux doigts jaunis dans les rues de Paris. Invisible, elle remonta contre sa gorge le châle de soie et alla le long du canal hivernal, aux abords de Pantin, vers cet immeuble familier dont la façade qui datait des années soixante-dix n'avait pas encore été ravalée.

Dans le hall, la boîte aux lettres regorgeait de tracts politiques sur papier recyclé de la plate-forme Y pour le congrès du parti et, en se glissant dans le dos d'un camarade et voisin, elle prit l'ascenseur jusqu'au troisième étage, où la porte de l'appartement – son appartement – était entrebâillée.

Le fantôme d'Hélène s'aventura jusqu'au salon et alla à la rencontre de la cause de toute sa vie.

Eh bien voilà, c'était elle.

Étonnée, trois rides au front, elle se dévisagea comme dans un miroir, mais l'autre Hélène l'ignora. Elle vivait ici, célibataire, dans son petit logement où elle rentrait tous les soirs, après avoir travaillé au cabinet médical de l'avenue de Flandre ; l'ancienne militante fumait une dernière cigarette Marlboro, toujours la même américaine. Hélène se ressemblait beaucoup. Elle venait à peine de quitter le parti pour lequel elle avait fidèlement milité et sacrifié son temps dans ce monde-là, comme dans presque tous les autres, à coup sûr. Avec délicatesse, le fantôme d'Hélène souffla : la fumée de la cigarette irrita un instant les yeux de son double, qui s'était enfoncée dans la chaise longue sur la terrasse, au-dessus du XIXe arrondissement de la commune révolutionnaire de Paris.

« Il y a quelqu'un ? »

L'autre dissimula son léger tremblement sous le châle de soie.
« Pas Gabriel. » Elle tira sur le filtre. « Pas Pierre non plus. »
En l'écoutant hésiter encore et s'accrocher aux quelques minutes qui lui restaient, le fantôme d'Hélène se tut, demeura immobile et attendit que la fumée blanche s'élève dans le grand ciel noir et bleu au-dessus de Paris. Au loin, on entendait des cris, quelques slogans que diffusaient les haut-parleurs fixés sur le toit des véhicules d'activistes arpentant les rues de la ville, et le silence qui précède parfois la tombée de la nuit.
« Ce n'est pas Simon, ni mon fils. »
Elle rit. Maintenant, elle savait : comme on se retrouve.
Bien sûr, il y avait de petites différences entre les deux Hélène. L'une avait connu Pierre vivant, mais elle avait cru aimer Gabriel, qui était mort ; l'autre avait fréquenté Gabriel, mais il avait vieilli, il avait trahi. Le fils d'une Hélène avait réussi, celui de l'autre s'était révolté. Rien de tout ça n'avait aucune importance. Les deux femmes (peut-être étaient-elles plus nombreuses, peut-être étaient-elles en nombre infini) s'étaient partagé une vie. La première avait rêvé de la seconde, et la seconde de la première.
« Les hommes changent, moi je reste », pensa-t-elle.
Son visage s'éclaircit. Elle bâilla, oublia de placer la main devant la bouche et les plombages brillèrent tout le long de sa dentition abîmée. C'était fini. Tout était quasi réconcilié. Sans dire un mot, le fantôme d'Hélène se pencha au-dessus de sa semblable, recouvrit le ciel et la veilla. D'ici peu de temps, les rôles s'inverseraient et l'autre viendrait la chercher dans le beau jardin aux senteurs de chèvrefeuille de la grande propriété bourgeoise, à Vincennes.
Dans le salon, la radio grésillait en retransmettant un message martelant qu'après les incidents du jour, et pour

encore longtemps, la révolution continuerait. Une fois le mégot écrasé dans le petit pot de terre cuite, Hélène croisa les mains contre la poitrine, respira avec régularité, parut saluer quelqu'un d'un léger hochement du menton et, allongée et debout à son propre chevet, elle partit.

L'EXISTENCE
DES EXTRATERRESTRES

« Dieu n'existe pas encore »
QUENTIN MEILLASSOUX

I

Allongé sur l'empilement de rondins qui lui avait tenu lieu d'escabeau pour enjamber la clôture grillagée des champs de luzerne, Moon contemplait le ciel. Il ferma les yeux et joua avec l'idée de faire disparaître ce monde. Il était jeune et, ainsi qu'on le lui répétait bien assez, il ne savait pas encore de quoi il était capable.

L'enfant mâchonnait un brin d'herbe, les doigts croisés derrière la nuque, et crut sentir la lande prendre feu tout autour de lui. Il rouvrit les yeux. Tout était toujours là. Dos à la Terre, il observait l'immensité insondable de l'au-delà ; il pensait à ses parents. L'éclat ardent des cieux lui devint pénible. Paupières plissées, il versa malgré lui quelques larmes ; elles embuèrent son regard, avant d'atténuer son aveuglement. À présent il avait le sentiment de pouvoir regarder le soleil en face sans craindre la moindre blessure.

Il était sans doute une heure de l'après-midi : arrivés vers dix heures de Saint-André-de-Valborgne en vue de Barre-des-Cévennes, ils n'avaient pas prévu une marche d'approche si longue et sinueuse, remontant jusqu'à la grande causse, que les paysans d'ici appelaient la « Can » et où les attendait le Témoin. Désœuvré, Moon releva la tête, sortit de la poche de son short le smartphone de son frère, mais constata l'absence de réseau. De nouveau il redressa le visage et, en dépit de ses efforts, ne distingua rien dans le ciel uniformément clair ; pourtant il entendait déjà les voix familières qui émergeaient grésillantes sous la canicule de la fin du mois d'août. L'oreille tendue, il sourit puis sauta à pieds joints dans l'ornière du chemin. Une couronne de cheveux d'un blond éclatant rendait sa figure angélique ; une main en auvent au-dessus de ses yeux bleus comme de petites billes de cobalt, il suivit du regard les trois silhouettes quittant le sentier de la draille pour venir à sa rencontre. Il était vif, aimait courir et avait pris dix bonnes minutes d'avance sur eux. Deux des trois personnages qui allaient à flanc de causse paraissaient reliés par une cordée invisible : un jeune homme de type méditerranéen, les cheveux ras, tout de noir vêtu et le col de la chemise ouvert (c'était Marlon, le grand frère de Moon) ; une femme filiforme aux longs cheveux châtains clairs, qui marchait tel un mannequin de magazine, mais habillée d'une robe d'été aux motifs désuets (c'était Anaïs, l'amie de Marlon). À l'écart, petit et rondelet à côté de ces deux gravures de mode, un paysan leur parlait en moulinant des bras ; le jeune Moon comprit qu'il s'agissait du Témoin qu'ils attendaient.

Le paysan s'appelait Joseph et habitait près du Pompidou. Il portait un béret noir, une chemise à carreaux rouges et bleus, des bretelles afin de retenir son large pantalon et de grosses chaussures de sécurité, à croûte de cuir sur le dessus et semelle épaisse antidérapante. L'homme s'appuyait tout de même sur un bâton pour progresser vers ce qu'il appelait « le lieu de l'événement ». Il avait signalé le week-end précédent ce qui s'était produit en pleine nuit à la bordure de son pré, sur le Can; de la pointe de son bâton de bois noueux, il indiqua une tache claire dans la zone de pâturage mal entretenue, déjà envahie par les pins sylvestres au tronc légèrement orangé, et parla avec un fort accent cévenol d'un « croupe circleux ». Sèchement, Marlon le corrigea : c'était un *crop circle*, en français ça s'appelait un agroglyphe. Et pendant que Marlon réclamait à Moon ses instruments de mesure, qui se trouvaient au fond du sac de randonnée posé sur le sol, près du cercle d'herbes fauchées avec géométrie, Joseph expliquait qu'il s'était instruit sur internet, que ces phénomènes étaient plus fréquents qu'on voulait bien le croire, qu'il savait distinguer les canulars des voisins jaloux ou les effets des grands coups de vent à l'automne d'une manifestation inexpliquée comme celle-ci : vers onze heures du soir, en revenant de la demeure de son cousin près de L'Hospitalet, il avait assisté à l'apparition d'un disque de brume d'une quinzaine de mètres, qui flottait à environ cinq mètres du sol. L'objet ou l'événement – il ne savait pas exactement – ressemblait à un nuage. Accroupi, Marlon supportait le bavardage du vieux paysan en dictant à la jeune femme, qui les notait sur un petit carnet à spirale, les dimensions de l'artefact : sept mètres de rayon extérieur, pour une épaisseur du tronçon circulaire de deux mètres; les herbes avaient été pliées à hauteur constante. Mais Joseph l'interrompit pour lui demander si, à son avis, le site du Réseau d'ufologie française publierait les photographies qu'il voudrait bien leur transmettre, et qui étaient chargées sur son téléphone portable; il était lui-même abonné à la newsletter du Réseau et une manifestation avérée de deuxième type pourrait... Marlon épongea la sueur de son front : « Nous verrons ça plus tard. Vous avez parlé d'une disparition : qui, quand et comment ? »

Joseph fit un geste qui signifiait que la chose n'avait pas la moindre importance, et revint au sujet qui l'intéressait : est-ce que les réacteurs de leur engin auraient pu émettre des radiations susceptibles de dévitaliser les tiges suivant un plan de coupe régulier ? Il lui avait semblé que l'apparition produisait un champ de force nébuleux, une sorte de brouillard au ras du sol, où tout était devenu gris.

Marlon passait en revue les pages du petit carnet à la recherche du nom du disparu indiqué sur le formulaire en ligne du Réseau : « Charles, c'est ça ?

— Charlie, c'est mon chien. Il était vieux.

— Votre chien ? Vous voulez dire que personne n'a disparu ?

— Mon chien a disparu, monsieur.

— Les chiens ne disparaissent pas ! maugréa Marlon, en laissant retomber sur le sol le petit carnet, avant de donner un coup de pied dans les hautes herbes et de piétiner l'agroglyphe.

— Hé, vous détruisez leur travail !

— Écoute-moi bien, minable. Du temps de mes parents, le Réseau éliminait d'emblée les tocards comme toi qui veulent attirer l'attention en tendant une corde au milieu du champ pour faucher les blés et raconter à *L'Écho-du-trou-du-cul-du-monde*, ou je ne sais pas quel est le nom de ton journal local, pour les bouseux de ton genre, qu'ils ont aperçu une connerie d'OVNI en pleine nuit. »

Dans l'espoir de l'apaiser, Anaïs s'approcha de Marlon, le prit par l'épaule et le supplia de ne pas *recommencer*.

« Qu'est-ce que vous me chantez ? cria Joseph en levant son bâton comme pour se défendre de Marlon, menaçant. Je croyais que vous faisiez partie du Réseau, ils m'ont promis qu'ils m'enverraient une paire de gars comme il faut pour prendre les photos!

— On ne fait pas partie du Réseau, abruti », sourit Marlon en découvrant ses babines. Il faisait chaud, ils étaient seuls et Moon, assis sur un rocher affleurant à la surface de la lande désolée, savait très bien comment finirait toute l'affaire. Il attendit.

« J'ai entendu parler du plasma de vortex! beugla l'agriculteur. Vous me prenez pour qui? Je connais ceux comme vous qui veulent se moquer de nous, qui viennent de Paris et qui sont payés par les journaux pour écrire des saloperies.

— Ce n'est pas nous non plus, répondit calmement Marlon, tout en rangeant ses instruments dans le sac à dos de randonnée.

— Regardez... Prenez des échantillons... Il faut vérifier le taux de radioactivité, si vous ne voulez pas me croire. Je sais ce que j'ai vu. Vous êtes qui? » Joseph avait reculé, en chancelant, et tenait son bâton haut dans les airs, prêt à frapper; mais il tremblait. Il se sentit ridicule. Les trois êtres qui le toisaient lui parurent, dans un instant d'hésitation, ne pas être tout à fait du même monde que lui.

« Tu nous as fait venir pour rien. Tu nous dois quelque chose.

— Quoi? » Le vieux monsieur s'était tu et, cherchant une porte de sortie, ne trouva autour de lui que les terres pauvres, buissonneuses, calcinées par la chaleur du plateau. Il ne restait plus rien de la Fage de hêtres noirs qu'avait été L'Hospitalet et qu'avaient connue ses ancêtres. Il murmura : « Vous êtes venus pour me punir? Parce que j'ai menti?

— Oui », lâcha Marlon en s'approchant. Il arracha au vieillard son bâton et le tabassa avec, avant de le rouer longuement de coups de pied, après que le malheureux se fut traîné au sol, dans le schiste et les chardons épineux.

« Est-ce que tu as seulement idée du mal que tu commets ? Tu fausses les termes du Mystère. » Rossé avec férocité, Joseph mordit la poussière et gémit qu'on lui avait brisé les côtes : il prétendit qu'il ne parvenait même plus à respirer. Marlon cracha à quelques centimètres de la tête du vieux, qui attendait le coup de grâce – il ne vint pas, car Marlon claqua des doigts pour indiquer à Anaïs et à Moon, qui patientaient sagement, qu'il était temps de rentrer. Il ébouriffa les beaux cheveux blonds de son petit frère, en lui demandant : « Est-ce que ça va, Moonie ? », il soulagea avec délicatesse Anaïs du sac de randonnée et entama la descente du causse, en jurant qu'il détestait la chaleur – et les charlatans.

Le long du sentier, sur la lande de buis de genévriers, Anaïs ramassa quelques rares fleurs blanches des prés et chantonna un air religieux. Puis, marchant les épaules nues et de belle humeur dans l'herbe pauvre, parmi la buxaie clairsemée, passé l'affleurement de calcaire, elle suivit à la trace les deux frères qui s'enfonçaient dans le bois de vieux hêtres et de châtaigniers. Elle aimait découvrir la France et ses régions ; elle aimait la nature aussi, et ce sentiment de liberté à chacune de leurs sorties. Ravie de la fraîcheur piquante de l'air, elle pria pour qu'*ils* arrivent sur Terre un jour semblable à celui-ci. Ce serait la « vie justifiée » dont Marlon parlait souvent. Dans la clairière féerique, Moon vit un rayon du soleil, comme un long doigt du ciel, toucher Anaïs, qui s'était tressé une couronne d'herbes folles.

Au terme de la hêtraie, Moon ressentit l'envie de soulager sa vessie, s'éloigna des deux adultes et, respirant pour profiter de la vie terrestre, il regarda le firmament à travers la frondaison trouée d'un grand chêne vert ; il pissa. Dans la voûte céleste qu'il connaissait bien, il chercha quelque signe familier, contempla une traînée gazeuse, comme de l'écume marine dans le bleu du ciel, et il se souvint que

loin là-haut, d'autres que lui existaient dans l'infini, qui l'attendaient et qu'il attendait.
Il entendit alors un aboiement plaintif.
À ses pieds, un vieux chien pelé, un bâtard noir, grogna puis baissa la gueule et, lorsque Moon l'appela « Charlie », l'animal se laissa caresser et suivit le petit garçon.
« J'ai retrouvé le disparu ! » cria-t-il en courant, pour rejoindre Anaïs et Marlon qui se disputaient un peu plus loin dans les fourrés.
Il leur restait trois bonnes heures de marche avant de rejoindre Saint-André-de-Valborgne où les attendait leur voiture, une berline Lada 2107 de 1986, voiture d'Europe de l'Est aux formes cubiques, si démodées qu'elles en devenaient presque futuristes, évoquant l'époque où le bloc communiste produisait des véhicules en série et où les parents de Moon et de Marlon étaient vivants.

II

Avec la plus extrême méticulosité, depuis la disparition de son père et de sa mère, Marlon Chevallier cherchait à distinguer le « Mystère » (c'est-à-dire la vie extraordinaire) de la « Prose » (qu'il identifiait à la vie ordinaire).
La « Prose » est ouverte et vraie, elle est ce qu'elle est ; le « Mystère » est caché, il contient du faux et il est accessible par des chemins détournés sur lesquels on prend le risque de le perdre ou de se perdre. C'est ce que Marlon avait retenu de ses quelques lectures ésotériques et occultistes, des sciences maudites, d'Ely Star, de Joséphin Peladan et de Stanislas de Guaïta. Durant les vacances, lui, son petit frère et Anaïs sillonnaient donc les campagnes de France en quête d'aventure, mais à Paris ils menaient l'existence la plus banale qui soit ; pour se protéger, la double vie était

la seule digne d'être vécue : elle permettait de ne devenir ni sage ni fou, de se maintenir en ce monde et de hâter la possibilité du suivant.

Dans le monde de la « Prose », tous les trois habitaient un bel appartement dans un immeuble abîmé du quai de l'Oise, à l'angle du canal de l'Ourcq et du canal Saint-Martin, près des bains-douches de la piscine Rouvet, qui était l'une des plus vieilles de la ville. La façade noircie, peut-être par la fumée d'un incendie, faisait figure de tache presque désagréable au coin du quartier en phase de rénovation, progressivement investi par cette petite armée de travailleurs indépendants qu'on traitait de bobos cosmopolites, socio-démocrates et libéraux, et que Marlon haïssait. Certes, nul mieux que Marlon ne connaissait le libéralisme de l'intérieur : il était trader à la Défense, pour le compte d'une grande banque naguère propriété d'État. Ni Moon ni Anaïs ne savaient les détails de son travail, qui était très technique, impliquait la maîtrise de nombreux algorithmes, une présence forcenée de jour comme de nuit dans les bureaux de la division d'investissement de son employeur, une attention maniaque à des fluctuations abstraites sur des écrans et un tour d'esprit de *cash player* au poker, qui peut prendre des risques, parce qu'il n'est jamais à court de jetons – que la société lui distribue. À longueur de journée, il pariait. Dans la vie ordinaire, Marlon était un homme calculateur et froid, au service de l'intérêt – d'abord du plus fort, et si possible du sien.

Compte tenu de son salaire et de ses primes, Marlon aurait pu emménager avec sa petite famille dans un immeuble de goût sur la place des Ternes ou dans le XVIe arrondissement; mais, certainement par fidélité aux parents Chevallier, qui avaient enseigné et vécu à La Courneuve puis à Aubervilliers, Marlon se pliait aux désirs d'Anaïs : elle aimait beaucoup l'appartement, le quartier et les souvenirs du passé. C'était une grande et fine jeune femme fragile, aux longs cheveux qu'une raie parfaite au milieu du crâne séparait en deux longues coulées soyeuses, châtain clair, qui lui retombaient sur les épaules. Fille unique d'un très haut fonctionnaire du Quai d'Orsay, M. Neckar, et d'une philosophe et théologienne protestante, qui avait tenté toute sa vie d'accommoder l'éthique lévinassienne à la *Kirchliche Dogmatik* de Karl Barth, Anaïs avait été une élève médiocre, anorexique et régulièrement hospitalisée. Et puis elle avait rencontré Marlon Chevallier au lycée Janson-de-Sailly. Exceptionnellement, le jeune homme avait été admis dans l'établissement, loin de sa commune de rattachement, grâce à un très bon dossier scolaire. Il avait été le seul amour de la vie d'Anaïs, elle avait été le premier de la vie de Marlon. Accueillie à bras ouverts par la famille Chevallier, Anaïs était devenue au fil des années la sœur *symbolique* de Marlon. Lorsque les parents avaient disparu, après une affreuse année au cours de laquelle Moon avait été placé en internat par le Conseil régional en tant qu'orphelin, Anaïs et Marlon en avaient obtenu la garde.

Moon adorait Anaïs, qu'il surnommait « Naï » et qu'il comparait en esprit à la bonne fée des contes : même en simple tee-shirt, sa silhouette serpentine de Mélusine paraissait revêtue d'une robe de mousseline, auréolée de lumière mystique ; elle avait les lèvres roses, fines et sèches, d'un dessin noble qui allait à merveille à son ton de voix très éduqué et à son attention aristocratique pour chaque personne rencontrée, qu'elle gratifiait toujours d'un compliment bien tourné. Il se dégageait de son regard une expression de distance et d'abandon sans cesse retardé, et une joie sibylline qui donnait sans qu'on sache pourquoi envie de pleurer. Dans l'existence extraordinaire, elle avait des visions, grandioses, flamboyantes et belles comme des peintures de maîtres, du Mystère ; puis, dès que la fulgurance était terminée, elle restait désœuvrée. Elle affirmait qu'elle se sentait veuve, ou du moins divorcée de la vérité.

Sans métier ni qualification, elle avait posé très jeune pour quelques marques new-yorkaises et parisiennes, avant d'être jugée trop « maussade » par les directeurs de casting. Depuis, Anaïs passait les journées assise dans un fauteuil en osier. Elle fumait des cigarettes de maïs roulées, regardait par la fenêtre, lisait des livres qu'elle ne finirait jamais ; elle attendait seulement le retour de Marlon.

Les heures de loisir de cet homme étaient consacrées à s'entretenir : il n'achetait ses costumes que sur mesure, choisissait avec soin ses boutons de manchettes, les boucles d'or de ses ceintures, ses chaussures – des richelieus en veau – et son parfum, qu'il gardait secret comme un philtre d'amour. Il méprisait la vulgarité, la faiblesse et le manque de tenue. Il était dur et prétentieux. Parmi la jeunesse dorée, Anaïs avait connu beaucoup de bellâtres, de jeunes dandys et de petits marquis : rien dans la prestance de Marlon ne l'impressionnait ; ce qu'elle aimait, c'était sa foi. Au contraire d'Anaïs, lui ne *voyait* jamais rien, il tenait par la seule pensée.

Quant à Moon, trop jeune, on ne savait pas encore de quoi il était capable.

Que dire ? Entré en classe de sixième au collège Edgard-Varèse, à l'orée du parc de la Villette, c'était un enfant discret, rêveur, mauvais écolier et qui n'avait pas de copains. Dans sa vie, il n'entrait personne d'autre qu'Anaïs et Marlon.

Aussi, lorsqu'en rentrant des Cévennes, aux premiers jours du mois de septembre, il se fit casser la figure par une poignée de gamins près d'un chantier de construction au coin de la rue des Ardennes, à quatre pattes sur le trottoir, il fut étonné de voir la main que lui avait tendue, pour le relever, une petite fille de son âge ; Moon aima tout de suite son profil d'oiseau et son regard perçant. Héloïse, qu'il surnomma « Hélo », devint sa première amie.

Dès que le vent d'automne tomba et qu'il fit platement froid, à quelques jours des vacances de la Toussaint, Marlon prit Moon par la main et se rendit chez la mère d'Hélo, par-delà le canal, au premier étage d'un immeuble blanc, fleuri, pâle comme une communiante. Il frappa à la porte, s'excusa, ôta le gant de chevreau qu'il portait à la main droite et serra doucement le poing de la femme, dont les joues rosirent. Pendant que Moon partait jouer en compagnie d'Hélo, les deux adultes s'assirent dans le salon et Marlon entreprit de demander à « madame Hélo », comme il la baptisa avec malice, la permission d'emmener sa fille en vacances avec eux, sur la côte de Vendée : le petit serait ravi, il adorait Héloïse. La mère de la fillette travaillait à l'accueil d'une agence de la grande banque où Marlon était trader (ce qui l'impressionna), et le père – un homme violent – l'avait quittée pour une autre.

Bien sûr, Marlon charma la mère.

Pourtant, il y avait de l'inquiétude dans la voix de la femme étonnée de l'intérêt que cet homme semblait lui accorder. Avec fébrilité, elle frottait du bout des doigts le dos de ses mains comme pour en déplisser les rides et en effacer les veines.

« Dites-moi ce qui ne va pas.

— Eh bien, bafouilla la femme, Héloïse me parle beaucoup de vous, c'est une petite fille intelligente et il lui arrive d'avoir un peu trop d'imagination...

— Et ?

— Elle dit que vous êtes peut-être...

— Que nous sommes... ?

— Je crois qu'elle a entendu le mot, dans une conversation entre vous et votre compagne.

— Quel mot ? »

Au supplice, la mère ne parvenait pas à le prononcer. Elle ferma les yeux.

« Des *extraterrestres*. »

Étonné, soulagé, Marlon éclata d'un rire cristallin, qui brisa de honte la mère, en mille morceaux.

Il n'avait pas ri de la sorte depuis bien longtemps.

« Madame Hélo » ne savait plus où se mettre. Fort de ce sentiment, Marlon la rassura : il n'était ni fâché ni vexé, tout juste amusé. Il proposa de lui fournir une photocopie de son livret de famille, des photographies de ses parents, ou même les résultats d'un test sanguin. Il la taquinait. Enfin, lorsqu'il la sentit à sa merci, il profita de l'état d'embarras de son interlocutrice, qui s'en voulait de s'être ridiculisée, pour poser une main amicale sur son genou, et il admit qu'il y avait « une petite part de vérité » dans la méprise d'Hélo. Ils n'étaient pas des *extraterrestres*, mais ils croyaient à l'existence de ceux-ci et consacraient leurs loisirs à l'étude de phénomènes paranormaux. Pourtant, ils n'avaient rien de dangereux et n'appartenaient à aucune secte ni association interdite.

La mère était athée, laïque et tolérante. Mais elle n'avait jamais rencontré quelqu'un d'apparence aussi convenable qui crût à telle absurdité : les soucoupes volantes, tout de même...

« Si vous y voyez un inconvénient, je le comprends. Je peux vous assurer que nous croyons sincèrement à l'existence des extraterrestres, mais que nous ne faisons aucun prosélytisme. Chacun croit ce qu'il veut. Je cherche juste à faire plaisir aux enfants. »

La mère hésita. Et puis elle se sentit si coupable, et troublée aussi par le contact de la paume de la main chaude de l'homme sur son genou, qu'elle ne se jugea plus en position de négocier quoi que ce soit.

III

Au premier jour des vacances scolaires, les Chevallier sortaient du parking souterrain de la Villette et quittaient la Prose d'une vie pour le Mystère de l'autre. Ce jour-là de novembre, ils emportaient Hélo avec eux sur les routes de France. Elle avait hâte de découvrir l'existence bizarre que lui avait promise son ami, et qui la changerait du quotidien morose de sa mère au foyer.

L'aventure commençait immanquablement ainsi : la porte du garage s'ouvrait, Marlon appuyait sur l'accélérateur, la vieille voiture passait sous le pont métallique de la porte de la Villette et elle quittait la capitale. Dans la minute, une pellicule d'ombre se décollait de l'habitacle du véhicule : il faisait jour.

Et ils roulaient.

Ils avaient tout le temps de mesurer les variations dans la teinte des champs et de compter les bornes kilométriques, parce que Marlon n'empruntait jamais les autoroutes : sur les voies rapides, Anaïs se plaignait du mal de mer. Ils traversaient donc la France au petit trot, par les nationales et par les départementales.

L'aventure était patiente : elle les attendait toujours.

Après plusieurs heures tranquilles, lorsque Moon eut fini de jouer avec Hélo sur son téléphone, Marlon baissa le volume de l'autoradio, qui diffusait un quatuor à cordes de Haydn ; il se retourna et sourit

— IL EST TEMPS D'AVOIR UNE PETITE DISCUSSION —

« Maintenant, tu peux poser ta question. »
Hélo était prudente et fit mine de ne pas être surprise.

Elle ne voulait surtout pas prononcer le mot qui la tracassait.

Marlon alluma la première cigarette de la journée : « Tu en meurs d'envie.

— D'accord, dit timidement l'enfant. Vous y croyez vraiment?

— Croire à demi, c'est se tromper deux fois. Nous croyons complètement.

— Pourquoi est-ce que vous croyez? »

Marlon était d'humeur enjouée : « Ah, tu dis sans doute cela parce que plus personne ne croit, autour de toi. La foi te paraît incongrue. C'est un signe des temps.

— Ma mère dit qu'il faut toujours douter de tout.

— Mais de ça, elle ne doute jamais, n'est-ce pas? »

Hélo sembla déstabilisée.

« Je ne veux pas te choquer. » Marlon se tut quelques secondes. Il était impitoyable dans son diagnostic de l'époque. Selon lui, les pauvres vivaient sans idées, les gauchistes vivaient d'idées mortes, les bourgeois ne pensaient que pour défendre leur vie et les fascistes pour détruire celle des autres. Enfin, parmi la plupart des esprits raisonnables et modérés, tels que la mère de cet enfant, régnait un scepticisme de convention. Le relativisme autoritaire était ce qu'il y avait au monde de mieux partagé. Crois à ce que tu veux : c'est ton droit; mais ne l'impose à personne : c'est un ordre. Cette maxime avait remodelé une humanité à la fois ouverte et obtuse, sans foi mais pleine de lois, pour laquelle Marlon n'avait que mépris. Tout cela, il ne pouvait prendre le risque de le dire à l'enfant.

« Prenons la question par l'autre bout. Qu'est-ce que tu en penses, toi? Tu préférerais qu'on ne croie à rien?

— Je crois que vous avez le droit. Peut-être que vous avez raison, peut-être que vous avez tort. Personne ne le sait.

— Si, nous.
— Mais vous ne pouvez pas être certains...
— Si.
— Est-ce que *quelque chose* peut vous donner tort?
— Non.
— Est-ce que *quelqu'un* peut vous donner tort?
— Non.
— Jamais?
— Jamais. Lorsque tu crois, rien ni personne ne peut te donner tort, à part toi-même.
— Mais... il y a la réalité.
— Nous savons qu'elle existe. La réalité n'a pas besoin de moi. Que j'y croie ou pas, ça ne change rien.
— Vous n'avez pas envie de savoir la vérité?
— Je ne peux rien pour elle, ma chérie. Pourquoi est-ce que je devrais me mettre à son service? Je me fiche de ce qui est vrai. Mais ce qui est juste *possible*... Si je n'y crois pas, ça s'affaiblit déjà. Si plus personne n'y croit, ça disparaît. Alors que la vérité sera toujours là pour nous faire chier.»

Avec une moue de dégoût, Hélo répondit : « Ma grand-mère disait qu'il faut aimer la vérité.
— Ha ha! Quelle conne. Je parie qu'elle est morte.»

Choquée par le ricanement de Marlon, Hélo se tourna vers Moon, qui haussa les épaules et reprit sa partie en cours sur l'iPhone de son frère.

« À quoi vous croyez, alors? Vous ne croyez pas en Dieu? Ma grand-mère croyait en Dieu.
— Les anciens dieux sont morts. Les vieilles religions appartiennent à un stade dépassé de l'humanité. Tu sais, après ce qu'on appelle le néolithique, les hommes sont devenus agriculteurs, ils ont cultivé les champs (derrière la vitre, Marlon désigna les terres de Touraine ou d'Anjou) et ils ont commencé à croire à des idoles qui sont devenues

les dieux, et les dieux, dans certains cas, sont devenus un seul Dieu. Plus tard, l'homme a inventé l'imprimerie, la machine à vapeur et l'électricité, tout le monde est venu en ville, on a discuté dans de grandes assemblées, et plus personne n'a cru aux dieux d'avant. Dès qu'on sait pourquoi on croit, on ne croit plus tout à fait. C'est fini. Bien sûr, il reste l'entretien de la tradition. Nous nous sentons coupables vis-à-vis de ceux qui avaient la foi, parce que leurs conditions de vie étaient très difficiles. Je peux te dire que pour se casser le cul toute la journée dans un champ de boue à tirer sur une charrue, tu avais intérêt à croire au bon Dieu. Maintenant, c'est fini. On peut regarder la télé. Au fond du cœur, le secret des religions est éventé. Ceci dit, comme des milliards de personnes y ont cru, il y aura toujours des musulmans, des juifs, des chrétiens pour continuer à faire pareil. Ce n'est pas de la foi, c'est de la fidélité. »

Marlon était parfois vulgaire, parfois sentencieux. Mais il était franc.

« De notre côté, conclut-il, nous pensons qu'il vaut mieux inventer quelque chose de neuf. De nouveaux dieux, si tu veux.

— Peut-être, admit Hélo d'une petite voix, pourtant vous pourriez croire à n'importe quoi... Pourquoi les *extraterrestres* ? »

Marlon jeta la cigarette par la fenêtre d'Anaïs, d'un geste précis du poignet. Bercée par l'ennui, la jeune femme somnolait. Il sourit :

« Ma chérie, c'est là qu'intervient ce qu'on appelle l'*Hypothèse*. »

« On arrive ! » interrompit Moon, la tête glissée entre le siège du conducteur et celui du passager.

Vers midi, un samedi de la fin du mois d'octobre, les

rues de Fontenay-le-Comte semblaient gris blême d'ennui. Derrière la vitre, Moon observait à travers les gouttes de pluie qui se faisaient aussi rares que les passants la vaste esplanade vide de la place Viète, veillée par des arbres nus et noirs. À la sortie de la ville, ils suivirent la Pourtaude par la Guintière, et arrivèrent en vue de la ferme.

Philippe Lherment habitait dans un minuscule village à l'orée du bocage. Devant l'ancienne longère rachetée et rénovée trois ans plus tôt, une étendue gravillonnée servait de parking, où la Lada verte se gara. Trois dogues accoururent, qui sautèrent dans les bras du petit garçon : Moon attirait et charmait toujours les chiens.

Entouré par les trois dogues, il s'avança vers le gouttereau arrière de la longère en passant près d'un écriteau sur lequel était inscrit : « Centre de Recherche de l'Organisation Internationale de l'Hypothèse ». Dans ce petit coin de Vendée, on connaissait et on admettait la marotte de Lherment, à tel point que les paysans appelaient la ferme « l'Université ». Le professeur entretenait de bonnes relations avec le voisinage, depuis qu'il passait à la télé.

Lui et son épouse, qui était secrétaire à mi-temps dans une agence immobilière de Fontenay-le-Comte, reçurent leurs invités sur le perron : ils furent surpris de rencontrer la petite fille mais lui firent bon accueil. À l'intérieur du vieux bâtiment aménagé comme un pavillon de banlieue flottait le fumet d'une viande au four. « J'ai cuisiné un rôti », précisa Mme Lherment, qui était si haut perchée sur ses talons qu'elle paraissait parler depuis le plafond. Tout au contraire, Philippe Lherment était un homme gris et petit, qui aurait pu ressembler à une contre-publicité vivante pour l'humanité, si les extraterrestres étaient un jour venus à le considérer comme échantillon significatif de notre espèce.

Il était triste et froid.

On envoya Moon et Hélo jouer dehors, pendant que les

adultes prenaient l'apéritif. Mme Lherment entraîna Anaïs vers le grand canapé de cuir noir – où s'asseyaient toujours les femmes – pendant que Marlon et Philippe Lherment occupaient les deux fauteuils encadrant le minibar. « On a de nouveau un problème Lambrechts », annonça Lherment, avec une mine accablée. Une vie entière consacrée à la cause avait vidé l'homme, dont il ne restait qu'une incarnation mécanique et dévitalisée.

Longtemps il avait aspiré à la reconnaissance sociale et à la respectabilité, qu'il estimait bien méritée après des décennies de vaine lutte dans l'underground des revues d'ufologie, les conventions miteuses au KFC de La Chapelle, les disputes sectaires, les plaquettes distribuées le week-end à l'entrée des rues piétonnes des villes de province, l'évangélisation qui tourne court et n'apporte que son lot de déceptions, de disciples déséquilibrés, de cas psychiatriques intraitables, les rencontres et débats absurdes au fond de petites librairies d'ésotérisme, devant le rayon Templiers et Rose-Croix, sous les néons et les faux plafonds de locaux mal chauffés, l'humiliation universitaire, les quolibets de journalistes régionaux, de pigistes parisiens ou d'humoristes en quête de sensationnalisme à peu de frais, se servant de caméras cachées pour faire triompher l'esprit de moquerie contre de pauvres gens qui défendent leur vérité.

« Nous nous consacrons honnêtement à la cause, et tout ce que nous obtenons, c'est de la *dérision*. »

Depuis quelques années, Lherment intervenait à la télévision et son nœud papillon rouge, ses rares cheveux coiffés en arrière, ses lunettes à monture d'écaille en quasi-lévitation sur ses oreilles décollées étaient familiers aux Français moyens. Sa grisaille l'avait paradoxalement distingué dans le monde des paillettes, et il disposait dans la plupart des talk-shows de trente secondes à une minute de parole afin de sensibiliser l'opinion à la question de l'existence extraterrestre ; le reste du temps, il servait de mascotte pour des chroniques, des sketchs de mauvais goût et des plaisanteries à ses dépens au sujet des petits hommes verts.

Du fond du canapé en cuir noir, Mme Lherment soupira : « Les soucis succèdent aux soucis. De nos jours, avec les nouvelles technologies, n'importe qui peut dire n'importe quoi. Quand je repense à notre jeunesse, tout était différent. Si seulement vos parents étaient encore vivants...

— C'est Lambrechts qui me place dans une position délicate », la coupa son mari, qui suivait son obsession. « Il vit comme un clochard, en ce moment il campe sur l'île d'Ouessant. Il est devenu fou. Une sorte de complotiste. Il répand de fausses rumeurs à mon sujet sur les réseaux sociaux. Il parle de malversations, et il est injurieux à l'égard de votre père aussi... »

Marlon grimaça ; il comprit ce qu'ils attendaient de lui.

IV

Moon prit Hélo par la main et marcha jusqu'au Mausolée de la longère ; les deux corps de ferme, qui avaient abrité dans les années quatre-vingt-dix près d'une centaine de truies Large-White, avaient été reconvertis en vaste bibliothèque de l'Hypothèse par les Lherment, grâce à l'aide de Marlon qui avait passé trois mois à remettre le bâtiment sur pied. À l'entrée de la construction en U, basse et en béton brut au-dehors, les portes coulissantes étaient fermées, mais Moon connaissait par cœur le code, qu'il tapa sur le petit clavier électronique. Dans la pénombre, Moon poussa Hélo dans le dos et la dirigea entre des étagères de métal laminé et de bois tropical, surchargées de revues, de dossiers, de documents classés, qui concernaient la bulle convective, l'épilepsie temporale, l'implant extraterrestre, la mutilation du bétail ou le triangle noir.

Moon alluma un néon et sortit d'entre deux intercalaires de couleur une chemise administrative dont il fit claquer les élastiques; il tendit une dizaine de feuilles polycopiées à Hélo.

« Lis, si tu veux comprendre

— L'HYPOTHÈSE —

À la fin des années soixante-dix, Paul et Marie Chevallier avaient passé leurs jeunes années parmi une communauté hippie dans les Pyrénées et leur premier enfant avait été baptisé en hommage à l'acteur Marlon Brando, pour célébrer son engagement en faveur des Indiens d'Amérique. Bien sûr, ils fumaient beaucoup d'herbe et ils étaient convaincus que l'enfant était un signe qui leur avait été adressé. Déçus par le gauchisme rationaliste et l'échec de modes de vie alternatifs, les Chevallier avaient fait la connaissance de Remy Lambrechts, jeune étudiant d'origine belge, décrié pour sa démonstration éditée à compte d'auteur de la fausseté « systémo-méréologique » de la théorie de la relativité restreinte d'Einstein. Puis ils avaient rencontré Philippe Lherment, aspirant docteur en psychologie expérimentale, renvoyé de l'université de Nantes en raison de ses travaux hétérodoxes sur la télékinésie. Les quatre compagnons avaient rejoint le cortège de la nouvelle ufologie. Les talents d'organisation de Marie et la puissance spéculative de Paul en avaient fait les principaux espoirs des chercheurs dispersés à la suite de la dissolution, en 1977, du Groupe d'Étude des Phénomènes Aériens. À cette époque, scientifiques et militaires passèrent la main à une nouvelle génération de passionnés qui n'admettaient pas l'institutionnalisation du Groupe d'Étude des Phénomènes Aérospatiaux Non

Identifiés. Ils étaient méfiants à l'égard de la gendarmerie nationale, de l'aviation civile ou de Météo-France, et intéressés par les nouvelles thèses américaines. En débat perpétuel avec la revue *OVNI-Présence* ou les sceptiques du Comité Nord-Est des Groupes Ufologiques, l'organisation (plus simplement « l'Orga » des Chevallier) devint le point névralgique de l'étude moderne, ouverte à tous les points de vue, des phénomènes non expliqués. Parmi les amateurs, ils faisaient figure de véritables légendes. La belle Marie et le grand Paul traversaient la France en Lada, un landau à l'arrière. Ils allaient de Metz à Nancy, de Toulouse au pic du Midi, avec un enthousiasme intact, pour constater, recouper les informations, enquêter et émettre des hypothèses. À l'improviste, Marie avait des visions : elle se figurait des images d'un autre monde, et parmi ces images il y avait celle d'un enfant qui, à la façon dont Galaad ou Perceval avait trouvé le Graal, rencontrerait les *autres* le premier. Pour avoir les moyens de prendre soin de cet enfant, Paul avait passé les concours d'enseignement et pris un poste en banlieue nord de Paris. Marie travaillait la semaine dans une pharmacie, mais s'occupait aussi des junkies dans le cadre d'une association de quartier. Leurs deux salaires subvenaient aux besoins de Lambrechts, qui vivotait la moitié de l'année à leur domicile. Ils aidaient également les Lherment lorsque le malheureux Philippe, qui écrivait de la mauvaise science-fiction sous pseudonyme pour les éditions Fleuve noir, ne parvenait pas à payer son loyer. Leur maison était ouverte à toutes les bonnes volontés.

Au terme des années quatre-vingt, lorsque les idéaux de la nouvelle ufologie refluèrent, les Chevallier s'interrogèrent sur la nature de leurs propres convictions. Ils espéraient que leur enfant, Marlon, les sauverait. Mais à mesure que l'époque décevait leurs attentes (puisque rien n'arrivait : ni contact, ni révélation, ni messie), ils en vinrent à accepter une forme de parenté entre leur croyance et la religiosité : la première était peut-être une mutation historique de la seconde. Et comme les religions étaient mortes, le communisme également, l'ufologie était destinée à s'éteindre aussi. Qui sait s'il ne fallait pas devenir adulte, et passer à autre chose ?

Quand les premières disparitions de personnes furent rapportées, au milieu des années quatre-vingt-dix, les troupes se trouvaient déjà clairsemées. Les défections s'étaient multipliées. Les anciens amis, disciples ou camarades avaient fondé une famille. Ils achetaient une maison, se consacraient à leur boulot ou s'occupaient de leurs parents malades. Tous expliquaient avec un air désolé qu'ils n'y croyaient plus tout à fait. En collaboration avec Lherment et Lambrechts, Paul Chevallier conçut la première version de l'Hypothèse. Elle mettait en équation la chute des effectifs, la perte d'intensité de la foi et la multiplication des disparitions. Ceux qui ne croyaient plus du tout disparaissaient ; ceux qui disparaissaient ne croyaient plus du tout. »

Hélo interrompit sa lecture, leva les yeux du document, et demanda :

« Qu'est-ce que c'est que cette Hypothèse ? Je ne comprends pas.

— C'est simple : ceux qui ont cru à l'existence des extraterrestres et qui n'y croient plus disparaissent. C'est la seule preuve que nous ayons de leur existence.

— C'est idiot. Quel est l'avantage de croire, alors ? Si tu ne crois pas du tout aux extraterrestres, au moins tu ne risques pas de disparaître.

— Oui.

— Mais si tu commences à y croire, tu prends le risque de ne plus y croire.

— Oui.
— Et si tu n'y crois plus, tu peux disparaître complètement?
— Oui.
— C'est n'importe quoi. Tu crois vraiment à ça, Moon? »
Il fit signe que oui.

Quiconque cessait d'y croire était anéanti : il disparaissait corps et âme. Il semblait au père Chevallier que s'exprimait dans la pureté de cette hypothèse l'essentiel de la foi religieuse : commencer à croire n'était d'aucun bénéfice. La foi n'apportait que la possibilité d'être personnellement annihilé. Une fois qu'on s'engageait, il n'y avait que deux issues : soit continuer à croire, sans fin et peut-être sans délivrance; soit perdre la foi, et perdre alors tout du même coup. Dans un monde gouverné par le principe d'utilité et d'intérêt, la foi s'opposait à toute économie et à tout calcul. Il ne s'agissait pas de chercher à gagner quoi que ce soit, mais d'accepter de pouvoir se perdre.

L'Hypothèse religieuse ne fut bientôt plus qu'un objet de plaisanterie dans les milieux de l'ufologie. Même Lherment prit ses distances, et se contenta de soutenir une version affaiblie du principe des Chevallier.

Au fil du temps, tout le monde prit peur des Chevallier; ils ressemblaient à des curés. Leur nom fut ridiculisé : les Chevallier-de-la-foi, les Chevallier-à-la-triste-figure, les Chevallier-perdus. Paul buvait, Marie gagna des rides et perdit son charme enjoué. Il y eut bien des disparitions, mais on n'y prêta pas attention. Lherment s'installa en Vendée, Lambrechts erra à travers l'Europe. Marlon avait grandi : malheureusement, il ne manifesta aucun des pouvoirs que ses parents avaient cru déceler en lui enfant. Au lycée, il fit la connaissance d'Anaïs, sa petite amie, qui fut l'ultime rayon de soleil de Mme Chevallier; elle l'adopta presque, la nourrit, la prit sous son aile et l'aima autant sinon plus que son propre fils. Elle lui apprit à avoir des visions. Les Chevallier eurent tardivement un deuxième enfant.

Mais lorsque Moon eut deux ans, occupés à observer les étoiles en plein été, les Chevallier disparurent corps et âme au cours d'une nuit tragique. On retrouva Marlon et Anaïs dans le brouillard, errant hagards sur les pentes du Certascan en se tenant la main, le bébé contre le sein de la jeune fille. Ils avaient vu les parents s'évanouir mystérieusement dans le néant et avaient marché deux jours sans repères parmi les montagnes espagnoles.

Non sans ironie, la disparition des Chevallier redonna un certain sens à l'Hypothèse : peut-être qu'eux seuls y avaient vraiment cru ; ils avaient donc pu cesser d'y croire, raison pour laquelle ils avaient disparu.

Hélo cessa de parcourir la fiche polycopiée et regarda Moon dans les yeux : « Tes parents ont cessé de croire *à leur propre hypothèse ?* »

Il ne répondit pas et lui montra, glissées au fond de la chemise en carton, quelques photographies jaunies du couple : Marie éclatait de rire à la face de l'objectif et le père, qui arborait un collier de barbe fourni, avait posé une main protectrice sur l'épaule de sa femme. Ils posaient devant la Lada verte, flambant neuve. Âgé de quatre ou cinq ans, Marlon était pendu au pantalon de velours côtelé de son père.

« Moonie, qu'est-ce que tu fais ? »

Marl était entré dans le Mausolée. À grands pas, il s'approcha des enfants, arracha le dossier des mains de son frère, laissa tomber la photographie et gifla Moon sans ménagement.

Les larmes jaillirent des yeux de Moon : « Je veux arrêter de croire, je veux les retrouver ! »

Le visage de Marlon était tourné vers le sien, figé dans une expression d'horreur, et il mit un genou à terre, parce qu'il ne savait pas de quoi l'enfant était capable, il le pria de l'excuser, il lui prit la main et lui parla doucement :

« Il ne faut pas que tu penses à eux. Tu y crois encore un peu, n'est-ce pas ? » On eût cru voir Marlon ausculter Moon pour s'assurer de sa consistance et de sa présence ; mais Moon resta figé, les larmes avaient coulé sur ses joues, et il ne disait rien. Après une minute, il n'avait toujours pas disparu. C'est Anaïs qui accourut, l'enveloppa de ses bras sous le regard incrédule d'Hélo et chuchota :

« Allez... Tout va bien. Il n'a jamais douté. Il a dit ça pour te faire peur. N'est-ce pas, Moonie ? » Elle le baisa sur le front, et l'enfant acquiesça.

Rassuré, Marlon se releva, épousseta son pantalon et renvoya tout le monde au fond de la vieille Lada.

V

Marlon haïssait les hôtels : c'était trop *prosaïque*. Il voulait de l'aventure.

Ils avaient dormi sur le parking désert au pied du château de Brest et s'étaient présentés débraillés, hirsutes, sur l'éperon numéro un du port de commerce. À bord du bateau pour Ouessant, ils voyagèrent à côté d'une femme blonde aux airs las, accompagnée d'un beau labrador retriever avec lequel Moon sympathisa tout de suite. Profitant de cette prise de contact inespérée, Marlon se recoiffa, croisa les jambes, brossa d'un revers de main ses richelieus puis sourit à la femme avec l'appétit du loup des contes. Et il l'entreprit.

Anaïs rembrunie fit signe aux enfants de passer sur le pont.

Là, transie par le froid du matin, Hélo demanda : « Pourquoi est-ce que Lambrechts vous pose un problème ?
— Il dit qu'il ne croit plus.
— Et alors ?
— Il n'a pas disparu. Il est toujours là.
— Donc votre Hypothèse est complètement fausse.
— Pas forcément. (Anaïs sourit à Hélo.) C'est peut-être lui qui a tort. Il ment, ou il ne le sait pas, mais il y croit encore. »

Tout le temps que la traversée dura, Marlon discuta avec la femme blonde, qui riait beaucoup. Ses petits yeux bleus devinrent plus clairs, ses cheveux bouclèrent, à cause de l'eau et du vent : à l'approche d'Ouessant, elle semblait avoir rajeuni de dix ans. À l'abri, Moon avait réussi à attirer à lui le labrador. Lorsque le bateau aborda le Stiff d'Ouessant, le chien aimait tant Moonie que sa maîtresse leur proposa de lui rendre une visite amicale au cours de leur séjour dans l'île. Elle s'appelait Elsa. Mariée – elle montra l'alliance en levant la main droite – à un chirurgien de l'hôpital brestois, il lui arrivait de rentrer seule le week-end dans leur petite maison de Kerlann, qui donnait sur les champs de bruyère et la plage de Porz ar Lan, dans le sud-est de l'île. Elle s'ennuyait.

Tenant tant bien que mal l'animal en laisse qui gémissait après Moon, elle regarda les quatre silhouettes remonter le chemin escarpé qui menait à la départementale. Le ciel se tourmenta un peu plus, et Elsa s'empressa de rallier sa maison. Quant à Marlon, Moon, Hélo et Anaïs, sous les fortes pluies du matin, ils marchaient d'un bon pas en entonnant un vieux cantique : « *Contre moi, dans ce monde, si l'orage en fureur enfle ses flots et gronde, troublera-t-il mon cœur ?* »

Pour la première fois, Hélo entrevit la joie religieuse de

ce que Marlon appelait « la vie justifiée »; dans un recoin de son esprit, l'espoir de croire un jour à quelque chose naquit. C'était peut-être faux, mais le monde semblait tout de même plus beau.

Moon avait noué à la taille son sweat-shirt, orné d'une étoile blanche sur fond rouge. Il avait trouvé sur le bas-côté une longue branche noueuse et sale, dont Marlon avait entrepris d'éplucher l'écorce dans l'espoir d'en faire un bâton de marche lisse et droit, sculpté au canif. Le vent tourbillonna encore un instant puis, comme impressionné et déposant les armes, l'orage s'éloigna. Il fit un temps rayonnant. Anaïs s'étira, essorant le tissu du bas de sa robe. Mal rasé, des gouttes de pluie et de sueur mêlées sur ses joues, Marlon était beau comme un sultan. Le soleil qui surgit au-dessus du sol détrempé les renforça dans leur conviction d'être regardés et soutenus par le ciel. Au cœur de l'île, tous trois parurent à leurs propres yeux trôner haut, inaccessibles aux êtres mesquins du quotidien terrés dans leurs baraques.

Sur les prairies grasses d'Ouessant, la lumière d'automne s'épandit, jaune et verte, et Anaïs indiqua du doigt l'ombre d'une chapelle. « Nous approchons. » La pointe de Pern parut prolonger son doigt, et plonger devant eux dans l'océan furieux. La végétation rase de la lande se dénudait avant d'affronter les eaux écumantes, au milieu desquelles se dressait le phare de Nividic, borne de l'extrême occident du territoire français. Aujourd'hui sans toit ni fenêtre, une vieille bâtisse en pierre abritait jadis la corne de brume de l'île; une toile de tente émergeait à peine des murs à moitié détruits.

Mais il n'y avait personne.

On eût dit que les lieux avaient été abandonnés dans la minute : il restait un poste de radio grésillant, une assiette en carton (avec une tranche de jambon), un sac de couchage et quelques affaires de camping éparses. L'homme qui vivait là en clandestin un peu clochard s'était évanoui dans la nature; Marlon dénicha dans la poche latérale d'un sac une photographie de leur mère, dont Lambrechts ne se séparait jamais.

«Il a disparu, confirma-t-il, en s'asseyant sur un rocher. Bon, le problème Lambrechts est réglé.

— Il est peut-être parti, hasarda Hélo, en raclant du bout de la semelle les cendres d'un feu de camp.

— Non : il ne croyait plus, il a disparu, répéta Marlon.

— On a fait tout ce chemin pour rien?»

Depuis quelques minutes, Anaïs ne disait plus un mot; le visage tourné du côté de l'océan, elle regardait quelque chose qu'ils ne voyaient pas. La stupeur avait gagné sa face, qui se transforma.

«Elle va avoir une vision..., murmura Moon.

— Comme ta mère?

— Assis!» leur ordonna Marlon.

Ils dessinèrent un demi-cercle devant elle, et attendirent

— LA VISION QUI JUSTIFIE LA VIE —

Semblable à la flamme d'une bougie dans le vent, la silhouette d'Anaïs flageolait et sa robe d'été ondula jusqu'à susciter un léger sentiment d'hypnose. Lorsque Hélo eut les yeux mi-clos, Anaïs commença à parler, d'une voix maternelle qui n'avait pas les accents terrifiants de la pythie, pour décrire un paysage de l'autre monde. Je vois la vie telle qu'elle sera. Il n'y a rien. Il y a des pierres partout, des cailloux. Je vois une biche, non, j'en vois deux. Le menton au creux des mains, Moon oublia la bruine et les embruns. La brume à la manière de l'écume dans l'eau calme se dissipe peu à peu, et on voit. Tout est amène et tout prend l'aspect rassurant des fougères. Au cœur d'un

sous-bois aux couleurs douces comme le lait, des biches vont et viennent, le cou tendu, elles boivent à la source de l'eau qui coule, dévale de la montagne; car le sous-bois est juché au-dessus du brouillard, il couronne un massif, depuis lequel on regarde la vallée, et cette vallée c'est nous.
 Tout en haut, les extraterrestres sont là.
 «À quoi est-ce qu'ils ressemblent?» demanda Moon.
 Ce n'est pas la question. Ils sont comme des dieux qui ont voyagé très longtemps et qui nous tendent un miroir venu d'ailleurs. *Nous voyons par leurs yeux.* Ce que nous voyons, c'est ce à quoi nous ressemblons : nous sommes hors de nous-mêmes, enfin. Il fait beau, il est très tôt et nous regardons nos dépouilles sur le sol, nous contemplons les hommes tout en bas, qui s'enfoncent dans la bruyère. Nous ne sommes pas seuls, puisque nous sommes vus, et nous pensons aux hommes qui se sont battus, à tous ceux qui n'ont jamais cru. Nous les aimons. À présent, nous sommes délivrés d'avoir à croire, c'est merveilleux : il existe quelque chose de supérieur, pour quoi je n'ai pas de verbe, mais que nous faisons tous. Peut-être que c'est *voir*. Croire n'était que le premier verbe, en attendant mieux. Il y a de grands chênes verts, des châtaigniers, dont la moindre feuille, dont le dessin des lobes et des veines nous apparaissent distinctement. Sous la lumière, la mousse, l'écorce et le tronc, rien n'est sale. La poussière et l'humus resplendissent tels qu'ils sont, inchangés, mais désormais d'une incroyable netteté. Dans les entrailles de la matière, les atomes sont propres. L'air est pur, les poumons dégagés, la fraîcheur et la chaleur ne s'affrontent plus, le jour et la nuit non plus, tout est à la fois très grand et très petit, ici. À nos pieds, nous contemplons dans la vallée notre vie de maintenant comme nous pensons aujourd'hui aux hommes de la préhistoire, à leur peur de la foudre et de l'obscurité;

le progrès de l'Histoire est un long tunnel dont nous avons trouvé l'issue.

D'abord, il n'y avait rien ; et puis il y a eu des pierres. Les pierres ne voyaient rien ; et puis il y a eu de la vie. Nous sommes à ce que nous serons ce que la pierre aveugle est à l'animal qui vit, qui respire et qui voit pour la première fois ; ça y est, nous sommes eux, nous sommes heureux.

La vie est sortie de la matière inanimée, qui sait ce qui sortira de la vie ?

C'était fini : Anaïs toussa. Elle avait froid, et Marlon couvrit ses épaules de son blouson, en la réconfortant. Son regard redevint désœuvré, et ses airs maladroits.

« C'est tout ? » interrogea Hélo.

Dubitative, elle estima en elle-même que la prédiction n'avait rien d'extraordinaire ; mais à son grand étonnement, lorsqu'elle regarda autour d'elle, la journée avait filé en quelques heures, et le soir menaçait. Elle n'aimait plus trop le Mystère que contribuaient à fabriquer Moon, Marlon et Anaïs à force d'y croire, et elle avait envie de retrouver la vie, l'appartement, les horaires et l'amour ordinaire de sa mère.

Comme Moon reniflait et qu'Hélo frissonnait, Marlon préféra ne pas s'attarder et il partit dérober deux vélos à la première maison sur la route de Lampaul. À Ouessant les portes ne sont pas fermées à clef et les bicyclettes ne portent pas d'antivol. Dans l'obscurité presque complète, Marlon prit sur les genoux le petit Moon, qui s'endormait en grelottant. Marlon pédala pour ouvrir la voie à Anaïs, qui portait Hélo contre elle. Trois à quatre fois par minute, la lumière du grand phare du Stiff, un faisceau aveuglant venu du ciel, balayait devant eux la route. Durant un très court instant, il était alors possible de savoir où ils allaient, s'ils roulaient droit ou de travers, s'ils se dirigeaient dans le fossé ou filaient droit au but.

Il semblait à Marlon qu'ils vivaient comme ils allaient, ni en pleine lumière ni dans la nuit complète, dans une obscurité traversée de moments de lucidité, qui indiquaient à intervalles réguliers, mais toujours trop courts, la voie qu'ils suivaient et – aussitôt extirpé des ténèbres, aussitôt replongé dans ces mêmes ténèbres – le but qu'ils visaient. C'était grisant.

Saisi par l'euphorie, il pédala plus vite et plus régulièrement.

Enfin ils arrivèrent par la chapelle près de Keral, au lieudit de Kerlann, et abandonnèrent dans un fossé les bicyclettes pour terminer le périple à pied. Quelques minutes avant minuit, ils sonnèrent à la porte d'Elsa.

En robe de chambre satinée, elle les accueillit et poussa des cris d'étonnement en découvrant qu'ils avaient passé la journée dehors, trempés. Les petits se déshabillèrent dans la salle de bains avec le labrador, fou de joie de retrouver Moonie. En pyjama, Anaïs les rejoignit sans faire de bruit dans la chambre d'amis. Sous la couette, Moon dormait déjà en compagnie du chien qui ronflait. Hélo faisait semblant. Et Anaïs se glissa à côté d'eux, en observant derrière le store la lumière du phare qui continuait d'émettre de lointains éclairs, comme les déflagrations d'une bataille aérienne du côté nord de l'île, qui ne les concernait plus. Hélo ne trouvait pas le sommeil, alors Anaïs lui caressa les cheveux ; il sembla à la petite fille que la femme lui murmurait :

« Ne commence jamais à croire à *quoi que ce soit*, mon enfant. »

Puis Hélo perçut les murmures dans la pièce voisine – le craquement du plancher, de nouveau le rire et, par souci de discrétion, un court silence. Derrière la paroi, Marlon susurrait un discours inaudible, ponctué de gloussements, de soupirs et de grincements de canapé. Ils discutaient.

« Il essaie de convertir Elsa », expliqua Anaïs à voix basse.

On entendit les deux adultes échanger quelques arguments ; Elsa parut se laisser convaincre facilement, et le ton de leurs échanges devint plus doux, plus suave.

Les bras ramenés derrière la nuque, Anaïs chuchota : « Demain, elle disparaîtra probablement. »

Hélo se redressa sur l'oreiller, soutenant sa tête du poing : « Pourquoi ?

— Il va la convertir mal et trop vite, comme il fait chaque fois, soupira Anaïs. Ça se passe toujours comme ça. Au matin elle aura des doutes, elle arrêtera de croire et (Anaïs claqua des doigts) il n'y aura plus personne. Ce sera à moi de recoller les morceaux. » Elle semblait triste, accablée.

D'une voix pâteuse et ensommeillée, Moon murmura : « Je la déteste », puis il se retourna sous les draps. Hélo entendit encore quelques éclats de voix étouffés, un râle de plaisir, et Anaïs lui ordonna : « Il est tard, endors-toi. »

VI

À Paris, c'était le mois de décembre, le ciel était blanc entre les bras noirs tendus des platanes. Déjà, le canal de l'Ourcq, le canal Saint-Martin étaient gelés et la mince couche de glace avait fondu ; la neige était devenue de la boue en débâcle sur les trottoirs du XIXe arrondissement, amassée par petits monticules le long de la chaussée.

Depuis quelques jours, Hélo n'allait plus en classe et Moon, inquiet, traversa le canal pour sonner à sa porte. La petite fille le reçut, le rassura et le conduisit dans le salon de l'appartement mal chauffé.

La mère d'Hélo fit asseoir Moon à la petite table.

« Il faut que je te parle. »

Il sourit.

« Hélo m'a raconté ce qui s'est passé là-bas. »

Il baissa la tête.

« C'est très grave, Moon. Où est passée cette femme ?
— Elle a disparu.
— Vous avez prévenu la police ? »

Il regarda ailleurs.

« Je ne peux plus laisser Hélo partir avec vous. Je dois te protéger aussi. Est-ce que tu as conscience que ce n'est pas normal ? »

Il fit signe que non.

« Tu sais que cette histoire d'extraterrestres n'est pas sérieuse. C'est une plaisanterie. »

Il ne répondit pas.

« Ils t'ont rentré ça dans le crâne, et c'était comme un jeu. Mais c'est dangereux de se couper de la réalité. On commence par faire semblant, et on finit par y croire vraiment. »

Il regarda Hélo, à côté de lui, se sentant trahi. Elle évita son regard.

« Moon, les extraterrestres n'existent pas. Il faut que tu l'acceptes. »

Il avait levé le menton et fixait un point, derrière le dos de la mère d'Hélo.

« Tes parents sont morts, et ton grand frère a voulu bien faire, pour te protéger. Mais maintenant il te fait du mal. »

Moon essayait de lui dire quelque chose.

« Tu ne dois pas avoir peur. Dis-le-moi, dis-moi que tu n'y crois pas.
— Mon frère...
— Il a de l'autorité sur toi. Ne le laisse pas faire. Je l'ai vu trente secondes et j'ai compris.
— Il...
— Il ment, il trompe les gens. Tu es grand maintenant.
— Il est là. »

La mère d'Hélo croisa les mains contre la poitrine et se

retourna. Hélo, livide, ne disait rien. Dans l'embrasure de la porte, qu'il avait ouverte sans un bruit, Marlon attendait. Il se racla la gorge et fit signe à Moon de se lever.

L'enfant soupira, traînant les pieds, rejoignit son frère.

«Je garde un œil sur vous», prévint Marlon, avant de tourner les talons.

Et durant près d'un mois, Moon dépérit. Depuis qu'Hélo avait changé d'établissement scolaire à la demande de sa mère, il ne rendait jamais ses devoirs, il ne jouait pas, il ne se nourrissait plus. De profil, on oubliait parfois sa présence, tant il avait maigri; entre les portes, il passait inaperçu. L'hiver s'annonçait triste et long. Le pays s'enfonçait dans la crise économique, on accusait les banques et le poste de Marlon était menacé. Sur le Réseau, les attaques contre la ligne des Chevallier s'étaient multipliées, et l'Orga de Lherment ne les défendait plus.

Ils se trouvaient plus isolés que jamais.

VII

Aux vacances qui suivirent, ils repartirent.

Dès que claqua la portière, Marlon monta le volume sonore de l'autoradio qui fit entendre l'*andante* du second quatuor à cordes de Janáček, et le véhicule sortit doucement de Paris.

Marlon expliqua que Lherment les avait laissés tomber pour de bon. Après avoir publiquement désavoué l'Hypothèse, il les avait exclus de l'Orga pour manquements graves au règlement intérieur, injures et menaces (Marlon resta discret à ce sujet).

L'idée de Marlon était de forcer le barrage et de débarquer au congrès annuel de Tulle pour reprendre la main; il comptait sur l'effet de surprise. Mais Tulle était encore loin. Pestant contre le retard pris à la sortie de Paris, Marlon voulut bifurquer vers l'autoroute, en dépit des protestations d'Anaïs qui, quelques centaines de mètres à peine après le passage du péage, montra les premiers signes de malaise.

Il fallut s'arrêter à l'aire d'autoroute de Boismandé et, le temps que Marlon refasse le plein, Moon accompagna la malheureuse Anaïs, livide, aux toilettes de la station-service. Au moment d'entrer dans les WC, ils se heurtèrent à deux vigiles embarrassés, talkie-walkie à la main, qui encadraient un grand gars maigre, en blouson *roadster* orange vif, le haut du crâne étrangement dégarni, comme si des oiseaux y avaient fait leur nid.

« Il n'avait pas disparu !

— Salut Anaïs. Salut Moonie. » Il leur fit la bise, les mains ramenées derrière le dos par les deux vigiles qui l'avaient interpellé.

C'était Lambrechts. Ils lui demandèrent ce qu'il faisait là, et il leur expliqua

– LE FIN MOT DE L'HISTOIRE –

Après de longs pourparlers, Marlon et Anaïs parvinrent à faire passer Lambrechts pour un ami de la famille un peu simplet qu'ils raccompagnaient à la maison, et les trois amis empêchèrent qu'il soit embarqué pour vandalisme : apparemment, il avait barbouillé des tags scabreux dans les toilettes.

« Où étais-tu passé ? On est venus te chercher à Ouessant. Lherment voulait ta peau. » Lambrechts prétendit avoir fait le tour de France. Il n'était à Ouessant que de passage ; il était désolé de les avoir ratés, mais il poursuivait ses *recherches*.

« Mon Dieu, soupira Marlon. Je ne veux pas savoir à quoi tu t'intéresses. »

L'homme sourit et découvrit toutes ses dents, donnant la regrettable impression qu'il en avait trop : se chevauchant, elles semblaient s'être multipliées et, le temps de les compter, on se demandait déjà si deux d'entre elles ne venaient pas tout juste de pousser.

« Je m'intéresse au fin mot de l'Histoire. Tu vois ces inscriptions, dans toutes les chiottes de France ? Les savants que nous sommes n'y ont pas fait assez attention. Les équations Juifs = PD, ou PD = nazis, les phrases définitives sur la vie, la mort, les USA, Israël, les Arabes, attention je ne parle pas des graffitis à la va-vite du style : "suce ma bite, voici mon numéro", des signatures, de ceux qui n'ont rien d'autre à dire, aucune idée, sinon : "j'ai été ici, c'est ma merde", mec, mais des *raisonnements construits*. Par exemple, tu poses qu'effectivement "Juifs = nazis", comme il est indiqué dans les chiottes d'un bar de Paris, XIe arrondissement. Toutes choses étant égales par ailleurs, sachant que "toutes les femmes sont des PD" et que "communistes = Juifs + PD", comme il a été avancé sur la porte du troisième box des toilettes du sous-sol de la fac de Lyon III, eh bien, *calculons*. C'est ce que j'essaie de faire depuis quelque temps. Et nous obtenons : "Juifs = communistes – PD", soit : "femmes = communistes – nazis", ce qui éclaire pas mal de choses dans l'histoire du féminisme, tu ne trouves pas ? Si ça te semble farfelu, c'est que tu n'as pas encore compris que la vérité se trouve sur la porte des chiottes plutôt que dans les grands traités de philosophie. Pourquoi ? Parce que tout le monde ne va pas dans les bibliothèques et dans les librairies, alors que tout le monde chie.

— Ha ha, impressionnant, ricana Marlon.

— Toi, mon ami, tu es dans le sarcasme.

— Ça se pourrait, en effet. »

Anaïs protesta : « Laisse parler Lambrechts, tu te plains

toujours lorsque les gens font du mauvais esprit quand tu parles de tes propres théories.
— Mes *théories*? Tu les compares aux délires de cet abruti?
— Marlon, je t'en prie. » Et Moon, que l'oncle Lambrechts sortait petit à petit de son mutisme, demanda aussi à Marlon de se taire : « Il a le droit de penser ce qu'il veut.
— Il pense ce qu'il veut, mais il descend. Nous, on va à Tulle.
— On ne sera jamais à Tulle avant ce soir.
— Je peux venir avec vous?
— Il peut? »
Dans la voiture, Lambrechts n'arrêtait plus de parler et Marlon s'était renfrogné. « Pourquoi est-ce que tu ne tiens pas un blog? demanda Anaïs, tu as toujours eu un point de vue sur tout.
— Les blogs sont contrôlés par le gouvernement chinois.
— Ah bon, je ne savais pas.
— Ma petite, je t'aime beaucoup mais je ne suis pas certain que tu aies les pieds sur terre. On vous endort et vous faites de beaux rêves : vous vous racontez encore des histoires sur les extraterrestres, mais ce n'est pas de ça qu'il est *vraiment* question. Ce que j'essaie de dire, c'est que toute l'Histoire est truquée. Les extraterrestres... Laisse-moi rire. Un exemple? Vous connaissez le svastika, vous savez qu'il a servi de symbole aux nazis. Grâce aux travaux de philologues allemands, les nazis ont appris que cette croix était le symbole retrouvé sur des sceaux de pierre tendre attribués aux Aryas, c'est-à-dire au peuple aryen, qui aurait été le premier peuple venu d'Iran à envahir l'Indus, incarnant ainsi la souche originelle des peuplements à la fois européens et indiens. Les Aryens seraient les nobles guerriers décrits dans les textes védiques. À ceci près que l'Histoire a été escamotée, puisqu'il est prouvé que les sceaux sur

lesquels apparaissent les premières occurrences du svastika appartenaient non pas aux Aryens, mais aux peuples qu'ils ont envahis et massacrés : une petite civilisation pacifique de marchands... De marchands ? Est-ce que ça ne vous rappelle rien ? Mais si, bien sûr. Ce sont des Juifs primitifs, une ascendance lointaine des Hébreux. Ce qui signifie que le svastika était le signe des Juifs, et pas des nazis. Ironie de l'Histoire, l'un dans l'autre, Juifs = nazis, et tout est dans tout. C'est ça le fin mot de l'histoire. Ouvre les yeux, et tu comprendras qu'il en va toujours ainsi, depuis la nuit des temps. Idem pour l'ufologie et les Martiens. On a été floués depuis des années par des idéologues dans le style de Lherment. Tout est faux : les extraterrestres sont des hommes, et les hommes sont des extraterrestres.

— C'est un tas de conneries.
— Très bien, Marlon, tu es un sceptique. Tu n'as pas encore compris la manipulation mentale à grande échelle qu'est l'histoire de l'humanité. Le Christ lui-même n'est qu'une invention dérivée des figures du soleil, qui sont vénérées chez tous les peuples humains. Les Lucifériens qui vouent un culte à cet astre ont tué Jésus, récrit son histoire et conçu le Nouveau Testament, en imposant derrière la croix le soleil des Païens. Je te renvoie aux Illuminati, tout cela est bien connu aujourd'hui – trop sans doute, à tel point qu'on peut se demander si le dévoilement de la vérité ne fait pas partie d'un plan de falsification supérieur. Je le crains. Depuis Sumer au moins, l'argent domine le monde humain. Le commerce a créé les Lucifériens, qui sont ceux – comprenez bien le retournement – qui ont transformé les dieux païens en démons. Les Juifs ont achevé le processus de transmutation des idoles païennes en diables. Bien évidemment, ils l'ont fait pour l'argent, afin de remplacer la civilisation agricole par une société financière. L'Amérique elle-même est une création juive, de conseillers des rois

de Castille et de banquiers. Lorsque Ferdinand d'Aragon et Isabelle de Castille signent le décret d'expulsion des Juifs – en quelle année je vous le demande? en 1492 –, ils découvrent du même coup le Nouveau Monde : les Juifs disparaissent, l'Amérique apparaît. Coïncidence? Je ne le crois pas. Bref, je saute du coq à l'âne. Toute l'idée de l'Histoire est d'inventer l'ennemi. Vous avez entendu parler du *Lusitania*? Le paquebot coulé en 1915 par les Allemands et qui sert de déclencheur à l'hostilité américaine contre l'Allemagne, donc de l'entrée en guerre des USA. Eh bien, le *Daily Mail* mentait. On sait que le *Lusitania* était un croiseur auxiliaire armé chargé d'obus. L'Allemagne avait prévenu qu'elle le torpillerait, mais les documents ont été cachés. Pourquoi? Le torpillage du *Lusitania*, qui allait de pair avec la promesse britannique de créer un État sioniste au Proche-Orient, pour complaire aux Juifs, était le moyen d'obtenir l'entrée en guerre des Américains. Je ne vous parle pas de Pearl Harbor, ni du *Maddox*, qui aurait été attaqué en 1964 par trois canonnières nord-vietnamiennes, ce qui est faux. Pourtant, c'est ce qui a déclenché la guerre du Viêt Nam. Je ne vous parle pas non plus des plans d'un Juif, Leimnitzer, afin de simuler l'attaque d'un avion transportant de jeunes étudiants américains par des Cubains, pour justifier l'invasion de l'île par les troupes de Kennedy et McNamara. Vous m'avez compris. Mais les Juifs ne sont que la partie émergée de la supercherie mondiale, une première apparence de vérité. Vous savez que Hitler était juif, prénom Jakob? Évidemment, ça se comprend bien. Manipuler un Juif pour qu'il provoque un massacre, donc un courant de sympathie mondiale, par conséquent l'acceptation de la création de l'État d'Israël. Derrière les Juifs, la Banque. Exemple : la décolonisation n'a pas été voulue par les révolutionnaires armés, mais par les financiers des pays colonisateurs. Pourquoi? Pour endetter les nouveaux pays indépendants. La dette était une meilleure manière de les asservir que l'occupation militaire, qui coûtait beaucoup trop cher. Trotski aussi, on le sait, était un pantin de Wall Street. C'est la grande bourgeoisie financière qui a décidé de la révolution d'Octobre, pour empêcher la réforme agraire de Stolypine et provoquer ainsi la chute d'une puissance émergente concurrente : les bolcheviks étaient financés par la droite américaine afin de plonger la Russie dans le chaos. »

À présent, dans l'habitacle de la Lada verte il faisait chaud. Lambrechts s'énervait, à mesure qu'il présentait à Moon et Anaïs, amusés, un tableau à la fois large et précis de l'Histoire humaine ; et il parlait sans s'arrêter, tandis que Marlon déclenchait son clignotant, pour sortir sur l'aire de repos de la Coulerouze.

« L'islam de France est une création idéologique de l'extrême droite. Or le Front national a été inventé par le Parti socialiste de Mitterrand et consolidé grâce à l'association Touche pas à mon pote!, en alliance avec le Parti communiste, après le Programme commun. Et le Parti communiste français, dès le congrès de Tours, comme plus tard Force ouvrière, est une créature de la CIA, associée à la droite française. Cette droite, orléaniste notamment, est aux mains des grandes banques, des cent fortunes de France, donc des Juifs – de *certains* Juifs, je ne suis pas antisémite. Mettez l'ensemble en équation, et vous obtenez le fin mot de l'Histoire : les Musulmans de France, de proche en proche, sont une invention des Juifs de France. Si tu as un argument contre ça, ma foi, je t'écoute, je suis tout ouïe, je suis même prêt à prendre les paris.

— Mais *pourquoi* ? demanda Moon pendant que Marlon garait le véhicule.

— Parce que l'Histoire est la vérité à l'envers. C'est le Mal ou la fausseté *concentrés*. Le temps les fait apparaître lentement. Il les révèle comme une photographie de la nuit des temps, qui vient au jour lentement, très lentement. Rien n'est vrai. Rien. Même ce que je te dis, je suis certain que ça joue un rôle dans le Plan général de fausseté : certainement que je suis l'outil inconscient qui accentue le mensonge au moment exact où je pense vous apprendre la vérité. »

En sueur, le crâne frottant le plafond de l'habitacle, engoncé dans son blouson orange vif trop court pour lui, il s'épongea le front avec un mouchoir à carreaux usagé, qu'il remit en place dans son slip.

« Vous pensez que je suis un complotiste, n'est-ce pas ? » Il rit. « Mais c'est tellement dérisoire. Les complotistes sont des nains, je suis le géant. J'ai vu derrière l'Histoire. Les capitalistes, les communistes, les Juifs, les extraterrestres, peu importe. Derrière l'Histoire, il n'y a rien. » Il fit de grands yeux, qu'il avait injectés de sang. « Mais c'est un rien en conflit, c'est le combat de rien contre rien, un rien humain contre un rien extraterrestre et (il saisit sa main gauche à l'aide de la droite et les fit tournebouler, dans une parodie de lutte inextricable) un rien qui prend l'apparence du vrai lutte contre un rien qui prend l'apparence du faux, et un rien dominant contre un rien dominé, et un rien qui possède l'argent contre un rien qui n'a rien, et un rien juif contre... » Il s'interrompit. « Moi, je suis la main droite de rien. » Marlon avait ouvert la portière et pria poliment Lambrechts de sortir. Ils se trouvaient en rase campagne, à quelques kilomètres de La Souterraine.

« On va faire un tour. »

Avec difficulté, Lambrechts déploya sa longue carcasse hors du véhicule. Marlon lui demanda : « S'il te plaît, mets de côté ton tas de merde. Est-ce que tu crois encore ? »

Et Lambrechts baissa la tête comme l'animal avant le coup de grâce : « Non.

— Tu ne crois plus à rien ?
— Rien de rien. C'est fini pour moi. » Il s'était éteint.
Avec gentillesse, Marlon le prit par le bras.
« Qu'est-ce que tu fais ? brailla Moon, sanglé dans sa ceinture, et retenu par Anaïs.
— Laisse-les. »
Ils marchèrent à travers champ, longtemps. Le soleil frappa, et Moon se trouva ébloui. Ils étaient passés dans le petit bois. Dix minutes s'écoulèrent. Marlon revint seul. Un léger filet de sang lui coulait du nez, jusqu'à la commissure des lèvres. Il réclama à Anaïs un mouchoir.
« Qu'est-ce qui s'est passé ?
— Il a disparu.
— Comme ça ?
— Comme ça. » Marlon claqua des doigts, et redémarra. « Il s'est évaporé devant moi. C'est tout. »

VIII

« Tu lui as fait mal ? » finit par demander Moon, entre Aubazines et Beynat.
Marlon s'énerva : « Il a disparu, je te dis ! »
À bas volume, l'autoradio détraqué ne diffusait plus que les grandes ondes : un vieux succès des années quatre-vingt, « *Walking Backwards* », passa, mais Marlon éteignit. Anaïs poussa un cri, puis deux, puis trois.
« Est-ce que ça va ? »
Sans arrêter d'émettre de petits piaillements d'oiseau blessé, elle commença à murmurer que « peut-être que oui, peut-être que non, mais que non, non, non ! ce n'est pas vrai ». Tendant les mains devant sa face, Anaïs hurla d'un seul coup qu'elle ne les voyait plus du tout. Moon eut l'impression qu'elle devenait diaphane à la lumière du jour,

au beau milieu du pays creusois. Il voulut l'aider, mais Marlon lui décocha un coup de coude, freina abruptement sur la départementale, le long de la rivière du Chambon, et sortit de la voiture en toute hâte. Le temps de se relever, tombé entre les sièges et la banquette, Moon aperçut son frère occupé à agripper Anaïs, ou ce qu'il en restait, sous les aisselles, tandis qu'elle se démenait en hurlant.

Péniblement, Marlon entraîna Anaïs dans la brume du matin, sur la promenade herbeuse et déserte le long de la Dordogne, dont l'eau était un miroir fluide et clair, dominé de grands puys et plateaux verdoyants, que le Doustre, la Maronne et la Souvigne avaient creusés; il n'y avait personne pour les voir se débattre tout en bas. La ceinture de sécurité lui cisaillait le cou, mais Moon plaqua sa joue contre la vitre embuée de sa portière. Il se sentit tétanisé, incapable de sortir pour les aider. Dans le ciel passa un martin-pêcheur, qui voleta au-dessus des eaux. Hystérique, Anaïs demandait à disparaître pour de bon. Peut-être n'était-elle déjà qu'à moitié ou au tiers visible. Marlon en pleurs la traîna par les cheveux jusqu'aux hautes herbes près de la rivière. Sous le brouillard matinal, Moon ne vit rien qu'un pied fouetté par les orties, lorsqu'ils tombèrent l'un et l'autre dans un bosquet, puis il n'entendit que les cris terrifiés d'Anaïs.

Il y eut trois minutes terribles, au cours desquelles elle gémit de plus en plus faiblement. Marlon lui parlait, mais surtout il la frappait à coups redoublés. Ensuite il y eut le silence, un morceau de bois emporté par le courant, la brume qui se levait, la campagne qui reprenait quelques couleurs et Marlon se releva à cent mètres de la route. Moon effaça la buée de la vitre et trouva enfin la force de détacher sa ceinture pour courir à sa rencontre. Chancelant, Marlon portait Anaïs dans ses bras : il l'avait rouée de coups au crâne, au visage et aux côtes – mais elle était sauve.

L'aîné des Chevallier l'avait assommée afin qu'elle ne soit plus en état de douter.

Tout le temps que le voyage de retour dura, chaque fois qu'elle menaçait de reprendre ses esprits, Marlon la frappait de nouveau à la tempe, assez fort pour maintenir son existence, mais pas suffisamment pour menacer sa vie. Elle était en crise, expliqua-t-il, et dès qu'elle penserait par elle-même, elle disparaîtrait. Le visage tuméfié, la lèvre inférieure violette, un œdème près de l'œil, la jeune femme gisait en travers de la banquette arrière.

IX

Un beau samedi de juin, Moon prit seul le bus pour l'hôpital Sainte-Anne et il rendit visite à Anaïs. Dans les jardins où elle se reposait, la jeune femme accueillit l'enfant en manifestant cette joie lointaine, aux manières délavées comme des couleurs du passé, qui n'appartenait qu'à elle. À l'abri des arbres, les parents d'Anaïs attendaient et saluèrent avec un peu de peine le petit garçon. « Le pauvre... » Pendant que Moon s'asseyait sur le banc en bois à côté d'Anaïs et lui offrait une rose jaune qu'il avait achetée en chemin avec son argent de poche – Anaïs l'embrassa avec émotion sur le front –, M. et Mme Neckar parlaient de Marlon à voix basse. Sous les lauriers, Moon entendit par bribes qu'ils avaient toujours su que le garçon relevait de la psychiatrie. Ils s'en voulaient de n'avoir rien fait. L'enfant comprit indirectement que son frère avait été licencié : il continuait depuis des mois à aller au travail, mais restait à la porte de la banque; le couple Neckar avait aussi intenté une action en justice contre lui, pour coups et blessures, avec l'inten-

tion de tuer. Anaïs n'y prêta pas attention : « Comment est-ce que tu me trouves au milieu des fous ?
— Très belle. »
Et c'était vrai. Elle était plus maigre que jamais, et très inquiète de Marlon, dont elle ne cessait de demander des nouvelles (« Sans moi, il ne s'en sortira jamais »). Son visage était encore marqué par les coups. Ils discutèrent du quotidien, de l'école, des devoirs et de la lessive en retard (« Ah, soupira-t-elle, ton frère est incapable de lancer une machine tant qu'il lui reste une chemise de propre... »), puis Anaïs prit le menton de Moon entre le pouce et l'index de sa main fine, interminable, pâle et dont les veines dessinaient un delta qui semblait s'écouler, par ses doigts, dans la douceur de son contact. Elle sourit à Moon : « Surtout ne t'en fais pas pour moi. Ils vont venir bientôt. »
En sortant, Moon ne se sentait plus un enfant. Au lieu de retourner en cours au collège, il décida d'aller s'excuser auprès d'Hélo et de sa mère. Mais lorsqu'il parvint à l'immeuble blanc, au bord du canal, il ne retrouva leur nom ni sur l'interphone, ni sur les boîtes aux lettres, ni près de la porte, au-dessus de la sonnette. Il redescendit demander au gardien ce qui s'était passé.
« Elles ont disparu. »
Moon ferma les yeux. Il aurait dû s'en douter. C'était un vrai cauchemar.
« Elles ont déménagé ou on n'a plus de nouvelles d'elles ?
— Non, disparues-disparues. Il y a une enquête de police. »
Moon demanda une chaise au gardien. Il ne se sentait pas très bien.
« Est-ce qu'un homme est venu les voir ?
— Oui. Je l'ai dit à la police.
— Est-ce qu'il ressemblait à mon frère ? Vous vous souvenez de mon frère ?

— Non, je ne vois pas.
— Il n'est venu que deux ou trois fois...
— Les enquêteurs pensent que c'est le père : il a peut-être kidnappé la gamine. Il l'avait abandonnée, mais il était revenu réclamer sa garde à la mère.
— Où est-ce qu'il est?
— À l'étranger.
— Je ne crois pas que ce soit lui. » Mais Moon se prit la tête entre les mains : à coup sûr Marlon les avait fait disparaître. L'enfant commençait à comprendre. « Il faut à tout prix que j'aille au commissariat, monsieur. Vous pouvez m'accompagner?
— Oh là, mon grand! Je ne peux pas quitter l'immeuble comme ça. Le commissariat se trouve de l'autre côté de la cité, après le pont, près de la salle de spectacles. Qu'est-ce que tu veux leur raconter? »
Moon hésita.
« Tu préfères que je les appelle? Tu veux les attendre avec moi? »
Moon se représenta la silhouette de Marlon, dans l'embrasure de la porte de l'appartement, le jour où « madame Hélo » l'avait mis en garde. Il était déjà tard. Ne voyant pas le petit revenir à la maison, Marlon s'empresserait de le chercher dans le coin. Il fallait se méfier : Marlon était rusé.
« Je dois y aller. »
Paniqué, Moon traversa le parc. Il franchit la passerelle, contourna la folie architecturale rouge, courut sous la coursive de tôle ondulée et coupa par l'esplanade pavée. Il alla droit devant lui, sans un œil pour le ciel magnifique de la fin d'après-midi, qui luisait d'or avant la nuit. Le soleil était bas. À présent, il n'avait plus le moindre doute : Marlon faisait disparaître les gens. Moon passa entre les deux grands hôtels et traversa sans faire attention le passage piéton, devant la sortie du parking. Alors une voiture klaxonna.

C'était la vieille Lada.
« Moonie ! Qu'est-ce que tu fais ici ? » Marlon ouvrit la portière arrière. « On allait passer te prendre à la sortie. Monte ! »
Moon était livide.
« Tu as séché ? Ce n'est pas grave. Viens ! »
Anaïs était là aussi, sortie comme par miracle de l'hôpital Sainte-Anne où Moon l'avait laissée quelques heures auparavant. Sur le siège conducteur, elle fit un signe au petit.
« Tous les trois, comme au bon vieux temps ! Je t'avais dit de ne pas te faire de souci.
— Tu l'as enlevée ?
— Elle était internée de force, à cause de ses parents. Ces connards ne vont plus jamais nous emmerder, je peux te l'assurer.
— Qu'est-ce que tu veux dire ? »
Sous le pont, à quelques mètres à peine, Moon entrevit la bâtisse du commissariat de police.
Mais Marlon le tira par la manche, et l'envoya valser à l'arrière du véhicule. Il avait l'air enjoué. Il se tourna vers son petit frère, en accélérant pour passer sous le pont :
« Tu vas rire ! Tu sais ce qui se passe ? »
Atterré, Moon fit signe que non.
« Lherment a *disparu*. Sa femme nous a appelés.
— Où est-ce qu'il est ?
— Dans les Pyrénées.
— Pourquoi ? »
Marlon fulmina : « La raclure. Il faisait courir des bruits contre nous. Il était parti en montagne pour enquêter.
— Sur quoi ?
— La disparition des parents.
— Qu'est-ce qu'il dit ?
— Ah, le salaud. » Marlon n'en revenait pas. « Le salaud. »

C'est Anaïs qui répondit doucement : « Il prétend qu'on les a tués dans la montagne, ton frère et moi, quand on était petits. »

X

Il n'avait plus aucun moyen de prévenir qui que ce soit ; il se trouvait complètement à leur merci. Les Chevallier roulèrent toute la nuit, et presque tout le jour qui suivit. Ils écoutèrent l'intégrale de Chostakovitch par le quatuor Rubio : Moon n'arrivait pas à dormir. Anaïs ouvrit la fenêtre pour respirer le grand air : Moon avait froid. Ils n'empruntèrent que les petites routes. Quand ils s'arrêtaient, Marlon s'étirait, fumait une cigarette, gardait un œil sur son frère ou bien le prenait dans ses bras. Moon chercha désespérément du secours autour de lui, dans la campagne nocturne du centre de la France ou au petit matin dans les champs du Sud, mais il comprit qu'il lui serait impossible de leur fausser compagnie. Si l'attention de Marlon diminuait, Anaïs prenait le relais. Au bout de quelques heures, l'enfant fut assuré que ni l'un ni l'autre ne se doutait de rien ; ils se contentaient de veiller sur lui, sans imaginer qu'il avait compris qui ils étaient vraiment. Anaïs s'était enroulée dans une couverture qui sentait le vieux chien. Enjoué, Marlon plaisanta à propos de tout et de rien. Le petit garçon tremblait et se demanda, tandis que Marlon pérorait, combien de personnes il avait tuées en tout. Les larmes lui montèrent aux yeux lorsqu'il pensa à Hélo. Qu'est-ce qu'il lui avait fait ? Est-ce qu'elle avait souffert ? En fin de matinée, alors qu'ils contournaient Toulouse, Marlon monta le volume de l'autoradio en annonçant l'*allegro* de *La Jeune Fille et la Mort*. Incrédule, Moon dévisagea son grand frère dans le rétroviseur et le

vit sourire fièrement. À cet instant Moon souhaita pour la première fois sa mort. Il détourna le regard pour ne rien laisser paraître, et demanda :
« Est-ce que ça va, à la banque ?
— Pourquoi tu me demandes ça, Moonie ?
— Je m'intéresse.
— On ne chôme pas. Ils sont très contents de moi. Tu sais… » il s'interrompit pour remettre en place la couverture qui tombait d'Anaïs endormie, sur le siège passager, « c'est la crise et quand on fait un métier comme le mien on s'en sort bien. Je ramasse la petite monnaie qui tombe de la poche des clampins.
— Mais tu n'es pas au travail, aujourd'hui ? »
À peine troublé, Marl haussa les épaules : « J'ai obtenu un congé. » Il répéta : « Ils sont très contents de moi. »

Il avait des cernes sous les yeux, sa chemise était sale, ses chaussures en cuir de veau abîmées, il s'était négligé et Moon comprit soudain que son frère ne savait rien, qu'il oubliait jusqu'à ses propres mensonges. Ce n'était pas un dissimulateur.

Il était franchement fou.

En fin d'après-midi, ils arrivèrent dans la vallée d'Ustou.

La verdure qui ondula autour de la route, en petits reliefs doux, donnait l'impression d'entrer au Paradis : de l'eau cristalline coulait des ruisseaux et quelques maisons espacées les unes des autres s'éparpillaient dans le lieu amène. Personne de sensé n'aurait osé entreprendre une marche à cette heure de la journée : un promeneur qui avait rebroussé chemin leur rappela que Météo-France annonçait de la pluie, des orages et du brouillard pour le lendemain. Mais Marlon prit la décision de monter jusqu'à la cabane du lac de la Hilette pour parvenir au plus vite sur les lieux de la disparition des parents, où Lherment enquêtait avant que son campement ne soit retrouvé vide par des randonneurs.

Ils abandonnèrent la Lada verte devant la porte d'une grange et grimpèrent jusqu'au cirque de Cagateille comme des touristes, sans eau ni nourriture, avec une unique couverture pour la nuit. Marlon marchait en chaussures de ville en cuir, Anaïs en ballerines. Pour ne pas tomber de sommeil, il avait bu et il paraissait exalté ; elle était déjà dans un état second, se tressait des couronnes d'herbes glanées le long du chemin, dans le sous-bois, et humait l'air humide des forêts de châtaigniers, de noisetiers, puis de hêtres, en répétant qu'elle aimait l'été. Effrayé, Moon suivait les deux illuminés en traînant les pieds.

Ils se perdirent : c'était bientôt l'été, le sentier n'avait pas encore été retracé.

Au sortir du couvert des grands arbres, il plut. La pente raide était glissante et dangereuse. En dépit des câbles et des mains courantes, Anaïs chuta plusieurs fois, sans se blesser, mais elle déchira sa robe d'été. Optimiste, Marlon visait le port de Couillac et prétendait qu'on dépasserait même la Hilette si on marchait d'un bon pas avant la nuit. Mais ils ne savaient plus où ils étaient. Dans les affleurements de rochers lisses et battus par la pluie, ils évoluèrent péniblement à quatre pattes. Ici, ils n'étaient plus qu'une bande d'animaux maladroits. Puis, dans les éboulis, la nuit tomba tôt. Dégrisé, Marlon s'excusa et prétendit retrouver en moins d'une heure la direction du refuge, une petite cabane dans laquelle ils avaient dormi voilà dix ans.

Mais Anaïs était encore faible et mal remise de sa précédente crise.

« Nous allons dormir là. C'est mieux qu'à l'hôtel, non ? »

Moon ne répondit rien, son frère n'était plus accessible à aucun raisonnement sensé.

Il s'allongea contre un tapis de mousse, à quelque distance du couple qui s'était enlacé dans l'obscurité. Les doigts croisés sous la nuque, Moon observa le ciel noir troué de milliers et de milliers d'étoiles plus ou moins perceptibles par l'œil humain. Il avait trop froid pour se détendre, et trop faim pour se concentrer. En silence, il chiala. Il lui revint à l'esprit qu'il aimait son frère et qu'il aurait voulu le soutenir une dernière fois dans sa folie ; mais c'était impossible. Ce n'était qu'un criminel et un taré. Moon était incapable de nier la réalité physique : tout ce qu'il y avait désormais, c'était la faim, la solitude, la peur et le froid. De ce point de vue, les prétentions de l'imagination ne lui semblaient plus seulement intenables mais pathétiques. Un instant, la panique envahit ses membres engourdis, à mesure qu'il sentait le transpercer l'absence radicale de toute croyance aux extraterrestres. Il se vit seul dans le noir, minuscule et frêle, à la merci de n'importe quoi, amas d'atomes pensant, découvrant que ce à quoi il croyait n'existait nulle part ailleurs qu'en lui-même, alors que l'univers énorme, vague et indifférent le débordait de toutes parts. Il allait mourir un jour et l'univers lui survivrait. Maintenant qu'il n'avait plus la foi, il se demanda s'il allait disparaître – immédiatement, il se sentit idiot : *ils* ne le feraient pas disparaître, puisqu'ils n'existaient pas. Il jeta un œil vers Marlon et Anaïs qui respiraient régulièrement, au rythme d'un sommeil juste et doux : comment pouvaient-ils dormir ainsi, après avoir assassiné des êtres de chair et de sang ? Il envisagea de se lever pour fuir à travers la montagne, mais il faisait nuit, il n'avait pas de torche et rien ne guiderait ses pas, sinon l'effroi.

Il ne ferma pas l'œil et reconstitua par la pensée les événements passés.

Lorsque le jour se leva, Moon tâtonna dans le brouillard jusqu'à la corniche de calcaire : Marlon, porté par un enthousiasme délirant, prétendait qu'ils se trouvaient à proximité de la falaise où avaient disparu les parents, il y a dix ans. Il demanda à Moon et Anaïs de rester près du sac de randonnée, de préparer les instruments de mesure, tandis qu'il s'avançait prudemment dans la brume. Le matin avait déjà triomphé, pourtant le brouillard avait tout envahi et, à l'exception de quelques hêtres noirs dressés entre les énormes rochers, on n'apercevait rien à trois mètres de distance.

« C'est trop risqué !
— Il y a quelque chose là-bas. Anaïs, tu ne vois rien ?
— Je ne sais pas... »

Dans le coton grisâtre indistinct où la montagne avait été plongée, de vagues formes se découpaient parfois et Anaïs crut reconnaître une biche. Déjà, Marlon s'était engagé sur la sente, avançant avec prudence parmi les dalles granitiques, vers le noyau de la nuée grise comme de l'acier qui masquait l'extrémité du sol et le début du vide.

Moon ferma les yeux puis avoua d'une voix claire à Anaïs :

« Je sais ce qui s'est passé. »

Le petit tremblait comme une feuille lorsqu'il déclara d'un trait, sans même reprendre son souffle : « Papa et maman n'ont pas disparu. Ils sont morts. Ils tuaient des gens, n'est-ce pas ? Ils étaient désespérés. L'Hypothèse était fausse. Ils ont fait en sorte qu'elle devienne vraie en assassinant ceux qui n'y croyaient plus. Ils étaient fous. Est-ce qu'ils se sont suicidés ? Est-ce que c'est vous ? Ils ont perdu la foi, vous les avez punis... Vous, vous y avez vraiment cru. Depuis, Marlon tue des hommes comme l'oncle Lambrechts ou l'oncle Lherment. Le week-end dernier, il était absent parce qu'il avait du travail : il est venu ici pour abattre l'oncle Lherment. Mais les femmes, je pense que c'est toi. Il les convertit le soir, tu les tues le matin. Je sais que vous faites ça pour moi, pour que j'y croie, mais je ne suis plus un enfant et maintenant je suis obligé de vous détester. Il faut vous enfermer. Vous avez tué Hélo! Qu'est-ce que vous lui avez fait? Réponds-moi! Réponds! Et sa mère? Marlon ne s'en rend même pas compte. Il oublie. Il ne sait pas ce qu'il fait. Toi, tu t'en souviens de temps en temps, c'est pour ça que tu as des crises. Vous êtes dangereux. Tes parents s'en doutaient. Il faut que tu comprennes : je ne peux pas faire autrement, je dois vous dénoncer. Dès que nous serons rentrés, je vais le faire. Ou alors il faudra me tuer, moi aussi. »

Il se tut. Il était soulagé mais il osait à peine la regarder. Il n'avait pas la moindre idée de la réaction qu'elle aurait.

Anaïs sourit, caressa la crinière blonde de Moonie, et répondit : « Tu ne dis rien à ton frère, d'accord? Il ne le supporterait pas. » Puis elle se leva. Marlon était de retour, enthousiaste et fiévreux, il venait d'apercevoir quelque chose dans le brouillard, tout en bas. Avec beaucoup de peine, Moon le vit continuer de prendre au sérieux la farce qu'il avait jouée depuis des années pour le divertir, lui le petit, d'une enfance malheureuse et prosaïque. Il observa ce grand frère qu'il avait admiré prendre Anaïs par la main, s'approcher du bord de la falaise pour désigner tout au fond de la vallée quelque chose qui n'existait pas, le fruit désormais pourri de son imagination.

« Moon, viens voir! »

Le temps que Marlon se tourne vers l'enfant pour l'appeler à lui, Anaïs s'agrippa les yeux fermés à l'homme de sa vie, le serra contre elle en manifestant une force inattendue et l'embrassa avec fougue, dans un geste d'amour éperdu. Marlon voulut peut-être se dégager de son emprise : Moon n'aperçut qu'un éclat de surprise sur la face assombrie de son frère, tandis qu'Anaïs l'emprisonnait de ses bras blancs et maigres. Pour la première fois, elle parut plus forte que son complice, et il fut emporté malgré lui. Anaïs bascula dans le vide : au cœur de la brume, ils avaient tous les deux disparu.

Le vent souffla, il n'y avait plus personne.

Moon resta assis près du sac de randonnée et de la vieille couverture qui puait le chien ; il pleura, secoué par les spasmes de tristesse de les avoir perdus pour toujours. Il savait que c'était sans issue. Jamais ils n'auraient supporté d'être jugés ; jamais, non plus, ils n'auraient tué le petit. Anaïs n'avait pas d'autre choix : elle ne voulait pas effrayer Marlon, elle l'avait soulevé de terre tendrement, sans un mot, pour sauter et pour mourir avec lui.

C'était mieux ainsi

— PEUT-ÊTRE —

Après quelques minutes, Moon ramassa la couverture miteuse, s'enveloppa dedans et descendit sans cesser de pleurer, à mesure que la brume se levait ; avec prudence, il suivit la sente qui courait du rebord de la falaise jusqu'au petit bois, tout en bas, où Marlon et Anaïs étaient tombés. Son cœur, qui battait fort, ralentit au fil des pas : il quitta le désert de roches et entra dans la forêt, il sécha ses larmes, gémit plusieurs fois en se souvenant de la main de son frère posée sur son cou, de la douceur des lèvres d'Anaïs contre son front quand il s'endormait, des parents, de Lambrechts, de Lherment, d'Hélo et des gens de son enfance, qui tous étaient morts à présent.

Saisi par la fraîcheur matinale du sous-bois, il piétina les fougères, avança dans la bruyère et chercha les corps. L'endroit lui était familier. Au milieu de hauts châtaigniers, dont le ramage filtrait la lumière comme un tamis d'orpailleur, il découvrit à l'orée d'une clairière un vaste champ d'herbes fauchées et passa sous un étonnant tapis de brume, à cinq mètres environ du sol, avant de trouver, désarticulés sur la mousse, au pied des chênes verts, les corps sans vie de Marlon et Anaïs.

Il n'était pas seul à les observer.

En levant les yeux, Moon vit quelques flammèches d'air pur danser légèrement dans le vent, en demi-cercle autour des cadavres; les flammes grises ondulèrent et se stabilisèrent aussitôt. Il vit l'inimaginable. Surgies de nulle part, six ou sept silhouettes élancées veillaient les morts. Il fronça les sourcils et cligna des yeux. Semblables à des biches, le cou tendu, elles le regardaient à présent. Il n'était pas certain de pouvoir se faire confiance, puisqu'il se trouvait dans un état d'extrême hébétude : il n'y croyait pas, mais il les voyait tout de même. Est-ce que c'était une hallucination due à la douleur? Grandes, vagues, les biches grises sans cornes, perchées sur deux ou quatre pattes, s'élevaient jusqu'à six mètres au-dessus des bosquets fleuris. Leur peau tavelée était constellée de multiples taches vert glauque et gris perle.

Marlon et Anaïs ne s'étaient pas trompés.

Derrière les biches coulait une source d'eau claire, dont le débit seul troublait le silence du matin : les oiseaux s'étaient tus. Moon avait affaire à des sortes de divinités bienveillantes qui étaient parties de très loin, et qui avaient trouvé deux morts à leur arrivée. Elles venaient trop tard, hélas.

Certaines parmi les biches avaient tendu le cou, ou ce qu'il estimait être leur cou, dans un geste qui lui évoqua la supplication. Elles m'implorent, mais de quoi? De croire? La brume se dispersa, la lumière envahissait le sous-bois humide et frais; il lui parut les voir pâlir et trembler, pauvres choses fragiles. L'enfant était seul pour les accueillir sur cette Terre. Peu à peu, il réalisa que les êtres venus d'ailleurs ne se percevaient qu'à travers lui. Il avait été choisi. Manifestant une empathie absolue, les dieux se voyaient à l'image de ce que l'enfant pensait d'eux; et dans le miroir que Moon leur tendait, ils n'existaient pas.

Désormais incertains de leur propre réalité, ils émirent un son faible, pathétique et mourant, un sifflement délicat qui parcourut les bois. Avec beaucoup de bonne volonté, Moon *essaya* de croire à ce qui existait devant ses yeux ; mais il n'y croyait pas du tout. Il n'y avait jamais cru. Moon comprit qu'il n'avait pas accordé le moindre crédit aux fables de ses parents, d'Anaïs ou de son frère ; sans doute voulait-il leur faire plaisir tant qu'il avait peur de les perdre. Maintenant il avait grandi.

Alors l'image hésita.

Les biches lui demandèrent une dernière fois d'essayer : s'il te plaît. Pourtant il ne parvint pas à se convaincre de leur réalité, et quand elles comprirent que son jugement était irrévocable, elles inclinèrent la tête vers le sol. Comme un dieu suppliant la créature de prendre au sérieux son existence, un dieu qui se convainc de sa propre inexistence si la créature n'y croit pas, et qui s'efface par divine empathie pour l'homme, elles s'effacèrent.

Désolé, l'enfant contempla les dieux qui se retiraient : ils n'avaient plus assez foi en eux-mêmes. Ils détruisaient tous ceux qui ne reconnaissaient plus leur existence ; s'appliquant leur propre loi, ils s'autodétruisirent.

Debout au milieu du sous-bois, ignorant les formes évanescentes de l'air alentour, Moon s'approcha des deux corps qui restaient ; il se débarrassa de la vieille couverture qui sentait le chien mouillé dans laquelle il s'était drapé et il en recouvrit les dépouilles de Marlon et d'Anaïs. Il les remercia en murmurant : « C'était la belle vie. » Puis il voulut pleurer, mais il avait les yeux secs, il regarda le ciel vide et bleu, il chercha le chemin et descendit vers la vallée, en jetant par-dessus son épaule un dernier regard.

À présent, ils avaient tout à fait disparu : les extraterrestres n'existaient plus.

HÉMISPHÈRES

« Il faut rendre raison »
MARTIN FORTIER

I

Je suis un contrôleur de Principes.

Je sors de chez moi, je passe par le village et je m'engage sur la route à deux voies, en tournant le dos aux montagnes. Il fait bon, c'est le matin.

Au volant de ma voiture, une Renault 5 Alpine Turbo bleue, je parcours chaque jour une région de ce qu'on appelait naguère l'Europe continentale. Sans cesser de plisser les paupières, j'aperçois à l'horizon, entre deux collines, les premiers Hémisphères : d'énormes bulles noires dans le paysage d'été. La route est déserte et le bandeau d'asphalte sinue à travers champs, s'élève un instant jusqu'au petit col. Parvenu au sommet, je reconnais l'Hémisphère ancien dont le diamètre est le plus important, dans la plaine, et un chapelet d'autres installations similaires mais plus récentes, et de tailles variables.

L'invention de la Clôture par une équipe de chercheurs de Californie et de Corée avait eu un effet presque immédiat sur la vie des individus déboussolés du Vieux Continent ; plus vite encore qu'internet (dont elle représentait le négatif ou le « produit de compensation », selon les historiens des techniques), la Clôture avait restructuré les relations sociales durant la période d'après-crise en Europe occidentale. L'idée était simple, la réalisation spectaculaire. Sans entrer dans les détails, ce que tout le monde désignait sous le terme de « Clôture » consistait en un système électronique léger capable d'arrêter net toute circulation de l'information : aucune onde, et par conséquent ni son ni image, ne pouvait plus franchir la barrière courbe générée entre les deux pôles de la machine. L'énergie dépensée était très faible ; il suffisait de quelques alternateurs et mes collègues du département des Ressources veillaient sur les centrales hydrauliques, le long des fleuves et des rivières, qui les alimentaient. Une fois produit aux extrémités de l'engin (à tube, hélicoïdal ou à disques) un champ semi-sphérique, il devenait possible de se couper du monde, au sens strict de l'expression. Ainsi qu'il en va pour la plupart des idées révolutionnaires, l'usage des Clôtures avait d'abord été militaire (elles permettaient de neutraliser les communications de l'ennemi) ; puis les Clôtures portatives avaient permis d'en démocratiser et d'en individualiser le principe. Devenus très méfiants vis-à-vis des technologies de l'information, les gens ordinaires avaient peu à peu émis le souhait de se protéger du monde, de s'extraire des *data* qui leur parvenaient en flux continu sur leurs ordinateurs, leurs tablettes et leurs portables : cependant, il ne s'agissait que de sortes de paravents provisoires, comme les masques cache-yeux dont les passagers des vols de long-courrier se munissent, afin de s'endormir sans être perturbés durant le voyage par la lumière de leurs voisins.

Enfin sont apparues les premières Clôtures collectives durables. Le ressentiment contre (en vrac) le numérique, les écrans, les réseaux sociaux, le virtuel et la mondialisation était considérable : on l'avait certainement sous-estimé. Au cours de la décennie qui a suivi, des familles entières se sont retirées derrière des Clôtures de petite taille. Améliorée au fil des ans, la Clôture ne neutralisait pas seulement les flux de communication; elle effaçait aussi de notre perception quotidienne tout ce qui se trouvait *de l'autre côté*. Il faut avoir fait un jour l'expérience de se clôturer pour le comprendre. Alentour vous n'apercevez pas de barrière ni de ligne de démarcation. Simplement, la lumière s'estompe et blanchit selon une variation subtile de tons. Bientôt l'horizon se perd dans le vague sous vos yeux. À peine vous approchez-vous qu'une forte migraine s'empare de votre esprit. Vous n'avez pas pour autant l'impression d'être prisonnier. À vos pieds se déroule un infini dégradé et soudain vous n'éprouvez plus l'envie de faire le moindre pas, de *progresser*. Pas besoin non plus de *communiquer*. Tout est là, fini, parfait, ça vous suffit. Chacun se sent bien où il est, dans son Hémisphère.

Du dehors, le dispositif paraît très différent. Parce qu'il laisse passer l'air mais absorbe les rayons lumineux, l'Hémisphère évoque un trou noir à dimension humaine. En forme de cloche opaque, la chose émerge du paysage sans le moindre reflet à sa surface. À tel point qu'un observateur extérieur n'a jamais le sentiment d'observer un volume sphérique, mais plutôt un demi-cercle plat, la moitié émergée d'un disque enfoui dans le sol, dont la teinte et la luminosité restent inchangées quel que soit le point de vue.

*

Je descends lentement la route qui mène à l'Hémisphère le plus proche puis je plonge dans l'ombre matinale, encore allongée, de la bulle noire. La Renault ronronne et je me prépare à entendre vibrer mon téléphone d'ancienne génération, qui m'indiquera quel Hémisphère visiter en premier ce matin.

Après les rideaux d'arbres jaune vif, de trembles et d'érables qui recouvrent comme des ardoises sur un toit la montagne d'où je descends doucement, une large vallée se nappe de champs de mieux en mieux découpés, que des Hémisphères noirs peuplent, et qui bouchent bientôt tout l'horizon. Plus de cent habitats déposés dans la campagne, indifférents au soleil, entourent la petite route sur laquelle je conduis, et tels des yeux clos aveugles au monde ils portent autant de fragments de nuit dans ma journée.

*

Voilà quinze ans, les grandes religions ont été les premières à migrer au-dedans. Bien sûr, de violents débats ont opposé les fidèles et beaucoup ont d'abord voulu rester dans le monde. Mais, menacé par la baisse tendancielle du nombre de fidèles, la laïcisation des États occidentaux, l'individualisme et le matérialisme, le christianisme a bientôt disposé d'un gigantesque Hémisphère continental, investi par des catholiques, des protestants, des orthodoxes – essentiellement des intégristes dans un premier temps – qui très vite ont bâti de multiples sous-Hémisphères à l'intérieur de l'Hémisphère principal, à mesure que ressurgissaient les querelles dogmatiques ancestrales. Dans le même temps, l'islam a fait construire le sien, grâce à une *zakât* particulière. Alors les gouvernements, inquiets et impuissants, ont accepté l'idée proposée par un philosophe anglais d'un « contrôle libéral de Principes ». Tout groupe humain susceptible de rendre compte de Principes, qu'ils soient religieux, politiques, métaphysiques ou moraux, pouvait bénéficier de générateurs de Clôture, qui avaient l'avantage d'éloigner le spectre d'une nouvelle guerre civile en isolant les communautés les unes des autres, et de débarrasser l'État de ceux qu'il considérait alors soit comme des croyants fanatiques résiduels soit comme des minorités dangereuses. Du fait de leur alliance de circonstance, celles-ci étaient devenues majoritaires dans l'esprit de beaucoup de gens attachés aux normes d'antan : groupes raciaux revendicatifs, partis politiques radicaux, communautés d'orientation sexuelle. Enfin, il y avait les sectes, les complotistes et les fous, dont la police et les services secrets seraient heureux de ne plus avoir à surveiller les moindres faits et gestes, par peur des amoks et des attentats, qui s'étaient multipliés. De nombreux baux furent signés avec toutes les collectivités possibles et imaginables. L'entretien énergétique de l'Hémisphère (donc des alternateurs qui se trouvaient dehors) demeurait à la charge de l'État. En contrepartie, tout Hémisphère recevait pour obligation de subsister par lui-même, c'est-à-dire de produire de quoi nourrir, loger et faire vivre dignement ses habitants. Des Hémisphères juifs, bouddhistes et même védistes ont été créés en Europe. La plupart des gens s'en sont moqués et ont continué à vivre comme auparavant, connectés les uns aux autres par les réseaux sociaux ou la téléphonie mobile. Mais les nouvelles générations, rejetant violemment internet et le monde d'après la crise et d'après la guerre, ont adopté la Clôture à la surprise générale de leurs aînés qui se croyaient tolérants et libéraux. Des jeunes gens de toutes origines ont commencé à migrer par idéalisme dans les Hémisphères les plus sévères, dont le nombre n'a cessé d'augmenter depuis. Cet Exode intérieur inattendu, qui a duré une bonne décennie, nous a laissé le monde tel qu'il est aujourd'hui : une Europe unie, peu peuplée, occupée par ceux qui se qualifient d'« universalistes » et dont la fonction principale est d'entretenir les bulles noires qui prolifèrent dans notre paysage. Il faut bien des fonctionnaires extérieurs pour alimenter les différents systèmes en électricité, puisque les ondes ne franchissent pas les barrières. Nous ne sommes plus guère qu'une poignée. En ce moment même, je traverse les collines boisées au sud-est de mon village et je ne croise pas d'autre véhicule sur ma route. Nous ne connaissons aucune difficulté à nous nourrir ni à nous loger : il y a mille fois plus de maisons que de personnes pour les occuper. Le continent a connu un phénomène de « vicarisation ». La majorité des villes a été rasée : nous habitons de jolis villages tranquilles près des montagnes, et l'immense espace des plaines européennes est réservé aux Hémisphères.

J'en contrôle les Principes dans la région où je suis affecté depuis près de dix ans, c'est-à-dire après ma troisième année d'études à la faculté. Chaque matin, mon parcours me conduit à visiter une demi-douzaine d'Hémisphères. Certains, comme le célèbre numéro 7 qui est celui du communisme-dans-un-seul-pays et qui constitue l'ensemble majeur de ma zone d'attribution, ont la taille d'un grand département ou d'un petit État. D'autres, tels que ceux dans lesquels je me rends aujourd'hui, occupent l'espace d'une petite ville de province, parfois même d'un simple quartier résidentiel, ou d'un immeuble HLM.

Tout dépend des Principes en jeu.

II

Après avoir garé ma Renault Alpine Turbo bleue en contrebas sur la chaussée, près d'une borne kilométrique, j'escalade le talus qui mène à la Porte. À la surface de chaque bulle noire se découpe invariablement un grand rectangle blanc, au côté supérieur arrondi, qui a les dimensions d'un portail de cathédrale. Aucune décoration, pas de moulures ni de poignée : le règlement est formel, rien n'orne les Portes de nos Hémisphères. Essoufflé, je franchis le seuil. Je pénètre alors dans un sas de trois mètres de long, qui débouche sur une sorte de barrière d'octroi vitrée, de la taille d'une cabine téléphonique. Chaque communauté aménage à son goût cet espace liminaire entre le dedans et ce que les premiers habitants des Hémisphères appelaient la « transcendance » : le terme nous désigne *nous*, universalistes, notre pays et notre administration. La voie de passage est parfois mal entretenue. Pour autant, personne n'a le droit de boucher cette porte de sortie qui reste, de l'intérieur, la seule indication d'un au-delà. Du dedans, la Porte possède exactement la même forme que du dehors, à ceci près qu'elle paraît noire, et non plus blanche : elle marque pour ainsi dire la *sortie de secours* de chaque univers privé.

Dans le présent Hémisphère, qui porte le numéro 76, se trouve une quantité appréciable de « néo-animistes ». Une bande d'individus qui ont adopté les croyances de peuples non européens vit ici dans un univers où chaque chose dispose d'une âme : les artefacts, les minéraux, les plantes, les animaux, les hommes diffèrent par leur apparence, mais leur intériorité recèle un même « esprit », qu'ils respectent et avec lequel ils entretiennent des relations fort complexes, qui leur sont propres et au sujet desquelles ils légifèrent depuis quelques années.

Avec tact, je me tiens derrière la petite cabine de verre de la barrière d'octroi, qui marque la limite de leur monde. Là, désœuvré, je feuillette le vieux livre de Principes de la communauté. Avec patience, j'essaie de comprendre leur point de vue. Là où je me trouve, les ondes sont déjà brouillées et mon téléphone portable ne fonctionne plus. Auparavant, lorsque je suis entré dans le métier, ma fonction consistait à contrôler avec une extrême sévérité les Principes de chaque Hémisphère : un responsable communautaire était censé me rendre des comptes chaque mois. Scrupuleusement, je m'assurais que personne ne se trouvait retenu de force à l'intérieur, que tout le monde était bien traité. Je visitais les installations. Très intrusif, je posais des questions à des personnes choisies au hasard sur leur foi et je mettais à jour des graphiques raffinés à propos du degré de croyance de chacun. Puis se sont tenus les grands procès (plusieurs communautés ont protesté contre l'ingérence universaliste des contrôleurs), et nous avons perdu : contraints de présenter notre défense des droits de l'homme comme une position de principe, il nous a été proposé, non sans ironie, de construire à notre tour un Hémisphère où faire respecter notre loi « universelle » – ou bien de conserver le pouvoir central, mais de ne plus imposer la moindre restriction à la mise en œuvre des Principes des uns et des autres, quel que soit leur contenu. Après délibération, nous nous sommes sentis bien trop attachés à notre universalité pour nous humilier au point de devenir à notre tour des particuliers, retranchés derrière une Clôture. Devant nos contradictions, nous avons reculé. L'État a faibli. À présent, ma fonction est quasi décorative. Je visite les Hémisphères, je reste discret. Lorsque je le peux, je passe la barrière d'octroi, je fais quelques pas et je jette un œil à l'intérieur. À l'exception des responsables communautaires de quelques Hémisphères majeurs, plus personne ne prend la peine de m'accueillir ni de s'entretenir avec moi des rapports entre le dehors et le dedans. On m'ignore complètement.

Homme d'extérieur, piéton de civilisations miniatures, j'observe des mondes à longueur de journée ; je me faufile dans des dizaines de romans concrets que se racontent les gens d'ici, pour se distinguer. Et j'éprouve avec peine et mélancolie ma croyance à des faits ou des valeurs universelles chaque matin. Car pénétrer un Hémisphère, ce n'est pas comme entrer dans la maison de quelqu'un (c'est plutôt comme se faufiler dans son esprit) : en franchissant le seuil, vous perdez du même coup l'impression de passer au-dedans ; il vous semble au contraire *entrer au-dehors*. Sous ce dôme, si je regarde au-dessus de moi, je vois le ciel. Dans mon dos, tout autour de la porte, un horizon qui blanchit, une vague impression d'infini (toujours la même). Et devant moi, des prés, des grappes de maisons, des villes et des villages. Des gens qui portent des vêtements identiques, au loin. Qui tous vivent selon le même Principe.

Ici, parmi les « néo-animistes », du moins le grain de l'air chauffe-t-il au soleil. Car les plus réfractaires ne ménagent même plus une meurtrière au sommet du dôme pour filtrer et diffuser la lumière solaire ; ils usent d'éclairages artificiels, de lampes et de bougies si leurs croyances leur interdit l'électricité, ainsi qu'il en va chez les nouveaux mormons du numéro 92. Quant aux plus radicaux, ils survivent dans la nuit complète.

Il ne faut pas rester trop longtemps dedans. On n'en sort pas ; l'idée même de dehors fait bientôt défaut à la pensée, aux émotions, au corps du visiteur. À reculons, je repasse le seuil de l'Hémisphère animiste. Le soleil m'est douloureux, de nouveau tel qu'en lui-même et non pas tamisé par la Clôture. Le matin semble bien avancé, déjà. À droite, à gauche, un bois d'acacias, un champ de luzerne, des terres en friche et la route d'asphalte sombre qui grésille sous la canicule. Un renard traverse la route. Je dévale la pente jusqu'à la Renault Alpine Turbo bleue. Dans la boîte à gants, fermée à clef, je cherche un rafraîchissement, mais la petite bouteille d'eau minérale est vide. Ennuyé, je réactualise la liste de mes messages sur l'écran tactile de mon téléphone dont la vitre est fendillée depuis des semaines ; je repousse le moment de la faire réparer. Personne ne m'appelle. Mes parents sont morts, je suis sans fiancée, j'ai eu des amis. À défaut, je consulte le changement de programme communiqué par le secrétariat central du Château. Dans moins d'une heure, il me faudra rallier le numéro 101. Un frisson me parcourt le bas du dos : je déteste m'y rendre.

*

Après les religieux, les politiques et les métaphysiciens, l'exode intérieur a concerné tous ceux qui ne supportaient plus de vivre au sein d'une société libérale et ouverte : tous ceux qui réclamaient désormais une fermeture morale, à défaut de fermeté. On a alors connu, du temps où j'étais adolescent, une explosion soudaine du nombre de pétitions de Principes et surtout des subdivisions de ces Principes. Parmi les antispécistes de l'Hémisphère numéro 27, par exemple, les sous-Hémisphères se sont multipliés : les végétaliens, bien entendu, mais aussi les défenseurs des droits des animaux et, parmi eux, les welfaristes favorables à des réformes, et les abolitionnistes. Pour vivre comme ils l'entendaient, selon leurs lois, ces derniers ont réclamé un espace plus vaste et ont emporté avec eux un nombre considérable de mammifères. Des disputes ont éclaté et, au sein de ceux qui accordaient des droits aux grands singes, ceux qui voulaient en reconnaître à tous les mammifères supérieurs se sont retranchés derrière une nouvelle clôture – sous laquelle ceux qui avaient l'intention d'étendre les droits à tous les êtres sensibles ont construit une barrière à leur tour. J'ai entendu dire que ceux, beaucoup moins nombreux, qui auraient le souci d'étendre les droits aux végétaux se sont sous-clôturés depuis quelques années. Devant l'inflation des sous-Hémisphères, il a fallu augmenter l'espace réservé aux Hémisphères principaux et plus anciens. Les générateurs ont été progressivement écartés les uns des autres, les champs d'opacité se sont étendus et les bulles obscures ont gonflé dans le beau paysage verdoyant et vallonné du continent.

Devant ce spectacle, je me demande : qu'y a-t-il encore de commun entre eux et nous, mais aussi entre eux, et entre nous? Sommes-nous toujours une même *espèce*? Que savent-ils de nous, et nous d'eux?

Par souci de transparence, l'administration a fini par accepter de réglementer la publicité faite à l'extérieur pour tous les Principes existants : chaque Principe inscrit au registre bénéficie *ex juris* d'un certain temps d'exposition publicitaire sur les différentes bannières des pages internet et possède un canal de diffusion télévisée. Dans la mesure où ceux qui défendent un Principe ne vivent pas parmi nous, personne ne peut témoigner personnellement en faveur de son Principe. Il n'y a plus de croyants dans le monde, ici-bas, donc plus d'Évangile, ni même d'ambassadeur de quoi que ce soit. Comment communiquer, convaincre et convertir? La publicité est limitée à la lecture, en boucle, du manifeste déposé par tout groupe humain lors de la création de son Hémisphère : livre sacré, opuscule philosophique, traité spirituel, texte de loi, délire ordonné...

Accablés par cette propagande sans raffinement pour la croyance à l'existence des extraterrestres, l'Hypothèse des Chevallier, le wahhabisme, l'autogestion, l'ultralibéralisme, le totémisme, les quakers, la légalisation de l'inceste, le néonazisme, le shinto ou le suicide collectif, la plupart d'entre nous évitent avec grand soin les éprouvants programmes officiels qui sont diffusés sur les chaînes de notre administration; par curiosité, par fidélité à leur universalisme, certains se contraignent cependant à rester informés de tous les principes anthropologiques possibles et imaginables, donc réalisés sous Hémisphère. Pour être tout à fait honnête, je dois également admettre qu'un certain nombre d'entre nous, peut-être par ennui du dehors, finissent par entrer dans un ordre, et disparaissent un beau jour dans tel ou tel Hémisphère après en avoir consulté les Principes lors de ces programmes désuets de marketing idéologique.

En sus de notre faible taux de fertilité, qui tient à la fois à notre éparpillement sur le territoire, à notre solitude, à la lourdeur de nos tâches et à cette mélancolie atavique qui nous caractérise, nous autres universalistes du dehors, la perte de certains de nos meilleurs éléments, tentés par le dedans, fragilise au fil des ans la structure de notre administration – sans laquelle l'entretien des générateurs, le respect des Principes et le partage des Hémisphères deviendrait impossible, et laisserait place à un chaos inimaginable des croyances et des formes de vie de chacun.

Aussi, il y a eu l'épineuse question des intersections. Dans les premiers temps, de nombreux individus imaginaient pouvoir vivre à la fois dans un Hémisphère et dans un autre, associant des croyances religieuses et des convictions politiques ou un idéal moral. Mais le chevauchement des Clôtures, outre qu'il posait des problèmes techniques, a placé les individus devant d'insolubles dilemmes et les Hémisphères ont fini par se séparer d'eux-mêmes, ainsi que font d'ailleurs les bulles d'air dans la nature.

III

Je roule à présent dans le bocage.

Vert émeraude ou vert bouteille, les parcelles en forme de trapèze et de losange découpent la campagne : de grands rideaux d'ormes et quelques étangs, à moitié rongés par les demi-disques des petits Hémisphères noirs. En plein après-midi, le ciel s'est dégagé et, uniformément bleu, il enserre telle une gigantesque cloche la vallée.

C'est un tableau magnifique pour qui l'apercevrait de loin et d'en haut. Mais qui vole, qui prend encore l'avion, de nos jours? Vitrail terrestre abstrait, le bocage taille en éclats de verre coloré des champs à la surface de la vallée, et les haies ou les levées de terre passeraient presque pour de baguettes de plomb entre les parallélépipèdes illuminés par le soleil.

Roulant le long de ces lignes d'asphalte entre les champs, je reconnais quelques grappes d'habitats à la croisée de la grand-route et de voies adjacentes; il s'agit d'un hameau, à une vingtaine de kilomètres de l'Hémisphère numéro 37, qui bannit l'homosexualité et derrière lequel, en traînée d'étoiles, plusieurs petits hémisphères mineurs abritent les étranges nostalgiques (mais je ne les juge pas) qui vivent dans différentes époques du passé reconstituées : le bas Moyen Âge, figuré par une société de castes et de corporations, structurée par les trois ordres des *laboratores, oratores* et *bellatores*; le Japon féodal de la Pax Tokugawa, coupé du reste du monde; une cité grecque de type lacédémonien, fortement militarisée, abritant des citoyens libres et des esclaves.

Ils avaient voulu vivre ainsi – et ceux qui, nés sur place, ne l'avaient pas choisi, n'avaient probablement plus les moyens d'imaginer une autre liberté que celle qu'on leur accordait dans le cadre de tel ou tel Hémisphère. Sans doute étaient-ils persuadés, à présent, de vivre sur l'île de Honshu au XVIIe siècle ou dans la Sparte hégémonique décrite par Thucydide.

Qui aurait pu les détromper? Chacun croit ce qu'il veut.

★

Au creux du coude que trace la route dans un immense champ de colza, un corps de ferme ombragé annonce, sur une pancarte en carton qui en barre la façade crépie, des corbeilles de légumes ou de fruits et des œufs frais ; je ne souhaite rien d'autre qu'un verre d'eau pour me désaltérer. La touffeur a sérieusement asséché ma gorge.

Garé dans la cour, je claque la portière et un chien de chasse accourt en grognant. Puis, par une fenêtre à quatre carreaux, une silhouette féminine me fait signe de contourner la grange et d'entrer par l'arrière.

Poussant une porte repeinte en blanc crème, je bute contre elle, qui est venue m'ouvrir. Étonnée de se trouver d'emblée si près de moi (et je l'étais moi aussi), la femme paraît se donner sans attendre le cœur battant et sans avoir le temps de se préparer au regard d'un étranger. Le visage constellé de taches de rousseur, elle ferme les yeux, comme si elle décidait dans l'instant de livrer son apparence à mon jugement, avec crainte mais sans pouvoir y échapper, en espérant que je ne trouverai pas qu'elle est disgracieuse ou abîmée par l'âge. Pour nous universalistes, le contact de l'autre est une joie devenue rare, et qui ravive certainement dans notre comportement des attitudes d'adolescent peu sûr de soi, fébrile et pourtant désireux du jugement de son prochain.

« Merci, madame. »

Poliment, je n'ai cherché rien d'autre que ses yeux, lorsqu'elle les a rouverts, et je n'ai pas voulu jauger son apparence comme un goujat. Mais, alors que je lui demande à boire et qu'elle cherche une cruche afin de m'offrir un verre d'eau, elle ne se gêne pas pour m'observer, de bas en haut, puis de haut en bas. La cigarette à la bouche, elle fume à la façon d'un jeune garçon et d'un geste de la main m'invite à m'asseoir à la table de la cuisine, sur un petit banc d'écolier.

« Est-ce que vous voulez un café ?
— Je ne dis pas non. »
J'ai perdu l'habitude de converser. Dans la cuisine, il fait frais ; la femme éteint son mégot dans une petite coupelle d'eau, au fond de l'évier en granit, s'essuie les mains dans un torchon suspendu contre le réfrigérateur, qui émet un bruit bourdonnant d'insecte, et réchauffe une casserole de café sur des plaques à induction. Puis elle se tourne, les mains posées à plat sur le rebord du plan de travail. Des auréoles de sueur sous ses aisselles : c'est ce que j'ai aperçu de son corps en premier. Il est beau. Elle me sourit, sans trouver quoi dire. Pauvres hommes du grand air, nous ne sommes plus très bavards. Je hoche la tête, assis sur le banc incroyablement bas, sans doute destiné à un enfant, fixé à la table en vieux chêne, et j'observe l'intérieur de cette longue et basse maison en pierre de taille.

Lorsque mon regard, qui a tourné tout autour de moi comme l'aiguille d'une horloge en une minute, retombe sur elle, la femme rajuste de la main droite, qui porte un anneau d'argent, son fichu ou son foulard rouge, aux motifs noirs délicats, recouvrant sa chevelure, apparemment brune – mais je n'en suis pas certain. Nerveusement, elle joue avec le nœud du tissu, derrière sa nuque, juste au-dessus de la mince chaîne en or qui pend à son cou ; elle serre les lèvres, gênée : « Ce n'est pas un *voile*.

— Ah. Très bien. Je me posais la question. » Sans penser à mal, je lui fais remarquer qu'il existe un Hémisphère, à quelques lieues d'ici, destiné aux femmes voilées non musulmanes.

Rougissante, puis blême, elle proteste : « Il fait chaud, c'est pour me protéger du soleil. Mais je ne crois à rien... » se sent-elle obligée d'ajouter. Compréhensif, je souris à mon tour, mais mon regard, qui a jusqu'à présent évité de se poser à cet endroit précis, effleure ses seins, ainsi que la minuscule croix accrochée au pendentif doré, au creux de son décolleté ; remarquant ma gêne mais n'en identifiant pas convenablement l'objet, elle fait tourner la croix autour de son cou, qui retombe alors dans son dos, hors de ma vue.

« C'est juste un cadeau de ma mère. » Puis, après un combat intérieur perceptible, elle me demande : « Vous êtes un contrôleur de Principes, n'est-ce pas ? » Je ne porte ni uniforme ni signe distinctif, et ma voiture n'appartient pas à l'administration ; mais elle m'a reconnu. « Oui, c'est vrai », dois-je admettre, embarrassé, avant d'ajouter : « Vous savez qu'ici je n'ai aucune autorité. Nous sommes *dehors*. Il n'y a pas de Principes parmi nous. Vous êtes libre.

— Bien sûr. » Elle découvre ses dents, très blanches, et ses yeux s'ouvrent enfin grands. Peut-être est-elle soulagée. « Bien sûr », répète-t-elle, sans savoir de quoi elle se sent rassurée.

« Je ne suis pas là pour vous arrêter, voudrais-je plaisanter.

— Évidemment ! »

Le café est prêt, elle saisit le manche de la casserole avec un torchon et me sert le liquide brûlant dans une petite tasse de faïence, sous laquelle elle glisse une soucoupe ébréchée.

« Vous travaillez dans les champs ?

— Non, à la ferme. Nous avons des porcs. »

Elle s'assoit sur le même banc que moi, à l'autre extrémité ; ses longues jambes musclées repliées devant elle, dans un jean taille basse serré, elle pose les coudes haut sur la table et montre du plaisir à bavarder. Son mari travaille à mi-temps à l'abattoir ; il vit aussi avec une autre femme, au village du pont carré, non loin de l'Hémisphère numéro 73 des sans-genre, qui reconnaissent un nombre infini de sexes possibles, autres que féminin ou masculin. Leur fils est à l'école, à la ville. Après m'avoir demandé mon nom, elle me donne le sien; puis elle défait le lacet de son tablier, et appelle le chien, qui vient se laisser caresser sur le haut du crâne, avant de manger dans l'écuelle, derrière la porte du salon. Enfin, elle embrasse l'animal.

Une fois fini le café, elle me propose de visiter la maison, en tripotant fébrilement sa chaîne en or, jusqu'à ce que la petite croix retombe au-dessus du vêtement bleu qui lui couvre la poitrine, et dont la couleur me rappelle la *Danaé* de Jan Gossaert.

Tristement, parce que je vibre au rythme de l'angoisse que je soulève en elle, je lui dis : « Vous avez le droit de croire à ce que vous voulez. Est-ce que vous l'avez oublié ? »

À l'ombre de la cuisine, il fait si doux qu'elle frissonne, et le duvet sur ses bras blondit, auréolant ses membres d'une lumière presque fantastique, qui vient, par l'embrasure de la porte, de la cour de la ferme, en pleine chaleur.

« Oui, c'est vrai », hésite-t-elle. Et, en croisant les doigts sur ses cuisses : « Vous ne voulez pas monter, voir comment c'est chez nous ? »

Je la remercie. Je suis en service, et je ne peux pas rentrer outre mesure dans l'intimité de ceux qui vivent hors des enclos. Pourtant, la gorge serrée, j'aurais souhaité lui parler de ce que je ne pouvais confier à personne, parce que j'étais très seul; hélas, nous sommes pudiques. En me levant, je lui tends la main, et je manque maladroitement la sienne, en plongeant mes doigts en direction de son ventre, là où se trouve le nombril. Elle rit, très joliment, comme si un enfant l'avait chatouillée, et me sourit pour me pardonner. La paume de sa main, en réalité, est gelée comme l'eau d'un torrent l'été.

Pendant que je quitte la cour de la ferme, le chien de chasse ne cesse d'aboyer; derrière moi, elle rajuste son tablier et lorsque je démarre, elle me salue à la façon d'une voisine de toujours, de la main droite. Dans le rétroviseur, elle ressemble à l'une de ces figurines en porcelaine qu'on collectionne enfant, à l'Épiphanie – du moins si l'on est un croyant catholique et apostolique.

IV

Parvenu à une fourche, je prends la voie qui descend vers l'étang le plus proche. Il me semble que je suis en retard, moi qui suis si ponctuel. J'abandonne la Renault Alpine Turbo bleue sur le bas-côté et je pose le pied dans la boue. Sur mon téléphone, je vérifie les dernières données du numéro 101. Aucun accident à signaler dans l'alimentation des générateurs de Clôture. Consignés sur le tableau de bord officiel, dans le logiciel de l'Administration centrale, mes derniers passages n'ont donné lieu qu'à quelques commentaires laconiques : pas de contact ; aucun signe de vie à l'intérieur de l'enclos ; les Principes paraissent respectés.

*

C'est à partir du numéro 99 que notre non-interventionnisme s'est transformé en doctrine. Le Principe déposé par une petite secte consistait en une défense circonstanciée des sacrifices humains. Après quelques années, un contrôleur ayant constaté qu'une fraction de la communauté avait entrepris de bâtir un sous-Hémisphère fondé sur le principe de la mise à mort rituelle de presque tous les moins de quinze ans, une partie des hommes du dehors ont rompu leur serment et sont intervenus : coupant l'alimentation, ils ont alors anéanti la Clôture et ont arraché les enfants à leurs parents meurtriers.

Or, à leur majorité, les individus qui avaient été sauvés se sont retournés contre l'autorité centrale et ont gagné le droit de reconstruire un nouvel Hémisphère fidèle au Principe même de leur éducation, pour tuer leurs propres enfants. Depuis lors, il se dit parmi les contrôleurs qu'il existe un Hémisphère de quatrième ou cinquième degré (donc un Hémisphère dans l'Hémisphère dans l'Hémisphère...) consacré au suicide collectif.

Mais ce sont peut-être de simples rumeurs. Au Château, qui abrite mon administration, les gens du métier sont médisants avec les personnes du dedans. Au mieux, ils racontent des blagues à leur sujet, les considèrent comme des aliénés, des illuminés. Je ne me comporte pas ainsi. Il faut dire qu'au contraire de la plupart de mes collègues de la région, et peut-être des universalistes en général, je ne suis pas un converti (ou plus exactement un *renégat*), mais un universaliste-né. Je n'ai jamais connu d'intérieur. Je suis né dehors et j'y ai été éduqué, par des parents qui croyaient à la raison, la tolérance, la vérité et la relativité des points de vue. Lorsque j'étais adolescent, mon père a servi d'électricien pour l'un des générateurs du deuxième Hémisphère et il a aidé les duodécimains à mettre en place leur sous-Hémisphère au sein de celui des chiites. Mon père avait suffisamment de convictions pour pénétrer dans un Hémisphère, y rester deux jours, peut-être même trois, et en ressortir. De nos jours, plus aucun universaliste ne s'aventure plus de quelques minutes au-dedans. Et puis il y a toujours le risque d'être retenu par la force. On connaît des contrôleurs, dans l'Hémisphère fasciste romain, mais également dans le patriarcal et dans le matriarcal, qui ont été attiré à une centaine de mètres de leur barrière d'octroi, puis capturés, ou hypnotisés, ou simplement persuadés, et qui ne sont jamais revenus.

À la quarantaine, ma mère a pensé quitter mon père, pour entrer dans un Hémisphère. Mais lequel ? Elle ne croyait pas assez en un dieu, ou en une quelconque image de la justice, de la vérité, pour vivre dans un monde qui ne serait rien d'autre. Trop compréhensive pour mettre en question les convictions d'autrui, elle a remis en cause les siennes – ou plutôt leur absence. Alors il lui a semblé que nous étions, nous autres universalistes, de peu de foi.

Elle est entrée en dépression ; elle est morte peu de temps après.

*

Je passe la porte du numéro 101.

C'est un Principe qui m'a toujours semblé particulièrement pervers ; mais je n'ai pas à me prononcer à ce sujet. Ici, les gens vivent dans l'idée qu'il n'existe rien hors de l'Hémisphère. Autrement dit, la Porte noire qu'ils voient à l'horizon (c'est-à-dire au bord même de l'étang, puisque leur Hémisphère est de dimensions réduites) n'ouvre sur rien. Et si j'apparais, c'est que je proviens du néant et que j'y retournerai. Il m'est arrivé de rencontrer certains habitants du numéro 101, il y a longtemps. Ils me mettent mal à l'aise : à leurs yeux, je suis un spectre, un démon. Et je suis certain qu'un jour ou l'autre, ils tenteront de me tuer.

En laissant derrière moi le large rectangle de la porte dessinée dans la Clôture, je parviens à une petite grange, au bord de l'eau. Un ancien lavoir, plutôt. Je m'assois près d'un bac et j'observe, méfiant, les quelques hectares de ce territoire, qui semblent du dedans une immense île verdoyante ; de tous les côtés elle s'étire et se fond dans l'horizon blanchi.

Soudain, un homme surgit du bac empli d'eau, pousse un cri et s'accroche à moi. Je manque de basculer avec lui. Effrayé, je veux me défaire de son emprise. Mais, à bout de souffle, trempé, il se colle contre moi. J'ai cru qu'il avait

l'intention de m'agresser, de m'assommer et de m'emporter chez lui. Mais tout au contraire, il me supplie :
« Faites-moi sortir ! »
C'est un très jeune homme aux traits fins.
Sur les berges de l'étang, un groupe d'hommes, armés d'outils en métal, s'approche et je perçois déjà le brouhaha de la petite foule.
« Ils viennent me chercher ! »
Alors je saisis le jeune homme par la taille et voilà que je le traîne sur les vieilles pierres du lavoir, jusqu'à la Porte noire. Parvenu sur le seuil, il ferme les yeux et sanglote.
« Je sens que je vais disparaître. »
Il veut que je l'emporte, mais tout en lui me résiste : il griffe de ses ongles longs le mur en grès et ses pieds brunis s'enfoncent dans la terre molle. Il freine des quatre fers à la façon d'un cheval rétif. Il commence même à me frapper, à me mordre, sans cesser pour autant de me prier de l'exfiltrer par la Porte. Que faire ? À genoux dans la vase, entendant les siens qui ne sont plus qu'à une dizaine de mètres de nous, je m'empare d'un gros galet et je le frappe à l'occiput. Il s'effondre ; je le tire par la chemise, à travers les trois derniers mètres du sas.
Nous voici dehors.

*

Je fume une cigarette.
La portière de la voiture est ouverte et le jeune homme reprend ses esprits, allongé sur la banquette arrière, sous une couverture. Sur mon téléphone portable en mauvais état, je rédige un sms afin de prévenir mes supérieurs de l'exfiltration d'un renégat. Je dois d'abord suivre la procédure officielle.
« Monsieur... »
Il sursaute.

« Dites-moi simplement ceci : est-ce que vous abjurez, en toute conscience et de votre seule volonté, le Principe numéro 101, selon lequel il n'existe rien au-dehors de l'Hémisphère dans lequel vous vous trouvez ? » Au moment même où je la prononce, je comprends l'ambiguïté de ma phrase et je me reprends : « Ou plutôt qu'il n'existe rien au-dehors de l'Hémisphère dans lequel vous vous *trouviez.* »

Le jeune homme ne me répond pas tout de suite, regarde tout autour de lui, aperçoit la moitié de l'étang qui lui était cachée depuis sa naissance, les collines et les grands rideaux d'ormes. Je suis heureux et fier de faire mon métier. J'ai sauvé un homme, aujourd'hui.

Mais il me dit : « C'est pareil. Il n'existe rien hors d'ici.
— Non, vous n'avez pas compris. Nous sommes *dehors.* »

Il fait la moue, peu convaincu.

Comme il se mure dans le silence, je décide de mentir et d'apposer une signature électronique *par procuration* sur le message que j'envoie et qui reproduit sa déclaration officielle d'abjuration. Puis je reprends le volant. Nous n'avons pas la journée devant nous : il est déjà midi. Tout le temps que durera le voyage de retour, il ne se manifestera plus à moi et je deviens d'humeur maussade à mon tour.

V

La majorité des universalistes sont des renégats comme lui. Après une période de deuil et d'adaptation délicate, ils entrent dans une commission ou un ministère, s'occupent de l'alimentation des générateurs, du contrôle des Principes, de l'accueil et de l'intégration des nouveaux renégats. Ici, le terme même est tabou et on préfère parler de « convertis ».

En arrivant au village, je dépose le jeune converti, qui

a du sang séché sur le crâne, par ma faute, et qui peine à marcher, au poste avancé des urgences ; interrompus au milieu de leur pause déjeuner, trois ambulanciers le prennent en charge. Un psychologue s'occupera de son cas.

Après quoi, trois heures durant, je termine ma tournée par l'inspection des Hémisphères mineurs en proche banlieue du village, qui sont des installations mineures de personnes ayant inventé de nouveaux axiomes de vie, tels que n'ouvrir jamais les yeux, interdire l'usage des mains, ne pas avoir de nom, produire un système de parenté fondé sur l'inceste généralisé, et autres plaisanteries de potaches qui ne concernent que quelques groupes de cinq à dix personnes qui ouvrent des Hémisphères temporaires. Je n'ai que mépris pour ces systèmes de croyances minimaux et éphémères, qui sont devenus à la mode parmi les plus jeunes universalistes – de purs et simples provocateurs.

Au terme de ma longue journée, je rejoins l'établissement central de mon administration.

VI

Haut de trois étages, s'étalant sur des rangées de vingt fenêtres, le château avale les trois routes en provenance du bocage et des vallées, à l'entrée du village et au pied des montagnes ; ici l'administration régionale centralise les rapports des techniciens affectés aux générateurs de la *forme* extérieure des Hémisphères, qu'il s'agit de nettoyer et d'entretenir, et des contrôleurs chargés comme moi de maintenir l'illusion d'inspections et de contrôles réguliers du *contenu* des Hémisphères.

Au milieu de bosquets doucement ovalés, la route du bocage se relâche tel un fil à linge distendu, piqué au sol par des poteaux électriques, espacés à distance régulière, jusqu'au parking bordé de taillis, de massifs de laurier; puis un petit verger sépare la plate-forme couverte de gravillons de la façade de l'établissement, qui sent le chèvrefeuille : le large fronton du château, soutenu par des pilastres bombés, est parcouru de travées en briques. Sous le soleil du plein après-midi, le siège central du dernier pouvoir ressemble à un castel de province, dans le vignoble d'un propriétaire aristocratique déchu. Quelques ouvriers, des infirmières, du personnel de bureau apparaissent et disparaissent le long des allées, dans les immenses jardins arborés, ou bien marchent tranquillement sur les gravillons, un dossier sous le bras; ici ou là, un brancard vide à roulettes, une plante en pot ou une brouette près d'un tas de fournitures sous plastique, qui attendent d'être livrés. À part moi, pas un seul contrôleur. Certainement, je sais que j'ai des collègues, mais nous ne nous croisons presque jamais.

Saluant la garde à l'entrée, je monte d'un pas vif les marches du perron jusqu'à la porte de service, sur le côté gauche du château, afin d'accéder plus vite au cœur de l'établissement. Les couloirs de l'administration des Principes, au troisième et dernier étage, sont décorés de bas-reliefs datés et vaguement cauchemardesques qui symbolisent, dans une campagne plate d'arbres et de fougères de style art naïf, la présence d'hommes bien bâtis et souriants, la paume de la main droite levée et offerte en guise de salut, l'air raide et discipliné, dominant comme des géants une multitude de petits bulbes noirs à leurs pieds; la végétation de pierre donne aux feuillages luxuriants, à la bruyère, aux étranges palmiers tropicaux le caractère acéré de la lame, et il semble que sous le soleil, simple disque de grès, dans les hauteurs de la fresque, toute la Nature grisâtre saigne des larmes minérales – les bulles noires, demi-sphères d'onyx enchâssées dans la gravure.

Frappant à la porte du bureau, et n'obtenant aucune réponse, je pénètre dans l'office de veille des Principes ; le responsable et les deux secrétaires absents, l'*open space* climatisé, sous la lumière tamisée par des stores vénitiens, est vide. Sans tarder, je branche mon téléphone portable sur le port usb de l'ordinateur de pointage, tape le login et le code, puis laisse la feuille récapitulative de ma journée s'afficher sur l'écran de contrôle du secrétariat. Désœuvré, j'attends que la barre de chargement se remplisse, pour pouvoir apposer ma signature électronique sur le document. En sifflotant, j'observe sur le mur du fond la carte épinglée sur un tableau de liège, qui représente la région 7, c'est-à-dire la nôtre : à l'exception des contreforts montagneux grisés, parcourus par les lignes de niveau rouge, la grande zone centrale des plaines, vert et jaune, semble envahie par des colonies de fourmis, ou plutôt percée, mitée par quelques centaines de points ou de petits cercles pleins, absolument noirs, comme s'ils révélaient progressivement, sous la carte, un fond sombre, uni, dont notre territoire ne serait plus que le très fin maillage : un reste de matière fibreuse au milieu du vide primitif, qui seul serait véritable. Il y a des Hémisphères partout, en colonies, en grappes ou par traînées : chrétiens protestants, baptistes, anabaptistes, des dizaines d'Églises évangéliques, piétistes, méthodistes, pentecôtistes ; catholiques papistes, lefebvristes minoritaires ; Témoins de Jéhovah ; sunnites, chiites, ibadites, petit point noir du revivalisme kufrite ou mutaziliste ; bouddhistes ; shintoïstes ; confucéens ; hindouistes en version vishnouiste, shivaïste ou shakti, jaïnistes, sihistes ou taoïstes, sans compter une poignée de légalistes du XIIe siècle chinois ; zoroastriens ; sanamahistes ; satanistes, LaVeyen ou pas ; rastafariens ; animistes ; totémistes ; tenants de rites malinkés, mandingues, dogons, bantous, peuls, masaïs, yorubas ; adeptes du temps du rêve ;

druidistes; païens nordiques, qui rendent grâce à Odin, ou bien slavophiles; quelques pro-lituaniens, qui se réclament de la Romuva; communistes primitifs; défenseurs de l'autogestion, membres d'une République des Conseils, de soviets, de communes, spontanéistes maos, opéraïstes sur le modèle de *Lotta Continua*, écosocialistes; autonomes; ultralibertaires; libertariens vivant d'après les préceptes d'Ayn Rand; ultralibéraux; esclavagistes; féodalistes; indépendantistes basques, bretons, corses hors-sol; revivalistes médiévaux, romains, grecs; membres d'une société matriarcale; patriarcale; d'une société exclusivement homosexuelle, exclusivement hétérosexuelle, asexuelle, *queer*, transgenre; défenseurs des droits des animaux, de leur simple bien-être, ou reconnaissant des personnes juridiques parmi les mammifères supérieurs, tous les êtres sensibles, tous les vivants, les végétaux également; enfants de Gaïa; promoteurs de la fin de l'Humanité; fervents convaincus du suicide collectif; pratiquants du sacrifice humain convenablement ritualisé; esthètes et dandys; ceux qui attendent les extraterrestres, les Petits Gris, les Grands Anciens ou les Autres qui ne se sont pas encore manifestés; panpsychistes et polypsychistes; raëliens; scientologues; fourmillement de divers petits points noirs de versions concurrentes de théosophie occidentale ou orientale; sectateurs philosophiques : libertins, hédonistes; épicuriens ou stoïciens; quelques-uns vivant exactement d'après la métaphysique des mœurs kantienne; un Hémisphère de matérialistes athées; de positivistes comtiens; de fouriéristes en phalanstère; quelques-uns qui subsistent suivant la constitution de Solon à Athènes; d'autres qui appliquent strictement le code d'honneur du bushido; pratiquants du style de vie et de combat d'aïkido traditionnel de Morihei Ueshiba, séparés de la branche Iwama-ryu; royalistes de *Support Your Local Monarch*; une bande de masculinistes;

des féministes radicales; des nihilistes; ceux qui ne croient pas à l'existence de la réalité extérieure – dont la variante du numéro 101 à laquelle appartenait mon renégat du jour; immatérialistes; relativistes absolus; participants de communautés ayant légalisé la nécrophilie, la pédophilie; zoophiles, non sexuels, sexuels ou zoosadiques... Et tous ces petits disques noirs, d'inégale importance, de diamètres variables, pullulent, séparés par des espaces de plus en plus réduits de territoire bariolé, sur la grande carte, de sorte que les routes, minces filets bleutés, slaloment entre les Hémisphères noirs comme un trait de crayon d'enfant tout au long d'un motif de dentelle irrégulier. Bientôt, ai-je pensé, il n'y aura même plus la place de passer en voiture entre les différents enclos.

Puis, m'extirpant de ma rêverie, je signe le document qui est prêt depuis déjà cinq minutes, sur l'écran, et je sors, en refermant derrière moi la porte du bureau vide des grands Principes de la région.

*

Au rez-de-chaussée du château, comme j'entends résonner quelques cris aigus de malades qu'on soigne, derrière une épaisse porte coupe-feu de couleur indigo, je me surprends, sans vraiment prendre de décision, à orienter mes pas vers l'accueil de l'hospice de réhabilitation et à réclamer le numéro de chambre du dernier converti entré aujourd'hui. Il se trouve encore aux premiers soins, en observation, à quelques mètres d'ici, au bout du couloir, où les aides-soignants, un masque d'hygiène occultant la partie basse de leur visage, vont et viennent en blouse d'un vert glauque, sans parler.

Après en avoir demandé l'autorisation à l'interne de service, qui m'ouvre la porte codée de la chambre 131, je salue le tout jeune homme, qui est allongé sur un lit confortable près d'une petite fenêtre, depuis laquelle il possède une vue imprenable sur le verger et, au-delà, les toits du village, puis les flancs de la montagne; les sommets portent une robe végétale de trembles jaunes, sous le soleil d'été.

Peinte en blanc, la chambre est calme, douce – et à peine décorée.

« Comment allez-vous ? »

Seul le lit grince. Lui, qui a été rasé, lavé et à qui on a fait certainement ingurgiter des pilules de calmants, gît recroquevillé sur le matelas, les draps bleus en désordre. Sur le flanc, il respire lourdement, les yeux ouverts, et un filet de bave lui coule de la bouche entrouverte.

« C'est vous qui m'avez emmené ici?

— Oui », souris-je.

Il pleure.

Comme un imbécile, je lui demande s'il désire retourner là-bas.

« Oh non! Non! » Il est en colère, mais les médicaments donnent à sa rage un ton policé, courtois, presque éteint. « Ce sont des tarés… » Il cherche ses mots. « Mon enfance a été un cauchemar… Mec, ces gens croient que rien n'existe vraiment à part eux… Si je retourne à la maison, ils vont me tuer, je suis déjà mort, pire que ça. Ma mère… » Il se prend la tête entre les mains, en essayant de se redresser sur le lit, qui grince de plus belle; il tourne le dos à la fenêtre, et porte d'une manière particulièrement débraillée son pyjama, que j'essaie de remettre en ordre, en m'agenouillant devant lui.

« Chut. Vous êtes en sécurité, à présent.

— Merde. » Il me dévisage, hagard et la bouche pâteuse : « À quoi est-ce que vous croyez, de ce côté ? »

J'ai reboutonné sa chemise, et redressé son col.

« Nous ne croyons pas, ici. Vous êtes dehors. »

Il ricane : « Dehors ?
— Oui, regardez par la fenêtre. »
Le jeune homme se retourne et contemple le paysage estival. Puis il éclate franchement de rire. « Est-ce que vous vous foutez de moi ?
— Regardez. Il n'y a rien à l'horizon : pas de Porte, pas de Clôture. »
Par trois fois, il tape contre le verre de la vitre.
« Dehors, c'est dehors... C'est ça ? »
J'étais gêné par son ironie désobligeante.
« Dehors c'est dehors c'est dehors c'est dehors... Oh merde... » il se frotte les oreilles, et commence à remuer la jambe gauche avec nervosité. « Mais c'est pas vrai... Et pourquoi vous n'êtes pas venu me chercher ? »
« Nous n'avons pas le droit. Il existe des centaines, des milliers d'Hémisphères comme le vôtre ; chacun est libre de vivre comme il l'entend, de croire et de penser ce qu'il veut, au sein de ces enceintes. Nous n'intervenons pas – sauf si vous vous manifestez de vous-même.
— De moi-même ? » Il prend l'air interloqué. « De quel moi-même ? Tu crois que je pouvais faire quoi quand j'étais gosse ? Mes enculés de parents avaient peut-être choisi de s'enfermer là-dedans, mais pas moi.
— Ils ont le droit de choisir quelle éducation...
— Est-ce que vous vous rendez compte qu'ils me racontaient à longueur de journée que le monde s'arrêtait un kilomètre derrière notre putain de jardin ? Que le monde avait été créé il y a trente ans ? Tout, l'espace, le temps, la matière, l'énergie, mon jardin, ma maison, ma grand-mère... » Il s'étouffe. « Ce sont des crétins. Mais moi, j'ai tout de suite compris. Je *savais* que c'était faux, et qu'il y avait des hommes de l'autre côté. À cinq ans, j'allais toucher le bord du monde, ça me filait la migraine, mais ce n'était rien d'autre qu'une légère vibration de l'air, derrière

le mur. Il paraît que je n'étais pas comme les autres, parce que je voulais aller au-delà. On a dit que j'étais *exalté*... Mon cul. Personne ne me parlait jamais. Je posais des questions sur le dehors, on ne me répondait pas. Alors on m'a battu... » Et le voilà qui soulève sa chemise, lui arrache au passage un bouton : son dos était horriblement mutilé, lardé de cicatrices, comme si toute sa peau avait été gravée à la lame et au feu ; des renflements rosis de l'épiderme dessinaient à la façon des haies dans le bocage une série de formes abstraites.

« Vous les avez laissés me *torturer*. »

Il est intelligent, vif, presque trop, et il essaie déjà de se lever, mais sans succès.

« J'allais jusqu'à la porte, je touchais l'horizon. Chaque mois, on me rattrapait, on me battait et je finissais enfermé dans la cave pendant toute la journée...

— À chacune de mes visites, sans doute.

— Ensuite j'ai eu une fiancée... » Le gosse hoquette et grimace. « Elle était la seule à me comprendre, elle voulait me suivre. Mais elle m'a dénoncé. Le jour du rendez-vous, ils m'ont poursuivi... Ils pensaient que vous ne viendriez plus. Vous étiez en retard. »

Il se redresse, me repousse du coude. « Pourquoi ? » Puis le malheureux retombe, et je dois tirer à son insu sur le fil de la sonnette pour appeler un infirmier à la rescousse.

Assis par terre, adossé à son lit, le jeune homme éructe : « Je sais ! Vous êtes faibles... Vous êtes encore plus faibles qu'eux... » Pris d'une crise de tremblements, il a froid, il gémit. « Putain, qu'est-ce que j'ai fait ? » Lorsque je m'approche en douceur, il m'envoie un violent coup de pied dans le tibia. « Il faut que je sorte d'ici ! »

Enfin arrive l'infirmier, qui protège ma retraite en direction du couloir.

Mais le forcené hurle encore quand je franchis la porte coupe-feu de l'unité de soins.

« Il faut que je sorte ! » Son manque de retenue me fait froid dans le dos – même si je le comprends.

VII

Sur l'asphalte, les deux voies voguent à travers le village et l'Alpine Turbo, nerveuse dans les virages, roule doucement par les rues qui me sont si familières. Solitaire comme je le suis, mon temps libre a été consacré depuis quelques années à la remise en état de cette voiture, pièce par pièce : du moteur au capot, de la portière au hayon, de la carrosserie aux vieux sièges pétales, tout a été choisi, restauré, monté par moi, et il n'y a peut-être que dans cette voiture de bric et de broc mais fidèle à l'image que je garde du passé, sur quelques photographies qui datent d'avant la crise, que je me sente chez moi.

Au village, la production industrielle, délocalisée, n'est plus très importante, et il ne subsiste qu'un petit supermarché, au cœur de la cité ; puisque j'ai déjà fait les courses pour la semaine, je m'engage sur la route du retour, vers les montagnes, et j'allume une radio musicale, avant de baisser le son, car c'est l'heure de diffusion des programmes officiels de quelques Hémisphères – en l'occurrence celui d'une variante bakouniniste de l'anarcho-syndicalisme, qui commence par « L'homme est libre – donc il n'y a pas de Dieu », lue d'une voix monocorde par un fonctionnaire du ministère de l'Information et de la Publicité des Principes, qui a peut-être été mon camarade en stage de formation, après le concours d'entrée.

Attendant que revienne la musique, je siffle un air d'une ancienne chanson de *pop music*, en ouvrant la fenêtre du côté du passager pour respirer l'odeur enivrante d'eucalyptus sous les frondaisons tendues au-dessus de la route.

Ici, il n'y a plus trace d'Hémisphère, et le monde ressemble à ce qu'il a été voilà bien des années.

*

Au pied de la montée vers le col, qui se perd dans la forêt de trembles, se tient comme posée là par un enfant sur un tapis de jeu la belle demeure à la volière vide. Grande bâtisse parfaitement symétrique au toit d'ardoises et de lauzes, la façade envahie par un lierre bleuissant qui donne à ses murs l'aspect d'une peau âgée parcourue par les veines, elle signale la sortie du village. Dans la baraque dont fume jour et nuit la cheminée, même en été, parce que c'est dans son atelier que se fabrique le cuir bouilli de nos vêtements, à partir de la peau des animaux chassés en forêt, vit le plus vieil universaliste. Il a dépassé la centaine d'années et dirige une petite entreprise de tannage, en compagnie de l'un de ses neveux.

Vers six heures de l'après-midi, l'homme profite souvent de la fraîcheur de l'air qui retombe des montagnes, et s'assoit au bord de la route sur une chaise longue et sous un parasol aux motifs psychédéliques, devant la volière vide. Il boit un verre de bourbon, fume un cigare roulé dans une coopérative des villes du Sud, et salue les quelques passants ; il profite du temps qui reste à sentir la brise dresser les poils de l'épiderme sur ses avant-bras nus, en remontant sa chemise à carreaux de bûcheron.

Après avoir garé le véhicule à l'entrée du premier chemin forestier, boueux, de l'autre côté de la route qui commence à grimper, je sors prendre de ses nouvelles et lui donner des miennes. Sur la chaise en fer forgé destinée aux invités de passage, je lui fais face et j'aperçois au-dessus de sa tête, coiffée d'une casquette à l'effigie d'un club de football d'antan, le flanc considérable de la montagne, piqueté de trembles jaunes et de sapins verts tel un animal couvert d'écailles : des triangles de couleur vive dessinent la mosaïque végétale du paysage, balayée par un vent qui ne va jamais droit, mais frise l'air de boucles soufflées.

« Comment ça va, l'ami ? »

L'ancêtre m'offre l'apéritif, et je lui fais le récit de ma mésaventure avec le renégat du jour. Frottant sa barbe fournie, le plus vieil universaliste soupire, en tapotant sur son cigare pour en égrener la cendre à ses pieds, dans le jardin : « La bataille est perdue depuis longtemps. » Puis il se tait, ponctuant de raclements de gorge le silence qui gagne la campagne. Lui a connu l'avant-guerre, et il est le dernier de ces universalistes de combat que nous ne sommes plus. Les relents de sa rage m'effraient parfois, mais ils me rappellent avec mélancolie l'existence abolie du monde de mes grands-parents. Progressiste affirmatif, grand lecteur d'histoire, il a détesté dans sa jeunesse les défenseurs des droits des animaux, les tenants des études de genre et les hérauts du postcolonialisme. « Nous autres, hommes de bonne volonté, progressistes, nous avons couvé dans notre propre camp ce qui nous a épuisés, et puis nous a tués. C'est bien fait pour nous. » Il tousse, et la fumée de son cigare s'élève, en tire-bouchon, sous le dôme du petit parasol. Je l'écoute volontiers, comme on prête l'oreille aux marottes de quelqu'un dont on connaît toutes les théories, les anecdotes, dont on sait par avance les qualités et les défauts, mais pour qui on ressent encore l'affection de le savoir *vivant*.

« Tu diras que je suis blanc, européen, et machiste, et que je fais commerce du cuir des bêtes mortes, grogne-t-il en indiquant du coude la belle demeure dont la cheminée crapote encore dans le ciel blanc, mais je n'ai jamais rien voulu d'autre que l'égalité. Je ne crois pas qu'il y ait jamais eu plus bel idéal. Celui des fanatiques qui vivent sous leur cloche, là-bas, ce n'est qu'un aveuglement. »

Il s'arrête et me regarde avec le souvenir d'une haine qui s'est transfigurée en dépit, au fil des ans.

« Tu sais, je crois qu'il y a deux sortes de justice.

— Lesquelles? relancé-je avec politesse, car je connaissais déjà la réponse.

— La justice d'*ajustement*, et la justice de *réparation*. La première prend acte des injustices du passé, et même si tout ça a parfois été perpétré au nom de principes universels, pour les intérêts particuliers de certains, la justice ne devrait pas faire payer à l'universel ce que les hommes ont dévoyé de cette grande idée. Il faudrait procéder plutôt à un ajustement, et chercher un équilibre entre nous tous, entre nos intérêts et nos idées. Mais... » Il termine son verre de bourbon. « La seconde justice est toute différente. Elle voudrait contrebalancer toutes les injustices du passé, sauver même les morts et déséquilibrer les injustices en sens inverse de ce qui a été. Nous autres universalistes, nous payons pour l'Histoire et le progrès, qui est une faute impardonnable à leurs yeux. On n'a jamais cessé d'interdire aux minorités d'être librement ce qu'elles voulaient : nous désirions être tous humains, et vivre librement, de force s'il le fallait, en effaçant nos différences; mais eux, ils préféraient avoir quelque chose de *particulier*. De notre dette au particulier, je crois que nous ne nous acquitterons jamais. »

De nouveau, il grommelle : « Jamais. » Je connais son discours philosophique alambiqué, qui n'a pas changé et qui ne changera jamais; il ne peut pas emporter mon adhésion par la pensée, mais à force de le répéter, il sait qu'il gagne mon attachement pour sa peine, son désarroi sincère de cocu de l'Histoire universelle, lui qui l'a pourtant aimée et défendue plus qu'aucun autre.

« Moi », et il écrase son cigare dans le cendrier, sur la petite table vernie, « j'étais pour le simple ajustement, dans l'espoir de continuer à être humains tous ensemble. Et j'étais prêt à des sacrifices. Mais eux... » Il est fatigué. « Ils nous en voulaient tellement qu'ils ont préféré s'enfermer dans leurs mœurs, leurs croyances et leurs *principes*. Ils peuvent croire à Dieu, au communisme, aux extraterrestres ou à je ne sais quoi. J'ai cru les comprendre, comme on excuse des enfants turbulents, et ils m'ont échappé ; je ne leur étais pas supérieur, en tout cas je n'avais pas de moyen de le prouver. Et moi comme toi, misérables, nous sommes désormais les techniciens de leurs illusions, au grand air. Nous les laissons jouer à leurs jeux absurdes, chacun dans leur coin, et nous sommes convaincus d'être à la fois leurs gardiens et d'autres petits joueurs, qui ne valent pas mieux qu'eux. Ils ont détruit le monde : il n'y a plus rien de commun. Je me sens comme un Dieu trahi, et je voudrais avoir la force de les détruire. Mais je suis vieux et faible.

— Tout de même, ai-je protesté, nous ne sommes pas leurs ennemis, nous les aidons aussi... C'est un droit qu'ils avaient, faute de quoi nous aurions interdit les Hémisphères, éteint les générateurs et contraint chacun d'entre eux à renoncer à ce qu'il croyait juste, ou vrai. Nous ne pouvions pas leur imposer de vivre ensemble d'une certaine façon, qu'ils n'auraient pas acceptée, qu'ils auraient peut-être subie dans la douleur... Il aurait fallu jeter les dissidents en prison, ou bien reconstruire des camps de concentration...

— Peut-être. Ils ont bien construit leurs propres prisons. Ils ont obtenu les Hémisphères – qu'ils y restent. Ils ont gagné une justice absolue, séparée. Nous, nous ne sommes plus très nombreux... Quelques vieux cons comme moi. Et puis vous. Qu'est-ce que vous en pensez ? Pourquoi est-ce que vous n'êtes pas entré ici ou là, sous l'une de leurs cloches sous vide ? »

Les bras croisés sur la poitrine, tête baissée, je cherche les mots pour expliquer que je n'en suis pas certain, mais que je n'ai jamais vu de raison décisive de pénétrer dans tel Hémisphère plutôt que dans tel autre, que je possède une conscience trop grande de l'existence d'autres Hémisphères possibles, pour me contenter de vivre dans un enclos comme s'il était tout pour moi, et que jamais la grâce ne m'a touché de croire à un principe sans penser à un autre...

« Ah », grince le plus vieil universaliste, la peau brunie par trop d'années au soleil, « vous êtes de ceux-là... Les universalistes *par défaut*; les plus faibles. Les hésitants qui restent dehors parce qu'ils ont peur de s'enfermer à jamais. C'est dommage. » Il referme les yeux. « C'est vraiment décevant, de votre part. »

Durant quelques minutes encore, je reste assis sous le petit parasol psychédélique, à contempler au-dessus du vieil homme qui s'est assoupi, au-delà de la belle demeure à la volière vide, la forêt jaune, les rideaux d'arbres sur l'immense dent fossile plantée dans la mâchoire de notre terre, et la bouche béante du ciel rosissant; plus une voiture ne circule sur la route qui hésite et s'enfonce vers le col, en direction duquel je roule, après avoir discrètement salué l'homme qui dort, au volant de ma Renault 5 Alpine Turbo bleue, en accélérant virage après virage, jusqu'au hameau.

VIII

Je n'ai plus beaucoup d'essence dans le réservoir. Je passe à la station, à la sortie du village. Le ciel se couvre bientôt, le soleil tombe. Au carrefour, j'emprunte le petit sentier gravillonné qui s'enfonce dans les bois vers le sommet de la colline. C'est ici que je loge : célibataire, ne supportant pas la compagnie. Je ramasse le panier-repas, avec une bouteille de lait, déposé par le service de l'alimentation. Je me lave les mains dans l'évier, sous le robinet en inox. J'ouvre le frigidaire. Je me sers une bière. Par la fenêtre, je vois le rouge et le bleu se mêler. C'est le crépuscule qui se répand à travers la nature. Un verre à la main, une cigarette à la bouche, je sors sur le patio. Pieds nus, je traverse la pelouse. Au-dessus des trembles et des grands pins, j'aperçois la vallée encaissée, et entre les collines les Hémisphères noirs, qui forment des cloques pénibles dans le paysage. Donc je leur tourne le dos. J'escalade les derniers mètres de la pente forte et m'assois sur un gros rocher. De ce côté-ci, la vue est vierge : c'est la limite de notre région. Pas d'Hémisphère. Les montagnes se dessinent comme une frise découpée avec une paire de ciseaux par un enfant, dans le ciel du soir. Et l'horizon blanchit. C'est une sensation d'infini, mais vague.

Alors je bois une dernière gorgée.

Tout ondule et se perd dans une perspective incertaine. La journée a été longue, j'ai très mal au crâne : je me frotte les cheveux et laisse ma coupe mi-longue en désordre. Et puis je relève les yeux et je regarde, sur l'autre versant, ce que je connais, ce que je crains.

Un simple rectangle noir, qui paraît peint sur l'horizon blanc. Le côté supérieur est légèrement arrondi.

La Porte.

Bien des fois, depuis des années, j'aurais pu descendre le talus, remonter par la sapinière, ou bien passer le long des crêtes, et atteindre la fameuse Porte en moins de cinq minutes de marche. Puis il m'aurait suffi de franchir la barrière d'octroi et de passer de l'autre côté. Pourquoi est-ce que je ne le fais pas ? Ma foi, je suis universaliste. Nous autres, nous savons que nous travaillons chaque jour à entretenir les particularités des autres et à veiller sur elles. Nous sommes condamnés à en être ignorés ou haïs. Et peut-être bien que nous sommes pourtant particuliers, à notre manière. Et que d'autres nous entretiennent, derrière cette Porte – que je déteste ou que je préfère ignorer. Rien que d'y penser, la migraine me revient et je me trouve la bouche pâteuse : « Tu as trop travaillé aujourd'hui, alors tu gamberges, tu *réfléchis*. » Voilà ce que je me dis. « Mais ça ne sert à rien. »

J'écrase ma cigarette du talon. Je me lève.

Au fond, je ne crois pas qu'il y ait vraiment quelque chose de l'autre côté. C'est sans doute une sorte d'illusion d'optique, ou de déformation professionnelle, après une journée bien chargée de travail. Je tourne le dos au soleil couchant, sur les montagnes, et à la Porte d'un noir d'ébène, aux limites de mon propre Hémisphère, derrière quoi rien de ce que je fais n'a sans doute plus le sens que je voudrais pouvoir lui donner. Me connaissant, je préfère ne pas aller au-delà.

Comme chaque soir, je rentre chez moi.

LA SEPTIÈME

« La dernière tue »

Je ne saigne pas du nez. Pourtant, je viens de fêter ma septième année. « Bordel de merde, maugréé-je, ce n'est pas normal. » Allongé sur le lit de bois clair de ma chambre d'enfant, j'attends depuis déjà deux jours l'événement, qui ne vient pas. Du calme, me dis-je. Et je m'enfonce le pouce et l'index dans un trou de nez, afin de m'arracher quelques poils à la racine. À mon âge, je n'en ai guère. J'éternue tout de même. Plein d'espoir, je contemple sur la couverture l'éclat purpurin du mucus en essayant d'y trouver du sang; mais je saigne à peine, c'est déjà tari et me voilà à sec. Le soir va bientôt tomber sur la campagne, à moitié vide à moitié dorée, par la fenêtre du grenier ronde comme un œil de hibou. Dans quelques minutes, ma mère m'appellera pour descendre dîner.

En soupirant de lassitude et d'énervement, je m'attelle à empaqueter le peu d'affaires qui me sont nécessaires dans ce fichu cartable d'écolier en cuir. Puis j'ouvre le hublot du grenier, je prête l'oreille au chant du merle noir qui annonce le crépuscule par-dessus les haies, les bosquets, et j'enjambe le châssis de lucarne, glisse le long des tuiles du toit en bâtière et tombe au pied de l'arbre crochu du jardin. Il fait doux, frais, c'est le printemps. Le chien noir, toujours le même bâtard, aboie après moi; un doigt sur les lèvres, je lui caresse la gueule de l'autre main en lui intimant l'ordre de se taire, pour ne pas inquiéter les parents. La vague ligne bleue de l'horizon court en dents de scie sur les crêtes, et je frissonne.

J'ai sept ans, pourtant il faut que je trouve un moyen de me rendre à Paris.

Après le pont, j'emprunte le sentier qui conduit au village. Quitte à voler une bagnole, je choisis la Dodge du docteur. Depuis le temps que je conduis, les gestes me reviennent, je m'assois à l'extrémité du siège, et je fixe avec de la ficelle deux boîtes à chaussures sous mes semelles pour atteindre les pédales. Sur le siège du passager, un paquet de cigarettes américaines : je m'allume une clope. Quel soulagement, la fenêtre ouverte, les cheveux au vent! Je roule vite. Mes yeux dépassent à peine du volant, mais je connais la route. La nuit est tombée sur l'est du territoire français. J'ai soif, j'ai faim. Dans un relais de camionneurs en Lorraine, je prends mon sourire d'innocent et je commande « pour mon père » une frite, une bière, un café.

« On ne sert pas les gosses. On ne veut pas d'ennuis.

— Enculé », murmuré-je les dents serrées.

Dehors, je crache dans le caniveau, toujours pas de sang, et quand je relève les yeux, les femmes me regardent, minijupe en skaï, imprimé panthère et fausse fourrure, j'ai envie de demander le prix, mais ce serait trop imprudent. Je siffle et je cligne de l'œil en passant : dans l'ombre, elles me laissent passer comme un nain qui va clopin-clopant, pressé sur ses jambes trop courtes. (Si elles savaient : j'enrage.)

« Quel âge as-tu, mon petit? »

Les filles sont mal à l'aise : à la lueur des réverbères, la blondeur de mes cheveux étincelle et j'ai l'air angélique du petit garçon qui devrait être au lit depuis longtemps. Je reprends la route. Au petit matin, je fais le pied de grue devant ce bâtiment qu'on appelle la « vertèbre » de l'hôpital du Val-de-Grâce durant près d'une heure, un anorak trop large sur le dos, en espérant passer inaperçu. Il ne s'agirait pas qu'on me considère une fois de plus comme une victime d'enlèvement. Quand le groupe d'internes en blouse blanche profite de sa pause dans le hall d'entrée, je le retrouve tel qu'en lui-même : l'air rêveur, l'éternel grand homme pâle aux cheveux fins consulte son téléphone portable, à l'écart des autres.

« Salut, vieux.
— Pardon ? »

Il est surpris. Évidemment qu'il ne me reconnaît pas : il ne me connaît pas.

J'essaie d'être convaincant : « Je suis celui qui saigne.
— Où sont tes parents ? (Il regarde autour de lui.)
— C'est moi que tu attends depuis des années. » Je lui dévoile une poignée de détails habituels : la première femme qu'il a aimée (cette vieille bourgeoise au ton rogue), le nom de la zone sous la commissure des lèvres où parfois la barbe des hommes ne pousse pas, le résumé du livre que vous vous apprêtez à lire, puis je lui demande pourquoi il m'a tué.

« Quoi ? »

Et soudain, je sens que mon histoire est délirante et qu'il ne me croira jamais. Mon ami est de bonne foi. Ses tatouages ? Je réalise que la peau de son visage est rose ou incarnat, celle de ses bras également. Je deviens fou. Et ce coup-ci, tout sonne faux. Alors je me tiens la tête entre les mains : « S'il te plaît, j'ai besoin des analyses ! Je ne sais pas

pourquoi je ne perds plus de sang du tout. Et toi ? Regarde !
Tu n'es pas le même. »

Il hésite, mais je le supplie :

« Camarade, tu ne vas pas me laisser tomber...

— Je reviens », répond-il. (Il avait besoin d'une seringue, de l'aiguille, d'un tube, de compresses, d'un garrot et des gants, qui se trouvaient à l'étage.) « Surtout, tu ne bouges pas de là.

— Je ne risque pas. File-moi des clopes et du fric, j'ai que dalle. »

Pour prendre mon mal en patience, je me suis affalé sur un siège destiné aux « juniors » dans la salle d'attente, et j'ai fermé les yeux. Je sais ce que je suis devenu, à cause de lui : une sorte de monstre à la fois immature et périmé que personne ne peut comprendre. Lorsque je me suis relevé, j'ai aperçu à travers la porte vitrée sa haute silhouette, et l'ombre des deux vigiles. Cet imbécile avait prévenu la sécurité. J'ai voulu prendre mes jambes à mon cou, trop tard : je mesurais à peine un mètre vingt-sept, et les deux membres de la sécurité m'avaient rattrapé avant même que je ne sois parvenu à l'angle du boulevard de Port-Royal et de la rue Saint-Jacques.

Tout piteux, j'ai terminé la journée au commissariat du Ve arrondissement, en attendant que les flics me confient de nouveau à mes parents. Maman a pleuré, mon père avait honte. Quand nous sommes rentrés au village natal, très tard le lendemain de ma fugue, le bon docteur s'est assis à mon chevet : « Mon petit, qu'est-ce qui ne tourne pas rond ?

— Je ne saigne pas, ai-je chuchoté.

— Quoi ?

— Rien. Vous ne pouvez pas comprendre. »

J'étais prisonnier. Privé de sortie, sous surveillance, un psychologue scolaire sur le dos, il a fallu que je dessine, que je parle, que je *m'exprime*. Après le repas, la fenêtre et la porte du grenier où je dormais ont été fermées à clef, par sécurité. Au pied de l'arbre crochu, pas la moindre trace d'un oiseau blessé au plumage d'argent. Allongé, les doigts croisés derrière la nuque, observant la nuit noire qui recouvrait les montagnes colorées de ce trou perdu, j'ai bien tenté de me rassurer : peut-être que tu as du retard... Surtout, j'ai pensé à elle : quand et comment la reverrais-je, désormais ? Mais les jours ont passé, puis les mois, les années. En classe, j'étais mauvais élève. J'attendais le sang, et le sang ne venait pas.

À l'âge de dix ans, j'ai commencé à envisager la forte probabilité d'être devenu mortel.

LA PREMIÈRE

De ma naissance, seuls ceux qui sont nés avant moi pourraient dire quoi que ce soit. Au cours de ma première enfance, je ne me suis souvenu de rien et j'ai tout appris. Mon père, ma mère et moi habitions à la lisière des bois ensauvagés, dans l'est du pays, à quelques kilomètres à peine de la frontière de l'Orient. Il faisait froid l'hiver et chaud l'été. J'étais un garçon blondinet, vif, insouciant et rieur, qui vivait dehors. Il me semble que je n'avais pas de for intérieur. D'après ma mère, une dame lente, belle, inquiète, à peine avais-je fait mes premiers pas que je m'étais échappé du chalet pour galoper le long des chemins qui serpentent, plonger les mains dans la boue, goûter à l'amertume de l'humus, rompre les branches filandreuses de bois vert, asticoter les larves annelées et attendre toute la journée les papillons de nuit. Au soir tombé, exténué, je m'écroulais comme une masse au creux de mon lit, sous la couette en plumes d'oie.

Auprès de moi allait toujours un chien noir, bâtard, qui vaquait dans la campagne. Dès que je laissais pendre ma main, il tendait le cou pour chercher la caresse, et il me faisait rire.

Excepté ce compagnon, j'étais seul. Fonctionnaire des douanes, mon père travaillait à la frontière qui nous sépa-

rait des camps où étaient retranchés les réfugiés (il n'en parlait jamais); quand l'heure de son retour approchait, dans la cuisine où ma mère préparait le repas, je l'attendais avec fébrilité derrière la porte, dont la vitre était fumée, et je me retrouvais tout étonné de ne pas le surprendre : je n'avais pas compris que sous l'épaisseur du verre trouble, il apercevait mon ombre par avance. Il était joueur.
J'étais naïf et innocent.
Du jour où je suis entré à l'école, qui avait été construite de l'autre côté de la rivière, après le petit pont romain, j'ai changé insensiblement. Peut-être que je pressentais l'événement. Certes, je suis resté un petit garçon aux cheveux blonds qui riait fort, qui avait bon appétit, qui pataugeait en compagnie du chien noiraud dans les chemins escarpés, construisait des barrages de fortune parmi les torrents déchaînés du printemps, lançait des pierres au fond du lac et hurlait de tous ses poumons contre les parois rocheuses dans l'espoir d'en défier l'écho. Mais, au contact des autres gosses du même âge, je suis devenu timide. À l'heure du goûter, au retour de la classe, allongé sur le lit, j'observais par le hublot l'arbre crochu dont les branches dessinaient des doigts tendus vers le ciel.
Je me souviens d'avoir recueilli au pied de ce même arbre un minuscule oiseau au plumage argenté, dont la patte était blessée; je l'ai soigné, nourri et je lui ai construit un petit nid douillet au creux d'une boîte d'allumettes, calfeutrée à l'aide d'un tas de coton hydrophile. Je l'ai sauvé. Hélas, le chien noir a trouvé la boîte et tué l'oiseau. J'ai été très triste, je crois même que j'ai pris peur.
Peut-être par excès d'émotivité, quelques heures plus tard, mon nez a saigné. C'était le jour de mes sept ans.
Il paraît que je m'enfonçais trop souvent deux doigts dans le nez. Mon père avait coutume de plaisanter à ce sujet : « Fiston, tu vas finir par t'atteindre la cervelle... »

Or, ce soir-là, je saignais et le saignement n'arrêtait pas. J'ai appelé : « Maman ! » Il a fallu que ma mère, livide, me tienne entre ses bras tandis que mon père, à genoux sur le parquet, épongeait mon sang, essorait la serpillière dans un lourd broc de terre cuite, qui fut bientôt rempli à ras bord, et déversait le contenu du broc au fond d'un large bac en fer-blanc. (Bien sûr que je me souviens des moindres détails.)

Ils ont passé un coup de fil au médecin de campagne, qui s'appelait Origène, un ami du père de mon père. J'avais déjà perdu près de deux litres. On eût dit que je me vidais, et on craignait non seulement pour ma vie, mais pour les lois de la Nature aussi : maman était très croyante, et il y avait dans mon hémorragie quelque chose qui heurtait le bon sens. Pourtant, avant que le docteur Origène ait eu le temps de me déposer sur les sièges arrière de sa Dodge de sport (il était amateur d'Eddy Mitchell, de rock et d'Amérique), l'écoulement s'est calmé, non sans que j'aie perdu une masse de fluide sanguin équivalente à près d'un sixième de celle de mon corps (j'étais fin et léger, à l'époque). Exsangue, j'ai contemplé, les pieds ballants, du haut d'une chaise en osier, le fruit de ma purge dans le vieux bac à linge ; je me suis endormi heureux.

Une semaine après, j'ai de nouveau saigné près de trois litres. Maman pleurait.

Au premier jour des vacances de la Toussaint, le docteur Origène et mon père ont décidé de m'envoyer à la capitale pour des examens, auprès du meilleur spécialiste d'hématologie de Paris. C'était la première fois que je prenais le train ; par la fenêtre du compartiment, les tours de banlieue, les immenses cubes de verre et de béton, les longs murs antibruit en éventail, recouverts de graffitis, le linge qui séchait au balcon des hautes habitations, les lacets et les bretelles des routes entremêlées, les avions d'Orly et de

Roissy dans le ciel, la grisaille et la modernité m'ont fait forte impression. J'étais un enfant simple, j'habitais à la campagne, je ne connaissais rien de la capitale.

Grâce à un ami haut placé de mon père, j'avais été recommandé. Au Val-de-Grâce, le meilleur spécialiste nous attendait. Lui tenant la porte du cabinet avec galanterie, il a fait entrer ma mère, et m'a abandonné entre les mains d'un interne pour les « analyses qui sont d'usage ». Seul dans une pièce blanche et carrelée, où l'on n'entendait rien que le goutte-à-goutte d'un robinet en inox mal fermé, je me suis déshabillé, j'ai enfilé la blouse laissée là à mon intention et j'ai attendu. Je reniflais, je retenais les petites choses, qui me sont restées en tête jusqu'à aujourd'hui.

Assis sur le lit d'hôpital, je contemplais l'apothicairerie sur les étagères métalliques à croisillons, près du lavabo, et la tristesse de la médecine humaine m'a saisi à la gorge comme un chien. Que d'efforts pour entretenir et réparer un corps condamné. J'ai eu si peur, durant ces quelques minutes interminables, de devenir un *enfant malade*; j'ai craint que ce ne soit d'ores et déjà mon destin. J'allais devenir le pauvre garçon qu'on plaint quand on y pense, et auquel on ne pense pas souvent. Je me représentais comme ce type de gosse au crâne rasé, qui passe son existence à lutter pour rien, de table d'opération en salle de réanimation. Aussi, lorsque j'ai vu sa silhouette s'approcher, vague et déformée par le rectangle vitré de la porte coupe-feu du laboratoire, je l'ai tout de suite aimé. C'était un homme débraillé, de grande taille, aux cheveux blonds, fins, et aux faux airs scandinaves. Il avait le teint pâle, mais il souriait avec franchise et il m'a semblé qu'il ne me considérait pas comme un cas malheureux. Il m'a redonné confiance.

« Salut, mon vieux », m'a-t-il lancé en me tendant la main sans façon. Il tremblait : il a toujours manifesté ce tremble-

ment sympathique dans les moments qui comptent. « Mon nom c'est François, mais on m'appelle Fran.
— Bonjour monsieur Fran. »
Fran a allumé une cigarette : « Ça ne te dérange pas ? Tu me dis, surtout.
— Ce n'est pas interdit ? ai-je murmuré.
— Hé hé. Tu veux me dénoncer ? » Et il s'est assis sur un tabouret à roulettes, ses longues jambes d'araignée martelant un rythme entraînant au gré des carreaux noirs et blancs du sol en damier, comme s'il jouait de la batterie.
« Tu veux essayer ?
— De fumer ? »
À la première taffe, je me suis étouffé : j'avais sept ans. Il m'a tapé dans le dos.
« Tu es celui qui saigne ?
— Oui.
— Bien, bien. » Fran s'est gratté le crâne et a passé la main parmi ses cheveux, qui lui filaient comme de la poudre entre les doigts ; il était hâve, anxieux, mais plein de vie.
« Mec, je t'ai cherché pendant des années. » Il m'a surpris. Peut-être qu'il souffrait régulièrement de bouffées délirantes, après tout ; aujourd'hui encore, je me pose la question. « Tu sais ce qu'on va faire, mon vieux ? Quelques examens entre nous. Je garde le résultat de la prise de sang pour moi, et je refile au patron des résultats bidons. Il sera satisfait, tes parents seront soulagés. Est-ce que ça te va comme programme ?
— Je ne sais pas... Qu'est-ce que j'ai ? C'est grave ?
— Il faut me faire confiance. »
Je voulais bien le croire. Mon nez a commencé à saigner.
« Prends ça. »
Fran m'a confié une toute petite fiole, dont on avait arraché l'étiquette avec de l'alcool, et qui collait encore le

bout des doigts. Incolore mais écœurant, le liquide sentait l'ammoniaque.
 « Respire un bon coup. »
 Il m'a semblé que l'extrémité rompue de mes vaisseaux avait été cautérisée sur-le-champ par la drogue, et ça m'a exalté.
 « Qu'est-ce que j'ai dans le sang, monsieur?
 — Sans doute une anomalie génétique... » Il cherchait ses mots. « Qu'est-ce que tu connais à la vie?
 — Je ne sais pas. »
 L'homme a sorti une bière cachée par les internes derrière le frigidaire, pour se donner du courage. Je pense que je l'impressionnais.
 « À la mort?
 — Ben... Tout le monde meurt.
 — Comment t'expliquer... » Il a bu une gorgée. « Est-ce que tu crois à un dieu? Ou à l'équivalent?
 — Je ne sais pas. Ça dépend des gens. » On ne m'avait jamais demandé mon avis à propos de ces questions et il s'adressait à moi comme à un adulte.
 Fran était très beau, son visage a vibré d'enthousiasme, de tendresse à mon égard et de bonne volonté. Il ressemblait à une sorte de statue élevée par avance à la mémoire d'un grand homme encore inconnu : il avait l'aura d'un personnage de mots et d'idées parmi des êtres de chair et de sang. Mais lui, il ne se regardait plus; il ne se voyait même pas. Il était tout entier tendu vers moi. Je me suis senti immédiatement important, pour la première fois de mon existence.
 « Pourquoi vous me racontez tout ça, monsieur?
 — Tu es exceptionnel. » Il a attendu quelques secondes. « Je ne sais pas comment te le dire, mais voilà... »
 Il s'est tu et il a ouvert une seconde bière, blonde comme lui.

« Tu ne mourras pas.
— Vous voulez dire que je ne vais pas mourir *maintenant* ?
— Non, j'essaie de dire que tu ne vas pas mourir cette fois, ni celle d'après...
— Je ne comprends pas.
— Tu es immortel.
— Ça n'existe pas.
— Tu es différent. C'est ce que signifie le saignement.
— Est-ce que vous vous moquez de moi ? » ai-je murmuré pour ne pas trop le contrarier, parce que la conversation commençait à me faire peur. « Vous êtes vraiment médecin ? » Et j'ai regardé autour de moi.
« Petit à petit, tu comprendras ce que je dis.
— Si je ne meurs pas, qu'est-ce que je vais devenir ?
— Le Christ a ressuscité, mais il n'a pas fait mieux : il n'est revenu en vie qu'une seule fois, ensuite il est monté au Ciel pour toujours. Toi, probablement que tu vas vivre longtemps, tu vas arriver à la fin et tu vas revenir une fois, deux fois, puis tu vas revenir encore, et tu vas revenir tout le temps.
— Comment est-ce que vous pouvez le savoir ?
— Je l'ai lu dans un livre, et je le sais. Demande-toi si tu te sens spécial, tout au fond de toi. »
J'ai cherché.
« Je ne sais pas.
— C'est simple, mon vieux : il faut y croire. Si tu doutes de ce que je dis, je ne te garantis rien. Sinon, je te promets la vie éternelle. Marché conclu ?
— OK. »
Je n'étais qu'un gamin, j'ai haussé les épaules et je lui ai tapé dans la main pour lui faire plaisir. Soulagé, il a ri et m'a pris dans ses bras à la manière d'un vieil ami.
Je ne savais pas trop quoi penser de cette conversation

(peut-être que l'homme avait trop bu), mais j'étais guéri. Bien entendu, je n'ai pas dit un mot à mes parents de ce qui s'était réellement passé à l'hôpital. À la maison, Origène et mes parents ont fêté la bonne nouvelle. En guise de remerciements, on a envoyé au meilleur spécialiste français d'hématologie (qui n'avait rien fait) la bouteille de champagne millésimée la plus précieuse de la cave de mon père. De temps en temps, Origène venait me voir : « Comment ça se passe, fiston ? » Très bien, merci. Sous une latte du plancher, au pied de mon lit, j'avais planqué la petite fiole en verre confiée par Fran, enveloppée dans du coton démaquillant. À peine le sang coulait-il que je sortais le précieux remède de sa cachette, j'inhalais de ce liquide enivrant et nauséeux à la fois qui empestait, sous ses faux airs d'ammoniaque, un pot-pourri de térébenthine et de violettes flétries ; mais le saignement cessait vite. Ça marchait à merveille.

Et puis j'avais un nouvel ami : trois à quatre fois par mois, Fran m'attendait près du pont romain, à la sortie de l'école. Il me racontait sans doute n'importe quoi mais j'aimais le croire, et je ne m'ennuyais jamais auprès de lui.

Sa bagnole sentait le chien et le tabac froid. Comme une gorge ouverte, la boîte à gants débordait de cartes de randonnée, de cassettes audio et de livres jaunis, cornés, à la reliure décousue. Nous partions nous poser au bord de la rivière, pour parler de « la vie, la mort, tout ça ». C'était un drôle de gars, droit, sincère, illuminé, à vif, qui ne vivait que pour moi. Il était simple, mais pas simplet. Je crois bien qu'il avait eu l'esprit dérangé un jour et qu'il ne pouvait plus entretenir de relations normales excepté avec un gosse de mon espèce.

Il aurait fait un excellent médecin, mais ses connaissances en génomique étaient limitées, et il n'est jamais parvenu à me prouver par A plus B mon immortalité, en dépit des mille prises de sang auxquelles j'ai consenti au fil des ans. « Ce n'est pas de la science exacte, objectait-il en dodelinant de la tête. Mon rôle, c'est de t'y faire croire sans que tu te poses trop de questions. »

À vrai dire, en près de dix ans, il m'a surtout appris à fumer et à boire. Il m'a donné confiance, également. Je doutais de moins en moins de mon éternité, à mesure qu'il m'apprenait des petits trucs variés : comment soigner la patte d'une bête blessée qu'on trouve en travers de la route, par exemple ; qui sont les salauds, les ennemis et les amis dans la vie ; pourquoi il ne faut pas mentir mais comment le faire ; le nom de tous les os, tous les muscles du corps humain et les parties de l'organisme qui n'ont pas de désignation officielle dans notre langue, comme ces deux petits triangles de chair sous la commissure des lèvres où souvent la barbe des hommes ne pousse pas (pendant longtemps je suis resté imberbe, et il m'a rassuré à ce sujet : ça viendrait). Sur l'autoradio, il écoutait de la musique expérimentale qui sonnait comme du bruit à mes oreilles, mais que j'ai fini par apprécier. De ce point de vue, c'était un excellent grand frère. Il m'a initié. Aussi, il me parlait de sa vie. Sans cesse il me répétait qu'il m'avait attendu longtemps, très longtemps, et que tout prenait sens à présent : il venait de comprendre qu'il n'était pas le personnage principal de sa propre vie. C'était moi. Je faisais de mon mieux pour me montrer à la hauteur de la confiance que cet homme étonnant me témoignait. Souvent, il était amoureux, et les femmes passaient. Il y en avait une, notamment, qui était écrivaine, dont il s'était épris adolescent et qui revenait sans cesse dans la conversation : elle et lui s'étaient quittés, retrouvés, séparés de nouveau... Qu'était-elle devenue ? Ce n'était pas très clair. En tout cas, elle n'habitait plus avec lui. Depuis, quelques filles s'étaient prises d'affection pour cet homme calme et doux, puis lui avaient reproché d'être fidèle, brave et bon – mais comme un chien, bon Dieu ! Sans rien y connaître, je lui prodiguais quelques conseils de gamin en amour, à la manière sérieuse et naïve des petits frères. Dès qu'il avait bu un verre de trop, Fran répétait qu'il avait toujours rêvé de devenir le lieutenant (le chien) de quelqu'un d'important pour l'histoire du monde : « Ce sera toi, petit. » Et il m'ébouriffait les cheveux : « Immortel, mon vieux, si tu savais... » répétait-il en me contemplant bouche bée, quand il était ivre. « Si tu savais. » Ensuite, il me parlait du monde, au-delà des montagnes : « Tu es au fond d'un trou ici, mais Jésus et Bouddha aussi, avant de découvrir la vie. »

Il me racontait que l'Europe vacillait, la mondialisation emportait la planète entière dans un seul torrent circulaire, et les richesses concentrées dans les mains d'une minorité échappaient à la foule massée sur la terre ferme, affamée, rongée par les flux d'argent ; les révoltes, les jacqueries, les insurrections, les guerres éclataient çà et là comme des bulles d'air à la surface de l'eau bouillonnante. « Ce sont des temps troubles, mon vieux, tu n'es pas apparu pour rien. » Il voulait que je me prépare à sauver tout l'Univers.

« Quand je vais mourir, qu'est-ce qui va se passer ?

— Impossible à prédire avant la première fois. »

Du coup, j'essayais de me figurer la suite des événements une fois sur mon lit de mort, après mon tout dernier souffle, lorsque résonnerait comme le coup d'une vieille horloge de campagne le battement définitif de mon cœur, dès que l'irrigation du cortex supérieur du cerveau cesserait, et que la nuit pénétrerait par effraction dans le crâne, puis à mon enterrement, descendu dans la tombe, et enfin allongé sous la terre, seul, sage, inexistant. Quand j'y pensais, je ne me représentais rien du tout : c'était d'un noir sans lumière.

L'été, je prétendais auprès des parents que je partais

camper avec des copains mais je passais tout mon temps en compagnie de Fran ; il me conduisait en voiture à travers la région en crise, désertée par ses habitants, nous plantions la tente et nous vivions de maraudage, ou bien nous pêchions les poissons d'eau vive. La première fois qu'il se mit presque nu devant moi, j'aperçus de l'encre noire qui remontait le long de ses jambes, de l'aine jusqu'aux genoux : il s'agissait de tatouages de jeunesse qu'il avait préféré cacher aux regards, comme une toile qu'un artiste pris de remords aurait recouverte d'un vernis sombre et impénétrable. Peut-être que les tatouages représentaient le nom et le portrait de celle qu'il avait tant aimée. Fran semblait avoir beaucoup vécu, mais presque tout oublié. Très jeune, j'avais confiance en lui. Bien sûr, il m'arrivait encore d'imaginer la possibilité que je meure un jour, et que cet homme mente ou invente tout : je le suivis d'abord comme on croit à l'existence de la petite souris censée troquer une pièce de monnaie contre une dent de lait la nuit sous votre oreiller, puis à la façon dont on admet certaines vérités physiques, le fait par exemple que la Terre tourne autour du Soleil ou qu'il existe des quarks dans le noyau des atomes, sans avoir le plus souvent les moyens d'en présenter soi-même la preuve. On fait confiance à ceux qui savent.

Cela dit, il faut reconnaître qu'il m'avait aidé : j'obtenais de très bonnes notes en sciences, et le temps était venu. Il pensait louer une baraque défoncée dans le centre de la France et constituer pour mon compte une véritable « petite armée » de fidèles, dans le but confus de changer les choses. Il délirait.

Fran était très gentil, mais je n'étais pas sûr de son coup, et j'ai préféré assurer l'avenir. Je lui ai demandé d'attendre encore un peu avant que je me transforme en messie (ou en quelque chose d'approchant). Depuis que j'étais devenu adolescent, je croyais un peu moins fermement à tout ce qu'il me promettait : je m'étais déjà aperçu qu'il lui arrivait de se tromper, d'avoir des trous de mémoire ou de parler sans savoir.

À l'âge de dix-sept ans, je suis monté à Paris. Soudain, Fran s'est fait plus discret, et rien de ce qu'il m'avait fait miroiter ne s'est réalisé : allusif, il m'a contacté à la dérobée, une à deux fois par trimestre, dans une brasserie miteuse d'une porte de Paris; il ne m'a pas fait rencontrer l'armée de fidèles attendue. Je crois que je l'ai déçu, parce que je n'étais plus assez dévoué à notre idée commune. Pourtant, bon élève, j'avais été admis en internat à Louis-le-Grand pour la dernière année de lycée, dans l'attente d'entrer en classes préparatoires. De toute ma jeunesse, je n'avais pas eu d'autre compagnon que ce drôle de gars et ça m'avait affecté. Avec le recul, je me jugeais moi-même bizarre et asocial. Je ne connaissais personne, et je partageais ma chambre avec un matheux borné qui aimait beaucoup faire la teuf. Il avait quelques potes bagarreurs qui m'intimidaient. Plusieurs fois, il m'a invité à me prendre une bonne cuite avec eux le samedi soir. J'ai attendu le printemps, lorsque la solitude et l'ennui sont devenus douloureux, pour accepter. La nuit était tombée, et mon compagnon de chambrée rejoignait une bande de bizuths qui pique-niquait sur les pelouses du parc de la Villette, au bord du canal de l'Ourcq. Dans la fraîcheur de l'air montaient des bris de verre et de voix, l'odeur de l'herbe mouillée, les reflets des yeux clairs, des bracelets, des boucles de chaussures argentées des adolescentes à demi allongées, discutant appuyées sur un coude; j'ai allumé une cigarette.

Lentement, j'ai respiré pour profiter d'être là.

Près de l'eau, à l'écart, une longue fille aux grands cheveux blonds chantait et jouait de la guitare. Pour commencer le morceau, elle s'y est reprise à trois fois, s'est interrompue en riant et en s'excusant; puis elle a interprété un tube des années quatre-vingt, qui passait encore à la radio et que je connaissais bien.

Elle s'est arrêtée, m'a regardé.

« Est-ce que t'es transparent ?

— Pardon ? »

En haussant les épaules, la fille a désigné l'espace derrière moi : « Peut-être parce que tu te trouves juste devant mon public. » Je me suis retourné et j'ai découvert une trentaine de personnes affalées dans l'ombre, qui s'amusaient de ma surprise et de ma gêne. Autour d'elle, la jeunesse dessinait une demi-lune dans l'herbe ; je croyais être discret et je m'étais planté là, en plein milieu du spectacle.

Je me suis excusé puis je me suis assis parmi eux. C'étaient ses amis. La fille s'est présentée : elle s'appelait Hardy. Drôle de prénom pour une fille, pourtant ça lui allait bien.

Après avoir chanté, elle m'a offert une cigarette : « Mais c'est la dernière, je te préviens, je ne drague jamais les garçons.

— Ah. »

Je n'étais pas très vif et je n'avais guère de repartie : le temps de formuler un trait d'esprit, j'étais déjà criblé de flèches. J'ai reposé l'arc et je lui ai souri sans le moindre espoir de lui plaire. Quand je me représentais moi-même, je voyais quelqu'un de désespérément ordinaire, depuis que j'étais seul et que Fran n'était plus là pour me faire croire à ma nature d'être supérieur puisque immortel.

Assise en tailleur à côté de moi, les jambes à l'aise dans de larges pantalons de toile, Hardy avait le don pour la tchatche : elle s'enivrait de ses propres phrases à peine terminées, déjà recommencées, dessinant ce qui ressemblait à des rubans infinis et colorés de mots et d'idées dans un puits de verre transparent comme de l'eau, tournant sans cesse sur lui-même, dès que je plongeais le regard dans sa bouche ou dans ses yeux, au point d'en avoir le vertige. Et puis elle avait bu. Elle venait de fendre son verre de plastique, et vidait la bière directement à la bouteille entre ses lèvres roses et fines. Mince brindille d'or au visage de statue florentine, elle arrivait de banlieue nord, issue d'un milieu de petits Blancs, des gens qui n'étaient guère intéressants d'après elle. À minuit, je savais déjà presque tout de Hardy, et j'en ignorais autant. Abandonnée par son père, éduquée par sa mère et sa tante – qu'elle n'aimait pas – dans une tour d'Aubervilliers, elle avait été bonne à l'école dans l'espoir de se tirer de ce merdier. Elle ne connaissait pas les noms des arbres, elle avait peur des animaux, n'aimait pas tout ce qui était gluant, les araignées non plus, soit dit en passant, puisque moi je venais de la campagne (d'où exactement?), s'amusa-t-elle. Elle voulait devenir médecin, ou chanteuse. Elle hésitait encore. Elle savait qu'elle était plutôt jolie, mais les mecs ne l'intéressaient pas : ils savaient ce qu'ils voulaient, elle aussi, et ce n'était pas la même chose. D'ailleurs elle était trop bavarde. Et puis il y avait ce détail rédhibitoire à ses yeux : les types qui arborent des taches de gras sur leur chemise, qui ne se soignent pas, très franchement qui aurait voulu d'un mari comme ça? Elle n'avait pas l'intention de passer sa vie à nettoyer les fringues de Monsieur, à les lui repasser et à terminer son éducation parce que sa mère ne s'en était pas chargée. Elle voulait deux enfants : un ce n'était pas assez, trois c'était déjà trop. Mais on apprenait encore aux femmes à désirer des enfants, et après c'étaient elles qui s'en occupaient, non merci. Elle était très maladroite, elle cassait aussi les assiettes, et se cognait au coin des tables. Son groupe préféré, c'était les Breeders. Est-ce que je connaissais? J'en profitai pour vérifier, dans l'obscurité, que ma chemise était propre, et sans un pli. Hélas, ce n'était pas le cas. Au fond de ma turne

d'interne, je n'avais pas les moyens de repasser moi-même mon linge (et j'avais oublié de le laver, cette semaine).
Enfin, elle reprit son souffle et je pus placer un mot.
« Pourquoi tu t'appelles Hardy ?
— Parce que je suis courageuse, pardi. Et toi ?
— Je ne sais pas. Mon nom ne veut rien dire de particulier.
— Tu me raccompagnes, mais tu n'essaies pas de m'embrasser. Je déteste ça. D'accord ? »
Elle dit au revoir à tous ses amis, qui étaient nombreux, et je partis avec elle en direction de la station de métro la plus proche. Nous avons ri ensemble d'un type aviné qui a essayé de l'aborder sur le quai en lui donnant du « vous êtes très charmante, mademoiselle », elle l'a rembarré avec beaucoup d'humour puis, gêné, je lui ai simplement serré la main pour lui dire au revoir, et elle m'a demandé d'inscrire sur un paquet de cigarettes mon nom, mon adresse et mon numéro de téléphone. Pour la première fois depuis l'âge de sept ans, je ne me suis pas endormi en pensant à moi-même. Je laissai un message à Fran, afin de prendre un pot avec lui le lendemain ; tout le temps que dura son monologue habituel sur la vie immense et infinie qui me distinguait de tous les hommes dans le bar près du Val-de-Grâce, dans Paris et au-delà, il me vint des répliques habiles et malicieuses aux phrases de Hardy, qui passaient et repassaient dans ma tête comme les chevaux en bois d'un carrousel une fois que la fête est finie.

La semaine suivante, Hardy m'a appelé, nous sommes allés au cinéma et nous avons pris l'habitude de nous rendre chaque dimanche au multiplexe de la place d'Italie.

« Quelle merde, soupira-t-elle un soir. Après avoir vu un mauvais film, je me sens salie. C'est vraiment du temps gâché. Parfois – ça ne te fait pas ça aussi ? – j'ai l'impression d'apercevoir dans un coin de mon œil le compte à rebours

des minutes, des heures, des jours qui passent, et je me dis : il te reste exactement tant de temps avant de mourir, alors pourquoi est-ce que tu viens de perdre une heure et demie de ton existence pour rien ?
— Non, avouai-je, je ne pense jamais à ça.
— Tu as bien de la chance. Bon, sourit-elle, ça fait trois mois qu'on se connaît, tu ne m'as toujours pas embrassée, tu attends quoi, que je te donne l'autorisation ? Ce ne sera pas le cas. »
Je ne savais pas quoi répondre.
« Tu n'as pas envie ? »
J'ai fait signe que oui, j'avais très envie.

Jamais je n'ai compris ce qu'elle me trouvait, mais c'était moi qu'elle avait choisi ; et Hardy ne changeait pas d'avis. Elle travaillait avec beaucoup d'application, d'abnégation même : dans son dos à la bibliothèque je m'égarais parfois et je perdais toute ma concentration, contemplant des heures durant son bras blanc et les mille mouvements, les inflexions de son épaule et de son coude, qui étaient comme les signes d'un langage secret, d'une sorte de morse hypnotique dont je ne connaissais pas le sens. Elle ne cessait jamais de lire, d'étudier, elle avait soif d'apprendre, et ça se voyait à la façon dont elle tenait les livres, les ouvrait, les refermait. Ce sont ses mains que j'ai désirées le plus fort, parce qu'elles semblaient agitées d'une vie propre, qui refluait régulièrement de sa gorge, de son ventre et de ses seins, cependant que l'âme de son sexe, de ses cuisses et de ses mollets descendait plutôt tourner dans la valse continue de ses pieds sous la table : et soudain tout ce qu'elle avait d'énergique et de jeune remontait d'un mouvement nerveux, d'une rebuffade, pour venir picoter de nouveau la pointe de ses doigts, qui vibrionnaient d'impatience pendant qu'elle renouait son chignon en préparant ses sujets de colle du vendredi soir. Par exemple, elle répétait souvent ce geste qui rappelait celui d'une danseuse à l'échauffement, qui consiste à faire craquer ses phalanges les unes après les autres, avant de laisser tourner son poignet sur lui-même, comme une toupie. Elle ne portait pas de bracelet, mais le geste en faisait office. Jamais elle ne s'habillait aussi joliment qu'elle aurait pu, elle était négligente avec sa beauté, même si elle savait séduire un mec, sans doute que la chose l'ennuyait. Parfois, elle pleurait d'un coup, violemment comme un torrent, les avant-bras collés contre les yeux, et je n'avais pas la force suffisante pour lui découvrir le visage, c'était comme si elle cherchait à se protéger de gravats tombés du ciel en train de s'effondrer, puis ça lui passait, elle souriait et récitait : le monde est injuste, il faut l'accepter ou alors tu ferais mieux de te tuer. C'était une chanson. Elle était animée d'une haine viscérale des intrigants, des ambitieux, des héritiers, des êtres à moitié indignes qui veulent réussir parce qu'ils en ont les moyens, parce qu'on leur a mâché le travail, de ceux pour qui c'est facile, de ceux qui savent : pour nous, ça ne se passera jamais comme ça. On n'est nés de personne. Quelquefois, je l'ai même vue aguicher des hommes bien mis, dans l'espoir de leur faire du mal ou de les humilier. Mais ça ne durait pas : Hardy savait que le ressentiment était une perte de temps, le mépris une perte d'énergie.

Plus tard, j'ai connu sa mère, qui était douce et que tout terrifiait, et sa tante, qui ne doutait de rien mais qui avait mauvais fond. La vie n'avait pas été évidente. Hardy s'était faite toute seule, sans l'aide de quiconque; pour cette raison, certaines parties d'elle étaient solides, bien en place, presque trop, et d'autres, quand on la touchait au hasard de son corps et de son esprit, se révélaient instables, friables comme de la terre mal cuite, et s'effondraient au premier contact : son âme ressemblait à une très belle statue de sable et de marbre, dont on découvrait l'extrême solidité et l'extrême fragilité à mesure qu'on l'explorait du bout des doigts. Parfois, je touchais un point d'elle qui me semblait anodin, et tout s'écroulait, elle était prise de panique ; quelquefois, elle me semblait au contraire inébranlable, vissée sur un socle de bon sens. Plus je la connaissais, plus j'avais honte de m'être raconté des folies sur la mort, la vie, de m'être inventé avec Fran des chimères inutiles.

Elle ne cherchait qu'à s'en sortir dignement ; le reste c'était du luxe.

J'ai présenté Hardy à mes parents, qui l'ont tout de suite adorée, mais je n'ai pas parlé d'elle à Fran, jusqu'au soulèvement de l'hiver. Occupé par l'amour passionné, étourdissant que je lui portais, j'avais oublié presque complètement le sang et les promesses d'immortalité de mon ami ; quand il m'arrivait d'y repenser, en m'endormant après avoir passé la soirée avec Hardy, je ne me sentais pas comme quelqu'un qui a cru à Dieu et qui n'y croit plus, mais plutôt semblable à un homme qui entend le rêve d'un autre, qu'il n'a pas fait lui-même, et qui ne comprend pas comment l'autre a pu s'abandonner même les yeux fermés à de semblables féeries, qui du coup le jalouse presque de sa crédulité enfantine. À présent, mon saignement n'était plus rien d'autre : une belle fable pour l'âge innocent. Dès que j'essayais de me concentrer avec sérieux sur cette idée, mon esprit dérivait lentement, je pensais à l'avenir concret, j'avais dans l'idée de louer un petit appartement vers Le Plessis dès la rentrée pour l'occuper avec Hardy. Mais je n'étais pas certain de bénéficier de l'aide personnalisée au logement, et j'hésitais à prendre un petit boulot, peut-être bien serveur dans un bistrot. Je ne connaissais rien au véritable monde du travail, et j'en tirais un certain complexe d'infériorité à l'égard de Hardy, qui payait ses livres d'étudiante et ses tickets de restaurant universitaire en étant hôtesse d'accueil le week-end. Cette condition la révoltait.

Hardy croyait au *changement*, elle m'a initié aux questions sociales alors que j'étais apolitique, et je l'ai suivie. Il y avait à l'époque une ébullition nouvelle, suite à la longue crise économique qui avait échauffé le pays. Nous n'étions que des demi-spectateurs, demi-acteurs du mouvement, n'appartenant à aucune organisation et raisonnant avec la naïveté de ceux qui usent de bon sens en politique. D'autres, parmi les amis de Hardy, s'étaient radicalisés depuis longtemps et prédisaient l'imminence d'une guerre civile : plus rien ne tenait ensemble. À Paris, les grandes grèves de janvier ont tourné à l'affrontement avec les forces de l'ordre ; nous avons manifesté sous la neige, comme tous nos camarades étudiants. Quelques mètres devant notre rang, il y a eu trois morts : j'ai pris peur, j'ai voulu mettre Hardy à l'abri.

Peut-être parce que c'était la première fois que je la serrais entre mes bras, mon sang a coulé.

« Qu'est-ce qui se passe ? » Hardy a sans doute pensé que j'étais touché.

Je me suis excusé, le temps de sortir de la poche intérieure de mon blouson de cuir la drogue de Fran, que je conservais encore sur moi. Désireuse de m'assister mais fébrile et maladroite, Hardy m'a arraché la fiole des mains : la fiole est tombée et s'est brisée contre le trottoir verglacé.

Sous la porte cochère où nous nous étions réfugiés, à l'écart de l'affolement général, un autre type de panique dont je ne pouvais donner la raison à Hardy s'empara de moi. Je ne savais pas quoi faire. Bientôt, j'ai été littéralement couvert de sang, et j'avais beau éponger mes joues, mon cou, mes épaules dans mon épaisse chemise à carreaux, je pissais le sang. Sur les boulevards blanchis par l'hiver qui partaient de République, sous la fumée, dans la cohue, on m'a même pris pour un blessé. Je figure d'ailleurs sur une photographie des événements prise par l'AFP en tant que victime des violences policières.

Il fallait faire venir Fran au plus vite, pour qu'il me refile l'antidote : à contrecœur, j'ai communiqué son numéro de portable à Hardy, sans lui expliquer tout à fait qui il était. Et elle l'a rencontré.

Pour être honnête, j'ai eu en les réunissant le sentiment impudique et désagréable de mettre pour la première fois en présence deux moitiés ennemies de moi-même.

Sans dire grand-chose, nous avons mangé tous les trois dans un petit restaurant chinois.

Comme je pouvais m'y attendre, elle ne l'aima pas du tout, et il ne l'aima pas non plus. À la fin du repas, quand Hardy passa aux toilettes, Fran rapporta son plateau-repas au comptoir en murmurant : « Elle ne te croira jamais. » À travers les yeux de Hardy, je l'ai vu pour la première fois pour ce qu'il était sans doute : un grand dadais à la chemise sale et aux yeux d'hurluberlu.

« Mais qu'est-ce que c'est que ce mec ? » me demanda-t-elle sur le chemin du retour.

D'abord, je ne lui ai pas dit toute la vérité : j'ai louvoyé. Puis, comme si j'avouais ma faute, au printemps j'ai fini par lui expliquer que depuis que j'étais tout petit, j'étais persuadé que je ne mourrais pas, et que c'était Fran qui m'avait appris à y croire dur comme fer. Il pensait que j'étais un élu, ou quelque chose d'équivalent. Moi, je n'en savais rien, même si je l'aimais bien.

Je revois la scène : nous nous trouvions tous les deux, Hardy et moi, allongés sur une riche colline de trembles et d'érables de ma région natale, les vélos à terre. Il était près de minuit et nous contemplions les étoiles au-dessus des quelques fermes rénovées, dont les lumières flanchaient déjà dans l'obscurité. Hardy a déposé ma tête contre son ventre et m'a longuement flatté les cheveux ; je la sentais mal à l'aise avec ma pathologie secrète, pourtant elle a été très patiente.

« Je crois que Fran n'est pas ton ami. Il te fait du mal. On a tous connu quelqu'un comme ça. Tu ne vas jamais commencer à vivre, si tu l'écoutes. Je t'aime beaucoup, mais tu es coincé. »

Je tentai de lui expliquer que gamin je n'avais pas eu d'autre ami. C'était mon compagnon.

« Tu as eu besoin de lui faire confiance quand tu étais petit. C'est normal. »

Pour l'une des rares fois de ma vie, j'ai pleuré, mais peu et pas très longtemps, parce que j'étais pudique et que j'avais très peur de me répandre : « Je ne peux pas faire autrement, je crois que je ne vais jamais mourir. Je le crois vraiment. Je ne suis pas comme les autres. » J'aurais aimé argumenter, étayer mon raisonnement par des preuves, ou du moins des indices remarquables, et je ne le pouvais pas ; je n'arrivais même pas à lui faire comprendre à quel point j'y croyais, tellement je craignais qu'elle me demande alors, voire m'ordonne d'aller consulter un médecin (j'avais peur des psychanalystes et des psychiatres), ou bien qu'elle me laisse tomber sur-le-champ. J'avais pensé ne plus prêter attention aux affabulations de Fran, mais maintenant qu'on attendait de moi que j'abjure, je retrouvais une sorte de foi, je ressentais de nouveau la confiance ferme et enfantine que j'avais accordée à ce fou dans les premières années de ma vie.

Hardy s'est montrée très patiente. « Réfléchis un peu : tu *sais* que c'est faux, ce n'est pas *possible* de ne pas mourir. Il faut grandir un peu. » Et de sa longue main veinée, qu'elle a portée au creux de ma nuque, elle a plongé mon visage inquiet au creux de son ventre, face à son sexe sous la robe d'été. « Tu vas mourir, comme tout le monde. Je t'aime. »

C'était la toute première fois qu'elle me le disait. Il fallait choisir entre son amour et ma folie : j'ai choisi.

À compter du lendemain, je n'ai plus répondu aux appels de Fran. J'étais transporté par l'amour que nous faisions, Hardy et moi. Elle était très sérieuse dès qu'elle baisait, elle ne plaisantait jamais pendant l'acte : une ride, toujours la même, lui barrait le front, de douleur et de plaisir mêlés, et ensuite elle avait les mains tremblantes, puis elle se reprenait et vaquait nue à ses activités ; elle s'asseyait à poil sur une chaise en osier pour bûcher ses partiels, et moi je la regardais avec la queue dressée en déclarant en transe que tous les hommes qu'elle connaissait auraient eu envie de se trouver là, à ma place, ses camarades, ses professeurs, le moindre mec dans la rue. Ses seins, ses fesses, sa chatte sur la chaise en osier : ils auraient tous donné leur âme, leur vie, pour la regarder, pour l'attraper, pour me la prendre et la baiser.

Ah, les hommes. Hardy riait, passait dans la salle d'eau, et je restais seul à gémir de désir sur le lit à même le sol, dans notre minuscule chambre de la cité universitaire.

Ce furent des jours particulièrement heureux : étudiants inscrits à un programme d'échanges européen, nous sommes partis pendant les vacances explorer le continent en bus, à pied, sous la tente. Parler, marcher, plaisanter, dormir, faire l'amour et manger suffisaient. D'auberges de jeunesse en bivouacs, de festivals d'été en *trailer parks*, nous avons fait connaissance de chrétiens fervents, de gothiques et de nihilistes, de défenseurs des droits des animaux, de jeunes néonazis patriotes et de communistes internationalistes, d'ordures et de gens admirables (l'Europe commençait à basculer dans une nouvelle ère, alors, sans avoir dit adieu à la précédente, c'était une période d'hésitations parmi des dizaines de croyances politiques, religieuses, philosophiques, on ne savait pas ce qui en sortirait, et les personnes les plus étonnantes et les plus inquiétantes se multipliaient) ; les voyages rendent peut-être trop tolérant, j'ai eu tendance à me dire que tout le monde avait ses raisons de s'illusionner. L'idée de mon immortalité s'est éloignée, elle a disparu dans la foule des mille et une lubies de tous les autres. Qui ne croit pas à quelque chose d'imbécile aux yeux de ses semblables ?

Je réfléchissais à l'appartement près du Plessis-Robinson que je souhaitais nous louer à la rentrée, à présent que Hardy s'était inscrite en médecine. En discutant, nous avons dessiné à grands traits une possible vie commune, une famille, un foyer.

Et puis un beau jour, au milieu de nulle part, dans une forêt de châtaigniers d'un pays d'Europe méridionale, Fran nous a retrouvés. Nous allions dans l'ornière profonde de la sente, en recomptant le peu d'argent (mais qui nous appartiendrait vraiment) que nous gagnerions d'ici à l'année prochaine. Barbu, l'homme est arrivé au-devant de nous : j'ai cru que c'était un bûcheron à qui demander notre chemin. Il était déjà trop tard lorsque je l'ai reconnu : en l'espace d'une seconde, il m'avait poignardé plusieurs fois à la poitrine. Hardy s'est jetée sur lui en hurlant et l'a roué de coups, mais Fran était grand, il n'a eu aucun mal à la mettre à terre. Pourtant, au moment de porter le coup de grâce, mon ami a faibli, et a jeté son arme.

« Excuse-moi, vieux. » Il voulait m'aider. Il voulait nous prouver à tous, il voulait se prouver et me prouver que j'étais immortel. Il avait décidé de me tuer pour me faire voir, pour lui montrer aussi. Maintenant il était désolé de son geste.

Quelle idiotie. Moi, je toussais, la bouche pleine de sang, en travers du sentier. Fran était médecin, il m'a prodigué les premiers soins et j'ai été rapatrié d'urgence en France. J'ai failli y passer, mais je me suis remis. Je ressentais de

temps en temps une douleur lancinante au flanc droit et je boitais. Mon ancien ami s'est constitué prisonnier. Et au procès, il s'est tu.
Puis il est parti en détention pour des années. Mes parents et Origène avaient été si effrayés par l'agression sauvage, sans raison, et par l'atmosphère d'insécurité (« Le pays va mal »), qu'au terme de ma convalescence j'ai rompu avec le milieu étudiant sur leurs conseils, j'ai renoncé à toutes mes vagues ambitions et j'ai passé les concours administratifs, j'ai intégré les corps d'État et j'ai été nommé à l'Office français des réfugiés politiques, dans le service d'un ancien collègue de mon père. Je crois que Hardy et moi avions dans l'idée de nous protéger de l'orage qui menaçait, dès le premier coup de tonnerre. Il faut dire que l'ambiance en France était délétère, il y avait même des attentats. J'avais très peur, désormais, et elle aussi. Jamais nous ne nous sommes complètement libérés de cette crainte, jusque dans le bonheur domestique que nous avons réussi à mériter et à nous offrir, en gagnant notre vie le plus honnêtement possible. Juste avant notre mariage, je lui ai juré que je ne croyais plus aux sornettes de Fran (elle voulait en être certaine pour ne pas avoir de mauvaise surprise en cours de vie conjugale : elle n'épouserait pas un taré qui se prend pour Jésus, m'avait-elle prévenu). De fait, j'étais tout à elle, je lui appartenais, je savais que j'étais un homme comme les autres, de chair et de sang, qui naît, qui grandit et qui meurt. Nous avons alors embarqué pour la vie adulte, sur le quai de la jeunesse, comme on s'engageait jadis sur un transatlantique, avec tous ses bagages et sans idée de retour. Puisque les loyers en Île-de-France étaient trop chers et que Hardy détestait la banlieue grise et sordide où elle avait passé sa petite enfance, nous avons emménagé dans l'Indre-en-l'Hombre, à Mornay, dans une jolie maison en brique qui donnait sur

un jardin carré. Hardy abandonna les études de médecine, et elle tomba enceinte. Devenue pharmacienne après la naissance de notre fille, elle travailla d'arrache-pied à nous confectionner une vie suffisamment digne et douce : la chambre de l'enfant était décorée de papiers découpés de couleur comme ceux de Matisse, qu'elle passait la nuit à fabriquer; à une vieille dame élégante et aveugle qui aimait les chats errants et qui habitait à deux rues de chez nous, elle porta régulièrement à manger – et en retour la vieille dame aveugle garda souvent notre fille, et nous aida.

« Attention, je ne veux pas être qu'une mère », me prévint Hardy.

Elle lisait beaucoup, dans le bus de ville bondé qu'elle prenait pour aller à la pharmacie, ou bien le soir au lit. C'étaient souvent des ouvrages d'idées, sur l'histoire de la condition des femmes et, plus généralement, des livres de critique radicale de la société. Elle militait, un peu.

Il arrivait que nous nous disputions à propos de mon travail, parce que ma fonction consistait essentiellement à refuser à des personnes persécutées dans leur pays le droit de venir ici, que Hardy défendait dans des associations humanitaires : on ne peut pas aider tout le monde, lui disais-je, il vaut mieux s'occuper de nous et d'un petit nombre de personnes, et le faire bien, que de faire venir tout le monde, et de n'avoir plus de ressources à partager, ou de les partager mal.

Elle criait fort, je me taisais – et Dieu sait qu'elle avait de la voix pour deux.

Parfois, aussi, je pensais à Fran et je me demandais ce qu'il était devenu. Nous avions de nouveaux amis, des collègues, des connaissances, nous allions au théâtre national, au cinéma d'art et essai, et chaque fois que je sortais du spectacle sur le Grand Cours j'allumais une cigarette en pensant : si une voiture venait à m'écraser, là, maintenant, et que je rendais l'âme, est-ce que je ressusciterais dans la minute qui suit? Il me semblait que personne, tout autour de moi, dans les rues automnales de Mornay, de cet univers temporaire, ne survivrait à la mort et à l'oubli. Mais moi... Je n'en savais rien. Je n'étais qu'un petit fonctionnaire. Seulement, lorsque je quittais la petite maison en brique au jardin carré pour aller m'acheter un paquet de clopes, seul et plongé dans mes pensées, j'étais traversé par le sentiment fugace mais intense et indéniable d'être immortel. Le sentiment ne durait pas très longtemps. Je rentrais, et il fallait apporter la voiture au contrôle technique ou accompagner la petite à ses cours de danse près de la collégiale.

Et puis Hardy m'aida à arrêter de fumer : ma fille m'encourageait en cochant chaque matin sur le calendrier des pompiers un jour de plus passé sans allumer la moindre cigarette.

J'obtins un poste à la préfecture de Mornay, et afin de célébrer l'événement nous organisâmes une grande fête à la maison, pendant que la vieille voisine aveugle veillait sur notre petite fille. À la fin, Hardy ressortit sa guitare Martin, joua une chanson dont elle chercha longtemps les accords, dont elle ne se souvenait plus, et fondit en larmes. Puis elle dit : « Je ne pleure pas parce que je suis triste, ne vous inquiétez pas, je pleure de joie. »

Alors nous eûmes un second enfant.

Ensuite? La vie m'a filé entre les doigts sans même que je m'en rende compte. J'étais prévenu, comme chacun d'entre nous.

Hardy et moi nous sommes énormément aimés, peut-être trop. Son corps a pris l'empreinte du mien, le mien a pris l'empreinte du sien, tant et si bien qu'on ne savait plus qui était le sceau et qui était la cire. Quand nous n'avons plus fait qu'un, nous avons été comme mélangés, absorbés tout autour de nous par les choses à faire. Oh, rien d'intéressant, rien d'inintéressant non plus : les courses au supermarché, les rendez-vous chez le dentiste, des voyages, le va-et-vient des semaines, des mois, des années, des saints et des jours fériés sur le calendrier des pompiers. La mort des parents, également. Quelques grains de beauté de Hardy ont grossi. Surtout celui à la lisière de son sourire et de sa joue. J'ai vu naître la moindre de ses rides : j'en connaissais la forme, la cause et la biographie. Sous son visage, comme l'eau profonde sous l'eau superficielle, je voyais couler le visage de sa jeunesse. Sa chevelure, son port, sa tenue, ses gestes, son rire : tout s'altérait avec douceur au fil des ans, mais rien n'effaçait les couches successives de souvenirs, qui formaient un lac profond, dormant, sous la surface de *maintenant*. Ai-je fini par vivre avec la Hardy du passé plus qu'avec celle qui se tenait à mes côtés ? Il est possible que je l'aie négligée au profit d'elle-même.

Car Hardy rêvait d'une autre vie et des États-Unis, dont parlait tout le temps le vieil Origène, quand nous allions débroussailler le jardin du chalet qui nous appartenait désormais. Elle n'avait pas fait les bonnes rencontres. Souvent, elle regrettait d'avoir abandonné les études de médecine, d'avoir délaissé la musique, ou bien d'avoir eu un enfant trop tôt. Elle ne pleurait plus, simplement elle regrettait, elle parlait moins durant quelques heures, et je devinais qu'elle y pensait, elle aussi. Puis elle se reprenait et disait : c'est comme ça !

Mais ne vous méprenez pas : nous étions heureux. Les vacances ressemblaient de plus en plus aux semaines de travail, mais également les semaines de travail aux vacances. Les enfants ont grandi, nous commencions à penser à la retraite et qu'il aurait été bon de vendre le chalet qui nous demandait beaucoup d'entretien pour acheter une petite résidence en bord de mer. Sexuellement, il arrivait qu'elle me repousse : « Je ne veux pas. » Puis elle le faisait avec rage et vigueur, comme pour consumer une année en une minute, et me laissait essoufflé, vide et vague, mais de moins en moins. Aussi, un jeune homme, dans l'association caritative où elle donnait un coup de main, tomba amoureux d'elle, et je le lui ai reproché. La première fois que je vis le garçon en question, il me dit : « Monsieur, c'est un véritable trésor que vous avez là. Si vous divorcez un jour, et je ne vous le souhaite pas, passez-moi un coup de fil. » Par la suite, ils eurent une aventure brève et fiévreuse, il lui demanda de me quitter pour lui (elle fit sa valise et partit pendant une semaine), mais elle décida de revenir. Ce fut l'occasion d'une crise et je finis par lui demander pourquoi elle m'avait choisi : « Je n'ai pas eu de passion pour toi, mais je n'ai jamais eu beaucoup de chance, et toi tu me rassures, tu me calmes, tu t'occupes bien de moi alors je t'aime pour ça. »

Elle était honnête, comme elle l'avait toujours été.

Hardy n'était plus jamais nue, depuis que nous avions eu les enfants, mais ce soir-là, elle s'était allongée sur le divan devant le poste de télévision en culotte de coton. Elle m'a dit : « Il me semble que la vie est un chemin qui va dans la montagne, régulièrement tu peux prendre à gauche ou à droite, tu peux t'arrêter ou avancer, et puis le temps passe, au bout d'un moment tu regardes autour de toi, dans la végétation, tous ceux qui sont nés en même temps, tu te demandes qui monte le plus vite, à quoi ça sert, il y en a qui ont été aidés, certains qui ont choisi un meilleur chemin ; quand tu te poses trop de questions, tu tournes en rond, tu vois les autres s'éloigner, tu es en retard, alors tu te poses encore plus de questions, tu te demandes comment font ceux qui marchent droit devant eux, sans s'arrêter, vers le sommet, mais il n'y a rien derrière. Il y a un moment où tu acceptes de te promener. Tu montes quand même, mais... »

Elle a bu un verre de vin rouge.

« Tu y crois encore. Si tu savais comme ça me rend triste, après toutes ces années. C'est comme si tu me trompais.
— C'est toi qui m'as trompé.
— Non, ça n'avait aucune importance. Toi, c'est sérieux. Tu y penses encore. Tu penses que tu ne vas pas mourir. Avoue.
— Non, ai-je juré (et à cet instant je disais la vérité absolue), je n'y crois plus du tout. »
Alors Hardy m'a serré dans ses bras, poitrine nue : « Mon amour. »
Et puis soudain, peu avant qu'elle fête ses cinquante ans, elle me fut enlevée. Elle tomba malade, on diagnostiqua un cancer généralisé et foudroyant, quelque chose d'impensable, elle n'eut pas le temps de savoir qu'il ne lui restait probablement qu'un mois à vivre, déjà elle était partie.
Je n'avais rien vu venir, je savais que ça allait arriver, mais je n'y croyais pas. J'avais tellement à lui dire encore, je l'ai suppliée de ne pas me laisser. Je l'ai haïe.
À son chevet, je pleurnichais, et le sang coula de mon nez, faiblement, comme il n'avait plus coulé depuis des dizaines d'années. « Jamais je n'aimerai quelqu'un comme je t'ai aimée », répétai-je avec un air pathétique à son chevet quand elle était déjà morte, et des rivières rouges parcouraient déjà le réseau de mes rides, le long des fanons de mon cou, sous le col de ma chemise, imbibant le vêtement. Je ne pouvais pas rester, les infirmières n'allaient pas tarder et j'ai retiré avec délicatesse ma main de la sienne, qui s'était engourdie.
Je suis rentré seul à la maison, sans prévenir les enfants.
Après un instant d'étourdissement, de rage et d'abattement, je me souviens d'être parti couper des copeaux de bois dans le jardin. Mon nez, malgré la compresse appliquée sur ma peau grise et rose de veuf prématuré, continuait de laisser échapper un léger filet de sang. Ce qui me

fit le plus de peine, ce fut d'avoir conservé une fiole durant toutes ces années à l'insu de Hardy, sans jamais en avoir eu besoin, sous une latte du plancher de notre chambre. Oui, je l'avais trompée. Et pourtant, je n'y croyais pas, ou presque.

Comme ça ne cessait pas de couler, il a fallu me résoudre à sortir la chose de sa cachette honteuse. J'ai inhalé le produit, le saignement a cessé.

À quelques années de la retraite, je me suis donc trouvé seul et la petite maison en brique au jardin carré est devenue trop grande pour moi : après les formalités d'usage, les enfants qui étaient venus en catastrophe étaient repartis, ils ont crié leur douleur et pleuré à la manière de leur mère, ils m'ont soutenu, ils m'ont appelé trois fois par jour, ils m'ont nourri, ils se sont fait du souci mais ils ne pouvaient pas comprendre qu'il n'existait plus personne sur cette Terre pour moi.

Peu de temps après l'incinération de Hardy, j'ai reçu le coup de fil d'un notaire : « Je dois vous parler au sujet d'un héritage que vous venez de faire.

— Je sais, ai-je répondu d'un ton morose, c'était ma femme.

— Excusez-moi, monsieur. Il s'agit de quelqu'un d'autre. »

Je me suis rendu à l'enterrement de François, dans la banlieue de Paris. C'était un jour gris morne, et il y avait un peu de monde. Mon costume avait servi pour la précédente cérémonie, je ne l'avais pas repassé ni même lavé depuis, je crois bien je n'étais même pas rasé, je me suis tenu à bonne distance du cortège et j'ai à peine entendu l'homélie, parce qu'il y avait du vent. Pourtant, cinq ou six hommes cravatés, de tous âges et de toutes conditions, se sont approchés de moi avec à la fois respect et mépris, sans me tendre la main, ils m'ont demandé mon nom. Puis ils m'ont observé sous la lumière affaiblie du début d'après-midi, sans doute que je n'avais pas fière allure, et je me suis excusé :

« Je viens de perdre mon épouse aussi. »

Ils m'ont invité à prendre un verre, dans un bar-tabac à la sortie du cimetière, près de la centrale de bus.

Les hommes étaient gênés. Durant quelques années, quelques mois seulement pour certains, ils avaient cru en moi, m'avouèrent-ils. J'avais tenu le rôle d'une sorte de messie par procuration dans la secte à laquelle ils avaient appartenu. Bien sûr, se justifièrent-ils en riant nerveusement à tour de rôle, tout cela était ridicule. Mais Fran les avait convaincus, à l'époque ils étaient jeunes ou en situation d'extrême fragilité psychologique, en tout cas influençables.

« Est-ce que je peux vous poser une question, maintenant que je ne crois plus à cette histoire d'élu ?

— Oui.

— Je me suis toujours demandé si vous faisiez semblant.

— Semblant ?

— D'avoir oublié, de ne pas y croire vous-même. C'était ce que Fran pensait.

— Je ne sais pas, ai-je répondu.

— Vous ne savez pas du tout ? Ni dans un sens ni dans l'autre ?

— Non. »

Il me sembla qu'ils me plaignirent en silence, tandis qu'ils terminaient leur eau gazeuse (ils ne buvaient pas d'alcool). Eux savaient avec certitude qu'ils finiraient au cimetière, peut-être même dans le carré de pierres tombales auquel nous tournions le dos, en tout cas enterrés ou incinérés, comme tous les autres êtres humains. Et moi, après tout ce temps, je n'en avais pas la moindre idée. Sonné, je me suis excusé d'être resté indécis, de ne jamais avoir choisi tout au long de ma vie. Ils me parlaient avec un peu d'humour, une pointe d'amertume aussi, de la condescendance peut-être, mais ne me reprochèrent rien explicitement. Pour eux, la secte appartenait au passé. J'étais un pauvre type comme nous tous, et rien n'était ma faute. Fran s'était pris pour un gourou et il m'avait choisi sans me demander mon avis. Ça aurait pu tomber sur n'importe qui. Voilà, c'était tombé sur moi.

J'en ressortis pourtant avec le sentiment d'avoir été coupable (de quoi? je ne sais pas), et la clef de l'appartement que Fran m'avait légué, où il avait passé les dernières années de son existence solitaire. C'était en banlieue nord, en haut d'une tour, au-dessus des voies ferrées. Quand je suis entré, la salle à manger sentait le renfermé, le cuir des chaussures, les rideaux qui prennent l'odeur du tabac froid, et j'ai ouvert grand les fenêtres; bien sûr, il y avait encore beaucoup de photographies de moi, des cahiers d'écolier, des carnets Moleskine, des fiches et des dossiers, mais pas tant que ça. J'étais venu avec l'espoir de trouver une preuve, un indice, quoi que ce soit qui étaierait sa thèse; je ressortis sans le moindre élément qui m'aurait permis de me forger une conviction « dans un sens ou dans l'autre », selon les mots de l'ancien membre de la secte. Comme il l'avait fait dès le début, Fran avait cru, rien de plus. Il prétendait avoir lu un livre, il y a longtemps; très vite, il n'en avait plus parlé. Sa croyance était sans fondement. Moi je n'avais pas de raison de faire confiance à cet homme plutôt qu'à un autre.

J'ai mis l'appartement en vente, et j'ai redistribué la somme obtenue sur les comptes bancaires de mes petits-enfants.

Je suis devenu le grand-père ordinaire, vous savez : chenu, le béret sur le crâne, affable avec la jeunesse qui porte bien le cheveu que je n'ai plus.

Ma vie a encore été longue. Ce fut une vie comme toutes

les premières, mêlée, hésitante, de ci et de ça, de compromis, de promesses, de peurs, au fil des rencontres, on fait tous comme on peut, n'est-ce pas ? Tout s'en est allé.
Et aujourd'hui comme hier, je ne sais toujours pas si la mort me concerne, ou pas. J'y pense tout le temps, et j'hésiterai jusqu'à la fin.

En maison de retraite médicalisée, je termine mon existence malade, rasé, de tables d'opération en salles d'animation pour le troisième âge, je reçois encore la visite de ma fille, ses enfants et ses petits-enfants. Assis au fond du fauteuil à dossier capitonné, à la droite du lit inclinable, je souris. Sur le bureau en formica, près du poste de télévision, une photographie de famille, une autre de Hardy radieuse, le sac de randonnée sous le bras, dans une forêt de châtaigniers, à l'âge d'à peine vingt ans. Comme elle me manque... Je lui parle souvent, elle ne répond jamais. Elle me regarde, et sourit avec une joie immuable. Quelques revues. Dans le placard, mes vêtements qui sentent la lavande. Par la fenêtre, j'aperçois l'allée en brique, le parking, les collines.

Soudain, je sens résonner aux portes de mon cerveau le glas de l'embolie.

En grimaçant, je me lève, je m'assois sur le lit, je m'allonge, et je croise les bras sur la poitrine, tel un chrétien d'antan. Je suis si vieux. Le moment est venu : la mort est là. En refermant les yeux, je dois avouer que je n'ai plus la moindre idée de ce qui m'attend : il est possible que toute ma vie n'ait été qu'une fable pour me faire croire que je n'en finirais jamais. J'y ai cru pour Fran, j'y ai cru pour Hardy. Me voilà seul, et *je ne sais pas*. Que puis-je faire ? Mes mains noueuses se crispent, se tordent, je respire avec difficulté. La décision, que j'ai tant attendue, va tomber.

Je pense à Hardy : excuse-moi, je t'en supplie. Je pense

à Fran, aussi : je voudrais croire, mais je n'y parviens qu'à demi.
Tiens-toi bien, au moins, me dis-je.
Jusqu'au bout, je me sens ridicule, je suis comme un enfant qui passe un examen. Je rouvre les yeux, gêné. « Est-ce que ça y est ? » demandé-je d'une petite voix, dans la chambre vide et silencieuse.

LA DEUXIÈME

Je vivais de nouveau.
Je n'avais pas continué de vivre, j'avais recommencé à vivre.
Il m'en a fallu du temps pour me rendre compte que je n'avais pas ressuscité non plus dans le corps d'un autre, mais que j'avais recommencé à être *moi*, ni plus ni moins. Et j'étais revenu au début. Ce n'était pas clair. D'abord inconscient, j'ai retrouvé dans un état de trouble les sentiments limpides de mon enfance. Au fil des mois, vif et remuant, insouciant mais perturbé par l'ombre d'une sensation de redite, j'ai reconnu le chalet au toit en bâtière, la lisière des bois ensauvagés, les étangs, les sentiers qui sillonnent et l'arbre aux doigts crochus. À peine avais-je fait mes premiers pas pour la seconde fois que je me suis échappé du domicile afin de vérifier que tout était là. Et rien ne manquait : le chien noir, le petit pont romain qui enjambe la rivière et la Dodge étincelante d'Origène sur la place du village.
L'hiver il faisait froid, l'été il faisait chaud, et ainsi de suite. Jusqu'à deux ou trois ans, c'est au travers d'un brouillard de toutes les perceptions que je pressentais ma vie antérieure ; c'est seulement lorsque j'ai recommencé à

parler que je me suis représenté clairement et distinctement la situation : je reprenais la même vie à zéro. Tétanisé, je n'ai pas osé agir autrement qu'en bredouillant de nouveau ma première existence. Par la vitre de la porte de la cuisine, mon père me surprenait toujours (alors que j'aurais pu me cacher pour lui dissimuler mon ombre), puisque je faisais exprès de répéter les erreurs d'antan. Cet effort m'a bientôt épuisé, car interpréter une vie comme un acteur demande – je vous prie de bien vouloir me croire – infiniment plus d'énergie que de la découvrir à mesure qu'on la vit. Parfois je me laissais aller et quand je m'endormais sur la table de la cuisine, ma mère, qui préparait le dîner, me caressait la joue d'un air préoccupé : « Il me semble que cet enfant se fatigue trop vite. »

Et puis il a fallu rentrer à l'école, qui se trouvait de l'autre côté de la rivière, par le petit pont romain. Mes cheveux ont légèrement bruni, j'étais taciturne, je n'ouvrais même pas mon cartable, je ne disais pas un mot et l'instituteur s'en est inquiété auprès de mes parents.

Tout était revenu, à ceci près : je me souvenais.

Fran avait raison.

D'abord, j'ai voulu m'assurer que ce n'étaient pas de faux souvenirs, que j'avais vraiment vu ce que je voyais et entendu ce que j'entendais près de quatre-vingts ans auparavant, au moindre détail près ; le soir, je récapitulais à voix basse mes précédentes expériences pour tenter de visualiser par avance ce qui allait se passer. Plus mon esprit s'éclaircissait, mieux je parvenais à prévoir les petits événements du quotidien : même si je n'ai pas déjà évoqué cette scène, parce qu'elle ne correspondait pas à un souvenir exact, dès que mon père partit pêcher des écrevisses, je sus avec certitude qu'il n'en attraperait aucune, parce que cet épisode m'était familier. À vrai dire, tout m'était familier : les papillons de nuit, le noiraud, la couette en plumes d'oie.

Il y avait eu mort et renaissance, puis la vie avait repris, mais pourquoi ? Sans cesse, la question piquait et excitait mon esprit de vieil homme rajeuni : pourquoi moi ?

J'aurais voulu comprendre ce qui m'arrivait, et je ne pouvais pas m'en ouvrir à mes parents ni à Origène, qui se seraient fait du souci pour ma santé mentale.

Dès l'âge de cinq ans, j'avais fait semblant d'apprendre de nouveau à lire.

Passionné par la vie éternelle, j'ai deviné bien vite que l'immortalité catholique ne me concernerait pas : je n'étais pas en Dieu, j'étais bien de chair et de sang, retourné à l'état d'enfant. À l'exception de mes souvenirs, les lumières intellectuelles dont je disposais pour éclairer ma condition étaient rares. Nous habitions loin de tout. À la maison il n'y avait même pas d'encyclopédie, seulement un dictionnaire. Mon état d'exception, j'en ai d'abord cherché l'explication dans la littérature (je me souvenais du livre prophétique évoqué par Fran), empruntant à la bibliothèque du village une version de Gilgamesh pour les plus jeunes. Dans le mythe, le héros demeurait mortel à la fin. Au fil des mercredis après-midi, sur les rayonnages poussiéreux, j'ai déniché de vieux volumes de Wordsworth : « *Of first, and last, and midst, and without end* ». C'était peut-être moi, mais la poésie ne disait jamais pourquoi. Quant au roman, c'était un genre de mortel, à quelques exceptions près : le Juif errant, Dracula, Orlando, c'est-à-dire rien de sérieux. Dans la science-fiction, j'ai entrevu la promesse d'une explication moins allégorique de ma condition : j'ai parcouru *Les Seigneurs de l'Instrumentalité*, *Le Fleuve de l'éternité*, *Le Livre des crânes*. Je n'ai trouvé que des symboles, aucune cause. Mon problème était pourtant bien concret : comment expliquer que j'avais ressuscité au sens littéral et non littéraire du terme ? Grâce à un genre plus pointilleux de nouvelles d'anticipation, telles que celles de Greg Egan ou de Ted Chiang, j'ai commencé à espérer en la science exacte. Hélas, nous n'avions pas de connexion internet, et mes sources d'information étaient trop faibles ; quant à ma première éducation scientifique, elle était restée insatisfaisante, puisque j'avais arrêté trop tôt l'université.

J'étais un monsieur âgé et cultivé, qui bénéficiait de toute son expérience, de sa mémoire profonde, de son intelligence aiguë, dans son corps d'enfant, avec la vigueur et l'énergie inépuisable d'un petit homme. Mais je me trouvais condamné à faire et refaire les mêmes gestes, parce que je dépendais en toutes choses de mes parents. Quel gâchis.

Un jour de printemps, j'ai mécaniquement ramassé au pied de l'arbre l'oiseau au plumage d'argent, je l'ai soigné et le bâtard l'a tué. Au soir, j'ai entendu chanter le merle noir par la fenêtre de ma chambre, et j'ai su.

Quel soulagement, lorsque Origène est venu, la nuit où j'ai saigné... Il a fallu partir pour l'hôpital et, le visage collé contre la vitre, j'ai vu revenir à moi les immeubles tagués, les voies ferrées luisantes au petit matin, à la lumière des réverbères, les bâtiments en verre, les routes entrelacées et les sous-vêtements qui séchaient aux fenêtres : Paris ! Tout recommençait. Quelque part dans les barres de banlieue nord vivait certainement Hardy âgée d'à peine sept ans, pensais-je. Elle habitait ici, elle existait de nouveau, même si j'avais du mal à l'admettre.

Au Val-de-Grâce, j'ai eu peur un court instant de ne pas le trouver, d'avoir affaire à quelqu'un d'autre. Mais l'homme était fiable. Et il n'avait pas changé. Par le carré de verre épais dans la porte coupe-feu, j'ai deviné sa silhouette, haute et blanche, puis je l'ai regardé droit dans les yeux dès qu'il est entré et qu'il m'a dit : « Salut, mon vieux. »

Nom de Dieu ! Je lui ai sauté dans les bras, je lui ai dit que je savais déjà tout : « Tu t'appelles François, on t'appelle Fran, tu cherches quelqu'un qui saigne et qui ressuscite. C'est moi. Est-ce que je peux te taxer une cigarette ? Je n'ai pas fumé depuis que je suis né. »

Dans la mesure où je me suis révélé capable de lui rappeler les moindres détails intimes de sa vie, à propos de la femme qu'il avait tant aimée, des tatouages noircis qu'il portait sur les cuisses, de sa fascination pour cette petite zone sous la commissure des lèvres, où parfois la barbe des hommes ne pousse pas, il m'a cru.

« Je suis content de te revoir, n'arrêtais-je pas de lui répéter. Tu es toujours le même, incroyable ! » Et, avalant à demi mes mots dans la précipitation, je le suppliai de m'apprendre ce qui se passait.

« C'est difficile à croire mais tu ne mourras pas, ni cette fois ni celle d'après. Tu es...
— Je sais, je sais. Mais je veux dire : qu'est-ce qui se passe vraiment ?
— Tu es éternel. Tu...
— Arrête, tu te répètes.
— Est-ce que tu...
— Tu allais me demander si je crois à un dieu, ou à quelque chose d'équivalent ?
— Oui. »

Je me suis assis sur la table en inox du laboratoire pour me dresser à sa hauteur. « Je le savais. Tu te rends compte que je connais déjà tout ce que tu vas dire, tout ce que tu vas faire ? Tu vas me donner la fiole, avec le liquide incolore qui sent très fort ? »

« Oui. » Il n'avait pas l'air très étonné. Il a fouillé au fond de la poche intérieure de sa blouse d'interne, il en a sorti un stylo, un couteau (avec lequel il avait tenté de me tuer, jadis), et enfin la petite flasque, dont il a gratté avec la tranche de l'ongle la colle résiduelle à l'emplacement de l'ancienne étiquette.

« Tiens. Tu sais déjà quoi faire avec.
— C'est fou. Tu n'as plus rien à m'enseigner. J'ai déjà tout dans la tête.
— C'est ta quantième ? »
Avec les doigts, j'ai fait signe : deux.
« Ah oui, seulement. Tu dois être très excité. Qu'est-ce que tu as fait, la première fois ?
— Je ne t'ai pas cru.
— Pourquoi est-ce que tu ne m'as pas cru ?
— À cause d'elle.
— Une femme. Tu étais heureux ?
— Très.
— Allez, raconte-moi. »
Et je lui racontais qui était Hardy, comment elle était morte. La cigarette était presque terminée.
« D'après toi, je vais mourir et renaître, la fois d'après, et d'encore après ?
— Oui.
— Mais tu n'as pas de preuve.
— Non. Comment veux-tu prouver un truc comme ça ?
— Qu'est-ce qui me dit que ça ne va pas s'arrêter la prochaine fois ?
— Rien. Mais ça ne s'arrêtera pas.
— Comment tu le sais ?
— J'y crois.
— Mais Fran, voyons, ça ne suffit pas. Il y a un sens à l'ensemble. On m'a choisi, ou bien... Je ne sais pas.
— Tu connais mon avis. Je te l'ai dit mille fois, je suppose.
— Oui.
— Alors je te suis. Tu le sais mieux que moi. »
Je n'y ai pas prêté attention sur le moment, mais maintenant je mesure à quel point il n'était plus aussi passionné qu'auparavant par mon caractère miraculeux. Qu'est-ce

qu'il me cachait ? La première fois, il m'avait entraîné avec fougue, il marchait devant et je le suivais. Mais j'étais passé de l'autre côté : à présent c'était à lui de courir derrière moi. J'avais l'impression de l'avoir connu tout fringant par un beau matin ensoleillé, et de le retrouver un peu las au soir tombé.

Durant toute l'enfance, je l'ai rencontré une fois par mois derrière le petit pont romain du village afin de lui dicter le plus précisément possible ce qu'il y avait d'intéressant à retenir de ma première incarnation : pas grand-chose, mais je souhaitais profiter de mon expérience, m'en faire un compendium écrit en cas de besoin, dans des carnets Moleskine (semblables à ceux qu'il conservait dans son appartement, la fois précédente : d'une existence à l'autre, je lui avais emprunté cette habitude). À Fran, je prodiguais aussi quelques conseils sur la vie amoureuse, grâce à mon expérience avec Hardy : il était encore très jeune. Lui m'enseigna ce qu'il avait retenu de ses années d'internat, tant et si bien qu'à l'âge d'entrer au collège j'avais déjà le niveau d'un diplômé en troisième année de médecine.

Au fur et à mesure de mes recherches, je me suis vite aperçu que les raisons qui avaient conduit mon ami à croire en moi lors de ma première vie étaient beaucoup trop fragiles pour que je les accepte moi-même : c'était un pur miracle, une folie même, qu'il soit tombé par un hasard complet sur la vérité (à savoir que j'allais renaître), car il ne s'était convaincu de cette idée que sur la foi de ce livre dont il m'offrit un exemplaire, qui était très étrange, plein de symboles et particulièrement cryptique.

« Comment est-ce que tu as pu décider de m'attendre, juste à cause de ce bouquin ? »

La question m'obsédait. Il devait bien y avoir un secret à élucider.

« Quelqu'un me l'avait offert.

— Qui ? »
La femme qu'il avait tant aimée, quand il était très jeune. C'était elle qui l'avait écrit.
« Tu y croyais comme ça, sans raison ?
— J'étais très amoureux d'elle, je suppose. Au début, je croyais que c'était moi, celui qui saigne, et quand tu es venu j'ai compris que c'était toi.
— Tu as vu débarquer un gosse qui saignait du nez, et tu as su qu'il ne mourrait jamais ? Parce que ça correspondait à ce que tu avais lu à l'âge de quinze ans, et parce que tu avais été amoureux de l'auteur ? C'est complètement absurde.
— Oui. »
Petit à petit, je découvris l'étendue de l'étonnante immaturité de mon ami : c'était un homme brave et ferme, mais qui se racontait des histoires : « J'y ai cru, c'est tout ce qui compte. J'avais raison, non ? » Plus j'investiguais, plus Fran devenait vague et moins sa conviction semblait assurée. Cette femme, cette écrivaine, qu'était-elle devenue ? Morte, d'après lui. D'où tenait-elle cette histoire improbable de saignement, de cycles et d'immortalité ? Elle l'avait inventé : il existait beaucoup de mythes semblables. Mais alors, pourquoi y avoir cru ? Fran essaya de m'expliquer qu'il l'aimait comme moi j'avais aimé Hardy. Le pauvre n'avait rien compris : je n'entretenais pas avec Hardy ce type de rapports. D'ailleurs, il ne la connaissait même pas. Si je l'avais poussé un peu plus loin, je crois qu'il aurait cessé de m'accorder le moindre crédit, alors même que je pouvais lui prouver que j'avais déjà vécu une vie entière : il me suffisait de prédire une série d'événements notables, un mois à l'avance, dont je me souvenais, de la démission du gouvernement aux premières émeutes dans la banlieue de Paris. Tout se passait comme prévu.
« Parce que tu n'as rien changé, avança timidement Fran.

— Qu'est-ce que tu veux dire ?
— Tu ne m'as pas cru, alors tu n'as rien changé au monde, et tout se reproduit à l'identique.
— Tu veux que je change le monde ? » L'idée me parut ridicule. « Comment veux-tu que je fasse ? On ne sait même pas ce qui est en train de se tramer. Réfléchis. D'abord il faut trouver la cause.
— Ah. D'accord.
— Pourquoi est-ce que tu as changé ? lui demandai-je.
— Je n'ai pas changé. Je suis le même, c'est toi qui es différent. »

Moi, j'étais impatient et je dévorais les revues américaines ; très intéressé par l'ingénierie du vieillissement, mais déçu par la gériatrie et la gérontologie qui ne s'attaquaient qu'aux symptômes de l'âge, je m'orientai plutôt vers une discipline inédite dont je serais l'objet et le sujet. La première étape consistait à établir la carte exhaustive de mon génome, puisque j'avais quelque chose d'inconnu dans le sang pour quoi il n'y avait pas encore d'explication. C'était certainement dans les gènes. Mais comment admettre qu'une simple anomalie dans mon patrimoine génétique à la fois m'immunise contre la mort et transforme les lois de la physique, autorisant ce qui s'apparentait à un voyage dans le temps ? Mon esprit restait sur une même ligne d'univers continue, ma mémoire continuait sans interruption (je me souvenais très bien de ma deuxième naissance, par exemple), alors que tout le reste formait une boucle, et revenait au même. C'était une forme encore obscure, que je voulais éclaircir.

Pendant que mes camarades de lycée suivaient les manuels scolaires de sciences physiques et de « sciences de la vie et de la terre », et perdaient leur temps à jouer à la console PS3, à prendre des cuites près du ruisseau, à sortir au bowling sur la départementale, puis à draguer les minettes de la petite ville voisine, j'apprenais. Je n'avais pas besoin, comme tous les jeunes gens, de me construire une personnalité. J'étais déjà la tour d'une forteresse plus ancienne, plus solide et plus haute que celle de leurs grands-parents, et je montais d'étage en étage, jusqu'à des âges qu'aucun être humain n'avait jamais atteints. Parfois, j'étais enivré par mon exceptionnelle mémoire, mon expérience et mon savoir. Si je parvenais à m'assurer que la fois prochaine je ne mourrais toujours pas, c'était l'éternité dont tous les hommes avaient rêvé qui s'ouvrait devant moi. C'était une immense responsabilité, qui m'empêchait de dormir dans mon lit d'enfant, sous ma couette en plumes d'oie, et dont je ne saisissais pas encore le sens ni la portée. Est-ce que j'étais né immortel, comme un dieu? Est-ce que je l'étais devenu? Quand? Pour quelle raison? Qu'est-ce que j'avais accompli pour le mériter, et qui me l'avait attribué? À moi, un petit garçon blondinet, vif, insouciant et loin de tout...

J'étais inquiet et seul me rassérénait, au moment de m'assoupir enfin, la joie de penser à Hardy. Elle avait grandi. Bientôt, elle serait redevenue elle-même. Je me rongeais les ongles et je comptais les jours qui me séparaient de notre rencontre.

À dix-sept ans, je suis monté à Paris. Élève prodige, j'avais refréné ma progression scolaire en apparence, afin de ne pas éveiller de soupçons. J'avais le temps. Le même camarade matheux borné m'attendait dans la chambre d'internat. Jusqu'au printemps, en contact régulier avec Fran, je n'ai pas cessé de bosser dans ma turne. Quand le printemps est venu, j'étais très ému : je suis arrivé à la tombée de la nuit, sur la pelouse humide des jardins de la Villette. Il m'a semblé que la fraîcheur de ce soir datait à peine d'hier, j'ai entendu le brouhaha du verre et des voix, puis je l'ai devinée, près de l'eau brune, les longs cheveux blonds, une guitare à la main : petite brindille dorée. Elle riait du même rire exactement, spontané et sonore. Et par-delà la mort, rien d'elle n'était revenu détruit ni abîmé.

Parce que j'avais conservé comme dernière image de Hardy le visage d'une femme mûre, angoissée et malade, elle me frappa par la simplicité et la jeunesse de ses traits. Les grains de beauté qui avaient grossi au cours de sa première vie étaient de nouveau des pointillés légers sur son incarnat uni, couvert d'un duvet qu'on ne percevait que de très près, à la lumière rasante d'une lampe et dans l'intimité.

J'étais heureux, fou de joie – bien plus que cela. Au point que la tête m'a tourné : je me suis trompé de sens et, croyant m'être mis à l'abri, je me suis exposé entre elle et le public.

Alors elle a levé les yeux : « T'es transparent ou quoi ? »

Ils ont ri.

Et j'étais de nouveau rouge de honte, de bonheur, de confusion, sur le point de m'évanouir. Je rencontrais pour la deuxième fois l'unique amour de ma vie. De nouveau, après le petit concert improvisé, lorsqu'elle est venue s'asseoir près de moi pour s'excuser, j'ai ressenti une irrépressible envie de la prendre dans mes bras, de respirer l'odeur de sa nuque – mais elle ne me connaissait pas. C'était une gamine, moi un vieillard. Et comme l'émotion qui m'étreignait m'empêchait de jouer correctement mon rôle, je ne suis pas parvenu à me répéter tout à fait ; par glissements insensibles, j'ai cédé à la tentation de me servir de ce que je savais déjà dans l'espoir d'attirer son attention plus vite et plus fort, directement je lui ai parlé de Nirvana, des Pixies, des Breeders.

« C'est fou ! On a exactement les mêmes goûts. »

Incroyable, vraiment.

J'en ai profité. Je savais la faire sourire, la surprendre, accélérer ou ralentir la conversation ; je ne pouvais plus attendre des mois : je la voulais maintenant. Elle m'avait manqué, et la peur de la laisser filer me contraignit à user du pouvoir que je tenais de ma première vie pour me faire aimer d'elle tout de suite. Durant quelques semaines, Hardy a résisté, mais je lui parlais de livres qu'elle n'avait pas encore lus et dont je savais qu'ils deviendraient très importants pour elle ; je prononçais l'air de rien des phrases qui la marqueraient à quarante ans seulement et dont elle ne percevait pas encore les implications pour l'esprit de la femme adulte qu'elle deviendrait une fois de plus. Peut-être qu'elle les pressentait et qu'elle avait le sentiment électrisant et vertigineux de rencontrer sa moitié à venir.

Je lui parlais de la vie comme d'une montagne qu'on escalade sans savoir ce qui se trouve derrière – ce genre de choses.

Les bras autour des genoux, en larges pantalons, Hardy me surveillait du coin de l'œil. Je souriais, j'allumai une cigarette sans m'assurer de sa curiosité à mon égard. Je n'étais plus un débutant.

Ma chemise était impeccablement repassée, pas un pli, pas une tache, et je savais depuis longtemps les quelques attitudes masculines qui attiraient son regard. Il m'arriva même de copier la manière nonchalante de s'asseoir à demi sur les tables, les radiateurs ou les barrières de son amant, le jeune type qui travaillait dans l'association où elle était bénévole. Naguère, j'avais été trop malhabile, parce que je pensais que je n'avais qu'une vie, et j'avais peur qu'une vue de profil de mon visage, révélée à l'improviste, lui fasse juger que je n'étais pas autant à son goût qu'elle l'aurait cru. Du coup, j'avais été timide, emprunté, benêt et hésitant. Aujourd'hui, je me livrais franchement. Hardy n'aimait pas les beaux garçons trop sûrs d'eux. Je connaissais ses goûts, elle appréciait le naturel, alors j'étais naturel comme elle le voulait.

En compagnie de ses amis un peu militants, je me sentais mal à l'aise et j'avais plus de difficulté à faire bonne figure : leurs conversations ricanantes, blasées, d'adolescents m'ennuyaient, leurs mines, leurs goûts et leurs dégoûts trop prévisibles, leurs hésitations ressemblaient pour moi à la ronde sans fin d'insectes qui tournent devant la vitre au lieu de passer par l'ouverture de la porte et de filer directement au but. Je connaissais tout ce qu'il y avait de joué et de faux dans ces émois de jeunesse. Du coup, on se voyait de plus en plus tous les deux, de moins en moins avec ses camarades ; Hardy, elle, ne m'agaçait jamais. J'étais émerveillé de découvrir qu'elle ne se souvenait de rien, et qu'il était possible de retrouver intact ce qu'on a le plus aimé au monde. Bien sûr, j'avais l'impression que tout était exagérément ralenti, comme si elle avançait (parce que c'était sa première vie) à l'aveugle au milieu d'un large paysage que je voyais pour ma part avec une netteté impeccable ; par exemple, je voulus lui éviter de perdre son temps à payer sa place pour ce mauvais film qu'elle avait regretté d'avoir vu au multiplexe de la place d'Italie, la fois précédente. Nous nous disputâmes : « Ce n'est pas la peine.

— Comment est-ce que tu le sais ?

— Je le sais, c'est tout. J'ai lu une critique.

— Alors laisse-moi me faire une idée.

— Fais-moi confiance.

— J'irai quand même. »

Cette fois-ci, elle apprécia ce film que pourtant elle avait tellement détesté.

« Tu le fais exprès.

— C'était intéressant. »

Et c'était sa manière de me défier, de me résister, parce que je la connaissais beaucoup trop bien, et qu'il fallait vite qu'elle change, qu'elle devienne une autre pour m'échapper, pour demeurer hors de ma portée et vivre libre. Hardy était intelligente, et sans savoir quoi que ce soit de la situation, elle avait tout compris. Moi je savais, mais je ne comprenais rien. Je pensais qu'elle m'aimerait mieux que la fois précédente, parce que mes connaissances étaient plus vastes, parce que mon expérience avait augmenté, parce que j'avais grandi, parce que je ne commettrais plus les mêmes erreurs dans la vie et parce que je lui éviterais d'en commettre aussi. Aux examens, je m'arrangeais ainsi pour l'orienter vers les sujets qui tomberaient, en lui conseillant tel ou tel bouquin à apprendre par cœur en priorité ; et j'avais raison. Mais elle rechignait à m'écouter. Pour elle, c'était comme obéir.

« Est-ce que je peux placer un mot ? (Je parlais tout le temps, j'avais tellement d'idées nouvelles à lui expliquer.)
— Oui.
— Tu en sais trop. Tu es snob. Tu vas mal finir. »
Mais elle souriait : « Je t'aime bien quand même.
— OK, ai-je concédé, tu as raison. Je vais faire attention. »
Quand je la regardais, j'avais la sensation grisante de voir s'animer de nouveau toutes les photographies au cadre noir que j'avais conservées d'elle après sa mort : « Arrête de me regarder comme ça, j'ai l'impression d'être une statue. Arrête ! » Alors elle faisait tourner son poignet sur lui-même, renouait ses cheveux mi-longs en chignon et c'était déjà une sorte de miracle. « Apprends-moi quelque chose, au moins. »

Je l'ai emmenée en randonnée. Agenouillé dans la terre, je lui ai enseigné comment ne pas prendre peur des larves annelées, des asticots blancs et de tout ce qui grouille ; je l'ai encouragée à s'approcher des ânes et des chevaux, à leur flatter le museau ; je lui ai appris à soigner d'une simple attelle de fortune la patte d'une bête blessée qu'on trouve en travers de son chemin.

« N'aie pas peur. Regarde. Tout est beau. »

Hardy avait une soif inextinguible d'éducation. Sa famille en banlieue ne lui avait rien transmis, elle était très reconnaissante que je l'initie. « Quand je me trouve à côté de toi, j'ai l'impression d'être idiote.

— Non, tu as toujours été plus intelligente que moi.

— Ha ha. » Un bandana noué dans les cheveux, elle faisait la moue, croquait dans une pomme. « C'était il y a longtemps, alors. Plus maintenant. »

Au cours d'un pique-nique au bord du ruisseau, du coin de l'œil je la vis négliger sa serviette en papier et tacher sa chemise à carreaux.

« Fais attention.

— Pourquoi ? T'es maniaque. Ce n'est qu'une petite tache de rien du tout. »

Tout ce que j'avais appris d'elle, j'aurais voulu le lui transmettre à mon tour. J'évoquais parfois les idées politiques radicales auxquelles elle m'avait formé, du temps où nous étions mari et femme, à Mornay. Mais le féminisme ne l'intéressait plus tant que ça, dès que je le lui enseignais. Bien sûr, je traçais une ligne droite dans notre vie : je savais ce que je cherchais et ce qu'elle cherchait aussi, et je veux bien admettre que ce devait être dépossédant. Je n'avais aucune envie de la priver de son droit à se tromper ; mais dès que je voyais Hardy négliger la guitare, je l'entendais me dire combien elle regrettait de ne pas en avoir joué plus régulièrement. Et à peine se décourageait-elle à l'énoncé des épreuves de première année de médecine qu'il me revenait en mémoire ces soirs où elle revenait frustrée de la pharmacie de Mornay, malheureuse de ne jamais avoir poussé les études plus loin. Elle était comme ma fille, et je ne voulais pas lui servir de père. Qu'est-ce que je pouvais faire ? J'en parlais à Fran, qui me dit que j'apprendrais. Mais il ne me comprenait pas : il n'avait jamais fait cette expérience de sentir que plus on a raison plus on a tort. Car à mesure qu'on progresse vers une sorte de vérité, on s'éloigne d'un être cher qui reste toujours à la même distance de cette vérité abstraite qui nous importe plus que tout.

Fran admit que je maîtrisais toute cette dialectique alambiquée certainement mieux que lui, désormais. J'essayais de lui expliquer, de l'initier aussi. À mon service, il travaillait à la cartographie complète de mon génome, donc de mon être profond, mais je devais de plus en plus souvent l'orienter dans sa recherche, et même le corriger. J'espérais qu'il puisse me livrer à la fin de mes études le résultat, c'est-à-dire toute l'information brute de mon organisme. J'avais entraîné Hardy derrière moi (et je ne lui avais pas encore présenté Fran, afin de ne pas la troubler outre mesure).

Dans les premiers temps, elle me suivit avec un enthousiasme de débutante : j'en savais bien plus que tous les autres étudiants réunis, j'avais de la méthode, de la patience et je l'encourageais. Souvent, je la sentais derrière moi, à la bibliothèque universitaire, qui laissait son attention s'éparpiller soudain; elle regardait ses messages sur son téléphone, consultait son profil facebook ou regardait par la fenêtre le ciel bleu de Paris et les moineaux sur les branches. Moi, je ne m'arrêtais jamais. Je voulais en connaître suffisamment pour découvrir ce qui dans mon génome me distinguait de tous les autres. Mais plus je m'enhardissais, plus j'avais le sentiment, sans m'en apercevoir clairement, aveuglé que j'étais par ma certitude d'avoir raison, de briller trop fort, d'éclipser et d'éteindre le feu intérieur de Hardy au lieu de le nourrir; c'étaient des détails, mais... Ses mains étaient plus lentes, ses jambes aussi. Quand elle faisait l'amour, il lui arrivait de s'arrêter, à bout de souffle. Quand nous sortions acheter un paquet de cigarettes le dimanche, au bar-tabac près de la gare, elle prenait son temps, elle flânait; moi je me retournais :

« Qu'est-ce que tu attends ?

— Rien. Je te regarde faire. »

Après quoi sont venues les grandes grèves de l'hiver. Je savais qu'il y aurait des morts juste devant nous, je me suis tenu à distance et je l'ai invitée en voyage pour ne pas prendre de risques inutiles.

« Il y en a qui disent que c'est bientôt la guerre.

— Mais non. C'est des conneries. Fais-moi confiance, ça va passer. »

Ça a été nos meilleurs moments : à l'abri sous la tente, perdus dans la forêt de châtaigniers, dans l'ornière des chemins où jadis Fran avait voulu m'assassiner, je l'ai serrée entre mes bras, en remerciant la personne ou la chose, je n'en avais pas la moindre idée, qui me l'avait rendue intacte, elle qui avait fait défaut à mon corps depuis tant d'années. Mais pour l'avoir perdue une première fois, j'éprouvais désormais une peur panique de la voir disparaître. C'était maladif : si Hardy ne revenait pas tout de suite d'une escapade en plein après-midi, pendant que je restais travailler, alors que je me souvenais parfaitement que dans la vie précédente elle s'en était retournée au bout d'une heure à peine, je me laissais prendre à la gorge par une angoisse irrationnelle. J'étais certain qu'elle était morte. Et dès qu'elle réapparaissait deux heures plus tard, insouciante et s'excusant à peine de son retard, parce qu'elle avait préféré se permettre un petit détour sans raison, je piquais des colères noires qui l'effrayaient ; puis je m'excusais, je me mettais à genoux et je déposais ma tête contre son ventre, sans parvenir à lui expliquer que j'avais cru qu'elle agirait comme la fois d'avant, et que j'avais imaginé... Je n'en savais rien. Elle me trouvait *bizarre*, mais elle me faisait toujours confiance, parce que je l'aidais à devenir meilleure. Je la comparais à elle-même, et je parvenais à l'améliorer, à la rendre plus conforme à ce qu'elle avait toujours voulu être sans le savoir. Mais dans le même temps, par une porte dérobée de sa personnalité, elle se transformait, s'affaissait, perdait en force de caractère, peut-être à cause de moi. Sans doute qu'elle était toujours cette sculpture très solide à certains endroits, mais très friable à d'autres, et j'avais une sorte de science de Hardy qui me permettait d'être délicat là où elle était fragile et de me montrer moins prévenant là où elle tenait le coup.

Pourtant, comme par compensation, ses points de force et ses points de faiblesse parurent s'inverser avec le temps : jadis elle parlait beaucoup, à présent elle devenait moins assurée dans l'élément du langage; naguère elle avait peur de la nature et de la campagne, aujourd'hui elle prisait la solitude, les champs et le grand air. Surtout, elle était rapide, et elle devint lente. Dès que je m'empressais de lui indiquer une voie plus directe vers l'un de ses désirs cachés (que je connaissais mieux qu'elle), elle protestait; elle aimait bien se perdre en chemin, avait de la tendresse pour les fous, les désaxés, les *freaks*, les faibles et les fragiles, elle détestait le triomphe facile.

Quand nous sommes revenus à Paris, l'agitation était retombée. Inquiet du tour que notre relation de couple prenait, afin de ne pas la laisser seule avec moi, j'ai décidé de lui présenter Fran, qui pointait le jour à l'hôpital du Val-de-Grâce et qui travaillait en secret le soir à l'établissement de mon génome, dans sa chambre de bonne de Pantin, avec un ordinateur et du matériel dérobé dans le service du meilleur spécialiste d'hématologie. Il était fatigué, mais heureux de me voir et de la rencontrer enfin, dans une bonne brasserie aux abords de Bastille.

Immédiatement, ils se sont bien entendus. J'étais ravi de les réunir, parce que j'avais beaucoup souffert de leur détestation réciproque dans l'autre vie. Fran laissait Hardy parler; il n'était pas gêné comme moi par l'espèce de persistance rétinienne de notre existence précédente, il savait

se comporter comme s'il était ici et maintenant, et il ne lui révéla jamais rien de notre secret. Fran était fidèle. Je retrouvais le Fran que j'adorais, le teint blanc, mais rougissant d'exaltation, drôle, doué d'un sens pratique merveilleux, de l'art de faire beaucoup avec peu, le talent de rendre les autres heureux, assis sur une chaise, en fumant, occupé à parler de tout et de rien, de l'avenir, des us et coutumes d'autres pays. Il me sembla voir Hardy retrouver à son contact sa gouaille, la ponctuation de ses petites blagues au fil de la conversation, sa manière imprévisible de tirer du vase sur la table une fleur violette et de la piquer dans ses cheveux, derrière l'oreille, puis d'imiter Carmen Miranda, avant de dire : « On y va ? » Quand elle passa aux toilettes, il me souffla : « Fais attention.
— Je sais. Tu me l'as déjà dit.
— Je veux dire : à elle. Prends soin d'elle. »
J'étais perdu dans mes pensées.
Soudain, j'ai repensé au cancer, et même si j'avais déjà eu l'occasion de réfléchir à sa mort, l'idée me transperça cette fois-ci la poitrine, j'avais le souffle coupé. Elle mourrait à cinquante ans. Eux deux, ils riaient.
« Pourquoi ? »
Nous étions partis sans payer de la belle brasserie où je les avais conduits.
« Mais ça ne va pas ? Il faut y retourner... » Je me sentais vieux, et très légaliste. Ils étaient tellement plus jeunes que moi.
Fran et Hardy me prirent bras dessus, bras dessous, et m'emportèrent loin d'ici.
Durant toutes nos études, nous formâmes avec Fran un groupe d'amis inséparables ; Hardy se faisait beaucoup de souci pour lui, parce qu'il était crevé – il ne pouvait pas lui avouer qu'il avait vidé de tout le matériel lourd sa chambre de bonne de Pantin, pour qu'elle ne se doute de

rien quand nous lui rendions visite, et qu'il passait désormais ses nuits dans un garage loué en banlieue, près du Plessis (je connaissais les lieux), à finir de dresser ma carte génétique à l'aide d'une batterie d'ordinateurs interconnectés. Elle avait renoué avec ce caractère plaisant et féroce à la fois auquel j'étais accoutumé; en Fran, elle avait trouvé une sorte d'allié pour me résister, pour se moquer de moi, de mon obsession à vouloir sans cesse travailler, apprendre, comprendre. Fran préférait profiter de la vie, Hardy aimait ça aussi. Elle s'arrangea pour qu'il rencontre une de ses bonnes copines de lycée et s'employa à l'en faire tomber amoureux. « Ce n'est pas son genre », protestai-je. « Qu'est-ce que tu en sais?, me répondit Hardy. On dirait que tu le considères comme un simple employé. Il a ses besoins, ses envies. C'est ton ami. » Elle avait raison. Maintenant que je gagnais un peu plus d'argent, grâce à des paris sportifs en ligne que je faisais parfois sur le score de matchs de football ou de tennis dont j'avais gardé le résultat en mémoire, j'achetais à Hardy des robes de soirée dans les grands magasins et j'essayais de retrouver de quelles marques et de quels modèles elle avait eu envie du temps où nous vivions à Mornay et où nous n'avions pas les moyens de nous offrir un tel luxe. Un beau jour, par inattention, en faisant un tour dans les rayons des Grandes Galeries cependant qu'elle essayait un cardigan par-dessus sa robe, il m'arriva de chantonner un air populaire, un tube qui n'était pas encore sorti et dès que Hardy l'entendit, six mois après à la radio, elle me contempla avec de grands yeux (parce qu'elle avait depuis l'enfance la mémoire absolue des mélodies) : « Comment est-ce que tu connaissais ça? »

J'avais sans doute un talent insoupçonné pour la composition, répondis-je en substance. Les mélodies flottent en l'air, si quelqu'un n'en attrape pas une tout de suite, sans doute qu'un peu plus tard un autre s'en empare.

Une blague récurrente de Hardy devint dès lors de me considérer comme un « visiteur du futur ». C'est sous ce nom qu'elle parlait de moi à Fran, et mon vieux compagnon éclatait de rire de bon cœur à chaque fois. Hardy avait obtenu son diplôme, Fran travaillait toujours au service d'hématologie du Val-de-Grâce et je venais de commencer trois thèses, de génétique moléculaire, d'immunologie et de physique des particules (un triple cursus qui avait intrigué mes caïmans). J'étais en ce temps-là très tourmenté par l'idée de devoir choisir entre l'étude du phénomène qui me valait d'être probablement éternel et ma contribution à la recherche contre le cancer, qui me permettrait peut-être de donner le coup de pouce décisif à la découverte de traitements efficaces et de sauver du même coup Hardy avant ses cinquante ans. Quand je m'en étais ouvert à Fran, j'avais été choqué de l'entendre me répondre que ça ne servait sans doute à rien, que je ferais mieux de m'occuper de ma petite Hardy ici et maintenant. Il l'aimait énormément. Mais il ne comprenait pas mon dilemme, et quand il termina l'établissement de mon génome, auquel il avait travaillé pendant près d'une décennie, il me confia avec soulagement tous ses fichiers cryptés, des gigaoctets d'interminables listings de protéines : « Voilà de quoi tu es fait. » Il m'annonça qu'il ne pourrait rien de mieux pour moi dans cette vie, et qu'il s'apprêtait à épouser l'amie de Hardy.

Il voulait se reposer, et il l'avait bien mérité. Lui n'avait qu'une vie. J'ai dit oui, mais j'étais presque jaloux qu'il me quitte.

Grâce à certaines données étonnantes de mon génome, que j'avais appris à détailler lors de nuits sans sommeil, je suis passé du statut d'étudiant très prometteur et touche-à-tout à celui de thésard brillantissime. J'ai obtenu une bourse importante grâce à l'Institut Pasteur, et nous sommes partis pour la Californie. Origène et mes parents organisèrent une grande fête à l'occasion de notre départ : on pria Hardy de jouer de la guitare et de chanter, mais elle avait une extinction de voix. Elle pleura, elle était contente pour moi. Je lui promis qu'elle serait heureuse aux États-Unis, elle avait toujours rêvé de visiter ce pays.

Lorsque nous avions encore des informations à échanger sur ce que, dans une sorte de langage codé, nous appelions ma « singularité », Fran et moi communiquions par lettres sur papier, afin d'éviter que Hardy ne tombât sur un mail ou un texto embarrassant ; je recevais les lettres de Fran dans une boîte postale et je lui écrivais depuis le bureau que je partageais avec deux *graduates* de l'université de Stanford. Sachant qu'elle ne m'avait pas cru la première fois, je ne voulais pas qu'elle découvre notre secret. Fran m'avait pourtant conseillé de lui dire la vérité avant de partir : il ne serait plus là pour équilibrer la balance de notre trio, et il craignait que je pèse trop lourd contre elle. Mais Fran n'avait pas mon expérience, il ne savait pas quel serait le comportement de Hardy. Moi j'avais vu Hardy réagir à l'idée que je puisse être immortel, et j'étais convaincu qu'elle ne me croirait pas, qu'elle me ferait abjurer, ou bien qu'elle me quitterait, en considérant qu'elle ne pouvait pas accepter de devenir à mes yeux une simple « numéro deux », un clone, une copie, un pantin prévisible dont je connaîtrais par avance le mouvement des ficelles. Fran avait souvent été de bon conseil, pourtant je découvrais avec un peu de peine qu'on ne se comprenait plus, que j'en savais trop et lui pas assez, et que la pure connaissance nous avait séparés.

De manière générale, j'avais atteint un point à partir duquel il ne m'était plus d'un grand secours. Je cherchais pour de bon, j'étais dans le vague désormais. Après avoir avancé à grands pas sur la terre ferme des connaissances du vivant, parcourant des kilomètres par heure, je poursuivais désormais dans un marécage où tout m'arrêtait, où le pas devenait prudent, le pied s'enfonçait, rien n'était solide, et pour progresser de quelques mètres il fallait des jours – avant de s'apercevoir qu'on avait tourné en rond et qu'on était revenu à l'entrée même des marais. Hardy se faisait du souci : la nuit, quand elle se couchait, je me levais et je restais jusqu'à l'aube assis à mon bureau. J'avais mal au dos, j'ouvrais le frigo, je mangeais, je grossissais. J'espérais tirer d'une meilleure connaissance de moi-même le moyen de traiter les cancers métastatiques, et d'empêcher du même coup le décès de Hardy. Somme toute, l'idée était simple : le cancer éternalisait les cellules au point de tuer l'organisme, alors que mon organisme tuait les cellules jusqu'à s'éternaliser. C'est bien ce qui s'était passé lors de mon premier décès : la mort de mes cellules avait été le déclenchement d'une sorte d'éternité, en l'occurrence d'une boucle temporelle. J'espérais isoler l'opérateur de cette transformation biophysique, par laquelle les structures moléculaires du vivant parvenaient à entretenir une relation causale soudaine avec les niveaux subatomiques de la matière. Mais dans le détail, rien ne correspondait jamais : ce que je parvenais à comprendre dans le fonctionnement singulier de mon organisme était sans rapport avec la biochimie ordinaire du corps humain, sans parler des lois fondamentales de la physique.

Petit à petit, pourtant, au laboratoire du Stanford Cancer Institute, je publiai quelques articles qui éveillèrent l'intérêt de l'ingénierie du vieillissement.

Je n'avais pas travaillé en vain.

Mes propres recherches, aidées en sous-main par mon « génome fantôme » que je tenais secret, sur les réticulations aberrantes et les processus d'encrassement du lysosome, le principal organite de désagrégation de la cellule, m'ont alors valu une fortune considérable dans le milieu porteur des biotechnologies. J'étais de « ces jeunes magiciens des temps modernes qui nous promettent de repousser la mort », avait déclaré Bill Gates lorsque avec son épouse Melinda il s'était engagé à financer le programme interdisciplinaire sur la sénescence programmée. Pour moi, ce n'était jamais qu'une étape dans un plan beaucoup plus vaste.

Comme j'avais la connaissance du monde d'un homme de plus de cent ans dans le corps d'un jeune adulte, en disposant des connexions neuronales, du système hormonal, des muscles et des gaines, de l'énergie et du caractère explosif de cet âge, je parvins à m'organiser. Grâce à un peu de sommeil, beaucoup de café et une dose raisonnable de coke, tout était possible. Je savais traiter avec les hommes, serrer les mains, plaisanter, sans aucun orgueil mais avec fermeté, écouter une heure et parler une minute, prévoir et déléguer. Mon réseau d'influence s'étendit ; je faisais de la science autant que de la négociation entre mille parties : patrons de laboratoires pharmaceutiques, professeurs et doctorants, membres des comités de lecture de revues internationales, vieux présidents d'honneur des instituts, mécènes pressés, jeunes journalistes scientifiques et vulgarisateurs à l'affût d'idées porteuses...

Je ne sais pas exactement quand je suis devenu quelqu'un d'important ; en route, en tout cas, je perdis Hardy.

Je me souvenais dans les moindres détails de notre précédente vie, triviale, et il me semblait pourtant que cette deuxième vie exceptionnelle, qui était faite d'entreprises stimulantes, d'invitations mondaines et d'émulation permanente avec les meilleurs esprits de Californie valait tellement mieux que la petite maison en brique au jardin carré, le théâtre le jeudi, le cinéma le samedi, les collègues de travail ou la vieille dame élégante et aveugle qui aimait les petits chats abandonnés. Pourtant Hardy regrettait la France provinciale, rêvait du quotidien, d'un enfant et d'ab-

solument tout ce qu'elle avait haï la fois d'avant. Médecin, elle n'avait pas obtenu d'emblée de *green card*, en dépit de mes efforts (elle me reprochait de ne pas en avoir fait assez, moi qui étais important), et elle ne travaillait pas. Je l'avais encouragée à composer des chansons à la guitare, à lire, à écrire sur les sujets qui l'intéressaient, à profiter de la vie.
« Je m'ennuie. »
Dans les conversations j'avais raison de plus en plus fréquemment, avec de plus en plus d'évidence, et elle ne prenait plus plaisir qu'à avoir tort – le faux au moins lui appartenait, puisque la vérité m'était réservée –, à crier et à casser des choses qui coûtaient cher dans la maison de San Francisco, près de Potrero Hill.
Combien j'aurais aimé qu'elle ait sous les yeux les deux termes de la comparaison. Mais bien sûr, comme tout mortel, elle procédait à ses choix avec une moitié de balance seulement. Il en allait différemment pour moi.
À trente-cinq ans, j'ai obtenu le prix Nobel de médecine. Rien d'exceptionnel : je n'étais pas si doué, j'avais bénéficié de presque deux existences pour y parvenir. (Et si j'y réfléchis à tête reposée, peut-être que tous les grands génies de l'histoire universelle, depuis Archimède ou Euclide jusqu'à Planck ou Darwin, en étaient déjà à leur deuxième vie lorsqu'ils ont découvert ce qui les a rendus célèbres.)
Dans les multiples galas de charité auxquels j'étais invité (et qui me faisaient perdre un temps précieux), une flûte de champagne à la main, qu'elle laissait tomber par inadvertance, et dont je ramassais les éclats en m'excusant, Hardy s'était mise à boire beaucoup. Parfois, elle chantait encore, d'une voix forte; après quoi elle sanglotait, les bras pendants. Quand je lui confiai par écrit mes inquiétudes, Fran qui coulait des jours heureux loin de Paris, avec sa femme et deux enfants, me supplia de tout avouer à Hardy : « Elle comprendra. »

Tu parles.

Peu de temps après, la France m'a offert la direction d'un institut de pointe sur la discipline naissante des « opérateurs biophysiques » (un concept à la mode pour désigner l'influence subatomique, sur certaines propriétés de la matière, de l'activité suratomique du vivant). C'était l'occasion pour moi de redevenir libre de mes recherches, et le ministère me proposa d'installer l'institut dans un ancien internat de jeunes filles de Saint-Erme, en Picardie ; j'espérais que revenir au pays soulagerait Hardy, apaiserait sa rage et la sortirait de son marasme, dont la vie que je lui avais imposée était la cause, et puis je trouvais l'endroit, qui ressemblait à un château enchanté, propice à notre bonheur : nous vivrions au calme, quoique entourés de jeunes doctorants et de chercheurs plus confirmés, j'aurais l'occasion de me consacrer pleinement à la cure de sa future maladie, et je décidai, parce que je ne supportais plus de passer pour un salaud, de lui confier enfin la vérité (une partie au moins).

Je n'aurais pas dû.

À l'entrée de la forêt, les vélos posés en travers du chemin, occupés à contempler les étoiles au-dessus de nous dans un rare moment de tranquillité, je la tenais par la main comme la toute première fois : j'aurais souhaité retrouver le moment précis, mais le temps avait passé, elle avait vieilli et moi aussi. Quand je suis passé aux aveux (« j'ai ressuscité »), elle m'a pris pour un fou, ou bien elle a cru que je me moquais d'elle.

Tout de même, au fil des semaines et des disputes, elle a admis : « Donc, dit-elle d'une voix lasse, tu m'as déjà connue ?

— Oui.

— Qu'est-ce que ça peut me faire ? Je n'étais pas la même.

— Si. Et une autre aussi.

— Tu aimais mieux l'autre ? La première ?
— Non... Je ne sais pas.
— Et tu ne m'as rien dit.
— Tu n'y croyais pas.
— Tu t'es servi de moi, sans rien dire ?
— Tu souffrais de ne pas avoir poursuivi les études. Tu rêvais des États-Unis. Tu trouvais qu'on avait eu notre premier enfant trop tôt. »

Elle a dû s'avouer vaincue. Que pouvait-elle opposer à ses propres désirs ?

Un an plus tard, Hardy m'a annoncé qu'elle me quittait pour quelqu'un que je ne connaissais même pas, qu'elle avait rencontré durant mes nombreuses absences.

Mais ça ne m'a pas découragé. Durant quinze années, j'ai cherché le traitement contre son futur cancer généralisé et fulgurant – en vain. En un sens, le fait qu'elle ne soit plus mon épouse rendait d'autant plus chevaleresque mon espoir obsessionnel de la soigner. Je n'avais pas admis la séparation, et il me semblait qu'elle était encore avec moi, que j'étais encore avec elle. J'allais prendre soin de cette femme, qu'elle le veuille ou non. Mais le temps passait, et je n'y parvenais pas. Rien de ce que je découvrais dans mon propre génome ne permettait de soigner qui que ce soit. Je m'étais trompé. Petit à petit, je comprenais mieux ce qui dans mon patrimoine génétique me permettait de renaître en violant localement les lois de la physique. Mais je n'avais aucune chance de transformer cette partie miraculeuse de moi-même, ma singularité, en traitement générique pour les autres.

De toute façon, il était trop tard.

Peu avant les cinquante ans de Hardy, j'ai déniché son adresse dans l'annuaire de son département, je me suis rendu à Mornay, où elle vivait mariée. Elle avait repris la pharmacie d'un village voisin. Puis j'ai attendu de la voir sortir de sa petite propriété coquette, je l'ai suivie plusieurs jours en voiture : sur le parking du supermarché aux lisières de l'agglomération, devant le collège de son fils et en bas des bureaux de l'association où elle intervenait en tant que bénévole.

Au bout d'un certain temps, j'ai décidé d'aller m'excuser de ne pas pouvoir la sauver de la maladie et j'ai sonné à la porte de la maison.

Bien entendu, elle ne m'a pas cru.

Pour la première fois dans cette vie-ci, j'ai pleuré, parce que je n'étais pas parvenu à l'empêcher de mourir. En me découvrant dans cet état lamentable, Hardy a eu de la peine et m'a pris dans ses bras.

« Tu as toujours eu peur pour moi. Pourquoi ?

— Parce que je sais. Tu vas tomber malade.

— Je ne suis pas malade.

— Tu n'as pas le cancer ? Tu vas l'avoir. Je te le promets. »

Sous le maquillage léger, son visage s'est assombri.

« Je me souviens, dit-elle, tu n'étais pas tout à fait le même quand nous étions jeunes. Qu'est-ce qui s'est passé ? Tu ne te rends pas compte de ce que tu dis ? »

Je ne m'en étais pas aperçu, sans doute parce que ma conscience du temps avait été considérablement altérée par mon expérience de l'éternité, mais les années avaient filé. Hardy avait désormais un grand garçon de treize ans. Le gosse a passé la tête par la porte, en posant doucement le front contre l'épaule de sa mère. « Tout va bien, maman ? » Et je regardais d'un air incrédule la main de Hardy passer avec affection dans les cheveux décoiffés de cet enfant qui n'était pas le mien. « Tu peux me faire une lessive ? Je n'ai plus rien à me mettre. » Elle râla, parce qu'elle n'était pas sa boniche, lui tapa sur une fesse, puis accepta et le laissa filer. Le garçon me jeta un coup d'œil suspicieux.

« Bonjour m'sieur. »
Et il s'en alla à vélo.
Hardy a promis qu'elle écrirait après son anniversaire, afin de me rassurer.
« Tu ne pourras pas. Tu seras déjà morte.
— Arrête, a-t-elle crié. Tu es dingue. Hors de ma vue ! »
Quelques jours après la date de son anniversaire, j'ai reçu une jolie carte, achetée à la librairie de Mornay : Hardy allait bien, elle espérait que je trouverais une forme de paix, que je rencontrerais quelqu'un qui m'irait. Elle avait été malheureuse avec moi, mais elle ne m'en voulait plus. La vie avait été ce qu'elle avait été, on ne pouvait rien y changer. Surtout, elle m'enjoignait de prendre soin de ma personne.

Je m'étais certainement trompé dans les dates. C'était une question de jours. Elle allait mourir.

Trois mois plus tard, j'ai trouvé dans ma boîte aux lettres une nouvelle carte postale. Hardy et son mari étaient partis en vacances dans un pays lointain d'Asie, elle s'était découvert une passion pour la civilisation locale, elle espérait que je me portais bien, et en post-scriptum elle ajoutait : « Je suis en pleine forme. »

Je ne comprenais plus.

Nous avons correspondu. Nous sommes devenus amis, aussi. Son mari était un homme anodin et charmant, en tout point contraire à ce que j'avais été. Est-ce qu'elle l'aimait ? Je n'en sais rien.

Un an après, Hardy revenait d'un second voyage en Asie, toujours aussi radieuse, et j'avais passé la moitié de ma carrière à rechercher en vain un traitement impossible à une maladie qui n'existait pas.

Dans une longue lettre, Hardy m'écrivit qu'elle m'avait aimé, qu'elle ressentait encore une légère douleur, un point de côté quand elle pensait que nous aurions pu être heureux, et qu'elle était contente d'avoir rencontré un homme qui lui convenait, tout de même, mais qu'elle conservait ce petit chagrin qui ne partirait jamais. Quelque chose la liait indéfectiblement à moi, écrivait-elle. Elle ne m'en voulait pas.

À distance, nous nous entendîmes mieux que lors de notre vie commune. Elle évoquait avec beaucoup de délicatesse ma folie douce, elle était soulagée que je ne me sente plus responsable d'elle, et elle prenait soin de moi : il lui arrivait de me rappeler de porter mes vêtements au pressing avant le week-end, par exemple, et elle s'inquiétait de ce que je mangeais. De mon immortalité, elle ne parlait pas autrement que comme de ma « marotte ». C'était devenu une petite dame malicieuse, discrète, contente de l'existence et généreuse, dont les formes s'arrondirent avec l'âge, et dont le visage s'ornait toujours de ce lourd grain de beauté à la frontière des joues et du sourire, dont les cheveux avaient viré au blond vénitien, qui lisait des romans policiers, aidait son époux, qui avait travaillé dans les assurances, à gérer le Bed & Breakfast qu'ils venaient d'ouvrir, entretenait son jardin, un carré de potager, apprenait les langues orientales et faisait les courses pour les personnes âgées de son quartier.

Moi, j'étais un savant seul et triste dans un énorme château, d'où je ne sortais presque jamais.

Je suis allé voir ce bon vieux Fran; il occupait avec sa femme un pavillon de banlieue sans charme près du Plessis, et il était devenu infirmier libéral. Cet après-midi-là, il surveillait ses deux petits-enfants dans une piscine gonflable aux couleurs criardes; Fran avait gagné des poignées d'amour, il flemmardait en maillot de bain et j'ai observé la vaste tache noire qui lui montait des cuisses jusque sur le dos.

« Qu'est-ce que c'est?

— Des tatouages de jeunesse, qui datent d'avant notre rencontre. J'ai préféré les effacer.
— La première fois, tu n'en avais pas jusqu'ici... » Et j'ai touché délicatement la chute des reins de mon ami.
« Les choses changent, de vie en vie.
— Je ne savais pas.
— Je crois que tu ne sauras jamais pourquoi.
— Il y a une logique derrière.
— Probablement pas.
— Et toi...
— Quoi ? »
De la main ouverte, j'ai désigné ses petits-enfants qui braillaient, sa bonne femme assoupie sur le transat, les pavillons du lotissement tout autour de nous, et sa vie entière. Le soleil brillait, c'était une belle journée.
« Tu prends des vacances, quoi.
— Un jour tu voudras faire comme moi. Crois-moi. Tu en auras assez. » Il rigola de son petit-fils qui s'était agrippé à sa jambe, pour essayer de l'entraîner avec lui dans l'espèce de pataugeoire. En dépit de mes efforts pour lui sourire, je faisais peur au gamin : j'étais blême, j'avais le teint cadavérique des hommes que la vérité a détournés trop longtemps du soleil.
« Repose-toi, m'a-t-il conseillé. Profite de la vie. Tu as tout le temps. »
Pourtant je ne pouvais pas m'arrêter en chemin et je me suis enfermé dans une aile de l'institut de Saint-Erme. Tout de même, je n'étais pas fou, j'avais raison. Il y avait bien une mécanique du miracle, et au terme de quelques années supplémentaires d'études acharnées, j'ai trouvé.
La chose s'expliquait.
Dans une longue lettre tapée sur un ordinateur de l'institut (qui était sur le point de fermer, suite à des coupes budgétaires, en cette période de crise économique et politique),

j'ai essayé de simplifier le plus possible la démonstration à l'intention de Hardy, afin de lui exposer enfin la preuve de ma condition. Je ne voulais pas qu'elle me prenne pour un vieux taré.

À vrai dire, il n'y avait pas de dieu, pas d'intention ni de plan concerté derrière ma mort et ma renaissance, c'était un simple effet mécanique. Mon éternité était susceptible d'être prouvée, si on renonçait à toute démiurgie et à toute explication finaliste. Il suffisait d'une description précise et d'un calcul bien mené. Je venais tout juste de mettre le point final à ma démonstration imparable de l'éternité, grâce à une nouvelle stratégie d'attaque de la conjecture de ma résurrection, qui consistait très grossièrement en ceci (je vous résume à l'aide de mots simples) :

1/ il existait dans mon organisme de l'information (perceptions, sensations, sentiments et mémoire) chiffrable ;

2/ par mutation génétique, mon cerveau était devenu capable de sécréter une sorte de copie de sauvegarde organique de cette information : la *singularité* ;

3/ cette singularité organique était programmée pour être indestructible : elle était un encodage aléatoire de l'immortalité, ce qui faisait d'elle une *singularité-Thêta* ;

4/ au moment de la mort de l'organisme, au lieu de disparaître tandis que le monde continuait à être, la singularité-Thêta indestructible devenait un opérateur biophysique d'inversion locale : sa structure moléculaire agissait sur les propriétés subatomiques de la matière, elle fonctionnait à la façon d'une singularité gravitationnelle infinie (on pouvait me définir ainsi : j'étais un trou noir à forme humaine) ;

5/ cet opérateur n'inversait pas la flèche du temps, mais provoquait un effet d'autoengloutissement ; la singularité-Thêta tombait pour ainsi dire au fond d'elle-même comme dans un puits obscur; elle était en chute libre jusqu'à atteindre son état initial;

6/ cet état initial consistait dans la gouttière neurale de l'embryon que j'avais été et qui marquait l'instant d'apparition de la singularité, le temps zéro, le point de départ du développement de mon cerveau;

7/ chaque fois que la mort arrivait, au moment de la perte définitive de mes fonctions néocorticales, ma conscience connaissait un effondrement, qui entraînait en soi tout l'univers matériel dans une chute instantanée jusqu'au fond d'elle-même : ce fond, c'était le moment d'apparition de la singularité (dans le ventre de ma mère, juste avant ma naissance). Donc j'étais condamné à ressusciter, de plus en plus conscient, en m'élevant et en retombant sans fin au tréfonds de moi-même.

C'était très simple. J'entraînais tout l'univers dans une surface fermée, sans bords, mais orientable : ma vie. Pourquoi? Par un court-circuit de l'Évolution du vivant et de l'espace-temps matériel.

J'étais Dieu et j'étais devenu Dieu par hasard.

J'en avais la preuve.

C'était tout.

Or la singularité-Thêta, qui consistait dans une violation locale des lois de la Nature par le vivant, du fait d'une mutation absolument hasardeuse, ne valait que pour elle-même en elle-même. Au bout du compte, ma science promise n'était qu'une science de *ma* singularité, qui n'avait pas le moindre intérêt pour les autres.

J'expliquai au passage le saignement (un point de détail intéressant) et, en moins de trente feuillets, je disposais de la preuve formelle que je ne mourrais pas; mais la preuve de la singularité était sous condition nécessaire, dès la pre-

mière ligne de calcul, vérifiée par rien de moins que la singularité elle-même, et l'ensemble de la démonstration n'était pas techniquement valable en dehors des limites de mon propre corps. Je n'étais immortel qu'en moi-même. Je m'étais enfoncé comme un chien dans la science pour en sortir avec une science de quoi, je vous le demande? Une science de *moi*.
J'ai brûlé la plupart de mes travaux. On ne me croirait pas.

Quant à Hardy, elle m'a répondu qu'elle n'était pas en mesure de juger de la pertinence de mon travail impressionnant, mais qu'elle était heureuse que je sois persuadé d'être parvenu à un résultat, au moins, après toute une vie occupée à chercher. Puis elle me demandait d'arrêter de fumer, de faire un peu de sport et de lui rendre visite un jour, ça lui ferait plaisir de me revoir.

Docteur *honoris causa* de nombreuses universités, pour mes recherches passées, j'étais considéré comme un hurluberlu qui ne publiait presque plus et qui s'était perdu. Mes contributions en tant que chercheur et en tant qu'enseignant n'avaient plus le moindre impact sur la science officielle, qui s'intéresse hélas à l'universel plutôt qu'à la singularité.

Au téléphone, Fran a réagi à ma démonstration avec ce drôle de ton, pas tout à fait désapprobateur, mais pas encourageant non plus, qui semblait signifier qu'il ne comprenait rien, ou bien qu'il ne voulait rien en savoir.

« Tu penses que c'est faux.

— Non. Tu as des capacités très supérieures aux nôtres. Je ne suis pas en mesure de comprendre ta démonstration.

— C'est la preuve.

— C'est la tienne. Tant mieux. Je demande juste une faveur, j'aime ma femme et mes enfants : je voudrais profiter d'eux encore quelque temps.

— Bien sûr.

— Alors ne te tue pas tout de suite. »
Je suis resté silencieux. Il se foutait de moi.
« Laisse-moi encore une année ou deux.
— Qu'est-ce que tu veux dire ?
— Dès que tu te tues, je meurs aussi, comme tous les autres. Accorde-moi un peu de temps.
— Je n'ai aucune envie de me tuer. J'ai encore plein de choses à découvrir. »
Vexé, j'ai raccroché.
Hardy m'a écrit, je ne lui ai pas répondu. Par Fran (ils se passaient un coup de fil de temps en temps, leurs familles respectives se connaissaient et s'appréciaient), elle avait eu de mes nouvelles. Elle me racontait combien elle était fière de son grand fiston, la belle vie qu'elle avait, l'histoire de l'Asie dont elle découvrait les merveilles, la pauvreté, les inégalités insupportables et en même temps l'incroyable développement. Il y avait tellement de choses à changer, et elle n'était plus toute jeune. Elle aurait aimé commencer plus tôt, s'engager et, selon son expression, « participer au grand chantier ».
Six mois après, je compris ce que Fran voulait dire. Je me sentais désœuvré ; dans la demeure de Saint-Erme, je tournais en rond. Mon corps, dont je n'avais pas pris soin, avait vieilli, il était à bout de souffle, gras, et personne n'y prêtait plus attention. Une fois l'institut fermé, on m'avait accordé à titre exceptionnel un droit de résidence, mais j'étais tout seul.
J'avais envie de renaître et de transformer les choses. À cette fin, je brûlais du désir de me suicider, avec la certitude de retrouver un organisme neuf, vigoureux, et de prendre à bras-le-corps un monde régénéré. Mais en me tuant, je priverais du même coup Fran et Hardy du reste de leurs vies heureuses, et de tous leurs projets ; je ramènerais tout le monde à zéro avec moi. J'avais trop longtemps été

égoïste dans cette vie, et je pris sur moi de leur accorder une existence heureuse. Péniblement, j'ai attendu en compagnie d'un vigile, d'un valet de chambre et d'une cuisinière, dans la bâtisse silencieuse, et j'ai tué le temps. Je fumais sans discontinuer, et je retardais ma mort.

Dans ma tête, je commençais à réfléchir aux moyens de changer le monde et je me surprenais à élaborer des plans de plus en plus grandioses afin d'améliorer les choses. Il était vrai que le monde était mal fait; plus je repensais à ce que j'en avais connu, plus je ressentais l'injustice, l'inégalité, la détresse, la douleur inutile, la lutte déséquilibrée, l'honnêteté mal récompensée, la bêtise et le malheur des hommes, auxquels ma recherche m'avait rendu aveugle pendant presque une vie entière. J'avais la puissance d'un temps infini, et je n'avais pensé qu'à moi-même. Désormais, je savais. Je n'avais plus la mort à craindre, parce que je disposais de la preuve mathématique indubitable de mon retour automatique; il n'y avait aucune volonté derrière ce miracle. Mais moi qui en étais le résultat, je pouvais vouloir un monde meilleur. Il était indispensable que je participe moi aussi au grand chantier.

Mais comment m'y prendre?

Il aurait fallu l'aide de Fran et Hardy; il me manquait ce sens particulier de l'empathie, qu'une existence de savant avait considérablement atrophié. Pourtant, enfant, je l'avais, je me souvenais d'avoir observé le comportement des bêtes des heures entières, près du torrent ou au bord de l'étang, et d'avoir pris soin de cet oiseau au plumage d'argent, au pied de l'arbre crochu. En ce temps-là, il y avait un peu de bonté au fond de moi. Je souris à l'évocation de mon enfance. C'était pour bientôt.

Après trois ans à peine, j'ai commencé à tousser, je respirais avec difficulté, je m'essoufflais et j'avais la voix rauque dès que je parlais (ce qui n'était pas fréquent, car je menais une vie érémitique), j'ai perdu du poids, puis je me suis mis à cracher du sang sur mon oreiller la nuit. La fiole de Fran ne m'était plus d'aucun secours. Je me sentais faible. Et j'ai pensé que ça ne servait à rien de s'acharner.

J'ai écrit une dernière carte postale à Fran et une autre à Hardy, au recto de laquelle figuraient des papiers collés de Matisse, pour m'excuser. Je ne pouvais pas faire durer la vie générale de tous plus longtemps. Mais je n'ai jamais posté ces cartes; de leur point de vue, les recevoir aurait équivalu à une condamnation à mort. Si je leur disais : dans un mois je meurs, ça ne signifiait rien d'autre que : mes amis, dans un mois vous êtes anéantis, vous, vos parents, vos enfants, vos amis. Moi, je continuerai une autre vie, et de vous il ne restera rien, excepté mon souvenir. Je n'avais pas le droit de leur envoyer cet arrêt de mort, pire : d'annihilation. Donc j'ai pris la décision de ne rien dire.

Solitaire, nerveux, amer et fumeur, je me suis diagnostiqué un cancer des poumons, et j'ai demandé à bénéficier de soins palliatifs à domicile. L'infirmière, quelqu'un de doux et d'ordinaire, était triste de voir un monsieur comme moi, encore jeune, quelqu'un de bien, qui avait fait des études, des découvertes et qui avait été célèbre, finir dans la solitude : « Vous n'avez pas d'amis? Vous n'avez donc personne? Pas de parents, pas d'enfants? Et votre femme? »

Je discutais avec elle de son métier, des conditions de travail, et des moyens de les améliorer. Je m'intéressais à son avis : qu'est-ce qu'elle pensait de notre société?

« Il n'y a rien qui va.

— Dites-moi. Qu'est-ce que vous changeriez? »

Souvent, l'infirmière s'asseyait près de moi, et me parlait de tout ce qui la révoltait. Mais elle ne savait pas ce qu'on pouvait faire contre ça. Je l'écoutais.

« Il doit bien y avoir un moyen.

— Monsieur, disait-elle en soupirant, j'espère qu'on le trouvera un jour. »

La fin approche. Me revoici dans la chambre, soixante ans après. Rien à craindre, ce coup-ci. La mort tarde tout de même, et je souffre d'un œdème aigu. Je voudrais m'en fumer une petite dernière avant de repartir dans le circuit. Encombré de tuyaux, je toussote. Bah, je ferai mieux la prochaine fois !

Un instant, peut-être, je doute : et si je m'étais trompé dans la démonstration ?

Mais je me reprends bien vite. J'y repense, les étapes du raisonnement me reviennent, terme après terme, et je suis rassuré : c'est inattaquable. Je suis conscient jusqu'au bout. Je *sais*. Qui a jamais agonisé avec plus de lucidité que moi ? J'observe froidement jusqu'à son terme le processus de singularité : la douleur irradiante qui l'emporte ; la vie qui s'éteint, trou noir, matière renversée et monde annulé.

Je termine avec satisfaction mon existence de savant.

« Ça y est », dis-je : à l'instant même où je meurs – me voilà occupé à renaître.

LA TROISIÈME

Une fois né, tout me revient de plus en plus tôt : les bois ensauvagés, froid, chaud, à la lisière de l'Orient, le chalet, la boue, les branches de bois vert, au soir exténué, le long des chemins en compagnie du chien bâtard. Et quand mon père rentre du travail, pousse la porte de la cuisine, je me tiens déjà dans son dos : je le surprends, il en rit. Je suis un garçon brave et serviable. J'aborde les gens sans arrêt.

Au lieu de partir jouer seul près du ruisseau, ou dans les sentiers qui conduisent à la colline, je me balade dans le village dès que je réapprends à marcher, frustré de ne pas pouvoir parler et d'être condamné à babiller des syllabes qui trop souvent ne signifient rien, je prends les voisins dans mes bras, je souris, je « socialise », comme dirait mon père.

Nerveux, je ne tiens absolument pas en place ; mes jambes remuent sans cesse malgré moi. « Arrête », soupire ma mère quand elle prépare le repas dans la cuisine tandis que je tourne en rond, comme un lion en cage. « Tu me donnes le tournis. » Lorsque les mots me remontent à la bouche, je lui demande à ma manière d'enfant ce qu'elle pense du monde, elle n'en sait trop rien, je veux au moins écouter la radio, hélas les longues fréquences lui causent des migraines. Je réclame à mon père le quotidien du matin, et je ne l'obtiens que le soir, quand il y pense. D'abord il le lit, puis il me le passe, mais il découpe aux ciseaux les pages qui ne me concernent pas : il ne voudrait pas qu'un petit gosse comme moi se retrouve exposé aux images horribles de la guerre en Orient, aux photographies de décapitations par les groupes terroristes de ces pays arabes, le Hamas, le Hezbollah, l'État islamique, et pas non plus aux reportages choquants parmi les ruines des bombardements américains, à propos des victimes de frappes ciblées par les drones ou de celles des attentats-suicides, peu importe, ça ne fait pas de différence, une vie c'est une vie, dit-il. Du coup, il ne me reste plus entre les mains qu'un gruyère de papier troué avec les résultats sportifs du week-end, la Bourse et les mots croisés : la culture et les pages people ont disparu aussi, parce qu'on y trouve trop de femmes légères à demi nues à son goût, une tripotée de gens vulgaires ; quand il m'arrive d'en sauver de la censure paternelle un lambeau, je déchiffre tout de même la rubrique consacrée à la politique intérieure française. Dieu que c'est ennuyeux. Je me renseigne sur les débats parlementaires à propos des délocalisations, du redressement productif, de l'aménagement du temps de travail, du taux d'imposition, de la taxe foncière, des trente-cinq heures ou des blocages structurels que rencontre la France. Mon père pense que je m'amuse avec les rebuts de papier journal tout juste bons à recueillir les épluchures de pommes de terre, mais en réalité je lis, et je réfléchis.

Vers trois ans, je commence à mesurer l'ampleur du chantier. Il faudrait que je me calme et que je conçoive un plan audacieux. Hélas, je ne tiens pas en place. Alors je harcèle mon père d'interrogations : « Qu'est-ce que tu ferais si t'étais président du monde ?

— Ah, mon fils, ce pays est malade. Il n'y a rien à faire. »

Quand il vient déjeuner, chaque dimanche, le docteur

Origène raconte qu'il existe un camp de la liberté et du progrès. Dans les vies précédentes, il m'intéressait si peu que je ne l'écoutais même pas discourir. Le docteur évoque l'avenir : sombre, en dépit d'une petite lumière qui brille dans le cœur de la jeunesse. Il nous dresse un tableau apocalyptique de notre pays, dont la productivité est très faible, qui tient à des idées révolutionnaires du siècle passé, où personne n'aime l'argent, la technologie, ni le monde de l'entreprise et de l'innovation. Origène est un grand admirateur de l'Amérique : voilà des hommes qui ont su construire une nation à partir de rien du tout, quelques Indiens dans les plaines tout de même. Cela étant dit, il se fait du souci à cause des religieux de tous bords, aux États-Unis comme ailleurs. Il est athée, en tout cas agnostique : « Je ne crois que ce que je vois, et pour l'instant il n'y a personne. » Il est médecin, il connaît le corps humain mieux que quiconque, il a observé, et il pense qu'après la mort il n'y a rien. Avec beaucoup de sérieux, il explique à mon père que les religions sont des délires collectifs dus à la frustration et à la peur de la mort, ou bien une sorte de structure virale qui transite par le langage et reprogramme le cerveau des individus, qui deviennent fanatiques. Les choses sont ainsi faites, conclut-il souvent.

À table, je m'impatiente : « Comment on change les choses ?

— Qu'est-ce que tu appelles "les choses", mon petit ? » Et tous les adultes rient de concert.

J'ai quatre ans, et ils ne considèrent évidemment pas la possibilité d'entreprendre avec moi une discussion politique.

Mes parents ne se doutent de rien. Ils me trouvent à la fois agréable et difficile, puisque à peine en âge de marcher et de parler, je leur impose déjà une crise d'adolescence prématurée : souvent je rate l'heure des repas, je gambade, je traîne sur la place de la mairie avec les gosses d'une dizaine d'années que jusqu'ici je ne connaissais pas très bien. Je suis le petit, mais je leur en impose et ils m'adoptent à la manière d'une mascotte. Et puis ça les fait marrer : s'ils me déposent sur la selle et me placent le guidon entre les mains, je sais conduire un scooter, je n'ai peur de rien. De toute façon, si je meurs, je renais dans la seconde d'après : je le sais. Alors, l'été, lorsque la petite bande inconsciente escalade à mains nues la paroi rocheuse qui tombe à pic dans le torrent, je prends tous les risques et, s'il le faut, je saute du haut de la corniche de treize mètres, au beau milieu des rochers plats et allongés ; les autres ont leur grain de folie et leur orgueil de gosse, mais aucun n'a jamais osé me suivre, ils ont l'impression d'être des lâches lorsqu'ils se mesurent à moi, donc je suis devenu une sorte de chef, même si j'ai moitié moins d'années qu'eux. Au soleil, sur le gros rocher arrondi qui ressemble au dos d'un éléphant d'Afrique, on sèche nos vêtements et on fume des roulées avec du papier de maïs qu'un copain a dérobé à son grand-père, qui a combattu pendant la guerre et qui habite tout seul dans le village abandonné au bout de la route des bordes.

« Qu'est-ce que vous comptez faire, plus tard ?

— Moi, me répond le fils du boucher, je vais piquer un pack de bières à mon frère et après je filerai au bowling, sur la départementale.

— OK, mais après ça ?

— Après ça, je rentre chez moi ! T'es con, toi.

— Ouais, mais plus tard, dans la vie.

— Moi, je baise Marie. »

Tout le monde se marre, sur le rocher éléphantin.

« Allez, fais pas le con. Qu'est-ce que tu ferais, si tu pouvais faire n'importe quoi ?

— En vrai, je baise sa sœur.

— Elle a de très gros feins, renchérit son voisin qui a un cheveu sur la langue.

— Plus tard dans la vie, qu'est-ce que vous allez devenir? Eh les mecs, vous n'avez pas lu les journaux? »

Silence. On entend frémir un moustique, un taon peut-être, et le grand rouquin qui l'éclate entre les deux mains. « Comment vous vous voyez, dans vingt ans?

— Je serai boucher.

— Peut-être pas, peut-être qu'il n'y aura plus d'emploi.

— On n'en sait rien.

— La sœur de Marie, ce sera ma meuf, et je me la ferai tous les soirs. » Il imite une branlette en souriant jusqu'aux oreilles.

Les autres s'esclaffent.

« Un zour, rêve le petit voisin, z'aimerais bien être foldat pour tuer des zens. »

Ma clope roulée et jaunie, qui a un goût fort et écœurant parce que je suis accoutumé aux cigarettes d'adulte, est terminée, et je me dresse soudain sur le rocher comme sur le toit du monde, à la lumière du mois de juillet, au-dessus des enfants et des eaux, des cascades du torrent qui gronde doucement, soulevant des gerbes ou plutôt des étincelles d'écume qui nous rafraîchissent de temps en temps les jambes. Je suis le plus petit d'entre eux, mais je ressemble au Colosse de Rhodes à l'entrée du port. Ils me regardent de bas en haut.

« Vous ne voulez pas changer les choses?

— Si! s'époumonent-ils.

— Changer!

— Tout changer!

— Monde de merde! »

Devant eux, j'essaie un premier discours. Grisé, je leur parle du « grand chantier ». Très vite, je manque d'enchaînements logiques et je ne sais plus très bien comment partir

du monde de merde d'aujourd'hui pour en arriver à la révolution grâce à laquelle on vivra comme on veut.
« Comment est-fe qu'on fait?
— Il va falloir m'aider. »
L'un après l'autre, ils jurent de me suivre à jamais, pour toujours, croix de bois, croix de fer. Et ils s'entaillent la pulpe du pouce afin de consacrer leur serment par le sang. Sauf moi : je ne me coupe pas, je ne veux pas toucher à leur sang, ni qu'ils touchent au mien.
« Le chef ne met pas son sang dans celui des autres, il crache dedans, expliqué-je, c'est ainsi qu'on procède traditionnellement chez les Vikings. »
Quand je rentre à la maison, vers six heures du soir, mon père me flanque une sacrée correction, il ne le fait pas de bon cœur, mais il marmonne : « Origène avait raison. » Et je désobéis de plus en plus souvent : je suis l'aîné de mon père, après tout, et je ne vois pas de raison de l'écouter. À cinq ans, je fume en cachette, sous le pont romain, assis parmi la rocaille et la craie au bord de la rivière sans surprise, qui coule et coule toujours : je me fais chier. Les copains m'apportent les parties manquantes du puzzle des journaux que leurs parents lisent, ou jettent à la poubelle, et puis je convoque solennellement le fils du buraliste du village, je lui fais passer une sorte d'entretien ou de test initiatique, et je l'admets au sein de notre société secrète, à la condition expresse qu'il me fournisse toute la presse invendue de la semaine passée. Au grand rouquin et à celui qui a ce défaut de prononciation agaçant, je laisse les images de cul, les photographies de chirurgie esthétique d'actrices de seconde zone ou de mannequins, et les gros plans exclusifs sur leur cellulite. À mon âge, ça ne me dit trop rien. En compagnie des plus malins, je réalise ce que j'appelle un peu pompeusement « un état général du monde avant la révolution ». Grâce à mes souvenirs, je remplis peu

à peu tous les trous, qui étaient dus à mon absence totale d'intérêt, deux vies durant, pour la politique, et j'essaie de savoir où en sont les choses, puisqu'il s'agit de les changer. Parmi nous, il y en a quelques-uns, des faux-culs et des délateurs comme le gros frisé, que ma précocité étonne et qui en parlent avec sournoiserie aux parents, mais je suis plus rusé et je parviens à me faire passer pour le premier de la classe, le petit surdoué qui fait progresser en lecture et en calcul les cancres du coin durant les vacances. En fait, grâce à l'esprit de synthèse qui est le mien depuis la vie précédente, avec beaucoup de patience et de pédagogie, j'expose l'essentiel de mon diagnostic à mes camarades qui entrent bientôt au collège : la France où nous sommes nés est une nation affaiblie, aux frontières floues ; la social-démocratie en laquelle elle a cru est en crise permanente depuis des décennies, le libéralisme, faute d'adversaire, à la fois s'accélère et se ralentit. Il n'y a rien d'autre à espérer que de nouvelles technologies de la culture, de l'information et du loisir, qui nous rendront plus intelligents et plus conscients et qui supprimeront tous les emplois ; tout le monde deviendra de plus en plus cultivé, et vivra de plus en plus misérablement. Mais les enfants ne comprennent pas. Ici, à la frontière, ils rêvent encore de téléphones portables, de tablettes tactiles, des tubes de l'été et de blockbusters américains à télécharger, de lunettes intelligentes, d'objets connectés, de réalité augmentée, de domotique ou de biotechnologie. Et pourtant j'ai fréquenté les milieux d'ingénieurs et les visionnaires de la nouvelle économie à Stanford, en Californie, dans ma vie précédente, je sais qu'eux-mêmes n'y croient plus tout à fait, ils savent qu'ils sont sur le point de ruiner la classe moyenne mondiale et...

« Fé trop compliqué. »

Assis le cul blanchi par la craie sur un lit instable de cailloux qui roulent parfois dans le ruisseau, je contemple un instant mes camarades : le fils du boucher me fait confiance et il m'aime bien, mais il commence à avoir chaud, il a très envie de pisser et je devine dans ses yeux globuleux qu'il ne comprend pas un traître mot de tout ce que j'ai dit ; celui qui a un cheveu sur la langue et le grand rouquin ont ramassé de petits galets plats et ils font quelques ricochets, en attendant que je reprenne le fil de mon laïus interminable. Le fils du buraliste m'écoute, mais distraitement, en asticotant des vers de vase à l'aide d'un bâtonnet de crème glacée. C'est bientôt la rentrée, ils s'ennuient ; voilà toute mon armée pour changer le monde.

J'avais oublié à quel point l'enfance était longue. Il me reste plus de dix ans encore avant d'approcher vraiment de la majorité et de pouvoir espérer influer sur les choses, les « foses » comme dit l'autre avec son appareil dentaire qui étincelle en pleine lumière. Ils ont du courage, mais au fond de ce trou perdu, je n'arriverai à rien. J'essaie de me souvenir de leur destin : lui, le fils du buraliste, il me semble bien qu'il est parti à la grande ville et qu'il a fait des études en IUT, mais je crois entendre ma mère, il y a très longtemps, me donner de ses nouvelles, m'annoncer qu'il n'avait malheureusement pas trouvé de stage, qu'il était revenu au village et qu'il touchait le RSA en attendant que la mairie obtienne un emploi aidé, peut-être cantonnier ; le grand rouquin, il est mort dans un accident de moto, dans le tournant après le petit pont romain, ça me revient, ça avait été tout un drame, et ma mère avait pleuré, parce qu'elle l'aimait beaucoup : en fin de compte, il s'était marié avec une cousine de Marie, je ne sais plus laquelle, qui attendait donc l'enfant d'un mort ; Marie et sa sœur étaient au chômage ; le fils du boucher, eh bien, c'était le boucher, quand je revenais avec Hardy rendre visite à mes parents, j'allais le saluer, à l'époque j'avais été en primaire avec son petit frère, et il me donnait toujours deux côtelettes d'agneau gratuites en supplément, pour ma petite amie et ma maman ; celui qui avait le cheveu sur la langue, je le voyais au café d'en bas, *Au Rendez-vous des copains*, il était chauve, buvait du vin rouge dès huit heures du matin, saluait d'une main levée les autres, quand il leur arrivait de passer près de la terrasse du bar, et il attendait. Il vivait seul avec sa vieille mère, qui connaissait la mienne, et il n'avait pas de travail.

« Alors, les gars, qu'est-ce qu'on fait ?

— Ben, rien. »

Le mois d'août touchait à sa fin ; près de ce qu'on appelait la « baraque des chiens », il y avait encore des mûres et des myrtilles sur le raccourci à demi recouvert par les hautes herbes qui montait vers la colline de trembles et d'érables, sur laquelle il y a longtemps j'étais venu à vélo avouer la vérité à Hardy. Moi et les copains avions marché jusqu'au sommet, les mains et la bouche noircies par les baies, il nous en restait en réserve dans les mouchoirs noués aux quatre coins qu'on rapporterait à nos mères pour qu'elles en fassent des tartes et des confitures. On s'est assis, on a regardé le pays enflammé par le coucher de soleil, c'était beau, et moi, frustré que mon corps ne suive pas mon idée, n'ayant plus aucun intérêt pour les étangs, les chemins, le soleil, je pensais à Paris.

Il était temps que je me sauve d'ici. J'avais bien une idée.

« Eh, les mecs, ça vous dirait de fabriquer nous-mêmes de l'alcool ?

— Grave ! » Certains se sont levés. Ils étaient tout excités.

« Du Red Bull !

— Non, fa f'est artififiel. L'alcool, f'est naturel. »

Chez le grand-père du copain, celui qui habite le village au bout de la route des bordes, on trouve un vieil alambic, et de quoi distiller de l'éthanol après fermentation ; grâce à mes connaissances supérieures en chimie (je suis tout de même prix Nobel), je m'arrange pour que mes amis produisent de quoi vieillir prématurément certaines de mes hématocytes de la zone ORL, en accélérant la sénescence induite par l'oncogène grâce à l'action de la pyruvate déshydrogénase mitochondriale. Évidemment, ce n'est pas exactement ce que je leur explique.

Les autres me regardent avec crainte et respect comme si j'étais un drôle de génie, occupé à calculer des suites de formules que même le professeur de mathématiques de leur grand frère ne comprendrait pas, capable d'inventer des substituts aux solutions de base à l'aide de produits agricoles du coin, que les gamins volent dans les caves et dans les garages, pour mettre de nouveau en valeur mes compétences de savant; je parle avec autorité, sur ce ton assuré et cassant que j'avais fini par prendre à l'institut. Ils m'obéissent, comme hypnotisés.

À la fin, j'obtiens un liquide épais au fumet amer; mes copains sont unanimement déçus : ils me prenaient pour un génie, mais je n'étais qu'un clampin comme eux, la chose était âcre en bouche, infâme, imbuvable, et à choisir ils préféraient encore se torcher à l'alcool de patate ou à « l'infectifide » qu'avec cette décoction écœurante.

Moi, en tout cas, elle me faisait saigner du nez. D'abord à faible débit, puis à gros bouillons et, à l'âge d'à peine six ans, à califourchon sur une chaise de la cuisine, je me suis retrouvé devant mes parents affolés, occupés à éponger à la serpillière mon écoulement dans le bac de fer-blanc.

J'étais content.

J'ai donc retrouvé la ville de Paris plus vite que prévu, les tours, les fils électriques et les fils à linge, l'immense ciel blanc et tout ce qui va avec, nous avons pris le métro, ma mère avait peur, parce qu'on disait qu'à Paris il y avait de l'insécurité, qu'on volait les téléphones portables à l'arraché et même qu'il éclatait des fusillades à l'improviste, à cause de groupes armés. Sottises.

Vous vous doutez de ce qui a suivi : vous commencez à être habitués, moi aussi.

Au Val-de-Grâce, tout s'est bien passé : le meilleur spécialiste en hématologie (un universitaire médiocre, soit dit en passant, comme j'avais pu m'en rendre compte dans l'existence précédente) a été très poli avec maman, et j'ai rejoint Fran dans le laboratoire pour les analyses qui sont d'usage. Tout de suite, nous sommes tombés dans les bras l'un de l'autre, et j'ai retrouvé sa ferveur, sa douceur et cet air rêveur que j'avais tant apprécié la première fois. Nous nous entendions beaucoup mieux, peut-être parce que j'étais moins arrogant que du temps où j'étais savant. Une fois de plus, j'ai grandi avec mon éternel compagnon, heureux de retrouver ses attributs : la bonne vieille Lada qui sentait le tabac froid, la musique bruitiste, les rendez-vous près du petit pont romain et tout ce qui s'ensuit. Par honnêteté, je lui ai raconté qu'il avait eu une famille, dans la vie d'avant, qu'il avait préférée à notre camaraderie.

« À quoi ressemblait ma femme ?

— Jolie. C'était une bonne copine de Hardy.

— Parle-moi de cette Hardy. »

Et je lui parlais d'elle.

Fran et moi, on vivait comme des frères qui ne se sont jamais vraiment quittés. La nuit, je m'échappais de la demeure familiale et il m'attendait de l'autre côté du petit pont romain. Il m'emmenait en ville, me protégeait, me laissait tremper les lèvres dans la mousse de sa bière parce que les barmen refusaient de me servir de l'alcool, cependant qu'assis sur un tabouret, la tête dépassant à peine du comptoir, je lui servais d'appât pour les meufs du coin.

« C'est ton fils ?

— Mon petit frère.

— Qu'est-ce qu'il est mignon. »

Parfois, il fallait conclure, Fran s'excusait de ne pas pouvoir partager, il montait dans la chambre de la fille et je restais en bas devant la télé, à regarder les programmes de rediffusion jusqu'au petit matin. Vers cinq heures, je l'entendais souvent siffler et m'appeler à voix basse par l'embrasure de la porte : « Viens ! » Il me montrait le corps nu de la jeune fille endormie. Qu'est-ce que c'était beau. Je restais rêveur pendant quelques minutes, à la fois petit garçon curieux, adulte plein de désir, vieillard qui a renoncé à la chair, de temps en temps je pensais à Hardy, et puis Fran remettait le drap en place avec beaucoup de respect, c'était un gentleman, il enfilait un pantalon, bouclait sa ceinture et me raccompagnait à la maison, où je reprenais mon rôle de composition.

Quand l'oiseau au plumage d'argent est tombé du nid, je lui ai fabriqué un abri et je l'ai placé hors de portée du chien, sur la cheminée, à côté du petit pot de céramique où maman cachait ses économies (je n'y touchais jamais). Deux fois par jour, je le nourrissais. L'oiseau a repris des forces, il boitillait. Mais au bout d'une semaine, il est parvenu à voler de ses propres ailes.

À Fran, j'ai raconté l'anecdote. Les choses peuvent changer.

Fran en était certain, lui aussi. C'était un type bien. Je lui ai présenté les petits gars du village. Malheureusement, vers dix ou douze ans, les mecs se désintéressaient complètement de la cause. Le fils du boucher sortait avec la meilleure amie de la sœur de Marie, il s'était embrouillé avec le grand rouquin, le fils du buraliste travaillait beaucoup et aidait ses parents le week-end au magasin, quant à celui qui avait un cheveu sur la langue, son père était parti, il restait seul auprès de maman et, depuis que je lui avais parlé de politique, il traînait en compagnie de ce cousin de la sous-préfecture qui connaissait les troufions de la caserne et militait au Bloc identitaire ; les vacances venues, ils organisaient des sorties de préparation à la survie, en cas de guerre, et maintenant le garçon faisait des cartons à la carabine à air comprimé, près du cimetière.

Mon père était très préoccupé par la montée du Front national auprès des jeunes. Le dimanche il en discutait de plus en plus tôt, d'abord c'était au dessert, puis ça a commencé dès le plat principal, et enfin, quand j'ai eu quatorze ans, il abordait le sujet dès l'apéritif en compagnie d'Origène, qui se disait national-républicain et patriote. Pendant que ma mère servait le repas, ils se disputaient à propos des femmes voilées, des émirats du Golfe, de la guerre sainte, des croisades, de l'Occident chrétien, et un beau jour, je ne sais plus tout à fait pourquoi, Origène n'est plus venu manger à la maison.

Vers quinze ans, j'ai prétendu avoir rencontré François à la sortie du lycée et j'ai raconté à mes parents qu'il était bouquiniste, qu'il vendait des livres sur les marchés, qu'il avait fait de longues études mais qu'il n'y avait plus de débouchés, c'était la dèche, et que c'était un gars engagé, bénévole dans le domaine du social, il aidait les junkies, les prostituées, les sans-logis, les familles de manouches.

À mon père, qui avait travaillé honnêtement comme salarié toute sa vie et qui devait gérer avec de nombreux cas de conscience les flux migratoires de personnes défavorisées entrant illégalement en France (je le comprenais : ça avait aussi été mon métier, deux vies plus tôt, à Mornay), l'idée ne plaisait qu'à moitié. Ma mère a certainement cru que j'étais devenu homosexuel et que c'était mon petit ami. Quoi qu'il en soit, Fran est désormais venu déjeuner tous les dimanches.

Il discutait avec mon père, et comme mon père était un homme conservateur dans le domaine des mœurs mais ouvert à la contradiction, et qui commençait à sentir que le monde changeait, ils se sont bien entendus. Mon père a présenté Fran à la petite section du Parti socialiste où étaient encartés certains de ses collègues de bureau. Mais dès que Fran a proposé en réunion de section le programme et les premières mesures d'urgence dont nous avions tous les deux établi le plan, il est passé pour l'un de ces tarés qui distribuent sur les marchés du dimanche des tracts résumant en cinq points la solution miracle afin de supprimer le chômage et de coloniser la planète Mars ; il n'avait pas le sens de la mesure, de la négociation entre les tendances, les courants, et le sens stratégique nécessaire à la véritable politique. Moi non plus. Nous étions visionnaires dans un univers d'aveugles.

Je m'en suis à peine rendu compte, mais je venais de fêter de nouveau mes dix-sept ans. Les parents m'ont proposé de monter à Paris. « Est-ce que tu vas retrouver Hardy ? » m'a demandé Fran pendant que nous nous promenions sur la route des bordes, à la fin de l'été. Peut-être qu'il avait hâte de la rencontrer, mais moi pas. Depuis longtemps déjà ma décision était arrêtée : je ne pouvais plus rien vivre de nouveau avec cette fille, parce que je la connaissais trop, et l'expérience m'avait appris que notre relation était condamnée à devenir de plus en plus inégale, et à échouer dans l'incompréhension mutuelle. J'avais aimé Hardy, je ne le niais pas, mais c'était le moment de passer à autre chose : pas question de retourner avec nostalgie sur l'herbe molle et fraîche du parc, pour l'entendre jouer la même chanson. Je lui souhaitais désormais de vivre sa vie sans moi et de rencontrer le plus vite possible son deuxième mari, l'assureur ou le banquier avec qui elle avait vieilli heureuse. Moi-même, je sortais déjà avec la sœur de Marie. C'était une chic fille, qui avait de beaux yeux, un piercing sur la langue, un tatouage de crotale entre les omoplates, qui voulait protéger les animaux et travailler dans l'agriculture résiliente et durable.

Au lit, elle était plus avide et curieuse que Hardy, et c'était la première fois de toutes mes vies que je couchais avec quelqu'un d'autre. Sans doute pour cette raison, j'ai considéré que mon aventure à cheval sur deux vies avec Hardy était finie. J'y pensais avec beaucoup d'affection, comme à une ancienne petite amie.

Maintenant, c'est de la sœur de Marie que j'étais amoureux. Je l'appelais « brunette », je l'emmenais à Paris voir des films ou assister à des concerts, je ne connaissais rien de ses goûts, ses réactions, ses envies; je la découvrais, et c'était bien ainsi.

Avec elle, Fran, le grand rouquin aussi et deux ou trois autres, nous avons déniché une colocation pas très chère à Pantin, où nous vivions entassés, sans meubles, simplement quelques matelas sur le plancher, un réchaud dans la cuisine, une douche et des chambres partagées; Fran, la sœur de Marie et moi disposions de la chambre de bonne au-dessus de l'appartement, dans cet immeuble insalubre.

De proche en proche, nous avions fini par rencontrer des anarchistes qui participaient à l'ébullition ambiante. « Les choses sont en train de bouger », répétaient comme un mantra nos amis communistes et autonomes, en dépit de leurs « divergences stratégiques »; pour ma part, j'étais moins confiant, j'avais déjà vu naître ce mouvement de contestation, dans les deux vies d'avant, je savais qu'il connaîtrait un pic important avec la grande manifestation de janvier, la riposte des forces de l'ordre, les trois morts, l'état d'urgence, puis plus rien : une baudruche qui se dégonfle, et le pays qui retrouve le marasme ordinaire. Mais tout le monde avait l'air d'y croire.

Ils avaient l'envie, la volonté, pourtant ils n'étaient pas très différents des gosses naïfs du village.

Depuis bientôt des mois, je discernais avec beaucoup de clairvoyance dans quelle impasse politique nous étions en train de nous engager, et les autres dans l'exaltation du moment n'en avaient pas la moindre idée : tout était en train de se rejouer, nous n'avions aucune influence sur le cours réel des choses. Après réflexion, il me semblait que le seul moyen consistait à se poster à l'avant-garde du seul événement d'envergure dont j'avais le souvenir exact : la manifestation de janvier, et de me sacrifier.

« C'est-à-dire ? »

Soit ça réussissait, j'entraînais la foule derrière moi, on passait le barrage de la République, les gardes mobiles étaient débordés, et le cours de l'Histoire changerait nécessairement, soit ça ne marchait pas, je décédais, et je reprenais la partie depuis le début. Il fallait forcer l'événement.

Au jour dit, les flocons commençaient à tomber, lourds, lents, épais, et à blanchir le sol de la place. La tension était palpable, les slogans qui fusaient n'étaient plus lancés par les organisations syndicales, mais allaient et venaient, scandés et détournés par de petits groupes détachés ; nous nous trouvions en première ligne parmi ceux qui mouraient d'envie d'en découdre.

Enfin, les tirs ont crépité et la foule a grondé, puis reculé d'un pas, des cris de panique ont éclaté, beaucoup ont couru à l'abri sous les porches des immeubles bourgeois attenants à l'avenue. C'était le signal, d'après la reconstitution précise des événements que j'avais préparée depuis des semaines en compagnie de Fran ; j'étais prêt à fendre le premier rang, à charger, à montrer la voie aux manifestants et à tomber sous les balles s'il le fallait. J'imagine que, d'Achille à Roland, de Bayard aux soldats russes de Stalingrad, la plupart des grands héros se sont crus dans leur troisième vie, comme moi : ils avaient déjà fait l'expérience inconsciente de ressusciter, et ils étaient prêts à mourir pour une idée parce qu'ils étaient convaincus de renaître juste après. Les hommes sentent de loin ceux qui n'ont pas peur de mettre leur vie en jeu, et ils les suivent.

Alors que tous les mortels autour de moi reculaient sous la menace du feu, devant les forces de l'ordre débordées, j'ai repris mon souffle, j'ai poussé du coude les gars du Black Bloc à cran, encagoulés, avec des lunettes de ski et des sacs remplis de boulons accrochés à la ceinture, décidés à détruire des biens symboliques de cette civilisation à l'agonie, mais qui hésitaient soudain devant l'armement lourd des CRS eux-mêmes en panique, je me suis élancé...

Mais au dernier moment, une main m'a rattrapé par le col de la chemise, j'ai perdu mon foulard et mon équilibre, puis je me suis effondré derrière un amoncellement de sacs-poubelle, les bras en croix ; les tirs ont fusé et ont crevé le tas d'ordures. J'avais raté l'occasion. Quand j'ai tourné la tête pour regarder celui qui m'avait retenu, je l'ai vu dénouer son écharpe et me demander si je n'avais rien de cassé.

« Salut, a-t-elle dit, je m'appelle Hardy. On fera les présentations en règle plus tard. » Sur le bout du nez, elle avait une tache de sang, de la cendre et un peu de neige. « Je crois que tu me dois une fière chandelle. »

J'ai bredouillé un vague merci dépité.

« Viens. » En rampant dans la neige, elle a atteint un abribus, dont le verre et le plexiglas avaient été brisés par l'impact des balles. Elle s'est coupée aux doigts, elle portait des mitaines, puis elle s'est redressée, m'a fait signe de la suivre et a couru en direction de la rue perpendiculaire la plus proche. Derrière nous, les cris ont retenti, la foule indisciplinée se dispersait sous un nuage de poudre, et les canons à eau ont commencé à balayer les rangs des manifestants en déroute.

« Quelqu'un est touché ! »

Je courais derrière elle, essoufflé et en colère, en comprenant que rien ne changerait. Les forces de l'ordre étaient en train de reprendre possession de la place. J'avais perdu de vue Fran. Fière d'elle, Hardy a ôté sa capuche et découvert ses longs cheveux blonds ; j'avais oublié à quel point elle était jolie. Les joues roses, d'effort et d'émotion, une ride lui barrait le front. « Oh mon Dieu. » Et elle s'est mordue la lèvre de joie et d'embarras à la fois.

« Quoi ? » Je m'étais assis sur le trottoir, devant un bar, pour reprendre mes esprits.

Hardy a baissé la tête, et posé la main sur son sexe, sous son jean taille basse. « À cause de la trouille, je crois bien que je me suis pissé dessus... » Puis elle a relevé les yeux, elle a fait la grimace et s'est excusée. « Désolée, ce n'est pas très élégant. Pas très sexy non plus. Tu prends un verre ? »

Je la regardais, presque goguenard. Je connaissais tous ses petits trucs pour plaire aux garçons qu'elle trouvait mignons : dire très vite quelque chose d'indécent, et s'excuser dans la foulée, de façon à leur faire penser à la chose, alors que la situation ne s'y prêtait pas et qu'on avait à peine fait connaissance, c'était l'un de ses tours les plus amusants, et souvent les plus efficaces.

Je m'étais fait prendre aussi, et je n'avais pas pu m'empêcher de penser au goût singulier, de cidre et de biscuit à la cannelle, de son sexe, alors que nous étions deux inconnus l'un pour l'autre, ou presque. Du coup, j'ai failli rougir. Mais elle ne m'aurait pas si facilement.

Elle a essayé la plupart de ses charmes, les uns après les autres. Je la regardais faire avec amusement. Nous avons bu une bière dans un restaurant chinois, j'ai téléphoné à Fran pour m'assurer qu'il allait bien et lui annoncer que mon plan avait lamentablement foiré, puis elle me raconta ce que je savais déjà, mais sur un autre ton ; aussi, elle me mentit beaucoup. Elle prétendit qu'elle était militante (ce qu'elle n'avait jamais été) et qu'elle travaillait en usine (en usine !), qu'elle n'était pas une simple étudiante comme les autres, ce qu'elle était. De loin, je devais ressembler à une sorte de petit chef politique, agaçant et sûr de lui. Il me fallut quelques minutes pour comprendre à quel point elle désirait m'impressionner : elle me draguait comme jamais elle ne l'avait fait jusqu'ici.

Durant plusieurs mois, c'est elle qui me poursuivit de ses attentions. Elle m'écrivit de longues lettres (à propos de la situation « objective » du pays), me téléphona, me proposa de passer le soir à ma colocation pour sortir nous balader près du canal de la Villette. À la lueur des réverbères le long des berges, je vis qu'elle s'était maquillée ; elle avait acheté un haut noir en solde, qui mettait en valeur sa gorge longue et profonde. Son cardigan rose de mauvaise qualité lui tombait des épaules.

Hardy fumait les doigts tendus, et prenait sa voix rauque, comme quand elle voulait paraître adulte et assurée. Quelle gamine.

Je lui ai présenté Fran : « Salut. » Dès qu'il l'a vue, Fran a tremblé des mains.

« On se connaît ?

— Non, je ne crois pas. »

Je lui avais tellement parlé d'elle qu'il l'aimait déjà autant que moi.

Hardy s'est assise entre nous deux, et nous a demandé : « Vous êtes pédés ? » Bien sûr, Fran a rougi, avec lui le truc fonctionnait, il s'est senti mal à l'aise, et Hardy s'est excusée. Elle lui a caressé doucement l'épaule, elle a ri fort et a commencé à battre des pieds dans le vide, à cheval sur le parapet, en nous racontant qu'elle venait d'une famille de merde, que sa tante était une vraie fasciste, et qu'elle refusait de se marier, elle n'avait pas du tout l'intention de devenir la petite bonne femme de quelqu'un, mais qu'elle voulait deux enfants, parce que un ce n'était pas assez, et que trois, c'était déjà trop, tu fumes ? Tu me files une cigarette, mais c'est la dernière, hein, je ne suis pas une fille facile, je ne me fais pas entretenir... Ce genre de phrases. Sur Fran, l'effet a été immédiat. Je l'ai littéralement vu tomber amoureux d'elle, comme j'avais cédé jadis.

Et par voie de conséquence, étant donné l'orgueil, la curiosité et l'esprit de contradiction de Hardy, c'est de moi qu'elle a eu envie, peut-être pour la première fois avec autant de force.

J'étais un homme de dix-huit ans extrêmement mûr et blasé. À l'exception de la sœur de Marie, je n'avais connu qu'une seule femme (et je vous rappelle que c'était déjà elle), mais je savais toutes les expressions et les ruses du corps d'une fille, surtout lorsqu'elle est jeune, qui hésite encore à se savoir jolie, qui espère que oui dans les yeux d'un garçon, qui le devine mais qui n'en est pas sûre, parce qu'elle ne connaît pas les hommes. Hardy recoiffait la mèche blonde qui glissait sur son front, lui tombait devant l'œil. Hardy croisait les doigts, les décroisait, les posait à plat de part et d'autre de ses cuisses en s'asseyant toujours plus haut que le niveau habituel des chaises et des bancs, sur les tables, les barrières, les margelles, peu importe. Elle mangeait des pêches et des abricots avec les doigts (en s'excusant) exprès pour que je suive la pulpe de son pouce et de son index qui allaient et venaient jusqu'à ses lèvres, en espérant que j'observe et que je désire sa bouche rose et rapide ; puis elle s'en voulait, imaginait qu'elle en avait trop fait, refermait le cardigan, frissonnait dans la nuit et rentrait les épaules, comme si une seule main avait pu suffire à la saisir tout entière.

Sans jamais la dévorer du regard, je devinais dans un coin de mon champ de vision ce petit manège, qui me flattait certainement ; mais j'avais passé l'âge. Je ressentais surtout une tendresse infinie à l'égard de cette fille, toujours la même, toujours différente.

Je me souvenais avec une telle acuité de son parfum, du dessin de ses tétons qui noircissait sous le coup de l'excitation ou du froid, quand elle se trouvait à côté de moi en débardeur, et du réseau labyrinthique de ses veines, qui n'était pas encore apparent, parce qu'elle était très jeune, que je ne parvenais plus à distinguer celle d'aujourd'hui, qui n'aurait dû être qu'une amie, de celle d'hier, qui était ma femme ; sans même m'en apercevoir, j'ai fini par faire l'amour avec elle un soir, tout naturellement, de verre en verre, de rire en rire et de caresse en main glissée sous sa robe. La sœur de Marie n'était pas là, Fran nous a laissés, il est parti regarder la télévision en bas, et dans la chambre de bonne sur l'un des trois matelas ramassés dans la rue et constellés de taches de vin, je l'ai retrouvée, nue, une ride qui lui barrait le front, toute jeune fille, absorbée par l'amour qu'elle me faisait.

Au petit matin, blottie contre moi, elle a murmuré :
« J'ai l'impression de me souvenir de toi. Tout le temps. »
Elle m'a caressé la peau de l'intérieur du bras.
« Ah.
— Peut-être que tu viens de l'avenir.
— Non », j'ai souri.
« Il y a quelque chose entre nous, n'est-ce pas ? » Sans doute qu'elle ne voulait rien signifier de plus que la plupart des adolescentes amoureuses et exaltées.

J'ai prétendu ne pas comprendre.

Mais avec Fran – et nous vivions et nous dormions dans la même chambre, en compagnie de la sœur de Marie aussi (qui avait mal pris l'intrusion de Hardy dans notre petit monde) –, nous étions tellement proches qu'elle ne pouvait pas ne pas surprendre au vol nos regards de connivence, dès que nous parlions des « choses à changer » et de détails sibyllins à propos de « la vie d'avant ».

Petit à petit, à force de silences, de chuchotements, de remarques qui nous avaient échappé, elle a deviné.

Et puis on l'a trouvée un jour à plat ventre sur le matelas, les poings serrés contre le visage. Elle chialait : « Pourquoi est-ce que vous faites ça ? Pourquoi vous ne me le dites pas ? » Elle se sentait exclue, manipulée, et j'ai repensé à ce que j'avais fait subir à la Hardy précédente. Ces drames de jeunesse, cette hystérie et ces éclats immatures n'étaient plus pour moi.

Par respect pour Hardy, je me suis assis sur le lit à côté d'elle, tandis que Fran restait debout, et je lui ai tout décrit en détail : la singularité, la mort, la renaissance, et ainsi de suite. Elle a demandé à Fran, en qui elle avait la plus grande confiance, de confirmer mon récit. Dans cette vieci, mon ami était quelqu'un de laconique, il a répondu :
« Oui.
— Il meurt, et il revient ?
— Oui.
— C'est prouvé ?
— Oui.
— C'est la troisième fois ?
— Oui.
— Il t'a déjà connu ?
— Oui.
— Moi aussi ? »
Fran a hésité et m'a regardé, je lui ai fait signe : vas-y.
« Oui.
— Il a baisé avec moi ? » Fran était très gêné.
« Demande-le-lui.
— C'est à toi que je le demande.
— Oui.
— Souvent ? »

Fran regardait la pointe de ses chaussures.
« Oui.
— Comment ?
— Eh bien...
— Quoi ? J'étais sa maîtresse ? On était mariés ?
— Oui.
— Merde. *Mariés*... Bon, très bien. » Hardy s'est rhabillée. J'ai cru que je l'avais perdue. « Laissez-moi un mois ou deux pour digérer tout ça. Je ne sais pas si je peux y croire, je ne sais pas si je peux rester. Il faut vraiment que je réfléchisse. »

Durant deux mois, on a attendu. On ne faisait rien d'autre. J'ai laissé tomber les études et la sœur de Marie m'a largué : le mouvement était terminé, la plupart des copains essayaient de reprendre leur place dans le système, même s'il n'y avait pas de boulot, ils tentaient le coup par les concours administratifs, les emplois aidés ou le piston des parents.

Et puis, un soir, on a frappé à la porte du dernier étage de l'immeuble de Pantin. C'était Hardy. Elle s'était coupé les cheveux, traînait une simple valise derrière elle et avait changé de style : elle était en salopette.

« Salut les mecs. »

Elle s'est assise en tailleur sur le matelas aux taches de vin, et elle nous a contemplés. « Faites pas cette tête. C'est bon : je vous crois. » Et je me suis précipité à ses pieds, pour déposer ma tête contre ses genoux : « Je t'aime.

— Moi aussi, a chuchoté Hardy en me caressant les cheveux. Mais on va s'y mettre sérieusement. Tu veux changer les choses ?

— Oui.

— Va me chercher quatre cahiers, des stylos de couleurs différentes, et une règle. »

Hardy était très méthodique.

« D'accord.
— Encore une chose.
— Oui?
— Ce soir, je couche avec Fran.
— Quoi?
— Je baise avec lui aussi. On fait tout à trois, ou rien du tout. C'est à prendre ou à laisser. »

Une épingle à nourrice entre les lèvres, Hardy était occupée à refermer l'ouverture de la salopette qui bâillait sur sa gorge blanche, l'air de rien. Fran ne savait plus où se mettre, et moi j'étais terrassé. D'un seul coup, elle avait repris le dessus.

Sur la table du coin cuisine, elle nous a expliqué le principe : charge à moi de noter avec le plus de précision possible dans quatre cahiers, un pour moi (bleu), un pour elle (jaune), un pour lui (vert), un pour tous les grands événements extérieurs (rouge), ce dont je me souvenais ; j'inscrirais ce mémorandum de l'avenir sur la page de droite, et sur la page de gauche, au fur et à mesure, Hardy rapporterait tout ce qui avait effectivement lieu, semaine après semaine, afin de comparer. Avec une règle, on soulignerait ensuite les concordances, et on raturerait les discordances.

À raison d'un mois de vie environ pour une page de cahier, je passais des heures et des heures à noter en vrac tout ce qui me revenait en tête : résultats des élections, catastrophes naturelles, films, livres, controverses, alertes sanitaires, nouveautés technologiques, conflits, guerres, bavures, attentats, scandales politiques et financiers... La plupart du temps, ma datation était très approximative, et puis je ne m'étais jamais beaucoup intéressé aux informations ; sur les trois premiers mois qui passèrent, Hardy souligna plus de quatre-vingt-dix pour cent des notations dans le cahier rouge, qui était consacré au « monde extérieur » (et ce qui n'avait pas été souligné correspondait à des imprécisions ou des erreurs de retranscription). Dans les trois autres, qui nous concernaient, moins de dix pour cent; il faut dire qu'entre nous trois, rien ne se passait plus comme dans les deux vies d'avant.

Durant tout ce temps, Hardy avait entamé une liaison sexuelle passionnée avec Fran. Quand je dormais en bas, avec les autres copains, je les entendais à travers le plafond chuchoter, rire, faire silence, soupirer, gémir, crier, se demander l'un à l'autre de se taire, de faire moins de bruit, chuchoter, rire de nouveau, faire trembler les cloisons, avant de jouir; j'entendais Hardy pleurer, et Fran la réconforter.

Elle était irrésistible – de fil en aiguille, Fran aussi tomba follement amoureux d'elle, et elle se partagea entre nous deux. D'abord je fus dévoré par la jalousie, puis je me sentis mieux. Notre amitié et notre sexualité rendaient l'amour au sens plus ordinaire du terme absolument non nécessaire, comme une pince qu'on resserre et dont les deux branches se touchent; disons que l'amour, c'était l'espace intermédiaire, et que dès que l'amitié et la sexualité entraient en contact, cet espace inutile disparaissait. Le couple, ce n'était qu'une résistance, un fusible du monde moderne, qui interdisait à l'amitié et au sexe de se toucher. Entre nous trois, cette résistance avait sauté, et tout circulait librement.

Hardy aima Fran autant qu'elle m'aimait. Mais avec lui, elle était douce, candide et protectrice; en ma compagnie, elle se mordillait la lèvre, faisait de l'ironie et cherchait tout le temps à me provoquer.

Parfois elle faisait l'amour simultanément avec l'un et l'autre. D'autres fois elle couchait avec le premier de nous deux dans la chambre du haut et descendait ensuite se coller contre le second, pour passer le reste de la nuit avec lui les cuisses nues, encore en sueur, et elle s'endormait.

Je crois bien qu'elle avait compris, en lisant avec attention les cahiers de sa couleur et de la mienne, que si nous nous trouvions de nouveau seuls l'un face à l'autre, elle et moi, à la façon d'un couple, nous nous détruirions mutuellement : elle ne pouvait pas accepter d'être mortelle avec un immortel, et elle ne pouvait pas admettre de n'en être qu'une parmi tant d'autres pour moi. C'était trop inégal. Sans Fran, je suis certain que nous nous serions anéantis : je l'aurais étouffée sous le poids de mes années, elle m'aurait épuisé par sa légèreté. Alors elle avait aimé Fran follement, comme pour nous permettre de nous entendre de nouveau; nous n'avons pas eu besoin d'en parler, je l'ai senti d'instinct, et comme j'aimais très fort Fran, un triangle équilatéral s'est élevé, qui neutralisait les puissances de désir et de destruction entre nous trois.

Depuis qu'elle savait ce qu'elle pouvait devenir dans une autre vie, « une petite bonne femme » comme elle disait, elle refusait violemment tout ce qui aurait été susceptible de l'y reconduire : elle a rompu avec sa mère et sa tante, elle a arrêté les études et elle n'écoutait plus de musique. Je crois que sa pire hantise était de devenir à nouveau celle que j'avais connue. Par exemple, dès le moment où elle en avait lu la description dans le cahier qui lui était consacré, elle ne répétait plus ce geste de torsion des poignets à la manière d'une danseuse qui s'échauffe, qui m'avait tant fasciné. Mais elle gardait exactement le même rire, sonore et gai, qui ponctuait la plupart de ses phrases, parce que je n'étais pas parvenu à le dépeindre correctement dans le cahier; par conséquent, elle ne savait pas que je savais qu'elle le faisait tout le temps, de vie en vie. Et elle le refaisait. Parfois, à l'improviste, Hardy me demandait : « Là, je ressemble à ce que j'étais?

— Pas trop. Un peu.

— Ah, OK. » Elle éclatait de rire, et me remerciait. Hardy portait des chemises et des jupes trouvées dans les friperies. Sur les chaises, elle posait toujours ses pieds pour s'accroupir, les cuisses repliées contre le ventre et le menton sur les genoux; dans cette position, elle discutait. Elle parlait beaucoup, elle tchatchait, elle plaisantait. Fran la rassurait, moi je l'inquiétais. Je n'avais jamais pu savoir exactement quel amour les liait : il y avait parfois dans le regard qu'ils échangeaient quelque chose qui m'échappait tout à fait, une forme de désir que je ne connaissais ni avec l'un ni avec l'autre, et qui ne transitait pas par moi. Il la faisait rire. Il était grand, il parlait peu. À mon avantage, j'avais du charisme auprès des autres; j'avais appris à écouter, j'étais nerveux mais je connaissais suffisamment le monde et les hommes pour savoir comment me comporter avec n'importe qui. Dans ces moments tournés vers l'extérieur au cours desquels nous recrutions des camarades, Hardy venait à ma hauteur comme on monte au front, elle se montrait charmeuse, disciplinée et complice, alors que Fran se tenait en retrait, il roulait sa cigarette, toujours le même grand échalas calme et silencieux.

Nous avons essayé de changer les choses de toutes les manières possibles et imaginables. D'abord nous avons écrit des articles, des manifestes, des brochures, des opuscules auto-édités et imprimés sur les presses de sympathisants : comme je connaissais mieux que personne les impasses de tous les mouvements politiques actuels, c'était à moi de rédiger l'essentiel de ces pamphlets. Sur le moment, j'ai eu l'impression enivrante d'écrire par moi-même une analyse très pertinente et prophétique de la situation. J'ai été lu, commenté, apprécié, et nous sommes entrés en contact avec presque tous ceux qui essayaient de changer la vie, à cette époque-là. Mais au bout de quatre ou cinq ans, rien n'avait changé : sur la page gauche du cahier rouge, Hardy inscrivait le nom des groupuscules qui se formaient, l'équilibre des forces, les résultats aux élections, le taux d'abstention, les réformes et les scandales; sur la page de droite, tout était déjà écrit, et Hardy, consciencieusement, soulignait la quasi-intégralité des faits à la règle. L'ensemble n'avait pas tremblé sur ses fondations. « Pourtant, a dit Fran, on a apporté quelque chose de nouveau, et on a été entendus. » Mais Hardy a secoué la tête, puis elle a émis cette hypothèse : « Toi (elle me désignait), tu n'as fait que répéter ce que tu as lu ici », et elle a tourné la page de son propre cahier jaune, en relisant les phrases qui concernaient ses lectures, du temps où elle était mon épouse, à Mornay, et qu'elle achetait à la librairie alternative de la ville de petits livres de critique radicale de notre société. « Tu n'as fait que reformuler avec un peu d'avance ce que d'autres s'apprêtaient à publier. Mêmes causes, mêmes effets. Du coup, rien n'a changé. »

C'était ridicule, mais vrai. Je n'avais rien inventé, j'avais été l'auteur de purs et simples plagiats par anticipation des idées des autres. Pour me défendre, j'ai juré à Hardy que je ne me souvenais de rien de ce qu'elle m'avait communiqué de tous ces opuscules qu'elle annotait et qu'elle me résumait avec passion au cours de nos discussions de couple. J'ai mis du temps à lui avouer que je ne l'écoutais même pas, tant la chose politique m'ennuyait à l'époque.

« Même toi, tu as un inconscient. Lui au moins, il m'aura entendue », a répondu Hardy, piquée au vif.

« On ne changera jamais rien. »

Découragé, Fran a tourné la page du cahier rouge et il nous a lu à haute voix : « Extrême morosité; crise institutionnelle et morale interminable; le gouvernement change tous les six mois; les fonctions régaliennes de l'État sont réduites à presque rien; police impuissante mais omniprésente; velléités de déclaration d'indépendance de certaines régions plus riches; arrestations massives dans les milieux d'agitateurs et d'anarchistes (tu parles de nous, là ?). Puis RAS pendant quatre ou cinq ans. »

Hardy était tombée enceinte de l'un de nous deux, on ne savait pas de qui. Elle avait besoin de repos. D'après elle, il fallait se montrer patients, attendre et ruser : au bout du compte, petit à petit, sans même que nous ne nous en rendions compte, il y aurait de vastes bouleversements, et un lent progrès de toute la société.

« Tu parles... »

Je n'étais pas convaincu, elle m'a traité de défaitiste et a jugé que je manquais de volonté. Vexé, j'ai alors proposé que nous changions radicalement de vie et de stratégie, tous ensemble.

Avec une petite phalange de camarades, nous sommes venus chercher refuge dans une grange que possédait mon père, près de ma maison natale, dans l'ancien village au bout de la route des bordes. Surmontant leur réaction initiale de rejet violent, mes parents avaient accepté nos mœurs hippies ; nous étions serviables, Hardy se montrait adorable avec ma mère, qui prit soin d'elle durant les derniers mois de la grossesse. Quant à Fran, il chassait le gibier d'eau en compagnie de mon père, près des étangs. Il y avait à manger en abondance. Après six mois, nous avons fait venir les anciens du groupe. Les camarades ont étayé, reconstruit et aménagé la grange ; avec eux, j'élevais de grands poteaux dans la terre sèche et craquelée de la clairière, nous grimpions sur la charpente pour clouer les poutres, et nous avons construit des murets tout autour du sous-bois, qu'il a fallu débroussailler à la main, en empilant des pierres plates, des ardoises, des galets.

Nous étions seuls, à l'exception du grand-père du rouquin, qui avait fait la guerre, et qui logeait depuis près de vingt ans dans la seule baraque habitable de ce hameau fantôme, avec quelques poules, un clapier à lapins, sans eau ni électricité. Il nous a beaucoup aidés, et Hardy lui a souvent tenu compagnie, après avoir accouché, quand elle allaitait encore le petit.

Dès qu'il pleuvait, nous nous abritions sous la toile de tente suspendue entre deux chênes. Et ensuite, à la fin de la journée, quand il fallait nous rincer, nous laver, il suffisait de secouer vigoureusement les grands arbres fins, les frênes et les jeunes bouleaux pour laisser retomber l'eau qui était restée en suspension sur les feuillages et qui coulait comme du pommeau d'une douche naturelle sur nos torses nus, blancs, secs; Hardy parfois s'asseyait sur un rondin et nous regardait, l'enfant entre les bras.

Moi, je me mouchais dans le creux de la main, en sueur, et je la voyais qui essayait de retenir le petit, désireux de courir vers nous et de gambader dans les prés; des nuées d'insectes bourdonnaient, qui annonçaient l'orage, mais je n'entendais rien. J'avais pour cette Hardy-là une passion toute particulière, qui différait de l'amour que j'avais ressenti pour les deux premières en intensité : c'était la même chose, plus fort et plus haut, toujours la même sensation certes, mais accentuée et avivée au point que ça en devenait autre chose, une forme de joie que la mort ne menaçait pas. Je savais qu'elle reviendrait. Je pouvais la partager avec un autre dans cette vie et, au fil des existences, elle pouvait se partager en plusieurs avatars pour moi.

Le petit a grandi, il était très désobéissant, les années ont passé. Loin du monde, nous avons abandonné l'idée de changer les choses à la manière grandiose des révolutions; avec une quinzaine de camarades, pendant que la nation s'enfonçait dans le renoncement, nous avons juste essayé d'être heureux. Il me semble que l'expérience avait valeur d'exemple pour tous ceux qui voulaient vivre autrement. Peu à peu, à mesure que nous retapions les bâtisses du vieux hameau au bout de la route, en détournant une ligne électrique qui passait par la colline de trembles et d'ormeaux, nous avons construit au creux de la forêt notre propre pays. Le vieux était mort. Quelques couples du village nous ont rejoints, comme le frère du grand rouquin et la cousine de Marie ; je n'ouvrais plus guère mes cahiers de couleur. Hardy a donné naissance à un autre enfant, que nous avons éduqué à trois comme le premier, avec l'aide de tous les autres. Le second était plus sage et plus timide que le premier. Il n'y avait plus d'école, nous n'avions pas d'identité civile. La Poste ne passait plus délivrer de courrier, la SNCF avait arrêté depuis longtemps d'affréter des trains jusqu'à la ville la plus proche, la compagnie de bus venait de déposer le bilan, le premier commissariat se trouvait à environ une cinquantaine de kilomètres et les routes cabossées étaient très mal entretenues. Le pays était pauvre. L'hiver, quand il faisait très froid, il m'arrivait de descendre avec les gosses chez mes parents, qui nous accueillaient avec joie au chalet ; la dernière fois que j'ai croisé le docteur Origène dans la ruelle qui menait à la place de la mairie, il ne m'a pas salué. Il roulait toujours en Dodge et il faisait campagne, avec le fils du boucher, pour l'indépendance de la région ; il estimait que nous payions des impôts pour les chômeurs des grandes villes, les réfugiés politiques qui continuaient d'affluer et toute cette armée de réserve d'étudiants contestataires, de racaille de banlieue, de fanatiques religieux qui brûlaient des voitures et faisaient prospérer des zones de non-droit dans les grandes villes, où ne régnaient plus que les règlements de comptes à la kalachnikov, le trafic, le blanchiment d'argent et la loi du plus fort. C'était ce qu'on racontait. Mon père ne lisait plus les journaux, depuis qu'il s'était fâché avec le buraliste, dont le fils dirigeait une sorte de milice censée assurer la défense des habitants du coin, qui filtrait les véhicules sur la départementale et accordait ou non un droit de passage aux gamins des HLM de la ville voisine venus foutre le bordel le samedi soir en organisant des courses de motos.

Puis, pendant un ou deux ans, il nous a semblé que ça se calmait; on n'entendait plus guère parler de tensions communautaires en France. Nous avions planté des arbres fruitiers, nous entretenions notre potager, les camarades avaient fait des enfants, les deux tiers des maisons étaient maintenant occupées; avec Fran, nous avions passé un été à creuser des tranchées à travers champs afin de raccorder les canalisations d'eau du village au puits et au lavoir du hameau. Je crois qu'un cycle régulier de saisons a commencé à nous habituer à l'idée que tout se couchait et que tout se relevait comme le soleil à la fin et au début de chaque journée. Nous avons vécu engourdis par une joie commune et modeste, qui ne gagnait pas grand-chose à être racontée et qui me faisait peu à peu oublier ma condition et mes objectifs initiaux.

Et puis, l'automne venu, occupés à couper du bois, à entreposer l'herbe que nous avions fauchée dans les champs de luzerne en contrebas, Hardy et moi avons vu monter, sur la route défoncée des bordes, qui sillonnait le flanc de la montagne, la silhouette du grand rouquin qui marchait avec empressement, il courait presque, sans cesser d'agiter les mains au-dessus de la tête.

Il criait quelque chose que nous ne pouvions pas entendre. Hardy a posé la hache, ôté les gants de jardinage. Elle s'est frotté les mains et a remis de l'ordre dans son chignon blond (elle portait de nouveau les cheveux longs), puis elle a serré les poings contre les hanches.

« ...erre ! »

Le visage de Hardy avait bruni, légèrement abîmé par la vie au grand air. Le grain de beauté à la lisière de la joue et du sourire était plus lourd et régnait sur des rides précoces, parce qu'elle ne se soignait plus trop la peau;

mais elle était d'une beauté à couper le souffle. Les joues teintées par la cendre qui émanait de l'écorce des arbres gris, Hardy cherchait mon regard. Elle a chuchoté : « Je t'aime », comme si c'était fini.

« ...est la ...erre ! » hurlait le grand rouquin, à présent à cinq cents mètres de nous.

Nous avons attendu, et j'ai serré la main de Hardy.

« C'est la guerre ! » criait-il.

La guerre avait commencé près de Paris, et autour d'autres grandes villes, à Lyon, Lille ou Marseille.

« Bon sang ! » Dès que nous sommes rentrés au hameau, Hardy a vérifié sur le grand cahier rouge qui prenait la poussière, à la page de droite : il n'y avait pas de guerre, il n'y en avait jamais eu de mon vivant.

« Les choses changent, ça y est ! »

Mais à cause de quoi ? Qu'est-ce qu'on avait fait pour ça ? Quelle en était la cause ? Fébrilement, Hardy a tenté de remonter ligne par ligne les pages gauches et droites du cahier rouge, dans l'espoir d'isoler l'origine de la bifurcation historique, et de la déclaration de guerre. Soit on trouvait une foule de petits détails à peu près insignifiants, soit on devait admettre qu'il n'y avait pas de raison du tout au changement.

Un second problème, plus urgent, nous a occupés : quel camp choisir ? Aucun parmi nous n'était certain de comprendre qui était entré en guerre contre qui : progressistes, conservateurs et réactionnaires... Internationalistes, nationalistes, patriotes, républicains, socialistes, révolutionnaires... Défenseurs du local, tenants du global... Europe, États-Unis, chrétiens, juifs, musulmans, minorités sexuelles : il y avait de tout des deux côtés de la guerre civile. D'après les informations approximatives qui nous parvinrent grâce au fils du buraliste, c'était particulièrement confus. Toujours nous avions cru qu'au jour de la révolution les camps seraient clairs, mais aujourd'hui il nous apparaissait impossible de choisir entre deux partis dont aucun n'était le bon, et aucun le mauvais.

D'après certains, il s'agissait d'une guerre du système contre tout le reste; d'après d'autres, d'un conflit entre les puissances d'argent et les déshérités, ou bien entre la laïcité et la foi, entre le centre et la périphérie, entre Paris et la province. Ou, au contraire : de la liberté contre le fascisme, de l'autonomie de l'individu contre le patriarcat et l'ordre traditionnel, peut-être de la société contre la communauté. Ou l'inverse. Sans doute un peu des deux.

Fran était d'avis d'aller d'un côté, Hardy de l'autre. Moi, j'hésitais.

Comme à mon habitude, j'essayais de mettre tous les éléments à notre disposition en équation, mais ce n'était pas de la science exacte, comme me le fit remarquer Hardy. C'était un pari. Je proposai un compromis : pourquoi ne pas se ranger dans un camp cette fois-ci, et dans l'autre la fois d'après ? Ensuite, je comparerai et je choisirai.

Hardy jugea mon idée dangereuse : « Ce n'est pas si simple. Si on se trompe, la prochaine fois le monde aura changé et tout pèsera dans le mauvais sens. » Sa thèse était que jusqu'à présent tout s'était répété et que le réel en avait acquis une certaine solidité, qu'il s'était épaissi, qu'il avait durci et séché, comme du caoutchouc liquide au soleil, de telle sorte qu'il serait difficile, de plus en plus difficile, de le plier suivant notre volonté, même si j'étais immortel. « Comme on essaie de changer les choses, les choses résistent. Il faudra les casser. » Les yeux de Hardy étincelaient lorsqu'elle parlait ainsi : avoir trouvé une cause à défendre (et cette cause, c'était moi) la rendait brillante, mais également exigeante, presque sévère. Hardy était excellente stratège, et même si c'était une mortelle, elle voyait plus loin que moi. Elle pensait qu'il y avait quelque chose au bout, mais que ce serait long et pénible avant de parvenir à l'entrevoir.

Fran n'a rien répondu. Quoi que nous décidions, il nous suivrait.

Bizarrement, il n'y avait pas d'urgence.

Certes, on entendait les avions, les hélicoptères et surtout le bourdonnement d'insecte des drones. Mais les bois restaient tranquilles. Après quelques semaines de débats qui divisèrent les habitants du village, le fils du buraliste et le grand rouquin nous rejoignirent. Sur la place de la mairie, la petite foule bruissait de rumeurs. Dès les premiers jours, celui qui avait un cheveu sur la langue était parti à la grande ville, pour combattre les « hordes » qui avaient paraît-il assiégé la cité des anciens rois de France.

Nos deux fils avaient respectivement quatre et six ans. À mesure que nous avons entreposé des armes au hameau, Hardy a commencé à poser la question de leur place parmi nous. Il lui paraissait inimaginable de les entraîner au feu lorsque les premiers combats éclateraient, et elle refusait aussi avec la plus grande véhémence de partir se mettre à l'abri avec eux, cependant que nous serions allés nous faire tuer entre mâles dominants. Ce fut l'occasion d'une violente dispute au sein de notre trio : je ne voulais pas qu'elle se mette inutilement en danger, elle ne voulait pas se sacrifier comme une épouse et une mère éplorée, et Fran pensait aux deux gosses ; alors nous les avons confiés à mes parents, dans le chalet familial. Ils seraient en sécurité auprès d'eux, le temps que nous puissions tomber d'accord.

Trois mois ont passé : toujours rien, si ce n'est le vent dans les grands arbres et le survol irrégulier de notre espace aérien par des avions de chasse. Et les échos qui nous arrivaient par intermittence de la mise à sac de Toulon, de la déclaration d'indépendance de la Bretagne, des graves bavures militaires dans le maquis près de Valence.

Au début du mois de novembre, sur la colline, les victimes des exactions de groupes armés qui s'étaient emparés de la ville voisine ont planté la tente et ont réclamé notre aide : elles étaient du côté de l'État, mais les lignes de l'armée avaient été coupées, à l'est, et elles se trouvaient désormais sans défense, protégées seulement par la milice d'extrême droite et les gens d'Origène, qui n'avaient ni assez à manger ni de toit à leur offrir.

D'après les familles, il se trouvait parmi les migrants qui affluaient au village de plus en plus de combattants en civil, qui fuyaient le front et trouvaient protection parmi nous. Du coup, des bagarres ont éclaté entre réfugiés des deux camps. Il y a eu un mort, le premier à déplorer au village.

Et puis l'État a commencé à parler de la région comme d'un nid de terroristes infiltrés, une base arrière pour jihadistes en fuite (on qualifiait de « jihadistes », par extension, tous les partisans qui croyaient à quelque chose).

C'était une belle journée. Je me souviens parfaitement que nous revenions du torrent avec Hardy, où nous nous étions baignés nus.

Elle portait les cheveux, encore humides, roulés en tresse au creux de l'épaule, et on transportait le vieux bac à linge très lourd, dans lequel nous avions savonné, lavé et essoré les draps de tout le hameau. On a marché avec précaution dans le sous-bois, et chacun tenait une anse du bac, en inclinant doucement son corps du côté extérieur, pour faire contrepoids. Juste devant nous des hérons, des animaux très rares dans la région, au bec orange comme la flamme, ont surgi de la bruyère et nous ont épiés du haut de leurs échasses, à la façon de juges venus d'ailleurs pour observer avec dépit la guerre, et condamner l'humanité. Il me semble que c'est ce que m'a dit Hardy, qui portait une robe à fleurs légère qui avait séché au bord du torrent; ses mollets nus avaient été fouettés par les ronces, les orties, et elle arborait des griffures en croix, de très fines cicatrices juste au-dessus de ses chaussures de randonnée, mal lacées, qui avaient pris l'eau. Les hérons sont repartis. Nous avons levé les yeux. Dans le ramage des arbres, parmi la voûte verte et trouée de lumière que formait la forêt, nous avons regardé le vent souffler puis disparaître. La clairière semblait d'un calme qui incitait à se sentir coupable. On avait fait ce qu'on avait pu, et on se demandait si tout était notre faute ; c'était la première fois qu'il y avait la guerre, et peut-être qu'indirectement, par des voies secrètes, tortueuses, incompréhensibles, qui ne pouvaient pas se déduire de la seule comparaison de mes souvenirs sur la double page d'un cahier d'écolier, j'avais été le moteur du changement. Peut-être que j'étais le responsable de chaque blessé, de chaque mort, de chaque malheur qui touchait ce pays. Mais au moins, dans le désastre, les choses changeaient, et on pouvait espérer mieux. Hardy m'a fait promettre de tenir bon quoi qu'il arrive. On a de nouveau levé les yeux, au-dessus de la cime des pins, pour apercevoir le soleil tranquille de fin d'automne et un, deux, trois nuages dans le ciel bleu. Les immenses pins centenaires résonnaient, battus par le souffle de l'air, comme des tresses de perles suspendues à un chambranle, ou des osselets magiques qui tintent chaque fois qu'on ouvre la porte et qu'il y a un courant d'air. Et puis il y avait ces choses.

C'étaient des points noirs qui n'avaient pas de forme, de toutes petites taches et qui bougeaient très vite.

L'explosion a fracassé le ciel en plusieurs morceaux, et le bac à linge nous a glissé des mains. Hardy est tombée à genoux.

La terre a tremblé. Il y a eu un long vrombissement en tête piquée (j'ai cru qu'on larguait des sacs de sable), un bruit sourd, et ensuite ce souffle dévastateur qui a fait taire le vent. Hardy s'est bouché les oreilles et a enfoui sa tête sous les hautes herbes. Malgré le bourdon et le bruit blanc qui continuaient de distraire mon oreille, et les yeux qui clignaient nerveusement, je me suis relevé. Alors seulement l'orage s'est déchaîné. J'ai enveloppé Hardy d'un bras et nous avons roulé dans l'ornière du chemin jusqu'au pied d'un grand châtaignier. Le sol n'était plus stable, comme si on ne pouvait même plus compter sur la terre pour nous soutenir, peut-être qu'elle nous avait lâchés pour de bon. La paume brûlante de la main de Hardy contre la mienne, nous avons attendu tout le temps que durait l'attaque en nous regardant, effrayés. Ensuite j'ai redressé la nuque, Hardy se tenait encore à plat ventre dans le tapis de feuilles mortes charriées sur le petit chemin offert au vent. On aurait dit qu'elle dormait, les cheveux défaits, la robe déchirée, vivante seulement parce qu'elle tremblait. J'ai aperçu les colonnes de fumée dans la direction du village et je l'ai prise par la main.

Dévalant la pente entre les sapins, les mélèzes, nous avons couru à en perdre haleine jusqu'au petit pont romain. La fumée épaisse, grise et étouffante était en train de se dissiper, comme après un mauvais tour de magie. Là où il y avait eu quelque chose, maintenant il n'y avait plus rien. Le pont avait été détruit et nous avons pataugé dans l'eau, en nous appuyant sur les lourds blocs de pierre, qui faisaient barrage et détournaient la rivière de part et d'autre de son lit, pour remonter jusqu'à la route.

Je ne voulais surtout pas que Hardy voie ça et je lui ai interdit d'approcher du chalet, cependant que je fouillais parmi les débris, où la poussière encore en suspension était déjà en train de retomber; j'étais tout blanc, déplaçant des poutres cassées en deux, calcinées, essayant d'avancer jusqu'à l'emplacement de la cuisine, reconnaissant çà et là le chauffe-eau, des brisures du parquet, les tuiles, un meuble le ventre ouvert, sous les tonnes de pierres, de briques, l'eau qui giclait comme sortie d'une fontaine, par les canalisations coupées net; j'ai trouvé ma mère morte, ensevelie sous le mur de sa chambre, la jambe tordue de mon père, un pied nu, et nos deux enfants écrasés parmi les décombres du dernier étage.

La peine, la douleur que j'ai ressenties n'ont duré qu'un court instant; je pleurais, je criais comme tous les autres qui parcouraient désormais ce paysage de désolation, mais je savais que ce n'était qu'un jeu. Quand Fran est arrivé, j'ai essayé de le lui expliquer : nous avions déjà eu des enfants, moi comme lui, nous en aurions de nouveau. Hardy sanglotait, elle disait que c'étaient ces enfants-là qu'elle aimait. Je comprenais leur souffrance, j'aurais voulu les couvrir de toute mon envergure, posséder de grandes ailes pour les recouvrir et les emporter au-delà de cette Terre, leur montrer combien la perte est relative, et éphémère. Ces enfants-là, l'aîné qui n'aimait pas obéir et le plus petit qui était tout le temps dans les jambes de sa mère, il suffisait que nous ayons le désir de les refaire pour les voir naître de nouveau, de sorte que leur existence ou leur inexistence n'avait pas la moindre importance; et j'avais conscience de paraître inhumain en racontant de telles fables à leur père et à leur mère dans les décombres, pour les convaincre de continuer, de prendre les armes et de préparer un monde meilleur pour la fois d'après, quand les mêmes enfants reviendraient. Assis sur une chaise de jardin au vernis écaillé qu'il avait ramassée et dépliée au milieu des gravats, Fran répétait qu'on s'était trompés.

Tournant en rond dans la zone où il n'y avait plus rien à sauver, Hardy a répondu que non, parce qu'il devait y avoir quelque chose au bout. Toujours le même refrain. Nous avons extrait les corps des ruines, nous les avons nettoyés, veillés, enterrés, nous avons abandonné le village et nous sommes devenus violents comme des chiens.

Ce bombardement avait décidé de notre camp à notre place. L'idée vous paraîtra étonnante, à vous qui me suivez depuis longtemps déjà, mais moi qui, il y a à peine une vie, n'étais qu'un homme de cabinet et de laboratoire, je me suis révélé un excellent chef de guerre. Plongez quelque temps un homme dans une situation, ôtez-lui l'angoisse de n'avoir qu'une seule vie à sa disposition, et il devient l'homme de la situation. Parmi les troupes dépareillées et ivres de revanche, j'étais le seul à conserver la lucidité nécessaire pour faire respecter une hiérarchie, trouver un abri, préparer des déplacements plusieurs jours à l'avance et les tenir secrets, négocier l'achat et la vente d'armes lourdes auprès d'autres groupes alliés ou concurrents, attaquer les convois ennemis. Même Fran se comportait comme un animal traqué; il ne réfléchissait plus comme avant. Alors il a fallu que j'apprenne à tous les hommes à quel point ils pouvaient me faire confiance. À ceux qui avaient perdu un parent, un frère, un enfant, j'ai expliqué avec patience le principe de ma singularité, comment je ressuscitais systématiquement.

Ce que j'enseignais à ceux qui se battaient avec nous, c'est qu'ils n'avaient rien à craindre de la mort. Dans un tel contexte, les hommes reçoivent avec gratitude n'importe quel mensonge susceptible de les sauver. Je promettais de ramener tout le monde à la vie. Le grand rouquin qui pleurait, là, je lui ai promis que nous nous trouverions de nouveau les pieds dans l'eau du torrent, en plein été, qu'il chevaucherait son scooter et qu'il partirait draguer l'une ou l'autre des multiples cousines de Marie, comme il en avait eu l'habitude adolescent.

Peut-être parce qu'ils n'avaient guère le choix, les hommes m'ont suivi. Parmi les combattants, il se développait même (et je ne voulais rien en savoir) une sorte de culte secret, vaguement vaudou, autour de ma personne : on me priait, ou bien on se fabriquait des porte-bonheur à partir d'une simple mèche de mes cheveux. À tous, je me contentais d'assurer que je les ferais revenir dans la vie qui suivrait.

Un soir, près du feu, Hardy s'est blottie contre moi et a murmuré : « Mais ce ne sera pas moi.

— Qui ?

— La prochaine. Elle n'aura pas les mêmes souvenirs, elle ne sera pas faite pareil.

— Non, l'ai-je rassurée, tu es toujours la même. Tu ne changes pas.

— Tu en es sûr ?

— Oui.

— Tu me le diras la prochaine fois ? Tu lui parleras de moi ? »

Puis Hardy m'a demandé : « Et si au bout il n'y a rien ?

— Tu doutes ?

— C'est normal. L'important c'est que toi, tu ne doutes pas. Promets-le-moi.

— De ne pas douter ?

— Promets. »

Je lui ai promis et Hardy s'est endormie rassérénée contre moi.

Le lendemain, sur le sentier des mûres et des myrtilles qui conduit à la colline, notre groupe a aperçu, derrière l'ancienne maison des chiens, où habitait le frère du grand rouquin qui les recueillait et qui les dressait, l'arrière-garde à la dérive d'un convoi ennemi. Il y a eu des tirs hasardeux. Les herbes étaient jaunes, hautes et épaisses. On ne voyait rien à l'horizon. Je ne ressentais pas la moindre angoisse, aucune inquiétude, plutôt une profonde sérénité, et dès que j'ai compris que ces imbéciles s'étaient terrés derrière la baraque, j'ai entraîné trois hommes avec moi, pour contourner la propriété par ce petit raccourci que j'empruntais enfant ; les autres étaient paniqués : je voyais leurs yeux cligner nerveusement, je sentais leur odeur de merde et de sueur. Pas un bruit.

En quelques secondes, la fusillade a éclaté, une grenade a sauté, les quatre de l'autre camp sont tombés, et le silence est retombé avec eux. Il n'en restait plus qu'un, qui a levé les bras et qui a hurlé comme un gosse :

« Ftop ! Ze vous en fupplie ! »

C'était celui qui avait un cheveu sur la langue, gravement atteint, posé sur le cul, dos à la cabane à outils. On lui apercevait les tripes, lui aussi les voyait, les jambes écartées, affalé contre les planches de bois. J'étais favorable à l'idée de l'abattre et de ne pas nous charger inutilement avant de rentrer au hameau, mais Hardy ne voulait pas, je ne sais pas pourquoi. D'abord elle lui a bandé le ventre avec le strap qui nous restait, mais il perdait beaucoup de sang et ça ne servait à rien. Fran avait été interne, et il a fait ce qu'il a pu pour refermer le ventre du pauvre gars que j'avais bien connu. Mais on perdait du temps, et je voulais qu'on remonte le plus vite possible en sécurité. Puis Hardy a affirmé qu'il fallait le ramener sur le bord de la route, près des ruines du petit pont romain, pour que les siens le trouvent et qu'ils le soignent.

« Il va crever, Hardy.

— Ze veux pas crever ! »

Elle ne voulait rien entendre, elle marmonnait comme une folle, accroupie devant le pauvre type, puis elle se relevait et faisait les cent pas, elle *exigeait* qu'on le porte là-bas.

« Non : c'est moi qui décide. On le laisse. »

Alors Hardy est entrée dans une colère noire, elle n'acceptait pas qu'on laisse mourir ce garçon, d'un coup c'était comme si son sort, le sort de l'humanité même dépendait de celui-ci, et pas des autres, ni des nôtres, seulement de ce petit fasciste qui zézayait, et qui n'arrivait même pas à reprendre son souffle, paniqué par le sang qu'il regardait sortir de son bide. S'il mourait, il n'y avait plus rien au bout. Peut-être que d'un seul coup elle n'a plus cru en moi. Alors la mort lui a paru irrémédiable et ce qui attendait ce petit con, insupportable. Son revirement soudain m'a désarmé. Elle avait toujours cru pour moi, et je m'étais permis de rester un peu sceptique parce qu'elle avait la foi pour deux, peut-être pour trois. Mais c'était une mortelle. Désormais, il m'incombait de supporter pour elle la vérité. Elle semblait perdue. Est-ce que Hardy avait chaud, peur ou faim? Est-ce qu'elle était en train de réaliser que la guerre durerait des années, qu'elle n'en verrait peut-être pas la fin? Qu'il faudrait la poursuivre de vie en vie? Est-ce qu'elle a même envisagé la possibilité que ce soit un combat qui n'avait pas de terme? Est-ce que ce sont les moustiques, tout bêtement, et les taons qui nous harcelaient, qui lui ont fait tourner la tête? Ou au contraire les mûres sauvages, dans les fourrés le long du sentier, que les camarades cueillaient et qui leur noircissaient la bouche? C'était étrange, mais l'autre, dont le sang coulait à la commissure des lèvres, avait la bouche noire aussi, par un effet d'écho qui faisait ressembler la situation, pourtant tragique, à une drôle de kermesse d'enfants mal grimés. Peut-être que c'est ce simple détail idiot qui a rendu Hardy folle : les fruits sur nos lèvres et le sang sur les siennes, tandis qu'il répétait :

« Ze vais crever. »

Et ça me donnait envie de sourire, de me moquer du malheureux comme quand il était gosse. Je n'avais pas de pitié pour lui : ni plus ni moins que les autres, il disparaîtrait et il réapparaîtrait. Les choses étaient têtues et pour les changer il faudrait en tuer beaucoup comme ce gars, sans doute. Je pouvais consentir à ne pas l'exécuter et à

l'abandonner près de l'ancien chenil ; si ses amis passaient, ils le récupéreraient.
Mais, contre toute logique, Hardy refusait.
« Il a mal. »
— Bien sûr qu'il a mal ! »
Je me suis fâché. Je ne voulais pas que nous nous engueulions devant le reste des camarades. Je lui ai expliqué une fois de plus que tout ce qui mourrait renaîtrait avec moi, mais elle ne m'écoutait plus, elle avait pris l'autre en pitié, lui qui souffrait, qui pleurait et qu'il fallait faire taire en demandant à un soldat dégoûté de s'accroupir et de lui coller une main contre la bouche noire et sale.
Fran est intervenu. Il a calmé Hardy et m'a demandé l'autorisation de prendre le prisonnier sur son dos jusqu'au hameau. C'était absurde : le garçon ne passerait pas la nuit.
Fâchée, effrayée, je n'en sais rien, Hardy a décidé de dormir avec Fran. Je suis resté seul.
Au petit matin, Fran est venu me réveiller. Hardy l'avait assommé, Hardy avait disparu, le prisonnier aussi. Cette idiote avait voulu le reconduire seule jusqu'à la départementale. Qu'est-ce qui lui était passé par la tête ?
J'ai sifflé l'ordre de rassemblement.
Avec un petit nombre d'hommes nous avons marché jusqu'à la route défoncée par les bombardements. Les chiens sauvages aboyaient, tournaient autour de nos mollets, il fallait tirer en l'air pour les éloigner. L'asphalte avait éclaté à la façon dont la croûte d'un gâteau au four finit toujours par s'ouvrir. Mais rien dans le paysage ne permettait de s'en tenir à la même image, la même métaphore ; pour cette raison, ça ressemblait véritablement au chaos. Le camping était jonché de débris, de carcasses de caravanes, ouvertes en deux comme des baleines qu'on a abattues et dépecées. Plus loin, les lampadaires de guingois donnaient l'impression d'os humains mal plantés par un colosse dans

le sol, avant une cérémonie chamanique à laquelle personne n'était venu assister. Dans le voisinage, il n'y avait plus que des fermes abandonnées; dans la cour, personne. Au croisement du sentier et de la départementale, nous avons pénétré dans l'ancienne demeure d'Origène.

Pas de trace du corps de celui qui avait le cheveu sur la langue, pas de trace de Hardy non plus. Je me suis accroupi, j'ai essayé de deviner dans le gravier quelques empreintes de pas. Mais Fran m'a fait signe : sur le sol de terre battue, on trouvait surtout l'indice du passage d'une camionnette; ils étaient passés par là.

Fran tremblait. « Où est-ce qu'elle est ? » Il a emmené des hommes avec lui pour fouiller les ruines du bâtiment, tandis que je restais seul à monter la garde au milieu de la cour. La ferme d'Origène avait été jadis une jolie demeure entièrement refaite, flanquée d'une véranda Art nouveau qui conduisait jusqu'à l'ancienne grange à grain où étaient exposées des collections entières de disques de Dick Rivers et d'Eddy Mitchell, des juke-box aussi, et la Dodge étincelante dans la pièce du fond qui servait de garage. Maintenant, c'était un tas de pierres instable et de fer forgé tordu comme les branches d'un arbre malade, une ruine mise à sac et à feu par des groupes alliés au nôtre qui s'étaient retirés de l'autre côté de la frontière et nous avaient laissés seuls. Chassé de chez lui, Origène commandait désormais une unité de la milice qui avait pris parti pour l'État. D'après certains de mes hommes, c'était lui qui avait réclamé auprès de Paris le bombardement du village, parce qu'il perdait du terrain.

À présent, je m'assois sur la margelle du puits et je bois au goulot. Plus une goutte. Je tire de l'eau pour remplir nos gourdes. Mais le puits est à sec aussi. Même si l'hiver approche, il fait encore chaud le matin, quand le soleil monte, une chaleur épuisante pour les cours d'eau comme pour le corps des hommes. Je tire de nouveau sur la chaîne du puits, quelque chose de lourd en retient le mécanisme. Mais tout au fond, je ne vois rien, c'est noir. Après avoir craqué une allumette, je la jette dans l'orifice.

Et je la vois. Elle a été tuée et balancée dans les profondeurs du puits. Au centre de l'assise de pierres circulaire, émergeant à demi de l'eau noire, pendant la seconde que dure l'éclair de lumière, sa silhouette dessine un V, comme si sa colonne vertébrale avait été brisée.

J'essaie de la remonter, mais la chaîne rouillée se rompt. Il faut que je retire mon pantalon et que je descende le long d'une corde, en slip, en repoussant de la main la paroi froide et humide du puits, que je charge sur mon dos son corps désarticulé. Le bas et le haut étaient presque intacts, pourtant on aurait dit qu'ils avaient été pliés dans le mauvais sens par la main d'un géant maladroit ou colérique, qui aurait voulu se venger de moi et détruire ce à quoi je tenais le plus. Sur son visage aux dents éclatées, on ne pouvait pas s'empêcher de lire la trace affreuse d'une douleur inhumaine ; je ne parvenais pas à lui refermer la bouche, et son grain de beauté, à la commissure de la joue gauche, avait été arraché dans la chute : la peau, écorchée, dévoilait le muscle et la chair à la façon d'une planche d'anatomie. Les cheveux blonds étaient restés désordonnés, comme de la paille sur un pantin d'enfant. Tout autour de moi, les mouches volaient et les hommes se taisaient. Ils étaient redescendus du grenier.

Je ne m'étais pas préparé à perdre Hardy aussi vite. Est-ce que j'ai douté ? Oui, parce que je l'aimais plus que tout, plus que la vérité notamment. Et la vérité, c'était elle qui me l'avait apprise : il y a quelque chose au bout, de plus grand que nous. Elle n'avait pas eu la force d'y croire aussi longtemps que moi, parce que l'immortalité était une abstraction pour elle, alors que c'était une sensation pour moi.

Je ne lui en voulais pas de m'avoir abandonné : déjà je pensais à elle dans la vie qui suivrait. Et celle qui se trouvait désarticulée à mes pieds, semblable aux yeux de tous les autres à un jouet irrémédiablement brisé sur le sol crayeux, m'apparaissait plutôt comme la peau morte d'une créature serpentine ou d'un Protée, les cendres d'un phénix à la figure féminine qui travaillait déjà à renaître sous la forme d'une fille fluette, blonde et pleine de verve, dans le monde de demain. Pour Fran, en revanche, c'était un adieu sans retour : il ne la reverrait jamais. Il pleura beaucoup et perdit l'essentiel de ses facultés à dater de ce jour-là. Mon vieux... Il n'avait plus toute sa tête.

Sur le chemin du retour, en queue de cortège, Fran a sorti son arme, une Long Rifle, et il m'a demandé d'un air exalté : « Tu sais ce qu'on va faire ? » Il avait les yeux rouges et l'air fiévreux. « Je vais te buter tout de suite. Comme ça elle reviendra.

— Attends ! Calme-toi. »

La main de Fran tremblait, il n'aurait même pas été capable de viser convenablement ma tête à trois mètres.

« Si tu fais ça maintenant, tu vas disparaître et je vais me réveiller dans un monde où l'ennemi sera plus fort et où nous serons plus faibles.

— L'ennemi ? Mais c'est qui ? » Il regarda tout autour de lui. « Je ne vois personne. »

Il devenait ironique, amer et méchant.

« Fran... Elle reviendra, je te le promets. »

Fran chialait : « Ça ne sert à rien. »

Maintenant que Hardy n'était plus là, notre amitié était déséquilibrée, ivre et de travers, elle penchait trop d'un côté, ou bien de l'autre. Fran m'en voulait terriblement, je lui en voulais aussi.

Durant presque huit ans, nous avons tout de même résisté.

Et un beau jour, ils ont mis le feu à la forêt. L'état-major prétendait que la population civile avait été exfiltrée, que ceux qui restaient étaient prévenus. Et les militaires ont lancé un déluge de défoliant et de produits toxiques qui possédaient un point d'éclair très bas. Les forces ennemies utilisaient les canadairs, mais pour larguer de l'essence par-dessus les sapinières; puis ils allumaient le briquet. Aussi simple que cela.

Nous vivions dans un âtre immense, qui est vite devenu une fournaise infernale. Nous servions de petit bois pour la combustion du monde que nous avions rêvé de créer, et les ennemis nous contemplaient avec le regard vide et sans pitié d'hommes qui se chauffent les mains devant une cheminée de plusieurs dizaines de kilomètres de large, sans cesser de nourrir les flammes grâce au tison de leurs armes, de leurs avions, en attendant de récolter nos cendres. Ils avaient sacrifié la terre fertile, les maisons de paysans, toutes les constructions alentour; ça avait été une région riche, jadis. Il y avait là des ouvrages d'art, des ponts médiévaux, des aqueducs, même quelques ruines d'un oppidum romain. Tout avait sombré dans l'embrasement.

Le paysage est devenu orange vif, jaune, il brillait comme de l'or, crépitait comme de la pluie, mais c'était une pluie de feu.

La clairière venteuse, mon village natal, la colline de trembles et d'érables et le hameau des bordes s'étaient enfoncés dans le cœur nébuleux de l'incendie, on n'apercevait plus rien derrière le rideau aveuglant et l'épaisse fumée noire qui s'élevait au-dessus du département comme d'un Vésuve invisible. À cause des retombées de cendre, tout le monde était devenu gris, les survivants se déplaçaient à l'aveugle, à l'affût des dernières poches d'air respirable, près des cours d'eau. À l'horizon, de tous côtés, des murs de cinquante mètres de haut, des murs rougeâtres se dressaient et même ceux de nos compagnons qui avaient le désir de se rendre à l'ennemi n'en avaient plus l'opportunité : les grappes de combattants en déroute étaient pour la plupart prises au piège, encerclées par la progression des flammes.

Il n'y avait rien d'autre que le feu : c'était fini. Nous étions vaincus, écrasés, consumés par plus fort que nous.

En compagnie de Fran, j'ai pris la décision de fuir par la rivière, qui semblait la seule porte de sortie du brasier. Il fallut patauger dans le filet d'eau, après avoir jeté tous les habits chauds qui nous collaient à la peau, mais le visage couvert par un linge humide pour ne pas périr d'asphyxie. La rivière coulait encore, argentée et chantante, encadrée comme par d'immenses pilastres de fumée noire, et des parois ardentes. Parfois, il n'y avait plus d'autre solution que de plonger et de nager sous la surface; à cause des branches crépitantes et des buissons enflammés qui faisaient barrage, l'eau parvenait à ébullition près du bord, il y flottait des flaques d'huile, d'essence aussi, et de l'écume noire, des bulles ou des cloques. J'encourageais Fran : nous approchions de la sortie.

Mais il restait à la traîne.

Sans doute espérait-il être abattu et échapper ainsi au désastre auquel cette vie avait tourné.

Un grand arbre est tombé en travers de notre chemin, et Fran a été brûlé vif; en dépit de tous mes efforts, il est mort de ses blessures, j'ai abandonné son corps sur une plage de galets et j'ai continué seul, emporté par le courant, à me battre pour m'éloigner du foyer. Au terme de plusieurs heures de marche et de nage à travers la vallée incandescente, j'ai fini par atteindre la lisière de l'enfer; les terres sont devenues grises, puis noires, le bois calciné, la lande déserte, tout a refroidi; enfin, j'ai pu quitter la rivière et me traîner vers la rive, où l'herbe rare poussait encore.

Lorsque j'ai relevé la tête un groupe de soldats ennemis

m'attendait, qui recueillait tranquillement les rares survivants, comme des pêcheurs ou plutôt des chasseurs à la sortie d'un terrier de lapins enfumé. Nu et épuisé, j'ai levé les mains au-dessus de ma tête, je les ai suppliés :
« S'il vous plaît, ne me tuez pas. Pas maintenant. »
Jamais je n'ai perdu espoir.

Je croyais toujours à ce que Hardy avait promis : il y a quelque chose au bout. C'était absurde, mais je pensais encore qu'après la catastrophe le cours des choses inclinerait en notre faveur, comme si la défaite était une épreuve supplémentaire ou une mauvaise blague de l'Histoire, qui faisait mine de dire : « Voilà, tout est terminé, c'est perdu », pour voir comment nous réagirions, ce que nous avions vraiment dans le ventre, avant de s'exclamer : « Je plaisante ! Tout se poursuit ! Vous êtes sur la bonne voie ! Continuez le combat ! » J'ai tenu bon.

De nouveau, les années ont passé. Combien ? Sur le moment, je n'en ai rien su.

D'abord j'ai été détenu dans des quartiers de haute sécurité, en tant que prisonnier politique accusé de terrorisme, et j'ai beaucoup souffert des privations. Mais pas une seconde je n'imaginais pouvoir perdre : est-ce que j'avais choisi le mauvais camp ? Il ne s'agissait de rien d'autre que d'être patient et de résister assez aux forces contraires de l'Histoire pour parvenir à plier le monde dans le bon sens.

Je ne me souviens pas d'être passé en jugement, mais on m'a souvent interrogé. La torture ? Au début seulement. Tout ça a été très long, ou très court, je n'avais plus tout à fait la notion du temps. De ce qui se passait au-dehors, je n'étais pas au courant. Je savais seulement que c'était la paix. En dépit de quelques poches de résistance, la chute de ma région avait sonné la fin du conflit et des espoirs révolutionnaires ; l'État français s'était rétabli. J'avais échoué, mais maintenant que les choses avaient commencé à changer, je m'étais engagé dans un chemin délirant, long et sinueux, dont je n'apercevais pas la fin, et qui m'interdisait toute espèce de retour en arrière, comme s'il s'évanouissait dans le néant derrière chacun de mes pas. Pourtant je ne m'enfonçais pas dans l'obscurité absolue.

Il y eut quelques indices. J'étais mieux nourri. Les gardiens, rasés de près, parlaient une langue moins obscène et plus châtiée, comme si la formation professionnelle avait changé ; d'ailleurs, tout le système de surveillance carcéral fut bientôt informatisé et je ne reconnaissais rien des gadgets électroniques du personnel.

Puis on m'autorisa la lecture des journaux. Ce n'étaient plus des quotidiens papier : je bénéficiais d'un accès très limité et surveillé à l'internet, sur quelques sites seulement, et j'ai découvert petit à petit que la France était, depuis la fin de la guerre civile, un pays en pleine reconstruction, un état prospère, dynamique, prometteur. C'était le point de vue des possédants, des investisseurs, mais pas seulement.

J'aurais tant voulu que Hardy voie ça. C'était elle qui m'avait guidé jusque-là. Rien de ce que j'avais jadis inscrit sur la page droite de notre vieux cahier à spirale rouge ne correspondait plus à la réalité ; par notre seule volonté à tous les trois, au fil des ans, les conditions de vie s'étaient améliorées dans le pays et, par effet d'entraînement, dans presque toute l'Europe aussi. J'ai connu le sentiment merveilleux que quelques hommes seulement ont approché au cours de l'Histoire, celui de me réveiller d'un cauchemar et d'avoir eu raison de ne pas avoir ouvert les yeux plus tôt ; celui d'avoir vu une nation sombrer et renaître, d'avoir regardé un pays entier plonger dans l'abîme sans fond, d'année en année, et de le découvrir à la lumière de nouveau, tourné vers l'avenir ; d'avoir connu des bâtiments abîmés, un urbanisme borné, un écosystème moribond, et de retrouver des constructions neuves, des villes ouvertes, un environnement vif et régénéré ; d'avoir fréquenté des hommes abattus, recroquevillés, ressassants, et de rencontrer leurs enfants vibrants d'enthousiasme, de générosité et d'inventivité.

On parlait parfois de printemps européen. L'économie nouvelle, à la pointe de laquelle le design, les objets intelligents, l'imprimante 3D, la réalité augmentée, l'animation et tout ce qui se produisait désormais à moindre coût sur le Vieux Continent, entraînait dans l'enthousiasme général un second souffle des industries du textile, des machines-outils et de la construction, puisqu'il avait fallu rebâtir les villes, les routes, réaménager le territoire dévasté par la guerre ; il était aussi question sur les sites d'information de nouveautés dont je n'avais pas la moindre idée. La médecine avait progressé, de ça au moins je pouvais juger en connaissance de cause, du fait de mes compétences passées : le cancer était vaincu (la fois d'avant, je n'avais simplement pas poussé mes propres recherches assez longtemps dans la même direction : il m'avait manqué un peu de ténacité, à l'époque), l'espérance de vie prolongée de dix ans, et il existait une économie dynamique du « vieillissement actif et durable ».

Bien sûr, l'État qui l'avait emporté était dur, autoritaire et l'information, la culture et l'éducation sous contrôle. L'expression de toutes les minorités se trouvait encadrée, presque interdite. À l'école, les enfants portaient l'uniforme. Dans l'espace public, les convictions religieuses restaient tues. La sexualité appartenait à la seule sphère privée des individus, et tout ce qui en débordait était qualifié de pornographique. C'était le revers de l'expansion d'une nation florissante ; la plupart des entreprises américaines, chinoises ou du sous-continent indien s'installaient en Europe, où elles trouvaient les conditions favorables à leur développement, provoquant une hausse des salaires, la reconstitution d'un système de sécurité sociale et de cotisation-retraite avantageux, ainsi qu'un taux de natalité en forte hausse.

Évidemment, la jeunesse ne pouvait pas se satisfaire du carcan d'une telle société. Réclamant à grands cris la liberté, exprimant ses aspirations contre le travail salarié, l'abrutissement légal, l'aliénation généralisée, elle avait retrouvé par ses revendications naissantes l'essentiel de nos mots d'ordre qui dataient d'une trentaine d'années. Nos tracts, nos vieux opuscules, nos pamphlets obsolètes avaient été réédités. Les fils et les filles de ceux qui nous avaient vaincus nous redécouvraient et, par un drôle de tour complet sur soi-même que fait parfois l'Histoire, ils nous attribuaient la victoire *in extremis*.

Dans les chambres de jeunes garçons, j'appris qu'on trouvait des posters de mon visage en quadrichromie.

On avait écrit des chansons à propos de moi, de Hardy aussi, qui servait de modèle aux filles éprises d'indépendance, qui ne voulaient pas redevenir de simples petites bonnes femmes comme leurs mères. Nous étions devenus tous les trois des sortes de héros romantiques et romancés. Toute notre histoire était connue, du squat de Pantin au grand incendie, mais elle avait été considérablement enjolivée par les livres et les films. Je passais pour un combattant de la liberté et de l'émancipation, victime de la répression et oublié par l'historiographie officielle. À Paris, il y eut des manifestations réclamant un procès équitable, puis ma libération pure et simple.

Quelques mois plus tard, le régime a cédé et je suis sorti.

J'avais cinquante ans, j'étais abîmé. Barbu, je boitais. Ma santé était mauvaise. La jeunesse m'adorait. De jeunes personnes aux cheveux longs vinrent me voir, me demandèrent conseil. On me tendit des micros, on m'offrit des tribunes. Parfois, il m'arrivait de marmonner pour moi-même, comme si je m'adressais à Fran qui avait cédé trop tôt au découragement : « Tu vois ? Hardy avait raison. Il y a quelque chose au bout de tout ça. » Il était évident que la société avait progressé d'un cran et que la jeunesse l'emporterait vers le degré suivant : il y avait de la richesse, il manquait la justice, l'autonomie et l'égalité. Mais je n'avais plus la force nécessaire pour mener ce combat-là.

On me conduisit jusqu'au village où j'étais né. Tout avait été reconstruit. La forêt, replantée, poussait et recouvrait la région de bosquets, de charmants petits bois au milieu desquels des fermes de verre, couvertes de lierre, abritaient les riches exploitants agricoles de la commune ; les maisons étaient superbes, les routes paraissaient faites d'un revêtement qui avant et après le passage des véhicules leur donnait l'apparence de la terre ou de l'herbe, et les fondait dans le paysage. Le petit pont romain avait été rebâti à l'identique, grâce au fils du boucher, qui était devenu bourgmestre après l'amnistie. Il me semblait soudain, comme il semble souvent aux personnes âgées, ne plus vivre dans le présent, mais dans mes souvenirs au-dedans et dans une œuvre d'anticipation au-dehors : l'essentiel de ce que faisaient les adolescents me paraissait appartenir à une sorte de fiction spéculative. Le monde avait pris un tout autre pli. Quand la comparaison m'était permise, je constatais à quel point les choses s'étaient améliorées. Il était possible de rendre le monde plus beau, et de transformer le destin des gens. Certains de mes anciens compagnons vinrent me saluer, avec émotion. Le fils du buraliste, qui avait repris ses études à la fin de la guerre, était devenu ingénieur : il concevait des barrages et des centrales hydrauliques de l'autre côté de la frontière. La sœur de Marie, épanouie, s'occupait de la reforestation de la frontière, dans un laboratoire d'agronomie expérimentale et collective situé au bout de la route des bordes, d'après ce que j'ai pu comprendre (ce monde nouveau m'était étranger, comme la

République à un homme de l'Ancien Régime plongé dans un sommeil d'un siècle qui se serait réveillé après la Révolution française). Et le grand rouquin, heureux, avait eu quatre enfants, dont trois étaient partis finir leur formation à l'étranger. Le petit dernier aimait courir jusqu'au torrent, grimper le long de la paroi rocheuse : c'était un casse-cou. Son père lui avait donné mon prénom.

« Qu'est-ce qu'il veut faire, plus tard ?

— Ah ça... La révolution ! »

À la place du bar *Au Rendez-vous des copains*, il y avait maintenant un hôtel. La région était devenue touristique.

Lorsque je suis revenu de ce voyage nostalgique, après m'être recueilli sur la tombe de mes parents, de mes enfants, de ma femme et de mon ami (quant à la dépouille de celui qui avait un cheveu sur la langue, on ne l'avait jamais retrouvée), au cimetière du village, là où se dressait jadis le chalet familial, j'ai demandé qu'on me laisse seul quelques instants. Je logeais parmi mes jeunes partisans, dans cette bâtisse de Saint-Erme que je connaissais bien et que je leur avais conseillé d'occuper, dès qu'ils m'avaient demandé où j'aurais souhaité m'installer à ma sortie de prison, pour reprendre des forces. De la force, je n'en avais plus, mais je ne ressentais pas la moindre peine. Une bonne chose de faite. J'avais le sentiment paisible du devoir accompli. Je repensais avec amour et gratitude aux camarades partis avant moi. Je savais que la lutte portait ses fruits de vie en vie et, sans hésiter, j'ai décroché du mur au-dessus du buffet de campagne la vieille carabine Long Rifle de Fran qui servait de souvenir de guerre et de trophée à mes nouveaux compagnons exaltés, j'ai ouvert un tiroir du meuble, ramassé une cartouche qui était encore bonne parmi d'anciennes munitions, j'ai chargé le fusil, j'ai fait sauter la sécurité, un instant tout de même je me suis arrêté ; par la fenêtre, à travers le rideau de mousseline, j'ai observé dans la cour de Saint-Erme le vent dans les arbres et quelques adolescents au loin, occupés à fumer et à discuter avec des gestes impatients des bras, j'ai eu la certitude que le monde entier était meilleur, il n'existait pas de sentiment humain plus calme et puissant que le mien, heureux que j'étais de reprendre le combat, quand j'ai retourné l'arme contre moi, enfoncé le canon froid dans ma bouche, avant de me pencher vers l'avant et d'appuyer sur la détente.

LA QUATRIÈME

Mon éveil n'a pas tardé : rien excepté ma mémoire n'avait changé. Comment était-ce possible ? Le monde avait repris son mauvais pli. Étourdi, très déçu, j'ai passé les jours qui ont suivi ma naissance à guetter alentour les moindres signes d'amélioration ou, à défaut, d'altération de la réalité ; la société ressemblait au même théâtre, les acteurs récitaient mot à mot leur texte rébarbatif. Rien n'avait progressé, la guerre et la révolution avaient été un coup d'épée dans l'eau du lac étale et indifférent de l'Histoire.

Avec circonspection et dans les limites de ma condition extérieure de nourrisson, je surveillais les phrases, les gestes de mes parents, du docteur Origène, de la famille et des gens du village, de quelque bord qu'ils aient été ; mes craintes se vérifièrent : c'était du pareil au même.

Dans les premiers jours, je crus constater de menues différences qui m'emplirent d'espoir, mais selon toute vraisemblance elles étaient dues au caractère incertain de ma perception de nouveau-né ; plus je grandissais et plus je constatais que tout se répétait, ni pire ni meilleur.

À quoi bon avoir été révolutionnaire ?

Bien entendu, j'espérais qu'au-delà du village, de la

région, l'univers aurait été légèrement affecté, dérouté de la boucle invariable de ma singularité, qui revenait à l'identique chaque fois que je rendais l'âme.

Dès que je pus marcher, je partis collecter autour de moi des signes. À tâtons, je demandais : quoi de différent? Et le monde répondait : rien. Il devait bien y avoir un indice; j'avais tellement œuvré pour l'avenir, qu'est-ce qu'il en restait? Oh, je ne réclamais pas beaucoup : une simple entaille, une anicroche dans le cuir de la répétition fastidieuse de tout ce que je connaissais désormais par cœur, un objet déplacé par exemple, un petit quelque chose de guingois, un décalage infime, un événement en retard ou en avance d'une seconde à peine, qui m'aurait indiqué qu'il y avait du jeu, et que ça allait en s'améliorant. À l'âge de trois ans, je ramassais les journaux régionaux auxquels mes parents étaient abonnés, je les parcourais fébrilement dès qu'ils avaient le dos tourné. J'écoutais la radio française et étrangère (nous habitions à la frontière), pendant que ma mère me nourrissait – mêmes guerres, mêmes paix, l'injustice et la justice n'avaient pas varié en proportion ni en valeur absolue. Assis sur ma chaise de bébé, j'avalais la bouillie d'orge molle et fade en prêtant l'oreille aux informations. Quand mon père rentrait, il répétait les mêmes phrases inquiètes sur la situation : « Ce pays est malade. » Ma mère acquiesçait en silence. Et tout continuait comme avant. Je compris que j'étais bon pour reprendre l'ensemble, remettre l'ouvrage sur le métier, et changer les choses une fois de plus. Changer, oui... À la fin, même si je faisais la révolution, l'ensemble retournerait à zéro.

L'univers était amnésique et il n'y avait aucune perspective de progrès. Voilà la vérité.

Origène est venu déjeuner le dimanche, il a évoqué le camp de la liberté et sa vision de l'avenir de la France :

sombre, en dépit d'une petite lumière qui brillait dans le cœur de la jeunesse. Alors il m'a contemplé avec espoir.

Aussi longtemps que durait ma vie individuelle, je pouvais toujours apporter ma pierre à l'édifice, rendre meilleure la société, travailler à élever les conditions de vie des êtres humains, aplanir les inégalités pour aider, orienter mes semblables sur le chantier de la société, mais à la fin du jour, tout ce que j'aurais patiemment construit serait déconstruit durant la nuit, et au matin je retrouverais le lieu identique ; à quoi bon m'épuiser ? Extérieurement, j'étais toujours un gosse. Je faisais mon rot. C'était l'heure de la sieste. Plus je prenais des forces, plus la désillusion se renforçait aussi : j'avais quatre ans, puis cinq, et je ne voyais plus quoi projeter dans cette vie. Je savais par avance combien il serait épuisant de monter à Paris au printemps, de réunir des camarades, d'entretenir la flamme jour après jour, année après année, de nous accorder, d'écrire ensemble des pamphlets déjà existants, d'occuper l'immeuble de Pantin, de manifester sous la neige, d'échouer une première fois après les incidents de janvier, de nous retirer dans le froid, de déposer les matelas à même le sol de la grange, de couper du bois en pleine chaleur, d'attendre le bombardement, peut-être de l'anticiper, d'essayer de sauver nos enfants, de prendre les armes à l'automne, de frapper, de tuer, de faire la guerre, de tenter de ramener Hardy à la raison mais de la retrouver brisée au fond du puits, de voir brûler tout le pays et Fran aussi, de perdre, d'être emprisonné, torturé, puis de gagner, de regarder le monde changer. Pour redevenir le même. Je n'avais tout simplement pas le courage de le refaire pour rien.

Et ces pensées rongeaient comme le ver mon cerveau d'enfant innocent.

Au bord de la rivière claire et enchanteresse qui sortait de la forêt, encore en culottes, un bob informe enfoncé sur

le crâne, tandis que ma mère me badigeonnait de crème solaire avec amour et patience, afin de préserver mon capital soleil, je geignis, je gémis, j'essayai de m'échapper, peut-être de filer de nouveau hors de la forêt par la rivière, à cause d'un réflexe acquis au cours des événements qui avaient précédé ; ils me retinrent.
« Dieu que cet enfant est remuant ! »
Accablé, je me demandais ce que j'allais bien pouvoir fabriquer ce coup-ci. Les choses ne changeraient jamais. Je n'en étais pourtant qu'à la troisième résurrection. Il y en aurait une suivante, une cinquième, une sixième... Une millième. Et une milliardième. Un beau jour donc, je pouvais être certain que je deviendrais le dépositaire de la mémoire d'un milliard d'existences, plus ou moins intéressantes, et invariablement je me retrouverais au bord de ce ruisseau translucide et chantant, les pieds sanglés dans ces mêmes sandales de plastique, assis auprès de ma mère parmi les moustiques et les taons, à regarder mon père pêcher les écrevisses, le pantalon remonté à l'aide de pinces à linge, et rugir :
« Je vais bien finir par en attraper une ! »
Il n'en attraperait pas.
« Applaudis ! Encourage papa ! » m'enjoignit ma mère. Et je tapais vaguement dans les mains, l'air blasé. Un léger filet de morve me coula du nez. J'avais trois ans. Je sentais et je savais qu'un beau jour, âgé de milliards de milliards d'années, cette morve claire me coulerait de nouveau des narines, et les larmes commencèrent à rouler le long de mes joues.
« Chéri, qu'est-ce qu'il a ? C'est le soleil ?
— Mais non.
— Je te l'avais dit. Ça tape.
— Ne t'énerve pas. »
J'avais des moments de rage déchaînée, et à plusieurs

reprises il m'est arrivé d'envisager de me tuer, en me jetant par le hublot du grenier, en me pendant à la poutre maîtresse de la grange ou en me jetant sous les roues de la Dodge d'Origène, lorsque cet ancien ou futur salopard, je ne savais plus très bien, testait la pointe de vitesse de son américaine sur la route en lacet derrière l'ancienne grange à grain de sa ferme rénovée, où il collectionnait les vinyles, les juke-box de *dinner* et les posters de pin-up. Mais l'idée de renaître tout de suite après, de souffrir l'accouchement à hurler, congestionné, d'encaisser le premier souffle d'air dans les poumons, puis d'attendre des mois avant de pouvoir enfin parler – pour dire quoi? – me rendait malade.

Origène m'ausculta souvent. « C'est un enfant très sensible. » Il était attentionné avec moi, et me donnait toujours sur la joue une petite tape amicale. Il avait trahi mes parents, il avait fait tuer mes enfants et ma femme, maintenant, plein de sollicitude, il soignait ma toux et mes rhino-pharyngites, en plaisantant avec maman.

Quel était le sens de tout ça?

Et puis je pris l'habitude de descendre seul le matin jusqu'au torrent. J'évitais la compagnie de mes anciens camarades, du fils du boucher, du grand rouquin ou de celui qui avait un cheveu sur la langue : sales souvenirs. Ils escaladaient la paroi rocheuse, pendant que je restais tout en bas. Regarder l'eau me calma, peu à peu. Le flot, le bleu, le blanc, la couleur cristalline du torrent, le gros rocher en forme d'éléphant qui le détournait, et que l'eau contournait sans céder; tout en moi s'apaisa, comme l'inflammation de tissus irrités et les démangeaisons qui diminuent sans disparaître tout à fait quand on cesse de se gratter, et je commençais à accepter les choses telles qu'elles étaient, avec la même frustration, mais de moins en moins forte.

Il ne servait à rien de s'agiter.

« Ce gosse est devenu bien rêveur », disait mon père, dès

qu'il rentrait du travail et me retrouvait assis sur la chaise en osier de la cuisine, le poing collé contre la joue. « Il n'a pas d'amis. »

L'après-midi, je m'allongeais sur l'empilement de rondins qui servait d'escabeau pour franchir la barrière de notre champ de luzerne : je ne m'aventurais pas au-delà. Enfermé dans ce corps minuscule aux gestes maladroits pour encore bien des années, loin de Paris, je manifestai à partir de l'âge de cinq ans un détachement stoïque qui étonna mes parents. J'étais devenu sage, à la façon des animaux qu'on enferme, qui se ruent contre les barreaux durant des heures, se blessent et s'épuisent, avant de comprendre qu'ils ne sortiront pas, qui s'allongent, lèchent leurs plaies, regardent autour d'eux, puis posent la gueule contre leurs pattes et attendent, sans plus rien espérer.

Quand l'oiseau est tombé du nid, au pied de l'arbre tordu, j'ai pris soin de lui, je l'ai couché dans la petite boîte d'allumettes, puis j'ai disposé le tout à la portée du chien noir. Et dès que j'ai trouvé l'oiseau mort, je l'ai enterré sans rien dire.

À l'âge de raison, j'ai simplement laissé mon nez couler. Je ne voulais plus m'opposer à quoi que ce soit, je ne voulais plus faire la guerre, me battre pour changer ce monde. Je laissais aller le mouvement général des choses. En compagnie de ma mère, j'ai fait le voyage jusqu'à Paris; sans cesser de sourire, plein d'amour, je l'ai écoutée formuler les éternelles mêmes inquiétudes à propos de moi, de mon avenir, et je l'ai rassurée pour cette vie au moins. Derrière la vitre, les voies ferrées, les tours, les tags; comme dans un carrousel au mouvement éternel, le décor passait et repassait. C'était presque rassurant. Quand, dans la pièce blanche et carrelée du Val-de-Grâce, Fran est apparu, il m'a donné du « mon vieux », je l'ai regardé droit dans les yeux, je lui ai pris la main et je me suis effondré.

« Je n'en peux plus.
— Tu es celui qui saigne ?
— Abrège. Je sais tout, toi aussi. Ça n'a pas marché. C'est la merde.
— C'est la quantième ? »
Avec les doigts, j'ai fait signe : quatre.
« Tu as essayé de changer les choses ?
— On a essayé ensemble. Rien.
— C'est pareil ?
— Pareil. »
Fran a hoché la tête, il a sorti une bière tiède de derrière le frigidaire et m'a allumé une clope.
« Non, merci.
— Tout de même, je n'en reviens pas : c'est toi ! Tu meurs et tu renais. Tu es...
— Te fatigue pas, s'il te plaît. Pas de questions. »
Il était aussi enthousiaste qu'au premier jour. J'ai basculé la tête en arrière, en m'asseyant sur la table en inox du laboratoire.
« Dieu tout-puissant ! Je voudrais mourir.
— Mais tu ne peux pas.
— Je sais. Je ne tiendrai jamais. Il faut à tout prix que ça s'arrête.
— Pas moyen.
— Je sais. C'est moi qui ai trouvé la démonstration.
— Quelle démonstration ?
— Laisse tomber. »
Sans dire un mot, nous avons passé un court moment ensemble. Il me surveillait du coin de l'œil. L'homme n'avait pas changé. L'éternel même Fran digne et pâle. Il avait tellement envie de devenir le lieutenant de quelqu'un de grand. Il voulait servir, il m'avait attendu. Mais il avait deviné que je ne désirais pas qu'il perde son temps et sa salive à déblatérer tout ce qu'il avait à me dire, parce qu'il

me l'avait déjà raconté, même s'il ne le savait pas. Puis il a écrasé sa clope dans le gobelet à café qui lui servait de cendrier.
« Prépare-toi.
— Ouais. Je sais. Allez, file-moi la fiole.
— Non, je t'emmène.
— Où ça ? »
Il a souri : « Ah, je ne l'ai encore jamais fait, pas vrai ? J'ai encore quelques tours dans mon sac. » Il m'a pris entre ses bras, comme un père, puis m'a poussé devant lui dans le couloir du service d'hématologie. « Grouille-toi. » Il venait d'enfiler sa grosse parka marron à fourrure.
« On se tire.
— Mais ça ne sert à rien... »
Il ouvrit la portière de sa vieille caisse, me fit monter, s'assit à son tour et sourit : « Allez, raconte-moi les épisodes précédents, que je n'aie pas l'air trop largué. » Puis il démarra.

C'était le compagnon parfait : il avait l'oreille pour écouter et l'épaule pour soutenir. Moi, je marmonnais seulement que ça n'avait pas d'importance, que tout se valait, que ça allait, que ça venait, au bout du compte, il n'y avait rien à faire.

« Je n'ai pas dit qu'on allait faire quelque chose. » Il conduisit sous la pluie, il se frotta les joues qu'il venait de se raser, parce qu'il sortait de garde, et me demanda si je savais comment s'appelait cette zone sous la commissure des lèvres où parfois le poil ne pousse pas, et je répondis que oui et que, par pitié, il n'essaie pas de m'enseigner quoi que ce soit. Il se tut, tout en continuant à chercher ce qui aurait pu m'échapper, il voulut me faire écouter de la musique, je protestai, c'était toujours le même bruit, depuis des siècles, et enfin il m'emmena loin de Paris en silence.

Je me reposai.

Deux jours plus tard, nous entendîmes la première salve d'alertes enlèvement, lancée par la police à la suite de la plainte déposée par mes parents.
« Qu'est-ce qu'on fait ?
— On reste ensemble.
— Mais à quoi bon ? »
Il haussa les épaules : « On n'a jamais essayé ce coup-là, non ? Tu veux que ça s'arrête ? Tu vas bien finir par trouver une solution.
— Il n'y en a pas. »
Au premier restoroute, il sortit m'acheter une bière, des frites, un café. Il ne parlait pas beaucoup, moi non plus. C'était bien ainsi. Je n'avais plus guère de mots innocents à sortir de ma bouche, il s'en doutait et préférait me laisser tranquille, perdu dans mes pensées.

Nous avons erré sur les routes de France, au hasard ; de région en région, nous traversions des zones à demi abandonnées, où le pouvoir central avait reflué avec la marée de l'Histoire, abandonnant sur la grève des carcasses d'inégalités, des fossiles d'identités, et le sable des minorités, résultat de l'érosion de l'homme plein et entier ; ici, là, il n'y avait que des tiers ou des moitiés d'humanité atrophiée, abîmée. Pour échapper au plan de recherches déclenché par le procureur et le préfet, nous avons vécu un an ou deux dans les marges de la République, grâce aux souvenirs que j'avais conservés de notre existence militante. Qui nous a nourris ? Un vieillard en maison de retraite qui parlait aux plantes, une femme divorcée avec trois enfants qui luttait pour rester jeune, sortait le samedi soir, trop maquillée, au dancing, et nous a ramassés sur le parking, des gens qui n'avaient jamais travaillé de leur vie, croisés au fond d'un cybercafé ou d'un taxiphone, des bras cassés, une poignée de gars dans les déchetteries, qui tuaient le temps à la « biture express ».

Moi, je me demandais comment mourir enfin pour de bon. Soit je faisais quelque chose, et ça revenait au même, soit je ne faisais rien, et c'était pareil. Belle alternative.

Quand on demandait à Fran qui j'étais, il répondait : « Mon fils.

— Il a l'air bien triste, votre enfant. »

Et puis Fran réclamait un café crème ou un verre de liqueur, pour raconter ma vie. « C'est la quatrième fois qu'il est né. Il ne peut pas mourir. Faut le comprendre, il a déjà vécu tout ce qu'on vit. » Souvent, les gens riaient, se moquaient. Parfois, ils écoutaient tout de même. Je lançais des regards lourds de reproche à mon ami : qu'est-ce que tu fous ? Qu'est-ce que tu dis ? Il s'en fichait : autant dire la vérité.

Les gens aiment les histoires. Personne n'y croyait, bien sûr, mais presque tout le monde était heureux d'entendre la mienne. On me demandait, à moitié sérieux tout de même : « Alors, gamin, la guerre, c'est pour demain ? Tu me connais ? Combien de temps il me reste à vivre ? »

Je ne répondais pas.

Certains ont commencé à me toucher. Je n'appréciais pas leur contact : c'était la plupart du temps gras, moite et tiède. Mais je parvenais à les émouvoir sans rien faire – simplement en les laissant me prendre la main, la poser sur leur joue, leur épaule, leur cuisse.

De temps en temps ils pleuraient. J'avais sur les gens exclus un effet apaisant : des roms, des musulmans, des chrétiens, des homosexuels de province, des petits Blancs qui vivotaient entre la caisse d'allocations et le deal, humiliés, des trentenaires diplômés, qui passaient la journée sur leur ordinateur, à regarder des matchs de football de championnats de seconde zone, d'Écosse, d'Ukraine ou de Bulgarie.

Nous mangions à leur table – dans les appartements

délabrés, les anciens pavillons Phénix où les parents s'occupaient des enfants sans emploi, dans les caravanes qui fuyaient – ils parlaient de dépression, de tristesse.

Peu à peu, j'ai ouvert la bouche et j'ai discuté avec eux. « Sois honnête, tu peux raconter la vérité, me répétait Fran. Ne cherche pas à changer les choses, écoute-les, parle, dis-leur. »

La plupart du temps, je m'en tenais à l'idée simple que tout partait et que tout revenait. Pas question d'évoquer la grande démonstration scientifique. Certainement que ça rassurait les gens. À force de conversations, « l'enfant qui parle d'éternité » est devenu quelqu'un. À la campagne, on nous connaissait de réputation. Pour nous faire vivre, Fran avait besoin d'argent et moi, à cet âge, je n'avais pas encore de résultats de matchs ou de combinaisons du loto en tête susceptibles de nous renflouer. Surtout, il était recherché.

Alors, pour au moins survivre et rester ensemble, je faisais mine de lire les lignes de la main, d'avoir des flashs et des visions, de tirer les cartes du tarot; bien entendu, je n'avais aucune technique, et je me contentais de faire semblant. Mais je connaissais vraiment l'avenir, et j'avais vu tellement de gens au cours de déjà plus de trois vies que je disais sans doute la vérité la moitié du temps. Concernant les grands événements, j'avais toujours raison. À vrai dire je ne tirais pas mon prestige de ces prévisions, plutôt de mon allure, à huit ans, les cheveux mi-longs, l'air chérubin, la voix d'enfant de chœur, vêtu d'un sweat-shirt à capuche de mauvaise qualité, assez sale, en parlant à la manière de quelqu'un qui a déjà plus de deux siècles, qui vient du passé, ou d'encore plus loin.

Je racontais que tout avait déjà eu lieu, et tout aurait encore lieu. Quand on levait la main pour me demander : « Qu'est-ce qu'on peut faire ? », je répondais : « Rien. — Mais pour changer les choses ? — On ne change rien. Il n'y a pas de dieu derrière tout ça, il n'y a pas de lois, et pas de progrès, c'est juste comme ça. »

Notre premier réseau, ça a été les illuminés. Ils étaient attirés par mon histoire abracadabrante de résurrection. Mais ils n'ont été qu'un barreau de l'échelle. Nous sommes montés plus haut. Une tripotée de gars erratiques qui avaient repris le commerce du safran, puis un pharmacien de La Souterraine, d'anciens du réseau d'ufologie, au centre de la France, m'ont invité à des rencontres en arrière-boutique, puis en librairie rosicrucienne, pour parler du *guru* et de l'initiation. Grand, maigre mais impressionnant, Fran m'accompagnait, me protégeait et en disait désormais le moins possible. Tête d'ange, j'en imposais même aux alchimistes et aux plus hermétiques. Quand la gendarmerie a eu vent de mon signalement dans ces milieux, il a fallu se faire oublier un an : il n'était pas rare que nous couchions dans les larges tubes de béton à l'abandon, sur les chantiers de construction des villages de vacances de l'Atlantique et de la Méditerranée qui n'avaient jamais été finis à cause de la crise des *subprimes*; l'hiver, nous le passions dans les stations de sports d'hiver. Saisonnier, Fran gagnait quelques billets dans les baraques à frites et hot-dogs, ou comme porteur de bagages dans les hôtels cinq étoiles des Alpes. Dès que la chaleur revenait, il vendait des cornets de glace sur la plage de Biarritz.

Le plus souvent, je restais tout seul dans la chambre climatisée, je ne lisais pas, je m'asseyais et j'attendais; le temps passait lentement. C'est comme ça que j'ai commencé à méditer. Je ne cherchais plus à savoir quoi que ce soit, ni à transformer la société, j'essayais de m'éteindre doucement.

« Alors ? » demandait Fran quand il rentrait du boulot, avant d'aller se débarbouiller la figure dans la salle d'eau.

« Rien.

— Super. »
Mais Fran qui prenait soin de moi m'apportait chaque matin le supplément économique et financier du *Figaro* qu'il ramassait dans les poubelles de l'hôtel qui puaient les fruits de mer et le poisson frit, et il me forçait à apprendre par cœur le cours des principaux titres, la fluctuation des indices. « C'est important, ça te servira plus tard.
— Pourquoi?
— La prochaine fois, ça m'évitera de travailler comme un con pour nous rapporter un peu d'argent.
— Ah, la prochaine fois... » Et je m'étirais sur le lit de la pension bon marché, en grimaçant. « Il faudra refaire tout ça?
— Ou autre chose. Peu importe. »
Bientôt, je n'étais plus motivé par quoi que ce soit, et je sortais à peine du lit. Fran a commencé à se faire du souci.
« Parle-moi de Hardy.
— Non. Il va falloir encore la rencontrer, la séduire. Je ne peux pas.
— Elle était heureuse, enfant?
— Absolument pas.
— Alors viens. » Fran a jeté les draps froissés par terre et m'a tiré de force hors du lit. J'ai résisté. Il est parti de la pension ouvrière sans payer. J'étais bien obligé de le suivre : je n'avais pas envie d'être retrouvé par les gérants, livré à la gendarmerie et rendu aux parents, pour finir en maison de correction ou dans ce qu'ils appellent maintenant des « centres éducatifs fermés ». Fran le savait, il m'attendait au volant de sa caisse bringuebalante.
« Tu m'emmerdes, vieux. On ne va nulle part », ai-je chuchoté.
À l'approche de la banlieue de Paris, les tours se sont dressées de nouveau, au balcon le linge était étendu, mais la pluie a commencé à tomber dru, et on a vu çà et là des

hommes et des femmes le rentrer dans la précipitation. L'orage grondait.

« Quelle adresse ?

— Laisse tomber, répondis-je en écrasant ma clope dans le cendrier de la Lada, elle a neuf ans, comme moi. »

Avec patience, il m'a arraché l'adresse, il a fermé sa parka et il est sorti de la bagnole en direction d'un immeuble morne et gris parmi des dizaines d'autres. Nous nous sommes réfugiés dans le hall, à l'abri des trombes d'eau. Tout autour de moi, j'ai regardé où elle avait grandi : j'étais déjà venu, une douzaine d'années plus tard. C'était un monde de plâtre et de béton, orné par coquetterie de quelques signes de réhabilitation, déjà recouverts par les tags, et dans l'entrée qui sentait le chou amer, le désinfectant, l'insecticide, on trouvait un bloc de boîtes aux lettres d'une centaine d'alvéoles en alu, défoncées pour la plupart, et une plante verte parfaitement incongrue. Un chien a aboyé.

« Ta gueule ! » Le gardien de l'immeuble était en train de parlementer avec un résident.

L'ascenseur était en panne. Nous avons emprunté l'escalier de béton, droit et hélicoïdal, inséré dans une cage vitrée, contre laquelle les grêlons frappaient fort. Fran a ouvert sa parka en montant les marches et s'est repeigné avec soin. « C'est une gamine, il ne faut pas l'effrayer. J'ai pas trop l'air d'un violeur d'enfant, ça va ? » Il a souri et s'est tourné vers moi. Il était toujours beau, mais la vie errante ne l'avait pas épargné.

« Ça va à peu près. »

Comme deux Témoins de Jéhovah, Fran et moi nous sommes plantés à la porte plaquée en faux bois exotique de la mère et de la tante de Hardy. Nous n'avons pas su trouver la sonnette, il a fallu frapper.

Et une petite voix a répondu, par-dessus le bruit de la radio qui diffusait un vieux tube américain :
« Oui ? Qui est là ? »
Puis, dans l'embrasure de la porte, j'ai aperçu son visage, les yeux étonnés juste au niveau de la chaînette qui servait d'entrebâilleur de sécurité. Elle était maigre et grande, déjà.
« Hardy ?
— C'est moi. » De longues nattes blondes. Une fillette mal habillée, avec des vêtements trop larges pour son âge, donnés par la famille, les voisins ou récupérés chez Emmaüs.
« Tu vas bien ? »
C'était absurde de lui demander ça. Mais la dernière fois que je l'avais vue, elle était morte, la colonne fracturée au fond d'un puits pendant la guerre.
« Oui. » Elle murmura, déchirée entre son envie de discuter avec les gens et son respect de la règle parentale universelle selon laquelle on ne parle pas avec les inconnus.
J'étais heureux de la voir, et Fran était satisfait de me voir sourire de nouveau.
« Ta mère est là ?
— Non.
— Ta tante ?
— Non.
— Tu es toute seule ?
— Oui.
— Tu veux venir avec nous ? »
Elle hésita. Alors Fran se racla la gorge et me fit signe de la rassurer et de prendre un ton familier, comme je savais le faire avec les gens en général ; avec Hardy, c'était différent. Évidemment, je connaissais ses pensées d'enfant, je savais pour qui et pour quoi chaque soir, au pied du lit, elle priait, de quelle façon elle se représentait le retour de son père, comment elle espérait la réconciliation entre

tout le monde, quelle était sa chanson préférée, ce qu'elle dessinait avec une règle et un feutre au dos des feuilles de soins pour la CMU de sa tante, quel était le nom du petit garçon qui portait son cartable, comme un chevalier servant, depuis la maternelle; et, la cigarette au bec, avec l'allure et le visage d'un gosse de son âge, mais la voix, les mots, les expressions d'un homme, je lui ai tout dit d'elle, ce que seuls elle-même et le bon Dieu pouvaient savoir du fond de son cœur.

Elle aurait pu être effrayée, mais je connaissais Hardy, elle était fière et téméraire.

Sa main douce, fine et chaude sous la mienne, par la porte entrouverte, elle m'a demandé :

« Est-ce que tu es Jésus ? »

Je n'ai pas dit non.

En sueur sous son épaisse doudoune, Fran a passé les doigts entre ses cheveux dégoulinants de pluie, en jetant un œil à sa montre pour me presser un peu. Il avait peur que les adultes reviennent et nous surprennent : « Tu veux partir avec nous ? »

Hardy hésitait encore.

Je lui ai serré la main, j'ai cherché à la lisière de son sourire et de sa joue le grain de beauté qui me servait de point de repère, et j'ai eu de la peine à le trouver. Pourtant il était là, déjà. Son visage, je le connaissais par cœur mais je le découvrais à peine formé, et j'y devinais les prémices de tout ce que j'aimerais follement d'ici quelques années. J'avais besoin d'elle.

« S'il te plaît », l'ai-je suppliée.

Et elle nous a demandé de lui accorder cinq minutes, le temps de préparer son sac de classe, d'y glisser quelques chemises propres et bien repassées, son livre favori, une peluche aussi. Elle était prête. La fillette a coupé la radio, éteint la lumière, fermé la porte de l'appartement avec soin, puis elle a saisi la main gauche de Fran et ma main droite, elle s'est engagée dans l'escalier entre nous deux, inquiète, béate, comme s'il lui fallait descendre les marches de quinze étages d'une tour de banlieue pour espérer monter un jour au ciel.

Elle n'avait pas de capuche, il pleuvait des cordes, Fran a ôté sa parka et l'a tendue tel un dais au dessus de la tête de la petite princesse.

Nous l'avons protégée, nourrie, et elle s'est attachée à nous. Elle était déjà le bourgeon de ce qu'elle deviendrait, et c'était beau de la voir éclore de jour en jour, de mois en mois : Hardy posait tout le temps des questions, elle se montrait particulièrement serviable, elle gardait à manger quand elle n'avait plus faim, pour la prochaine fois, elle ne voulait rien jeter, rien gaspiller, tout partager. Les restes, elle les donnait aux moineaux, aux chats errants. Et elle chantait souvent dans la voiture, d'une voix encore hésitante.

Depuis qu'elle vivait avec nous, j'avais retrouvé de l'entrain et du courage ; elle pensait que j'étais le Christ et ça me donnait le sentiment de l'être à moitié.

Hardy participa avec Fran et moi aux séances où j'intervenais en tant qu'apparition miraculeuse. Elle officiait comme une sorte d'enfant de chœur de notre drôle de compagnie. Elle apprit que j'avais déjà vécu trois vies, que c'était la quatrième, que tout mourait, passait, disparaissait, et que tout revenait à l'identique à la date exacte de ma naissance, que le monde dessinait une boucle désormais infinie, et que rien ne changerait jamais. Mais ça ne l'effrayait pas plus que ça.

« Parce que toi, tu te souviendras », fit remarquer Hardy. On lui avait trouvé un chaperon à capuche contre le mauvais temps, et nos hôtes laissaient à notre disposition d'anciens vêtements de leurs enfants, une fois qu'ils avaient grandi ;

grâce à ces dons, elle portait par exemple des bottines couleur lavande en plastique qu'elle aimait beaucoup. Comme elle avait un teint parfait et que Fran lui avait tressé deux petites nattes en macarons autour des oreilles, on aurait dit une héroïne de conte de fées. Je me souviens que nous marchions dans la forêt, un jour gris de novembre, où un paysan nous avait prêté une cabane en rondins pour un mois. Pour se réchauffer dans la brume, elle ne cessait pas de me poser des questions sur ma singularité.

« C'est vrai, je me souviens. Mais ça ne change rien, tu sais.

— Si. Parce que tu te souviens de plus en plus.

— Je me souviendrai de tout, et ma tête finira par exploser. » J'ai plaisanté : « Merci de me rassurer, Hardy.

— Tu vois que ça va s'arrêter. Tu ne vas pas exploser. Tu te souviendras de tout et ce sera parfait. »

C'était une petite fille. Elle aimait que tout finisse bien, elle jouait encore à la poupée, elle voulait ressembler à une princesse.

Il n'y a qu'avec elle que j'acceptais de discuter. Nous avions neuf ans tous les deux (en apparence) et elle me donnait la main. Hardy ne regrettait pas sa mère ni sa tante, qu'elle n'aimait pas, et nous avait adoptés comme famille. Fran, honnête et silencieux, un bonnet de laine sur ses cheveux fins et cassants, veillait sur nous ; il coupait du bois, il négociait avec fermeté le prix de mes interventions dans les villages environnants. Il éloignait les importuns, les fous furieux, ceux qui avaient l'intention de me tuer, histoire de voir. Il achetait, ou il volait des livres dans les librairies pour Hardy, qui aimait la comtesse de Ségur et *Harry Potter*. Il lui dégota une guitare, aussi. Elle montait sur ses genoux, comme s'il était un géant, et l'embrassait sur le bout du nez.

« Merci, Fran. »

Hardy était déjà très bavarde et parmi les gens que nous rencontrions, quand je soignais des verrues, que j'enlevais le feu ou que je lisais l'avenir, cette petite fille blonde, adorable, très polie et très spirituelle (que Fran présentait comme son enfant et comme ma sœur), expliquait que j'étais immortel, que j'avais déjà vécu trois fois, que je me souvenais que rien ne changeait, mais que moi je progressais.

« Ah bon, il progresse vers quoi ?
— Il est en train de devenir un dieu. » Elle souriait. « C'est long. »

En réalité, je réfléchissais au moyen de tout arrêter.

Dans le Poitou, en Vendée, à travers les Pyrénées, de village en village, à chaque ferme, à l'entrée des boutiques de pendules indiens, des magasins de pierres d'ambre ou chez l'habitant, on écoutait Fran et Hardy faire ma présentation. Et on me posait quelques questions.

Finalement, j'ai commencé à concevoir que Hardy puisse avoir raison : les vies étaient des épreuves, Fran était là pour m'aider et elle aussi, ils partaient et revenaient, moi je restais, je pouvais me morfondre, descendre sans fond, être condamné à vivre et revivre sans but, ou bien je pouvais progresser. Il existait quelque chose comme des étapes de l'esprit. Il y avait une route qui menait vers quelque chose de plus grand que moi. On testait ma résistance : il fallait que j'accepte le retour à l'identique de tout ce qui existe pour accéder à la révélation. Je me trouvais sur le chemin, et je montais. Fran et Hardy me tenaient par la main, et grâce à eux j'avançais vers le but.

Petit à petit, j'ai fait l'effort d'y croire ; je me suis convaincu que tout s'arrêterait le jour où ma conscience aurait augmenté jusqu'à devenir absolue. Et j'entrevoyais désormais de très loin cet absolu.

Ce furent les plus belles années de ce que les autres

qualifiaient de secte. Tous les trois, dans la Lada achetée chez un revendeur de Vendée par Fran, nous filions sur les départementales du pays, que nous avons appris à connaître par cœur. Dieu que nous étions heureux! À quoi nous nous occupions? Ma foi, jouer aux cartes et aux dés, recueillir un animal blessé sur la route, voler des pommes sur les étals des marchés du dimanche, tromper la vigilance des caissiers au supermarché, dormir à la belle étoile dans un champ de blé, grimper aux arbres, monter une tente de surplus militaire pour un prêche itinérant suffisait à notre bonheur. Jeune gaillard à mi-chemin de la vingtaine et de la trentaine, Fran avait l'esprit pratique : il était en quelque sorte le régisseur de notre petite compagnie.

Je les aimais beaucoup tous les deux. Hardy surtout, je la découvrais vive presque à la source, comme si d'un fleuve large que j'avais vu arriver à la mer, je voyais pour la première fois le torrent des débuts; la même eau coulait déjà en elle qui gonflerait un jour son intelligence et sa malice d'ondine, sa beauté cristalline, son caractère tempétueux; la même innocence aussi. Naïve, elle croyait à la justice; elle voyait dans ma personne une sorte de vérité avec des jambes, qui allait sur les chemins de France rendre les gens heureux.

En moi, la rage et l'inquiétude avaient laissé place à une acceptation tacite de mon sort. À l'adolescence, je parvins donc à la formulation de ma deuxième doctrine : tout passe et tout revient, *mais moi je me souviens*. Donc j'augmente en conscience. J'atteins peu à peu l'état où tout s'arrêtera et sera conservé; à travers moi, la totalité accédera peut-être à une autre phase spirituelle. Cette phase se révélera à l'instant précis où l'univers repartira de ma mort, et non plus de ma naissance. À mon point d'intensité de conscience maximale, je mourrai vraiment, pour de bon, et l'univers commencera enfin. Je suis le dieu qui doit apprendre à mourir pour laisser éclore le cosmos.

Par visions fugitives, je devinais la lumière, le sens de l'ensemble. Il n'y avait pas de volonté cachée, pas d'intention à déchiffrer, mais il y avait bien un but : et j'étais moi-même ce but, j'étais le dieu en transit, sur le point d'advenir.

Grâce à la patience de Fran et à l'enthousiasme de Hardy, je me fabriquais peu à peu une sorte de religion de moi-même, et je voyais combien j'avais été idiot d'hésiter, puis de savoir, puis d'agir ; mais c'étaient des étapes nécessaires jusqu'à la quatrième vie, la vie de toutes les vies, que je traversais aujourd'hui.

Certainement que tous les sages, que Socrate, Confucius, Lao-tseu, Mencius, Jésus, Bouddha ou Mahomet avaient vécu trois fois avant de connaître l'illumination. La quatrième était la bonne.

Peut-être.

Et puis je me souvenais que les fois précédentes aussi, j'avais cru à quelque chose, avec autant si ce n'est plus d'énergie et de certitude. En vain. Régulièrement le doute et le découragement me rattrapaient, je ne mettais plus de cœur dans mes paroles, qui sonnaient creux.

Près de Brive, nous avons fait connaissance d'une secte dont le maître, ébranlé par sa rencontre avec le jeune homme bizarre que j'étais, m'a invité à prêcher pour un soir le bric-à-brac qui me tenait lieu de doctrine. Devant une trentaine de fidèles, au fond d'une ancienne porcherie reconvertie en salle de séminaire de « probation personnelle », j'ai tenu mon premier discours, qui était très hésitant :

« Je suis le quatrième, et je suis le premier.

« Je suis venu vous dire que je vous ai connus avant cette vie, et que je vous connaîtrai après. Je reviendrai, je reviendrai toujours. Je suis derrière et je suis devant. Je suis plus que vos parents, et plus que vos enfants. Je suis le père de vos pères, je suis le fils de vos fils. Ce que vous faites n'a pas le moindre sens. Tout recommence, mais je reviens. Je retourne et je garde en mémoire tout ce que vous êtes, tout ce que vous faites.

« Je suis l'éternité qui progresse. »

Ils ont applaudi, à ma grande surprise.

Puis j'ai donné des « preuves » de ce que je savais ; je connaissais certains événements par avance, qui se répétaient de vie en vie. Je n'avais pas peur de la mort et quand un détraqué a voulu me poignarder, à la fin du prêche, j'ai interdit aux autres de me défendre : laissez-le faire. Il s'est effondré devant moi, a demandé pardon. Je l'ai relevé, je lui ai pardonné : « Tu peux me tuer, ce n'est pas la mort que tu donnes. C'est seulement l'éternité que tu ralentis. »

Tous, ils pleuraient.

J'étais un petit Christ de province.

Je ne me faisais aucune illusion : ça ne servait à rien. Les gens mourraient, et seraient de nouveau vivants. Ils énonceraient les mêmes imbécillités, les mêmes vérités, ils accompliraient les mêmes actes immuables de bravoure et de lâcheté. Sur les tables à tréteaux des marchés, le dimanche, on trouva bientôt des figurines de pacotille à mon effigie, des polycopiés agrafés avec soin de mes maximes et sentences, auxquelles je ne croyais pas moi-même, ou bien à moitié, mais je ne veux pas laisser ici l'impression d'un prophète cynique, il me semblait parfois que Hardy et les fidèles avaient raison de m'élire contre moi-même, lorsque je contemplais l'un de ces fétiches, l'une de ces poupées de bois, de plastique et de mauvais tissu qui me représentaient, je parvenais à accepter leur foi, à admettre mon destin, à me raconter que j'avançais et que je voyais la fin, au loin. Bientôt il y eut sur le marché noir un véritable merchandising autour de ma personne : portraits en hologramme, enregistrements mp3 téléchargeables sur téléphone, vidéos pirates, petits livres de prière et récits de mes mille vies antérieures supposées. Sur les posters photoshopés des vendeurs ambulants, j'étais affublé de tuniques brillantes en strass et en faux diamants. Le pays était pauvre. Quelques chrétiens blancs déshérités et acculturés m'identifièrent au Seigneur, à la grande surprise des instances de l'Église, et profanèrent les autels des chapelles ou les calvaires en gravant mon nom dans la roche. Des icônes apparurent, qui associaient mon visage au corps du Christ, et ces chimères kitsch finirent par me convaincre que tout revenait pour une raison, dont j'étais le messager malgré moi. Certaines personnes allaient en prison pour défendre mon nom, tout de même. Je ne pouvais pas me permettre de les décevoir.

Pour toute idée radicale, on trouve des disciples. J'en eus de plus en plus : là où l'État n'ouvrait plus les bras à personne, j'avais pris les gens par la main. À la puberté, les cheveux maintenant très bruns, mais toujours longs, en survêtement de sport Tacchini, grand et svelte, encore imberbe, j'étais devenu beau, je plaisais aux hommes et aux femmes. Ils me voyaient ainsi, attifé comme un chômeur, habillé comme eux, et ils m'identifiaient pourtant aux statuettes à paillettes, qui levaient la main en souriant, drapées dans une robe blanche sertie de faux diamants de rappeur *gangsta*. Je finis par répéter ce geste grandiloquent de la paume tournée vers eux, qu'ils attendaient de moi.

En coulisses, Fran reprit le contrôle de l'économie parallèle d'icônes en plastique, envoya quelques gros bras dans les ateliers clandestins qui fabriquaient des images pieuses de moi, pour leur faire payer les droits qui nous revenaient. Ainsi, il nous mit financièrement à l'abri et racheta le domaine de Saint-Erme.

Parfois, mon nez coulait encore, je laissais la purge me

vider de mon sang. Je n'utilisais la fiole de Fran qu'au bout d'une semaine d'écoulement irrégulier. Ici et là j'ai abandonné dans l'humus, sur le sol, sur la pierre, des litres de mon hémoglobine, et chaque fois l'emplacement devenait pour les fidèles un nouveau lieu de recueillement. On parlait parfois de moi dans les journaux, pour se moquer, et je suis retourné voir mes parents, afin de m'expliquer, de leur pardonner et de me faire pardonner d'être parti. Ma mère, très religieuse, était prête à me croire et à requalifier ma naissance de « miracle ». Mais sous l'influence d'Origène ils ont vu en moi un imposteur, un gourou de pacotille, à la fois manipulé et manipulateur, ils n'ont rien compris, leurs avocats ont saisi la commission d'enquête contre les sectes à l'Assemblée nationale, ils ont dénoncé Fran pour détournement de mineurs, puisque je n'avais pas encore dix-huit ans, et de nouveau j'ai fui sur les routes.

Mon premier mécène, loin de Paris où j'étais méprisé par les élites culturelles et politiques, qui me tenaient pour l'enfant-charlatan des pauvres d'esprit, avait été un riche exploitant agricole de Vendée ; sa femme, qui avait perdu un enfant en bas âge, m'adorait et milita ardemment pour la reconnaissance de mon culte. Lors d'un rassemblement illégal en ma faveur, elle fut la première victime de la répression ; son mari cria vengeance et notre secte fut enfin reconnue sous la pression populaire. On dressait des tentes dans la prairie, on chantait des hymnes sur la musique de chansons françaises populaires de Jean-Jacques Goldman, Francis Cabrel ou Michel Fugain. C'était de mauvais goût, mais tout le monde communiait.

Quand j'ai eu dix-sept ans, la chose m'avait dépassé et était devenue une véritable Église, qui prétendait remplacer celle de Rome, vieille, exsangue, compliquée et loin de la vie ordinaire.

Moi, j'étais là. On pouvait m'entendre et me toucher.

Je ne disais pas grand-chose, mais Fran et Hardy parlaient pour moi, et les gens pleuraient tout le temps. On racontait que j'étais le garçon qui ressuscitait, que je pourrais me souvenir de chacun ; les gens modestes venaient me voir pour que je les voie et que je les écoute. Ils avaient besoin d'être entendus, ils souffraient d'être oubliés. Ils mourraient, mais moi non, et ils resteraient dans mon esprit, de vie en vie. Parfois, ils proposaient de me laisser un message à l'intention d'eux-mêmes, dans la prochaine vie : de ne pas commettre les mêmes fautes et les mêmes erreurs, de se pardonner ou bien de dire à celle ou celui qui était parti qu'ils l'aimaient. Les parents qui avaient eu un enfant mort me payaient pour que j'intervienne dans l'existence suivante, que je le sauve d'un accident de voiture, que je l'empêche de monter dans un bus scolaire, le vendredi 17 mars, à 15 h 48. Il fallait que je promette à tout prix de m'interposer.

Je savais et ils savaient aussi que ça ne changerait rien à cette vie et que dans la prochaine, et celle d'après, tout reviendrait au même, mais ils étaient soulagés de penser que quelqu'un au moins se souvenait, que tout ne partait pas au néant, que le monde était un spectacle interminable qui avait lieu pour quelqu'un ; ce quelqu'un, c'était moi.

Je n'y attachais pas beaucoup d'importance. Je les laissais dire, croire, espérer.

Je sentais la vanité de l'ensemble ; cependant j'apprenais à l'aimer. J'aimais tout et tout le monde, d'un amour de plus en plus fort.

À la nuit tombée, Hardy, qui portait maintenant les cheveux longs, est venue me retrouver sur l'herbe molle et fraîche de la grande propriété de la veuve de médecin qui nous hébergeait. Elle avait apporté sa guitare : « Est-ce que je peux te jouer une chanson ?

— Oui. »

Je me suis assis, je l'ai écoutée. Il n'y avait qu'elle et moi. Dans la campagne, les étoiles perçaient l'obscurité de la matière noire des cieux. Elle venait d'avoir dix-sept ans. Elle était redevenue exactement celle que j'avais rencontrée dans mes existences précédentes. Sur l'air de la vieille rengaine « *Walking Backwards* », elle a chanté une simple déclaration d'amour, puis s'est effondrée en sanglots.
« Pourquoi pleures-tu ?
— Parce que tu ne m'aimes pas.
— Je t'aime.
— Tu ne m'aimes pas plus que n'importe qui. Tu nous aimes tous également. Il *faut* que tu nous aimes tous autant, tu ne peux pas faire autrement. Tu es Dieu. Tu dois te souvenir de nous, pour l'autre vie. Tu ne fais pas plus attention à moi qu'à lui », et elle a désigné du doigt un véhicule qui roulait au loin, dans les champs.
« Je t'aime *particulièrement*.
— Est-ce que tu m'aimes plus que celle d'avant ?
— Tu veux dire que toi, dans la vie d'avant ?
— Oui.
— C'était toi.
— Est-ce que tu m'aimes plus ?
— Je t'aimerai éternellement, l'une après l'autre. »
Elle s'est allongée à côté de moi et m'a pris la main. Ses cheveux blonds se sont étalés sur la pelouse, et j'ai vu avec son souffle sa poitrine d'adolescente monter et descendre, dans l'obscurité. Comme si j'assistais à sa véritable naissance, je la regardais redevenir, à cet instant exactement, la femme que j'avais découverte et aimée les fois précédentes, au bord du canal dans le nord de Paris.
« Nous serons de plus en plus séparés.
— Pourquoi ?
— Parce que tu vas monter en conscience (elle se servait de l'une de mes expressions ésotériques favorites)

et parce que je reviendrai, toujours la même, toujours la même idiote. » Elle en chialait de rage.

« Je crois que nous nous retrouverons à la fin.

— Et laquelle de moi-même tu aimeras, à la fin ? Tu les aimeras toutes, c'est ça ? »

Je n'ai rien dit : elle était déjà partie, dévorée par la jalousie envers elle-même.

À l'automne, elle a entamé une liaison avec Fran, qui était de dix-sept ans son aîné. Il s'est senti coupable et s'est cru obligé de venir me l'avouer, un soir après le prêche ; j'ai béni leur union. Une dernière fois, j'ai pensé à la constellation de ses grains de beauté sur la cuisse, à l'odeur de cidre, de biscuit à la cannelle de sa vulve, à la forme de ses seins à vingt, trente, quarante ans ; mais j'avais déjà connu ce bonheur, il existait, il n'était pas perdu, il reviendrait – et j'y renonçais.

Je compris alors que j'étais entré dans ma dernière existence. J'avais accepté pour de bon ma condition et je m'apprêtais à connaître la délivrance.

Mes amis ont eu plusieurs enfants. Hardy était comme ma fille, ils étaient tous comme mes petits-enfants. J'avais... combien ? Bientôt trois cents ans.

Je finis par énoncer ce que j'appellerais mon ultime doctrine, que je gardais pour moi : tout passe et tout revient, et je me souviens, *mais ça ne sert à rien*. Il n'y aurait ni illumination ni absolu ni réconciliation de tout avec tout. Je pouvais devenir de plus en plus conscient, à l'infini, je pouvais tout oublier, je pouvais agir, demeurer passif, faire le bien ou le mal, tout reviendrait au même. J'avais bien de la peine à formuler et à me figurer cet état, mais je sentais parfois se former la vision d'une plaine absolue.

Les gens continuaient de croire en moi. Ce n'était pas grave : c'était égal.

On m'emprisonna quelques années pour financement

illégal, détournement de fonds et le suicide d'une fidèle (la fille du grand propriétaire de Vendée). Peine perdue : à chaque année qui passait, le nombre de ceux qui me suivaient augmentait, alors que je n'allais nulle part. La dernière doctrine infusait en moi : il n'y avait pas de fin, pas de but. Je pouvais aussi bien atteindre à la sagesse finale, me réconcilier avec moi-même, tout reviendrait. Désormais je n'en concevais plus ni rage ni désespoir. Je sus que je passerais une infinité de vies, sans repos, à faire et refaire n'importe quoi, sans la moindre conséquence – j'avais atteint un état dont la négation équivalait à l'affirmation.

Aux États-Unis, je devins même un gourou important, grâce au travail infatigable de Fran, de Hardy et des autres. Je n'acceptais pas ce rôle, mais je ne le refusais pas non plus.

Car j'étais plus que cela : le Dieu vivant. Oui, j'ai été Dieu une fois dans ma vie.

Le Dieu accompli. Je l'ai senti, et je n'ai pas d'autre mot pour le décrire : c'était ce que toutes les religions avaient appelé ainsi durant des siècles, et concrètement c'était moi. J'aimais. J'aimais énormément.

Quand Fran est mort, Hardy est venue habiter auprès de moi, au monastère de Saint-Erme. Nous avons entrepris de longues discussions métaphysiques, elle a écrit des livres sur l'Éternel Retour. Lorsque tout a été dit, nous nous sommes tus. Nous nous comprenions. Et quand Hardy est décédée à son tour (quand? comment? peu importe : elle était déjà morte, elle mourrait encore), leurs enfants sont restés auprès de moi. Et quand ils sont partis, les uns après les autres, j'ai vu grandir les enfants de leurs enfants. Je mangeais peu, je ne buvais pas, je ne fumais plus, je ne faisais aucun excès, je méditais à horaires réguliers, presque toute la journée. En cette vie, j'étais âgé de déjà cent vingt ans. Mais j'en avais en réalité plus de trois cents. Allongé sur le lit de la cellule monacale près de la chapelle, ou en marchant avec précaution jusqu'au verger dès que mon état de santé, stable mais fragile, le permettait, je me suis consacré à mon ultime état d'équanimité. Animaux, choses inanimées, objets et parties d'objets, mots, contradictions, fictions, impressions fugitives, idées, personnes, moitiés de personnes, ensembles, associations hasardeuses, vérités, faussetés, bien, mal, inutile, important ou pas, dérisoire, grandiose : rien n'est rien, mais tout l'est. Tout tourne, tout résonne. On venait me poser des questions, et je recevais les visiteurs une fois par mois dans la cour des paons, devant la chapelle de Saint-Erme. Assis sur une chaise de jardin en osier, tassé et immobile, j'écoutais : où commence et où finit la vie ? Est-ce que vous vous souvenez de moi ? De *moi*, monsieur ? Est-ce que vous vous en souviendrez pour l'éternité ?

Avec l'âge, la variété des visages se confondait en un seul homme, et ma mémoire sans limite n'était plus soutenue que par l'attention d'un organisme fatigué. Je ne parlais plus. Je bougeais à peine. On transbahutait mon corps éphémère et apparent sur une chaise et la chaise avait des porteurs. De temps en temps, je souriais encore. On eût dit que ma peau devenait de l'écaille, l'écaille une écorce de tronc d'arbre et l'arbre un fossile. Je pensais de plus en plus lentement, jusqu'à une vitesse proche de zéro.

Autour de moi, quelques-uns estimèrent que j'avais atteint l'état parfait. Jamais cet univers n'avait poussé aussi loin, grâce à moi : cent trente années à compter de ma dernière naissance, déjà. C'était le monde le plus vieux qui ait jamais existé depuis l'apparition de la singularité. Un exploit.

Mon sentiment définitif était acquis depuis longtemps : j'étais en paix, exprimant l'acceptation la plus profonde qu'on puisse concevoir de toutes choses, et de leur cycle perpétuel. Je ne pouvais rien penser ni éprouver de meilleur : à supposer que je fusse la montagne, je m'étais moi-même escaladé. Seul au sommet, je n'attendais plus rien et plus rien en moi ne protestait contre quoi que ce soit. Flanqué de deux jeunes disciples qui déposèrent la chaise à porteurs dans une clairière du bois de Saint-Erme, pour me sortir comme on le faisait deux fois l'an, j'aperçus un couple de biches près d'une source, qui se désaltéraient. Mon métabolisme était si faible que je n'inspirais l'air qu'une fois par heure – et je l'expirais dans l'heure qui suivait. Mon pouls était devenu imperceptible. Il me sembla que l'absolu était tout proche. Il était là. Est-ce que j'ai tendu le bras ?

Alors j'entendis le plus jeune des deux disciples craquer une allumette en se demandant à voix basse si

LA CINQUIÈME

Je me réveille d'une solide gueule de bois. Je me souviens : je suis mort, je suis revenu. La singularité ! Putain... L'absolu, tu parles. Rien de *différent* : naissance dans le sang, entre les jambes de la mère, le père qui revient, maison, forêt, torrents, larves, étang, nourriture, manger, boire, chier, marcher, apprendre à parler, la Dodge d'Origène, le petit pont romain et le chien noir. Moi ? Mémoire. La sainteté est bonne à avaler une fois, indigeste la fois d'après. Fatigué, soudard de trop d'idées, je comprends que l'absolu n'est pas en retard ; s'il n'est pas déjà venu, c'est qu'il ne viendra jamais. Je l'ai raté, il m'a raté, peu importe. Je ne trouve pas, vers l'âge de trois ans, la force d'être un petit dieu *de nouveau*. La transe passe. Je ne suis le jouet d'aucune force supérieure : la foi est une martingale qui marche pour un coup seulement. À présent, il faudrait que je sois vraiment hypocrite pour y croire. Je me représente la nécessité d'être un saint, toujours en vain, devant de purs et simples idiots. Les ravis de la crèche religieux, les singes politiques, les crétins savants. Reprendre le rôle pour des années, tel l'acteur en tournée. Messieurs ! Mesdames ! Le salut ! Merde... Être encore l'enfant roi, qui récolte comme l'écume la souffrance à la surface du monde, et je me vois rencontrer Fran, partir avec lui en bagnole sur les routes du royaume, écouter les vieillards qui radotent, les pauvres femmes, les marginaux, refonder l'Église universelle, aimer sans condition, encore et toujours : voilà pourquoi le Christ n'est pas revenu de la mort par deux fois. Quand il a rouvert les yeux, au Ciel, il n'a pas pu supporter l'idée de renaître, et de prêcher, et de relever une autre Madeleine, et d'être trahi par un nouveau Judas, et de porter la Croix une seconde fois.

Moi, en tout cas, je ne l'ai pas supporté.

J'avais fait le malin avec la grâce et la sainteté, mais je n'étais pas capable de recommencer. C'est tout le drame : recommencer. L'absolu ne recommence pas, moi si. Il aurait fallu entrer en crise, patauger au bord du ruisseau, lire les journaux et écouter les informations, constater que rien n'avait changé, désespérer, rejouer la même comédie de l'absence de sens, de la crise, de la rémission et de la foi. Non merci. Enfant, je suis resté au lit et je me suis masturbé : rien ne venait au bout du gland, la puberté était encore loin.

Par la fenêtre, je n'en pouvais plus de l'arbre aux doigts de sorcière, et des oiseaux. C'était insupportable. Quel emmerdement. J'en ai attrapé un à la fronde, et je l'ai livré en pâture au chien. Accroupi, les pieds nus dans la terre molle, j'ai regardé de près comment il lui ôtait la vie. Rien de pervers, juste le désir et la curiosité, parce que moi aussi je voulais *mourir*. Mais ça m'était interdit.

Il me fallait regarder une fois de plus mon père pêcher les écrevisses et rentrer bredouille le long du ruisseau avec le bâtard, un bob du plus mauvais goût sur le crâne. J'étais damné. Pas question de chercher de nouveau une porte de sortie, il n'y en avait pas. Alors, quoi faire ?

Cette vie-ci ne compte pas, me suis-je dit : ouvrons une parenthèse. Je ne demande rien d'autre que des vacances.

Après tant de sérieux, j'aimerais pouvoir profiter un peu de l'existence, sans chercher à atteindre une fin, quelle qu'elle soit. J'espère m'amuser, et me foutre bien du reste.

Plutôt que de rendre visite à Fran, autant me faire du bien. À l'âge de sept ans, pour fêter l'écoulement du sang que j'ai caché à mes parents en distillant le contenu de la fiole magique avec l'alambic du vieux, je suis donc allé rendre visite à la prostituée du village. À la tombée de la nuit, après m'être évadé de ma chambre par la fenêtre, j'ai glissé sur les fesses du haut du toit en bâtière, dégringolé le long de la gouttière et fait signe au chien noir de ne pas aboyer, de l'argent en poche dérobé à ma mère, qui cachait son pactole dans le petit pot en céramique sur la tablette de la cheminée.

À l'entrée du village vivait cette femme que je n'avais jamais osé regarder, dont la porte en tôle était barrée d'une pancarte indiquant « libre » ou « occupé », que les femmes du coin détestaient et que les hommes saluaient respectueusement en portant deux doigts au rebord de leur chapeau, dès que leur épouse n'était plus là ; j'étais certain qu'Origène y allait, mon père aussi, peut-être. C'était une dame libre, divorcée, grande et brune, pas très jolie mais séduisante, qui avait l'accent du Sud et qui enfilait des robes de taffetas pour ressembler aux Ophélies préraphaélites. Elle avait une quarantaine d'années. Ce soir-là, la pancarte indiquait qu'elle était libre, et j'ai frappé trois coups.

Quand elle a ouvert, elle a cru que je m'étais perdu. « Je vais te raccompagner chez ton père. » Mais j'ai allumé le mégot que je gardais au fond de la poche, et j'ai sorti quelques billets coincés sous l'élastique de mon pantalon.

« Je veux baiser. »

La brune était gênée. Moi, je ne me préoccupais plus de rien. J'avais envie de m'amuser, quoi.

« Tu te moques de moi.

— Tu ferais ça avec un nain ? Imagine que je suis un nain, c'est pareil.
— Je ne fais pas ça avec les enfants, mon chéri.
— Je te paie le double. Et je te garantis que je ne suis pas un gamin. Tu n'iras pas en enfer. Il n'y a pas d'enfer. »
La brune a longuement hésité : « Je ne crois pas à l'enfer, mon chou, mais je n'aime pas ça du tout. » Cependant je badinais comme un homme, je plaisantais, et elle a fini par céder.
Sept ans que je me retenais. Je la regardais enlever sa belle robe et ses jupons devant son miroir ovale, dans la chambre de charme de sa case en bord de route, qu'elle avait aménagée comme une bonbonnière.
« Viens sur moi. » Je l'attendais, nu et j'avais un sexe tout petit mais très dur. Sans oser me regarder droit dans les yeux, elle l'a rentré à moitié et je l'ai fait aller et venir avec entrain. Je savais faire l'amour à une femme, bien sûr, mais la brune n'aimait pas que je le lui fasse, elle m'a supplié de me retirer, en repliant les bras contre sa poitrine nue, la tête baissée et les sanglots silencieux, elle avait honte. Du rimmel lui coulait des yeux, et elle avait l'air vieille. Je voulais me finir, hélas j'étais un gosse et je n'avais pas de quoi jouir. J'étais frustré, malheureux ; j'aurais voulu la consoler, lui parler un peu, mais que dire ? Elle m'a demandé de partir.
Après tant de contrition et de vertu, je ne réclamais rien d'autre qu'un peu de plaisir ; il fallait que j'attende encore. La nourriture aussi était dégueulasse : je n'avais droit qu'à des aliments pour gosse. Jadis, j'avais mangé dans de bons restaurants, à Paris, à Mornay, aux États-Unis. Regardez-moi maintenant : je n'en pouvais plus des pâtes alphabet, de la crème de maïs et du jambon blanc découenné.
Les premières années étaient toujours les plus pénibles. J'étais dépendant, à la merci complète des adultes. Cette

fois-ci, il n'avait pas été question du spécialiste en hématologie, je ne m'étais pas rendu à la capitale, je n'avais pas voulu rencontrer Fran. Je n'avais pas la force de recommencer à parler de la chose : il n'y avait rien à en dire. Pas question de repartir sur les routes pour discuter avec l'éternel même compagnon. Donc je restai seul, de sept ans jusqu'à l'adolescence. Parmi les copains du grand rouquin ou du fils du buraliste, on ne trouvait que ces petits mecs que je ne connaissais que trop et qui fumaient de l'herbe et roulaient en scooter jusqu'à la ville, pour boire et draguer les filles trop maquillées ; la sœur ou la cousine de Marie, je n'en voulais plus. Vulgaire et déjà fait.

Alors mon père me trouva insensible ; il est vrai que je ne cherchais pas à plaire. Trop longtemps, je m'étais retenu de tout. Je savais que tout le monde reviendrait, et je désirais juste arracher un peu de bon temps à l'éternité impavide. Dans le jardin, je ne m'intéressais qu'à ce qui ne dure pas : éphémères, phryganes et libellules de l'étang. Très vite, la frustration sexuelle me rongea, et je me branlais avec force à plat ventre en pensant à toutes les femmes que j'avais connues et ratées, à cause des conneries de foi ou de vérité dont je m'étais convaincu auparavant ; mais j'étais encore sans foutre, donc je m'épuisais, la queue endolorie. À l'âge de sept ans, ce fut un plaisir de me vider enfin, par le nez. Je me laissai couler, au beau milieu des rochers, et je ressentis à baigner dans ma propre décharge la grâce d'être vivant. Le saignement, que je gardais secret, je le réservais pour mes escapades loin dans la nature, derrière les collines.

Et plus je saignais et plus je jouissais, plus j'attirais dans les rues du village le regard des filles et des femmes mariées.

Jusqu'ici, je n'avais jamais accordé d'importance à mon apparence, mais je crois bien que je devins très beau.

Je débarque à la capitale vers seize ans. À l'époque, je

sens la puissance, je pue littéralement la joie à force de me faire du bien. Il se dégage de moi cette impression que donnent les meilleurs jouisseurs que tout est bon si on en a envie. J'étais un camarade sérieux et trop sévère, je deviens de bonne compagnie, drôle, léger, moqueur, séduisant et un peu truqueur.

Grâce au caractère prévoyant de Fran dans la vie précédente, je me souviens de tous les cours de Bourse des indices européens, américain, japonais et chinois; je parviens, au bagout, à me faire engager dans les assurances puis comme courtier d'affaires à la Banque Nationale Populaire. C'est le meilleur moyen de gagner de l'argent facilement, puisque dans cette société il m'en faut. Je travaille vite et bien, je fais particulièrement attention à ne pas user de mes connaissances anticipées avec trop d'ostentation, afin de ne pas éveiller les soupçons et à vingt et un ans, je possède suffisamment pour faire ce que je veux, quand je veux. Qu'est-ce que je veux, au fait? Jamais je n'ai été quelqu'un d'intéressé. Jamais je n'ai espéré multiplier les conquêtes, profiter de belles bagnoles, de montres de luxe, coucher dans les meilleurs hôtels, déguster les plats les plus chers et boire de grands crus : je trouvais cette finesse de goût vulgaire, et j'avais tout le temps l'impression de priver quelqu'un dès que j'obtenais une faveur, si dérisoire soit-elle. Mais maintenant que j'en avais les moyens, et que je ne voyais plus ni savoir, ni révolution, ni salut à espérer, à défaut de science, de politique ou de religion, rien ne m'apparaissait plus digne d'être désiré que ces plaisirs évidents de la chair.

D'abord avec précaution, puis sans modération, je me suis éclaté, étalé, répandu. Je ne faisais de tort à personne : tout ce dont je profitais dans l'instant, je le perdrais la fois d'après, et j'avais beau spolier, exploiter ou voler les malheureux, l'ardoise noire de mes torts et de mes péchés serait effacée à ma mort, comme toujours. Pourquoi se priver ?

   Je devins l'un de ces jeunes gens qui se permettent tout, en supposant que rien ne compte vraiment ; mais qu'est-ce que j'ai pu rire et jouir ! D'abord, il y avait les femmes, et j'ai couché avec toutes celles dont l'amour fou que je portais à Hardy m'avait privé. J'ai découvert les différences visibles d'un corps féminin à l'autre, la fraîcheur du sein lourd et la chaleur du sein haut, le goût du *mons veneris* des blondes, qui exhale l'ambre gris, le mucus vaginal des rousses, parfois plus âcre et enivrant, la peau pendant leurs périodes, qui sent le cuir tanné, et les aisselles qui transpirent un parfum proche du chloroforme, l'odeur de chèvre si l'excitation sexuelle est anormalement forte, la voix de poitrine ou la voix de tête au moment de l'orgasme, le caractère hircin de ces sortes de tanins mêlés à leur salive, quand on la boit comme du vin à la fin de l'acte, ce genre de préciosités des cinq sens dont j'étais resté inconscient durant tant de vies ; aussi, je me suis intéressé aux hommes, à la beauté dans laquelle ils reposent dès qu'ils dorment, au sexe qui se repose, à la vie propre du cul masculin et à cette perle qui goutte dans les replis du prépuce, quand on le presse avec tendresse après la percée de la semence. J'y ai pris goût.

   Mes perceptions s'aiguisèrent. J'avais toujours eu de l'appétit, mais je découvris qu'on pouvait faire à la bouche ce qu'on faisait à l'œil, et peut-être mieux encore : on pouvait lui offrir un monde, un paysage, des couleurs, des nuances, de la profondeur, et au lieu de vivre dans le monde qu'on voit, le monde qu'on mange vit à l'intérieur de soi ; je bus beaucoup. Je fis du sport, je m'entretins. Mes parents ne comprenaient pas qui j'étais devenu, ils étaient choqués par ce qu'Origène appelait mon « hédonisme de petit Parisien », mais j'avais rompu avec eux et je ne les voyais plus du tout. Simplement, lorsqu'il fallut que je m'achète une voiture, je choisis une Dodge, parce que je voulais retrouver le sentiment grisant du docteur, quand ce salaud sillonnait les routes de ma région natale. Ainsi, je n'avais cure du bon goût, de la justice ou du peuple, je me contentais de suivre mes envies, et de m'offrir ce à quoi j'avais renoncé incarnation après incarnation. Je conduisais les filles faciles, les difficiles, les travelos, les beaux ténébreux, les petits mectons, peu importe, sur les routes des corniches en bord de mer et des montagnes violettes à l'approche de la nuit; on s'arrêtait le soir, je leur offrais à manger et à boire, on dormait dans de magnifiques hôtels au luxe caricatural, avec spa, piscine et massage, je faisais l'amour avec eux, ils faisaient l'amour les uns avec les autres, quand j'étais épuisé, je les regardais sur le lit, je voyais la force, la jeunesse, la beauté.

Mais petit à petit, je me suis ennuyé. La première fois, la décharge de la joie est si violente que je me sens disparaître, traversé par quelque chose de plus puissant que moi; la seconde fois, c'est très fort, mais je pressens le terme. La troisième, le terme se rapproche et tout diminue d'intensité. Tout se répète, je me répète aussi. Je cherche quelque chose de nouveau, et il y en a de moins en moins.

Toutes les femmes, après quelques années, sont la même. Tous les êtres humains ne forment qu'un seul animal, à peu de chose près le même : et c'est l'ennui. Or l'ennui est unique, qu'on se lasse de n'importe quoi, il revient à l'identique, il n'y a pas de nuances, de teintes ni de richesse dans cette chose-là.

Avec l'ennui me reviennent à l'esprit Fran et Hardy, comme des amours d'enfance à un homme marié, que la passion déserte peu à peu. Qu'est-ce qu'ils devenaient sans moi? Sans même m'en apercevoir, je commençais à fréquenter les abords de l'hôpital du Val-du-Grâce. Chaque fois, je trouvais une bonne raison de m'approcher de l'établissement, pour rendre visite à un collègue, un patron, une ancienne amante malade, ou simplement parce que je flânais dans l'arrondissement, et j'avais l'espoir de croiser Fran par hasard au coin de la rue.

Ce fut le cas un lundi matin du mois d'avril, en voiture de sport; pour je ne sais plus quel mauvais prétexte, je cherchais à garer la Dodge en double file rue Saint-Jacques. Comme je conduisais vite, je l'ai renversé : il ne traversait pas sur le passage clouté. En sortant de l'américaine, je l'ai tout de suite reconnu, assis, sonné, sur la chaussée. Il avait changé. Il m'avait attendu treize ans, et je n'étais jamais venu; bien entendu, il ne savait même pas qu'il m'avait attendu. Il avait vieilli, il avait beaucoup bu. Est-ce qu'il était toujours interne? Il le prétendait. Je pense qu'il avait été remercié, et qu'il traînait par habitude et par désœuvrement dans le quartier, comme moi.

Il ne m'a pas identifié. Je l'ai invité à boire un verre afin de reprendre ses esprits.

« Merci, monsieur. »

C'était le Fran, grand, rêveur, aux cheveux fins, cassants, que j'avais connu, serviable et fidèle comme un chien. J'avais du plaisir à le retrouver, après l'avoir perdu. Mais en ne venant pas à temps, je lui avais fait du mal. Il avait l'esprit confus, il ne savait plus très bien à quoi croire, que faire; je le fis boire. Il ne parla pas de quelqu'un qui saignait. Sa croyance avait changé. En tout cas, il attendait une sorte de messie. Désemparé, il ne savait ni qui ni comment. Il viendrait. Il devait exister quelqu'un, quelque part. J'acquiesçais en l'écoutant, comme à un discours d'ivrogne. Il prétendit aussi qu'il avait été empereur du monde, grand pacificateur, inventeur de génie, qu'il avait été marié mille fois, qu'il connaissait tout, et que c'était fini. Il se prenait pour moi. Je n'ai rien dit. Il cherchait un homme, une femme peut-être. Au patron du bar, derrière le comptoir, je fis signe que le malheureux n'avait plus toute sa tête.

Et puis Fran s'intéressa à moi. Il était suspicieux. Il me demandait comment et pourquoi j'avais réussi si jeune, pourquoi le petit con arrogant que j'étais daignait écouter une pauvre merde comme lui. Il avait des doutes. Je compris que j'avais commis l'erreur de le rencontrer, et que ma vie ne serait délestée de mes soucis d'éternel qu'une fois débarrassé de lui. Tout au contraire, évidemment, je me suis attaché de nouveau à ce drôle de gars, malgré moi. Je n'ai pas pu m'en empêcher.

Je lui ai offert une cigarette, je l'ai laissé parler.

C'était un homme de bien que j'avais laissé tomber, et qui se débattait désormais dans le vide. J'ai cru pouvoir lui dire au revoir, et reprendre mon existence de plaisirs incessants au point précis où je l'avais interrompue. Il m'a retrouvé. Il connaissait mon adresse. Il était tenace, et m'a harcelé. Sur ma messagerie, dans ma boîte aux lettres, auprès de ma secrétaire personnelle à la banque, dans la rue, sur ma place de parking attitrée, toujours le même clodo, ses missives délirantes, son écriture en pattes de mouche. On m'a conseillé de porter plainte pour harcèlement, et de le faire coffrer. Finalement, j'ai accepté de le revoir.

Mes parents venaient de mourir (le chagrin causé par mon attitude hautaine avait sans doute contribué à avancer l'âge de leur décès), et je l'ai conduit avec moi dans la région, dans l'idée de lui abandonner la baraque : il se chargerait de l'entretenir (je n'avais pas le temps de m'en occuper moi-même), et ça lui ferait toujours un toit, à ce pauvre gars. Je lui ai fait visiter le joli chalet traditionnel, mais il ne pensait qu'à une seule chose : son élu. Ah, l'élu... Nous sommes passés par le petit pont romain, je lui ai montré le ruisseau qui coulait, clair et enchanteur, le torrent, la plage de sable gris et de galets ; peut-être que j'ai eu tort de murmurer que je me souvenais avec bonheur des nuits que nous avions passées ici, à la belle étoile, et aussi de la forêt en feu et de la guerre, il y a longtemps de cela. Je pensais qu'il ne m'entendrait pas.

« Qui ? »

J'ai prétendu que je parlais de mon père, mais Fran avait saisi. Surexcité, il marmonnait dans sa barbe : « C'est lui... » Et il s'est penché pour se désaltérer dans la rivière scintillante. Il retenait de ses mains jointes une poignée d'eau, qui s'écoulait entre ses doigts tremblants avant qu'il ait eu le temps de la porter à sa bouche ; dans le reflet troublé, je le vis et je me découvris derrière lui, debout les poings serrés au fond des poches. Est-ce que je l'ai haï, ou désiré ? J'avais envie d'essayer, je ne me suis pas retenu.

Il faut savoir écouter l'impulsion du moment.

À l'aide d'une pierre lourde et plate, je l'ai frappé à la tempe, Fran a gémi faiblement, il a émis un hoquet éloquent, son crâne était ouvert, blanc, rouge, violet, on en devinait la fracture parmi les tissus encore palpitants. J'étais curieux de tuer de sang-froid : en dépit de la guerre, c'était la première fois. Il m'a fallu du temps, parce que j'observais l'état de l'homme à chaque moment qui me rapprochait de la limite exacte, au-delà de laquelle il ne manifesterait plus aucun signe de vie. Il avait toujours dans la poche de son pantalon un couteau, et je l'ai égorgé avec, je l'ai saigné comme un porc, le sang pourpre et noir a coulé dans l'eau du ruisseau, puis quand il n'y a plus eu que le bruit du torrent, plus haut dans la montagne, le roulis irrégulier de quelques pierres charriées par les flots, le vent dans les arbres, je me suis assis sous les ormes à côté de la dépouille de mon camarade et ami. Voilà à quoi ressemblait la mort du dehors : moi, je ne finirais jamais en cadavre et personne ne me verrait réduit à l'état de charogne. J'ai observé sa peau, le sang déjà durci, sa mâchoire de travers, la langue pendue, mordue, et les yeux ronds et fixes. Je l'ai touché, et j'ai constaté qu'il était roide. Les bras de Fran étaient recouverts d'encre noire. De vie en vie, on aurait dit que son corps s'assombrissait, que les mille et un tatouages qu'il cachait remontaient de plus en plus haut vers sa poitrine, son buste et sa tête. Est-ce que c'était l'indice d'un changement ? Je ne crois pas. C'était plutôt le signe que je faisais sa rencontre de plus en plus tard.

J'ai pleuré. Pourtant je ne ressentais pas la moindre culpabilité. Je savais qu'il me suffisait de me tuer, dans la seconde qui suivait, pour que Fran vive de nouveau, sans se souvenir de rien. Il reviendrait. Il ne m'en voudrait pas, jamais. Le mal que je lui avais fait n'existait qu'en moi. Pour lui, ce n'était rien.

Il fallait tout de même le cacher, le débiter en morceaux, le brûler et disperser ses cendres. J'attendis la nuit. Je m'accroupis auprès de son feu, jusqu'à ce qu'il s'éteigne, peu avant le petit matin.

De nouveau libre, débarrassé de lui, je fus heureux de marcher dans la rue, de croiser des femmes mûres, de repérer à quel angle du col de leur robe d'été décolletée noire elles avaient glissé leur paire de lunettes de soleil, comment elles avaient choisi tel ou tel bijou d'or ou d'argent sur leur peau bronzée, j'adorais deviner l'élégance dans la vulgarité, et inversement, le choix de couper ses cheveux à quarante ans et d'offrir sa nuque au soleil, et au regard. Ensuite, je les abordais.

Tout coule : il arrivait souvent que je saigne durant l'amour, et c'est ce que je préférais. Au bout d'un certain temps, les femmes prenaient peur de l'écoulement, comme ma mère jadis, mais moi je me sentais bien. Pendant quelques secondes, quelques minutes parfois, je ne me souvenais plus de rien. Tout ce qui refusait de mourir en moi était parti, et je restais nu, vide, offert, au milieu du sang.

Hélas... Peu à peu, même ce plaisir que je prenais à m'écouler s'étiola.

Tout ce qui est beau tue quelque chose; tout a un prix. Plus je devenais sage et vieux, plus je revenais, et moins je me sentais vivre. Je n'étais qu'une abstraction. Une sorte de concept de moins en moins vibrant. C'était bien l'éternité promise : un éloignement de toute intensité, une sinistre plaine de vérité. À quoi vouliez-vous que je me consacre désormais ?

Les grandes causes, je les ai ignorées : le jour où une idée mourrait pour moi, j'envisagerais peut-être de mourir de nouveau pour une idée. La morale m'écœurait (j'y avais cru, moi aussi), et l'enthousiasme forcené des gens à continuer de penser découvrir quoi que ce soit de nouveau, grâce à la technique ou au progrès, me les faisait voir comme des animaux hagards qui désirent quelque chose de plus, sans cesse, et qui ne voient pas que c'est toujours le même, sous des noms de substitution. Or seule compte la première fois – de quoi que ce soit, mais la première. Qu'on baise devant, derrière, qu'on chie, qu'on mange, qu'on boive, qu'on entende, qu'on voie, qu'on danse, qu'on enfante... Bien entendu, il y a du plaisir à répéter, au début. Ensuite, ça s'affaiblit. Moi j'avais trop vécu. Sur mes doigts, je pouvais à peine compter les premières fois qui me restaient, après quoi tout deviendrait secondaire.

C'était peu, de quoi tenir une année ou deux.

Et à mesure que ma jouissance diminuait, les autres vies me revenaient avec l'aigreur d'une remontée acide, et plus rarement la douceur d'un rêve. Peut-être que mes tentatives pour atteindre une fin n'avaient pas abouti parce que l'arrêt de l'éternité n'était pas une récompense. Je me demandais s'il ne fallait pas tout au contraire que je devienne coupable. J'avais été trop bon garçon, j'avais cru obtenir la mort comme on reçoit un prix d'excellence, alors que c'était la punition.

Au fond, ce qui me manquait, c'était un peu de vice.

Pour essayer d'être puni, quelquefois j'ai tué. J'ai forcé mon caractère, car ce n'était pas ce qui me plaisait le plus. Cela étant dit, je comprenais les criminels, les assassins. Comme moi, la plupart étaient sans doute des hommes fatigués parvenus à l'équivalent d'une cinquième incarnation; tout se valait et ils savaient, contrairement aux honnêtes gens, que les victimes reviendraient, comme tout le reste. Ils avaient essayé de connaître la vérité, de changer les choses, d'être bons. Il ne leur restait plus grand-chose d'autre à faire : tuer. Et c'était tout de même un plaisir humain essentiel que de sentir la vie partir, c'était une véritable joie, tout comme manger, chier, pisser et baiser. Je trouvai une certaine satisfaction à arrêter au moins pour un temps l'existence de quelqu'un.

Mais le meurtre occasionnel ne suffit pas.

Dans ces moments où j'ai le sentiment de me perdre et de devenir mauvais, je pense à Hardy. Pour être juste et sincère, j'en ai connu de plus belles, de plus fines, dures, douces, amantes plus méritantes, plus intelligentes, de meilleure compagnie, de plus drôles, de plus vives même, alors que c'était sa principale qualité; mais c'est à Hardy que je repense. Pourquoi? Je ne sais pas.

Sur internet, je cherche des traces de celle que j'ai connue, à Aubervilliers, à Paris, à Mornay, et je ne trouve rien. Personne ne porte son nom. Dans cette existence-ci, elle ne me connaît pas : est-elle devenue chanteuse, institutrice, médecin, rien du tout? Il semble qu'elle ait disparu, évaporée. Un instant, je me demande si elle existe toujours quand elle ne me connaît pas.

Et, sans en être tout à fait conscient, je traîne de nouveau autour de Mornay. Seul au volant de la Dodge, je tourne de temps à autre dans le quartier où nous avions vécu et je sonne à la porte de la vieille dame aveugle, qui aimait les chats errants et qui gardait notre petite fille, du temps où nous en avions une; ça me fait bien plaisir d'écouter cette femme, je viens prendre le thé, je me présente comme un ancien voisin qu'elle aurait oublié.

« Est-ce que vous me connaissez?

— Pas du tout. »

Je sais qu'elle manque d'argent pour cette prothèse à la hanche qui n'est plus remboursée par la sécurité sociale ni par sa mutuelle (Hardy m'en avait souvent parlé), alors je la lui paie. Je pourrais l'assassiner, mais je ressens un plaisir supérieur à lui rendre service. Dans ces affaires-là, il n'y a pas de règle : c'est du cas par cas.

Un peu plus tard, au printemps, j'entraîne une mannequin très célèbre et très belle à Mornay, où elle s'ennuie; moi je lui montre le trottoir cabossé des rues, les allées de chênes et de platanes, la façade du théâtre, et c'est comme si je voyais dans un film les lieux se repeupler de tout ce que j'ai connu, ça m'enchante, mais elle ne comprend pas : « L'endroit n'a aucun intérêt. » Tout de même, je m'autorise un léger crochet par la petite maison en brique, au jardin carré, on dirait que la baraque est à l'abandon, ou bien qu'un propriétaire négligent ne taille plus les rosiers qui masquent désormais le portail au vernis écaillé.

« Attends-moi ici une minute. »

Sans couper le moteur de la Dodge, je claque la portière, je jette un œil à travers le lierre montant et les rosiers envahissants, je cherche un nom sur la sonnette, qu'est-ce que j'espère? Une main en auvent au-dessus des yeux, j'essaie de deviner dans l'ombre de la fenêtre du salon une silhouette ou un léger mouvement parmi les rideaux; les mouches volent, c'est bientôt l'été. Curieux, j'agrippe les barreaux de ferraille, je monte et je saute par-dessus le portail. Le long du mur il fait frais, et au bout de ce passage, dans l'ombre, le jardin est resté en friche. Rien n'est mort, tout a poussé, il règne partout une végétation abondante et touffue, dans le désordre, figuiers, lauriers, plantes grimpantes – quand soudain un chien aboie et me mord au mollet. Mon pantalon est déchiré, j'essaie de me défendre, mais le chien attaque. Il ne m'a pas lâché, lorsque je le repousse il emporte avec lui de ma chair et de mon muscle. Je grimace, je boite et je cours jusqu'au portail, que j'escalade avec difficulté.

« Tu vas bien ? »

La vitre baissée, ma nouvelle fiancée s'inquiète. Je reprends le volant et je démarre, sans avoir le temps de voir qui s'est penché à la fenêtre, alerté par le chien.

« Tu saignes.

— Ce n'est rien. »

Mais la blessure est profonde.

Ça va s'infecter. Quelques compresses ne suffisent pas, et à la pharmacie une dame à l'air triste m'indique l'adresse du médecin de quartier, le docteur Laure, à deux pas d'ici.

« Reste là, je reviens. » Dans la salle d'attente, il n'y a personne. Je me tiens le mollet, qui pisse le sang, en me mordillant la lèvre inférieure pour ne pas crier. Je frappe à la porte : « Il y a quelqu'un ?

— Oui ? »

Le docteur Laure ouvre et me regarde, étonnée.

C'est Hardy.

Certainement que je me suis évanoui quelques secondes. Je repose sur le lit du médecin, le pantalon relevé.

« C'est une très vilaine blessure. Comment vous êtes-vous fait cela ? Un chien ? »

Je suis livide. Elle a changé de nom, de prénom. Mais c'est elle. Hardy porte les cheveux courts, bouclés. Elle fronce les sourcils comme elle l'a toujours fait. Sans me regarder, elle me touche, avec délicatesse, enlève les compresses qui collent à la plaie, siffle devant la gravité de la morsure et observe la chair entamée.

Elle est mariée. Je repère tout de suite l'alliance qu'elle porte à la main gauche.

Sans doute que je la dévore du regard, je ne peux pas m'en empêcher, car c'est elle sans moi, c'est ce à quoi elle ressemble abstraction faite de mon existence. Sans cesse, malgré les gants de plastique transparents, elle porte ses poignets à son visage comme pour recoiffer sa coupe courte, ou s'éponger le front; entre son sourire et sa joue, le grain de beauté commence à prendre du relief et à ressembler au petit téton d'un sein. J'essaie de la regarder et de la juger comme une femme parmi toutes celles que j'ai appris à connaître. Cuivrée, mince, musclée, elle a le geste vif, adroit et précis. Bientôt mon sens du temps se trouble, et je ne suis plus certain de me trouver ici et maintenant, ou de revenir à un instant têtu du passé.

« Est-ce que ça va aller ? »

Enfin elle m'a regardé et m'a souri.

Alors j'ai trouvé que son visage s'était effilé, et elle a déchiré avec un peu trop de force l'ordonnance et la feuille de soins, puisque je n'avais pas ma carte vitale sur moi. Il m'a paru que quelque chose de raide et d'affirmé dans ses mouvements indiquait qu'elle n'était pas aussi à l'aise qu'elle semblait l'être.

« Je vais vérifier une dernière fois le pansement. »

Après m'avoir bandé fermement, quand elle m'a tendu la main pour me serrer la mienne, sur le seuil du petit cabinet de Mornay, j'ai cru défaillir. Me revenaient des décennies de vie commune, et les différences exactes de température entre le creux de ses bras, son ventre brûlant, l'intérieur frais de ses cuisses; je n'osais même pas la regarder, et j'ai

eu le sentiment fugitif qu'elle non plus. Pourtant elle n'était pas très belle, et n'avait rien de remarquable.
« Votre femme vous attend.
— Qui ? »
Les bras croisés sous la poitrine, elle a indiqué du menton la mannequin connue qui consultait sa tablette sur le siège passager de ma voiture, à l'ombre de l'autre côté de la rue, et qui venait de me faire signe.
Dans ma bouche pâteuse, tout avait de nouveau le goût âcre et familier du destin. Depuis ce moment, je ne pris plus de plaisir à rien ni personne. Je quittai le top model sur-le-champ et je ne pensais plus qu'à Hardy.
Quinze jours après, je me présentai de nouveau à la porte du cabinet du docteur Laure. J'étais assis sur les marches du perron de cette maison laide, basse et grise, tout en crépi, et je saignais du nez jusque dans le caniveau ; depuis plusieurs jours, alors que je le sentais venir, je n'avais pas inhalé la fiole à l'odeur de térébenthine, et je m'étais laissé saigner à dessein. Lorsqu'elle ouvrit, parce que j'avais sonné une première fois sans entrer, Laure, c'est-à-dire Hardy, porta les mains à sa bouche :
« Mais qu'est-ce qui vous arrive encore ! »
Tout de suite, j'eus la satisfaction de constater qu'elle me reconnaissait ; en quinze jours, elle ne m'avait pas oublié. C'était déjà ça.
J'étais couvert de sang et j'étouffais à mesure que le sang coulait, séchait de nouveau tout autour de ma bouche noircie et coulait encore au-dessus... Par les épaules elle me retint, je chancelai et elle m'accompagna jusqu'au lit capitonné de son cabinet.
Sur les mains, sur ses bras, elle était déjà tachée.
J'étais si heureux de la sentir s'occuper de moi. Le docteur Laure n'avait jamais vu de tels symptômes. Le sang ne s'arrêtait pas. Il en coulait sur le carrelage de son cabi-

net. Elle paniqua. « Il est en train de mourir ! » Je l'entendais s'affoler à mon sujet, au téléphone. Elle contacta les urgences et décida de m'accompagner. Durant tout le trajet, dans l'ambulance, elle me tint la main. Je sentais l'alliance à son doigt, la palpitation de son cœur à l'intérieur de sa paume, quelque chose de patient comme un venin ; comparée aux hommes et aux femmes que j'avais aimés depuis, Hardy n'avait rien de saillant, mais en creux elle prenait cette forme mystérieuse et entêtante, qui se répétait au fond de ses seins, à la courbure de ses reins, dans les inflexions de sa voix, le long de la ride de son sourire, dans sa manière de se tenir, sa tournure d'esprit, qui n'avait pas d'équivalent, chez personne.

J'étais gai et enivré de pouvoir la toucher, presque la respirer ; je lui ai serré la main comme si j'avais mal, ou comme si elle m'appartenait.

« Chut ! murmura-t-elle, on arrive bientôt. » C'était un médecin attentif et maternel.

Au CHU, dès que j'eus un moment d'intimité, et que les brancardiers détournèrent le regard, j'en profitai pour inhaler la lotion du flacon, et le sang s'arrêta. Bien entendu, on me soumit sans succès à une batterie de tests et Hardy resta avec moi toute la journée, de salles d'attente en examens de routine, après avoir appelé son mari pour le prévenir qu'elle rentrerait plus tard : une urgence.

On voulut me garder en observation, mais je refusai. Je faussai compagnie aux infirmières, je vins retrouver Hardy qui lisait un magazine people, assise les jambes croisées, en bâillant, battant nerveusement du pied contre le carrelage en damier du couloir. Longtemps je la regardai : elle tournait les pages sans les lire, survolait les photographies, et le mouvement de ses poignets me refit l'effet qu'il m'avait toujours fait.

« Ah, vous êtes là ! » Elle avait levé les yeux.

Avec beaucoup de courtoisie, je l'ai remerciée et j'ai proposé de l'inviter à prendre un verre. Sur un bout de papier, j'ai griffonné mon numéro, qu'elle a déchiffré d'un œil inquiet.

Au léger silence avant qu'elle ne plaisante et refuse, avec délicatesse et fermeté, j'ai compris que j'avais été trop audacieux et qu'elle s'était sentie abordée ; elle n'aimait guère la série de coïncidences qui conduisait à cette invitation trop évidente pour être honnête. Elle se méfiait, et n'aimait pas les hommes comme moi. Mais elle me reconduisit jusqu'au parking où je m'étais garé, et je ne fis pas le geste de trop.

Le lendemain, je reçus sur ma boîte vocale un message du docteur Laure, qui s'excusait d'une voix blanche, et m'invitait à son tour à venir dîner chez elle à la maison. Elle habitait à la sortie de Lèrves, un petit village tranquille qui n'était guère éloigné de là où nous avions jadis fait l'acquisition de la maison en brique au jardin carré. J'hésitais à accepter. Je pressentais que je lui ferais du mal et qu'elle m'en ferait aussi : moi parce que je savais, elle parce qu'elle ne savait pas. Mais il était déjà trop tard : je ne prenais plus de plaisir aux autres femmes, et son simple souvenir recouvrait leurs visages. Je n'avais pas le choix. Un samedi soir, je me présentai donc sur son perron, en portant sous le bras une bouteille de champagne à deux cents euros et un disque vinyle. Fébrile, elle constata avec une sorte de panique que je lui offrais son album préféré sans avoir jamais discuté de musique avec elle, et me remercia froidement, d'une poignée de main presque hargneuse et désespérée. Son mari, qui était fonctionnaire à la préfecture de Mornay, me fit bon accueil ; c'était un homme ouvert, généreux, jovial, très attentif à elle, trop sans doute, et qui n'était pas jaloux. Très vite, quand elle se retira dans la cuisine, occupée à préparer le dîner, il m'expliqua qu'elle était d'une extrême fragilité ; il me fit le portrait amoureux de quelqu'un de vif, mais de sensible, qui passait par des phases d'exaltation délirante et de dépression profonde. Quand il l'avait rencontrée, au terme de ses études à Paris, elle terminait une thérapie, avec le sentiment d'avoir eu une double personnalité. Le docteur Laure avait changé de nom et de prénom. Il me confia sous le sceau du secret, car elle n'aimait pas qu'on le révèle, qu'elle s'appelait en fait Hardy : « Drôle de prénom pour une fille, remarqua-t-il, mais qui lui convenait bien. »

Ils n'avaient pas encore d'enfant, car elle ne se sentait pas prête.

« Faites-la voyager, proposai-je, essayez les États-Unis. Ou l'Asie. »

Hardy revint avec le plat, un rôti de porc au fenouil. C'était délicieux. Sur le ton de la plaisanterie, je glissai au mari : « Si vous divorcez un jour, faites-moi signe. » Il éclata de rire, me resservit à boire du vin qu'il avait choisi chez son petit traiteur maison de Mornay, et dont je lui dirais des nouvelles. Je m'entendis très bien avec lui, comme toujours avec les amants de Hardy ; elle demeura presque silencieuse, mangea à peine et renversa son verre de vin, quand il partit ranger les assiettes dans le lave-vaisselle et que nous restâmes seul à seule dans le salon, qui ressemblait très vaguement à celui de notre première vie conjugale. Elle ne savait pas quoi dire. J'épongeai la tache sur la nappe au motif asiatique à sa place, elle en avait suffisamment fait, je la regardais et je sentis naître en moi un désir violent d'elle, qui n'était pas de l'amour, qui pouvait tout aussi bien signifier de la douleur et du chagrin.

« Vous ne nous avez pas beaucoup parlé de vous », sourit-elle pour être une hôtesse convenable.

J'hésitai. « Je crois que je représente à peu près tout ce que vous détestez.

— Comment vous le savez ? »

Je haussai les épaules. « J'ai choisi d'être une caricature, je ne me préoccupe jamais des autres, je fais ce qui me plaît, et je suis heureux. Je suis en vacances dans la vie. »

Hardy grimaça. Et chuchota : « Je sais ce que vous avez fait pour la vieille dame aveugle du quartier, celle qui aime les chats. C'est une patiente à moi. » Elle vérifia que son époux se trouvait toujours dans la cuisine et, comme si elle m'avait percé à jour, elle sourit : « Il y a de la bonté au fond de vous. »

Oh non, pensai-je. Je ne voulais pas qu'elle me croie une sorte de saint homme *par en dessous*. Elle me fit de la peine.

Trois jours plus tard, elle m'appela pour me remercier du repas. Elle souffrait le martyre à chaque syllabe, n'osait pas articuler la phrase qu'elle espérait que je prononce avant elle, et je ne l'ai pas aidée. Au terme de cinq minutes très pénibles, elle me demanda enfin si je voulais bien prendre un verre avec elle, au café, mais pas à Mornay, parce que tout le monde se connaissait, plus tard dans la semaine.

« D'accord. »

À la terrasse de ce troquet en bord de départementale, je l'observai; elle se tordait les mains, elle n'allait pas bien.

« Dites-moi ce qui ne va pas. »

Elle ne voulait pas que je me fasse des idées. « Il y a un grand vide dans ma vie. » Je découvris qu'elle prenait des antidépresseurs. Je la laissais me parler de lui : bien sûr, il était gentil mais... Et je devins plus ou moins son confident, son ami. Son mari n'aimait pas la musique, et nous allâmes tous les deux à des concerts de groupes que nous adorions, adolescents; il arriva un soir que Hardy boive une bière de trop à la sortie, qu'elle se hisse sur la pointe des pieds pour s'accrocher à mon col et m'embrasser sur la bouche en fermant les yeux. Mais je la repoussai. Elle blêmit, une main sur les lèvres, et je lui fis jurer de ne pas tomber amoureuse, ou bien je disparaîtrais dans la minute même de sa vie. Je ne voulais pas qu'elle en devienne une parmi d'autres. Elle promit, se rembrunit, n'appela plus pendant deux semaines, puis me proposa de sortir de nouveau, mais en compagnie d'autres amis. Elle me présenta même à une bonne copine dentiste de Mornay, célibataire, et je lui ris au nez. Quelle naïveté. Je ne manquais de rien, c'était généreux de sa part. À son mari, je donnais toutes les garanties du compagnon fidèle, et qui ne porterait jamais la main sur son épouse, qui d'ailleurs ne l'intéressait pas (« Un homme comme vous, ça fréquente le haut niveau », plaisanta-t-il un soir). Je leur présentai successivement trois ou quatre compagnes du milieu du mannequinat ou de la télévision, qui ne duraient qu'une saison, et dont j'ai déjà oublié le visage et le nom, qui se sont plus ou moins agglomérés dans ceux des précédentes ; c'était pour faire bonne figure.

Je ne ressentais plus le moindre plaisir, désormais, à manger, à boire, à vivre ou à baiser. J'aimais Hardy, comme toujours, mais d'un amour répété, qui ne me satisfaisait que tant qu'il restait platonique et contrarié. À peine l'aurais-je consommé qu'en quelques heures Hardy aurait fondu au soleil, et se serait liquéfiée parmi toutes les autres, dans la flaque informe de ce qui avait été mon désir, et qui pourrissait maintenant d'ennui en pleine chaleur.

Je découvris avec effroi que je parvenais à lui vouloir du mal. Petit à petit, j'imaginais le meilleur moyen d'être cruel. C'était enfin un sentiment neuf, exaltant.

Laure, qui signait Hardy, m'écrivit une longue lettre pour m'avouer qu'elle était tombée amoureuse. Nous n'échangions ni mails ni textos. Lorsque je reçus la lettre, je proposai que nous ne nous voyions plus. Il n'était pas question d'avoir une aventure : nous étions tous les deux tombés d'accord à ce sujet. Jamais. Moins d'un mois plus tard, elle ne supporta pas la séparation et vint me revoir, à Paris. Elle était mince, maigre, étique. Elle portait des robes blanches pour me plaire (habillée ainsi, elle ne me plaisait pas, elle faisait petite-bourgeoise), mais elle savait que je sortais avec des femmes d'une grande beauté, et elle me jura qu'elle n'attendait rien de moi. Mais elle voulait me le dire de vive voix. Je l'emmenai dans un bon restaurant, où elle fut mal à l'aise. Je mangeais, et elle ne touchait pas aux plats. Ses doigts étaient si fins qu'ils ressemblaient aux os des squelettes, et il avait fallu faire réajuster son alliance pour qu'elle ne tombe pas. Hardy gardait les cheveux mi-longs, attachés, et je faisais un effort violent pour ne pas l'aimer ; en moi, une pulsion mauvaise avait pris le dessus, qui me donnait un plaisir rare, que jamais je n'avais ressenti jusqu'ici en cinq vies, qui était d'atteindre quelque chose ou quelqu'un en lui faisant mal.

La femme que j'avais connue était devenue une chose passive, victime de tout.

Alors que le serveur versait du vin dans mon verre, sur un ton anodin, je racontai à Hardy que les femmes depuis quelques années se laissaient de nouveau pousser les poils au-dessus de la fente, et tandis que le personnel nous servait et nous desservait les coquillages – elle n'avait rien mangé de l'entrée –, je lui parlai des formes et des coquetteries des femmes que je fréquentais. Je voulais la rendre jalouse. Soudain, peut-être parce que l'ivresse commençait à faire effet, je lui dis qu'elle n'avait jamais épilé la sienne.

Elle cligna des yeux et me regarda, mais elle ne protesta pas.

Je savais par cœur la taille et la disposition, à l'âge qui était maintenant le sien, des cinq grains de beauté de sa cuisse droite, qui dessinaient une constellation du Cygne à la hauteur exacte de son clitoris. Quant à son sexe, je le lui décrivis, avec calme et douceur : la figure des lèvres, le goût de cidre et de cannelle, la vulve parfaite et serrée, puis l'intérieur. Aussi, je lui indiquai l'implantation des poils, devant et derrière, près du périnée, jusqu'à son anus. Je lui dis ce qu'elle aimait faire, et de quel doigt.

Elle rougit et regarda tout autour d'elle, comme s'il était possible que déjeunent aussi à Paris des clients, des collègues, des amis de Mornay; le serveur nous amena la viande de bœuf au jus de truffe. Je ne tenais pas compte de lui. Hardy n'avait jamais été prude. Elle reprit son souffle, coupa sa viande et la mangea avec appétit. Elle me regardait toujours.

Je lui dis que j'en baiserais une autre en pensant très fort à elle, ce soir. Hardy me répondit rapidement, en avalant à demi ses mots, qu'elle ferait de même avec son mari, ce soir même. Puis elle descendit son verre de vin, sourit et me demanda de régler moi-même, puisque j'en avais les moyens : elle ne prendrait ni dessert ni café. Hardy se leva.

Étourdi, je me demandais ce que je venais de faire. J'avais la joie d'être un salaud.

De semaine en semaine, elle délaissa son cabinet, débita mensonge sur mensonge, parla de colloques, de formation de l'industrie pharmaceutique à la Défense, vint manger avec moi. « Je ne peux pas vivre sans toi. Je déteste tout ce que tu représentes, le fric et le mépris. Je te hais. J'ai envie de toi. J'ai l'impression que je t'ai déjà connu, toute ma vie, que tu es comme mon contraire et ma contrepartie. » Hardy était exaltée comme jamais, et me faisait peur.

Elle me demandait : « Raconte-moi comment tu me baiserais. »

Je lui disais : « Je l'ai déjà fait. »

Et elle triomphait : « J'en étais sûre.

— Je t'ai baisée souvent, partout. »

Parfois, elle m'écoutait avec beaucoup de sérieux, les cuisses serrées, tout le temps que je lui raconte comment c'était, dans les moindres détails, la ride sur le front, ses mains, ses poignets, et sa manière de pleurer avant la fin.

Je crus qu'elle allait s'évanouir. Est-ce qu'elle pensait que j'inventais ? Que c'était un jeu érotique entre nous ? Petit à petit, j'évoquais aussi son enfance, sa mère et sa tante, les chansons qu'elle adorait à la radio, quel refrain exactement, à l'âge de sept ans, les souvenirs et les pensées intimes, les rêves qu'elle m'avait décrits si souvent.

Je ne sais pas ce que Hardy se raconta. À cause de moi, tout s'était transformé en folie furieuse dans son esprit. Je ne voulais plus la voir, elle m'a suivi. Sur ma boîte vocale, il n'y avait plus que des messages d'elle, poétiques et incohérents. Finalement, elle a abandonné son mari, sa famille, et elle a débarqué à Paris avec une simple valise en cuir. Pour la repousser, je lui dis qu'elle serait la seule que je n'aimerais jamais. J'aimerais toutes les autres, mais pas elle, pas cette fois. Pour la première fois, je ne l'aimerais pas. Pourquoi ? Pour rien, comme ça. Pour essayer. Elle pleura, comme une adolescente. Je ne la toucherais jamais, elle pouvait en être certaine, je ne voulais pas d'elle. Elle se donna, voulut se mettre nue, enleva avec des gestes mal assurés sa robe d'été et sa culotte blanche, et je l'ai laissée seule, les bras croisés contre les seins. J'ai téléphoné à son mari, je lui ai avoué qu'elle se trouvait là, devant moi, que je ne savais plus quoi faire, qu'elle n'allait pas bien, alors Hardy a été internée.

Au début, je me comportais froidement ; par bouffées certainement délirantes, je me racontais que je serais en quelque sorte condamné à mort pour cela. Et j'accomplissais ma tâche comme une forme de devoir transcendantal.

Maintenant, j'avais un plaisir intense et sincère à la voir souffrir, et j'ai compris le sens authentique de la perversité. Tous les hommes pervers en étaient venus au point où je me trouvais moi-même. Hardy elle-même, à défaut d'être aimée de moi, parut accepter que je la torture ainsi. Aux médecins, qui avaient expliqué à son mari qu'elle pensait m'avoir connu et m'avoir servi de femme dans d'autres vies, d'autres incarnations, je répondis avec un air abattu que je ne comprenais rien à tout ce que Laure s'était imaginé ; jamais je n'avais esquissé le moindre geste qui aurait pu suggérer de la séduction, mais elle s'était inventé des histoires qui lui étaient montées à la tête. Elle affirma que je lui avais pourtant parlé de vies antérieures, et je niai avec la plus grande fermeté. Le mari m'assura qu'il était désolé de ce drame, qu'il savait que je n'avais rien fait, mais que l'esprit fragile de Hardy pouvait se prendre aux moindres anicroches de la réalité pour ouvrir ensuite sans prévenir des failles béantes de fables et d'hystérie. Ce n'était pas la première fois. Pire : je n'étais pas le premier homme avec qui elle agissait ainsi. Le soir, je suis resté tard en compagnie du mari, nous avons bu du mauvais vin de son traiteur favori, et il m'a parlé d'elle en pleurant, je l'ai consolé comme j'ai pu.

Une fois j'ai accepté à sa demande de rendre visite à Laure. Dans une petite salle blanche et propre, elle était assise à une table en formica aux angles arrondis, elle portait une chemise à carreaux trop large, un nœud dans les cheveux, elle avait les lèvres sèches, les pommettes saillantes, et on aurait dit une prisonnière, même si elle se trouvait dans une institution correcte. Elle a bu un verre d'eau, et s'est excusée d'apparaître laide devant moi.

« Tu es très belle. Je ne t'avais jamais vue comme ça.

— Tu n'as pas à te sentir coupable, chuchota-t-elle.

— De quoi ?

— De me faire ça. Je te comprends. »

Je suis resté silencieux. J'ai fait celui qui ne comprenait pas.

« Ce n'est pas grave. Tu m'aimais avant, tu m'aimeras après. Je suis contente de te voir.

— Moi aussi. »

Elle a réclamé un autre verre d'eau, comme une petite fille.

Puis je me suis penché vers elle et j'ai dit : « Tu te trompes. Je ne t'ai jamais connue. »

Elle a souri : « Mais ça fait partie du jeu. Tu me dis ça, et ça en fait partie. »

Ensuite je l'ai observée, et j'ai vu qu'elle doutait tout de même. À l'œil gauche, elle avait ce tic nerveux, très léger, que je ne lui connaissais pas. Je souffrais qu'elle souffre, parce que c'était Hardy, et j'y prenais plaisir aussi. Je lui ai dit que j'avais menti, par jeu. Elle remuait la jambe, les mains posées sur les genoux.

« Raconte-moi.

— Il n'y a rien à dire. Je ne te connais pas. »

Hardy paniqua : « Tu le fais exprès. Arrête. »

J'avais l'air grave de l'adulte devant l'enfant : « Je ne t'ai jamais aimée. Il n'y a pas d'autre vie. »

Hardy voulut me faire taire : « Arrête maintenant ! », se leva, fendit le verre, serra les poings et hurla, renversa la table, jusqu'à ce que le personnel la maîtrise.

« Arrête ! »

À la sortie, le mari m'a demandé comment elle allait, et j'ai répondu que Laure n'allait pas très bien, mais que j'espérais que ça passerait avec le temps. Au fil des mois, bien sûr, son état a empiré et Hardy est devenue folle à lier : je l'avais brisée, cassée en deux. J'étais tellement amoureux de cette femme que j'aimais également tout d'elle, y compris sa souffrance, sa déchéance, sa destruction, et lorsque j'y pensais, j'avais au bout des doigts des tressautements d'excitation, au cours des concerts et des défilés auxquels j'assistais à Paris, dès que je pensais à elle, à sa douleur atroce ; pourtant, comme je l'aimais vraiment, le plaisir était dans d'égales proportions un mal terrible, et je ne tenais plus qu'à l'aide de médicaments qui m'abrutissaient.

J'étais parvenu à me rendre mauvais.

Après six mois de traitements, au cours desquels je me tins éloigné, on m'appela un matin pour me prévenir que Laure allait mieux ; je savais qu'elle faisait semblant, mais le mari était soulagé. Elle sortirait ce week-end, pour rentrer au domicile conjugal et s'accoutumer de nouveau, tout doucement, à la vie ordinaire. Laure n'était plus qu'un zombie, je crois. Le visage marqué, elle avait grossi à cause des médicaments, elle parlait la voix pâteuse et dormait la moitié du temps. J'assurai au mari que j'étais heureux de cette rémission, je le prévins que je ne pourrais hélas pas être des leurs, que je me rendrais dans l'ancienne demeure de mes parents, seul, en fin de semaine. Pourquoi ces précisions ? Dans ma propre folie, j'attendais avec sérénité d'être châtié pour ce que j'avais fait. Je lui communiquai l'adresse, et j'espérai que lui ou un autre vienne m'achever. Mais le mari était reconnaissant, il voulait m'écrire pour me remercier. Et au volant de la Dodge, j'ai conduit avec mélancolie jusqu'à la maison de mon enfance ; je me suis promené le long du ruisseau vers le torrent bruyant, puis j'ai marché à travers champs pour rejoindre l'étang et le coin aux écrevisses. Après quelques ricochets dans l'eau dormante, je me suis accroupi et j'ai profité de mon plaisir et de ma peine entremêlés. Je pensais à Hardy avec ferveur, je me figurais son martyre, je pensais à elle enlaidie, boursouflée comme une grosse dame, et finalement méconnaissable. Je n'étais pas un homme très sensuel, et ma joie avait été une découverte étonnante, aussi bien que le sens même de la perversité ; je n'étais pas non plus mauvais en première intention, mais je comprenais mieux les pervers ; comme ce n'était pas ma nature initiale, il m'avait fallu cinq vies avant d'accéder à leur raison profonde. Maintenant, je savais. J'avais tout fait au moins une fois, il ne me restait plus qu'à répéter. Et le plaisir, désormais, me fuirait, il diminuerait, il faudrait que j'apprenne à exister éternellement, avec de moins en moins de cette joie pure que j'avais découverte, car tout ce qui m'arriverait arriverait pour la seconde fois, puis pour la troisième, comme l'image d'une image, une copie dégradée à l'infini de ce qui avait été un jour de la joie. Heureusement, j'avais cassé ce que je chérissais le plus. J'étais parvenu au terme du plaisir, à son inversion et son accomplissement.

Bien sûr, j'aurais préféré mourir pour de bon comme un dieu, mais je voulais que le cirque s'arrête, et je pouvais tout aussi bien finir comme une ordure. Je m'en réjouissais par avance. J'avais aimé Hardy jusqu'à l'anéantir. La boucle était bouclée.

Au soir venu, sur le petit pont romain, je crus deviner arrivant du nord, sur la route départementale, une silhouette lourde qui, après avoir garé son véhicule, s'approchait dans ma direction. C'était une ligne noire, qui s'éclaircit à mesure qu'elle s'allongeait, en pantalons larges et le chemisier informe, elle marchait d'un bon pas, on entendait dans le silence le bruit des souliers à boucles qui claquaient, c'était Hardy qui venait vers moi, elle avait roulé toute la journée, on aurait dit une folle échappée de l'asile, je n'avais pas terminé ma cigarette, elle tendit le bras droit, visa la première fois en plein ventre et tira.

Je l'ai contemplée, puis j'ai baissé les yeux et j'ai vu que je saignais en abondance au niveau des intestins. Mais elle avait raté les organes vitaux. J'avais un mal de chien, et ma cigarette était tombée sur le gravier. Je ne pouvais plus prononcer un mot.

Je m'attendis à ce qu'elle hurle : « Crève, salopard ! » Et je l'aurais mérité.

Pourtant Hardy a dit avec beaucoup de douceur : « Je le fais pour toi. »

Puis je n'ai pas vu mais j'ai deviné qu'elle visait à la tête.

LA SIXIÈME

Vous vous en doutez : ça n'a pas marché. Il n'y a pas eu de punition. Cette idée était le fruit d'un esprit malade. Comment avais-je pu imaginer qu'on (mais qui?) me condamnerait pour avoir pris plaisir à faire du mal à quelqu'un que j'aimais? Je vieillissais, et je n'étais plus tout à fait lucide. La vérité, c'était que j'aurais parfaitement pu harceler, humilier, tuer ou même violer Hardy sans conséquence. Tout était sans conséquence. Ah, il y avait bien un effet à tout ça : mon esprit en souffrait, parce qu'il s'en souvenait, et ce que je faisais de pervers s'y inscrivait, s'y gravait et l'altérait petit à petit. D'où mon délire d'esthète, ridicule. Mais le reste du monde, lui, ne me jugeait pas. Je revenais, d'apparence intact, abîmé, ébréché peut-être, fêlé à l'âme seulement. Dehors, rien n'avait changé. La singularité persistait, montait et retombait au fond de moi-même, et le bien ou le mal que je croyais avoir causé demeurait ignoré. Tout avait repris son cours immuable. Mais l'esprit humain n'est pas assez solide pour durer si longtemps et rester seul, j'étais devenu à demi fou, et j'avais entraîné derrière moi Hardy; à présent, une sixième vie commençait, et il fallait que je retrouve mes esprits. Il n'y avait pas de justice, évidemment, c'était une mécanique aveugle. Déjà, on attendait de moi que je pleure, que je fasse mon rot convenablement et que j'agite un joujou.

Je me suis concentré sur cette tâche.

Je suis déjà conscient quand je sors du ventre de ma mère : je regarde, je sens, je vois et je sais. Petit bébé, je pousse le premier cri et mes parents sont heureux, je joue le jeu, parce qu'il n'y a rien de mieux à faire. Peut-être par courage, peut-être par lâcheté, je ne cherche plus mon plaisir ni mon intérêt. À l'aveugle, je compte dans ma tête les chances qu'il me reste, mais je ne sais pas vers quoi orienter mes efforts, je pleure, je fais mes nuits, je me laisse bercer. Me tuer ? Pas une fois de plus, pas tout de suite.

Qu'est-ce que j'ai fait ? Même pas de dégoût. Encore tout bébé, je croise mon regard dans le miroir : je me souviens de Fran et de Hardy. Je devrais être coupable, je reste toujours aussi innocent.

« Quel bel enfant ! » Ma mère me berce en me contemplant. « Et il a le sommeil tranquille.

— Le sommeil des justes », ajoute mon père.

Cette fois, je n'ai pas la moindre idée de la suite. Quel truc inventer pour vivre, ou survivre ? Je ne sais pas quoi trouver. Sinon par conviction, du moins par morale provisoire, il faut tout de même continuer. Mais mes mains, mes pieds ne suivent pas, mon système nerveux n'est pas terminé, et mon cerveau est trop petit. J'essaie tout de même d'attraper la main de ma mère avec difficulté, je la rate de peu, j'accroche un doigt. « C'est bien, bébé ! » Je voudrais sourire, hélas les muscles de la face ne répondent pas comme je le voudrais. Elle en rit.

Me voilà enfermé au fond du berceau, et j'attends. J'ouvre les yeux, la lumière, des taches de couleur me parviennent, et je pleure en pensant à Hardy. Elle était là, devant moi, il y a quelques semaines, et maintenant elle a disparu, elle vient de naître de nouveau dans une maternité de la région parisienne : elle n'est qu'un petit tas de chair prometteur, congestionné, qui dort dans les bras d'une mère qui ne l'a pas désirée. Cela prendra des années avant qu'elle redevienne cette femme que j'aimais, avec qui je voudrais pouvoir jouer éternellement.

Il me semble ramper au fond de mon propre esprit sans issue. Au bout de ma conscience, je découvre tout de même ce qui ressemble à une porte de sortie, qui donne de nouveau sur l'insouciance ; il me suffit de faire les gestes, de babiller, d'apprendre à parler, d'apprendre à marcher et, abruti par l'effort de régression, je redeviens bien une sorte d'enfant.

Je n'ai plus d'autre ambition que de reproduire à peu près tout ce que j'ai accompli la première fois.

Quoi? Rivières, torrents, étangs, l'arbre et l'oiseau, je marche en compagnie du chien noir, le bâtard. Plumage d'argent? Soigné, tué, flaque de sang. Surprendre mon père derrière la vitre, surpris, étonné, je ris ; j'aide ma mère à préparer le repas. Le pont, la Dodge. L'hiver il fait froid, l'été il fait chaud.

Et ainsi de suite.

Je suis un petit garçon jovial, criard, puisque j'ai bien connu le plaisir ; j'adore m'accroupir dans la boue et courser les insectes à travers les hautes herbes. Quand je fais le tour du village par le petit pont romain, je tourne la tête et je souris à la dame brune en robe de taffetas qui est assise à l'ombre sur un fauteuil en osier, et qui agite son éventail en attendant avec beaucoup de dignité : « Bonjour, mon garçon.

— Bonjour madame. »

Les mains dans les poches, je remonte sans me presser le sentier jusqu'au chalet au toit en bâtière, le chien noir court à côté de moi. Je ne décide plus de rien. Je me laisse porter : ma foi, s'il le faut, je jette des pierres dans l'eau quand elles me tombent sous la main.

La rivière coule, j'encourage mon père à pêcher des écrevisses ; il n'en attrape jamais, je me fourre tout de même les doigts dans le nez, il tapote contre mon bob informe : « Fiston, un jour tu vas te décrocher la cervelle. » Il fait chaud, le soleil frappe, je souris, je pleure aussi. Parfois, je suis absolument abattu. Je repense à ce qui s'annonce, imperturbablement. Et pourtant la pensée de Hardy me soutient. Elle reviendra, elle est déjà là, du haut d'une tour d'Aubervilliers, en nattes blondes dans la cuisine de son appartement, elle écoute sans doute la radio. Je l'écoute aussi, un poing collé contre la joue. Parfois, je lui fabrique des colliers à l'aide de noyaux de fruits. « C'est pour qui ? » me demande ma mère, qui revient du sous-sol avec le bac de linge propre. Je rougis. « Oh ! Le petit a une amoureuse. »

Je cours, je défie mon écho contre les rochers, pieds nus dans le torrent.

À l'école primaire, j'ai très peur de reprendre contact avec les autres du même âge, comme le frère du grand rouquin. Pour cette raison, je suis timide. Je ne voudrais surtout pas laisser échapper un mot de trop : j'espère passer inaperçu. Il faut parler, pourtant. « Un être humain parle, c'est ce qui le distingue des autres animaux », répète l'instituteur. Le brave homme, un ami d'Origène qui a exécuté des otages durant la guerre si mes souvenirs sont bons, voudrait me faire ouvrir la bouche, moi je reste farouche. Je ne réponds pas aux questions. Je sais tout, bien sûr, mais je fais semblant de rien. Mes cheveux brunissent, je m'ennuie au pupitre, j'attends et je pense à Hardy. Je ne lui veux plus de mal, à présent. J'aimerais la serrer fort contre moi, et la protéger jusqu'à la fin.

Quand j'entends le chant du merle noir à la fenêtre de ma chambre, je sais que le sang est sur le point d'arriver, il arrive – mon cœur bat trop fort, et je suis rattrapé par le trac de l'acteur lors de la générale. Le sang coule, je le vois s'étaler à mes pieds. J'essaie de jouer convenablement mon rôle. Ma mère le verse dans un récipient, c'est toujours le même bac de fer-blanc. J'aime mes parents : je découvre et je contemple dans les moindres détails leur souci, leur angoisse depuis une sorte de citadelle paisible, éloignée, d'où je les regarde trembler, réfléchir et décider de mon sort. Il faudra prendre rendez-vous avec ce fameux médecin de Paris dont Origène dit le plus grand bien : le père de mon père l'a connu, et je réalise combien il pèse à mon père pour préserver ma santé de faire jouer son faible réseau d'influence. Il ravale son orgueil.

Bientôt, je vois revenir les tours, les tags, la banlieue, les rails ; la main dans la main de maman, je découvre la ville. À travers la vitre du train, je cherche fébrilement les tours d'Aubervilliers, j'espère entrapercevoir l'étage où elle habite, mais tout va trop vite.

Au Val-de-Grâce, l'attente m'est pénible. Je me sens vaguement en faute, puisque je l'ai tué. Je voudrais le lui avouer, mais à quoi bon ? Le bon vieux Fran que je regarde avancer par le hublot de la porte... Il n'en revient pas que je sois là, il s'appuie contre la table en inox, il tremble, parce qu'il sait que c'est moi. Il me dit : « Tu ne mourras pas cette fois-ci, ni celle d'après. » Je sais, je sais. Puis il me regarde, il lui semble que je n'ai pas l'air très étonné. Donc je prends l'air étonné. « Vraiment, tu ne sais rien ? — De quoi est-ce que vous parlez, monsieur ? » Alors il m'explique, patient comme il est. Je fais semblant que c'est la première. « Tu me fais confiance ? » L'homme a les mains noires. Je lui pose la question : « Oh, ce n'est rien, ce sont des tatouages de jeunesse, ce sont toutes mes erreurs, que j'ai effacées.

— Et tu en as fait tant que ça ? »

Il sourit. « Oui, beaucoup. » Alors Fran me dévoile le noir

profond qui recouvre ses jambes, son torse maigre et large, son dos arqué, ses bras et ses mains. « Mais ça ne me pose pas de problème au travail : l'encre s'arrête au col et je peux enfiler la blouse. Pour les mains, je mets des gants. » Est-ce que ses mains étaient noires la première fois ? Je ne sais pas. Peut-être que je ne l'ai pas remarqué, même si une telle hypothèse semble improbable. Ou bien étaient-ce ses jambes seulement ? Peut-être qu'en le racontant, au fil des années, des siècles, le souvenir s'est lentement altéré. C'est trop loin. Dans la foule de détails, tous les Fran des vies précédentes se confondent maintenant.

Il vient me rendre visite au village, et sa voiture sent le tabac froid. Il lui arrive de me raconter des anecdotes étonnantes dont j'ai perdu tout souvenir, mais le plus souvent je sais. « Comment s'appelle cette zone sous la commissure des lèvres où parfois la barbe des hommes ne pousse pas ?
— Aucune idée. »
Je mens et lui me donne l'accolade, toujours aussi enthousiaste. « Ah mon vieux ! Éternel, imagine tout ce que tu as devant toi ! La vie ! Qu'est-ce que je dis ? Mille vies ! Tu vas en faire, des choses. » Il fume, ouvre une bière blonde comme lui, quand nous campons à la belle étoile près du torrent, là où je l'ai égorgé, il patauge dans l'eau et me montre de quelle façon soigner les bêtes blessées, comme ce renard dont une voiture, peut-être la Dodge du docteur, a écrasé une patte avant sur la route départementale en contrebas ; à mes parents, j'ai raconté que je partais en compagnie d'un copain en randonnée. Ils étaient heureux que je me sois fait enfin un ami, parce que j'étais asocial et trop sensible, d'après Origène.

Bon élève, tout de même : j'ai les compétences, et je commence peut-être à oublier, certainement par inattention, à cause de l'effort que ça me demande de retrouver une phrase ou une formule. Il faut du courage pour se mettre inlassablement à la tâche, mais Fran me soutient. « Tu m'écoutes ? — Oui, oui. » Grâce à lui, je retrouve la plupart de mes réflexes intellectuels, et je conserve un niveau confortable en sciences.

Alors il est temps de partir pour Paris. Est-ce que je dois me rendre au parc de la Villette, ce soir-là de printemps, lorsque mon colocataire, un matheux borné, me le propose ? Depuis dix-sept ans, je n'attends rien d'autre. Je tremble, et je ne parviens pas à prendre le métro sans avaler un cachet de bêtabloquant. Mais la tête me tourne et je ne sais plus exactement à quel endroit du parc Hardy jouait, au bord du canal, en compagnie de ses amis de l'époque.

« Eh ! Est-ce que t'es transparent ? »

Je me trouve dos à elle. C'est sa voix.

Me voilà confus à cause du médicament, j'ose à peine la regarder, je flanche et je m'assois dans l'herbe souple et foulée aux pieds par des dizaines d'étudiants, pour l'écouter. Elle interprète une chanson des Breeders.

On fait connaissance. « Salut, ça va ? » Hardy me passe une cigarette, mais c'est la dernière fois, parce qu'elle ne drague jamais les garçons. Je réponds avec lenteur et précaution, je médite, la jeune fille est plus rapide que moi, elle parle d'instinct, Hardy tchatche et moi j'hésite. Je la regarde, je me souviens d'elle gamine, avec des nattes enroulées en macaron autour des oreilles. Ou bien je la revois émaciée, à la table blanche et froide, aux coins arrondis, de la clinique psychiatrique. Elle parle, parle avec verve et enthousiasme et ça me donne le vertige. Elle est drôle. J'avais oublié à quel point elle pouvait se montrer marrante. Les jambes en pantalons, elle s'étire et me confie qu'elle espère rester libre. « Les mecs ? Ils veulent te fixer au mur comme un petit papillon dans leur collection personnelle. »

Je voudrais me faire pardonner. J'espère tant. J'essaie de rester le même, mais bon sang, qu'est-ce que je lui avais répondu la première fois ? Il faut à tout prix que je me répète. Je ne sais plus si j'ai pensé à repasser ma chemise ou non, il fait sombre. « Tu me raccompagnes ? »

Hardy, drôle de prénom pour une fille, tout de même. C'est moi qui avais fait la remarque, ou son mari, je ne sais plus.

« Parce que je suis courageuse, pardi. Et toi ? »

Mon nom... Au fond, il ne signifie rien de particulier.

Elle s'en fout des garçons, pas question de se trouver un mari, mais si elle a des enfants, il y en aura deux, un ce n'est pas assez, trois c'est trop, et moi je retombe instantanément amoureux d'elle. De laquelle ? La première, ou de celle-ci, et de toutes les autres aussi, du même coup ?... Je n'en sais trop rien. Mais je l'aime, c'est certain. Hardy porte en bandoulière sa housse de guitare noire, il fait bon, nous marchons sur le quai du canal mal éclairé jusqu'au dernier métro : « Tu m'écoutes ?

— Oui ?

— Qu'est-ce que je viens de dire ?

— J'avais la tête ailleurs. Excuse-moi.

— Allez, dis-moi si je t'ennuie.

— Non. » Et je l'embrasse, du moins je frôle ses lèvres avec les miennes. Parfois, comme sur ce coup de tête, il arrive que je n'agisse pas tout à fait comme lors de notre première. Les événements interfèrent, parfois s'anticipent, d'autres fois se ralentissent, même si l'essentiel se conserve. Hardy se montre surprise et gênée, elle se recoiffe, effleure sa bouche du revers de la main, se racle la gorge et descend dans les travées de la station de métro illuminée par les néons comme s'il ne s'était rien passé. Elle n'en parlera jamais, de ce baiser ; à vrai dire, il n'existe pas. Quand nous nous rencontrons la semaine d'après, elle reprend l'ascendant, elle s'énerve contre les courtiers d'affaires, les héritiers, les riches et les arrogants, ceux qui naissent avec une cuillère d'argent dans la bouche ; pour elle, pour moi, ça ne se passera jamais comme ça. Elle me demande ce que je lis, en ce moment, et me passe une clope.

« Et si on allait voir un film au cinéma ? »

Ma foi, j'en ai vu tellement que je ne me rappelle presque plus rien : une mimique de tel acteur, peut-être, une réplique, à l'occasion. Dans le noir d'une salle du complexe de la place d'Italie (j'étais certain d'avoir assisté à sa destruction, dans une autre vie), elle me prend la main dès qu'elle a peur. On se fréquente, on se plaît bien.

Avec Fran, en revanche, ça ne m'intéresse plus trop de discuter. Je réponds de moins en moins à ses appels ou ses textos, sur mon portable démodé ou futuriste, je ne sais plus vraiment. D'ailleurs, il ne croit plus en moi comme avant ; est-ce qu'il se doute de quelque chose ? Je me sens mal à l'aise en sa présence. Jamais je n'aurais dû le tuer, le débiter en quartiers et le brûler. Il m'arrive de voir en pensée son cadavre surexposé au visage blême et candide qu'il a retrouvé dans cette vie-ci. Fran m'a toujours deviné, il sait m'observer dans les moindres recoins. Un lien entre nous certainement s'est défait, il s'éloigne, ou bien c'est moi qui dérive. Depuis mes drôles de vacances de l'éternité, ma mémoire des événements anciens n'est plus tout à fait nette. Quelque chose est en train de se décomposer, de produire du désordre, ou du bruit.

Au lit, quand je retrouve Hardy nue, une ride en travers du front, la première fois qu'elle me baise comme une jeune fille, sérieuse, appliquée, je la dévisage et je ne parviens pas à me retenir, je cache mes larmes derrière mes poings serrés fort. L'odeur de son sexe, de cidre et de cannelle, me prend à la gorge. La chaleur autour de son nombril, la peau tendue, et les points légers de ses grains de beauté, à peine dessinés. « Excuse-moi. » Elle m'a été rendue. Je frissonne et je pleure de gratitude, en dépit de mes saloperies de la fois passée, mais je n'arrive plus à m'arrêter de sangloter. Souriante, douce et légèrement moqueuse, elle s'assoit à côté de moi, attrape un coussin, s'accoude, me serre tout contre elle, dépose ma tête au creux de son ventre et me caresse le crâne. « Mon chéri... Je t'aime. » Elle croit le dire pour la toute première fois. Et si je ne cesse de pleurer, elle pense que c'est à cause de ça.

En fait, je viens de me rendre compte que la première vie a été la meilleure, et j'ai compris qu'il ne me restait plus qu'à essayer tant bien que mal de renouer avec mon destin initial, et je suis heureux de m'imaginer le revivre éternellement, à quelques détails près.

J'ai de la difficulté, à certains instants plus importants que d'autres, à répéter avec minutie la même vie : nous marchons dans les rues de Paris et la neige commence à tomber à flocons épais, en direction de l'avenue de la République, à l'occasion de la grande manifestation étudiante ; je n'ai pas peur comme en ce jour lointain où tout avait commencé, et je ne saigne pas du nez, pas aussi soudainement ; je ne sais pas me répandre sur commande, pourtant il faut que je saigne à présent. Le moment est déjà passé. Il y a trois morts juste devant nous dans la fusillade, qui a crépité comme des feux d'artifice à la parade, nous nous sommes réfugiés Hardy et moi sous le porche de la porte cochère, nous sommes repartis, avec la foule paniquée nous avons reflué à travers la place et je ne pense qu'au retard que je suis en train de prendre sur les événements. Je ne saigne pas, et si je ne saigne pas, je ne pourrai pas lui demander d'appeler Fran sur mon téléphone, donc elle ne le rencontrera pas, dans ce petit restaurant chinois glauque et froid. Je m'en souviens très bien. Je n'ai pas envie d'expérimenter une nouvelle vie, je ne demande qu'à reprendre correctement celle-là. Mais comment faire ?

« Oh mon Dieu, qu'est-ce qui se passe ? »

Préoccupé, angoissé par le décalage grandissant entre naguère et maintenant, je n'ai même pas remarqué que je saignais en abondance. Il en coule comme d'un tonneau de vin percé.

Avec le sentiment d'avoir attrapé au dernier moment un train sur le point de démarrer, je serre la main de Hardy : « Ne t'inquiète pas. Appelle un ami à ce numéro. »

Il arriva ce qui devait arriver. « Mais qu'est-ce que c'est que ce mec ? » Et c'est vrai que Fran est bizarre, à côté de la plaque. Est-ce qu'il se comportait déjà aussi mal au tout début ? Je le trouve nerveux, agressif. Hardy l'a détesté.

« C'est lui, ton ami ? »

Nous partons pour l'étranger. Peu avant le départ, au sommet de la colline à quelques kilomètres du chalet de mes parents, chez qui nous avons fait halte, j'avoue à Hardy que je suis immortel : ce n'est pas possible, me dit-elle. C'est vrai ? Je pleure. Bien sûr que ce n'est pas possible. Et je comprends que c'est faux, certainement. Je ne peux pas être immortel, je dois me tromper. Elle me console : tu es mortel, et je t'aime. J'essaie de lui expliquer ; il faudrait que je retrouve la formule exacte de ma démonstration implacable en sept points. À un moment donné dans le vaste bric-à-brac du passé, je savais la réciter de mémoire. Mais je me souviens de tant de choses, dans le désordre. Je rejette la faute sur Fran : c'est lui qui m'a fait croire. Il faut choisir entre elle et lui ; alors c'est elle.

Fran et ses mains noires, je ne veux plus le voir. De fil en aiguille, à la fin du voyage, il y a encore cette triste forêt de châtaigniers, au fond de laquelle il essaie de me tuer. Il me semble qu'il est conscient du mal que je lui ai infligé dans la vie d'auparavant, et qu'il m'en veut à mort. Peut-être que c'est moi qui me fais des films. Pourquoi est-ce que je l'ai assassiné, d'ailleurs, au bord de la rivière fraîche et claire ? Qu'est-ce qui m'était passé par la tête ? Parfois, je m'effraie moi-même. Je ne parviens pas à me rappeler le détail de mes motivations, l'ordre de mon raisonnement, du temps où je me sentais si exalté par le plaisir et par la peine. Les souvenirs se font approximatifs.

À coup sûr, Fran a voulu se venger. Vraiment, il me semble différent; il n'a plus le sourire amène, affable, la voix chaleureuse et cet air rêveur, attendri, que j'aimais tant. Il faut voir ces affreux tatouages noirs, qui m'obsèdent. Et quand il me plante la lame de son couteau, toujours le même couteau, dans le ventre, j'ai l'impression de mourir de nouveau; il n'y va pas de main morte, le salopard. Il ne va pas me rater, il me saigne pour de vrai, comme un porc. Tout de même, il laisse tomber la lame dans l'ornière du chemin forestier, il s'excuse, tombe à genoux, repousse Hardy qui hurle au secours, qui crie de peur de me perdre. Il est toujours médecin, il arrête tant bien que mal l'hémorragie, il me sauve, et je garde au flanc droit une cicatrice et cette douleur aiguë, qui revient avec les jours de pluie à l'automne, je boite aussi, même si c'est à peine perceptible.

Allez, qu'il me laisse tranquille et qu'il finisse en prison.

J'ai peur, désormais, et Hardy aussi. Moi surtout, je sais tout ce qui peut se passer, les minuscules embûches, les bifurcations d'une vie à l'autre, pour des détails que je n'ai jamais tout à fait maîtrisés. Je ne connais pas la cause précise des modifications. Mais je me souviens de la guerre; au moindre de mes gestes, en cas de faux pas, si je ne tiens pas avec fermeté la ligne de la première vie, la guerre peut se déclarer (je ne sais plus ce qui en avait été l'événement déclencheur, lors de la troisième), ou pire encore, qui sait? On quitte Le Plessis, on s'installe à Mornay. J'aimerais profiter pleinement d'un bonheur domestique qui, la première fois, avait été teinté de doute et d'angoisses incessantes, et je voudrais me débarrasser du souci lancinant des existences précédentes, mais elles demeurent aux aguets dans un coin de mon esprit, et pour les faire sortir, comme on chante une bonne fois pour toutes une mélodie qui nous trotte dans la tête dans l'espoir de s'en défaire, je les raconte à Hardy et je prétends les avoir inventées de toutes pièces. Bien entendu, je prends ce faisant le risque de dévier, même légèrement, du scénario de la première vie, mais je n'ai pas le choix : ma mémoire me tourmente et m'empêche de renouer innocemment avec mon état primitif. Parfois, je fais mine de m'intéresser au bouddhisme, au samsara et aux cycles de tout ce qui vit, j'essaie timidement de faire l'hypothèse d'une sorte de roue orientale des existences. J'espère qu'elle n'a pas deviné mes arrière-pensées, mais Hardy n'est pas idiote. « Tu racontes bien les histoires, on dirait du vécu », me taquine-t-elle. Elle s'amuse de toutes ces filles au sein léger que je prétends avoir séduites quand je romance ma cinquième vie. « Ah ah, quel Casanova ! » Je lui présente la trame générale à la manière de rêves récurrents, ou d'une simple idée de scénario qui me serait venue en m'ennuyant au bureau. « Tout de même, ça ferait une drôle de série télévisée. » Il faut dire que ce passé pèse sur mon esprit et l'étouffe, alors que je dois me concentrer ici et maintenant sur les dossiers des immigrants en attente, les demandes de visa à la préfecture d'Indre-en-l'Hombre, où j'ai obtenu un poste grâce à mon père, qui m'a pistonné à regret. Comme dans une cocotte-minute sous pression, les événements de jadis chauffent et menacent de me faire exploser. Je cherche encore une soupape, par où les histoires qui me brûlent du dedans pourront s'échapper, et me laisser redevenir quelqu'un de semblable au premier homme que j'ai été : un homme ordinaire, c'est ma pente, c'est ma nature. J'aime bien être ordinaire. Je suis depuis le début un homme plutôt bon qui cherche un foyer, une routine, une forme simple à donner à sa vie. Mais la singularité m'a détourné, elle m'a rendu de plus en plus différent de mon être, et je cherche à redevenir simplement le même. J'aime ma femme, je lui trouve une maison en brique, avec un petit jardin carré. Hardy commence à travailler à la pharmacie, et tombe enceinte.

La seule formule du bonheur, c'est de savoir, et d'oublier.

Pour l'essentiel je vivais en mimant une vie qui avait déjà été vécue avant moi, je ne cherchais pas à inventer quoi que ce soit, je reprenais l'existence d'un homme précédent, et j'étais très content.

Les gestes ? Couper les rosiers qui rendent difficile l'accès à la grille du jardin, soigner le figuier, tailler les lauriers roses et se laver les mains, au robinet rouillé près de la cabane à outils, finir d'aménager la mezzanine (avais-je construit avec ces mêmes pièces de bois cette même mezzanine, la première fois ? Je ne sais pas), puis sortir acheter un paquet de cigarettes. Dans ces rares instants désœuvrés où je marchais d'un bon pas dans les rues, jusqu'au débit de tabac, je me souvenais de tout ce qui avait eu lieu avec une netteté incroyable. Grâce à Hardy et grâce à ma fille, progressivement, j'ai arrêté de fumer. Du coup, les instants de lucidité me revenaient à l'improviste, au volant (c'était dangereux), durant le visionnage d'un film sur le canapé en cuir du salon, j'étais tenaillé par des angoisses soudaines, je m'excusais, je filais aux toilettes, je notais en cachette sur des carnets ce qui me revenait de mes études à l'École normale supérieure, de la Californie, du prix Nobel, du groupe révolutionnaire et de la guerre, ou bien de la secte, des hommes et des femmes que j'avais aimés, de mes crimes aussi. C'étaient des pages noircies, délirantes, écrites d'un seul souffle, jamais relues, rédigées d'une main rapide, qui allait presque plus vite que mon esprit, dans une graphie serrée, courbée vers l'avant comme un coureur au départ, sur le point de se redresser ; et puis ça s'interrompait, parce que je ne pouvais rester trop longtemps seul. Quand c'était sorti (cinq minutes suffisaient), la vapeur s'était échappée de l'esprit comme par une cheminée creusée dans le toit de mon crâne, et je retrouvais un état de nerfs supportable ; alors j'accompagnais ma fille à son cours de danse, près de la collégiale. Au volant de notre Renault 5 d'occasion (ni Hardy ni moi n'avions le moindre goût pour les bagnoles et ce qu'on appelle les « signes extérieurs de richesse »), j'attendais la sortie des petites, observant les passants dans la rue pavée de ma petite ville de province. Ils étaient déjà passés, il y a longtemps, ils passeraient encore souvent. Mais j'aimais ce mouvement, qui me rappelait celui de l'eau vive du torrent lorsque j'étais enfant. La vieille dame aveugle ? Je l'écoutais me parler de sa longue, très longue vie, de son mari mort lors de la Seconde Guerre mondiale, auquel elle était restée fidèle tout du long, depuis lors, de son travail de couturière, qui lui avait coûté ses yeux, et des animaux errants. Au théâtre sur le Grand Cours de Mornay, nous allions avec des amis entendre les pièces du répertoire que je connaissais, mais c'était apaisant parce que tout le monde les connaissait aussi bien que moi, puisqu'elles étaient d'Euripide, Racine, Molière, Shakespeare, Brecht ; et quand une fois l'an était programmée une œuvre inédite de Dario Fo, d'Edward Bond, de Sarah Kane, de Bernard-Marie Koltès ou de Jean-Luc Lagarce, j'avais le sentiment agaçant d'assister aussi bien à la reprise d'un classique préexistant, parce que je l'avais déjà vue ; mais Hardy était enthousiaste, et par ses yeux j'essayais de tout regarder comme pour la première fois. Au cinéma, je jouais à être surpris, et puis je le devins petit à petit. Avais-je effectivement vu ce film ? Je n'en étais pas si certain. Bah, la plupart des films se ressemblent, non ? Dans l'ensemble, ça me disait bien quelque chose, mais… Hardy m'affirma que passé un certain âge tout le monde éprouvait cette sensation de déjà-vu dont je me plaignais parfois, et que c'était une question de raccord synaptique, dont elle ne connaissait pas les détails, mais au sujet duquel elle avait lu un ouvrage passionnant.

Hardy lit beaucoup.

J'adore, au soir tombé, regarder Hardy s'affairer, un crayon de bois entre les lèvres, les sourcils froncés et l'air soucieux ; elle classe un tas de papiers administratifs, me parle de sa journée à la pharmacie, de sa collègue dépressive, elle écoute à la radio les nouvelles du monde, de la crise économique et politique qui n'en finit jamais, des attentats parfois. « Le pays va mal. » Moi, je n'écoute pas, je suis distrait. Il fait bon et je profite de l'instant fugitif, que je connais déjà et qui reviendra un nombre incalculable de fois dans l'avenir. Tiens, elle a coupé ses cheveux. À cette heure du soir où les enfants sont au lit, Hardy regrette parfois à voix haute de s'être rangée un peu trop tôt, d'avoir accepté une petite vie normale et de ne pas participer à ce qu'elle appelle le « grand chantier » (c'est son nom pour le monde). Je promets de l'emmener en Asie ; elle rit : « Je n'ai pas besoin de toi pour ça !

— Pourquoi ?

— Je me trouverai bien un amant pour me conduire là-bas, comme dans tes histoires. » Et je sais qu'elle ne ressent pas pour moi de passion, mais il arrive dans des sortes de tremblements de tout mon être que je sois soudain plus dur et plus cassant avec elle, et qu'elle retrouve cette faiblesse, cet air traqué, cette folie qu'elle avait, quand elle était prête à quitter son mari pour moi. Je ne veux pas la brusquer, mais il n'est pas rare que je lui jette un regard, au restaurant, qui voudrait lui dire : je t'ai baisée, tu m'as baisé, tu n'as même pas idée comment, j'en ai baisé d'autres que toi, et toi d'autres que moi. Parfois, il me semble qu'elle le sent, ou qu'elle le sait. Elle soutient mon regard, elle parle du boulot, de sa collègue sous Lexomil, des enfants, et frotte sa jambe contre la mienne, à peine. Quand nous rentrons à la maison, je la désire très fort.

Après l'amour, malheureusement, les images me donnent la migraine, et je suis abasourdi par le chaos bruyant que produit au fil du temps dans ma tête l'enchevêtrement de six vies. Comme il m'est nécessaire de m'isoler de plus en plus longtemps afin de noircir les petits carnets Moleskine de tout ce qui me revient par vagues, que je cache au fond d'un vieux coffre en bois que nous avons traîné de déménagement en déménagement, du Plessis à Mornay, un jour par inattention je laisse le coffre ouvert, Hardy qui fait du rangement tombe sur les carnets, en lit quelques pages et me dit quand nous nous couchons, le soir même : « Tu devrais écrire.

— Écrire quoi?

— Toutes ces histoires. »

Elle ne dit rien de plus. Ma carrière littéraire a donc débuté sans autre ambition que d'assurer ma santé mentale, de m'empêcher de sombrer de nouveau dans une forme aiguë de délire, ou de perversité, et de rassurer ma femme en faisant passer mes vies pour de la littérature. Je ne voulais pas devenir écrivain, je ne l'ai jamais voulu : je n'en ai ni la vocation ni le talent. Mais croyez-moi, je ne peux pas faire autrement. Je n'avais pas de style propre, j'avais un intérêt mineur pour la chose littéraire, je ne manifestais pas le moindre désir de devenir un artiste; mais j'avais des histoires. Dieu que ma mémoire était pleine! Et il n'y avait rien d'autre pour la soulager que le simple fait de les écrire.

Comme mon métier n'était guère passionnant, je me suis installé à mon bureau en bois de pin clair, sur la mezzanine de notre petite maison en brique, et j'ai commencé à passer mes week-ends et mes soirées libres à enregistrer avec un dictaphone tout ce qui me revenait; je ne faisais pas le moindre effort, ça poussait, ça venait, ça sortait, à la façon d'images impeccablement détaillées, mais trop nombreuses, sans ordre, et qui ne formaient pas de vrais récits comme font la plupart du temps les romans. Aussi, je ne pouvais pas parler directement : c'eût été me découvrir, alors il fallait que je trouve le moyen de chiffrer les événements, d'en faire de la fiction lisible, de me soulager mais aussi de rendre mon soulagement intéressant pour d'autres. Sinon, la chose resterait enfermée dans mon propre esprit, et l'écrire n'aurait servi à rien.

À partir de l'âge de trente ans, j'ai donc rédigé un livre pour chaque vie; je glissais les larges cahiers à spirale sur lesquels je travaillais dans mon vieux cartable d'écolier, que je déposais au fond du coffre en bois (peut-être par peur qu'on me les vole), et peu à peu je transformais la matière de mes vies antérieures en symboles. Moi, Fran ou Hardy, et tous les autres, nous prenions sur mon clavier d'ordinateur d'autres noms, d'autres visages, d'autres voix, que je passais un temps infini à faire et à défaire jusqu'à ce qu'ils sonnent parfaitement bien; j'altérais les caractères, je déplaçais, je condensais, je retournais les événements, puis je lissais le tout, comme une longue fresque, une tapisserie brodée, avec le fil de mon souvenir tressé de fiction. À la fin, il restait tout de même l'essentiel de la réalité, de tout ce qui m'était arrivé, je vous l'assure, pour de vrai, mais crypté avec méticulosité. Brute, elle n'aurait pas eu le moindre intérêt, et pour que je le reconnaisse sur le papier, il fallait la traiter, la déformer d'abord, la reformer ensuite. Devenu livre, le souvenir me laissait en paix. Je me sentais bien. Il était sorti de ma tête, il avait pris forme sensible, visible, extérieure, et je pouvais redevenir quelqu'un comme vous, puisque tout ce que j'avais en moi d'extraordinaire était passé dans la littérature.

Il n'est pas question pour moi de vous livrer toutes les

clefs d'interprétation : ce serait à la fois fastidieux pour vous et dangereux pour moi. Remarquez que je n'ai pas écrit mes romans dans l'ordre de mes vies. Le premier s'intitulait *Hélicéenne*, et il évoquait de façon très allégorique quelques épisodes de ma deuxième incarnation. Comme beaucoup de premiers romans, il bénéficia d'une réception bienveillante. Toutefois, à partir de *La Révolution permanente*, mon œuvre bizarre n'a plus remporté le moindre succès commercial ni critique. Le roman a été lu à droite comme un livre de gauche (idéaliste et naïf) et à gauche comme un livre de droite (réactionnaire et défaitiste) : puisqu'il n'y avait rien au milieu, il est tombé dans l'oubli. Pour ce qui concerne les suivants, je vous laisse découvrir par vous-même les correspondances, comme dans une miniature abyssale, entre l'œuvre écrite et l'une ou l'autre de mes multiples biographies. Après avoir épuisé dans ces différents textes ma vie politique, ma vie religieuse, ma vie d'esthète et finalement ma vie d'artiste, il me sembla m'être enfin délivré des souvenirs de mes existences passées, leur avoir donné une forme fictionnelle satisfaisante, en jouant de différences subtiles entre la littérature et la réalité, et avoir livré le principe de tout mon travail et le secret de mon existence. Pour chaque œuvre, une vie.

De sorte que pour *la septième*, il ne me restait plus rien à raconter.

Bien entendu, j'ai essayé d'inventer une nouvelle vie possible, donc d'écrire enfin un véritable roman ; mais je n'avais pas le moindre talent d'invention. Je ne faisais jamais que recopier l'expérience d'une existence antérieure, comme tous les autres artistes, j'en étais persuadé.

J'avais peu de lecteurs. Je savais pertinemment que mes livres iraient au néant. La postérité, en ce qui me concerne, était un vain mot, puisque l'univers ne me survivait jamais.

Mes livres, comme tout le reste, disparaîtraient avec moi, ou plutôt : ils disparaîtraient, moi pas. Lorsque, à l'occasion de rares entretiens à la sortie de *L'Existence des extraterrestres*, on m'interrogea sur la cohérence de mon travail, embarrassé, j'affirmai haïr l'autofiction, la mise en scène de soi et je fis mine de répondre que j'étais attaché à un idéal de construction du monde en littérature et plus généralement en art ; on m'objecta que mes livres ne se recoupaient jamais, et ne faisaient pas un monde, mais des morceaux d'univers incompatibles entre eux ; en réalité, la cohérence de mon œuvre était évidente, c'était même d'une cohérence infernale, c'est tout le reste qui ne l'était pas. Une œuvre, c'est un objet aux dimensions du monde, et le monde n'était pas à la hauteur de mon œuvre (il n'en représentait à peine qu'une fraction d'*un sixième*). Hélas, je ne pouvais défendre telle position sans passer pour prétentieux, ou pire. En tant qu'artiste, j'aimais construire, et dans de fréquents moments d'exaltation voire de mégalomanie mes ouvrages petits du dehors me paraissaient immenses du dedans, je prenais plaisir à y creuser des passages secrets, des tunnels qui couraient d'un chapitre, d'une phrase, parfois même d'un mot à un autre, à travers les pages, multipliant les couloirs souterrains mais aussi les chausse-trappes dans des récits en forme de bâtisse gigogne fourmillant de détails où j'espérais qu'un autre que moi, le lecteur, puisse venir habiter, et découvrir enfin l'architecture invisible du monde. Peut-être que c'était trop ambitieux, ou pas assez visible. Par conséquent, les articles me concernant oscillaient entre une certaine admiration, l'incompréhension, l'indifférence et l'agacement : on me reprochait d'être inutilement compliqué et loin de la réalité.

Si seulement ils savaient. Tout était simple et tout était réel.

Je me suis accommodé de ma condition d'écrivain obscur. Il me semblait que je parvenais à être dans mes livres seulement un artiste immortel, et au-dehors, en société, un homme tout ce qu'il y avait de plus normal et mortel. Quand nous avons eu quarante ans, nous avons organisé une grande fête à laquelle nous avions invité mes parents, Origène et tous nos amis, tandis que la vieille dame aveugle gardait notre petite fille. Au moment de nous jouer un morceau, Hardy a pleuré et je l'ai prise entre mes bras, comme le bon vieux mari que j'avais toujours été. J'ai séché ses larmes, je l'ai encouragée à nous chanter de nouveau cette chanson qu'elle interprétait, quand nous étions jeunes et pleins d'envie, au bord du canal, dans le nord de Paris. Elle a chanté, et nos plus vieux amis ont repris en chœur le refrain. Parfois, quand elle chantait, je croisais dans une expression anodine du visage de Hardy un trait de la militante et de la guerrière, un éclat de l'enfant mystique, une ombre inquiétante de la femme passionnée et folle, une étincelle de son regard de victime offerte, ou l'image de mon épouse fidèle; je les reconnaissais fugitivement comme un éventail ouvert de possibilités en elle.

Et quand elle eut fini de chanter, je pensai au cancer qui l'attendait d'ici quelques années, si la vie se répétait. Il y avait toujours un prix à payer.

Avec une certaine mélancolie, j'ai aussi guetté l'apparition du jeune homme charmeur qui appartenait à cette association où elle faisait parfois du bénévolat; il n'est jamais venu, Hardy n'a pas pris d'amant. Par conséquent, nous avions encore de violentes disputes et de violentes réconciliations.

Mais notre fille a eu un enfant; soudain, nous étions grands-parents et la vie s'est apaisée, comme elle fait souvent dans son tiers ultime. Plus le temps avançait, moins je me souvenais avec exactitude de mes faits et gestes. Il arrivait même que j'improvise, au lieu de répéter. Mon petit-

fils, par exemple, je n'en avais pas trace dans les registres de ma mémoire : l'avais-je connu ? Avais-je joué avec lui ? Où, quand, comment ?
Aujourd'hui, je m'amuse souvent avec lui dans le jardin. Il est tout petit, mon ombre suffit à le recouvrir; quand il fait assez frais, je l'emmène jusqu'aux bords de l'Hombre, chasser les grenouilles vertes de l'étang de Lèrves, asticoter les larves et patauger les pieds dans l'eau. Il porte un chapeau de cow-boy, et souvent il me confie la coiffe de l'Indien. Quand nous revenons à la maison, Hardy le débarbouille et je monte jusqu'à la mezzanine chausser mes lunettes pour consulter ma messagerie.
C'est à partir d'ici que je ne suis plus sûr de rien. Ma mémoire faiblit, je n'ai pas été assez attentif sur l'instant et je ne suis pas certain de pouvoir expliquer la chaîne qui a conduit jusqu'à l'événement.
Le premier message que j'ai reçu d'elle s'intitulait : «*L'une de vos fans les plus fidèles.*» D'abord, le ton était admiratif et cordial. Puis cette lectrice avisée s'est mise à m'envoyer de longues interprétations, en fait des déchiffrements de chacun de mes six romans. Il y avait au moins dix mails d'elle par jour dans ma boîte de réception. Parfois, elle me posait des questions, et j'ai commis l'erreur, flatté par sa curiosité, de lui livrer quelques clefs de mes symboles. Enfin, je n'aurais jamais dû lui communiquer mon numéro de téléphone.
Elle a appelé une première fois à la maison, et j'ai été étonné par la voix distinguée de vieille bourgeoise, polie mais légèrement rogue, avec laquelle elle s'adressait à moi; elle n'était plus très amicale. Son ton me rappelait celui de quelqu'un que je connaissais bien : on aurait dit Fran, ou la mère de Fran (que je n'avais jamais rencontrée), mais avec de la morgue en lieu et place de l'exaltation innocente de mon ancien ami.
«Je suis collectionneuse, bibliophile, et je défends votre

œuvre depuis des années. J'ai dégoté votre premier roman chez un bouquiniste, un exemplaire d'occasion, au moment où déjà plus personne ne s'intéressait à vous. Attention, je sais lire. Je ne suis pas comme les autres. Et j'ai tout de suite compris qu'il y avait plus dans le livre que ce qu'on en lisait d'habitude.
— Vraiment?
— Oui. Vous m'avez réveillée de mon sommeil. » À cet instant, j'ai commencé à deviner qu'une sorte de cauchemar me rattrapait, et qu'il ne s'agissait pas d'une simple lectrice tatillonne. Elle a choisi ses mots avec soin : « Je crois que tous vos livres forment en fait un livre unique, qui raconte quelque chose de terrible. »

J'ai dû la décevoir : j'étais romancier, donc tout était faux dans mes livres.

« C'est triste, dit-elle, vous ne croyez même plus à la vérité que vous avez inventée.
— Laquelle?
— La résurrection. Vous êtes celui qui saigne. Je me suis souvenue de...
— Non. » D'un éclat de rire gêné, j'ai interrompu son élan délirant. « Ce n'est pas moi. Tout est inventé.
— Ne vous moquez pas! J'ai connu François, bien mieux que vous! Qu'est-ce qu'il est devenu? Qu'est-ce que vous lui avez fait? Pourquoi est-ce que vous vous servez de lui dans vos livres, sous d'autres noms? Il était comme vous, et moi j'étais comme lui. Je ne me souvenais plus de rien, j'avais accompli ce que j'avais à faire, moi, je dormais, et vos livres m'ont dérangée dans la tranquillité que j'avais méritée. Vous êtes fichu. Je vais le retrouver. Je vais le lui dire. Et je vais lui demander de vous finir, misérable imbécile... »

Mais j'ai raccroché, paniqué par la tournure aberrante

que prenait notre entretien déjà très improbable. Pourquoi cette folle avait-elle évoqué Fran ?

« Qui est-ce ? a demandé Hardy en passant la tête à travers les barreaux de l'escalier.

— Je n'en ai pas la moindre idée. Une femme qui n'a plus toute sa tête. »

Hardy se souvenait de Fran, de la tentative d'assassinat dans la forêt de châtaigniers, et elle s'est assombrie.

Puis la femme m'a adressé de longues lettres délirantes par la Poste, parfois menaçantes : « *... vous n'êtes pas seul. J'ai lu, il y a longtemps, un livre presque exactement semblable au vôtre. Je l'ai écrit aussi. J'ai attendu de rencontrer quelqu'un qui saignait toute ma vie. C'était lui. Jadis, j'ai bien connu François, j'ai tout donné pour lui. Ou bien vous avez lu mon livre aussi, et vous êtes un plagiaire, un simple illusionniste, ou bien vous êtes celui qui est venu après lui...* »

Le livre sur la foi duquel Fran avait cru en moi. Je l'avais totalement oublié. C'était l'amour de jeunesse de Fran qui l'avait publié, à présent je m'en souvenais. Et il est vrai que mes romans ressemblaient à la trame générale de cet ouvrage. Les détails et les noms étaient différents, à l'époque je n'avais pas pris ce texte au sérieux, ce n'était qu'un récit divertissant, mais je me rendais compte qu'il évoquait par avance une histoire qui ressemblait de manière troublante à ma vie. Ou bien à la vie d'autres avant moi.

Au sujet de l'interprétation de mon œuvre et du plagiat, la femme a ouvert plusieurs sites internet sans queue ni tête, dont j'ai dissimulé l'existence à mon épouse. Il aurait fallu que je parcoure en détail ses analyses et ses diatribes pour comprendre ce qui m'attendait, mais j'étais sans doute lâche et terrorisé, je tenais au confort, au bonheur conjugal que j'étais parvenu à m'offrir enfin. J'ai pris la décision de changer de numéro de téléphone et de clôturer le compte de ma messagerie. Évidemment ça ne suffisait pas, je dormais mal et je faisais des cauchemars : quelque chose se tramait, que je ne voulais pas voir venir. Il me semblait qu'on conspirait contre moi.

Et ça a duré une semaine. Si j'avais su, j'aurais étudié les moindres déclarations de cette femme, je me serais procuré son livre épuisé sur eBay, et je n'en serais peut-être pas là aujourd'hui.

Mais je préférais faire mine de rien, vivre comme avant, m'installer au fond du jardin ombragé et discuter en dégustant un verre de vin avec Hardy, auprès du grand arbre taillé avec soin. Afin de me changer les idées, je venais de lui expliquer à quel point je me sentais pris au piège pour l'écriture du prochain livre, du septième roman. Je n'avais pas d'idée, aucune cartouche, ni rêve ni vision. J'étais complètement à sec. Hardy s'est assise dans l'herbe jaunie de la fin d'été, et a voulu m'aider :

« Allez, mettons que cette espèce de salopard (elle parlait de Fran) ait eu raison. » Elle soupira. « Essaie d'imaginer ce que tu ferais si tu vivais une existence de plus.

— Quand? Maintenant?

— Juste après celle-ci. »

Je me suis tu. Je n'en savais rien.

« Rien? Il y a tellement à faire, dit-elle.

— Je ne sais pas.

— Moi, j'ai tout un tas d'idées. J'en ferais, des choses, si tu me donnais une vie supplémentaire. »

J'ai souri : « C'est ce qu'on dit toujours...

— Ne te moque pas. Propose.

— Peut-être bien que je recommencerais comme maintenant.

— Quoi? La même vie? Comme nous, en ce moment?

— Peut-être.

— Non, pas moi. Certainement pas. »

Je me suis senti vexé.

« Ne fais pas cette tête d'abruti, sourit Hardy, ça ne veut pas dire que je ne t'aime pas. Simplement, j'essaierais autre chose. Tu n'aurais pas essayé, toi ?
— Si.
— De toute façon, tu ne peux pas raconter tout le temps la même histoire. Il faut trouver un truc.
— Je suis arrivé au bout, je n'y arrive plus.
— Eh bien, allez, lâche tout, raconte que tu es devenu mortel, d'un seul coup.
— Pourquoi ?
— Comme ça, sans raison. Et puis tu meurs. C'est bien, ça.
— Je meurs, c'est tout ?
— C'est la seule fin possible, non ?
— Ce serait mon dernier livre : je meurs, c'est tout ? C'est bizarre.
— Je n'en sais rien, je ne suis pas écrivain. Tes livres sont bizarres, tu sais. C'est une idée, rien de plus. »
Finalement, elle a bâillé. « Promets-moi que tu feras attention avec cette folle qui t'écrit sur internet, d'accord ? » Elle a regardé les étoiles et cherché la constellation du Cygne, qui ressemblait d'après moi à l'amas de grains de beauté sur sa cuisse.
« Je sais que tu as vécu plusieurs fois. Tu en as connu d'autres que moi et tu sais quoi ? je sais laquelle tu as le plus aimée. Je sais exactement laquelle.
— Moi, je ne sais pas. »
Les mouches bourdonnaient encore dans le silence du soir, nous somnolions, satisfaits l'un de l'autre, et je ne suis pas certain qu'elle ait prononcé ces quelques phrases. Peut-être avais-je rêvé. Je ne lui ai pas demandé. Hardy avait cuisiné un rôti de porc au fenouil et acheté une bonne bouteille de vin au détaillant de Mornay, pour me faire plaisir. Peut-être qu'elle voulait que nous fassions l'amour,

mais elle dormait déjà. À son âge, le grain de beauté était rond, mûr comme un fruit d'automne, et les rides sur son front ressemblaient à celles qui font varier la lumière à la surface de la mer calme, par grand beau temps. Quand elle a paru entrer dans un sommeil agréable et profond, je l'ai enroulée dans une vieille couverture à motifs kabyles et je l'ai portée jusqu'au lit de la chambre, dont la porte-fenêtre donnait sur le jardin. Pour ma part, je gardais les yeux grands ouverts dans le noir, les bras croisés derrière la nuque, et je repensais à cette femme bourgeoise à la voix rogue. Comment savait-elle ? Est-ce qu'elle avait tout appris à Fran ? Ou bien c'était lui qui lui avait expliqué. Est-ce qu'elle faisait partie d'une espèce inédite de secte, que Fran aurait créée depuis sa sortie de prison ? Elle voulait qu'il me tue, une fois de plus. Puis, comme portée par le vent faible et discret de la nuit, mon imagination a dérivé lentement jusqu'à l'idée de roman soufflée par Hardy : imaginons que je devienne mortel, après tout. Qu'est-ce que je ferais ?

Je n'avais jamais pensé que je pourrais finir par mourir ; c'était absurde, j'avais établi la démonstration de l'impossibilité de la chose. J'ai senti ma respiration ralentir, à côté de Hardy blottie contre mon flanc droit douloureux, en écoutant la pluie clapoter sur le vasistas et dans le jardin, et j'ai commencé à réfléchir sérieusement au dernier roman possible.

Le lendemain matin, quand je me suis réveillé avec une crampe, Hardy était déjà partie travailler à la pharmacie de Mornay, qui était de garde. C'était dimanche. Je suis descendu m'occuper de mon petit-fils, déjà debout, sous notre responsabilité pour la semaine : un gentil garçon, blondinet, insouciant et téméraire, qui m'appelait « pépé ». Cependant que je lui servais le petit déjeuner, on a sonné à la porte et j'ai noué la ceinture de ma robe de chambre de pépé pour aller ouvrir.

C'était Fran.

Tout son visage était noir, recouvert d'un immense tatouage uniforme ; on aurait dit un guerrier maori, mais le bleu de ses yeux et la blondeur ou la blancheur des cheveux qui lui restaient lui donnaient l'apparence d'un démon. Je ne l'avais pas vu depuis près de trente ans. Il était vieux, énervé et revanchard.

« Tu te souviens de moi ? Je veux te parler.
— Pas maintenant.
— J'ai lu tes livres. »
Je ne savais pas quoi lui répondre.
« Tu as aimé ?
— Tu te fous de moi ? Quelqu'un t'a écrit.
— Cette femme qui me téléphone tout le temps...
— C'est elle... »
Il avait la voix rauque, à force de trop fumer.
« Qui est-ce ?
— On se connaît depuis très, très longtemps, toussa-t-il.
— Jamais tu ne m'en as parlé.
— Bien sûr que si. Je l'ai beaucoup aimée. Comme tu m'as aimé.
— Laisse-moi tranquille, s'il te plaît.
— Cette femme a été pour moi ce que je suis pour toi. Tu n'as même pas idée de ce qu'elle m'a donné. Maintenant, elle me demande de te le reprendre.
— Je ne comprends pas. Tu parles par énigmes.
— Plus tard, tu comprendras. »
Au fond de moi, tout était trouble, mais je commençais à distinguer quelque chose d'évident que pourtant je n'avais jamais vu : « Un jour tu as été comme moi. C'est ça ? Et tu ne l'es plus. »

Il ne répondait pas à mes questions. Dans la cuisine, mon petit-fils s'impatientait, il s'était levé, voulait écouter à la porte et réclamait ma présence. Un instant, il m'a semblé que Fran m'a pris en pitié.

« Pas tout de suite, a-t-il murmuré. Je reviendrai cet après-midi. Je te laisse passer un peu de temps en sa compagnie. »

Il était nerveux. Sur les dalles du perron, le pied de Fran battait une mesure compliquée, comme l'une des pattes d'une immense araignée. Sous l'encre, je reconnaissais à peine son visage. Il semblait triste et déçu, triste et jaloux aussi.

« Tu m'as menti. Ce n'est pas ta première vie. Pourquoi tu m'as menti ? Pour cette fille ? »

Je lui ai répondu : « Je voulais être tranquille.

— Tu l'aimes. À moi, tu as caché la vérité.

— Tu m'as menti aussi.

— C'est ta quantième ? »

Avec les doigts, j'ai fait le signe : six. Comme dans un rêve, la conversation irréelle et absurde que je menais avec lui avait un sens précis qu'il m'était impossible de saisir.

Fran a tremblé des mains, comme il faisait souvent, il a dit qu'il reviendrait, puis il a fait l'effort de sourire à mon petit-fils : le pauvre enfant a eu très peur de lui et s'est réfugié entre mes bras.

« Profites-en bien, mon vieux. »

C'était dimanche. Après le repas, à la fois paniqué et paralysé par ma discussion à bâtons rompus avec Fran, j'ai téléphoné à la pharmacie, avec l'intention de parler de tout ça à Hardy, mais sa collègue s'est excusée, ma femme était occupée par une urgence, elle me rappellerait plus tard. Je n'avais pas les idées claires, je ne me souvenais que de bribes, d'éléments parcellaires de tout ce qui m'était arrivé au fil des ans, au fil des vies, et mon esprit devinait la forme du tout, sans parvenir à la dessiner clairement. Or la forme de l'ensemble ne me plaisait pas. Le vent était tombé ; dans le jardin carré, il n'y avait pas un bruit, pour le gamin c'était bientôt l'heure de la sieste. J'ai hésité à appeler la police, mais l'enfant voulait jouer au cow-boy et même si j'avais la tête ailleurs, j'ai enfilé la coiffe de plumes qui me donnait l'air d'un vieil oiseau pour qu'il me prenne en chasse. Le temps qu'il compte jusqu'à cent, j'ai entrepris de grimper aux branches de l'arbre. J'approchais des cinquante ans, et la douleur lancinante sous mes côtes s'est réveillée, j'ai peiné à atteindre une grosse et haute branche sur laquelle je me suis assis, à l'abri derrière le feuillage.

« Ça y est ! » a crié l'enfant, qui a commencé à partir à ma recherche.

À cheval sur le branchage épais, déguisé en Indien, j'ai réfléchi et j'ai senti approcher la fin. Il était en train de se passer quelque chose, mais quoi ? Bordel, ai-je juré intérieurement, concentre-toi, essaie de comprendre. Cette femme avait été l'initiatrice de Fran, il y a très, très longtemps. Donc Fran avait déjà vécu dix, cent, peut-être mille vies. Il avait possédé la singularité comme moi. Et puis il l'avait perdue, puisque maintenant c'était moi qui en étais le dépositaire. J'en détenais la preuve et la démonstration. Comment était-il devenu mortel ? Souviens-toi ! Est-ce qu'il saignait du nez, auparavant ? Ou bien des oreilles, des yeux, des orteils, je n'en sais rien. Comment avait-il pu ne jamais rien me dire ? C'était à la fois obscur et évident. Maintenant, j'avais réveillé la femme et elle voulait demander à Fran de me tuer. Pourtant, il ne servait à rien de me tuer, et...

Soudain mon petit-fils a crié : « Pépé, il y a quelqu'un qui entre dans le jardin.

— Quoi ? Qui ? »

Surpris, j'ai perdu l'équilibre, et j'ai chuté lourdement du pommier. Blessé, à demi inconscient, couché sur le flanc, dans la pelouse rase et jaunie par la chaleur écrasante de l'après-midi, j'ai gémi.

« Hardy... Cours la prévenir, cours prévenir mémé. »

Sous les yeux du gamin tétanisé, l'homme m'a tiré par le pied, puis il m'a retourné : à travers un voile blanchâtre, laiteux de douleur, j'apercevais le mur de pierres taillées, les thuyas, et je respirais l'odeur de chèvrefeuille, qui cascadait contre le muret de la cabane à outils, puis l'homme s'est assis sur mon ventre, a bloqué ma respiration et j'ai vu les deux mains noires s'approcher de mon cou, les doigts se sont serrés petit à petit, je faisais l'effort de retenir le peu d'air qui m'appartenait encore, en me débattant dans le vide, les bras et les jambes désordonnés, je n'avais plus vingt ans, j'espérais inspirer encore une fois ou deux, mais c'était fini, je m'en doutais, il n'y avait plus rien, les mains s'étaient refermées et avaient enfoncé ma pomme d'Adam, broyé ma gorge, au niveau de la carotide, je sentais l'oxygène faire déjà défaut à mon cerveau mal irrigué, mes gestes se ralentir et puis la mort venir.

Finalement, je me suis laissé faire. Il pouvait bien m'assassiner. Je reviendrais, la fois d'après. J'attendrais le sang, le sang arriverait, tout recommencerait, je retrouverais Hardy et ma petite vie. J'écrirais mes six livres, et j'écrirais le septième aussi, mais je ne répondrais jamais au téléphone à cette femme bourgeoise à la voix rogue, et je ferais envoyer Fran en prison. Je savais être heureux, désormais. Ce n'était qu'une question de patience. Quelques secondes après avoir cédé, ma sixième vie était finie, j'avais confiance et

LA SEPTIÈME

Et la septième fois, comme vous le savez, mon nez n'a pas saigné.
Tout avait commencé normalement. Comme d'habitude j'étais né, ma mère m'avait allaité et dès que j'avais été en condition de mettre un pied devant l'autre, je m'étais sauvé pour courir en culottes courtes le long du ruisseau, plongeant les mains à l'intérieur de la terre molle et humide, j'ai prétendu que rien n'avait changé, pourtant un doute me tenaillait : à la pensée de la femme au ton rogue et de Fran, la figure entièrement noire, je frissonnais. Pendant tout le temps que dura la petite enfance, je rejouais le même rôle, dans une sorte d'atmosphère de fête de fin d'année, avec l'étrange pressentiment que la cérémonie était terminée, et que je ne le savais pas encore. Ainsi que je vous l'ai déjà raconté, au tout début de cette longue histoire, j'ai atteint l'âge de sept ans plein d'appréhension et, le jour de mon anniversaire, il ne s'est rien passé. J'entendais bien le chant du merle noir, au crépuscule, par le petit hublot de ma chambre située au grenier du chalet, mais mon nez était sec. Je me suis assis sur une chaise de la cuisine, et j'ai déposé le lourd bac à linge de fer-blanc à mes pieds, en attendant que ça

vienne. Rien. Les jours ont passé, sur le calendrier je regardais les pages tourner, et je me suis finalement décidé à fuguer, à « emprunter » la Dodge du docteur pour rejoindre Paris. Vous vous souvenez ? Je vous l'ai déjà dit (j'ai déjà tout dit tant de fois) : je n'étais qu'un gamin, sur le point d'atteindre sa cinq-centième année, au volant d'une voiture volée, et lorsque je suis parvenu au pied de ce qu'on appelle la « vertèbre » de l'hôpital du Val-de-Grâce, j'ai retrouvé mon salaud de Fran innocent, à la peau rose et vierge de tout tatouage, qui ne se souvenait pas de m'avoir tué, et qui ne m'attendait même plus. L'histoire du sang et de l'immortalité ne lui disait rien, il m'a pris pour un mineur psychotique, remis entre les mains de la police au commissariat du Ve arrondissement, j'ai fait honte à mes parents, qui sont venus me récupérer depuis notre lointaine province frontalière. Désormais, j'étais suivi par des psychologues spécialisés dans les troubles du comportement infantile, qui me posaient tout un tas de questions et me faisaient dessiner des figures humiliantes pour quelqu'un de mon âge. Surtout, j'étais puni, je dormais la fenêtre verrouillée, la porte fermée à clef, je pointais à l'heure des repas et je n'avais plus le droit d'ouvrir la bouche sans autorisation parce que, selon mon père, qui écoutait les conseils d'Origène, « ce gosse a besoin de discipline, il lui faut un cadre et de l'autorité ».

J'ai vite tiré les conséquences de l'absence de sang, même sans avoir l'opportunité de faire un bilan hématologique précis : j'avais perdu la singularité, donc j'étais mortel.

J'ai attendu et espéré. Combien de fois, allongé dans mon lit de bois clair, j'ai cru que ça venait enfin. À l'âge de dix ans, pourtant, je m'étais fait une raison. Il était sans doute trop tard : incapable de me concentrer, nerveux et obnubilé par l'absence du sang, j'étais déjà devenu ce qu'on qualifie pudiquement d'« adolescent à problèmes ». Je causais beaucoup de souci à mes parents. J'étais de la mauvaise graine, d'après Origène, et je dois reconnaître que je ne faisais strictement rien pour m'améliorer, parce que je continuais à croire dur comme fer que je n'étais pas redevenu mortel par pur miracle inversé ; il existait une explication logique, et la singularité ne m'avait pas quitté d'un simple claquement de doigts, le jour où j'étais tombé de l'arbre de mon jardin et où Fran m'avait étranglé.

Dans la vie précédente, il s'était passé une série d'événements annonciateurs, j'en étais certain. Tout semblait être la faute de cette femme désagréable qui avait initié Fran à l'immortalité, avant de la lui retirer – pourquoi ? Je ne sais pas. Fran avait trouvé un petit garçon à qui rendre ce qu'il n'avait plus, et ce petit garçon c'était moi. Selon quel critère m'avait-il choisi ? J'aurais voulu coincer Fran entre quatre murs, lui casser la figure et le lui demander les yeux dans les yeux. Mais regardez-moi : je n'étais qu'un gosse, une pauvre chose dépendante ; une première fois j'avais tenté de rejoindre Paris, et Fran ne m'avait même pas reconnu. Il ne le faisait pas exprès. Il ne se souvenait plus et, tout comme son initiatrice, il avait joué son rôle dans l'ensemble : c'était un mortel à présent. Le sang, la résurrection et toutes ces âneries, ça ne le concernait plus. C'était du domaine des dieux. Oui, dans mon esprit embrumé, à force de fulminer et de méditer, qu'il pleuve, qu'il vente ou qu'il fasse beau, seul dans ma chambre lambrissée et la tête enfoncée sous la couette en plumes d'oie, j'avais fini par m'inventer des semblants d'explication rationnelle. Mais je n'en avais pas la moindre preuve, et je n'avais pas le temps de la trouver. Seulement quelques menus indices, çà et là, dans les existences précédentes. Depuis, il y avait encore eu d'autres signes : aucune trace d'un oiseau au plumage d'argent blessé au pied de l'arbre crochu, par exemple. Je n'y avais pas trop prêté attention : par étourderie, à force de réfléchir aux implications complexes, presque infinies, des derniers événements, en essayant de me rappeler avec précision la progression des tatouages noirs sur l'épiderme de Fran, il est possible que j'aie laissé passer le jour et l'heure de cette drôle d'anecdote récurrente qui impliquait l'oiseau et le chien. À vrai dire, je ne me souvenais plus très bien de rien. Je ne disposais plus que du cerveau d'un gamin pas bien malin, à qui on avait retiré son unique chance de se distinguer, et qui devait jongler entre des siècles de souvenirs, à l'aide d'intuitions et de raisonnements trop subtils dont il n'avait pas les moyens. Donc, me répétai-je, il y a eu des signes. Il y a une logique. Quelle logique ? Les signes sont en train de disparaître, comme si quelque chose ou quelqu'un les avait effacés du grand tableau noir de l'Histoire. Disons que ce n'étaient que des signes inessentiels. Mais maintenant c'était pire : c'était le sang lui-même qui me faisait défaut... Et puisque Fran ne me reconnaissait plus, j'avais perdu mon seul initiateur et je ne bénéficiais plus d'un compagnon pour me conforter et pour m'assister. Personne au monde ne me prendrait au sérieux. Peut-être pouvais-je continuer d'essayer de croire à mon immortalité supposée, mais sans le moindre soutien de la part du monde extérieur, mon espoir de garder la foi dans cette absurdité était très faible. Je n'avais pas plus de chances d'être immortel que n'importe quel crétin qui se balade en ce moment même au bas de la rue – ou que vous, peut-être. Auparavant, les signes, le sang et Fran, à défaut d'assurance, me procuraient une sorte d'assise, et ils me différenciaient du tout-venant des mortels, qui peuvent toujours se proclamer éternels s'ils le désirent.

Auprès de mes camarades, les mêmes gamins du village qu'à l'accoutumée – le fils du boucher, celui du buraliste, le grand rouquin ou la famille de Marie, pas très futés (pas moins que moi à présent, cela dit) –, j'aurais pu profiter de mon expérience immémoriale, de ma sagesse ou de mon sens tactique, de mon demi-millénaire d'existence étalé sur déjà six vies et une petite poignée d'années supplémentaires, mais je n'arrivais plus à prendre l'ascendant sur mes semblables. J'étais fébrile. Pourquoi ? Toutes sortes de pensées contradictoires se bousculaient dans mon esprit habitué à ne pas choisir. Je me sentais comme un homme qui a été trop gâté par le possible, et qui se retrouve raide fauché d'un seul coup. Ma fortune ? Envolée. Il fallait que je fasse avec le peu de vie qui me restait au fond des poches. Lorsque je longeais encore les sentiers humides et odoriférants de la région en compagnie du noiraud, tout en jouant à faire des ricochets dans les étangs dans l'espoir de me calmer, j'entendais le bourdon continu des six vies dans le crâne, et je ne savais plus laquelle écouter pour agir ici et maintenant. Le calcul était devenu affreusement compliqué. Je n'avais plus beaucoup de temps, il s'agissait de prendre la bonne décision.

Au bout du compte, je n'ai rien décidé du tout.

À l'école, puis au collège, je ne parvenais pas à faire l'effort de mobiliser mes connaissances opulentes et presque débordantes dans une direction déterminée ; d'ailleurs, j'obtenais des notes médiocres. Jadis prix Nobel, je n'arrivais même pas à terminer un malheureux exercice de physique ou de chimie de quatrième. Grand écrivain il y a quelques années, j'alignais péniblement une phrase ou deux dès qu'il s'agissait de commenter un poème de Baudelaire en classe de français, que j'avais étudié déjà cinq fois, car l'essentiel de mon attention se portait ailleurs. Élève dissipé.

Je vous le jure : j'ai essayé de me concentrer, mais j'étais toujours déchiré en six ou sept morceaux. Il fallait que je trouve une solution le plus vite possible et que je redonne un sens à tout ça. Où était donc passée l'immortalité qui m'avait été retirée ? Comme elle n'était plus là, je me sentais nu, je n'avais plus rien à moi. À force de négliger cette vie-ci, je me sentais glisser doucement sur une pente de moins en moins raboteuse, de plus en plus entraînante, qui me conduisait tout droit au bas de la société, parmi les tas, les grappes, les amas informes de gens qui étaient comme tout le monde. Je n'étais ni spécialement beau, ni très malin. Je m'étais cru intelligent, mais dès qu'il s'agissait de parler, j'avais beaucoup de difficulté avec les mots. De la force, j'en avais en réserve, mais puisque je mangeais mal, et que je pensais aux autres vies au lieu de m'entretenir, je n'avais pas une carrure exceptionnelle. J'étais « moyen moins », avait résumé l'un de mes professeurs sur un ton ironique et blasé. La carrière qui s'ouvrait devant moi était réduite, et sans intérêt particulier.

Sans le sang, j'étais très seul. À l'adolescence, j'ai traîné de nouveau avec celui qui avait un cheveu sur la langue, mon seul copain, dans l'espoir de retrouver un peu de chaleur humaine et de compagnie. L'hiver, il faisait très froid. Sur les routes départementales en scooter d'occasion, le samedi soir, je fonçais avec lui vers la petite ville afin de jouer au flipper, au billard, de payer des coups et d'aborder les filles trop maquillées. Quand j'avais bu, je beuglais que j'avais été Dieu, le roi du monde et un savant célèbre aux États-Unis d'Amérique ! Ah ça, de vraies femmes, moi j'en avais baisé, et je récitais les noms : des actrices, des mannequins, des hommes aussi ! « Eh ! Pédé ! » Je les faisais bien rire, les habitués du bistrot. Puis je rentrais à la maison en ruminant des images de gloire et de belles phrases du passé. Une fois, on m'a tiré mon scooter, et j'ai marché pendant des heures dans le fossé aux orties, le long de l'asphalte qui remonte jusqu'au village, en passant par le petit pont romain et puis le *Rendez-vous des copains*. En sanglots, j'ai repensé à toutes les vies d'avant. Les larmes coulaient sur mes joues, sans même que je prenne la peine de les essuyer. Je n'en pouvais plus. Pourquoi m'avait-on offert l'éternité, si c'était pour me la retirer à la fin ? Quel intérêt ? Je n'avais pas changé le monde, et j'allais crever aussi misérable que tous les autres. Qu'est-ce qui me restait ? Puisque je savais encore de quelle façon fabriquer le liquide incolore qui exhalait l'ammoniaque et la fleur pourrie, grâce à l'alambic du vieux monsieur qui habitait au bout de la route des bordes, j'ai distillé le produit et j'en ai rempli à ras bord une fiole, qui ne me servait plus à rien : à quoi bon cautériser ce qui ne saigne plus ? Régulièrement tout de même, je la débouchais afin d'en respirer l'odeur désormais âcre et piquante comme l'urine, qui me rappelait l'immortalité. Après un *drop* violent, les yeux clos, en toussant sur mon lit ou allongé dans la caillasse près du torrent, je souriais en revoyant dans un brouillard comateux comme des hologrammes les images creuses, lumineuses, en relief, passer les unes dans les autres, de toutes les Hardy et de tous les Fran, leurs visages respectifs à tous les âges, de l'enfance jusqu'à la vieillesse, les voyages en Dodge et en Lada, les épaisses forêts de châtaigniers verts, le sud de la Californie, Mornay, Saint-Erme et Le Plessis, les galas en habit de soirée sous de grands lustres de cristal en forme d'orchidée, Paris sous la neige en proie aux événements, la forêt en feu, les prêches de la secte sous une tente de fortune dans les champs de Bretagne et de Vendée, la joie, un beau jour de pluie, la joie perdue et retrouvée, le sein léger d'une femme heureuse, le goût de son sexe endormi, le cul entrouvert d'un jeune homme, le visage de Hardy quand je l'avais trouvée brisée en deux au fond du puits, la ride en travers de son front, ma fille, mon fils, le jardin carré, chaque fois que j'éteignais la lumière en repartant de mon bureau de la préfecture à six heures, le jeudi soir au théâtre du Grand Cours, les six livres que j'avais écrits ; et je m'endormais. Mon vieux, quelle vie ! Tout de même, quelle vie !

Et lorsque je me réveillais, il fallait retourner au lycée, et discuter avec des gamins immatures, qui n'aimaient rien que pisser dans leur verre de bière et renifler de la colle. Ici, il n'y avait pas grand-chose à foutre. Mais je n'avais pas d'argent et pire que tout – pas de volonté. Aussi, j'ai vu arriver la date sur le calendrier avec beaucoup d'anxiété.

Je crois que je n'étais pas prêt. Je n'avais plus aucun talent, et l'année, puis le mois, puis la semaine sont arrivés. Je ne pouvais plus reculer.

Le grand jour? Ce matin-là, j'ai dix-sept ans, c'est le printemps et je ne suis pas monté étudier en internat à Paris. Mes résultats scolaires sont mauvais, je me dirige vers la filière d'apprentissage, dans un lycée technique de la ville voisine. Depuis mon escapade, le docteur Origène range sa caisse dans la pièce du fond de sa grange à grain et la ferme à clef, car il se méfie du genre de petite racaille auquel j'appartiens.

Énervé par l'injustice, incapable de comprendre ce qui m'arrive, je ressemble à un pauvre mec comme il y en a tant, je suis en train de devenir commun. Je me crois le seul, et nous sommes tant.

Mais il me reste Hardy. C'est tout ce que j'ai.

C'est ma mère qui m'a donné l'autorisation de passer le week-end à la capitale, contre l'avis de mon père, qui pense que le jean-foutre que je suis trouvera à la grande ville de nouvelles opportunités de faire de belles conneries. Il se méfie des « tentations de Paris », comme il les appelle. S'il me l'avait interdit, j'aurais tout de même trouvé le moyen de fuguer, de m'enfuir, je serais parti pieds nus ou j'aurais rampé jusqu'à Paris s'il l'avait fallu, je ne pouvais pas me permettre de rater le rendez-vous. Peut-être que ma mère, qui se faisait beaucoup d'inquiétude pour moi et qui était très gentille, l'a senti; dans le petit pot en céramique sur la tablette de la cheminée où elle cachait ses quelques économies, elle a ramassé les billets qui restaient, enroulés à l'aide d'un élastique à cheveux, et les a glissés au creux de mon poing fermé : « Tiens, prends ça. » Maman m'a caressé la nuque et m'a demandé de faire très attention.

L'après-midi est déjà bien avancé, et le train Corail a été arrêté en rase campagne. Cela fait des années qu'il y a des incidents et des retards sur cette ligne. « La SNCF va mal et ce pays est malade », répétait toujours mon père. Un corbeau se tient perché sur un poteau, au milieu du champ gris et brun dans la brume, que je contemple depuis presque une heure. En raison d'un « problème sur les voies », a expliqué le contrôleur, le train sera en retard. De combien? Il ne sait pas. Je consulte la montre à mon poignet. Puis je retourne pour la troisième fois déjà dans les toilettes du wagon afin de me recoiffer devant la glace, de rentrer la chemise à carreaux propre dans le jean serré après avoir pissé dans le chiotte bouché, et de renifler puis de boire quelques gouttes du contenu à demi éventé de la flasque. À force, je suis sur le point de la finir. Il faut que je me pointe à l'heure! À quelle heure c'était, déjà? Je ne sais plus. Finalement, je m'agace, je houspille le contrôleur, un fonctionnaire de merde, et il me prend de haut, comme si j'étais une petite frappe. Tu sais à qui tu parles, trou du cul? Cris, plaintes, garde à vue à l'arrivée en gare.

J'ai beaucoup trop bu, je me sens submergé par la peur de la trouver différente, ou de ne pas la trouver du tout. Mes jambes chancellent, et je ne parviens pas à accélérer le pas.

À l'heure où les policiers m'ont relâché, la nuit est déjà tombée depuis longtemps. Fait chier. Des auréoles de sueur sous les bras, la chemise tachée, hagard et débraillé, je chope la ligne 7 du métro et je cours jusqu'au parc de la Villette, mais il n'y a plus personne sur la pelouse humide, et les bris de verre, les bruits de voix, le doux brouhaha balbutiant ont été engloutis par le soir. Dans le noir je tourne en rond, je cherche sur l'herbe les traces du concert improvisé. Mégots, canettes, papiers gras. Où est passée la jeunesse, où sont les amis de Hardy ? Ils étaient ici. Il y a quelques heures, elle jouait cette jolie chanson des années quatre-vingt, elle aurait dû me demander : « Est-ce que tu es transparent ? », et on aurait fait connaissance, comme toujours. Bordel de merde. Le long de la coursive, je m'énerve, je tape dans une poubelle, qui crève, et puis j'aperçois une silhouette sur l'autre rive du canal de l'Ourcq, en direction des voies de tramway, dans l'obscurité que perce la lumière des réverbères. Tête baissée, elle marche vers la station de métro Corentin Cariou, là où je l'ai raccompagnée de si nombreuses fois.

Je descends les escaliers et je la rattrape sur le quai, juste avant le passage de la rame d'une heure du matin.

« Salut ! »

Mon amour : elle se tourne, la housse de guitare sur le dos, souple comme une longue brindille blonde, et elle sourit, puis son visage se referme.

« Pardon ? »

Est-ce que c'est elle ? Je ne suis plus très sûr de moi, tous les âges et toutes les images ont tendance à se superposer. Aussi, il me semble qu'elle est plus maigre, que ses cheveux sont trop courts et qu'elle ne sourit pas comme elle en avait l'habitude, à dix-sept ans. Mais oui, c'est Hardy. Je me trompe sans doute, c'est l'émotion, il faut que je me reprenne. Hardy, je t'en prie, écoute-moi. Je bafouille, puis m'aperçois que les mots ne sont pas encore sortis de ma bouche.

« On se connaît...
— Laissez-moi tranquille, s'il vous plaît. »

Il me reste six minutes avant l'arrivée de la rame. Qu'est-ce que je peux lui raconter ? Que je l'ai aimée, qu'elle m'a aimé aussi ? Que c'est peut-être la toute dernière fois ? Le baratin habituel. Mais dans le désordre, trop de souvenirs et les mots manquent. Je ne peux pas. Il faut que je me contrôle. Le temps m'est compté. Je commence par les Breeders, les Pixies, Nirvana, puis ces mélodies qu'elle captait à la radio, tout en haut de la tour d'Aubervilliers, les tags dans la cage d'escalier, en compagnie de Fran il pleuvait des trombes d'eau ce jour-là, non, ça je ne lui raconte pas, je lui décris plutôt ses rêves, mais je ne m'en souviens pas, soudain, sous le coup de l'émotion, plus rien, il faudrait lui rappeler le nom de sa mère et de sa tante, pour prouver que je la fréquente depuis longtemps, lui parler de Jésus, d'une forêt de châtaigniers dans un pays étranger, des grands cahiers de toutes les couleurs où elle souligne à la règle les événements récurrents de l'Histoire, et du féminisme, ou de ce film, au multiplexe de la place d'Italie, excuse-moi, il n'est pas encore sorti, comment s'appelait-il, déjà ?, mais fais-moi confiance, regarde le grain de beauté que tu as pile entre ton sourire et ta joue, je le connais, attends, ne t'en va pas tout de suite, je peux prévoir ce qui va se passer, si tu ne me crois pas : les taches sur les chemises, par exemple, tu détestes ça, et un enfant, ce n'est pas assez, trois c'est déjà trop, n'est-ce pas ?, mais les États-Unis ?, parlons-en, des États-Unis : tu veux y aller, ou bien c'est l'Asie, tu hésites, à cause de l'histoire merveilleuse de tous ces pays, mais tu ne les connais pas encore, c'est vrai, tu n'as pas quarante ans. C'est trop long, bordel. Plus que trois minutes. Qu'est-ce qui cloche ? Non seulement je suis en train de me vautrer et de déblatérer n'importe quoi, mais on dirait que je l'ennuie, que je ne l'intéresse même pas. Je ne suis pas très clair, c'est vrai. D'habitude, j'éveille une flamme, même minuscule, au fond d'elle. Un sourire ? Mademoiselle... J'ai les mains moites et elle cache les siennes dans les poches hautes de son caban gris, pour éviter que je les frôle. Si tu savais combien de fois je t'ai touchée! Si seulement je pouvais attraper au vol l'un de ses doigts au moins, et lui faire sentir que je sais par cœur les plis et les renflements de la moindre de ses phalanges. Elle recule d'un pas : « Ne me touche pas. » Bien entendu, j'ai un peu bu, la lotion à la térébenthine m'est montée à la tête, ce n'était pas une bonne idée de me donner du courage en la terminant cul sec, et je bégaie. Où est passée notre complicité d'antan, quand nous plaisantions tous les deux à propos des mecs bourrés dans le métro? Mademoiselle! Je lui parle de ses nattes, merveilleuses nattes, de ses longs cheveux blonds, mais courts aussi, et les grains de beauté que tu as sur la cuisse droite, on dirait la constellation du Cygne, tu connais la constellation du Cygne?, les étoiles qu'on voit la nuit, dans la direction de... Je ne sais plus, s'il te plaît, je t'en prie, je suis seul, je voudrais la serrer dans mes bras, et je lui révèle que son sexe a le goût du cidre et du biscuit. Elle ne le sait pas : aucun garçon n'a encore goûté à son sexe, personne ne lui a décrit son odeur. Elle n'a tout de même pas trempé son doigt dedans, alors le goût ne lui dit rien. Elle croit que tous les garçons qui ont un peu trop bu déclament ce genre d'obscénités sentimentales à toutes les filles qu'ils trouvent jolies. Encore une minute. C'est perdu, mort, terminé. Je griffonne sur le revers d'un paquet de cigarettes mon nom et mon adresse (celle de mes parents), j'ai dix-sept ans, je voudrais la revoir, je la supplie de m'appeler. J'essaie de lui glisser le papier plié en deux dans la main, mais elle refuse obstinément et serre les poings au fond des poches de son caban. « Arrête ou je vais crier! » Est-ce qu'elle est tout à fait la même, ou est-ce que c'est moi qui ai changé? Je ne retrouve plus son sens de la repartie, sa tchatche et ses manières téméraires. Un naze comme moi, jadis, elle l'aurait envoyé chier avec beaucoup d'humour, et on aurait pu plaisanter tous les deux. Elle aimait bien les fous, les originaux, les désaxés. À présent, on dirait qu'elle appartient à une race supérieure, et je comprends qu'à ses yeux je ne suis qu'une sorte de minable, de raté comme on en trouve souvent à cette heure avancée de la nuit à Paris. C'est cuit. Un dragueur aviné du samedi soir, qui serait prêt à lui raconter n'importe quoi pour la prendre dans ses bras. Je commence à réaliser qu'elle ne m'écoute pas. Je peux lui parler de sa chanson préférée, de la forme de ses seins, peu importe. Le métro arrive. Hardy ! Je crie son nom de plus en plus fort. Elle me manque. Hardy je t'aime ! Mais je lui fais très peur. S'il te plaît. Embrasse-moi. Il me semble que d'autres fois, j'ai réussi à la séduire comme ça, à l'emporte-pièce. Mais pas cette fois. Elle me regarde d'un air froid, raide et hurle : « Reste où tu es ! » Déjà, deux voyageurs se lèvent dans le wagon, ils sont costauds. Je reste sur le quai, c'est évident : j'ai l'air d'un agresseur. Et le métro s'en va.

Grâce au peu d'argent donné par ma mère, je traîne le dimanche matin dans la ville : immeubles tagués, périphérique, voies de train sous les ponts métalliques, rien n'a changé. Dans la poche, j'ai conservé le papier arraché au paquet de cigarettes sur lequel j'ai inscrit mon nom, mon adresse et dont Hardy n'a même pas voulu : quelle misère... Je fume ce qui me reste. Il faut que j'agisse.

Après avoir hésité, je décide de rendre visite à Fran, à l'hôpital du Val-de-Grâce. Le grand homme blond, blême, aux faux airs scandinaves termine son service normal de garde vers huit heures trente. Je le sais, il me l'a expliqué dans une autre vie. Assis sur un banc public, je surveille les entrées et les sorties du personnel, et je le vois quitter le parking, puis s'arrêter cinq cents mètres plus loin en double file devant un café.

D'abord, il ne se souvient pas. Il me tourne le dos en sortant du véhicule : désolé, il n'a pas le temps. Ce n'est plus le même mec. Comme nous ne nous sommes pas rencontrés depuis longtemps, il est sorti de mon champ d'attraction et il a pas mal changé : c'est un homme responsable et ordonné ; quand il ouvre la portière de sa bagnole, ça sent le parfum au bois de pin, et tout le bordel est rangé dans la boîte à gants. Il n'a pas très envie de taper la discute avec moi, on dirait.

« Qu'est-ce que tu veux ? Me draguer ? Je ne suis pas pédé.

— Je t'offre un verre. »

Il soupire.

Nous voilà assis sur la banquette en skaï d'un bar-restaurant, et il me demande d'arrêter de le reluquer.

« Tu dis que tu es venu me voir il y a dix ans ? Un gamin... Ah oui, ça me dit quelque chose. Qu'est-ce que tu deviens ? T'es suivi ? Psychiatrie ?

— Tu attendais quelqu'un qui saigne, hein ? C'est moi.

— Qu'est-ce que c'est que ces conneries ? »

Moi je m'énerve, je l'accuse avec véhémence : « Des conneries ? Tu m'as tué de tes propres mains. Pourquoi ? T'es jaloux ? Alors tu m'as pris tout ce que tu m'avais donné. Mais tu me l'avais donné ! Donné ! » Bientôt je m'échauffe, je hausse la voix. Je me lève et je lui fais signe de se lever aussi. « Montre-moi tes tatouages, connard. Où est-ce qu'ils sont passés ?

— Tu es fou.

— Où sont tes tatouages ? » je hurle.

Et je le saisis au col, je déchire sa chemise, je fais sauter les boutons. Pas de noir, pas d'encre, pas de tatouages. Impossible. La chaise renversée. Le patron du café me jette dehors, « on se calme ! », avec l'aide des serveurs, qui me houspillent et me crient d'aller foutre ma merde un peu plus loin, mais Fran me rejoint.

D'abord je lui mets mon poing dans la gueule. Et on se bagarre dans la rue. « Pourquoi tu m'as fait ça ? » Je suis plus jeune que lui, et je ne réfléchis pas. Je monologue, je le défonce. « C'est à cause de toi ! » Vraiment, je lui fais mal. « Pourquoi tu ne m'as jamais rien dit ? » Je tape. « Tu m'as menti. » Je tape encore. « C'est cette pute qui t'as tué, c'est ça ? » Je ne sais plus ce que je raconte. À mesure que ça tourne à la dérouillée pour le pauvre vieux, les gens du café s'approchent de nous, les femmes crient, les hommes hésitent. « Elle t'a dit de me finir, et toi t'as obéi ? » Dans la cohue, ils nous séparent, et Fran tousse, crache, éructe, il ne tient plus sur ses jambes. Je lui ai collé une bonne trempe. « Viens te battre. » Je crie, je l'insulte. Les gens me regardent, consternés. Hâve, tournant de l'œil, touché à l'arcade sourcilière, Fran pose les mains sur les genoux, comme en guise de reddition, et reprend son souffle en agitant la tête désespérément : « Je ne me souviens de rien, gamin. Je ne sais pas de quoi tu parles. » Il ne veut plus se battre contre moi. « Tu as un problème. » Il se calme. Moi aussi. Je retrouve le bon Fran. « Viens, je vais t'aider. »

Il m'a payé mon coup, et s'est assis devant le bar-tabac, les pieds dans le caniveau.

« Dis-moi tout.

— Tu veux me rendre fou ? ai-je répliqué en tremblant. Tu fais semblant. J'ai compris : c'est une blague. C'est ça ? » Affalé au bord du trottoir, dans cette petite rue tranquille près de Port-Royal, les mains glissées entre les cuisses, de plus en plus honteux, je baisse d'un ton. « J'ai merdé. » Et j'ai le hoquet. « Je suis désolé. J'voulais pas te tuer.

— Tu ne m'as pas tué, mon ami. » L'homme est patient avec les forcenés comme moi. « Regarde, tu m'as un peu amoché, mais ça passera.

— Non, pas cette fois. La fois d'avant. D'encore avant. Je t'ai tué.

— Quelle fois ? Qu'est-ce que tu dis ?

— J'voulais pas. C'est toute cette histoire... Ça m'a rendu fou. J'voulais pas.

— Gamin, calme-toi, tu me fais de la peine. Explique-toi. »

Je chiale : « Putain de merde ! Il n'y a rien à expliquer. »

Il me tend son mouchoir : « Ça va passer. »

C'est un homme bon et doux. Il m'écoute lui narrer avec emphase comment j'ai été un homme ordinaire, puis prix Nobel de médecine, ensuite *líder máximo* de la nouvelle révolution française, et chef de guerre, l'espoir des peuples, messie et dieu vivant, comment je l'ai tué, comment j'ai été riche, comment j'ai dormi dans les plus belles suites de Paris, mangé aux meilleures adresses, moi on m'appelait « monsieur », je baisais qui je voulais par là où ça me plaisait, et pourquoi j'ai publié les livres qui racontent tout ça, de vrais livres, des romans qui valent quelque chose, et enfin comment il m'a tué. J'ai été immortel...

Il sourit.

« Mon vieux... On a tous cru à ça un jour. Tu verras. »

Je pleure encore, et il me réconforte en me secouant par l'épaule : « Ce n'est pas grave. Rentre chez toi. »

L'homme sort un billet de vingt euros, éponge le sang qui lui coule sur l'œil à l'aide du mouchoir maintenant froissé, m'offre la bière, me refile son adresse en cas de besoin, je la mémorise, et il s'en va.

Dans la rue, les passants qui ont assisté à la rixe me jettent des regards inquiets.

Quoi ? Qu'est-ce qu'il y a ? Connards.

Je ne le fais pas exprès, mais à force d'être observé comme ça, avec cet air mesquin et par en dessous que je déteste, je deviens ce genre de type qui s'énerve vite, qu'on observe du coin de l'œil et dont les femmes disent à voix basse à leur mari : « Chéri, ne le provoque pas... » J'en entends un qui marmonne dans sa barbe que c'est à cause de racailles comme moi que le pays va si mal.

Pour gagner du fric, j'essaie tout de même de me rappeler les bons numéros de la loterie nationale que j'avais dans la tête, et j'achète une blinde de tickets au bar PMU du coin, avec ce qui me reste du petit trésor de guerre de ma mère. Je me lâche aussi sur les paris sportifs, c'est soirée de Champions League. Je dépense tout, jusqu'au dernier centime. Le soir, au tirage, devant la télévision du bar, je découvre incrédule que tous les numéros sont faux. Pareil pour le score des matchs du Real et de l'Ajax. Je n'ai même pas de quoi régler la note. Le patron me vire à coups de pompes. Qu'est-ce qui se passe ?

Tout penaud, je rentre chez moi en grugeant dans le train, sans billet. Je me fais contrôler, mon père me prive de sortie jusqu'à la fin de l'année et ma mère ne dit rien.

Toujours obsédé par les pièces éparses du destin qui ne s'assemblent pas correctement dans ma tête, et dont le dessin explique pourtant ma condition de pauvre type, je ne parviens pas à me faire une raison et un beau jour je quitte le lycée, je ne rentre pas à la maison, je pars à la gare et je me rends dans la famille de Hardy, à Aubervilliers. Je voudrais vérifier que ma mémoire ne me joue pas des tours, et que je peux retrouver une trace, même infime, des vies précédentes : l'enfance de Hardy, par exemple. Pendant quelques heures, je ne me repère plus comme avant, je ne distingue pas son HLM des autres du quartier : tout se ressemble, en banlieue. Finalement, je crois reconnaître le hall, les tags et la plante verte et je retrouve son nom sur l'une des boîtes aux lettres défoncées, près de la porte du gardien de l'immeuble. L'ascenseur est en panne, je monte à l'étage par l'escalier en béton, droit et hélicoïdal, inséré dans une cage de verre.

Quand je sonne, c'est la tante qui me répond, une petite dame acariâtre, et je lui demande si sa nièce est là.

« Vous êtes qui ?
— Un ami d'enfance.
— Ça m'étonnerait. De toute façon, Hardy ne vit pas ici. »

Dans son dos se tient la mère, qui se tait. Avant que la tante ne claque la porte entrebâillée, mais barrée par la chaînette de sécurité qui m'interdit de forcer le passage, la mère murmure tout de même : « Ma fille n'habite plus avec nous depuis longtemps.
— Pourquoi ?
— Depuis qu'elle est chez les sœurs. Y a des années. »

Les sœurs ? Hardy n'a jamais été au couvent. Qu'est-ce que c'est que ces conneries ?

La tante termine : « C'est une gamine trop sensible, je l'ai toujours dit. » D'après elle, à cause de sa santé fragile, Hardy avait passé ses jeunes années au pensionnat à Paris.

Dans aucune de mes vies, je n'avais entendu parler de l'éventualité d'une scolarisation de Hardy dans une école privée catholique. Pourquoi est-ce que la configuration de son enfance avait changé ? Je n'y étais pour rien. À moins qu'un simple geste de ma part, dans le domaine réservé de mon existence, n'ait introduit un léger décalage, qui avait généré de proche en proche chez elle des soucis de santé.

« Qu'est-ce qu'elle a ? »

Les deux chouettes ne m'ont pas répondu. « Allez, vieille peau, je te parle, quoi ! Qu'est-ce qu'elle a ? » Déjà, le gardien de l'immeuble se tenait dans mon dos : « Jeune homme, s'il vous plaît, n'importunez plus les résidents. » J'ai arrêté de tambouriner à leur porte, j'ai insulté et bousculé ce connard, et je suis redescendu.

Hardy malade ? Je repense au cancer : pas à cet âge tout de même. Mais c'est vrai qu'elle était bizarre. Un je-ne-sais-trop-quoi de différent, quand je l'avais abordée dans le métro. J'avais cru que ça tenait à moi, ma façon de parler, mes gestes un peu trop marlous, mon état alcoolisé et ma maladresse, mais peut-être qu'elle n'était plus la même; mon Dieu, peut-être qu'elle aussi j'étais en train de la perdre pour de bon.

Il existait bien une série secrète de causes et de conséquences qui n'avait jamais cessé d'émettre un cliquetis comme un jeu de tac-tac, et par laquelle ma vie touchait encore par instants à celle de Hardy. Mais plus pour longtemps. Peut-être qu'il me faudrait songer à me mettre une balle tout de suite, pour ne pas m'enfoncer trop avant dans le cauchemar, partir avec les bons souvenirs tant qu'ils n'avaient pas tout à fait disparu, et ne jamais vivre l'expérience insupportable pour n'importe quel être doué de sensibilité de perdre un par un et en toute conscience la réalité des souvenirs heureux du passé, qu'il croyait au moins acquis jusqu'à sa mort. On m'arrachait la réalité même de ce qui subsistait de plus beau dans ma mémoire : le fait d'avoir connu Hardy.

Je me demande quelle erreur j'avais commise. Quelle règle tacite avais-je bien pu enfreindre ? Est-ce qu'il était interdit par les dieux de jouer deux fois le même rôle ? Est-ce que c'était le seul vrai péché de l'homme ? C'est vrai, au début de la sixième, j'avais voulu retrouver la première. Mais quel mal à cela ? Lorsque je m'étais montré vraiment mauvais, il ne s'était rien passé, et maintenant que j'étais heureux et discret, on m'enlevait tout ce que je méritais. Je n'aurais pas dû publier de livres, peut-être ? Est-ce que c'était une faute ? Ou simplement le but de toute la mécanique cosmique, que j'avais mis si longtemps à atteindre ? Il fallait écrire un roman, on devenait mortel, c'était la fin, après il n'y avait rien. Non, tout de même, ce n'était pas si important que ça, c'était de la littérature : des mots les uns après les autres. Quelle incidence sur la vie concrète du corps, des cellules et du patrimoine génétique? Je me suis souvenu que Hardy m'avait conseillé de consacrer mon ultime récit à ma propre mort. Peut-être que c'était à cause d'elle : je vivais dans le dernier de mes romans, j'en étais le personnage mais aussi l'auteur qui, sur les conseils de sa femme, avait rendu le héros mortel afin de pouvoir terminer son histoire. Et du coup, je m'étais condamné sans le savoir, sur le papier.

Bah, rien de sérieux. Ce ne pouvait pas être la raison de ce qui m'arrivait.

À dix-huit ans, j'ai enfin pu partir de chez moi et vivre comme je l'entendais. À cette époque, je me suis repris en main, j'ai cessé de me raconter ce genre de sornettes alambiquées, j'ai eu l'impression de rassembler les pièces éparses du puzzle et petit à petit je suis parvenu à formuler l'hypothèse la plus vraisemblable à ce jour sur ce qui m'était arrivé.

Voici comment je me représentais les choses lorsque je parvenais à les fixer assez longtemps pour en percevoir d'un seul coup le début et la fin : cette femme qui avait initié Fran, elle avait été immortelle avant lui, et elle lui avait confié l'immortalité. Mais il l'avait perdue au moment même où je l'avais reçue. C'était une sorte de chaîne, voilà. Il n'y avait qu'un homme immortel à la fois : quand quelqu'un devenait cet homme, celui qui l'avait été auparavant cessait de l'être. Afin d'éprouver mon hypothèse, je suis retourné rendre visite à Fran et je lui ai parlé avec calme de tout ça, même si c'était délicat, parce que je ne trouvais pas les mots exacts. À sa décharge, je reconnais qu'il a fait l'effort de m'écouter jusqu'au bout; il a trouvé l'idée farfelue, mais amusante. Hélas, aussi loin qu'il se souvienne, il n'avait jamais été amoureux d'une bourgeoise au ton arrogant, il n'avait pas eu de grand amour de jeunesse, et rien n'indiquait dans sa biographie qu'il ait pu participer de près ou de loin à quelque chaîne initiatique que ce soit. Il était désolé pour moi.

Et puis, me fit-il remarquer, si on suivait ma logique, comment aurait-il pu me confier une éternité qu'il n'avait déjà plus ? Moi-même, je prétendais être devenu mortel et pourtant je n'avais rendu personne d'autre immortel, je n'avais pas rencontré d'homme ou de femme qui saignait, que j'aurais eu pour mission d'initier. Il avait raison. Je n'étais même pas parvenu à léguer ma singularité perdue à un héritier, et j'avais gâché l'éternité qu'on m'avait attribuée par miracle. Peut-être la grande chaîne était-elle rompue, à cause de moi.

Ou alors ces conjectures étaient dénuées de sens, et tout s'était arrêté par hasard. La boucle aurait pu tourner dix, douze, cent fois. Il se trouve qu'au bout de la septième, sans raison, l'anomalie a pris fin, comme ça, subitement.

Du coup, je ne suis pas très avancé.

Il faut que je gagne ma vie, je n'ai plus un rond, sous l'influence d'Origène mes parents m'ont coupé les vivres. Il faut bien que je mange en attendant de trouver une solution, que je dorme quelque part, même si Fran m'a dépanné durant quelques semaines. En urgence, j'accepte des petits boulots, des contrats précaires et de l'intérim. Je bosse en tant que serveur, mais je suis trop nerveux, je fais un peu peur, j'ai des problèmes avec les clients qui me parlent mal et qui ne me respectent pas. Ils ne savent pas qui je suis. Je finis dans la construction, le gros œuvre, je me casse le dos sur des chantiers.

Par conséquent, les premières manifestations d'étudiants, je les ai laissées passer. Je travaillais, et je n'avais pas le droit de grève. Mais, avec le vague espoir de croiser Hardy là-bas, je me suis fait virer (c'était la crise, on licenciait sans préavis) et j'ai participé à la grande journée insurrectionnelle de janvier. Sous la neige, au cours des incidents qui opposaient les forces de l'ordre et l'armée à la foule massée près de République, je n'ai pas retrouvé l'endroit exact de la charge du Black Bloc qui avait tout déclenché, parce que j'étais seul, parce que je n'avais pas les camarades avec moi et parce que je ne savais plus à quel niveau précis de l'avenue nous avions défilé si souvent avec Hardy, sous quelle porte cochère (devant un tas de poubelles, si mes souvenirs étaient bons) nous nous étions réfugiés. Quand l'avant-garde du cortège a commencé à défier les rangs de gardes mobiles qui avaient reçu l'autorisation de tirer à balles réelles, j'étais loin derrière, perdu dans le troupeau qui ne comprenait rien à ce qui était en train de se passer. De toute manière, je ne pouvais pas risquer de mourir pour de vrai.

Il paraît qu'il y a eu trois victimes.

Et puis le gouvernement a démissionné, le pouvoir a hésité, les mouvements contestataires se sont essoufflés au fil des mois, des années. Il y a bien eu quelques attentats, et une dégradation de l'autorité dans tout le pays, mais rien de plus. Ma vie a pris un tour itinérant : contre une petite somme payée au noir, je retapais des baraques, je faisais la charpente, la toiture, le carrelage, l'électricité et la plomberie avec des potes de passage. Il m'est arrivé de croiser sur la route d'anciens camarades de lutte (mais le hameau au bout de la route des bordes était maintenant abandonné) ou de bosser pour des propriétaires terriens du Grand Ouest, des cultivateurs et des éleveurs qui m'avaient vénéré comme une sorte d'enfant Jésus, il y a bien longtemps. Ils achetaient les statuettes en plastique à mon effigie, enveloppées de tissu brillant, et me suppliaient d'entendre leurs prières, à l'époque. Aucun ne m'a reconnu. Ma mère m'a aidé tant qu'elle a pu. Aux yeux du bon docteur Origène et du reste de la famille, j'étais un loser. Je prenais des cachets, j'avais des difficultés à dormir, beaucoup d'angoisses irraisonnées et par-dessus tout une peur panique de traverser la route :

l'idée de mourir comme un con, écrasé par une bagnole, me foutait vraiment les jetons.

D'une manière générale, j'avais très peur de crever, alors que je n'avais qu'une vingtaine d'années. J'avais des tics, j'étais *borderline*.

Quand j'ai essayé de reprendre la plume, pour écrire mes mémoires et dévoiler la vérité à mes semblables, il ne m'est rien venu de très brillant : les phrases étaient devenues courtes, factuelles, je faisais des fautes d'orthographe et de syntaxe, je n'avais plus le souffle nécessaire pour raconter tout ça, ne serait-ce que pour lui donner forme. Parfois, il se formait des mots vulgaires dans la bouche, qui venaient se heurter contre ma langue bien éduquée. Il arrivait aussi que je ne me souvienne plus d'un détail anodin de la première ou de la deuxième vie : c'était déjà beaucoup trop loin. Par exemple, qu'est-ce que je foutais exactement en Californie ? En me roulant une énième cigarette, je me demandais parfois : est-ce que je l'ai vraiment vécu ? Ça ressemble à des souvenirs inventés après coup, comme dans certains films de science-fiction. Est-ce que je ne suis pas né avec une foule de mensonges dans la tête ?

À bien y réfléchir, ça me paraissait même évident. Certainement que c'était ma première vie, mais elle ne valait rien, alors je m'en étais inventé de meilleures. Je m'étais construit tout un roman à la seule fin de supporter une existence de minable. Et j'en étais conscient.

Lorsque je tremblais trop, il fallait que ça sorte, j'allais voir les femmes. Seules les prostituées m'ont écouté. Les autres n'avaient pas la patience nécessaire. Elles, au moins, ne me jugeaient jamais. Parfois, le plaisir violent me revenait, ce plaisir pur et fulgurant de la cinquième vie, mais le plus souvent je pensais à autre chose avant d'avoir joui, parce qu'une expérience précédente se substituait à celle-là. Tout se chevauchait et sans cesse il me revenait à l'improviste une vague impression d'ailleurs et d'autrefois. Je n'arrivais pas à profiter de l'instant. Ici... maintenant..., ça ne signifiait rien pour un vague rebut d'éternité tel que moi. Toutes choses finissaient par être vaguement simultanées, et ça me paralysait.

Un jour, une pute qui me voulait du bien m'a dit : « Bon sang, remue-toi ! Peut-être que c'est ta dernière vie, mais alors vis-la à fond ! » Et elle a ajouté : « Arrête de geindre. On est tous logés à la même enseigne. »

Mais je n'appréciais pas qu'on remette en cause ma singularité et je me suis énervé : « Toi, à la naissance, tu avais une vie entière à passer. Moi, non. Juste un septième de putain de vie de rien du tout. Alors ne t'avise jamais de me donner des conseils. » Et je ne suis plus allé voir de prostituées, parce que je devenais trop nerveux et qu'elles prenaient peur de moi. Je pouvais devenir méchant ; d'ailleurs je l'avais déjà été, il y a bien longtemps.

Quant à Hardy, depuis qu'elle avait porté plainte pour harcèlement, parce que quelques années plus tôt je l'avais plusieurs fois suivie le soir jusqu'à son domicile, il m'était interdit par jugement de m'approcher d'elle, et j'avais perdu sa trace. Je sais qu'elle habite toujours à Paris, pas très loin d'ici, je traque ses moindres activités grâce à internet, son inscription sur les sites qui permettent de retrouver ses copains d'avant, mais elle n'a pas de profil facebook, pas de page personnelle sur les autres réseaux sociaux ou professionnels, elle est inscrite à l'ordre des médecins, on trouve son nom et son adresse, avenue de Flandre dans le nord du XIXe arrondissement, sur le site des pages jaunes, sa signature au bas de la pétition d'une association pour la régularisation d'enfants sans papiers du quartier, rien de plus.

Je me suis calmé. Je sais que je pourrais l'attendre un soir à la sortie de son cabinet, avec du chloroforme ou ce genre de produits qu'on trouve en pharmacie et qu'on utilise dans les vieux films de gangsters, profiter de l'obscurité d'une porte cochère et l'enlever, pour l'obliger à m'entendre, à m'écouter pendant quelques heures, quelques jours. La convaincre de force. Mais quoi? Comment voulez-vous qu'elle me croie? Elle ne se souvient pas, et moi je me souviens de moins en moins. J'ai encore en tête le plan général, mais les détails m'échappent. Je n'ai ni preuve ni témoin. Si je le fais demain, elle ne m'en détestera que plus : soit elle me dénoncera à la police, et je passerai en prison les quelques bonnes années qu'il me reste à vivre, soit mon sale tempérament, à cause de cette vie de merde à laquelle je suis désormais condamné, finira sans doute par me pousser, dans un geste désespéré, à la tuer, parce que je ne pourrais pas supporter qu'elle ne me reconnaisse plus. Rien que de penser à son regard insensible et froid... Elle me verra pour ce que je suis maintenant : un vaurien, pas pour ce que j'ai été jadis, du temps où je me trouvais au meilleur de ma forme. Et, croyez-moi, ça me fout hors de moi. Mais si je la tue, alors je la perds pour de bon, parce que je ne ressusciterai jamais. Elle non plus, elle n'aura pas de seconde chance, puisque la boucle est terminée. Après moi, elle disparaîtra dans le néant, comme tous les autres. Je l'aime suffisamment depuis toutes ces années et toutes ces vies pour ne pas lui souhaiter cette sorte d'effondrement dans le néant, pour espérer qu'elle profite de cette dernière opportunité d'exister, avec ou sans moi, peu importe.

Voilà, je n'ai presque rien à ajouter. Les choses sont ainsi faites, comme dirait ce vieux salopard d'Origène. Déjà, j'arrive à plus de trente ans et qu'est-ce que j'ai foutu?

Un peu de tout, beaucoup de rien. Je sais que je ne saignerai plus jamais : ça, je l'ai accepté. Alors j'essaie de m'habituer à la mort. Lorsque je m'allonge, je repense à mes six trépas précédents, de mort naturelle, de maladie, par suicide ou assassiné, je tente de retrouver la sensation précise de ces derniers instants, afin de ne pas prendre peur de la mort. C'étaient des instants semblables aux autres : des heures, des minutes, des secondes de vie. Dans ce qui me reste de mémoire, ces dernières images se trouvent accolées immédiatement aux premières images de la naissance, du sang de ma mère, entre ses jambes, parce que je ne possède aucun souvenir intermédiaire de la vie intra-utérine, et que tout recommençait chaque fois quand j'inspirais la première bouffée d'air, à la clinique, avant de me retrouver entre les bras de mon père, qui coupait le cordon. Voilà à quoi ressemblent mes sensations de début ou de fin, je ne sais plus très bien. Puis j'essaie de décoller les impressions de départ de celles d'arrivée, dans l'espoir de n'éprouver que la mort la plus pure : l'ultime pulsation dans les artères, la bouffée d'air avant l'asphyxie, la fin de l'irrigation du cortex supérieur. Est-ce que c'était douloureux ? Parfois oui, parfois non. La souffrance n'est pas liée à la mort. La peur, certainement. Mais les fois précédentes, à l'exception de la première où je doutais, je n'avais jamais eu peur, j'étais parti plein de confiance. Aujourd'hui, ce n'est plus le cas, je suis un être fini. Je ne parviens pas à me représenter la mort et le néant, comme le font tous les hommes normaux et mortels tels que vous êtes (en tout cas, je le suppose). Je le suis pour la première fois, c'est tout nouveau pour moi. Il faut me comprendre. Apprendre à mourir, je veux bien. Mais on ne peut pas : on ne meurt qu'une fois, le temps de retenir la leçon, on n'est déjà plus rien. Il paraît que l'art, la religion, la philosophie servent de réconfort à tous les hommes, mais on parle de ceux qui n'ont jamais été éternels ; moi, je l'ai été. J'ai été Dieu. Je vais finir. Voyez où j'en suis rendu. Je porte en moi l'éternité, et lorsque mon cœur, lorsque mon cerveau s'arrêteront, sept mondes termineront avec moi. Qu'est-ce qu'il en restera ? Rien. Car j'étais le seul témoin de tout ça. Il y aura un dernier battement, un dernier souffle, une dernière pensée, une dernière sensation. Ensuite, tout ce que j'ai encore dans le crâne disparaîtra. Et je ne crois ni à l'art ni à la religion ni à la philosophie pour sauver ce qui m'en reste.

C'est ainsi. Parfois, toutes les Hardy n'en font qu'une et tous les Fran n'en sont plus qu'un. Le monde vivant, le monde vibrant de couleurs, d'odeurs et d'idées... J'essaie de le fixer, ça s'estompe. À vrai dire, tout jaunit dans mon esprit, comme les feuilles de l'automne.

Après une longue jeunesse ingrate, indocile et rancunière, même l'éternité m'est passée telle une lubie, et j'ai accepté ma condition. Au fil des ans, j'avais oublié les détails de ma démonstration impeccable; il m'arrivait aussi de grommeler, de me raconter quelques anecdotes d'antan et de me moquer de moi-même. Prix Nobel! Imbécile, oui. Je m'amuse, l'ambition et la crainte m'ont quitté en même temps, je me sens léger. Quand j'ai pris l'habitude d'être mortel (on s'habitue à tout), j'ai recommencé à vivre. Je ne suis pas malheureux; je suis un homme, ni plus ni moins.

Manutentionnaire, j'ai travaillé dans le béton, j'ai roulé ma bosse sur pas mal de chantiers, à travers toute la France, des Ardennes au Roussillon. Je loge en pension ouvrière. Je suis devenu un bon gars, que la plupart qualifieraient d'honnête et droit, mais taiseux, farouche, colérique parfois. Je suis vif et rêveur. La vie ne m'a pas épargné, pourtant il me reste toujours dans la tête des ruines d'éternité.

Je paie un loyer modeste dans un petit appartement de la banlieue nord de Paris, qui donne sur les voies ferrées. Les rideaux puent le tabac froid, un peu partout au mur il y a des images de lui, d'elle et de moi. Quelques photographies de Hardy volées dans la rue en bas de chez elle, qui m'ont valu d'être condamné pour harcèlement, et puis des dessins exécutés de mémoire, sur des feuilles arrachées dans des carnets Moleskine. La salle à manger sent certainement le renfermé : à force d'être célibataire je ne me rends pas compte. Après avoir étendu le linge sur le balcon, je fume en observant les tours, ça me fait plaisir, je pense à maman, et puis je descends au café des Kabyles regarder un match de football de seconde zone avec quelques habitués et je joue à la belote avec les vieux. Parfois, je bois des canons en compagnie de Fran. Il m'a beaucoup aidé. Je suis loin d'être bête et j'ai des restes de tout : il arrive que me revienne à l'esprit une formule que j'avais apprise à l'École normale, d'un niveau supérieur à celui des professeurs de la formation professionnelle continue. Ils n'en croient pas leurs yeux ni leurs oreilles. Syndicaliste, j'ai mené avec succès le combat contre le rachat de la petite boîte à laquelle j'appartenais par un magnat du bâtiment étranger. Il faut dire que j'ai fait la guerre, et je suis plutôt bon stratège. Je suis malin, bricoleur : le gros de mon intelligence, avec le temps, est tombé au bout de mes doigts et j'ai, dit-on, de l'or dans les mains. Seulement, je suis mal né et j'ai eu une jeunesse rebelle : pas de chance. Les filles me trouvent du chien, j'ai la réputation d'être charmeur et bon amant. J'ai connu plus d'une femme mariée. J'ai eu des aventures avec des beautés que j'aimais sincèrement. Mais aucune n'est restée, même si certaines l'ont proposé. Peut-être suis-je trop taciturne, ou bien mon cœur a-t-il été rassasié : il n'a plus besoin d'appartenir ni de posséder.

À vrai dire, la solitude me convient, pour passer mon temps libre à me souvenir des meilleurs moments du passé. Il y en a tant : me rappeler tout ce que j'ai vécu m'occupera sans doute jusqu'à la fin. C'est une chance que tout le monde n'a pas. Je souris en nous revoyant tous les trois allongés un beau matin dans cette clairière de trembles et d'érables, avant la guerre. Hardy chantait.

Pour mon loisir, j'ai appris à jouer de la guitare folk sur le tard. C'est une façon comme une autre de penser à elle, et de la sentir encore un peu au bout de mes doigts, même si je n'en joue pas très bien et que je ne connais guère qu'une poignée d'accords pour les débutants.

*

La vie a continué ainsi quelques mois, quelques années, jusqu'à aujourd'hui.

Et puis, en ce tranquille après-midi de printemps, tandis que je m'entraîne maladroitement sur mon instrument au bord du canal, comme j'en ai pris l'habitude quand je ne travaille pas sur un chantier loin de Paris, une ombre hésitante s'interpose entre moi et le soleil, me recouvre de sa fraîcheur inattendue et guette ma réaction. Qu'est-ce que Hardy fait ici ? C'est bien elle. Hardy a un peu plus de trente ans, comme moi, elle est grande, maigre et belle, et se dresse sur la pelouse du parc de la Villette où la foule profite du beau temps, du soleil radieux par-dessus les toits de la ville agitée par les soubresauts d'une actualité économique et politique dont je ne suis plus le détail depuis longtemps. En demi-cercle derrière mon dos, j'entends encore des bris de verre et des bruits de voix mêlés, des cris, des rires et des harangues. Sur l'allée pavée au bord de l'eau, j'ai coutume de regarder flotter dans la lumière le scintillement des bijoux et des yeux des gens ; mais à présent sa silhouette sombre occulte le paysage et je ne vois qu'elle. Les mains dans les poches, elle ne porte rien d'autre que de petits souliers à boucles, des pantalons larges, un caban beaucoup trop chaud et les cheveux courts. J'avais perdu l'habitude de sa présence physique, et je lui en veux un peu de se rappeler aussi subitement à moi, de m'arracher à ma rêverie sur le temps révolu.

« Salut. Est-ce que tu te souviens de moi ? »

Juridiquement, je ne suis pas autorisé à lui adresser la

parole depuis sa plainte pour harcèlement et mon passage devant le tribunal. Je me contente de hocher la tête. Je ne sais pas ce qu'elle me veut.

« Est-ce que je peux te parler ?
— Oui.
— C'était quoi ton problème, à l'époque ?
— C'est de l'histoire ancienne.
— Qu'est-ce que tu me voulais ?
— Moi ? Rien. »

Je souris avant de répondre.

« Vous me rappeliez quelqu'un, expliqué-je sans mentir ni dire vraiment la vérité. Et je vous trouvais jolie. Pardon.
— Je devrais m'excuser.
— De quoi ?
— Ce n'est pas ta faute. Peut-être même que tu es un type bien. Je me suis sentie agressée, mais je ne veux pas que tu le prennes pour toi. »

Quelque chose sonne faux dans sa voix, son comportement, sa manière de tourner autour de moi. Normalement, à ses yeux, je ne suis qu'un anonyme ou un marginal un peu détraqué qui a essayé de l'aborder il y a des années, et qui a été condamné depuis. Pourtant elle vient me voir. Elle me cherche. Est-ce qu'elle se souvient ? Non, je ne veux pas nourrir de faux espoir. Elle ne sait rien. Alors pourquoi ? J'espère qu'elle n'est pas venue me tuer une dernière fois. Est-ce qu'elle cache une arme dans les poches hautes de son vêtement, d'où elle ne sort toujours pas ses mains ? On dirait une folle furieuse. Le regard fiévreux, elle arbore un air inquiet, épuisé, aux abois, que je ne lui connais pas. Je pose alors la guitare contre mes genoux, j'allume une cigarette et je lui propose d'en tirer une taffe, histoire de retrouver ses esprits. D'un geste de la tête, elle me fait signe qu'elle n'en veut pas. « Un type bien ! » Je ris tout doucement, pour ne pas lui faire peur ni la provoquer.

« Je suis désolé de vous avoir effrayée. J'étais jeune et je n'étais pas dans mon état normal...
— C'est moi qui ne suis pas normale.
— Il ne faut pas dire ça. Vous êtes une belle jeune femme, mademoiselle, vous avez la vie devant vous.
— Je suis un monstre. »
Son visage est pâle, malade, anémié. Elle n'a pas dormi depuis longtemps. Mais je ne décèle sur sa face aucun signe de trouble inquiétant, ni blessure ni cicatrice non plus. Jadis, je lui ai rendu visite à l'hôpital psychiatrique, mais même alors la couleur de sa face blême n'était pas si blanche comme la craie et son air éperdu si désespéré. Maintenant elle sanglote : elle a besoin de parler à quelqu'un, n'importe qui, et je suis ce n'importe qui. Je ne compte pas. C'est ça qu'il faut que je comprenne : je n'ai jamais compté. Tout tient à elle, à elle seulement. Hardy se promenait par hasard dans le parc, elle m'a vu, après toutes ces années elle m'a reconnu et m'a abordé.
« Je n'en peux plus.
— Qu'est-ce que vous avez ?
— Est-ce que tu promets de ne le dire à personne ?
— Oui.
— Je ne comprends pas ce qui m'arrive. Je ne sais plus quoi faire. C'est comme ça depuis que je suis toute petite.
— Quoi ?
— Je ne sais même pas comment le dire.
— Peut-être que je peux vous aider.
— Personne ne peut rien faire pour moi.
— Mais si. Je suis sûr que si.
— Non. » À bout de nerfs, sur le point de chanceler, de s'écrouler et de ne jamais se relever, elle semble soudain encore plus frêle et affolée qu'un oiseau tombé du nid. Hardy sort les mains des poches de son caban gris et me crie : « Regarde ! » Autour de ses paumes bien pleines aux

doigts déliés, une gaze épaisse a été enroulée ; on dirait qu'elle s'est blessée. Aussi intimidée que si elle se dénudait en public devant un inconnu, elle déroule la bande d'étoffe ajourée, elle tourne et tourne autour de son poignet, en prenant tout son temps parce qu'elle a très peur – de quoi ? je ne sais pas – jusqu'à ce que le coton blanc, à l'approche de la peau, se teinte d'abord légèrement, puis en abondance, d'une couleur très rouge, presque purpurine.

Soudain je comprends tout, depuis le début et jusqu'à la fin. Comment n'y avais-je pas pensé plus tôt ?

En larmes, elle s'agenouille devant moi, me tend ses avant-bras collés l'un contre l'autre comme pour me supplier de les lui arracher. Avec douceur, je lui ouvre les poings, je passe délicatement un doigt au creux de ses paumes brûlantes dont les plaies invisibles, le long de la ligne de vie, suintent sans arrêt de ce liquide épais qui contourne le renflement du métacarpe, du carpe, et s'écoule ensuite au fil de cet os dont le nom ne me revient pas, perle sous son coude et tombe dans l'herbe fraîche et molle du parc.

Hardy saigne des mains !

FIN

*À tous les amis
au fil des années*

Benoît Anceaume, Bérenger Lodi, Fabrice Dupré,
Antoine Pradeau, Juliette Wolf, Julie Rainard, Roxane Arnold,
Élodie Fuchs, Mathieu Bonzom, Arnaud Despax, Julien Gouarde,
Flore Boudet, Vivien Bessières, Ivan Trabuc, Martin Dumont,
Élise Dardill, Martine Robert, Lou Rannou, Martin Fortier,
Xavier Thiry, Sylvia Hanschneckenbühl, Mickaël Dior,
Pierre Arnoux, Benoît Caudoux, Florence Lelièvre,
Jean-Baptiste Del Amo, Christophe Charrier, Justin Taurand,
Richard Gaitet, Donatien Grau, Mehdi Belhaj Kacem,
Juliette Sol, Benoît Sabatier, Léo Haddad, Matthieu Rémy,
Sébastien Grandgambe, Laurent Dubreuil, Laurent Ferri,
Alexandre Guirkinger, Julien Sirjacq, Vincent Normand,
Perrine Bailleux...

Merci à Étienne Menu, Guillaume Heuguet et la revue *Audimat*.

J'ai emprunté et transformé dans *Hélicéenne* le cadre de Saint-Erme-Outre-et-Ramecourt et des bâtiments de *PAF*. Merci à Jan, Perrine et tous ceux qui font vivre ce lieu, qui m'y ont accueilli ou que j'y ai rencontrés.

Merci à Agnès, à mon père et à ma mère
pour leurs relectures d'une patience infinie.

Composition : Nord Compo
Achevé d'imprimer
par Normandie Roto Impression s.a.s.
61250 Lonrai, en juin 2015
Dépôt légal : juin 2015
Numéro d'imprimeur : 1502755
ISBN 978-2-07-014988-9 / Imprimé en France

288251